PETRA **JOHANN**

DIE SCHWESTER

rütten & loening

PETRA **JOHANN**

DIE SCHWESTER

Kriminalroman

rütten & loening

MIX
Papier | Fördert
gute Waldnutzung
FSC® C083411

ISBN 978-3-352-00998-3

Rütten & Loening ist eine Marke
der Aufbau Verlage GmbH & Co. KG

1. Auflage 2023

Satz Greiner & Reichel, Köln
Druck und Binden CPI books GmbH, Leck, Germany
Printed in Germany

www.aufbau-verlage.de

Prolog

Ich habe schon immer viel gelogen, es macht das Leben einfacher. Es macht Spaß. Außerdem habe ich Talent dazu, und man sagt doch, man solle seine Talente nutzen.

Natürlich habe ich sie immer vorgezogen. Mütter sollten das nicht tun, aber wie sollen wir uns dagegen wehren? Keine Mutter liebt alle ihre Kinder gleichermaßen.

Ich blicke ihr hinterher, wie sie in ihrem Wagen davonfährt, doch ich sehe nichts, nichts als rot, und ich weiß, dass der Punkt erreicht ist, an den ich nie kommen wollte. Ich werde es tun.

Ich hätte nie gedacht, dass ich einmal so empfinden könnte, aber es ist wahr. Ich hasse ihn. Ich hasse ihn, ich hasse ihn, ich hasse ihn.

Heute hat sie mich an der REWE-Kasse wieder abfällig angesehen. Anschließend habe ich sie von draußen durch die Glasscheibe beobachtet und mir meine Rache ausgemalt. Ich habe mir ausgemalt, dass der Bullige mit der Glatze und der Jogginghose sie vergewaltigt. Sie nimmt, wieder und wieder und wieder. Aber vermutlich würde es der Schlampe gefallen.

Am liebsten würde ich mir die Hand abhacken. Wie konnte es dazu kommen? Wie bin ich zu diesem Ungeheuer geworden?

Ich fühle mich wie eine Prostituierte. Ich verkaufe Stücke von mir. Wieso war mir das zuvor nicht klar?

Heute bin ich vor ihm aufgewacht. Die ersten Sonnenstrahlen krochen durch das offene Fenster herein und berührten sein schlafendes Gesicht. Ich bin verrückt nach ihm. Es macht mir Angst. Warum habe ich diese Beziehung mit einer Lüge begonnen?

Wenn ich sie ansehe, wenn ich diese Schlange sehe, die über ihren Nacken zu ihrem Haaransatz hochkriecht, dann will ich ihr die Kleidung vom Leibe reißen und sie ficken, hier auf diesem Parkplatz will ich sie ficken, bis sie um Erlösung winselt. Bis sie zugibt, dass sie mich so sehr will wie ich sie.

Heute war ich froh, dass sie verschwunden ist. Endlich habe ich wieder eine Aufgabe.

Sie hat mich abblitzen lassen, einfach abblitzen lassen. Ich will, dass sie dafür bezahlt.

Ich bin nervös, doch ich habe keine Zweifel mehr. Es ist der einzige Weg hinaus aus der Dunkelheit.

Jeder Mensch hat dunkle Gedanken. Wie lauten deine?

Teil

I

Mara

1

Ich grüble nie – zumindest habe ich das früher nie getan. Was passiert ist, ist passiert. Über verschüttete Milch zu weinen lohnt sich nicht. Warum sich über die Vergangenheit den Kopf zerbrechen? Früher habe ich auch nie etwas hinterfragt. Schon aus Selbstschutz, weil ich nicht wollte, dass andere mich hinterfragen. Doch seit sie sie gefunden haben, tue ich genau das, ich grüble und hinterfrage alles, bis nichts mehr zusammenhält, bis mein Wissen über Lisa in tausend Stücke zerbröselt und ich vor lauter Staub nichts mehr sehen kann. Ich hasse das. Ich wünsche mir mein altes Leben zurück. Doch das hat irgendwann an dem Wochenende geendet, an dem ich auf Alma und Hektor aufgepasst habe.

Mein Handy klingelt zum ersten Mal, als ich mich gerade in Dessous auf der Motorhaube eines wunderschönen roten Mercedes 300SL Roadster von 1957 räkele. Die Challenge kam von *Harv007*, und ich habe sofort zugeschlagen. Das heißt, sofort, nachdem ich den Preis in die Höhe getrieben hatte. Mich hat nicht nur das Auto gereizt, mit dem ich eine Vergangenheit habe, sondern die Herausforderung. Ich weiß nur von zwei Mercedes 300SL Roadster. Der eine befindet sich in einer gut gesicherten Privatgarage, der andere steht in der Gesellschaft erlauchter Kollegen in einem Museum. Zwar ist es keins von denen mit Überwachungskameras in jeder Ecke und Berührungssensoren an jedem Ausstellungsstück – Oldtimer kann man schlecht in der Handtasche verstauen –, dennoch gibt es auch hier Sicherheitsmaßnahmen. In jedem Saal ist eine Aufsicht postiert und achtet darauf, dass die Besucher nicht über die putzigen, durchhängenden Absperrkordeln hinwegsteigen und mit ihren fettigen Fingern die auf Hochglanz polierten Wagen betatschen. Frodo und ich haben uns daher Ocean-Eleven-mäßig verschiedene Möglichkeiten überlegt, wie wir die Aufsicht in Saal C ablenken können, und schließlich haben wir uns für die Stürzende-Oma-Variante entschieden und Gesche mitgebracht.

Frodo und ich leben schon ewig zusammen in einer WG, und als die Inflation begann, unser Geld schneller zu fressen, als wir es verdienen konnten, haben wir Gesche aufgenommen. Ein Glücksgriff. Gesche ist lustig und verträglich, kennt mehr Trinkspiele als ich und weiß, wo man den besten Wein für wenig Geld bekommt. Doch vor allem ist Gesche Schauspielerin, und zwar eine verdammt gute, auch wenn sie meistens arbeitslos ist. Sie ist so alt wie ich, zweiunddreißig, doch es war für sie ein Leichtes, sich als gebrechliche Omi zurechtzumachen, mit einem fingierten Sturz die Aufmerksamkeit und das Mitgefühl der Saal-C-Aufsicht zu wecken und dann den jungen Mann zu überreden, sie zum Café in Saal E zu begleiten. (»Auf den Schrecken hin muss ich mich setzen, und ich benötige ein Glas Wasser. Darf ich mich auf Sie stützen?«)

Kaum sind die beiden weg, legen Frodo und ich los. Ich schlüpfe aus meinem Sommerkleid und werfe es über die nächste Absperrkordel, klettere auf den Roadster und posiere, was das Zeug hält, während Frodo seine Kamera zückt. Als mein Handy klingelt, ignoriere ich es.

»Wie wär's mit ein paar Aufnahmen hinterm Steuer?«, schlägt Frodo vor, während er gleichzeitig mich und den Durchgang zum Nachbarsaal im Auge behält.

Ich rutsche von der Motorhaube, öffne die Fahrertür und posiere mit zurückgeworfenem Kopf, während Frodo auf den Auslöser drückt. Dann schlüpfe ich hinters Lenkrad, hänge jedoch meine nackten Beine über die Fahrertür, damit auch etwas von mir zu sehen ist. Dabei winke ich den wenigen anderen Museumsbesuchern zu, die an diesem heißen Freitagmorgen im Juli hier sind und mir teils begeistert, teils konsterniert zusehen. Aber natürlich gehen alle davon aus, dass wir eine offizielle Genehmigung für unser kleines Fotoshooting haben. Dreistigkeit siegt. Immer.

Ich überlege gerade, welche Pose ich einnehmen könnte, um mein Schlangentattoo besser zur Geltung zu bringen, da zischt Frodo: »Er kommt zurück.«

Kein Problem, wir haben genug Material, also hüpfe ich wieder aus dem Roadster und schnappe mir mein Kleid. Als der Museumsmitarbeiter in seiner smaragdgrünen Uniform im Saaleingang erscheint, stehe ich bereits andächtig vor einem Borgward Hansa 1500, während Frodo einen Aston Martin DB4 fotografiert. Wie um seine kurze Abwesenheit wettzumachen, marschiert der Museumsmann einmal quer durch den Saal. Als er an mir vorbeigeht, lächle ich ihn verschwörerisch an, woraufhin er erst einen verwirrten Blick auf meine Haare, dann einen begeisterten auf meine Beine wirft.

In dem Moment klingelt mein Handy erneut. Ich sehe aufs Display. Es ist meine Schwester Lisa. Während der Museumsmann weitergeht und Frodo seine Kamera einpackt, nehme ich den Anruf an.

»Mara, wie gut, dass ich dich erwische, ich habe es schon einmal probiert. Kannst du mir einen Riesengefallen tun?«

Einige Stunden später befestige ich meine Hecktasche an der Gepäckplatte meiner Triumph Tiger, setze meinen Motorradhelm auf, drehe den Schlüssel im Zündschloss und kann mir einen entzückten Seufzer nicht verkneifen, als die Maschine losschnurrt. Ich besitze sie erst seit drei Wochen. Natürlich habe ich sie gebraucht gekauft, doch sie klingt und sieht aus wie neu. Ich kann mich nicht erinnern, wann ich das letzte Mal so verliebt war. Vermutlich nie.

Ich bin unterwegs nach Neustadt, wo ich aufgewachsen bin und wo meine Schwester mit ihrer Familie noch immer wohnt. Lisa hat mich gebeten, übers Wochenende auf meine Nichte Alma und meinen Neffen Hektor aufzupassen, weil sie an einer

Fachtagung für Onkologie teilnimmt und ihr Mann Tim einen Termin in Hamburg hat.

Die spontane Bitte kam überraschend. Lisa und Tim sind eines dieser Powerpaare, deren Leben bis ins Kleinste durchorganisiert ist, weil sie ansonsten zwischen Arbeit, Kindern, Haushalt und gesellschaftlichen Verpflichtungen untergehen würden. Die Wochenenden der Familie Bader-Menzel sind normalerweise Monate im Voraus verplant, inklusive Babysitter und Ersatzbabysitter. Doch natürlich habe ich zugesagt. Lisa ist die beste Schwester der Welt, und Tim als Schwager ist auch nicht übel.

Es ist schon nach acht, als meine Tigerin die ruhige Wohnstraße entlangschnurrt, in der Lisa und Tim mit ihren Kindern, Multikrise und Weltlage zum Trotz, noch immer an ihrem bildungsbürgerlichen Heile-Biowelt-Traum festhalten. Es ist eine der besten Wohngegenden von Neustadt mit individuellen Einfamilienhäusern auf großen Grundstücken mit Doppelgaragen und Klettergerüsten für den Nachwuchs, der üblicherweise ebenfalls im Doppelpack daherkommt. Ich passe so gut hierher wie eine Currywurst in ein veganes Fünf-Sterne-Menü, aber das stört mich nicht. Ich bin gern der Stachel im Fleisch des Establishments. Die Gesellschaft hat mich lange genug damit gequält, dass ich bitte ihren Normen entsprechen möge, ich gebe gern etwas von der Irritation zurück.

Als ich vor dem Drosselweg zwölf den Motor abstelle und meinen Helm abnehme, öffnet sich auch schon die Haustür, doch nicht Lisa tritt hindurch, sondern Tim. Wie immer zieht er dabei den Kopf ein – bei ein Meter achtundneunzig Körpergröße vermutlich keine verkehrte Angewohnheit –, und wie meistens trägt er eine karierte Küchenschürze über seinen Chinos und dem weißen Hemd. Er sieht irritiert auf meine neue Haarfarbe, dann sagt er: »Mara, danke fürs Kommen, du bist eine Lebensretterin.«

Er lächelt mich an, ich lächle zurück. Wir haben einander gern, neigen aber beide nicht dazu, uns um jeden Hals in Reichweite zu wickeln.

Tims Blick fällt auf die Tigerin. »Wow. Neu? Hast du eine Bank ausgeraubt?«

»Sie gehört einem Freund, der sie übers Wochenende nicht braucht. Ich dachte, ich mache mit den Kindern eine Spritztour.« Ich warte, bis Tims Gesicht sich zu einer entsetzten Grimasse verzieht. »Entspann dich, nur ein Scherz. Wo sind die zwei? Bereits im Bett?«

Normalerweise hüpfen Alma und Hektor immer schon vor dem Haus herum, wenn ich angekündigt bin. Sie lieben mich heiß und innig – was allerdings auch daran liegen kann, dass Lisa nur mich und Tim gar keine Geschwister hat. So bekomme ich die geballte Tanten-und-Onkel-Liebe ihrer Kinder ab.

»Ja, aber sie sind noch wach. Ich habe ihnen versprochen, dass du ihnen eine Geschichte vorliest. Ich warne dich, Hektor wird vermutlich drei Wiederholungen von *Der kleine dicke Traktor* verlangen.«

»Nur gut, dass ich alles liebe, was PS hat. Und Lisa?«

»Noch im Krankenhaus. Wo sonst?«

Lisa ist Oberärztin am Neustädter Klinikum, was bedeutet, dass sie im Gegensatz zu mir zwar nie Geldprobleme hat, andererseits aber einen Berg an Überstunden, neben dem sich der Mount Everest wie ein Pickel ausnimmt.

Ich greife zu meiner Tasche und folge Tim ins Haus, wo ich meine Lederjacke an einen Garderobenhaken hänge. Als ich das Tapsen nackter Kinderfüße die Holztreppe vom ersten Stock herunterkommen höre, drehe ich mich um, und schon fliegt mir von der vierten Stufe ein froschgrünes Bündel geballter Energie entgegen. Ich fange Hektor auf, zum Dank schlingt er seine Arme um meinen Hals und beginnt mich zu würgen. »Tami!« Seine Form von Tante Mara. Er ist zweieinhalb und sein Wortschatz begrenzt.

»Hallo, Klammermonster!«

Ich drücke ihn fest und ziehe Alma mit meinem freien Arm an mich. »Hallo, Tänzerin!« Tanzen ist Almas Lieblingsbeschäftigung, genau wie meine, aber da endet die Ähnlichkeit. Alma ist eins dieser Mädchen, die man kaum sieht und hört, die jedoch umso mehr wahrnehmen. Sie neigt dazu, mit großen Augen still die Welt zu bestaunen und niemandem zu verraten, was dabei in ihrem kleinen Kopf vorgeht.

Alma schmiegt sich an mich, dann blickt sie zu mir hoch. »Deine Haare sind blau.«

»Ich weiß.«

»Warum?«

»Weil mir jemand tausend Euro dafür bezahlt hat, dass ich sie so färbe.«

»Das glaube ich nicht.«

So geht es mir oft, wenn ich die Wahrheit sage. »Es stimmt.«

»Und wer war das?«

»Niemand, den du kennst.« Und niemand, den ich persönlich kenne. Das Einzige, was ich von ihm weiß, ist sein Username auf OnlyFans: TrueBlue. »Ich habe gehört, oben wartet eine Geschichte auf mich?«

Eine halbe Stunde später, nach drei Runden mit dem kleinen dicken Traktor und einer Begutachtung der Schätze, die Alma in den zwei Monaten seit meinem letzten Besuch gesammelt hat – zwei Tankquittungen, ein Einkaufszettel, eine Postkarte und einige Seiten aus einem Manuskript, das Tim lektoriert hat; Alma hat einen Papierspleen –, gehe ich die Treppe wieder hinunter.

Tim steht an der Arbeitsplatte in der Küche und hält mir ein Glas Rotwein entgegen. »Noch einmal danke fürs Kommen.«

Wir stoßen an. Der Wein ist exzellent.

»Hast du auch Hunger? Hast du schon zu Abend gegessen?«

»Nur eine Tüte Chips.«

Tim runzelt missbilligend die Stirn. »Ich bereite gerade etwas für Lisa vor, soll ich dir auch etwas machen?«

Ich nicke prompt. Nicht nur, weil ich Hunger habe und Tim ein begnadeter Hobbykoch ist, sondern weil ich es liebe, bekocht und bemuttert zu werden. Deshalb bin ich ein so hervorragender

Gast. Ich bin keiner von der Sorte, die möglichst wenig Mühe machen will, sondern von der, für die ein Gastgeber sich so richtig reinhängen kann.

Tim legt los, und da ich ihn höchstens behindern würde, verziehe ich mich mit meinem Weinglas auf die Terrasse, schnappe mir einen von Lisas bequemen Korbsesseln und scrolle durch die Nachrichten, die während der Fahrt hierher auf meinem Handy eingegangen sind. Als ich die fünfte lese, höre ich, wie hinter mir die Terrassentür geöffnet wird, dann ertönt die Stimme meiner Schwester.

»Meine Güte, Mara, das glaube ich jetzt nicht. Versprich mir bitte, dass ich nicht dabei sein muss, wenn du das Mutter zeigst.«

Ich drehe mich um. Lisa steht hinter mir, eine Hand vor den Mund geschlagen, im Gesicht einen Ausdruck theatralisch übertriebenen Entsetzens, das nur zur Hälfte gespielt ist.

Ich grinse sie an. »Keine Chance! Ich werde dich als Leibwächterin benötigen. Sie reißt mir sonst den Kopf ab.«

»Oder sie schert ihn kahl.« Lisa berührt vorsichtig meine blauen Haare. Dann drückt sie mich fest. »Hallo, Kleine, schön, dich mal wiederzusehen.«

Ich drücke zurück. »Es ist eine Weile her.«

»Und wessen Schuld ist das?«

»Deine. Du hast mich seit deinem Geburtstag nicht eingeladen.«

»Weil du eine Dauereinladung hast.«

Auch wieder wahr.

Ich mustere meine Schwester. Sie sieht wunderschön aus, wie immer, aber noch müder als sonst. »Wie geht es dir? Anstrengende Woche?«

Lisa verdreht die Augen. »Frag nicht – oder zumindest nicht, bevor ich nicht auch ein Glas Wein intus habe. Ich sehe nur nach den Kindern und hole uns Nachschub.«

Sie verschwindet. Als sie zehn Minuten später wiederkommt, hat sie eine Flasche Rioja unter dem Arm, ein leeres Weinglas in der Hand und ihr Handy am Ohr. »Ja, Peter, ich verspreche es hoch und heilig. Ich werde schweigen wie ein Grab.« Sie stellt Glas und Flasche auf den Tisch. »Ja, wir sehen uns morgen.« Sie beendet das Gespräch und zieht sich einen Korbsessel heran.

»Was verschweigst du wem?«, frage ich neugierig. Peter Stoika ist Lisas bester Freund, sie haben zusammen studiert.

»Peter will nicht, dass sein neuester Schwarm von seiner bewegten Vergangenheit erfährt.«

Ich pruste los. »Wenn Peter nicht halb Neustadt zum Schweigen bringt, dürfte das schwierig werden.«

»Absolut.« Lisa prostet mir zu. »Auf dich. Vielen Dank, dass du es so kurzfristig eingerichtet hast.«

»Jetzt erzähl mal von Tims dringendem Termin. Ich wusste gar nicht, dass Lektoren und Übersetzer spontan am Wochenende Termine reingedrückt bekommen. Muss Tim sich auf die Suche nach irgendeinem längst vergessenen Dialekt machen, den nur noch die Hamburger Hafenarbeiter beherrschen?«

»Es ist nichts Berufliches. Ein Freund von ihm heiratet in zwei Wochen, morgen ist sein Junggesellenabschied.«

»Tim geht zu einem Junggesellenabschied?« Ich bin baff. »Spontan? Was ist passiert? Hat die Braut unerwartet festgestellt, dass sie im achten Monat schwanger ist, und will in letzter Sekunde einen Bastard verhindern?«

Lisa lacht. »Nein, die Sache ist schon länger geplant. Tim hatte eigentlich schon abgesagt, Junggesellenabschiede sind nicht so sein Ding. Aber dann hat der Freund angerufen und gesagt, ohne Tim sei es nicht dasselbe. Na ja, er kennt ihn schon lange.«

Ich verstehe. Nein zu sagen, gehört nicht zu Tims Stärken, schon gar nicht zu Freunden. Allerdings kann ich mir meinen Schwager beim besten Willen nicht auf einer Junggesellenabschiedsparty vorstellen. Tims Vorstellung von einem lustigen Abend beinhaltet eher eine Runde Scrabble auf Französisch oder eine Diskussion über zeitgenössische finnische Literatur.

»Auf jeden Fall sind wir dir wirklich dankbar, dass du auf die Kinder aufpasst. War es kein Problem, im Café freizubekommen?«

Seit ich mit meinem OnlyFans-Profil Geld verdiene, arbeite ich nur noch sporadisch in der *Zimtblüte*, aber das habe ich Lisa noch nicht erzählt, und ich möchte es auch jetzt nicht tun. Andererseits ist sie der einzige Mensch, den ich nie anlüge. Doch bevor ich mir eine Antwort ausdenken muss, erscheint Tim mit zwei Tellern, die er vor uns abstellt. Er berührt Lisa zart an der Schulter und setzt sich neben sie. Obwohl die beiden seit zehn Jahren verheiratet sind, sucht er immer noch wie ein Frischverliebter ständig ihre Nähe.

Ich inspiziere meinen Teller. Couscoussalat, Antipasti, Käse und Baguette. »Das sieht lecker aus.«

»Immerhin rettest du unser Wochenende.«

Ich verdrehe die Augen. »Okay, ihr zwei, das reicht. Wenn ihr euch noch ein einziges Mal für mein Kommen bedankt, fahre ich zurück nach München. Ich bin gern mit Alma und Hektor zusammen. Liegt für das Wochenende etwas Besonderes an?«

»Nur eine Sache«, sagt Lisa. »Alma ist morgen Nachmittag zum Geburtstag bei ihrer besten Freundin eingeladen. Halb drei, die Adresse steht im Familienplaner.«

»Und vielleicht eins noch.« Tim reibt sich nervös über sein Kinn. »Hektor ist zur Zeit in der Autonomiephase.«

»Was soll das sein?«

»Früher nannte man sie die Trotzphase. Was ich damit sagen will: Er kann zurzeit etwas schwierig sein.«

2

Als selbstständiger Übersetzer und Lektor legt Tim Wert auf einen präzisen Umgang mit Sprache, daher nehme ich seine Warnung vor Hektors möglichen Trotzanfällen nicht ernst. Etwas schwierig – damit komme ich klar. Meine Mutter behauptet immer, ich sei »das schwierigste Kind, das man sich vorstellen kann« gewesen. Vermutlich hält sie mich noch heute dafür.

Wie erwartet verläuft der Samstagvormittag mit Alma und Hektor entspannt. Nachdem Lisa und Tim losgefahren sind, spiele ich mit den Kindern im Garten. Erst Monsterfangen (ich bin das Monster auf der Suche nach fressbaren Häppchen in Kindergröße), dann Verstecken, dann Rumrollen. Als Hektor gegen eins verkündet, dass er Hunger hat, marschieren wir zu dritt in die Küche, wo mich allerdings eine unliebsame Überraschung erwartet: Es gibt einen Laib Biovollkornbrot, und der Kühlschrank ist voll mit Biogemüse, Biokäse, Biojoghurt, aber offenbar haben Lisa und Tim vergessen vorzukochen – was sie sonst tun, um ihre Kinder davor zu bewahren, aufgrund meiner gastronomischen Unfähigkeit ein lebenslanges Trauma zu erleiden.

»Wer möchte ein Brot?«, frage ich, nachdem ich auch das Gefrierfach überprüft habe, ob es nicht zufällig einige Fertiggerichte enthält.

Alma, brav und genügsam, nickt stumm, Hektor protestiert lautstark.

»Eine Banane?«

»Nein.«

»Einen Joghurt?«

»Nein.«

»Tja, dann könnte es schwierig werden. Was möchtest du denn?«

»Pommes.«

Die Antwort kommt wie aus der Pistole geschossen und überrascht mich. Lisa und Tim legen Wert auf eine gesunde Ernährung, ich hätte nicht gedacht, dass Hektor weiß, was Pommes sind.

»Pommes gibt's leider nicht.«

»Pommes!«

»Nein, Hektor, wir haben keine Pommes.«

Im nächsten Moment bricht die Hölle los, und ich erkenne, dass auch Lektoren hin und wieder zu Euphemismen greifen. Hektor hält die Luft an, bis seine Wangen knallrot sind, und kneift die Augen zusammen, bis dicke Tränen daraus hervorquellen.

»Pommes!« Er stampft mit den Füßen auf, dann beginnt er, mit den Fäusten auf einen Küchenstuhl zu trommeln. »POMMES!«

»Hektor, es gibt keine …«

»POMMES! POMMES! POMMES!«, schreit Hektor wie am Spieß.

Ich starre ihn hilflos an, dann sehe ich zu Alma hinüber, die ihren Bruder aus großen dunklen Augen betrachtet. Sie sagt etwas, das im Gebrüll untergeht. Ich sage etwas Beruhigendes, das ebenfalls untergeht. Schließlich lege ich Hektor eine Hand auf den Rücken, um ihn auf mich aufmerksam zu machen. Es gelingt. Hektor vergisst den Stuhl und boxt stattdessen auf mich ein.

»Spinnst du?«, brülle ich nun meinerseits. Ich umschlinge Hektors Arme und Oberkörper, woraufhin er versucht, mich zu treten.

»Hektor!«

»Pommes!«

»Durchatmen.« Diesmal verstehe ich, was Alma sagt. »Das sagt Mama immer.«

Ich kann mir beim besten Willen nicht vorstellen, dass Hektor sich bei Lisa so aufführt, dennoch versuche ich, den Tipp zu beherzigen, atme tief ein und wieder aus und zähle im Kopf bis zwanzig. Dann gebe ich auf.

»Okay, wir holen Pommes.«

Eine Viertelstunde später sind wir unterwegs zum Kiosk am Ausee. Der Aufbruch hat sich verzögert, weil Hektor – wieder ganz Sonnenschein – darauf bestand, mit dem Laufrad zu fahren, und weil wir noch einmal umkehren mussten, um das Geburtstagsgeschenk für Almas Freundin zu holen. Der Ausee liegt in den Neustädter Auen, einem Naherholungsgebiet am Fluss nicht weit von Lisas und Tims Haus entfernt. Natürlich ist es an diesem Hochsommersamstag eine Woche vor Ferienbeginn proppenvoll dort, und die Schlange vor dem Kiosk zieht sich bis zum Spielplatz hin, doch ich habe Glück. Vor uns wartet ein einbeiniger Mann. Er trägt T-Shirt und Shorts, und die Tatsache, dass nur aus einem der beiden kurzen Hosenenden ein Bein hervorschaut, fasziniert Hektor so sehr, dass er vergisst, wegen der Warterei zu quengeln. Auch Alma starrt den Einbeinigen interessiert und schweigend an, so dass ich die Gelegenheit nutze, mich umzusehen und die Aussicht zu genießen – insbesondere die auf einen knackigen Hintern in einer knappen, leuchtendblauen Badehose. Der knackige Hintern geht nach unten über in zwei muskulöse, dunkelbehaarte Beine, nach oben in eine schmale Hüfte, einen muskulösen Rücken und breite Schultern. Mit anderen Worten: das perfekte Y. Das Y geht nicht weit von mir entfernt Richtung Wasserkante, und ich versuche gerade, es per Telepathie dazu zu bewegen, sich umzudrehen, damit ich auch seine Vorderseite bewundern kann, da bemerke ich aus dem Augenwinkel, dass Hektor sich dem Einbeinigen nähert und in die Hocke geht in dem Versuch, von unten einen Blick in das ungefüllte Shortsbein zu werfen. Solange er nur guckt …

Doch in dem Moment streckt Hektor eine kleine Hand aus. Ich reiße mich von Y los und ziehe meinen Neffen aus der Gefahrenzone. Kurz darauf kauft der Einbeinige sich ein Eis, ich kaufe drei Portionen Pommes und zwei Flaschen Apfelschorle und bugsiere das Tablett, Alma und Hektor zu einer der Bierbänke. Kaum steht das Essen vor ihm, konzentriert Hektor sich ausschließlich darauf, bis …

»Nein!«

Der Schrei geht mir durch Mark und Bein. »Was ist denn los?«, frage ich meinen Neffen erschrocken.

»Will Pommes!«

»Das sind Pommes.«

»Nein! Will Pommes! POMMES!«

Innerhalb von drei Sekunden sind wir wieder da, wo wir vor drei Viertelstunden schon einmal waren. Hektor schreit und schluchzt, trommelt mit den Händen auf den Tisch und produziert Tränen so groß wie Tischtennisbälle. Nur, dass das Ganze dieses Mal vor Publikum stattfindet.

»Weißt du, was er hat?«, frage ich Alma verwirrt.

»Ich glaube, er mag kein Ketchup«, flüstert Alma.

Echt jetzt? »Hektor, stimmt das? Magst du dein Ketchup nicht?«

»Pommes!«

»Das sind Pommes. Pass mal auf, wenn dich das Ketchup stört, dann tue ich es weg. Okay?«

Ich greife nach Hektors Teller, doch Hektor schlägt meine Hand weg und jault noch lauter. Ich beiße die Zähne zusammen. Wie war das? Durchatmen und bis zwanzig zählen?

Als ich bei vierzig bin, brüllt Hektor immer noch, und die Missbilligung in den Augen der Umsitzenden ist auf Rekordhoch.

»Kann ich helfen?«

O ja, bitte, denke ich und blicke auf – und im nächsten Moment verschlägt es mir den Atem. Vor mir steht der Typ mit der leuchtendblauen Badehose. Doch es ist nicht die Vorderseite von Y, die mir die Luft raubt, sondern die Tatsache, dass ich Y kenne.

»Oliver.«

Er erkennt mich ebenfalls. »Mara.« Einen Moment lang starren wir einander verblüfft an, bevor Oliver den Blick auf meinen Arm senkt und meine Schlange mustert. »Es ist eine Weile her. Du siehst gut aus. Auffallend.« Das Letzte mit Blick auf meine Haare.

»Das musst du gerade sagen. Wenn du deine Badehose über den Kopf ziehst, können wir als Zwillinge durchgehen.«

Meine Witze sind normalerweise besser, und Oliver muss erst an sich hinuntersehen, bevor er diesen kapiert. Dann: »Wow, du hast dich überhaupt nicht verändert. Es kann dir offenbar immer noch nicht schnell genug gehen, mich aus meinen Klamotten zu bekommen. Soll ich schon mal zu den Umkleidekabinen vorausgehen?«

Er grinst breit, und ich lächle schwach zurück, weil mir keine passende Erwiderung einfällt, zumindest keine, die ich in Almas und Hektors Hörweite aussprechen möchte. Es gab tatsächlich eine Zeit, in der ein Blick auf ihn genügte, dass ich Oliver an die Wäsche wollte. Und wir haben es auch einmal in der Umkleidekabine hier am Ausee getrieben, genauso wie im Mercedes 300SL Roadster seines Großvaters. Allerdings ist das lange her.

Ich mustere Oliver. Er hat sich äußerlich wenig verändert, die Muskeln sind noch ein wenig ausgeprägter, ebenso die Ähnlichkeit mit Harvey Specter, dem supercoolen Anwalt in *Suits*. Oliver hat sogar seine Haare blondiert und nach hinten gegelt.

»Und wer sind deine charmanten Begleiter?« Oliver guckt von Alma, die aus ihren unergründlichen Augen zu ihm hochsieht, zu Hektor, der sein Gebrüll eingestellt hat und lieb lächelt.

Ich stelle die beiden vor. Mir schießt der Gedanke durch den Kopf, sie als meine Kinder auszugeben, nur um Olivers Gesichtsausdruck zu sehen, doch Alma würde es sofort richtigstellen, die kleine Genauigkeitsfanatikerin.

»Ich passe übers Wochenende auf sie auf, weil meine Schwester auf einer Tagung ist und ihr Mann in Hamburg.«

»Arbeitet Lisa noch am Neustädter Klinikum?«

»Sie ist da Oberärztin.«

»Beeindruckend. Und was machst du?«

»Viel. Und selbst? Sorgst du noch dafür, dass die Neustädter nachts sicher in ihren Betten schlafen können?« Das hat Oliver tatsächlich einmal als Grund für seinen Wunsch, Polizist zu werden, angegeben. Er hat es immer verstanden, seine Motive in ein altruistisches Mäntelchen zu hüllen.

»Ich bin mittlerweile bei der Kripo. Kommissariat für Vermisstenfälle. Solltest du mal verloren gehen …«

»… würdest du dich auf meine Fährte setzen? Gut zu wissen.«

»Nicht wahr?«

Wieder starren wir uns an.

»Tja«, sagt Oliver dann. »Ich möchte nicht länger stören. Ich wollte nur fragen, ob ich helfen kann, aber da das nicht mehr nötig ist … War schön, dich wiederzusehen.«

»Gleichfalls.«

»Man sieht sich.«

Das bezweifle ich.

Einer der Gründe, warum ich nur nach Neustadt fahre, um Lisa und ihre Familie zu besuchen, ist, dass ich dort immer Gefahr laufe, Bekannte von früher zu treffen. Nicht, dass ich nur schlechte Erinnerungen an meine Kindheit und Jugend habe, doch mein Leben hat sich radikal verändert, seit ich mit einundzwanzig weggezogen bin. Ich habe nichts mehr gemeinsam mit meinen ehemaligen Schulkameradinnen, die alle denselben Karriere-Partner-Kinder-Haus-Lebensplan verfolgen. Ich teile diese Ziele nicht – ich habe überhaupt keine Ziele. Ich wechsle ständig meine Jobs oder jongliere mit mehreren gleichzeitig, weil ich Lust auf Abwechslung habe. Ich war vom Aktmodell an der Kunsthochschule über bofrost-Fahrerin bis zur Zooführerin schon alles Mögliche. Zurzeit gebe ich Kurse in einem Poledance-Studio, helfe noch gelegentlich in der Zimtblüte aus und habe natürlich meinen OnlyFans-Account. Einen festen Partner hatte ich seit Oliver nicht mehr, und ich wüsste auch nicht, wozu ich einen bräuchte. Wenn ich Sex will, schleppe ich jemanden ab; wenn ich Nähe will, habe ich Frodo und Gesche und ein Dutzend anderer guter Freunde; wenn ich mich nach Familienanschluss sehne, fahre ich zu Lisa und Tim. Ich hänge an Alma und Hektor, aber bei dem Gedanken, für eigene Kinder mein ganzes Leben umzukrempeln, graut es mir, und ein Haus wäre zwar schön, aber die WG tut's auch. Außerdem müsste ich für ein Haus so viel arbeiten, dass ich keine Zeit hätte, es zu genießen.

Aus all diesen Gründen verbuche ich Treffen mit Bekannten von früher daher meistens unter »fünf langweilige Minuten meines Lebens, die ich nicht zurückbekomme«. Nach der Begegnung mit Oliver hingegen bin ich nicht gelangweilt, sondern positiv überrascht. Ich hatte vergessen, wie schlagfertig er sein kann. Seit unserer Trennung sind wir uns nur drei- oder viermal begegnet. Die ersten Male hat Oliver mich ignoriert, das letzte Mal, das auch schon einige Jahre zurückliegt, hatte er irgendeine Vorzeigeblondine am Arm, die zweifellos besser zu ihm passt als ich.

Ich frage mich flüchtig, ob die beiden noch zusammen sind, bevor ich mich wieder auf Alma und vor allem Hektor konzentriere, der sein Ketchup-Trauma vergessen zu haben scheint. Er stopft Pommes in sich hinein, als gäbe es kein Morgen, und weil er danach satt und zufrieden und vor allem kooperativ ist, schaffen wir es tatsächlich, Alma pünktlich beim Kindergeburtstag ihrer Freundin abzuliefern.

Anschließend machen wir uns zu zweit auf den Heimweg, auf dem Hektor immer müder wird, so dass ich ihn schließlich auf den Arm nehme. Als wir zu Hause ankommen, schläft er so fest, dass ich ihn einfach auf seinen Spielteppich im Wohnzimmer lege. Dann beschließe ich, es ihm gleich zu tun. Ich gehe auf die Terrasse, ziehe mich bis auf den Slip aus, schiebe eine von Lisas Gartenliegen in die Sonne und bin innerhalb von Sekunden eingeschlafen.

3

Von gemeinsamen Familienurlauben weiß ich, dass Lisa einen leichten Schlaf hat, sich vom kleinsten Geräusch wecken lässt und dann in jeder Hinsicht sofort auf der Höhe ist – zweifellos eine nützliche Eigenschaft für eine Mutter kleiner Kinder oder eine Ärztin in Bereitschaft. Ich dagegen schlafe wie ein Murmeltier, und wenn ich damit aufhöre, muss ich mich immer erst mühsam ins Bewusstsein zurückkämpfen.

Als ich im Schlaf Geräusche höre, dauert es daher eine Weile, bis ich sie einordnen kann. Zuerst denke ich, dass ich zu Hause in meinem Bett liege und dass Gesche mit irgendeinem Typen nebenan Sex hat, denn ich höre Keuchen und Stöhnen, ein männliches Oh-ja-ich-komme-Stöhnen, das Frodo ausschließt, denn der ist asexuell.

Na, dann weiterhin viel Spaß! Ich wälze mich zur Seite und will mir die Decke über die Ohren ziehen, stelle jedoch fest, dass da keine Decke ist. Da sind nur Sonnenstrahlen, die mich wärmen, denn ich bin nicht in meiner WG, sondern in Lisas Garten und … Ja, ich bin im Garten meiner Schwester, und irgendein Kerl hat gerade einen Orgasmus, und die Terrassentür ins Wohnzimmer, in dem mein kleiner Neffe schläft, steht sperrangelweit offen!

Mit einem Schlag bin ich hellwach. Ich schnelle von der Sonnenliege wie ein Springteufel, haue mir einen großen Zeh an einem Blumentopf an und flitze über die Terrasse ins Wohnzimmer. Hektor liegt friedlich auf seinem Teppich, er ist auf die Seite gerollt, einen Daumen im Mund. Ein strenger Geruch hängt in der Luft, ein Hinweis, dass seine Windel voll ist.

Ich atme einmal tief durch, dann kehre ich auf die Terrasse zurück. Das Geräusch ist verstummt, und ich komme mir albern vor. Jemand hat nachmittags Sex, na und? Habe ich geglaubt, ein Pädo würde sich an Hektor vergreifen?

Dennoch geht mir das Stöhnen nicht aus dem Kopf. Waren das wirklich zwei Partner beim Sex? Gehört habe ich nur einen. Und welches Paar geht in diesem hochanständigen Wohngebiet an einem Samstagnachmittag zum Vögeln in den Garten? Dabei bin ich mir sicher, dass das Geräusch aus der Nähe kam, nicht durch ein Fenster. Und dann fällt mein Blick auf die Liege, und mir kommt ein anderer Verdacht. Hat irgendein Kerl mich beim Oben-ohne-Sonnenbad beobachtet und sich darauf einen runtergeholt?

Ich blicke mich um. Der Garten ist nur von den Nachbargärten aus einzusehen. Zur Linken wohnt eine alleinerziehende Lehrerin mit Teenagerzwillingen. Hat deren Sohn beim Anblick meiner Titten abgespritzt? Doch warum habe ich ihn dann nicht gesehen, als ich aufgewacht bin? Der Garten ist von der übersichtlichen Sorte, Terrasse und Rasen ohne Büsche oder Bäume.

Also der Nachbar zur Rechten? Von Lisa weiß ich, dass das Haus im letzten Jahr den Besitzer gewechselt hat, allerdings fällt mir gerade nicht ein, wer jetzt darin wohnt. Es ist eins dieser hässlichen Architektenhäuser, die aussehen, als hätte jemand zwei überdimensionierte Schuhschachteln übereinandergestapelt. Der Garten ist von Lisas Garten durch einen Maschendrahtzaun getrennt, der stellenweise von Büschen und auf Höhe der Terrasse von einem üppigen Rhododendron verdeckt wird. Ich starre den Rhododendron an, er starrt zurück, als hätte er Augen, und plötzlich bin ich sicher, dass das Geräusch von dort gekommen ist. Ich streife mein Kleid über, gehe auf den Rhododendron zu – und bekomme prompt die Bestätigung, dass etwas im Busch ist. Von hinter dem Rhododendron höre ich Schritte, die sich hastig entfernen, und ich sehe etwas Weißes durch die Blätter schimmern.

Zorn schießt in mir hoch. Ich renne den Maschendrahtzaun entlang zu einer Stelle, die auf beiden Seiten frei von Gebüsch ist, und schwinge mich in den Nachbargarten hinüber. Von dem

Wichser ist nichts mehr zu sehen. Bestimmt hat er sich im Haus versteckt, deshalb stürme ich quer über den Rasen zur Terrasse, rüttele an der verschlossenen Fenstertür und presse mein Gesicht gegen die Glasscheibe. Nach einem kurzen Augenblick kann ich eine teure, maskuline, ziemlich langweilige Inneneinrichtung erkennen, aber keine Spur des Wichsers. Vermutlich hat der Typ sich nach oben verzogen, doch wenn er denkt, ich gebe auf, hat er sich geschnitten. Ich laufe ums Haus herum zur Eingangstür und schlage mit der Faust auf die Klingel. Ich kann den Ton draußen hören, eine nervtötende elektronische Melodie, die so wenig einladend klingt wie das Haus aussieht. Pech!

Ich drücke wieder auf die Klingel unter der Nummer vierzehn und wieder und wieder und wieder. Ich bin wild entschlossen, das zu tun, bis der Typ endlich aufmacht, selbst wenn es mir eine Sehnenscheidenentzündung einbringt. Ich hasse Männer, die meinen, sie können Frauen nach Belieben benutzen. Ich habe das Recht, mich oben ohne zu sonnen, ohne als Wichsvorlage missbraucht zu werden.

Also läute ich weiter, doch irgendwann vergeht mir die Lust. Was, wenn der Wichser sich in seinem Haus auf meine vergebliche Klingelei noch einen runterwedelt?

Ich denke über andere Möglichkeiten nach, dem Typen die Hölle heiß zu machen, als ein weißes Mercedes-E-Klasse-Cabriolet den Drosselweg hochkommt und in die Auffahrt von Nummer vierzehn einbiegt. Auf der Rückbank thront eine Golftasche, am Steuer sitzt ein Typ mit kurzen silberweißen Haaren und Riesensonnenbrille. Bei meinem Anblick öffnet er die Fahrertür und kommt auf diese extra dynamische Weise auf mich zu, die manche Männer über sechzig an den Tag legen, um zu beweisen, dass sie noch nicht zum alten Eisen gehören.

»Kann ich Ihnen helfen?«

Die Frage ist höflich formuliert, doch der Ton fragt eher, was zum Teufel eine Fremde auf seinem Grund und Boden verloren habe. Allerdings sind wir uns nicht fremd. Lisa hat uns einander auf ihrer Geburtstagsparty vor zwei Monaten vorgestellt. Der Mann heißt Lutz Weller, er ist vor einem halben Jahr hierhergezogen.

»Hallo, Lutz«, sage ich daher, und als er verdutzt guckt: »Mara Bader, Lisas Schwester. Wir haben uns an ihrem Geburtstag kennengelernt.«

Lutz schiebt seine Sonnenbrille hoch und mustert mich. Seine Augen leuchten ungefähr so blau wie meine Haare. Für einen Mann Anfang sechzig ist er ziemlich attraktiv. Dann lächelt er. »Klar. Ich erinnere mich. Was machst du hier? Ist etwas passiert?« Sein Blick wandert an mir hinunter. »Du blutest.«

Ich stelle fest, dass mein großer Zeh, den ich mir angehauen habe, tatsächlich blutet. »Das ist nichts. Weswegen ich hier bin …«

Doch ich spreche den Satz nicht zu Ende. Nicht, weil es mir peinlich wäre, in Gegenwart eines Fastfremden übers Masturbieren zu sprechen, sondern weil mir in dem Moment Zweifel an meiner Theorie kommen, dass der Wichser in dieses Haus geflohen ist. Denn ich erinnere mich, dass Lutz geschieden ist und allein lebt. Irgendeine Nachbarin hat sich auf Lisas Geburtstagsfeier darüber echauffiert, dass ein so großes Haus einer Familie mit Kindern vorbehalten sein sollte.

»Ich bin hier, weil uns die Milch ausgegangen ist. Hast du einen Liter übrig?«

Kurz darauf kehre ich über die Terrasse in Lisas Haus zurück. Hektor schläft und müffelt immer noch friedlich vor sich hin. Ich gehe in die Küche, wo ich den Tetra Pak Milch, den Lutz mir gegeben hat, in den Kühlschrank stelle und stattdessen einen Joghurt herausnehme. Während ich ihn leerlöffele, denke ich darüber nach, wohin der Spanner verschwunden sein könnte – und wer er gewesen sein mag. Irgendein Halbwüchsiger aus der Nachbarschaft? Aber warum schleicht er zum Spannen in einen fremden Garten, warum hält er nicht am Ausee Ausschau nach nacktem Fleisch? Das sollte erfolgsversprechender sein, als darauf zu warten, dass eine Nachbarin zufällig im richtigen Moment auf ihrer Terrasse blankzieht. Oder war der Spanner gezielt auf der Suche nach mir? Doch das ergibt noch weniger Sinn, oder?

Ich schüttele den Kopf und werfe den leeren Joghurtbecher weg. Schluss mit der Grübelei, es wird schon irgendeine Erklärung geben.

Der Rest des Nachmittags verläuft ereignislos. Um sechs hole ich mit Hektor Alma von ihrer Geburtstagsfeier ab. Alma ist ungewöhnlich aufgedreht und berichtet atemlos von ihren nachmittäglichen Vergnügungen. Als Hektor ebenfalls etwas erzählen will, unterbricht sie ihn ziemlich rabiat, was zu einem neuen Wutausbruch führt. Ein weiterer folgt, als ich Hektor vor dem Zubettgehen baden will, aber frevelhafterweise die Zutaten (Badeschaum, Quietscheentchen, Plastikboot, Badeschwamm) nicht in der korrekten Reihenfolge (Badeschaum, Badeschwamm, Plastikboot, Quietscheentchen) in die Wanne gebe. Als er endlich sauber, satt und frisch gewickelt einschläft, ist es bereits fast neun, und ich frage mich, wieso Eltern zu Beginn der Trotzphase ihrer Kinder nicht von staatlicher Seite eine schalldichte Gummizelle zugeteilt wird. Ich schmuse noch mit Alma, damit sie neben ihrem anspruchsvollen kleinen Bruder nicht völlig zu kurz kommt, dann stelle ich mich unter die Dusche.

Als ich anschließend die Treppe hinuntergehe, fühle ich mich wieder halbwegs menschlich, und um die Menschwerdung zu vollenden, schenke ich mir ein großes Glas Rioja ein. Ich will es mit ins Wohnzimmer nehmen, da klingelt das Festnetztelefon im Hausflur. Ich werfe erst einen Blick aufs Display und gratuliere mir dann für die weise Voraussicht, denn es ist meine Mutter. Ich warte, bis die Mailbox sich einschaltet, dann setze ich meinen Weg ins Wohnzimmer fort. Die Stimme meiner Mutter schallt mir hinterher.

»Hallo? Tim? Warum gehst du nicht ans Telefon, du musst schließlich da sein, und die Kinder sind hoffentlich längst im Bett.

Ich weiß, ihr seht das nicht so streng, aber es ist schon halb zehn, ich habe extra mit meinem Anruf gewartet. Ich mache mir Sorgen um Elisabeth. Ich kann sie nicht erreichen. Ich weiß, dass sie auf einer Konferenz ist, aber sie hat gesagt, sie würde mich zurückrufen und …«

»Hallo, Mutter, was ist mit Lisa?«

Meine Mutter redet noch eine Weile weiter, bevor sie merkt, dass sie nicht mehr mit der Mailbox spricht. »Wer ist denn da?«, fragt sie schließlich.

»Mara. Deine zweite Tochter, falls du es vergessen hast. Was ist mit Lisa?«

»Mara? Was machst du denn dort? Wo ist Tim?«

»Ich passe auf die Kinder auf, weil Lisa und Tim übers Wochenende weg sind.«

Meine Mutter nimmt Behauptungen anderer selten widerspruchslos hin, schon gar nicht meine. »Unsinn, Elisabeth ist auf einer Konferenz, Tim ist zu Hause.«

»Ist er nicht. Er hat einen dringenden geschäftlichen Termin.«

»Und warum bist du nicht sofort ans Telefon gegangen?«

»Ich habe gespült und musste meine Hände erst abtrocknen.«

»Gespült? Du?« Der ungläubige Tonfall wäre vielleicht verletzend, wenn Gisela Marga Bader die Fähigkeit, mir wehzutun, nicht schon vor langer Zeit verloren hätte. »Elisabeth besitzt eine Spülmaschine.«

»Die ist kaputt. Was ist mit Lisa? Du sagtest, du machst dir Sorgen?«

Meine Mutter kann eine harmlose Bemerkung über eine Spülmaschine in eine mehrstündige Inquisition verwandeln, doch zum Glück macht sie den Themenwechsel mit. »Sie geht nicht an ihr Handy. Ich habe es schon dreimal versucht.«

»Sie ist auf einer Tagung. Sie sitzt vermutlich in einem späten Vortrag oder beim Tagungsdinner oder mit Kollegen an der Bar.«

»Ich weiß, dass sie auf einer Tagung ist«, erwidert meine Mutter gereizt. »Ich habe sie heute Morgen dort angerufen, aber sie hat mitten im Gespräch aufgelegt. Sie sagte, sie würde mich zurückrufen, aber das hat sie nicht getan.«

»Das ist doch kein Grund, sich Sorgen zu machen. Lisa wird beschäftigt sein. Ging es bei eurem Telefonat um etwas Dringendes?«

»Es ging um den Sommerurlaub. Elisabeth hat die seltsame Idee, in diesen Ferien nicht wegzufahren, aber ich habe eine Bekannte getroffen, die hat ein Haus an der Ostsee, das zufällig noch frei ist, und …«

Ich schalte ab. Lisa hat mir gestern Abend erzählt, dass sie die Sommerferien zu Hause verbringen möchte, weil sie keine Lust auf den zusätzlichen Stress durch die Organisation einer Urlaubsreise hat. Angesichts von Lisas vollgestopftem Terminplan erscheint mir das vernünftig, aber meine Mutter sieht das anders, und natürlich hält die bloße Tatsache, dass es sie nicht das Geringste angeht, sie nicht davon ab, sich einzumischen. Ich verstehe nur zu gut, warum meine sonst so pflichtbewusste Schwester beschlossen hat, auf einen Rückruf zu verzichten, der ihr nichts als Stress einbringen würde.

Da auch ich gerne Stress vermeide, spreche ich den Gedanken nicht laut aus, sondern sage nur gelegentlich: »Ja, ja«, während ich an meinem Wein nippe und darauf warte, dass meiner Mutter die Puste ausgeht. Da das nicht passiert, unterbreche ich sie schließlich.

»Ich muss Schluss machen, Alma ruft nach mir.«

Damit lege ich auf, hole mir noch ein Glas Wein und gehe ins Wohnzimmer hinüber, wo ich einen Thriller auf Netflix einschalte und mich auf die Couch fallen lasse. Nach Gesprächen mit meiner Mutter habe ich immer das Bedürfnis, meine Gehörgänge mit anderen Stimmen durchzuspülen. Das mache ich schon seit Jahren so, die Zeiten, in denen ich meiner Mutter zugehört und mich von ihren Vorwürfen habe kleinmachen lassen, liegen lange zurück. Und Zeiten, in denen sie mir etwas anderes an den Kopf geworfen hat als Forderungen oder enttäuschte Erwartungen, hat es kaum je gegeben.

Meine Mutter hat es zwar nie zugegeben – mein Vater deswegen auch nicht –, dennoch bin ich überzeugt, dass ich ein Unfall war, ungeplant und ungewollt. Denn wieso hätte meine Mutter ein weiteres Kind planen sollen, wo sie schon ein perfektes hatte, eins, in das sie all ihre Träume und Hoffnungen pressen konnte wie in ein kleines Sparschwein und das diese Hoffnungen und Träume mit Zins und Zinseszins und rauschenden Dividenden zurückzahlte?

In den Augen meiner Mutter war ich vom Beginn meiner Existenz an ein Störfaktor. Tatsächlich kam ich drei Wochen zu früh zur Welt und damit ausgerechnet an dem Tag, an dem eine diplomierte Psychologin Lisa offiziell als hochbegabt diagnostizierte, ein Ereignis, auf das meine Mutter wochenlang hingefiebert hatte, und sie hat es mir bis heute nicht verziehen, dass sie nicht dabei sein konnte. Doch das war das letzte Mal, dass ich Vorrang vor Lisa bekam. Eine meiner frühesten Erinnerungen ist, wie ich in den Kindergarten kam. Ich war aufgeregt und wollte, dass meine Mutter mit mir dort bleibt, doch sie hatte keine Zeit, denn an dem Tag musste sie Lisa zur Schule bringen, weil diese zum ersten Mal eine Klasse übersprang. Als ich eingeschult wurde, drehte sich ebenfalls alles um Lisa, weil die in ein spezielles Hochbegabtenprogramm aufgenommen wurde. Als ich aufs Gymnasium kam, wurde das Ereignis in den Schatten gestellt von der Tatsache, dass Lisa ihr Medizinstudium begann. Als ich Abitur machte, interessierte meine Mutter das ebenfalls nur am Rande.

Wenn Sie jetzt glauben, dass ich verbittert bin, weil meine Mutter Lisa stets so offensichtlich bevorzugt hat – das stimmt nicht. Natürlich habe ich mich als Kind nach der Aufmerksamkeit und Anerkennung meiner Mutter gesehnt, aber früh zu lernen, dass das Streben danach vergebliche Liebesmüh wäre, hatte einen Riesenvorteil: Es schenkte mir Freiheit. Die Freiheit zu tun und zu lassen, was ich will, und mich von Erwartungen anderer abzukoppeln. Dieser Freiheit habe ich es zu verdanken, dass ich heute ein Leben führe, das mir Spaß macht, anstatt mich im

Hamsterrad gesellschaftlicher und sonstiger Erwartungen abzustrampeln.

Dennoch gibt es eine Sache, die ich meiner Mutter nie verzeihen werde: dass ihre ständigen Vergleiche und Vorwürfe, ich sei nicht so gut wie meine Schwester, mich fast die Beziehung zu Lisa gekostet hätten. Denn natürlich habe ich irgendwann angefangen, Lisa dafür zu hassen. Wir sind nur deshalb heute Freundinnen, weil Lisa tatsächlich wunderbar ist. Nicht weil sie einen IQ nahe unendlich hat oder in allem brilliert, was sie anpackt – das tut sie wirklich, und es ist zum Kotzen –, sondern weil Lisa mich von meiner Geburt an mit Schwesterliebe überschüttet hat. Von Tag eins an war sie immer für mich da. Ich habe Alma und Hektor sehr gern, doch Lisa ist der einzige Mensch auf der Welt, über den ich sagen würde, dass ich ihn liebe.

Während es im Thriller eine Schießerei gibt, checke ich mein Smartphone. Frodo hat mir die bearbeiteten Fotos aus dem Automuseum gemailt. Die Bilder von mir auf dem Mercedes 300SL Roadster sind super geworden, witzig, sexy, nicht zu erotisch. Frodo wird am Montag das erste bei OnlyFans hochladen, weitere im Laufe der Woche, je nachdem, wie meine Fans reagieren. Ich wette, sie werden begeistert sein, und es wird Trinkgeld regnen – warum auch immer. Es ist mir ein Rätsel, warum Leute Geld für Dessousfotos von mir bezahlen, wenn jede Google-Suche ihnen Nacktfotos tausender Frauen gratis einbringt. Aber ich hinterfrage das nicht, sondern kassiere ab. Auf die Sache mit dem OnlyFans-Account sind Frodo und ich eher zufällig gekommen, als es selbst nach Gesches Einzug um unsere Finanzen echt mies stand. Erst war es nur ein Witz. Wir dachten, wir posten einfach mal ein sexy Unterwäschefoto von mir und sehen, was passiert. Die Resonanz war verblüffend, deswegen haben wir weitergemacht. Mittlerweile habe ich über dreihundert Fans, die alle fünfzehn Euro im Monat zahlen, um mir folgen zu können. So einfach habe ich noch nie Geld verdient.

Den Anruf meiner Mutter habe ich längst vergessen, als nach zehn erneut das Telefon klingelt. Bestimmt will sie ihren Monolog über die nichtexistenten Urlaubspläne meiner Schwester fortsetzen, also bleibe ich auf der Couch liegen, bis die Mailbox erneut übernimmt. Kurz darauf dringt aus dem Flur allerdings nicht die Stimme meiner Mutter, sondern etwas, das mein geübtes Ohr unschwer als besoffenes Gebrabbel identifiziert. Ein Mann, der offenbar mehr getrunken hat, als er verträgt, aber noch nicht genug, dass er sein Handy nicht mehr bedienen könnte, verkündet, dass er die Zeit seines Lebens habe und sich nur wünschte, ich – beziehungsweise die Person, die er anrufen wollte – würde diese Zeit mit ihm teilen.

Die Stimme ist reichlich vernuschelt, und im Hintergrund sind typische Kneipengeräusche zu vernehmen, so dass ich nur Satzfetzen verstehe. »Soooo geil hier … Die Frauen … Verpasst was … Nächstes Mal …« In dem Moment schreit eine zweite Stimme dazwischen: »Nächstes Mal? Du willst noch ein nächstes Mal?« Offensichtlich ist das ein Megawitz, denn er löst dröhnendes Gelächter aus. Die Stimme brabbelt weiter, es gibt mehr Gelächter, dann ein Klirren, ein vielstimmiger Fluch und schließlich Stille.

Ich kann mir unschwer vorstellen, was passiert ist. Setzt man eine Runde besoffener Kumpels in eine Kneipe oder auf eine Party, dann kommt irgendwann der Moment, in dem irgendjemand meint, irgendeine bedauernswerte abwesende Person anrufen zu müssen, um sie übers Handy wissen zu lassen, was sie verpasst. Und es kommt irgendwann der Moment, in dem irgendein Idiot mit einer ausladenden Geste die Gläser vom Tisch fegt oder beim Aufstehen in sie hineinkracht, weil er sich nicht mehr auf den Beinen halten kann. Ich bin oft genug bei solchen Saufgelagen dabei und bekomme auch manchmal solche Anrufe, wundere mich allerdings, dass es Lisa und Tim ebenso ergeht. Ich hätte ihre Freunde für gediegener gehalten. Neugierig gehe ich in den Flur und werfe einen Blick auf das Display des

Telefons. Eine Handynummer, der kein Name zugeordnet ist. Ich gehe jede Wette ein, dass der Anrufer sich verwählt hat.

Ich lösche das Flurlicht und will ins Wohnzimmer zurückkehren, als ich durch die Glasraute in der Haustür sehe, wie draußen vor dem Haus das Licht des Bewegungsmelders angeht, und im nächsten Augenblick taucht ein Schemen vor der Glasraute auf. Dort steht jemand. Ich überlege, wie ich reagieren soll. Habe ich Lust auf Besuch? Hängt davon ab, wer es ist. Wer kann es überhaupt sein um diese Zeit? Meine Mutter? Sie wohnt ebenfalls in Neustadt, eine Autoviertelstunde entfernt. Vielleicht will sie überprüfen, ob ihre Enkel in meiner zweifelhaften Obhut noch atmen?

Ich warte darauf, dass sie klingelt, doch nichts passiert. Dann bewegt sich der dunkle Schemen. Er scheint zu zögern, was mir signalisiert, dass es nicht meine Mutter ist. Warum klingelt der Besuch nicht einfach?

Ich gehe zur Tür und reiße sie auf. Draußen steht Oliver, in der einen Hand eine Flasche Wodka, in der anderen eine Flasche Bitter Lemon.

Verblüfft starre ich Oliver an, der seinerseits so verlegen grinst wie ein Messdiener, der beim Pornogucken erwischt wird.

»Oliver? Was machst du hier?«

»Oh, äh, hallo Mara«, sagt er in einem Ton, als wäre *ich* überraschenderweise bei *ihm* aufgetaucht. »Ich wollte …« Er bricht ab, zögert, dann streckt er mir die beiden Flaschen hin.

Ich nehme sie nicht. »Zahlt man bei der Polizei so schlecht, dass du nebenbei Getränke ausliefern musst? Du weißt aber schon, dass man erst wartet, bis eine Kundenbestellung eingegangen ist. Oder soll das eine Gratisprobe sein?«

Er lacht verlegen. »So was in der Art. Ich dachte, ich bringe dir was zu trinken mit für den Fall, dass du mich nüchtern nicht erträgst.«

»Wieso sollte ich dich überhaupt ertragen müssen?«

»Ich hatte gehofft, du würdest es wollen.«

»Wieso?«

»Tja, weil …« Er bricht ab. Er trägt Jeans und ein sehr weißes T-Shirt, das seinen Bizeps betont, und wischt sich mit einem bloßen Oberarm den Nervositätsschweiß von der Stirn. »Okay, du hast recht«, sagt er dann. »Es war eine blöde Idee, einfach hier aufzukreuzen. Ich hätte vorher anrufen sollen, aber … Ich saß vorhin mit ein paar Kumpels in einer Kneipe und musste an dich denken. Dass du an einem Samstagabend allein bei deiner Schwester hockst und wegen der Kinder nicht wegkannst. Ich dachte, du freust dich vielleicht über Gesellschaft. Also habe ich die Adresse gegoogelt, und da die nicht weit weg war …«

»Du bist aus Nächstenliebe hier? Du hättest Sozialarbeiter werden sollen.«

»Ich wollte dich wiedersehen. Ehrlich gesagt habe ich mich gefreut, dass wir uns heute getroffen haben. Ich dachte, wir könnten ein bisschen quatschen. Aber wenn du keine Lust hast …« Er wendet sich ab und geht den Gartenweg hinunter.

»Lass wenigstens die Flaschen da«, rufe ich ihm hinterher.

Er dreht sich um. »Nur die Flaschen?«

Ich überlege. Ich bin neugierig, warum Oliver wirklich gekommen ist, also öffne ich die Tür weit.

Olivers Manieren sind so gut wie eh und je. »Schönes Haus«, kommentiert er, nachdem er seine Schuhe auf der Fußmatte abgestreift hat und an mir vorbeigeht.

»Das Wohnzimmer ist geradeaus durch die Glastür.«

Ich nehme Oliver die Flaschen ab, die sogar recht kalt sind – von einer Tankstelle? –, und gehe in die Küche, um zwei Wodka Lemon zu mixen. Ich habe ewig keinen getrunken, doch früher waren Oliver und ich süchtig danach.

Als ich ins Wohnzimmer komme, sitzt Oliver auf dem Sofa, in der Hand das Buch vom kleinen dicken Traktor.

»Ich sehe, dein literarischer Geschmack hat sich nicht weiterentwickelt.« Ich reiche ihm ein Glas.

Er grinst. »Warum auch, wenn man US-Präsident werden kann, ohne je ein Buch gelesen zu haben? Solange Autobilder drin sind, gefällt mir alles. Wie bei dir. Oder hast du die *Auto, Motor, Sport* mittlerweile gegen Wendy-Comics getauscht?«

»Gegen die *Motorrad*.«

»Dann gehört die Triumph in der Einfahrt dir? Eine Schönheit.«

Das Kompliment geht mir runter wie Öl, vermutlich fühlt meine Schwester sich genauso, wenn jemand etwas Nettes über Alma oder Hektor sagt.

»Cheers.« Ich setze mich und ziehe meine nackten Füße aufs Sofa. Wir stoßen an, dann mustere ich Oliver über den Rand des Glases hinweg. »Und? Warum bist du wirklich hier?«

Er zuckt mit den Achseln. »Kein Hintergedanke. Ich fand es schön, dich heute zu treffen, und wollte quatschen. Es war Scheiße, wie das zwischen uns geendet hat.«

»Ich würde sagen, es war ein ziemlich klassisches Beziehungsende. Einer macht Schluss, der andere hat's nicht kommen sehen, reagiert wütend, sagt ein paar fiese Sachen …«

»Ziemlich fies.«

Jetzt zucke ich mit den Achseln. »Es ist zwölf Jahre her, längst vergessen.«

»Ehrlich?«

»Ehrlich.«

»Dann lass uns darauf anstoßen.«

»Und was machst du jetzt?«, fragt Oliver. »Ich meine beruflich? Irgendwer hat mir damals erzählt, du hättest nach unserer Trennung dein Studium geschmissen. Was war es noch?«

Wir sind beim zweiten Wodka Lemon. Den ersten haben wir mit Small Talk über gemeinsame Schulfreunde runtergekippt. Es ist ein seltsames Gefühl, mit Oliver zusammen auf der Couch zu sitzen. Seltsam, aber irgendwie auch sehr vertraut.

»Soziologie.«

»Ach ja. Hattest du nicht vor, irgendetwas im Strafvollzug zu machen? Bewährungshelferin?«

Das war tatsächlich früher einer meiner Berufswünsche, hauptsächlich, weil es meine Mutter geärgert hätte. Sie wollte, dass ich »auf der richtigen Seite« des Gesetzes arbeite und Richterin oder wenigstens Staatsanwältin werde. Zum Glück habe ich rechtzeitig gemerkt, dass mir Sozialarbeit so sehr liegt wie Tim ein Junggesellenabschied.

»Erinnerst du dich noch an den Abend, als wir so betrunken waren, dass wir nicht mehr Auto fahren konnten und uns für den Heimweg von Jörgs Party das Tandem seines Vaters geliehen haben? Und wie wir versucht haben, der Polizeistreife zu entkommen?«

Wir sind beim vierten Wodka Lemon und in der Erinnerst-du-dich-Phase. Ich neige sonst nicht dazu, in der Vergangenheit zu schwelgen, doch mittlerweile habe ich genug intus, um es ausnahmsweise spaßig zu finden.

»Natürlich.« Ich kichere. »Du hast uns an der Kreuzung beim Stadtbäcker in einen dieser riesigen, hässlichen Blumenkübel gesteuert.«

»Nur, weil du hinten so rumgehampelt hast.«

»Von wegen, du warst zu bekifft zum Lenken. Ich habe heute noch die Narbe.« Ich strecke mein nacktes Bein aus. Ich trage nur ein kurzes Sommerkleid.

Oliver begutachtet mein Knie. »Die ist ja kaum noch zu sehen, meine ist viel größer.« Er streicht über sein Kinn. Dann fällt sein Blick auf meinen rechten Fuß, und seine Miene wird ernst. »Du hast es weglasern lassen.«

»Natürlich. Du nicht?«

Er zögert. »Doch. Klar.«

Die Bemerkung bezieht sich auf Tattoos, die wir uns kurz vor dem Abi haben stechen lassen, als wir ein Jahr zusammen und schwer verknallt und einmal ziemlich betrunken waren. Der Name des anderen ein Stückchen oberhalb des Fußknöchels.

Oliver streicht mit dem Daumen zart über die Stelle, an der der Schriftzug war. Die Berührung jagt mir einen Schauer den Rücken hinab und lässt die Innenseite meiner Schenkel angenehm prickeln, doch ich sage ihm nicht, dass er die Hand wegnehmen soll. Mir ist mittlerweile klar, warum er heute gekommen ist, und ich habe nichts dagegen, im Gegenteil. Ich habe mich vor zwölf Jahren von Oliver getrennt, weil wir völlig unterschiedliche Vorstellungen von der Zukunft hatten. Er wollte eine Familie und Kinder, ich meine Freiheit. Die Trennung war eine Erleichterung für mich, ich habe sie keinen Tag bereut, aber manchmal habe ich den Sex mit Oliver vermisst – der in meiner Erinnerung wirklich vermissenswert war. Heute Abend habe ich definitiv genug getrunken, um ein bisschen in Erinnerungen zu schwelgen.

Oliver lässt seine Hand auf meinem Fußknöchel liegen und seinen Blick meinen Körper hochwandern zu meinem linken Arm. »Aber du hast Tattoos nicht komplett abgeschworen. Die Schlange ist wunderschön. Gibt es dazu eine Geschichte?«

Gibt es, aber nicht für Oliver. »Nur die, dass ich das Motiv auf einem Foto gesehen habe und toll fand.«

»Hast du noch andere Tattoos?«

»Möchtest du es herausfinden?«

Oliver will. Seine Hand löst sich von meinem Knöchel und streicht langsam und zart die Innenseite meines Unterschenkels hoch. Die Berührung ist federleicht, und mein ganzer Körper beginnt zu kribbeln. Ich blicke Oliver an, dessen Mundwinkel sich zu dem siegesgewissen Lächeln verziehen, an das ich mich gut erinnere. Dann gleitet mein Blick über ihn hinweg – und ich sehe Alma in der Wohnzimmertür stehen.

»Ich kann nicht schlafen.«

4

Am nächsten Morgen werde ich von einem Gewicht geweckt, das schwer auf meine Brust drückt. Zuerst denke ich, Frodo und Gesche hätten beschlossen, die Wohnung aufzuräumen, und erst einmal alles, was im Weg ist, auf mein Bett geworfen – kein sehr naheliegender Gedanke, aber ich sagte ja schon, dass mein Gehirn nach dem Schlafen nicht allzu schnell in Schwung kommt –, doch dann steckt das Gewicht mir einen Finger in die Nase und verkündet: »Mamalad!«, und mir wird klar, dass es sich um Hektor handelt. Ich öffne die Augen und erstarre, als ich sein Gesicht dicht vor meinem sehe, blutverschmiert. Dann kapiere ich, dass die roten Flecke Marmelade sind.

»Guten Morgen, Hektor. Könntest du deinen Finger aus meinem Nasenloch nehmen?«

»Mamalad!«

»Ja, das sehe ich. Hast du etwa schon gefrühstückt?«

Heißt das, Alma hat ihm Frühstück gemacht? Mist, das wäre definitiv meine Aufgabe gewesen. Und selbst mein Gewissen, das im Allgemeinen sehr belastbar ist, findet, dass man seine Aufgaben nicht an Siebenjährige delegieren sollte. Noch dazu an Siebenjährige, die einen vor sich selbst gerettet haben. Im Nachhinein bin ich Alma sehr dankbar, dass sie Oliver und mich letzte Nacht rechtzeitig unterbrochen hat. Mit Oliver zu schlafen wäre selbst für mich eine besonders dämliche Idee gewesen.

Hektor lässt noch einmal seinen Schlachtruf »Mamalad!« ertönen und fügt hinzu: »Kissschacht.«

Kissenschlacht? »Nee, Süßer, jetzt muss ich erst mal aufstehen.«

»Kissschacht!«, verlangt Hektor schon deutlich lauter, worüber mein Kopf sich gar nicht freut. Eigentlich verträgt er Alkohol gut, aber vielleicht gehört Wodka Lemon auf Wein in die Kategorie

»Lass das sein«. Doch das ist nicht Hektors Schuld, also gebe ich nach, und wir toben so lange auf dem Bett herum, bis ich ganz wach bin und Hektors Gesicht sauber. Stattdessen klebt die Marmelade jetzt am Bettzeug.

Nachdem Hektor sich bereits am Morgen verausgabt hat, ist er den restlichen Tag ausgesprochen friedlich, was deshalb auch für unseren gemeinsamen Sonntag gilt, den wir auf Almas Wunsch hin wieder am Ausee verbringen. Als wir am Nachmittag zurückkommen, liegt im Hausflur eine Visitenkarte von Oliver auf dem Boden, die er durch den Briefschlitz geworfen hat. Auf der Rückseite steht: »Fand es schön gestern. Hab deine Handynummer nicht. Freu mich, wenn du anrufst.«

Das werde ich in nüchternem Zustand sicherlich nicht tun, und ich will die Karte wegwerfen, aber Alma fragt, ob sie sie für ihre Sammlung haben kann. Seit sie lesen kann, ist Alma ein Buchstabenjunkie und sammelt jeden Fetzen Papier, den sie in ihre kleinen Finger bekommt, also gebe ich ihr die Karte.

Kurz darauf kommt Tim nach Hause – mit einem veritablen Kater. Er sieht zerknittert und müde aus mit dunklen Schatten unter den Augen. Ich wusste es ja, feuchtfröhliche Männerabende sind nicht sein Ding, obwohl er tapfer behauptet, das Wochenende in Hamburg sei wirklich nett gewesen. Ich überlege, ihn zu fragen, ob er einen Lapdance bekommen hat, doch erstens will ich nicht gemein sein, zweitens haben Alma und Hektor, die sich begeistert in seine Arme stürzen, Vorrang.

Während die beiden ihrem Vater von ihrem supertollen Wochenende mit ihrer supertollen Tante erzählen, packe ich meine Sachen zusammen, und kurz darauf brause ich auf meiner Tigerin davon. Ich genieße die Fahrt nach München dieses Mal besonders. So gern ich meine Nichte und meinen Neffen habe, bin ich doch immer auch erleichtert, wenn ich wieder aus Neustadt wegfahre. Familienleben hat für mich stets einen Hauch von Gefängnisaufenthalt, und auch wenn ich das nie zugeben würde: Müsste ich jeden Tag Hektors Trotzanfälle ertragen, wäre ich vermutlich bald reif für die Klapse.

Ich bin rechtzeitig zu Hause, um noch mit Frodo und Gesche loszuziehen. Da ich Freitag- und Samstagabend auf Entzug war, überrede ich die beiden, mit mir tanzen zu gehen. Im zweiten Club lerne ich einen süßen Typen kennen – dunkle Locken, sanfte Gesichtszüge, Oliver ziemlich unähnlich – und nehme ihn mit nach Hause. Der Sex ist okay, mehr nicht, und ich bin froh, dass der Typ sich hinterher verzieht, ohne großes Aufheben davon zu machen.

Anschließend schlafe ich schnell ein, und ich schlafe gut, allerdings viel zu kurz, dann werde ich vom Klingeln meines Handys geweckt. Ich drehe mich auf die andere Seite. Das Klingeln hört auf, setzt aber kurz darauf wieder ein. Ich taste mit einer Hand den Stuhl ab, der neben meinem Bett als Ablage dient, bis ich mein Handy erwische.

»Ja?«

Tim klingt ziemlich gereizt. »Mara, meine Güte, wieso kannst du nicht beim ersten Mal rangehen? Hat Lisa sich bei dir gemeldet?«

Wie immer ist mein Gehirn noch nicht in Schwung und benötigt einen Moment, bis es eine brauchbare Antwort liefert. »Lisa? Wieso sollte sie? Und was geht es dich an, beim wievielten Mal ich an mein Handy gehe?«

»Weißt du, wo sie ist?«

Ich halte das Handy von meinem Ohr weg und blinzele aufs Display. Halb zehn. »Vermutlich im Krankenhaus. Sie hat doch bestimmt Dienst.«

»Hat sie, aber sie ist nicht dort, und sie geht nicht an ihr Handy. Ich glaube, sie ist verschwunden.« Bei den letzten Worten rutscht Tims Stimme höher, und mir wird klar, dass ich Gereiztheit mit Besorgnis verwechselt habe.

Dennoch schüttele ich den Kopf. Auch mit nur halb funktionsfähigem Gehirn erkenne ich, dass das absurd ist. Meine

Schwester ist zuverlässiger als eine Atomuhr, sie ist bestimmt nicht verschwunden. »Woher willst du wissen, dass Lisa nicht im Krankenhaus ist? Wenn sie auf Visite ist, nimmt sie wohl kaum private Anrufe an.«

»Eine Kollegin hat angerufen und gefragt, wo Lisa bleibe. Sie sagt, sie sei heute gar nicht auf der Station erschienen. Und sie ist gestern nicht von der Tagung nach Hause gekommen. Ich habe mehrfach versucht, sie anzurufen, aber ihr Handy ist ausgestellt.«

Ich setze mich mit einem Ruck auf, mittlerweile hellwach. »Sie ist gestern nicht nach Hause gekommen? Und du meldest dich erst jetzt bei mir?«

»Ich wollte nicht überreagieren. Ich dachte, sie sei vielleicht zu einem Notfall in die Klinik gerufen worden, und die hätten vergessen, mich zu informieren. Das ist schon mal vorgekommen. Aber als sie heute Morgen nicht da war …« Tims Stimme kippt, und mir läuft ein eiskalter Schauer den Rücken hinab. »Und das ist nicht alles. Es scheint, als sei Lisa gar nicht auf der Konferenz gewesen. Ich habe Peter angerufen, Peter Stoika. Er hat die Tagung organisiert und Lisa das ganze Wochenende nicht gesehen.«

»Aber sie ist am Samstagfrüh dort hingefahren.«

»Ich weiß, aber wenn Peter sie nicht gesehen hat …«

Ich versuche, einen klaren Gedanken zu fassen. »Meinst du, Lisa hatte unterwegs einen Unfall?«

»Das dachte ich auch, aber Peter sagt, das könne nicht sein. Die Tagung war in Moosbach, das ist nicht weit. Wenn Lisa auf dem Weg dorthin etwas zugestoßen wäre, wäre sie ins Neustädter Klinikum gebracht worden. Peter hat dort nachgefragt. Nichts. Außerdem ist der Wagen auf mich zugelassen, wenn er in einen Verkehrsunfall verwickelt wäre, hätte man mich informiert.«

Tims Stimme wird immer schriller, und mir laufen noch einige Liter Eiswasser über den Rücken. Dann fällt mir etwas ein: der Anruf meiner Mutter am Samstagabend. Lisa hatte versprochen, sie zurückzurufen, das jedoch nicht getan.

Ich werfe die Decke zurück und schwinge meine Beine über die Bettkante. »Du musst die Polizei anrufen, Tim, sofort.«

»Das habe ich schon. Sie haben gesagt, sie könnten erst etwas unternehmen, wenn Lisa mindestens vierundzwanzig Stunden verschwunden ist. Ich solle mich morgen früh noch einmal melden, wenn Lisa bis dahin nicht aufgetaucht ist.«

»Aber wenn Lisa doch schon seit Samstagmorgen …«

»Das habe ich auch gesagt, aber der Beamte hat das nicht ernst genommen.« Tim atmet schwer. »Seitdem habe ich alle möglichen Leute angerufen, Freunde, Kollegen … Keiner hat Lisa am Wochenende gesehen oder mit ihr gesprochen. Was soll ich bloß tun?«

Die verzweifelte Frage löst in mir einen Panikanfall aus. Ich sitze auf meiner Bettkante, presse eine Faust auf meine Brust und versuche, tief Luft zu holen. Ich kann das nicht, schießt es mir durch den Kopf, ich kann keine Verantwortung übernehmen! Ich übernehme nie Verantwortung. Ich bin dafür ungeeignet. Doch dann fällt mir etwas ein. »Ist Alma da?«

»Nein, ich habe sie in die Schule gebracht und Hektor in die Kita. Wieso?«

Scheiß auf ihre kindliche Privatsphäre! »In Almas Schatzkiste unter ihrem Bett müsste eine Visitenkarte von Oliver Breckenkamp liegen. Er bearbeitet bei der Kripo Neustadt Vermisstenfälle. Kannst du mir die Nummer geben?«

Teil

II

1

Es war Montagmorgen, Schweiß stand auf ihrer Stirn und klebte ihre Bluse an ihrem Oberkörper fest, und Kriminaloberkommissarin Pia Meyer hasste es. Nicht generell. Pia hatte nichts dagegen zu schwitzen, während sie im Fitnessstudio den Vereinsrekord im Bankdrücken brach. Sie hatte auch nichts dagegen zu schwitzen, während sie mit einem attraktiven Tinder Date in ihrem Bett noch ganz andere Muskeln trainierte. Schon gar nicht hätte sie etwas gegen einen Schweißausbruch gehabt, während sie mit gezogener Waffe einen Verbrecher verfolgte – ein Wunschtraum, auf dessen Realisierung sie bisher vergeblich wartete. Aber zu schwitzen, während sie nichts weiter tat, als in ihrem Büro zu sitzen und einen Bericht über eine kurzzeitig verschwundene, dann wieder aufgetauchte Seniorin zu tippen, war in ihren Augen würdelos.

Pia riss ein weiteres Kleenex aus der Schachtel auf ihrem Schreibtisch, wischte damit über Stirn und Nacken und schielte auf das Thermometer, das ihr neuer Bürokollege aufgehängt hatte. 26,3 Grad Celsius, und das um zehn Uhr morgens. Zweifellos würden sie heute den Rekordwert der letzten Woche von 27,8 Grad Celsius knacken. Fragte sich nur, ob vor oder nach der Mittagspause. Eigentlich besaß das neue Neustädter Polizeipräsidium eine Klimaanlage – betrieben von der Solaranlage auf dem Dach –, allerdings war die genauso zuverlässig wie die Klimaanlagen in den ICEs der Deutschen Bahn: Kam's drauf an, versagte sie.

Pia tippte zwei weitere Absätze, speicherte ihren Bericht ab und streckte sich. Vielleicht sollte sie …

»Wie wär's mit einer eiskalten Cola?«, fragte Kriminalkommissar Oliver Breckenkamp. Er rollte seinen Bürostuhl zur Seite, um Pia an seinem Monitor vorbei anzusehen.

»Kannst du Gedanken lesen?«

»Die von Frauen schon.« Er grinste und stand auf.

Pia ließ ihren Blick auf seinem Hintern ruhen, während Oliver zur Tür ging. Es war ein lohnenswerter Anblick, ebenso wie der Rest von Oliver. Zwar besaß Pias Traumtyp noch ein paar Kilos und Muskelpakete mehr – schließlich sollte er gewichts- und kräftemäßig mit ihr mithalten können –, doch die Vorstellung, mal privat eine Runde mit Oliver zu schwitzen, war durchaus verlockend. Wozu es allerdings nie kommen würde. Denn erstens warteten schon zahlreiche Kolleginnen auf dieses Privileg, und Pia war nicht geneigt, sich irgendwo hinten anzustellen. Zweitens war sie überzeugt, nicht Olivers Typ zu sein, der garantiert nur die Hälfte ihres Kampfgewichts auf die Waage brachte. Drittens wäre sie nicht einmal im Traum auf den Gedanken gekommen, durch eine unbedachte Vögelei mit einem Kollegen ihre Karriere zu gefährden.

Doch während Pia gefiel, was Oliver äußerlich zu bieten hatte, war sie noch unschlüssig, was sie von seinen inneren Werten halten sollte. Oliver war erst wenige Wochen zuvor zum Kriminalkommissariat zwölf, zuständig für Vermissungen, gewechselt, und Pia war nicht sicher, ob er diese Beförderung eigener Leistung verdankte oder der Tatsache, dass jemand im Hintergrund für ihn an einigen Fäden gezogen hatte. Unwahrscheinlich war Letzteres nicht. Als Spross einer wohlhabenden Neustädter Unternehmerfamilie mit den besten Beziehungen gehörte Oliver Breckenkamp zu denen, die von Geburt an auf der Sonnenseite des Lebens standen. Als Kind aus deutlich kleineren Verhältnissen waren Pia Menschen instinktiv suspekt, für die es im Leben zu glatt lief. Sie hatte den Verdacht, dass Oliver noch nie etwas Schlimmeres zugestoßen war, als dass ihm an seinem fünften Geburtstag sein Schlumpfeis heruntergefallen war.

Apropos Eis. Oliver kam mit zwei eiskalten Flaschen Cola zurück. Pia rollte ihre über Wangen, Arme und Nacken, bevor sie den Deckel aufschraubte. Sie tranken in kameradschaftlichem

Schweigen, dann klingelte Olivers Handy. Er warf einen Blick aufs Display, grinste siegesgewiss und ging zur Tür. Pia kannte dieses Grinsen, vermutlich rief wieder einmal eine von Olivers zahlreichen Verehrerinnen an. »Hallo, Mara«, hörte sie noch, bevor der Kollege die Tür hinter sich zuzog.

Pia zog die Tastatur heran und begann einen neuen Bericht, wobei ihr auffiel, dass Olivers Liebesgeflüster länger als üblich dauerte. Als er zurückkam, wirkte er nicht mehr selbstzufrieden, sondern besorgt.

»Möglicherweise haben wir einen neuen Fall. Das war eine Bekannte. Ihre Schwester ist verschwunden.«

Pia saß daneben, während Oliver ihrem Chef, Erster Kriminalhauptkommissar Roman Söring, Leiter des KK zwölf, schilderte, was seine Bekannte ihm erzählt hatte. Mara Baders Schwester, Elisabeth Bader, genannt Lisa, vierzig Jahre alt, Oberärztin am Neustädter Klinikum, verheiratet mit Tim Bader-Menzel, zwei Kinder im Alter von sieben und zweieinhalb, war am Samstagfrüh zu einer medizinischen Fachtagung im Hotel Moosbacher Hof im Süden des Landkreises gefahren. Sie hatte am Sonntagabend um spätestens zehn Uhr wieder zurückkehren wollen, war jedoch nicht eingetroffen. Ebenso war sie heute Morgen nicht zu ihrem Dienst im Krankenhaus erschienen. Versuche, sie über ihr Handy zu erreichen, waren fehlgeschlagen, da dieses ausgestellt war.

Die deutsche Kriminalpolizei besaß einen gewissen Ermessensspielraum, wie sie auf Vermisstenanzeigen reagierte. Wurden Minderjährige als vermisst gemeldet, insbesondere Minderjährige unter dreizehn, wurde sofort eine Großlage ausgelöst und mit allen verfügbaren Kräften nach dem Kind gesucht. Pia war einmal bei einem solchen Einsatz dabei gewesen, als ein Jahr zuvor ein neunjähriges Mädchen aus Neukirchen verschwunden war. Die Ermittlungen waren kompliziert gewesen und hatten unter anderem zu Pias Beförderung zur Kriminaloberkommissarin geführt.

Die meisten Fälle, die Pia bearbeitete, betrafen jedoch jugendliche Ausreißer oder demente Senioren, nach denen zwar ebenfalls gesucht wurde, je nach Umständen allerdings mit geringerem Aufwand. Noch nie hatte Pia in ihren bisher fünfzehn Monaten beim KK zwölf nach einer erwachsenen Person gesucht, die im Vollbesitz ihrer körperlichen und geistigen Kräfte war, und zwar aus einem einfachen Grund: Erwachsene besaßen das Recht, ihren Aufenthaltsort selbst zu bestimmen. Die Polizei besaß weder die Befugnis noch die Ressourcen, nach volljährigen Mitbürgern zu suchen, nur weil deren Angehörige nicht wussten, wo sie waren. Wenn ein Achtzehnjähriger nach einem Discobesuch nicht nach Hause kam, weil er es bevorzugte, die nächsten Tage in einem fremden Bett zu verbringen und seinen Eltern nichts davon zu erzählen, wenn eine Frau ihren Mann ohne Nachricht verließ, um mit ihrem heimlichen Geliebten ein neues Leben anzufangen, oder wenn einem Mann die finanziellen Sorgen über den Kopf wuchsen und er anonym an einem anderen Ort einen Neustart wagen wollte, war das für die Angehörigen zwar traumatisierend, doch solange die Vermissten nicht in ein Verbrechen verwickelt waren, ging es die Polizei nichts an. Die Polizei durfte erst aktiv werden, wenn Gefahr für Leib oder Leben des oder der Verschwundenen bestand.

»Und du glaubst, das ist hier der Fall?«, bemerkte Roman, nachdem Oliver geendet hatte.

Der nickte. »Ich halte es für wahrscheinlich. Nach dem, was Mara erzählt hat, ist Lisa seit Samstagfrüh verschwunden. Das sind zwei volle Tage. Außerdem würde ich Lisa als sehr zuverlässig einschätzen. Sie ist nicht der Typ, der sich für ein paar Tage aus dem Staub macht, ohne eine Nachricht zu hinterlassen.«

Roman faltete seine Hände und legte sie auf die Akte, die vor ihm auf dem Schreibtisch lag und in der er gelesen hatte, als Oliver und Pia in seinem Büro erschienen waren. »Das heißt, du kennst Elisabeth Bader ebenfalls? Wie gut?«

»Nicht sehr gut«, gab Oliver zu. »Ich war vor zwölf Jahren mit Mara zusammen. Damals habe ich Lisa oft getroffen.«

Roman wiegte bedächtig seinen Kopf. »Zwölf Jahre sind eine lange Zeit.«

»Ich weiß, aber Mara meinte, Lisa sei nach wie vor die Zuverlässigkeit in Person. Außerdem ist sie Ärztin und hat zwei kleine Kinder. Sie ist in ihrem Leben fest verwurzelt. Selbst wenn sie zum Beispiel eine Affäre und das Wochenende statt mit Konferenzkollegen mit ihrem Liebhaber verbracht hätte, wäre sie doch wohl am Sonntagabend zu ihren Kindern und am Montagmorgen ins Krankenhaus zurückgekehrt.«

Roman sah Pia an. »Was meinst du?«

Pia strich sich eine verschwitzte Haarsträhne hinters Ohr, die sich aus ihrem Pferdeschwanz gelöst hatte. »Wir sollten auf jeden Fall mit ihrem Mann reden.«

Roman nickte. »Einverstanden. Pia, du übernimmst die Leitung. Wen willst du mitnehmen?«

Du übernimmst die Leitung – Pia musste sich ein triumphierendes Faustballen verkneifen. Es war das zweite Mal, dass Roman das vorschlug. Bis zu ihrer Beförderung einige Wochen zuvor hatte Pia stets die zweite Geige gespielt, war diejenige gewesen, die mitgenommen wurde.

Stellte sich die Frage, wem sie nun diese Ehre angedeihen lassen sollte. Normalerweise wäre sie mit Oliver zu den Baders gefahren, doch offensichtlich wollte Roman ihn aus den Ermittlungen heraushalten. Ebenso offensichtlich passte Oliver das nicht, denn er sagte schnell: »Ich habe Zeit.«

Roman schüttelte den Kopf. »Du kennst die Beteiligten. Persönliche Betroffenheit ist kein guter Ratgeber bei Ermittlungen.«

»Aber wie du schon sagtest: Zwölf Jahre sind eine lange Zeit. Seitdem hatte ich keinen Kontakt zu den Baders. Ich treffe Mara nur alle paar Jahre zufällig, wenn sie mal in Neustadt zu Besuch ist.«

Roman zögerte. »Pia?«

Pia nahm sich einen Moment Zeit, um Oliver zu mustern. »Meinetwegen.«

Eine Viertelstunde später steuerte Pia einen Dienst-BMW vom Parkplatz des Polizeipräsidiums in Richtung Drosselweg. Es war ein älteres Modell – die neueren waren höheren Dienstrangen vorbehalten –, aber wenigstens funktionierte die Klimaanlage, so dass Pia runterkühlen konnte, bevor sie mit Tim Bader-Menzel sprach.

Das Vogelviertel lag im Westen von Neustadt. Hier standen hauptsächlich Einfamilienhäuser, viele aus der Wirtschaftswunderzeit, doch in den letzten Jahren war eifrig nachverdichtet worden – offensichtlich ohne allzu strikte bauliche Auflagen, so dass jeder Bauherr nach seinem persönlichen Geschmack losgelegt hatte. Die Baders wohnten in einem hellgelb gestrichenen Haus mit weißen Sprossenfenstern und rotem Ziegeldach mit Solarpaneelen. Rechts davon, Nummer vierzehn, drängte sich ein Architektenhaus mit viel Beton und Glas ins Bild. Links davon, Nummer zehn, blickte ein Passivhaus auf ein Stückchen vertrockneten Rasen. Es war still in der Straße, bis auf eine ältere Frau, die trotz der Hitze in einem Vorgarten Unkraut jätete, war niemand zu sehen.

Als Pia den BMW vor der Garage der Baders parkte, deren Tor jemand mit bunten Blumen bemalt hatte, schoss Olivers Hand zum Griff der Beifahrertür, doch Pia hielt ihren Kollegen zurück.

»Einen Moment. Ich möchte erst ein paar Antworten.«

Oliver drehte sich auf seinem Sitz zu ihr herum.

»Wie gut kennst du Mara Bader wirklich?«

Die Frage schien Oliver zu irritieren. »Das sagte ich doch schon. Wir waren mal zusammen, aber das ist ewig her.«

»Dann lass es mich anders formulieren: Wie eng ist euer Kontakt zurzeit?«

»Wir haben gar keinen Kontakt. Das sagte ich auch schon.«

Oliver schenkte Pia einen treuherzigen Blick aus seinen braunen Dackelaugen, bei dem die meisten Frauen vermutlich dahingeschmolzen wären.

»Ich weiß, dass du das sagtest, aber das war eine Lüge. Wenn ihr keinen Kontakt hättet, wärst du heute Morgen überrascht gewesen, als sie sich meldete, aber du sahst im Gegenteil aus, als hättest du ihren Anruf erwartet.«

»Oh.«

»Das ist keine Antwort.«

Pia musterte Oliver. Er hielt ihrem Blick stand, rieb sich jedoch verlegen den Nacken.

»Das stimmt, der Anruf hat mich nicht überrascht«, gab er zu. »Aber ich habe nicht gelogen. Mara und ich haben seit Jahren keinen Kontakt, wir sind uns bloß zufällig am Wochenende über den Weg gelaufen. Wir haben gequatscht, dann habe ich ihr meine Handynummer gegeben.«

»Zu welchem Zweck?«

»Einfach so.« Jetzt musterte Oliver Pia. »Geht dich das irgendetwas an?«

»Das hängt davon ab. Wenn du Mara deine Nummer wirklich nur ›einfach so‹ gegeben hast, dann nicht. Aber wenn mehr dahintersteckt, wenn du zum Beispiel vorhast, die Beziehung wieder zu vertiefen, dann schon. Denn dann bist du aus diesen Ermittlungen raus.«

»Es steckt nicht mehr dahinter.« Oliver sah ihren zweifelnden Blick und legte grinsend eine Hand aufs Herz. »Großes Indianerehrenwort.«

Pia grinste nicht, doch sie nickte. »Gut. Dann noch eine andere Frage: Als du mit Mara zusammen warst, war ihre Schwester da schon verheiratet?«

Oliver schüttelte den Kopf. »Verheiratet nicht, aber sie war schon mit Tim zusammen. Falls deine Frage darauf abzielt, wie gut ich ihn kenne: nicht sehr gut. Lisa ist acht Jahre älter als Mara und arbeitete damals schon als Ärztin. Mara und ich hatten ganz andere Interessen.« Er legte seine Hand wieder auf den Griff der Beifahrertür. »War's das?«

Dieses Mal nickte Pia, sie stiegen aus dem Wagen und gingen

auf das gelbe Haus zu. Bevor sie klingeln konnten, wurde die Tür geöffnet, und ein Mann trat hindurch, der so groß war, dass er vorsichtshalber den Kopf einzog. Was der Mann an Höhe zu viel hatte, besaß er an Breite zu wenig. Er trug eine randlose Brille, helle Chinos und ein weißes Hemd. Seine blonden Haare waren von ersten grauen Strähnen durchzogen. Er war offensichtlich ziemlich aufgeregt, er fing sofort an, zu reden, und seine Stimme zitterte.

»Sind Sie von der Kriminalpolizei? Meine Schwägerin hat Sie angekündigt. Ich danke Ihnen, dass Sie gekommen sind. Ich bin wirklich in großer Sorge um meine Frau. Lisa ist ein sehr zuverlässiger Mensch. Es ist unerklärlich, dass sie nicht nach Hause gekommen und nicht im Krankenhaus zum Dienst erschienen ist. Ich bin ratlos.« Er hielt inne, atmete einmal tief ein und stieß die Luft zitternd wieder aus.

Pia ging auf ihn zu. »Herr Bader-Menzel? Pia Meyer, Kriminaloberkommissarin, dies ist mein Kollege Kriminalkommissar Breckenkamp.«

Tim Bader-Menzel drückte ihre Hand, ein kurzer, weicher Händedruck. Dann wandte er sich an Oliver, und ein Ausdruck von Unsicherheit flog über sein Gesicht. »Ich glaube, wir kennen uns, nicht wahr? Sie … Du warst mal mit Mara zusammen.«

Oliver gab ihm ebenfalls die Hand. »Es ist lange her. Ich wünschte, wir wären uns unter angenehmeren Umständen wiederbegegnet.«

Bader-Menzel blinzelte hinter seinen Brillengläsern, dann ging er zurück ins Haus. Pia und Oliver folgten ihm durch eine geräumige Diele in ein sonnendurchflutetes Wohnzimmer. Es war die Sorte Raum, in der man gut eine heitere Familienvorabendserie hätte drehen können. Er strahlte Harmonie und Behaglichkeit und dennoch einen gewissen Stil aus. Moderne Bodendielen aus geölter Eiche. Buttergelbe Wände. Ein massiver Esstisch mit bunt gepolsterten Stühlen. Eine gemütliche Sofaecke mit sandfarbenen Bezügen und schokobraunen Dekokissen. Pia gefiel die Einrichtung, allerdings gab es eine Sache, die ihr fehlte, und einige, auf die sie verzichtet hätte. Fehlen tat ein Fernseher in einer anständigen Größe – es gab nur einen lächerlich kleinen –, verzichtet hätte sie auf die vielen Kinderspielsachen, die überall verstreut lagen, als hätten sie sich vom Spielteppich in der Ecke in alle Himmelsrichtungen vermehrt.

Tim Bader-Menzel überließ Pia und Oliver das Sofa und setzte sich in einen Sessel. »Also, was werden Sie tun?« Er sah weder Pia noch Oliver direkt an, sondern richtete die Frage an den Raum zwischen ihnen, als sei er unsicher, wen er ansprechen sollte.

Pia setzte sich ihm gegenüber. »Ich werde Ihnen einige Fragen stellen, um mir ein Bild von der Situation zu machen. Doch zuvor müssen wir Ihre Personalien aufnehmen, mein Kollege schreibt mit.«

Nachdem sie auf diese Weise die Rangordnung klargestellt hatte, fragte Pia die üblichen Daten ab und ließ Tim Bader-Menzel noch einmal aus seiner Sicht erzählen, warum ihn die Abwesenheit seiner Frau beunruhigte. Während sie zuhörte, nahm sie ein gerahmtes Foto in die Hand, das auf dem gläsernen Couchtisch stand. Es war ein Hochzeitsbild von Lisa und Tim Bader auf der Treppe vor dem Neustädter Standesamt. Lisa stand eine Stufe höher als ihr frischgebackener Ehemann, war aber immer noch kleiner. Sie war eine schöne Frau mit großen braunen Augen, langen schwarzen Haaren und einem energischen Gesichtsausdruck. Trotz des Größenunterschieds wirkte das Paar harmonisch.

Schließlich stellte Pia das Bild wieder weg. »Sie und Ihre Frau brachen also am Samstagmorgen gemeinsam hier auf. Ihre Frau fuhr Sie zum Neustädter Bahnhof, wo Sie um acht Uhr einunddreißig einen Zug nach Hamburg nahmen. Anschließend wollte Ihre Frau weiter nach Moosbach zu der Tagung fahren, wo sie nach Aussage von Dr. Peter Stoika allerdings nicht erschienen ist. Ich werde jetzt Ihre Aussage im Detail durchgehen. Erste Frage: Haben Sie, nachdem Sie sich am Bahnhof von ihr getrennt haben, noch einmal mit Ihrer Frau gesprochen oder Textnachrichten ausgetauscht?«

Bader-Menzel schüttelte den Kopf. »Nein, Lisa beschränkt sich beim Texten gern auf wichtige Dinge, und ich wollte sie auf der Tagung nicht stören, weil ich wusste, wie sehr sie sich darauf gefreut hat. Sie liebt es, ganz in solche Treffen einzutauchen.«

»Wollte Ihre Frau vom Bahnhof direkt nach Moosbach fahren?«

Bader-Menzel nickte.

»War das nicht reichlich früh? Die Fahrt dauert nur eine halbe Stunde. Wann begann denn die Tagung?«

»Um elf, aber Lisa wollte eher dort sein, um vielleicht mit dem einen oder anderen Kollegen, der schon am Vorabend angereist war, einen Kaffee zu trinken. Sie hatte zwar keine feste Verabredung, aber sie sagte, sie würde bestimmt einen oder eine Bekannte treffen.« Bader-Menzel nahm seine Brille ab und begann, sie mit einem Taschentuch zu putzen. »Das ist ohnehin der Hauptgrund, warum Lisa zu Konferenzen fährt. Sie sagt immer, über medizinische Neuheiten könne sie sich auch in einem Fachblatt informieren, aber es ist ihr wichtig, Kontakt zu halten.«

»Ich verstehe. Wissen Sie, wie viel Gepäck Ihre Frau für die Tagung mitgenommen hat?«

»Nur einen kleinen Trolley und eine Handtasche.« Ein Lächeln erhellte flüchtig sein blasses Gesicht. »Lisa gehört nicht zu den Frauen, die einen ganzen Kleiderschrank mitschleppen, wenn sie übers Wochenende wegfahren. Sie ist von Natur aus schön.«

»Und in welcher Stimmung war Ihre Frau am Samstagfrüh?«

»In guter«, sagte Bader-Menzel, ohne zu zögern. »Beim Frühstück war es noch ein bisschen stressig, das ist es meistens bei uns. Mit zwei kleinen Kindern … Doch Lisa freute sich aufs Wochenende.«

»Und wie war die Stimmung zwischen Ihnen?«

»Ebenfalls gut.«

»Darf ich fragen, worüber Sie sich auf dem Weg zum Bahnhof unterhalten haben?«

Die Frage schien Bader-Menzel zu irritieren. »Über alles Mögliche.« Er dachte nach. »Wir haben über Hektor geredet. Er ist zurzeit in einer schwierigen Phase. Ich habe mir Sorgen gemacht, ob Mara, meine Schwägerin, am Wochenende mit ihm zurechtkommen würde, aber Lisa meinte, ich übertreibe. Sie findet, ich lasse mir von Hektor zu oft auf der Nase herumtanzen.« Ein Hauch von Röte überzog seine blassen Wangen. »Da hat sie recht, ich schaffe es nicht immer, konsequent zu sein.«

»Haben Sie sich über diesen Punkt gestritten?«

»Natürlich nicht.« Er setzte seine Brille wieder auf.

»Haben Sie sich vielleicht aus einem anderen Grund in letzter Zeit gestritten?«

»Nein, unsere Beziehung ist gut.«

»Und Sie sind sicher, dass Ihre Frau zum Moosbacher Hof wollte?«, hakte Pia nach.

Bader-Menzel blinzelte. »Natürlich, wohin denn sonst?«

»Wäre es möglich, dass sie etwas anderes vorhatte und nur behauptete, zur Tagung zu fahren?«

Jetzt verstand Bader-Menzel, worauf die Frage abzielte, und einen Moment lang saß er starr da, während seine blasse Gesichtshaut sich erneut rötete. »Nein, das wäre nicht möglich«, sagte er scharf. »Meine Frau wollte zum Moosbacher Hof. Sie hatte dort ein Zimmer gebucht.«

»Aber Sie haben nicht dort angerufen, um zu fragen, ob sie angekommen ist?«

Die Frage schien Bader-Menzel zu verwirren. Zögernd schüttelte er den Kopf. »Nachdem Peter mir erzählt hat, dass er Lisa gar nicht auf der Tagung gesehen hat …« Er sah Pia unsicher an. »Meinen Sie, ich sollte …«

Er zog sein Handy hervor, doch Pia schüttelte den Kopf. Oliver und sie würden ohnehin zum Moosbacher Hof fahren, und solche Dinge überprüfte sie lieber vor Ort. Allerdings fand sie es erstaunlich, dass Tim Bader-Menzel nicht selbst auf den Gedanken gekommen war, die Hotelrezeption anzurufen.

»Ich würde gern noch einen anderen Punkt besprechen. Sie sagten vorhin, Ihre Frau habe am Samstagmorgen gute Laune gehabt. Wie war ihre Laune generell in letzter Zeit?«

»Gut.«

»Können Sie das näher beschreiben?«

Tim Bader-Menzel griff zu dem Hochzeitsbild. Mit dem Daumen strich er zart über das weiße Kleid seiner Frau. »Was soll ich sagen? Lisa ist ein positiver Mensch. Sie sagt immer, schlechte Laune sei für Menschen mit echten Sorgen reserviert, aber die haben wir nicht. Unser Leben ist zwar sehr stressig, mit zwei Vollzeitjobs und zwei kleinen Kindern, aber wessen Leben ist das nicht?«

»Hat Ihre Frau über den Stress geklagt?«

Er wehrte ab. »Lisa klagt nie. Sie packt lieber an, wenn es Probleme gibt. Allerdings …« Er zögerte, bevor er zugab: »Sie hat in letzter Zeit einige Male erwähnt, dass es vielleicht gut wäre, wenn wir unseren Terminplan ausdünnen. Zum Beispiel hat sie vorgeschlagen, in den Sommerferien nicht in Urlaub zu fahren, und sie hat auch überlegt, sich aus dem Elternbeirat von Hektors Kita zurückzuziehen. Solche Sachen.«

»Und über solche Sachen hinaus ist in letzter Zeit nichts Ungewöhnliches vorgefallen? Wie ist es mit der Arbeit Ihrer Frau? Hat sie irgendwelche Schwierigkeiten im Krankenhaus erwähnt? Konflikte mit Kollegen oder Patienten? Gab es irgendwelche besonderen Vorkommnisse in letzter Zeit? Ist sie irgendwann nicht pünktlich nach Hause gekommen?«

Bader-Menzel verneinte alle Fragen, nur bei der letzten zögerte er. »Das hängt davon ab, wie Sie pünktlich definieren. Eigentlich hätte Lisa jeden Tag um sechs Dienstschluss, aber sie schafft es selten vor halb acht nach Hause, weil sie im Krankenhaus notorisch unterbesetzt sind. Am Freitag zum Beispiel kam sie erst um neun und letzten Mittwoch sogar erst mitten in der Nacht, weil eine Patientin gestorben war.« Er runzelte die Stirn. »Allerdings verstehe ich nicht, wozu Sie diese Fragen stellen.«

Er sah Pia an, doch bevor sie etwas erwidern konnte, klingelte es an der Haustür.

Das Klingeln hatte eine durchschlagende Wirkung auf Tim Bader-Menzel. Ein Energieschub fuhr durch seinen Körper. »Lisa!« Er sprang auf und rannte aus dem Wohnzimmer. Pia folgte ihm und beobachtete, wie er voller Hoffnung und zu voller Körpergröße aufgerichtet die Haustür aufriss – und wie er im nächsten Moment in sich zusammensackte.

»Gisela, was machst du denn hier?«

Seine Stimme klang wenig erfreut, doch die Person, die vor der Tür stand, ging darauf nicht ein. Pia konnte sie an Bader-Menzels Rücken vorbei nicht sehen, doch die kräftige Altstimme drang mühelos zu ihr vor.

»Was soll ich hier machen? Meine Tochter wird vermisst, selbstverständlich bin ich sofort hergeeilt. Gibt es etwas Neues?«

»Nein.«

»Ist die Polizei mittlerweile eingetroffen?«

»Ja, sie …«

»Gut. Worauf wartest du? Soll ich mir erst einen Sonnenstich holen?«

Tim Bader-Menzel trat zur Seite, und Pia konnte einen Blick auf seine Schwiegermutter werfen. Gisela Bader – falls sie so hieß – war ebenfalls klein wie ihre Tochter, doch dort endete die Ähnlichkeit. Die ältere Frau war weder zierlich noch hübsch und beides wohl auch nie gewesen. Sie war kompakt und kräftig gebaut wie ein kleines Fass. Sie schob ihren hochgestemmten Busen vor sich her, als sei dieser eine Angriffswaffe. Mit der rechten Hand umklammerte sie eine Handtasche, die aussah, als trüge sie ihren halben Hausrat darin herum.

Sie fasste Pia scharf ins Auge, woraufhin diese sich vorstellte. »Darf ich fragen, wer Sie sind?«, schloss sie.

»Gisela Bader. Ich bin Elisabeths Mutter. Also: Was haben Sie bisher unternommen, um meine Tochter zu finden?«

Die Frage war mehr eine Aufforderung zum Rapport als eine höfliche Bitte.

»Im Augenblick sind wir noch dabei, Informationen zu sammeln. Anschließend entscheiden wir, wie wir weiter vorgehen.«

Eine steile Falte erschien auf Gisela Baders Stirn und grub ein V zwischen ihre Brauen. »Informationen? Weiteres Vorgehen? Es ist doch offensichtlich, was zu tun ist. Sie müssen nach Elisabeth suchen. Was ist mit Suchmannschaften? Hunden? Hubschraubern? All diesen Dingen, von denen man immer liest und für die wir Steuern bezahlen?«

Wie jede Mitarbeiterin des öffentlichen Dienstes war Pia Schläge mit der Steuerkeule durchaus gewohnt, doch selten bekam sie sie bereits in der ersten Minute eines Gesprächs übergezogen. Aber bevor sie mit ihrer Standardantwort parieren konnte, glättete sich das V auf Gisela Baders Stirn und machte einem verblüfften Ausdruck Platz.

»Oliver? Du hier?« Sie schob sich an Pia vorbei ins Wohnzimmer und eilte auf Pias Kollegen zu, der sich vom Sofa erhob. Sie klemmte sich die Handtasche unter eine Achselhöhle, ergriff Olivers Hände und blickte zu ihm auf.

Oliver lächelte auf sie hinunter. »Hallo Gisela, es ist schön, dich einmal wiederzusehen. Ich wünschte nur, die Umstände wären andere.«

»Ich kann es gar nicht glauben, dass du hier bist.« Gisela Baders Stimme klang deutlich weicher als zuvor. »Es ist ein großer Trost. Bist du gekommen, um uns zu helfen?«

»Mara hat mich angerufen. Ich bin jetzt bei der Kriminalpolizei und bearbeite Vermisstenfälle.«

»Mara? Heißt das, das Kind nimmt doch noch Verstand an?«

»Sie macht sich große Sorgen um Lisa.«

Gisela Bader schnaubte. »Das tue ich auch. Und noch mehr, seit deine Kollegin gesagt hat, ihr hättet noch nicht mit der Suche nach ihr begonnen.«

»Das werden wir tun, sobald wir wissen, wo Lisa verschwunden ist und wann. Vielleicht setzt du dich erst mal.«

Oliver wollte die ältere Frau zum Sofa führen, aber sie blieb, wo sie war.

»Es ist doch offensichtlich, wo Elisabeth gesucht werden muss. Sie ist nicht von ihrer Tagung nach Hause gekommen. Ihr müsst in der Umgebung des Moosbacher Hofs suchen. Und Elisabeth wird seit gestern Abend vermisst.«

»Da sind wir nicht ganz sicher«, widersprach Oliver. »Es scheint, dass niemand Lisa seit Samstagfrüh gesehen hat. Möglicherweise war sie gar nicht im Hotel.«

»Unsinn. Natürlich war sie da. Sie hat es mir gesagt.«

»Wann?«

»Am Samstagmorgen, gegen halb zehn. Ich habe Elisabeth angerufen, ich wollte mit ihr über die Sommerferien reden, aber sie sagte, sie habe keine Zeit, weil sie auf einer Tagung sei. Sie habe gerade im Hotel eingecheckt. Sie würde später zurückrufen, aber das hat sie nicht getan.«

2

Eine Viertelstunde später waren Pia und Oliver auf dem Weg nach Moosbach im Süden des Landkreises. Sie hatten sich von Tim Bader-Menzel einige aktuelle Fotos seiner Frau geben lassen – mittlerweile trug sie das schwarze Haar kurz –, eine Beschreibung der Kleidung, die sie am Samstagmorgen angezogen hatte – helle Leinenhose, weiße Bluse, türkisfarbene Sandalen, dazu ein türkisgemustertes Seidentuch – und schließlich den Zweitschlüssel des familieneigenen Elektro-SUV. Bader-Menzel hatte sein Einverständnis erklärt, dass sie den Wagen durchsuchten, falls sie ihn auf dem Hotelparkplatz fanden, worauf Pia allerdings nicht ihr Weihnachtsgeld verwettet hätte. Die Tatsache, dass Lisa Bader ihrer Mutter am Telefon erzählt hatte, dass sie im Hotel eingecheckt hatte, war kein Beweis, dass sie wirklich dort gewesen war.

Der Moosbacher Hof lag am Rande des 8000-Seelen-Ortes Moosbach und am Rande der Sternmühlenfilzen, eines zum Naturschutzgebiet erklärten Hochmoores. Das 4-Sterne-240-Betten-Hotel war Anfang der Zweitausender Jahre gebaut worden, obwohl die erste Idee dazu aus den neunzehnhundertachtziger Jahren stammte. Doch die Planungen waren von Beginn an umstritten gewesen und immer wieder unterbrochen worden, erst durch die Einsprüche einer Bürgerinitiative, dann durch die Entdeckung einer seltenen Froschart, die in der Nähe der geplanten Baustelle laichte, dann durch die Insolvenz eines der beteiligten Unternehmer. Es hatte insgesamt fast zwei Jahrzehnte gedauert, einen Kompromiss zu finden, der alle Aspekte vom Umweltschutz über die Sorgen der Moosbacher vor zunehmender Verkehrsbelastung bis zur Hoffnung auf neue Arbeitsplätze und Gewerbesteuern berücksichtigte.

Nachdem der Bau schließlich in einer abgespeckten Version errichtet und eröffnet worden war, war wieder Frieden im Ort eingekehrt. Mittlerweile arbeiteten etliche Moosbacher in dem Hotel, einige tranken sonntags nach einem ausgedehnten Spaziergang durch die Sternmühlenfilzen auf der Gartenterrasse einen Kaffee, andere luden zu besonderen Familienfesten ins Wintergartenrestaurant. Doch hauptsächlich war der Moosbacher Hof ein Tagungshotel. Das Gebäude war ein schneeweißer, vierstöckiger, lang gezogener Bau. Die Vorderfront blickte auf einen großen Parkplatz, doch die Hotelrückseite mit Blick auf das Hochmoor war sehr attraktiv, wie Pia wusste, weil ein Typ, mit dem sie einige Male ausgegangen war, sie an einem Sonntag mit einem Ausflug hierher überrascht hatte.

An jenem Sonntag hatte hier Hochbetrieb geherrscht, doch an diesem Montagmittag war der Parkplatz halb und die Lobby des Hotels fast gänzlich leer. Nur eine junge Frau mit straff zurückgebundenen rotblonden Haaren stand hinter dem Tresen der Rezeption. Als Pia und Oliver sich näherten, wandte sie sich ihnen mit einem professionellen Lächeln zu, das bei Olivers Anblick noch drei Stufen strahlender wurde.

»Willkommen im Moosbacher Hof, was kann ich für Sie tun?«

Pia setzte zu einer Erwiderung an, doch Oliver war schneller. »Hallo«, ebenfalls breit lächelnd beugte er sich vor und las das Namensschild der jungen Frau, »Hanna. Wir möchten eine Freundin besuchen, die bei Ihnen wohnt, aber wir kennen ihre Zimmernummer nicht. Können Sie uns helfen?«

Es war offensichtlich, dass Hanna Roth sich nichts Schöneres vorstellen konnte, als Oliver zu Diensten zu sein. Ihre Augen leuchteten. Aus der Nähe sah sie noch jünger aus, vermutlich war sie in der Ausbildung. »Ich kann gerne die Zimmernummer für Sie nachsehen. Wie ist denn der Name Ihrer Freundin?«

»Elisabeth Bader. Sie ist vorgestern angekommen.«

»Einen kleinen Augenblick bitte.« Hanna tippte auf ihrer Tastatur. »Ah ja, Dr. Elisabeth Bader, Zimmer dreihundertzwei. Sie hat am Samstag um neun Uhr siebenundzwanzig eingecheckt. Oh, Sie haben Glück. Sie hatte das Zimmer ursprünglich nur für eine Nacht gebucht.«

»Aber sie ist noch da?«

»Sie hat noch nicht ausgecheckt.« Hanna strahlte Oliver an. »Soll ich sie anrufen und ihr mitteilen, dass Sie hier sind?«

»Vielen Dank, wir würden sie gerne überraschen.«

»Natürlich. Dritter Stock. Wenn Sie aus dem Fahrstuhl kommen, links.«

Oliver bedankte sich und ging quer durch die Lobby zu den Aufzügen.

»Was war das denn?«, fragte Pia, während sie nach oben fuhren.

Oliver lehnte lässig an der Kabinenwand des Aufzugs. »Du meinst, warum ich der Kleinen nicht gesagt habe, dass wir von der Kripo sind? Wieso hätte ich das tun sollen? Ich habe doch auch so bekommen, was ich wollte.«

»Nur, dass wir nicht undercover hier sind.«

»Das Ergebnis zählt.« Als Pia die Stirn runzelte, fügte Oliver hinzu: »Außerdem wollte ich nicht unnötig die Pferde scheu machen für den Fall, dass wir Lisa wohlbehalten in ihrem Zimmer vorfinden.«

Pia bezweifelte das. Sie vermutete, dass ihr Kollege gern seinen Charme spielen ließ, weil er mit der Nummer gut durchkam. Doch sie erwiderte nichts, denn in diesem Moment hielt der Aufzug im dritten Stock. Wie empfohlen folgten sie dem Flur nach links, an acht Türen vorbei, bis sie vor Nummer dreihundertzwei standen. Pia klopfte einmal, zweimal, dreimal, doch niemand öffnete, und als sie ihr Ohr an die Zimmertür legte, war nichts zu hören.

»Ich fürchte, wir müssen doch die Pferde scheu machen. Oder glaubst du, du erreichst mit deinem Dackelblick auch noch, dass Hanna uns das Zimmer betreten lässt?«

Oliver grinste. »Ich kann es zumindest versuchen. Bestimmt freut sie sich, mich wiederzusehen.«

Hanna freute sich in der Tat, als Pia und Oliver kurz darauf wieder vor ihr standen, doch das Leuchten in ihren Augen erlosch, als Oliver erklärte, dass Dr. Bader nicht auf ihrem Zimmer sei, und darum bat, dort auf sie warten zu dürfen.

»Oh, nein, das ist nicht möglich, ganz ausgeschlossen, ich darf Sie nicht in das Zimmer lassen«, entgegnete sie mit einem Blick, in dem sich Verlegenheit spiegelte. Allerdings hätte Pia nicht sagen können, ob die Verlegenheit daher rührte, dass sie Oliver die Erfüllung seines Wunsches abschlagen musste, oder daher, dass dieser eine so ungebührliche Bitte an sie herangetragen hatte. »Aber Sie können gern hier unten warten.« Sie deutete auf eine der Sitzgruppen, die in der großzügigen Hotellobby verteilt waren.

»Das ist leider keine Option.« Oliver zückte seinen Dienstausweis. »Hanna, ich muss mich bei Ihnen entschuldigen, ich habe vorhin nicht die ganze Wahrheit gesagt. Wir sind zwar Freunde von Dr. Bader, aber wir sind auch von der Kriminalpolizei. Dr. Bader wurde von ihrer Familie vermisst gemeldet, daher müssen wir dringend einen Blick in ihr Zimmer werfen. Wir befürchten, ihr könnte etwas zugestoßen sein. Sie können doch Schlüsselkarten programmieren, oder?«

Hanna betrachtete verwirrt den Dienstausweis. »Ja, schon, aber …«

»Es ist dringend.«

Oliver versuchte es mit einem weiteren Lächeln, doch Hanna senkte den Kopf. »Es tut mir sehr leid, das darf ich nicht. Ich darf nur Schlüsselkarten ausstellen, wenn ein Gast eincheckt oder wenn er seine Karte verloren hat oder etwas in der Art.«

Pia mischte sich ein. »Können Sie dann bitte jemanden holen, der uns weiterhelfen kann? Zum Beispiel den Geschäftsführer oder Ihre Chefin oder Ihren Chef?«

»Ich hole Frau Guski. Sie ist gerade in der Mittagspause. Es kann einige Minuten dauern.« Hanna griff zum Telefon.

»Wir warten dort drüben.«

Pia schlenderte zur nächstgelegenen Sitzgruppe und ließ sich in einen karamellfarbenen Kunstledersessel fallen, der bequemer aussah, als er war. Auf einem Tischchen lagen eine Broschüre des Hotels und mehrere Flyer aufgefächert. Als Pia sie auseinanderschob, entdeckte sie einen mit der Aufschrift »Roboterassistierte Viszeralchirurgie – Fachtagung am 22. + 23. Juli 2023«, dazu ein Logo des Klinikums Neustadt. Das musste die Tagung sein, die Lisa Bader hatte besuchen wollen. Pia klappte den Flyer auseinander, er enthielt ein Programm, das zwei Dutzend Vorträge umfasste. Auf der Rückseite war ein Foto des Organisators, Dr. Peter Stoika. Rotbraune, zu einem Zopf gebundene Haare, ein kantiges Kinn und ein goldener Ring im linken Ohrläppchen. Der Mann sah eher aus wie ein Pirat als wie ein Chirurg, was ihn in Pias Augen ausgesprochen attraktiv machte.

»Sie möchten mich sprechen?«

Pia blickte zu der Frau hoch, die sie angesprochen hatte. Ihre Haare waren ebenso straff zurückgebunden wie die der kleinen Hanna.

»Frau Guski? Pia Meyer, Kripo Neustadt.« Pia zückte ihren Dienstausweis. »Vielleicht können Sie sich einen Moment zu uns setzen?«

Renata Guski studierte sorgfältig den Dienstausweis, bevor sie wenige Quadratzentimeter ihres Gesäßes auf der äußersten Kante eines Sessels platzierte.

Pia erklärte ihr, worum es ging. »Sie können uns in zwei Punkten helfen«, schloss sie. »Erstens müssen wir einen Blick in das Zimmer dreihundertzwei werfen. Zweitens würden wir gern mit der Mitarbeiterin oder dem Mitarbeiter sprechen, bei dem Frau Bader am Samstag eingecheckt hat.«

»Nun, den zweiten Wunsch kann ich Ihnen gerne erfüllen, die Mitarbeiterin war ich, und ich erinnere mich gut an Dr. Bader. Wegen des Kaffeeflecks.«

»Wegen des Kaffeeflecks?«

Renata Guski strich ihren schmalen Rock glatt und faltete

ihre Hände im Schoß. »Dr. Bader hatte einen großen Kaffeefleck vorn auf ihrer Bluse. Sie kam am Samstagmorgen. Sie hatte ein Zimmer reserviert, eigentlich erst ab vierzehn Uhr, da beginnt üblicherweise unser Check-in, doch sie fragte, ob sie es früher beziehen könne, da sie sich eine frische Bluse anziehen wolle. Eben wegen des Kaffeeflecks. Ich versuchte natürlich, das zu ermöglichen, obwohl es schwierig war, da wir voll belegt waren. Zwar hatten einige Gäste bereits ausgecheckt, doch um die Zeit waren die Zimmer noch nicht gereinigt. Ich bot Dr. Bader daher an, sie sofort einzuchecken und ihr die Schlüsselkarte zu geben, bat sie aber, das Zimmer erst um halb elf zu beziehen.«

»Nahm sie das Angebot an?«, hakte Pia nach.

»Ja. Sie sagte, das sei völlig ausreichend, da die Tagung, der Grund für ihr Kommen, erst eine halbe Stunde später beginne. Sie sagte, sie würde bis dahin spazieren gehen.«

»Und haben Sie sie danach noch einmal gesehen?«

Renata Guski schüttelte den Kopf. »Allerdings hatte ich gestern frei.«

Pia nickte nachdenklich. »Vielen Dank. Nun zu meiner zweiten Bitte. Wir würden gern Dr. Baders Zimmer ansehen.«

Doch damit biss Pia bei der Rezeptionschefin auf Granit. »Das ist ausgeschlossen. Ohne Durchsuchungsbefehl darf ich Sie nicht das Zimmer eines Gastes betreten lassen. Und ich nehme an, Sie haben keinen?«

Pia gab das zu. »Ich muss dennoch darauf bestehen. Wir müssen uns überzeugen, dass Dr. Bader nicht möglicherweise Hilfe benötigt. Wenn sie zum Beispiel erkrankt ist oder einen Unfall im Badezimmer hatte oder etwas Ähnliches …«

Renata Guski runzelte ihre Stirn. »Sie glauben, sie könnte hilflos in ihrem Zimmer liegen? Dann hätte das Zimmermädchen sie gefunden.«

»Sind Sie sicher, dass das Zimmer gemacht wurde?«

»Selbstverständlich.«

»Dann würde ich gern mit dem Zimmermädchen reden.«

Renata Guski überlegte, bevor sie zustimmte. »Einverstanden. Das zuständige Zimmermädchen ist Frau Wörner, ich werde sie holen.«

Sie erhob sich und ging davon, kam jedoch schon nach wenigen Minuten in Begleitung einer älteren Frau mit dunklem Pferdeschwanz und grauem Haaransatz zurück, die einen weinroten Kittel über einem hellblauen Jeanshemd trug. Frau Wörner bestätigte, dass sie sowohl am Vortag als auch am heutigen Morgen in Zimmer dreihundertzwei gewesen war, allerdings hatte sie dort nicht geputzt.

»Und warum nicht?«, fragte Pia.

»Weil es nicht nötig war. Das Zimmer war leer. Ich habe es zuletzt am Samstag um halb elf fertig gemacht. Frau Guski hat mich darum gebeten, mich zu beeilen. Ich bin sicher, dass seitdem niemand mehr in dem Zimmer war. Das Bett und das Bad waren immer unbenutzt. Ich dachte, es ist vielleicht ein Fehler im Putzplan.«

»Das heißt, Lisa Bader ist wirklich verschwunden«, stellte Pia fest, nachdem die Rezeptionschefin und das Zimmermädchen gegangen waren. Es war eine durchaus erwähnenswerte Tatsache. Aus Erfahrung wusste Pia, dass von den zweihundert bis dreihundert Personen, die an jedem Tag in Deutschland vermisst gemeldet wurden, nicht nur die meisten innerhalb kurzer Zeit von selbst wieder auftauchten, sondern dass sie im Nachhinein oft gar nicht wirklich verschwunden gewesen waren. Dass es lediglich ein Missverständnis gegeben hatte, weil eine Tochter vergessen hatte, ihren Eltern zu sagen, dass sie bei einer Freundin übernachte, oder weil ein WG-Mitglied den Zettel mit der Nachricht nicht gefunden hatte, den ein anderes geschrieben hatte. Doch mit der Information, dass Lisa Bader um neun Uhr siebenundzwanzig ins Hotel eingecheckt, aber ihr Zimmer dann nicht bezogen hatte, war die Wahrscheinlichkeit eines Missverständnisses gerade gegen null gesunken.

»Meinst du, ihr ist etwas zugestoßen?«, fragte Oliver.

Pia wiegte nachdenklich ihren Kopf. »Ausschließen können wir es nicht. Wenn sie wirklich zu einem Spaziergang aufgebrochen ist …«

»Sie hat es zu Frau Guski gesagt«, warf Oliver ein.

Über so viel Naivität konnte Pia nur die Nase rümpfen. »Sagen tun die Leute viel. Es ist genauso gut möglich, dass Lisa Bader eine Affäre und das Wochenende mit ihrem Liebhaber verbracht hat und dass sie nur ins Hotel eingecheckt hat, damit sie ihrem Mann die Rechnung präsentieren kann, falls der misstrauisch wird. Lass uns erst mal überprüfen, ob ihr Wagen noch hier steht. Falls der weg ist, wissen wir, dass sie gelogen hat.«

Sie stand auf und verließ, von Oliver gefolgt, das Hotel. Nach dem Aufenthalt in der klimatisierten Lobby des Moosbacher Hofs schlug ihnen die Hitze auf dem Parkplatz entgegen wie der Atem eines Feuer speienden Drachens. Pia blinzelte, um ihre Augen vor dem gleißenden Sonnenlicht zu schützen. »Du links, ich rechts?«

Oliver zog eine verspiegelte Sonnenbrille hervor und ging nach links, während Pia die Reihen in der rechten Hälfte des Parkplatzes abschritt. Es dauerte nur wenige Minuten, bis sie fand, wonach sie suchte. Der dunkelblaue Škoda Enyaq mit dem Neustädter Kennzeichen LT 114 parkte zwei Reihen vom Eingang des Hotels entfernt zwischen zwei freien Stellplätzen unter einem Ahorn.

Pia steckte zwei Finger in den Mund und stieß einen Pfiff aus, woraufhin Oliver angejoggt kam.

»Wow, mit der Technik könntest du Signale zum Mann im Mond senden.« Er warf einen Blick auf das Kennzeichen. »So viel zu deiner Vermutung, Lisa könne zu einem Liebhaber gefahren sein.« Er zog den Autoschlüssel hervor, den Tim Bader-Menzel ihm in die Hand gedrückt hatte. »Wie gehen wir vor? Einer durchsucht, einer fotografiert? Ich nehme an, du willst alles gründlich inspizieren?«

Pia dachte einen Augenblick nach, während sie die feine Staubschicht betrachtete, die die blaue Karosserie bedeckte. »Nicht zu gründlich. Wir können nicht ausschließen, dass die Kriminaltechnik sich den Wagen noch einmal vornehmen muss. Ich versuche, mir alles anzusehen, ohne zu viele Spuren zu zerstören.«

Sie holte ein Paar Latexhandschuhe aus ihrer Umhängetasche, streifte sie über und öffnete die Fahrertür.

Die Inspektion dauerte nicht lange und war nicht sehr ergiebig. Die Familienkutsche der Baders enthielt nichts, was Pia nicht auch schon in anderen Autos gesehen hatte. Auf dem Beifahrersitz lagen ein Sonnenhut aus Stroh und ein türkisfarben gemustertes Seidentuch, möglicherweise das, welches Lisa Bader am Samstagmorgen getragen hatte. In der Ablage der Mittelkonsole lagen eine Packung Taschentücher, ein Kugelschreiber, eine Sicherheitsnadel, eine bunte Kinderhaarspange und einige Münzen. Im Handschuhfach gab es außer den Fahrzeugpapieren und dem Bedienhandbuch eine Dose mit zuckerreduzierten Bonbons, eine Packung Desinfektionstücher und einige eingeschweißte FFP2-Masken. In den Seitentüren steckten neben den obligatorischen Warnwesten eine Wanderkarte des Landkreises und ein Pixiebuch. Auf der Rückbank waren die Sicherheitssitze für die Kinder befestigt, zwei hochgerüstete Modelle, die aussahen, als könnte man damit den Nachwuchs sicher zum Mond fliegen.

Zuletzt öffnete Pia die Heckklappe. Im Gegensatz zum restlichen Innenraum des Wagens herrschte im Kofferraum Chaos. Zwei Regenschirme, eine Picknickdecke, ein Paar Schwimmflügel, ein Paddel, das wohl zu einem SUP-Bord gehörte, ein benutztes Handtuch, eine leere Wasserflasche, ein schmutziges Stoffhäschen, ein Kinderfußball und anderer Krimskrams waren zu einem Haufen zusammengeschoben. Vor dem Durcheinander lag ein karierter handgepäckgroßer Trolley. Pia öffnete ihn und hob behutsam einige Gegenstände heraus, um sich einen Überblick zu verschaffen, doch der Trolley barg ebenfalls keine

Überraschung. Kleidung, ein Schuh- und ein Kulturbeutel waren der gesamte Inhalt. Schließlich schloss Pia die Heckklappe und trat zurück, um in Ruhe über den nächsten Schritt nachzudenken.

Oliver steckte sein Handy weg, mit dem er fotografiert hatte, schob sich seine Sonnenbrille in die gegelten Haare und lehnte sich an den Porsche Cayenne, der zwei Stellplätze weiter parkte, doch im nächsten Moment beugte er sich vor und ging neben dem Škoda in die Hocke. »Hast du das gesehen?«

Er deutete auf eine Stelle unter dem Auto, und als Pia sich neben ihn auf die Pflastersteine kniete, erspähte sie einen bunten Gegenstand, der hinter dem rechten Vorderreifen lag, es war eine türkis-blau gemusterte Handyhülle.

»Gut beobachtet.«

Pia wartete, bis Oliver die Handyhülle in ihrer Position fotografiert hatte, dann holte sie sie mit ihrer behandschuhten Hand hervor und klappte sie auf. Die Hülle enthielt ein Smartphone von Samsung, ein neueres Modell, das jedoch gesperrt war.

»Meinst du, es ist Lisas?«, fragte Oliver.

Als Antwort zeigte Pia ihm die Innenseite der Hülle, in der ein Sticker klebte: E. Bader.

»Verdammt!«, entfuhr es Oliver. »Damit ist unsere Chance dahin, sie per Handyortung zu finden.«

Pia stand auf, bevor sie einen Beweismittelbeutel aus ihrer Umhängetasche holte und das Smartphone hineingleiten ließ. »Und was wird das?«, fragte sie, als ihr Kollege begann, auf seinem Handy herumzutippen.

»Ich rufe die Kavallerie, was sonst?« Oliver hielt das Handy ans Ohr, Pia konnte das Freizeichen hören.

»Auflegen! Sofort!«, verlangte sie scharf.

Oliver sah sie verblüfft an. »Aber …«

»Kommissar Breckenkamp, auflegen!« Pia machte einen Schritt auf ihren Kollegen zu, bereit, ihm das Handy notfalls aus der Hand zu reißen.

Oliver drückte den Anruf weg. »Was ist denn mit dir los?«, fragte er perplex.

Pia nahm sich bewusst einen Augenblick Zeit, den Beweismittelbeutel samt Handy in ihrer Umhängetasche zu verstauen. »Zwei Dinge sind los«, sagte sie dann. »Erstens: Wenn jemand die Kavallerie ruft, dann bin ich das. Zweitens: Ob die Kavallerie gerufen wird oder nicht, entscheide ich.«

»Du willst das erst diskutieren?« Oliver verdrehte die Augen.

Pia musterte ihn, um herauszufinden, ob er sie absichtlich missverstand. »Ich will es nicht diskutieren, Oliver, ich will es entscheiden. Weil ich diese Untersuchung leite. Und ich entscheide, dass ich aufgrund der bisherigen Erkenntnisse ganz bestimmt keine Hundertschaft Polizisten in Marsch setze.«

»Du willst Ressourcen sparen?«, fragte Oliver ungläubig. »Das ist doch Mist. Lisa ist vor zwei Tagen von hier zu einem Spaziergang aufgebrochen. Die wahrscheinlichste Erklärung für ihr Verschwinden ist, dass sie sich verirrt hat oder dass sie verunglückt ist. Es wird höchste Zeit, mit der Suche nach ihr zu beginnen.«

Pia widersprach. »Nur weil Lisa Bader an der Rezeption erzählt hat, dass sie spazieren gehen möchte, muss das noch lange nicht stimmen. Sie hat ihrem Mann auch erzählt, sie würde direkt zum Hotel fahren, aber wenn sie das getan hätte, hätte sie am Samstag nicht erst um neun Uhr siebenundzwanzig eingecheckt, sondern eine halbe Stunde früher – und zwar ohne Kaffeefleck auf der Bluse. Aber selbst wenn sie einen Spaziergang gemacht hat, brauchen wir erst mal einen Anhaltspunkt, wohin sie gegangen ist.«

»Wohin soll sie schon gegangen sein? Alle Spazierwege führen in die Sternmühlenfilzen.« Oliver nickte zu einem Wanderwegweiser in der Nähe des Hoteleingangs.

»Nur, dass ich bezweifle, dass eine erwachsene Frau dort verloren gehen könnte. Komm mal mit.«

Pia ging voran über den Parkplatz und nahm einen gepflasterten Fußweg, der um den Moosbacher Hof herumführte. Auf der Rückseite des Hotels lagen gepflegte Rasenflächen, von akkurat beschnittenen Büschen umgeben, darin eingebettet die Terrasse des sogenannten Hofcafés. Wo das Grundstück des Hotels aufhörte, begannen Weizen- und Rapsfelder, zwischen denen schnurgerade ein breiter gekiester Weg auf eine Baumreihe in wenigen hundert Metern Entfernung zulief.

»Warst du schon mal hier?«, fragte Pia, als sie neben einem weiteren Wanderwegweiser mit nicht weniger als fünf Schildern stehen blieb, auf dem unter anderem die kleine Moorrunde (eine Stunde) und die große Moorrunde (zweieinhalb Stunden) beworben wurden.

Oliver kickte mit der Schuhspitze einen Stein weg. »Im Hotel? Auf zwei Hochzeiten und einem Geburtstag. Wieso?«

»Zum Wandern im Moor?«

Oliver schnitt eine Grimasse. »Wandern ist nicht so meins.«

Das sah Pia genauso, sie hatte nichts für Sport übrig, der außerhalb ihres Fitnessstudios oder ihres Bettes stattfand. »Ich bin vor zwei Jahren mal hier spazieren gegangen.« Mit dem Date, das sich im Nachhinein gerade als nützlich erwies. »Da vorne, wo die Baumreihe anfängt, ist ein Moorlehrpfad, dahinter beginnt das Naturschutzgebiet. Die Bäume, die du siehst, machen vermutlich schon die Hälfte des Bestandes aus, den es dort gibt. Ein paar vereinzelte Moorbirken und Waldkiefern, dazu ein paar Büsche, ansonsten wachsen da nur Gräser und Blumen. Die Gegend ist platt und übersichtlich, abgesehen davon, dass die Wege klar markiert sind und alle paar Meter ein Wegweiser steht. Glaub mir, da kann man sich nicht verirren.«

Oliver blickte zu der Baumreihe. »Und wenn Lisa gestürzt ist? Sich ein Bein gebrochen hat und nicht mehr laufen kann oder etwas Derartiges?«

»Dann müsste sie schon sehr tatterig sein oder Glasknochen haben. Aber selbst wenn, wäre sie längst gefunden worden. Am Wochenende war das Wetter schön, da hat es garantiert hier von Leuten gewimmelt. Das ist ein beliebtes Ausflugsziel.«

»Aber irgendwo muss Lisa hingegangen sein.«

»Und wir werden mehr über das Irgendwo erfahren.« Pia zückte ihr Handy. »Freu dich, heute ist dein Glückstag, du lernst eine Legende kennen. Hast du schon mal von Valerie Niemann gehört?«

3

Mara

Eine Stunde nach Tims Anruf rase ich die Autobahn entlang Richtung Neustadt, und drei Stunden später bocke ich die Tigerin am Straßenrand vor Lisas Haus auf, weil der Platz vor der Garage von einem mintmetallicfarbenen Corsa belegt ist. Der Wagen gehört meiner Mutter. Seit ich denken kann, fährt sie bonbonfarbene Autos, vielleicht um zu verschleiern, dass ihr Gemüt alles andere als rosig ist.

Ich nehme meinen Helm ab und checke mein Handy, ob während der Fahrt eine Nachricht von oder über Lisa eingetroffen ist. Nichts, also schnappe ich mir meine Tasche und gehe auf die Haustür zu. Während ich meinen Finger auf die Klingel presse, hoffe ich, dass Tim aufmacht, doch ich habe Pech, es ist meine Mutter, und wie immer – daran kann auch eine vermisste Tochter nichts ändern – ist sie in Hochform. Sie benötigt keine Zehntelsekunde, bis …

»Meine Güte, Mara, das darf nicht wahr sein! Bist du jetzt völlig übergeschnappt?«

Ich benötige ihren anklagenden Blick auf meine Haare nicht, um zu wissen, worum es geht. »Hallo, Mutter, ich freue mich auch, dich zu sehen.«

Ihre Augen werden schmal. »Spar dir deinen Sarkasmus. Das ist wirklich der Gipfel der Geschmacklosigkeit. Ich dachte, wir hätten den Tiefpunkt erreicht, als du mit diesem grotesken Tattoo daherkamst, aber das kann man ja wenigstens unter anständiger Kleidung verstecken – nicht, dass du je welche tragen würdest. Doch das …«

»Das kann man unter einem Motorradhelm verstecken. Wenn

du möchtest, setze ich für den Rest des Tages einen auf.« Ich tue so, als wollte ich mir den Helm über den Kopf stülpen, worüber meine Mutter gar nicht lachen kann.

»Erspar mir deine Witzchen, Mara. Was hast du dir dabei gedacht?«

»Ich wollte dir die Mühe ersparen, erst lange nach etwas suchen zu müssen, dass du an mir kritisieren kannst. Und nachdem wir diesen Tagesordnungspunkt abgehakt haben, könntest du mich reinlassen. Oder soll ich den Dienstboteneingang nehmen?«

Meine Mutter tritt mit verkniffener Miene zur Seite. Ich stelle Tasche und Helm in der Diele ab und schlüpfte aus meiner Lederjacke, als Alma in der Wohnzimmertür auftaucht.

»Hallo, Tänzerin.« Ich breite meine Arme aus, und sie schmiegt sich hinein. Über ihren dunklen Haarschopf hinweg sehe ich, wie meine Mutter bedeutsam den Kopf schüttelt. Offensichtlich weiß Alma noch nicht, dass Lisa vermisst wird, und ich soll es dabei belassen. Ausnahmsweise bin ich mit einer von Giselas Entscheidungen einverstanden.

»Kommst du mit in den Garten?«, bettelt Alma. »Wir können Trampolin hüpfen.«

»Später gern, mein Schatz, aber erst muss ich etwas mit deiner Oma besprechen.«

Alma kapiert den Wink und schleicht sich, und ich folge meiner Mutter in die Küche, wo sie beginnt, Kaffeepulver in die Kaffeemaschine zu füllen. Auf der Arbeitsplatte liegt eine Pappplatte mit Butterkuchen vom Neustädter Stadtbäcker. Es ist Lisas Lieblingskuchen, meine Mutter bringt bei ihren Besuchen immer welchen mit. Bei seinem Anblick zieht sich eine Gänsehaut mein Tattoo hoch.

»Also, jetzt sag schon. Gibt es etwas Neues? Hat Lisa sich gemeldet? Weiß jemand, wo sie ist?«

Meine Mutter schließt die Küchentür. »Nein.«

»Was ist mit der Polizei? Unternimmt Oliver etwas?«

Giselas Blick wird milder. »Es war gut, dass du ihn angerufen hast. Ich muss sagen, es hat mich positiv überrascht. Ich wusste nicht, dass ihr zwei noch Kontakt habt.«

Es wundert mich nicht, dass meine Mutter entzückt über meinen Anruf bei Oliver ist. Eins der wenigen Dinge, das ich in meinem Leben in ihren Augen richtig gemacht habe, war meine Beziehung mit Oliver. Meine Mutter hat ihn regelrecht geliebt – was viel über Olivers Fähigkeit aussagt, sich bei anderen einzuschmeicheln –, und sie führt bis heute mein unstetes Leben auf die Trennung von ihm zurück, die mir ihrer Ansicht nach irgendeinen Knacks verpasst haben muss. Dass ich meinen Knacks vielleicht ihrer Erziehung zu verdanken habe, kommt ihr nicht in den Sinn.

»Wir haben keinen Kontakt mehr. Also, was unternimmt er?«

»Er war mit einer Kollegin hier. Sie haben Fragen gestellt, dann sind sie nach Moosbach gefahren, um zu überprüfen, ob Lisa am Samstag im Moosbacher Hof angekommen ist.«

»Das ist alles?«

»Das ist alles, was ich weiß. Oliver wird schon wissen, was er tut.«

Hoffentlich! »Ist Tim mit ihnen gefahren?«

»Er holt Hektor aus der Kita ab. Da kommt er gerade.«

Sie sieht durchs Küchenfenster, und als ich ihrem Blick folge, sehe ich meinen Schwager mit seinem schlafenden Sohn auf dem Arm aufs Haus zukommen. Ich öffne die Haustür. Tim sieht ziemlich fertig aus, ringt sich bei meinem Anblick jedoch ein Lächeln ab.

»Danke, dass du gekommen bist, Mara. Und danke, dass du Oliver angerufen hast.«

»Soll ich dir Hektor abnehmen?«

Ich trage meinen schlafenden Neffen nach oben und lege ihn in sein Bett. Als ich wieder herunterkomme, steht Tim in der Küche bei meiner Mutter.

Ich schließe die Tür hinter mir. »Also, was wollte Oliver wissen?«

Tim erzählt mir von dem Gespräch mit Oliver und dessen Kollegin. Was ich höre, irritiert mich.

»Sie wollten wissen, was Lisa in der letzten Woche gemacht hat? Wie ihre Stimmung war und so weiter? Aber warum? Das klingt, als dächten sie, Lisa wäre absichtlich verschwunden. Oliver muss doch wissen, dass das Blödsinn ist.«

Tim reibt sich erschöpft über sein Gesicht. »Hauptsächlich hat seine Kollegin die Fragen gestellt, Kriminaloberkommissarin Pia Meyer, sie ist ranghöher, sie leitet die Ermittlungen.«

Ich kann mir nicht vorstellen, dass Oliver sich gern von einer Frau herumkommandieren lässt. »Wann sind die beiden hier losgefahren?«

Tim wirft einen Blick auf die Küchenuhr. »Vor zwei Stunden.«

»Und sie haben sich seitdem nicht gemeldet? Dabei müssten sie seit eineinhalb Stunden im Hotel sein. Ich will ein Update.«

Ich ziehe mein Handy hervor und wähle Olivers Nummer, die noch von meinem Anruf am Morgen gespeichert ist. Ich unterbreche seine Begrüßung und frage ihn, was er herausgefunden hat. Daraufhin höre ich eine Weile nichts, vermutlich deckt er sein Handy mit einer Hand ab, während er mit seiner Kollegin redet. Schließlich erzählt er mir, dass Lisa am Samstag gegen halb zehn im Hotel eingecheckt, jedoch nie ihr Zimmer aufgesucht hat. »Sie sagte an der Hotelrezeption, sie wolle spazieren gehen. Wir haben ein Mantrailingteam angefordert, das ist ein Personenspürhund und …«

»Ich weiß, was ein Mantrailer ist«, unterbreche ich. »Und das ist alles? Ein Hund?«

»Sobald der Hund uns anzeigt, in welche Richtung Lisa gegangen ist, werden wir Verstärkung rufen. Mara, mach dir keine Sorgen, wir kümmern uns darum.«

Ich soll mir keine Sorgen machen? Er hat gut reden, es ist ja nicht seine Schwester. Ich will das Gespräch schon wegdrücken, da sagt Oliver: »Wir haben noch eine Frage. Ist Tim in der Nähe?«

Ich reiche Tim das Handy, der eine Weile lauscht, dann eine Frage verneint. Schließlich gibt er mir das Handy zurück.

»Und?«, frage ich, als er von sich aus nichts sagt. »Was wollte Oliver von dir?«

Tim runzelt die Stirn. »Er wollte wissen, ob Lisa am Samstagmorgen einen Kaffeefleck auf der Bluse hatte. Anscheinend hatte sie einen, als sie an der Hotelrezeption ankam, dabei war ihre Bluse natürlich sauber, als wir hier losfuhren. Ich verstehe das nicht, sie wollte doch vom Bahnhof direkt nach Moosbach weiterfahren.« Er blickt mich verwirrt an.

Ich will schon mit den Achseln zucken nach dem Motto: Was ist schon dabei? Dann hat Lisa halt unterwegs angehalten, weil ihr nach einem Schuss Koffein war, und irgendein Idiot hat sie angerempelt. Doch dann wird mir klar, wie wenig ein solches Verhalten zu Lisa passt. Sie ist kein Typ für plötzliche Bedürfnisse oder spontane Aktionen. Außerdem hatte sie gerade erst einen Kaffee zum Frühstück getrunken, hätte sie einen zweiten gewollt – was unwahrscheinlich ist, weil sie nicht sonderlich viel Kaffee trinkt –, hätte sie bis zum Hotel gewartet. Und – so doof das klingt – Lisa ist auch nicht der Typ, der von irgendeinem Idioten angerempelt wird. Sie gehört zu diesen umsichtigen, vorausschauenden Menschen, die die Unfähigkeit der anderen immer mitdenken.

Ich erwidere Tims Blick ebenso unsicher, und meine Mutter scheint die Sache mit dem Kaffeefleck ebenfalls zu irritieren. Eine Weile stehen wir schweigend beieinander, ich kann spüren, wie alle unsere Gedanken um diesen Fleck kreisen, wie dieser in unseren Gedanken immer größer wird – vielleicht auch nur, weil er der einzige neue Anhaltspunkt ist, den wir haben.

»Ich halte die Warterei nicht aus«, stoße ich schließlich hervor. »Ich fahre nach Moosbach.«

Meine Mutter nickt zustimmend.

»Was ist mit dir, Tim?«

Mein Schwager zögert. »Was, wenn Lisa in der Zwischenzeit nach Hause kommt? Oder wenn sie sich meldet? Oder …?«

»Dann kann Gisela uns anrufen. Du bleibst doch hier und passt auf die Kinder auf, oder?«

Meine Mutter sieht mich überrascht an, vielleicht kann sie nicht glauben, dass ich sie um einen Gefallen bitte, schließlich wissen wir beide, wie sie auf Vorschläge meinerseits normalerweise reagiert. »Selbstverständlich.«

Tim schüttelt den Kopf. »Nein, ich möchte lieber hier warten.«

Kurz darauf verlasse ich Neustadt auf der Staatsstraße Richtung Süden. Ich war schon ewig nicht mehr in Moosbach und noch länger nicht im Moosbacher Hof. Vor zwölf Jahren hat Olivers Großvater, der Besitzer des Mercedes 300SL Roadster, seinen fünfundsiebzigsten Geburtstag dort gefeiert. Im ganz großen Stil. Es war das erste und einzige Mal, dass ich auf einer großen Breckenkampschen Familienfeier war, und ich fühlte mich dort ungefähr so wohl wie ein Häschen, das sich ins Löwengehege verirrt hat. In meiner Erinnerung, die vermutlich etwas übertreibt, ging es zu wie auf dem roten Teppich bei den Oscars. Frauen in bodenlangen Abendroben, Männer im Smoking. Obwohl Oliver mir versicherte, dass ich in meiner Hundertfünfzig-Euro-Neuerwerbung – sauer verdient durch diverse Nebenjobs – hinreißend aussähe, kam ich mir vor wie Aschenbrödel, das vergessen hat, seine Putzlumpen gegen das goldene Gewand aus der Haselnuss zu tauschen. Auf der Feier kam mir zum ersten Mal der Gedanke an Trennung, während Oliver zum ersten Mal an Heirat dachte.

Die Staatsstraße von Neustadt nach Moosbach ist etwa dreißig Kilometer lang und schlängelt sich unspektakulär zwischen Wiesen, Feldern und Wäldern hindurch. Einmal überquert sie ein Flüsschen, und ungefähr alle fünf bis acht Kilometer gibt es einen kleinen Ort mit einer Kirche in der Mitte und etwas Gewerbe an den Rändern. Ich lasse das erste Gewerbegebiet hinter mir, inklusive Tankstelle mit zwanzig Jahre alter Plakatwerbung für »Kaffee auf die Hand«, als mir der Gedanke kommt, dass ich dort nach Lisa fragen könnte. Sie ist mit Sicherheit am Samstag ebenfalls diese Strecke gefahren, vielleicht kann ich herausfinden, wo sie sich den Kaffeefleck geholt hat.

Ich bremse ab, blinke und ziehe die Tigerin in einer scharfen Hundertachtzig-Grad-Kehre herum, fahre zur Tankstelle, parke und betrete das Kassenhäuschen. Die Schlange ist zwei Kundinnen lang, und während ich warte, studiere ich die Überschriften der Klatschblätter. Drittes Baby einer Schauspielerin, neue Liebe eines Tagesschausprechers, Scheidung einer Schönheitschirurgin – wie leer muss ein Leben sein, das sich für so etwas interessiert?

Schließlich bin ich dran, doch bevor ich mein Anliegen vorbringen kann, sagt die Kassiererin: »Wow, geile Haarfarbe. Wo gibt's die denn?«

Meine Mutter behauptet immer, ich hätte nichts Gescheites gelernt, doch das stimmt nicht. Bei meinen vielen Jobs habe ich mir alle möglichen nützen und unnützen Kenntnisse zugelegt, darunter die Fähigkeit, zwischen höflicher Konversation und echtem Interesse zu unterscheiden. Hier liegt Letzteres vor, deshalb nenne ich den Namen des Onlineshops, den die Kassiererin prompt notiert.

»Allerdings musst du deine Haare vorher wohl wachsen lassen«, füge ich mit Blick auf ihren kahlrasierten Schädel hinzu.

Die Kassiererin prustet los. »Nee, die Farbe ist für meinen Busch. Mein Freund flippt aus, wenn er das sieht. Also, welche Nummer?«

»Ich habe nicht getankt. Ich habe eine Frage. Warst du am letzten Samstag auch hier? Morgens zwischen halb neun und halb zehn?«

Sie nickt.

»Hast du dieser Frau einen Kaffee verkauft?« Ich zücke mein Handy und zeige ihr das neueste Foto, das ich von Lisa habe, aufgenommen an ihrem vierzigsten Geburtstag vor zwei Monaten.

»Nee, worum geht's denn?«

»Das ist meine Schwester, sie ist seit Samstag verschwunden.«

»Oh, Scheiße, tut mir leid. Ist sie eine gute Schwester?«

»Die beste.«

Ich stecke das Handy wieder ein, verlasse das Kassenhäuschen und schwinge mich auf die Tigerin, nur um fünf Kilometer weiter an der nächsten Tankstelle anzuhalten. Insgesamt unterbreche ich meinem Weg nach Moosbach fünfmal, an zwei Tankstellen, an einem Café und an zwei Supermärkten mit Bäckereien im Eingangsbereich. Manche meiner Gesprächspartnerinnen haben am Samstagvormittag gearbeitet, andere nicht, doch niemand hat Lisa gesehen. Den letzten Stopp mache ich an einer Filiale des Neustädter Stadtbäckers in einem Edeka in einem Kaff namens Felden. Bis zum Moosbacher Hof sind es nur noch fünf Minuten Fahrtzeit, und ich bezweifle, dass Lisa sich hier noch einen Kaffee gekauft hat, dennoch parke ich die Tigerin auf dem halbleeren Parkplatz und stelle mich in die drei Kundinnen lange Schlange, die von einer Mittfünfzigerin in solch gemütlichem Tempo abgearbeitet wird, dass ich immer kribbeliger werde.

Als ich an der Reihe bin, schenkt die Verkäuferin mir ein müdes Lächeln. Ich sage mein Sprüchlein auf, und als sie bestätigt, dass sie am Samstagvormittag gearbeitet hat, strecke ich ihr das Handy mit Lisas Foto über die Theke entgegen. Die Frau greift danach, was mir nicht passt, doch ich gedulde mich, während sie ihre Lesebrille aus ihrer Dauerwelle nestelt und das Foto studiert.

»Ja, sie war hier, am Samstag, irgendwann morgens. Ich erinnere mich, ich fand sie so hübsch. Sie sieht aus wie diese Schauspielerin, Sie wissen schon, aus diesem uralten Film, schwarz-weiß …«

»Audrey Hepburn, Frühstück bei Tiffany.«

»Genau die.« Die Verkäuferin gibt mir das Handy zurück.

»Können Sie mir sagen, was sie gekauft hat?«

Die Verkäuferin überlegt. »Etwas zu trinken, ich glaube, es war ein Cappuccino. Nichts zu essen. Was ist mit ihr?«

Ich erkläre es, und die Frau drückt ihr Bedauern aus. Eine Weile schweigen wir uns an, erst als der Kunde hinter mir sich vernehmlich räuspert, fragt die Verkäuferin, ob ich etwas kaufen möchte. Mir fällt ein, dass ich seit dem Frühstück – zwei Scheiben Knäckebrot, runtergewürgt während ich meine Sachen gepackt habe – noch nichts gegessen habe, also bestelle ich einen Cappuccino und ein Stück Butterkuchen. Butterkuchen vom Stadtbäcker ist nicht nur Lisas Lieblingskuchen, sondern auch meiner. Aus irgendeinem Grund haben wir in Sachen Essen einen fast identischen Geschmack, auch wenn Lisa sich im Laufe der Jahre eine gesündere Ernährungsweise angewöhnt hat als ich. Wir lieben denselben Kuchen, dieselbe Schokolade, denselben Wein und dieselben Eissorten: Pfefferminz, Erdbeer, Karamell – in dieser Reihenfolge.

Ich bezahle und setze mich draußen vors Café in die Sonne. Während ich den Kuchen esse und den Cappuccino trinke, frage ich mich, warum um alles in der Welt Lisa hier am Samstag eine Pause gemacht hat, fünf Minuten von ihrem Ziel entfernt. Weil sie den Stadtbäckerkaffee so liebt? Schlecht ist der nicht, aber der im Wintergarten des Moosbacher Hofs doch wohl auch nicht. Um in alten Zeiten zu schwelgen? Lisa hat genau wie ich mal beim Stadtbäcker gearbeitet. In Neustadt ist er einer der größten Arbeitgeber für Schülerinnen und Studentinnen, die etwas nebenher verdienen wollen. Oder hatte Lisa ursprünglich angehalten, um etwas im Edeka zu kaufen, das sie für die Konferenz benötigte (Lieblingsshampoo, Tampons, Traubenzucker für den Energieschub zwischendurch), und die Sache mit dem Cappuccino war ein nachträglicher Einfall? Doch dann stellt sich ebenso die Frage: Wieso hier? Wieso nicht fünf Minuten später auf der Hotelterrasse mit Blick aufs Hochmoor statt auf einen Parkplatz?

4

Pia hatte Glück gehabt und Valerie Niemann in der Gärtnerei erreicht, in der diese ihrer regulären Arbeit nachging. Valerie hatte versprochen, Gießkanne und Spaten stehen und liegen zu lassen und innerhalb einer Stunde nach Moosbach zu kommen, und sie hielt Wort. Siebenundfünfzig Minuten nach ihrem Anruf sah Pia, wie ein Volvo-Kombi mit der Aufschrift *Lebensretter – Hunde im Einsatz* auf den Parkplatz des Moosbacher Hofs fuhr und im Schatten eines Ahorns anhielt. Im nächsten Moment wurde die Fahrertür aufgestoßen, und eine Frau poppte aus dem Wagen wie ein Korken aus einer geschüttelten Sektflasche. Sie blickte sich kurz um, entdeckte Pia und schoss auf sie zu wie Usain Bolt mit der Ziellinie vor Augen.

»Pia, wir haben uns ja schon ewig nicht gesehen. Wie schön!« Valerie schlang ihre langen Arme um Pias mächtigen Brustkorb und drückte sie an sich, als wäre die ihre seit Jahren verschollen geglaubte Schwester.

Pia erwiderte die Umarmung, weil sie wusste, dass es selbst für ein Kraftpaket wie sie zwecklos war, gegen Valeries Energie Widerstand leisten zu wollen. »Hallo, Valerie, ich freue mich auch, besonders über die Erkenntnis, dass die Ewigkeit bereits bei sechs Wochen beginnt. Dann hätte ich den letzten Kerl, der von ewiger Liebe zu faseln begann, gar nicht in die Wüste schicken müssen. Kennst du Kriminalkommissar Oliver Breckenkamp schon? Unser neuester Zugang. Oliver, gib Pfote, du stehst einer Legende gegenüber.«

Bei den letzten Worten kicherte Valerie wie eine überdrehte Achtjährige und strahlte dann Oliver genauso an, wie Hanna Roth es getan hatte, mit dem Unterschied, dass Valerie Niemann alle Menschen mit ihrem 1000-Watt-Strahlen bedachte, es sei denn, sie entpuppten sich als Tierquäler, dann bekamen sie ihre Energie auf andere Art zu spüren.

Oliver hingegen betrachtete Valerie konsterniert, was Pia ihm nicht verdenken konnte, da nicht nur Valeries überschäumende Art gewöhnungsbedürftig war, sondern auch ihr Aussehen. Von den langen pinkfarbenen Haaren, die sie in einem dicken Pferdeschwanz trug, über das neongelbe T-Shirt und die khakifarbene Weste mit den zahlreichen Taschen bis zu der zerschlissenen Hose mit Tarnmuster, die aussah, als hätte sie sie einem toten Soldaten vom Leib geklaut, wirkte Valerie wie die personifizierte Kriegserklärung an weibliche Dresscodes. Es war die Kleidung, die sie bei ihren Einsätzen trug – und wegen dieser Einsätze war sie in eingeweihten Kreisen trotz ihrer erst dreißig Jahre berühmt. Valerie Niemann war eine der gefragtesten Personensuchhundeführerinnen des Landes. Sie gehörte zu einer ehrenamtlich arbeitenden Rettungshundestaffel, die die Polizei mangels eigener Leute regelmäßig anforderte. Mit ihren Hündinnen Salome und Stella hatte sie schon mehr als ein Leben gerettet.

»Was habt ihr für mich?«, fragte Valerie, nachdem sie ihre Kicherorgie beendet hatte.

»Vierzigjährige Frau. Elisabeth Bader, genannt Lisa.« Pia zeigte Valerie ein Foto. »Sie ist am Samstagmorgen vermutlich zu Fuß von hier aufgebrochen. Die Spur ist also zwei Tage alt.«

Sie blickte Valerie fragend an, die ihren pinkfarbenen Zopf straffer zog. »Es hat seit Samstag nicht geregnet und war praktisch windstill, das sollte kein Problem sein – vorausgesetzt, du gibst mir einen guten Geruchsartikel. Woher kriegen wir den?«

»Aus Lisa Baders Auto. Du hast die Wahl zwischen einem Seidentuch, das sie am Samstagmorgen getragen hat, und einem Paar Schuhe. Sie sind in einem Beutel, ich habe sie nur von außen betastet. Es sind Halbschuhe, vielleicht Turnschuhe, auf jeden Fall geschlossene.«

»Ich nehme die Schuhe, einer reicht. Holst du ihn, während ich Stella vorbereite?«

Valerie ging zu ihrem Kombi und gab Pia einen durchsichtigen Plastikbeutel, den Pia mit zu dem Škoda nahm, der drei Reihen weiter parkte. Sie zog frische Einmalhandschuhe an, öffnete die Heckklappe und den Trolley und dann den Schuhbeutel, in dem sich wie vermutet ein Paar Turnschuhe befand. Vorsichtig, ohne ihn zu berühren und damit die Geruchsprobe zu kontaminieren, ließ Pia einen von ihnen in den Plastikbeutel gleiten. Schließlich verschloss sie den Wagen wieder und kehrte zu Valerie und Oliver zurück.

Die Hundeführerin hatte mittlerweile die Heckklappe ihres Kombis geöffnet. In der Transportbox auf der Ladefläche saß Stella, Valeries fünfjährige, leberfarbene Bloodhoundhündin. Sie trug bereits ihr Führgeschirr und schlabberte geräuschvoll Leberwurstwasser aus einem Napf, das Valerie ihren Hunden stets zu trinken gab, wenn ein Job bevorstand.

Nachdem Stella den Napf leergeschleckt hatte, öffnete Valerie die Transportbox, und die Hündin sprang heraus. Valerie klinkte die lange Führleine in das Trailgeschirr. »Wo geht's los?«, fragte sie, als Pia ihr den Beutel mit dem Turnschuh reichte.

»Am Hoteleingang.«

Pia ging voraus. Als sie noch etwa zehn Meter vom Ziel entfernt war, blieb sie mit Oliver zurück um zu beobachten, was passierte. Valerie ging noch einige Meter weiter, öffnete den Beutel und hielt ihn Stella hin.

»Riech!«

Die Bloodhoundhündin ließ sich das nicht zweimal sagen, vorsichtig führte sie ihre Nase an den Beutel, saugte begierig den Geruch des Turnschuhs ein, wobei sich ihre Backen blähten, und zog dann den Kopf wieder zurück.

»Und such!«

Kaum hatte Valerie den Befehl ausgesprochen, senkte Stella ihre große Nase ein wenig ab und begann an den Pflastersteinen zu schnüffeln, die vor dem Hoteleingang ein sternförmiges Muster bildeten. Sie machte einige Schritte nach vorne, pendelte nach links und nach rechts, und dann konnte selbst Pia sehen, wie die Hündin Witterung aufnahm. Sie hob kurz den Kopf, senkte ihn wieder und lief vom Hoteleingang auf kürzestem Weg zu Lisa Baders Škoda, wo sie ausgiebig die Beifahrertür beschnüffelte. Sie lief einmal um den Wagen herum, schnüffelte kurz an der Fahrertür, kam dann zurück zur Beifahrertür und zog dann schneller werdend Richtung Straße. Valerie eilte hinterher, Pia und Oliver folgten mit einigem Abstand.

Im Rahmen ihrer Arbeit hatte Pia schon oft an Personensuchen teilgenommen, doch Valerie und Stella bei einem Einsatz zu beobachten, faszinierte sie jedes Mal aufs Neue.

Als sie Valerie und Stella kennenlernte – der erfahrene Kollege, der sie nach ihrem Start beim KK zwölf unter seine Fittiche genommen hatte, hatte die beiden gerufen –, hatte Pia dem Thema Mantrailing skeptisch gegenübergestanden. Zwar kannte sie die Theorie: dass jeder Mensch ständig Hautzellen verlor, dass diese Hautzellen einen individuellen Duft verströmten, dass auf diese Weise jeder Mensch jederzeit und überall eine Duftspur hinterließ, die für eine Hundenase wahrnehmbar und damit verfolgbar war. Doch die Theorie war das eine, die Praxis das andere. Denn da ja jeder Mensch – und natürlich jedes Tier und jede Pflanze, ganz zu schweigen von jeder Dönerbude – ständig Duftpartikel verströmte, musste es ja überall von Duftspuren nur so wimmeln. Diese Spuren waren Wind und Wetter ausgesetzt, wurden verweht und verwässert, sie überlagerten sich und vermischten sich miteinander. In Pias Vorstellung war jede Spur ein dünnes Rinnsal in einer anderen Farbe. Diese Rinnsale flossen ineinander und vermengten sich, bis nur noch braune Sauce übrig blieb. Wie sollte ein Hund da noch den ursprünglichen Farbverlauf erkennen?

Pia wusste bis heute nicht, wie Hunde das schaffen konnten, doch dass sie es schafften, bezweifelte sie nicht mehr, und sie war voller Hoffnung, dass Valerie und Stella auch heute etwas Brauchbares liefern würden.

Als würde sie das ahnen, legte Stella sich ins Zeug. Nachdem sie die Spur der Ärztin aufgenommen hatte, lief sie von deren Wagen schnurstracks in Richtung der Straße, die am Hotel vorbeiführte. Nach rechts zwischen bestellten Feldern hindurch zum nächsten Ort, nach links nach Moosbach und Richtung Neustadt. An der Ausfahrt des Parkplatzes zur Straße lag eine Bushaltestelle, die Stella jedoch ignorierte. Stattdessen bog sie nach links ab und lief über den Fuß-Rad-Weg, der die Straße begleitete, nach Moosbach hinein. Sie lief zügig, daher gab Valerie ihr mehr Leine, die sie jedoch wieder verkürzte, als sie sich einer Ampel näherten. Die Vorsichtmaßnahme war berechtigt. Kaum hatte Stella die Ampel erreicht, setzte sie ihre Nase noch tiefer und wollte – ganz auf ihre Duftspur konzentriert – über die Straße ziehen.

»Halt!« Valerie hielt die Leine straff, doch kaum sprang die Ampel auf Grün, sagte sie: »Weiter!«, und Stella hob die Nase und zog davon.

Die Hündin überquerte die Straße, wandte sich nach links und kurz darauf wieder nach rechts. Sie waren jetzt in einem Wohngebiet, schmale Reihenhäuser zur Rechten, größere Doppelhaushälften zur Linken. Hier war mehr los, drei Teenager kamen ihnen kichernd und schwatzend entgegen, doch Stella ignorierte sie ebenso wie eine Katze, die ihren Weg kreuzte, und einen Pekinesen, der hinter einem Zaun kläffte.

Von Valerie und mit etwas Abstand von Pia und Oliver gefolgt, zog die Bloodhoundhündin die Straße hinauf, bog mehrmals ab, bis sie in eine Hauptstraße kamen, die von Geschäftshäusern gesäumt wurde.

Valerie nahm die Leine wieder kürzer, und Stella wurde merklich langsamer, vielleicht, weil Lisas Spur hier von anderen Düften stärker überlagert wurde. Vor dem Eingang zu einer Wäscherei zögerte Stella, schnüffelte eine Weile an den Stufen, zog dann jedoch auf einen Zebrastreifen zu. Es kamen gerade keine Autos, deswegen bremste Valerie die Hündin nicht, als diese direkt auf die Straße lief, sich auf dem gegenüberliegenden Bürgersteig nach links wandte und dann in eine schmale Gasse hineinlief, die zum Moosbacher Marktplatz führte.

Der Moosbacher Marktplatz war nicht sehr groß. Kaum mehr als zwanzig Geschäfte in bunten Häusern mit Treppengiebeln drängten sich um einen Platz in der Mitte, der von einem Brunnen, Blumenkübeln, Bänken und zwei Bushaltestellen geschmückt wurde. Zwischen den Geschäften und dem Platz verlief ringförmig eine einspurige Straße.

Wenig überraschend war hier mehr los als in den Seitenstraßen. Rentner flanierten über den Bürgersteig an den Läden vorbei, halbtags Berufstätige hetzten mit Einkäufen nach Hause, vor einer Eisdiele hatte sich eine Schlange gebildet. Stella wurde noch langsamer, während ihr leberfarbener Körper sich zwischen den Menschenbeinen hindurchschlängelte, und sie zögerte jetzt immer häufiger. Sie roch ausgiebig an einem Mülleimer, der den Eingang zu einer Bäckerei flankierte, dann noch ausgiebiger an der mannshohen Eiswaffel aus Kunststoff, die vor der Eisdiele stand.

Schließlich ließ Stella von der Eiswaffel ab und setzte sich wieder in Bewegung. Einige Meter weiter wollte sie quer über die Straße ziehen, doch Valerie ließ sie warten, bis sich eine Lücke im Verkehr ergab. Dann liefen die beiden mit Pia und Oliver im Gefolge über die Straße und quer über den Marktplatz zu der nördlicheren der beiden Bushaltestellen, wo Stella zur Irritation eines darauf sitzenden alten Mannes eine Bank beschnüffelte, bevor sie abrupt stehen blieb.

Valerie wartete ab, doch als die Hündin sich nicht bewegte, sagte sie: »Such, Stella, weiter.«

Stella kam der Aufforderung nur zögernd nach. Sie senkte ihre Nase ab, pendelte einige Schritte nach links, einige nach rechts und umkreiste die Bank samt Mann. Dann kehrte sie an eine Stelle zwischen der Bank und der Straße zurück und legte sich ins Platz.

Valerie lobte sie überschwänglich, bevor sie sich an Pia und Oliver wandte. Doch sie musste nicht erklären, was das Verhalten ihrer Hündin bedeutete. Pia hatte sie oft genug bei der Arbeit beobachtet, um zu wissen, dass Lisa Baders Spur hier endete. Und dafür gab es nur eine Erklärung: Lisa war hier in ein Fahrzeug, vermutlich in einen Bus, gestiegen.

5

Sieht so aus, als hätte Lisa Bader doch gelogen«, stellte Pia eine Viertelstunde später fest. »Sie ist nicht spazieren gegangen, sondern direkt hierhergelaufen und in den Bus gestiegen.«

Pia zog ihren Blazer aus, krempelte die Ärmel ihrer Bluse hoch und tauchte die Arme bis zu den Ellbogen in das kalte Wasser des Brunnens auf dem Moosbacher Marktplatz. Niemand war in ihrer Hörweite. Nach dem Ende ihres Einsatzes hatte Valerie Niemann sich mit Stella auf den Rückweg zum Moosbacher Hof gemacht, während Pia und Oliver sich umgesehen und den Fahrplan studiert hatten, der an der Bushaltestelle hing. Doch als das Pärchen, das bisher auf dem Brunnenrand gesessen hatte, aufbrach, hatte Pia die Gelegenheit genutzt und deren Platz in Beschlag genommen. In der Mittagshitze gab es auf dem Marktplatz keinen Schatten, und sie lechzte nach einer Abkühlung.

»Streng genommen wissen wir das nicht.« Oliver fegte mit der Hand über den steinernen Brunnenrand, bevor er sich darauf niederließ. »Vielleicht wollte Lisa ursprünglich spazieren gehen, hat es sich aber anders überlegt, als sie hierherkam.«

»Warum hätte sie das tun sollen?«

Oliver überlegte. »Sie kann keinen Anruf bekommen haben, weil ihr Handy unter ihrem Auto lag, aber sie könnte jemanden getroffen haben, den sie kennt.«

Pia schwenkte ihre Unterarme ein letztes Mal durchs Brunnenwasser und schüttelte sie trocken. »Und der oder die hat sie dann überredet, mit ihr in den Bus zu steigen?«

»Oder er oder sie hat Lisa im Auto mitgenommen. Wir wissen nur, dass sie hier in irgendein Fahrzeug gestiegen ist, weil ihre Spur hier endet. Aber was das für ein Fahrzeug war … Es könnte sogar sein, dass Lisa den Fahrer gar nicht kannte, es könnte eine Entführung gewesen sein.«

Pia sah spöttisch auf ihren Kollegen hinunter, während sie ihre Blusenärmel wieder herunterkrempelte. »Am helllichten Tag? An einem Samstagvormittag auf einem belebten Marktplatz? Ohne dass jemand etwas mitbekommen hat? Ich halte es für wesentlich wahrscheinlicher, dass Lisa den Bus genommen hat, und zwar geplant. Die Frage ist nur, wo wollte sie hin?«

»Aber warum sollte sie den Bus hier genommen haben?«, fragte Oliver. »Dieselbe Linie hält am Hotel. Wieso ist Lisa nicht dort eingestiegen?«

Die Überprüfung des Fahrplans hatte ergeben, dass es nur eine Linie gab, die am Moosbacher Marktplatz hielt, die Linie neun nach Neustadt. An der Haltestelle, an der Lisa Baders Spur endete, kam jeweils um zwanzig Minuten nach der vollen Stunde ein Bus an, der drei Minuten zuvor am Moosbacher Hof gehalten hatte und sechsundvierzig Minuten später am Neustädter Busbahnhof endete. Der Bus in die Gegenrichtung hielt jeweils um dreizehn Minuten vor der vollen Stunde auf der anderen Seite des Marktplatzes.

Pia ließ sich neben Oliver auf den Brunnenrand sinken. »Vielleicht wollte Lisa Bader nicht, dass jemand mitbekommt, dass sie den Bus nimmt. Am Hotel steigen vermutlich weniger Leute ein und aus als hier. Vielleicht wollte sie in der Masse untertauchen.«

»Und wozu?«

»Der naheliegende Gedanke wäre, dass sie eine Affäre geheim halten will. Es wäre ein geradezu klassisches Szenario: Ein Ehepartner erzählt dem anderen, er beziehungsweise sie gehe auf Geschäftsreise, während er beziehungsweise sie in Wirklichkeit plant, die nächsten Tage in einem fremden Bett zu verbringen.«

»Aber wieso ist Lisa nicht einfach mit dem Auto gefahren? Und warum hat sie ihren Trolley nicht mitgenommen?«

Pia zuckte mit den Achseln. »Keine Ahnung, ich kenne die Frau nicht. Vielleicht plante sie, das ganze Wochenende nackt zu verbringen. Oder sie hat von ihrem Mann unbemerkt eine zweite Tasche mit sexy Wäsche gepackt. Und was das Auto betrifft: Wer weiß, wo ihr Liebhaber wohnt. Vielleicht gibt's vor der Haustür keine Parkplätze, oder Lisa Bader wollte vermeiden, dass ihr Wagen dort gesehen wird.« Obwohl Oliver seine gespiegelte Sonnenbrille trug, konnte Pia ihm seine Skepsis ansehen, daher fügte sie hinzu: »Ich sage nicht, dass es so war, nur, dass es möglich wäre. Auf jeden Fall verliert sich Lisa Baders Spur an der Haltestelle, daher sollten wir davon ausgehen, dass sie in einen Bus gestiegen ist.«

Oliver nickte widerwillig. »Und was machen wir jetzt?«

Pia zuckte mit den Achseln. »Ich fürchte, wir haben keine Option, als die Suche einzustellen. Wir haben keinen Hinweis darauf, dass Lisa in Gefahr ist. Wenn man von dem Kaffeefleck auf ihrer Bluse absieht, ist sie am Samstagmorgen wohlbehalten am Moosbacher Hof angekommen. Wobei der Fleck schon ein Indiz ist, dass sie ihren Mann angelogen hat, als sie ihm erzählte, sie würde direkt zum Hotel fahren. Dann hat sie erneut gelogen, als sie an der Rezeption behauptete, sie würde spazieren gehen. Stattdessen ist sie hierhergekommen und in einen Bus gestiegen. Weit und breit kein Hinweis auf Zwang.«

»Was ist mit der Tatsache, dass sie nicht nach Hause gekommen ist? Selbst wenn sie eine Affäre hat und das Wochenende mit ihrem Liebhaber verbringen wollte – wo ist sie dann jetzt? Sie hat zwei kleine Kinder und einen Superjob. Kannst du dir vorstellen, dass sie das alles für einen Kerl aufgibt?«

Pia schwieg einen Moment. Mit ihren fünfunddreißig Jahren war sie lange genug bei der Kripo, dass sie sich fast alles vorstellen konnte, in diesem speziellen Fall fiel es ihr allerdings schwer. Die meisten Menschen, die freiwillig verschwanden, kamen innerhalb von Tagen wieder zurück, doch natürlich gab es einige, die dauerhaft untertauchten. Jugendliche, die aus beschissenen Verhältnissen ausrissen, nur um in noch beschisseneren zu landen, die in irgendeiner Großstadt schließlich auf den Straßenstrich gingen oder mit Drogen dealten, um zu überleben. Erwachsene, die keine Lust mehr auf ihre Familie, ihren Job oder ihre Schulden hatten und sich woanders eine neue Existenz aufbauten. Doch diesen Menschen war eins gemeinsam: Sie hatten einen Grund, aus ihrem Leben zu fliehen. Bei Lisa Bader sah Pia einen solchen auf den ersten Blick nicht, und es reizte sie herauszufinden, was dieser gewesen sein mochte.

In diesem Moment klingelte Olivers Handy.

»Ja, Mara?« Er lauschte. »Du bist wo?« Er lauschte wieder, dann deckte er das Handy mit einer Hand ab. »Mara ist am Moosbacher Hof, sie will wissen, was der Stand der Dinge ist.«

Pia war nicht unglücklich, die Entscheidung über ihr weiteres Vorgehen vertagen zu können. »Sag ihr, sie soll dort warten, wir sind in einer Viertelstunde da.«

Pia war auf Anhieb von Mara Bader fasziniert. Olivers Ex-Freundin war ganz anders, als sie erwartet hatte. Weder sah sie ihrer zarten Schwester ähnlich – sofern man das unter dem üppigen Make-up beurteilen konnte –, noch entsprach sie dem langbeinigen, sexy, blondierten Modeltyp, den Pia für Olivers bevorzugtes Beuteschema hielt. Zwar besaß auch Mara Bader lange Beine, die in einer schwarzen Lederhose steckten, und jede Menge Sexappeal, doch ihr Haar, ein kinnlanger Bob mit kurzem, gerade über dichten, schwarzen Augenbrauen abgeschnittenem Pony, war nicht blondiert, sondern in einem leuchtenden Blau gefärbt. Zu der Lederhose trug Mara ein verwaschenes ärmelloses Top, das den Blick auf das Tattoo einer Schlange freigab, deren Schwanz auf ihrem linken Handrücken lag, die sich dann ihren Arm hinauf und einmal um ihren Oberarm herumwand und hinter ihrem Rücken verschwand.

Am auffallendsten fand Pia jedoch Mara Baders direkte, unbekümmerte Art. Pia hatte als Jugendliche gar kein Selbstbewusstsein besessen, pummelig, mit dicker Brille und guten Noten war sie das klassische Mobbingopfer gewesen. Erst als Erwachsene hatte sie ihren Speck in dicke Muskelpakete verwandelt, die dem verletzlichen Teil ihres Ichs als Schutzschild dienten. Zusätzlich hatte sie sich ein selbstbewusstes Auftreten zugelegt, das in vielen Situationen auch ihre gestärkte innere Haltung widerspiegelte. Doch Pia war noch ein ganzes Stück von dem Punkt entfernt, an dem ihr die Meinung anderer völlig egal war, während Mara Bader über dieses Stadium weit hinaus zu sein schien.

Sie hatte vor dem Hoteleingang auf sie gewartet und kam mit langen Schritten auf sie zu. »Und? Habt ihr was?«, verlangte sie zu wissen, kaum, dass sie sie erreicht hatte. Die Frage galt nicht nur Oliver, sondern auch Pia. Die Tatsache, dass sie sich noch nicht miteinander bekannt gemacht hatten, schien sie nicht zu stören.

Oliver hingegen schon. Ganz der Etiketteexperte übernahm er die Vorstellung und wandte sich dann an seine Ex-Freundin. »Was tust du hier? Ich dachte, du wolltest zu Tim fahren.«

Mara Bader kniff die Augen zusammen, bis ihre Augenbrauen aneinanderstießen. »Da war ich längst, und was glaubst du denn, was ich hier will? Bei der Suche nach Lisa helfen. Ich dachte, als Detektiv solltest du solch banale Schlussfolgerungen selbst ziehen können.« Sie wandte sich an Pia. »Stimmt es, dass Sie seine Chefin sind? Taugt er überhaupt was?«

Die Frage erheiterte Pia, während Oliver sie ersichtlich gar nicht lustig fand. »Wenn er nichts taugen würde, wäre er nicht beim KK zwölf«, erwiderte sie diplomatisch.

»Wollen Sie damit sagen, dass Sie tatsächlich bei der einzigen Abteilung der Polizei sind, bei der es keine Nieten gibt? Ein einfaches Ja hätte ich überzeugender gefunden. Also, was gibt's Neues? Du sagtest doch, dass ihr mit einem Mantrailer nach Lisa suchen würdet. Wo ist der?«

Die letzte Bemerkung galt Oliver, der daraufhin von der Spurensuche berichtete. Pia ließ ihn gewähren, weil es ihr die Gelegenheit gab, Maras lebhafte Mimik zu beobachten, mit der sie auf die Erzählung reagierte. Ihr Gesicht verzog sich ständig, sie hob die Augenbrauen, schob sie zusammen, rümpfte ihre Nase, in der ein kleiner Diamant steckte, schürzte die kirschrot angemalten Lippen, zog die Mundwinkel nach oben, nach unten oder zur Seite. Pia schoss der Gedanke durch den Kopf, dass sich dieses Gesicht selbst auf Fotos bewegen würde – wie die Bildermotive in Harry Potters Zauberwelt.

Trotz der Grimassiererei hörte Mara aufmerksam zu, und als Oliver endete, meinte sie skeptisch: »Das ergibt keinen Sinn. Wieso hätte Lisa von hier zum Marktplatz laufen sollen, um dort einen Bus zu besteigen, der drei Minuten vorher hier gehalten hat? Wieso hätte sie überhaupt einen Bus nehmen sollen, wo doch ihr Auto hier steht? Und wieso hätte sie überhaupt wegfahren sollen, nachdem sie gerade erst angekommen war?«

»Wir hatten gehofft, Sie können das erklären«, erwiderte Pia.

»Das kann ich nicht. Es muss etwas passiert sein, das Lisa dazu gebracht hat, nicht ins Hotel zurückzukehren. Sie ist kein Typ für spontane Planänderungen.«

»Haben Sie irgendeine Idee, wie dieses Etwas aussehen könnte?«

Während Mara überlegte, verschränkte sie ihre Arme vor der Brust und starrte in die Ferne. »Das Einzige, das mir einfällt, ist ein medizinischer Notfall«, sagte sie schließlich. »Wenn jemand auf dem Marktplatz zusammengebrochen wäre oder so, hätte Lisa Erste Hilfe geleistet – und vermutlich wäre sie im Rettungswagen mitgefahren.« Sie blickte auf. »Ist das möglich? Dass sie in einen Rettungswagen statt in einen Bus gestiegen ist?«

»Möglich ja, allerdings stellt sich die Frage, was sie nach dem Rettungseinsatz getan und warum sie niemanden informiert hat, wo sie ist. Sie hätte sich ein Handy leihen können.«

»Dann muss ihr etwas zugestoßen sein. Aber Tim sagte, Sie hätten die Krankenhäuser schon überprüft?« Als Pia nickte, biss Mara sich auf die Lippe. »Aber dann …« Sie brach ratlos ab.

Pia wartete, ob sie noch etwas hinzufügen würde, bevor sie sagte: »Vielleicht können Sie uns mehr über Ihre Schwester erzählen. Und vielleicht können wir dazu in den Schatten gehen?«

Sie deutete auf eine Bank, die in der Nähe des Hoteleingangs unter einem Ahorn stand. Die Abkühlung mit Brunnenwasser war erst eine halbe Stunde her, doch sie hatte schon wieder das Gefühl, auf ihrer Stirn ein Ei braten zu können. Außerdem wollte sie gern den Rest des Schlangentattoos sehen.

Wie erhofft ging Mara voraus, so dass Pia ihren Rücken betrachten konnte. Vom Arm kommend kroch die Schlange über Maras linkes Schulterblatt und züngelte dann zu ihrem Haaransatz hoch.

»Was wollen Sie denn wissen?« Mara ließ sich auf die Bank fallen. Pia setzte sich ans andere Ende, während Oliver nichts anderes übrig blieb, als vor ihnen stehen zu bleiben.

»Sie meinten vorhin, Ihre Schwester sei kein spontaner Typ. Was ist sie denn sonst für ein Typ?«

Ein Lächeln glitt über Mara Gesicht. »Lisa ist eine kleine Preußin.« Sie zog ein Bein auf die Bank und schlang die nackten Arme darum. »Das sagt sie selbst über sich. Sie ist ungefähr so pflichtbewusst, wie die Queen es war. Das genaue Gegenteil von mir.«

»Stehen Sie sich nahe?«

»Natürlich, wir sind Schwestern.«

»Aber Lisa ist acht Jahre älter als Sie, und wenn ich das richtig verstanden habe, wohnen Sie nicht in Neustadt, sondern in München?«

»Das stimmt, aber wir telefonieren und schreiben uns WhatsApps, um uns gegenseitig auf dem Laufenden zu halten.«

»Und darf ich fragen, was Ihre Schwester Ihnen in letzter Zeit so geschrieben hat?«

Mara schwieg einen Moment lang. »Sie dürfen, allerdings sehe ich nicht, was das mit ihrem Verschwinden zu tun haben soll.«

»Ich würde Lisa gern näher kennenlernen.«

»Und wieso?«

»Nun, Sie sagen, Ihre Schwester sei nicht der Typ für spontane Planänderungen. Dennoch ist sie am Samstag vom Hotel, wo sie eine Tagung besuchen wollte, zum Marktplatz gegangen und dort in einen Bus gestiegen. Ich frage mich daher, ob das nicht von vornherein ihr Plan war.«

»Das glaube ich nicht. Wo hätte sie denn hinfahren sollen?«

»Beispielsweise zu einem Liebhaber.«

Mara brach in lautes Lachen aus, ein Lachen mit weit aufgerissenem Mund, das alle Zähne zeigte. »Das können Sie vergessen. Lisa hat garantiert keine Affäre.«

»Wieso sind Sie da so sicher?«

»Weil Lisa absolut glücklich in ihrem Leben ist. Sie hat es sich extra so eingerichtet. Sie liebt Tim, und er betet sie an, und sie würde ihn nie hintergehen. Abgesehen davon wäre sie viel zu spießig. Sie mokiert sich ständig darüber, wie oft ich meine Liebhaber wechsle.«

Pia zuckte mit den Achseln. »Ihre Schwester hat Ihrem Schwager auch nicht die Wahrheit gesagt, als sie ihm erzählte, sie würde direkt hierherfahren. Als sie hier ankam, hatte sie einen Kaffeefleck auf der Bluse, sie muss also einen Zwischenstopp eingelegt haben. Möglicherweise hat sie jemanden besucht.«

Mara schüttelte den Kopf. »Lisa hat niemanden besucht, sie hat unterwegs beim Stadtbäcker in Felden einen Cappuccino getrunken.«

»Woher wissen Sie das?«

»Weil ich auf dem Weg hierher nachgefragt habe. Ich habe überall, wo man Kaffee kaufen kann, ihr Foto hergezeigt. Das heißt, Lisa hat Tim nicht angelogen, sie brauchte einfach einen Koffeinschub. Das ist auch nichts Ungewöhnliches, Lisa ist geradezu süchtig nach Kaffee.« Mara zuckte mit den Achseln. »Aber hier geht es doch wohl nicht um einen Kaffeefleck, sondern darum, dass meine Schwester verschwunden ist. Also: Was tun Sie als Nächstes? Bestellen Sie endlich eine Suchmannschaft?«

Pia schüttelte den Kopf.

»Und warum nicht? Verdammt, meine Schwester ist verschwunden.«

»Und das tut mir sehr leid, aber solange wir nicht wissen, wo wir die Suchmannschaften einsetzen sollen, ist es nicht sinnvoll. Wenn Ihre Schwester am Marktplatz in den Bus gestiegen ist, kann sie an jeder Haltestelle zwischen Moosbach und Neustadt ausgestiegen sein. Sie kann auch am Neustädter Busbahnhof in einen anderen Bus gestiegen sein oder am gegenüberliegenden Bahnhof einen Zug genommen haben. Und solange wir keinen Hinweis haben, dass sie in Gefahr ist …«

Mara schwang ihr Bein zurück auf den Boden und stampfte mit dem Fuß auf. »Natürlich ist Lisa in Gefahr.« Sie wandte sich an Oliver. »Verdammt, sag du es ihr! Du kennst Lisa. Sie würde sich nie einfach aus dem Staub machen.«

Oliver zögerte. »Es ist wirklich ungewöhnlich.«

»Ungewöhnlich? Es ist ausgeschlossen.« Mara wandte sich wieder an Pia. »Okay, wenn Sie schon keine Suchmannschaft herbeordern wollen, dann können Sie doch wohl wenigstens herausfinden, wo Lisa aus dem verdammten Bus gestiegen ist. Sie können doch wohl den Busfahrer befragen, oder nicht?«

Die Möglichkeit war Pia schon durch den Kopf geschossen. »Gut, das werden wir tun und Sie dann informieren. Finden wir Sie später bei Ihrem Schwager?«

6

Pia setzte Oliver vor dem Gebäude der Neustädter Verkehrsbetriebe ab mit dem Auftrag, den Fahrer ausfindig zu machen, der am Samstag den Zehn-Uhr-zwanzig-Bus von Moosbach nach Neustadt gelenkt hatte, während sie selbst zum Neustädter Klinikum fuhr. Nachdem sie mit Lisa Baders Familie gesprochen hatte, wollte sie hören, was deren Kollegen über sie zu sagen hatten.

Das Neustädter Klinikum, ein Neubau aus den Nullerjahren, lag am Rande der Innenstadt. Die Abteilung für Hämatologie, Onkologie und Palliativmedizin lag im Westflügel. Pia nahm den Aufzug in die dritte Etage, doch sie musste bald feststellen, dass ihr Vorhaben unter keinem guten Stern stand. Sie begann an der Spitze, versuchte es zumindest, doch die Sekretärin des Chefarztes, der die Abteilung leitete, teilte ihr mit, dass ihr Boss gerade in einer Besprechung und dessen Stellvertreterin außer Haus sei. Ob Pia zwei Stunden warten könne? Pia lehnte ab und machte sich stattdessen selbst auf die Suche nach Ansprechpartnern, was sich jedoch als schwieriger erwies als gedacht. Als regelmäßige Nachrichtenkonsumentin war sie sich zwar der Tatsache bewusst, dass die Personaldecken vieler deutscher Krankenhäuser nicht erst seit der Coronapandemie so dünn waren, dass man hindurchsehen konnte, doch am Neustädter Klinikum schien die Lage besonders prekär. Die ersten beiden weiß bekittelten Personen, denen Pia auf der Station begegnete, hetzten an ihr vorbei, als wären sie auf der Flucht vor einem entsprungenen Serienkiller, der dritten musste Pia sich mehr oder weniger in den Weg werfen, um sie zu einem Gespräch zu zwingen.

Dr. Milena Kowalska war in Pias Alter und laut Namensschild die Stationsärztin. Als Pia ihren Dienstausweis zückte und um ein Gespräch bat, stöhnte sie auf.

»Worum auch immer es geht – es muss warten. Zwei Kollegen haben die Sommergrippe, meine Oberärztin ist heute nicht gekommen, und ich weiß nicht, wo mir der Kopf steht.« Sie warf einen Blick auf die Uhr an ihrem schmalen Handgelenk. »In zwei Stunden habe ich Dienstschluss, was bedeutet, dass ich in dreieinhalb Stunden hier rauskomme. Können Sie dann noch einmal wiederkommen?«

Pia zögerte. Im Allgemeinen hatte sie kein Problem damit, Zeugen bei der Arbeit zu stören, weil sie im Allgemeinen der Ansicht war, dass ihr Job bedeutend wichtiger war als die Software, die Kleider oder die Tische, die andere zu programmieren, zu schneidern oder zu schreinern hatten. Doch hier hielt sie Zeugen davon ab, sich um krebskranke Menschen zu kümmern. »Ich bin wegen Ihrer Oberärztin hier. Dr. Elisabeth Bader wurde von ihrem Mann als vermisst gemeldet.«

»Dann ist das Gerücht wahr? O mein Gott!« Die Stationsärztin warf einen weiteren Blick auf ihre Uhr, als könnte sie dadurch Kontrolle über die Zeit ausüben. »Ich gebe Ihnen zehn Minuten.«

Pia nutzte die zehn Minuten so gut wie möglich und dann noch zweimal zehn Minuten mit einem Assistenzarzt und einer Pflegerin, die ebenfalls hin- und hergerissen waren zwischen ihren medizinischen Pflichten und dem Wunsch, Pia zu helfen. Doch so kurz die Gespräche waren, genügten sie, um Pia einen ersten Eindruck von Dr. Lisa Bader zu vermitteln. Die Oberärztin war offensichtlich eine strenge und manchmal etwas ungeduldige, aber hochgeachtete Vorgesetzte, beliebt bei Patienten und Personal gleichermaßen. Zuletzt war sie am Freitagabend im Krankenhaus gewesen, seitdem hatte niemand sie gesehen und niemand mit ihr gesprochen. Alle reagierten schockiert auf die Information, dass sie offiziell als vermisst galt, niemand konnte sich einen Reim auf ihr Verschwinden machen. In letzter Zeit war auf der Station nichts Ungewöhnliches vorgefallen, es hatte keine Konflikte oder außergewöhnliche medizinische Notfälle gegeben, auch keine Todesfälle. Natürlich war Lisa völlig überarbeitet und gestresst, wie jeder im Krankenhaus, allerdings in letzter Zeit nicht mehr als üblich. Zu Lisas häuslichen Verhältnissen befragt, konnten Pias drei Gesprächspartner wenig sagen, da sie privat keinen Kontakt zu der Oberärztin pflegten. Auf die Frage, wer in dieser Hinsicht ein geeigneter Ansprechpartner sei, wurden Pia zwei Namen genannt: Dr. Peter Stoika, leitender Oberarzt der Allgemein- und Viszeralchirurgie, und Dr. Annette Verla, Leiterin der Palliativstation.

Pia wollte ohnehin mit Dr. Stoika sprechen, der die Tagung im Moosbacher Hof organisiert hatte, doch der Chirurg befreite gerade in einem Operationssaal eine Leber von einem bösartigen Tumor, daher suchte Pia stattdessen die Palliativstation auf.

Die Palliativstation lag etwas abseits im Erdgeschoss, durch eine Doppelflügeltür vom restlichen Krankenhaus getrennt. Als Pia durch diese Tür schritt, hatte sie das Gefühl, eine andere Welt zu betreten. Sie ließ die Hektik, den Lärm und den Geruch nach Desinfektionsmittel hinter sich und wurde empfangen von warmen Farben, einer kirchlich anmutenden Stille, einem Duft nach irgendwelchen Gewürzen und einer für sie ungewohnten Empfindung: Trotz ihres anspruchsvollen Berufs fühlte Pia sich selten gestresst und beäugte die gesamte Entspannungs-Wellness-Achtsamkeits-Industrie mit Misstrauen, doch hier hatte sie ein Gefühl, als fiele eine Last von ihr ab – eine Last, die sie zuvor nicht wahrgenommen hatte.

Niemand war zu sehen, also ging Pia den sonnengelben Flur entlang, von dem breite Türen abgingen. Vor einer stand eine brennende Kerze, eine andere war nur angelehnt, aus dem Zimmer dahinter drang leises Stöhnen. Eine Tür mit der Aufschrift Stationsstützpunkt stand offen. Pia blickte in den Raum: Ein eingeschalteter Computermonitor zeigte eine Akte mit dem Krankenhauslogo, eine Handtasche hing an der Rückenlehne eines Stuhls, ein Smartphone lag auf einem runden Tisch. Auch hier war niemand zu sehen, offensichtlich hatte das Personal weder Angst vor Diebstählen noch davor, dass ein Unbefugter die Patientendaten manipulierte.

Pia ging weiter. Am Ende des Ganges wurde der Duft, der ihr beim Betreten der Station aufgefallen war, stärker. Er kam aus einer Teeküche, in der eine mollige Frau in unförmiger weißer Jeans und scheußlich geblümter Bluse eine Thermoskanne befüllte.

»Kann ich Ihnen helfen?« Die Frau lächelte freundlich.

»Ich suche Dr. Verla.«

»Und was möchten Sie von mir?«

Pia wurde klar, warum Ärzte üblicherweise Kittel trugen – sie verliehen ihnen Autorität und strahlten zumindest den Anschein von Kompetenz aus, was die Blümchenbluse von Annette Verla nicht tat. »Mein Name ist Meyer, Kripo Neustadt. Ich würde Ihnen gerne einige Fragen stellen.«

»Worum geht es?«

»Ihre Kollegin, Dr. Elisabeth Bader, wird vermisst.«

Pia hatte gedacht, dass Krankenhäuser wie jede andere Gemeinschaft waren, in der sich Nachrichten in Windeseile verbreiteten. Doch die Palliativstation schien tatsächlich eine Welt für sich zu sein, Annette Verla hatte noch nicht vom Verschwinden ihrer Kollegin erfahren.

»Lisa wird vermisst? Das ist doch absurd. Lisa?«

»Können wir uns irgendwo in Ruhe unterhalten?«

Annette Verla nickte langsam. »Natürlich. Wollen Sie auch einen Chaitee?«

Sie wartete die Antwort nicht ab, nahm die Thermoskanne und zwei Tassen und ging Pia voraus zum Stationsstützpunkt, wo sie ihr einen Platz an dem runden Tisch anbot. Während sie Tee einschenkte, fasste Pia die Umstände von Lisa Baders Verschwinden zusammen.

Annette Verla hörte mit wachsender Besorgnis zu. »Seit zwei Tagen schon? Glauben Sie, dass ihr etwas Schlimmes zugestoßen ist?«

Pia schob ihre Tasse von sich. Sie hasste Tee jeder Sorte, besonders wenn draußen über dreißig Grad herrschten. »Um das herauszufinden, bin ich hier. Mir wurde gesagt, dass Sie Dr. Bader privat kennen.«

»Das stimmt, wir haben uns ein bisschen angefreundet, seit ich vor fünf Jahren hier angefangen habe. Lisa hat mir damals geholfen, mich zurechtzufinden.«

»Hat sie auf dieser Station gearbeitet? Ich dachte, sie sei Onkologin.«

Annette Verla pustete auf ihren Tee, bevor sie vorsichtig einen Schluck probierte. »Das ist sie auch, und zwar eine sehr gute, besonders im Umgang mit ihren Patienten. Eine Krebsdiagnose ist für jeden ein Schock, aber sie kann weniger schlimm sein, wenn der richtige Arzt oder die richtige Ärztin sie übermittelt. Jemand, der dem Patienten das Gefühl gibt, dass er ihn nicht im Stich lässt, dass er immer für ihn da ist. Ein echter Mitstreiter. Lisa ist so jemand. Sie kämpft für ihre Patienten, begleitet sie auf jedem Schritt ihres Weges – auch noch, wenn sie nichts mehr für sie tun kann. Was zum Glück nicht oft vorkommt. Eine Krebsdiagnose stellt heute kein Todesurteil mehr dar, aber wenn doch, ist Lisa für die Patienten da.«

»Das heißt, sie betreut Patienten auf der Palliativstation?«, hakte Pia verwirrt nach.

»Nicht im medizinischen Sinne«, korrigierte Annette Verla, »das ist meine Aufgabe. Aber Lisa hält gelegentlich Kontakt zu denen, die sie nicht retten kann. Einige von denen kommen für ihre letzten Tage oder Wochen zu uns, und Lisa besucht sie hier. Erst letzten Mittwoch hat sie einer Patientin in deren letzter Stunde beigestanden. Und wie gesagt, als ich hier anfing, hat sie mir beigestanden – im Gegensatz zu meiner Vorgängerin, die mich eigentlich einarbeiten sollte.«

»Das klingt, als sei Dr. Bader sehr hilfsbereit«, meinte Pia.

»O ja, das ist sie. Ich frage mich oft, wie sie eigentlich alles schafft, was sie sich aufbürdet, aber sie ist einfach ein Organisationsgenie.

Eine dieser Frauen, die alles gewuppt kriegen und denen dabei nie Missgeschicke passieren – so, wie dem Rest von uns.« Annette Verla schüttelte den Kopf. »Deswegen finde ich es ja so unglaublich, dass Lisa etwas zugestoßen sein soll. Sie gehört einfach nicht zu den Frauen, denen Dinge zustoßen. Deren Autos liegen bleiben, weil sie vergessen haben, zu tanken, oder denen ein Kuchen verbrennt, weil die Kinder sie ablenken, oder bei denen auf der Station Chaos herrscht, weil zwei Pfleger gleichzeitig erkranken. Um Lisa herum funktionieren die Dinge einfach.«

»Nun«, sagte Pia, »es besteht die Möglichkeit, dass Dr. Bader freiwillig verschwunden ist.«

Annette Verla hob die Augenbrauen. »Sie meinen, sie ist untergetaucht und hat ihre Familie und ihren Job verlassen? Das glaube ich im Leben nicht. Lisa liebt Tim und die Kinder. Sie ist eine gute Mutter.«

»Kennen Sie die Familie ebenfalls?«

»Wir unternehmen gelegentlich am Wochenende etwas zusammen, Wanderungen oder so. Meine Jüngste, Lilli, ist nur ein Jahr älter als Alma.« Annette Verla trank einen weiteren Schluck von ihrem Chaitee. »Alma ist ein nettes Mädchen, clever, still, ernst – wie Lisa. Hektor ist zurzeit in der Trotzphase, ein echter Satansbraten.«

»Wie ist die Beziehung zwischen Herrn Bader-Menzel und seiner Frau?«

»Auch sehr gut. Tim liebt Lisa abgöttisch, er betet sie regelrecht an, sie kann in seinen Augen nichts falsch machen. Mein Mann nennt Lisa deshalb hinter ihrem Rücken ›Tims Goldmädchen‹ oder ›Tims Chefin‹.« Die Ärztin errötete und fuhr verlegen mit ihrer Hand über die Tischplatte. »Das ist nicht böse gemeint. Es ist einfach nur …«

»Wahr?«, schlug Pia vor. »Das heißt, Dr. Bader ist dominant?«

Annette Verla zögerte. »Das würde ich so nicht sagen«, sagte sie schließlich. »Lisa ist selbstbewusst, sie hat Prinzipien, auf denen sie besteht, und zu den meisten Themen eine feste Meinung.

Aber sie ist keinesfalls herrisch oder gar aggressiv. Es ist eher so, dass Tim dazu neigt, ihre Autorität nicht infrage zu stellen, weil er alles gut findet, was sie sagt und tut. Daher ist sie der dominierende Partner. Nicht, weil sie dominant ist, sondern weil Tim es nicht ist.«

Pia dachte darüber nach. Es war ein Konzept, dass sie zumindest aus ihrem Berufsleben nicht kannte. Sie hatte noch nie einen Kripobeamten getroffen, der sich freiwillig einer Kripobeamtin untergeordnet hätte – es sei denn, diese bekleidete einen höheren Rang. Doch erstens war es dann nicht freiwillig, und zweitens war es selbst in dem Fall nicht sichergestellt – siehe Olivers Versuch in Moosbach, über ihren Kopf hinweg Entscheidungen zu zementieren.

»Sie sagen, dass Herr Bader-Menzel seine Frau abgöttisch liebt. Ist das umgekehrt auch der Fall?«

»Natürlich.«

»Halten Sie es für möglich, dass Dr. Bader eine Affäre hat?«

»Auf keinen Fall.«

Annette Verla trug die Antwort mit derselben Überzeugung vor wie Mara Bader es getan hatte, dennoch hakte Pia nach.

»Warum nicht? Dr. Bader ist eine attraktive Frau, bestimmt bekommt sie Angebote. Und nach zehn Ehejahren und zwei Kindern kann man schon mal Lust auf etwas Neues haben.«

»Ich glaube es trotzdem nicht. Lisa hat sehr konservative Ansichten zu Themen wie Treue oder Pflichtbewusstsein. Sie ist überhaupt nicht promiskuitiv – und außerdem hätte sie gar keine Zeit für eine Affäre.«

Pia widersprach nicht, obwohl die Argumente in ihren Augen von einer gewissen Naivität zeugten. Ihrer Erfahrung nach hatten die Ansichten, die Leute nach außen predigten, eher wenig mit den Regeln zu tun, nach denen sie sich privat richteten. Und wenn die Hormone dem Intellekt oder der Moral in die Quere kamen, fanden sich auch Zeit und Gelegenheit für einen Sprung in ein fremdes Bett.

»Das heißt, Sie haben keinen Hinweis, dass Dr. Bader in ihrer Ehe unglücklich ist. Sind Ihnen sonst in letzter Zeit irgendwelche Veränderungen an ihr aufgefallen?«

Annette Verla schüttelte den Kopf. »Sie war wie immer. Das heißt …«

»Ja?«

»Na ja, letzte Woche wirkte sie noch gestresster als sonst. Und natürlich war sie traurig über Olivias Tod.« Auf Pias fragenden Blick hin fuhr sie fort: »Olivia Winter ist die Patientin, die ich vorhin erwähnte. Lisa diagnostizierte vor über einem Jahr Eierstockkrebs bei ihr. Olivia wurde operiert, doch der Krebs war zu weit fortgeschritten, eine vollständige Heilung nicht möglich. Olivia wurde dann wieder nach Hause entlassen, und eine Weile ging es ihr recht gut, doch es war nur eine Frage der Zeit. Vor drei Wochen kam sie zu uns, und letzten Mittwochnachmittag ist sie gestorben. Lisa war bei ihr. Olivia hatte sich das so gewünscht. Sie hatte keinen Kontakt zu ihrer Familie oder nahe Freunde. Sie war ein einsamer Mensch, obwohl sie noch keine fünfzig war.«

»Und ihr Tod hat Dr. Bader belastet?«

Annette Verla stellte ihre Tasse auf dem Tisch ab. »Wie gesagt, Lisa hielt manchmal Kontakt zu ihren Patienten, und Olivia stand ihr besonders nahe, sie hat viel Zeit mit ihr verbracht.«

»Wäre es in dem Fall möglich, dass Olivias Tod etwas mit Dr. Baders Verschwinden zu tun hat?«

Annette Verla runzelte die Stirn. »Wie sollte denn ein solcher Zusammenhang aussehen?«

»Nun, wenn ein geliebter Mensch stirbt, kann das ganz existenzielle Fragen auslösen. Nach dem Sinn des eigenen Lebens zum Beispiel. Oder es kann den Wunsch auslösen, das eigene Leben zu beenden.«

Annette Verlas Augen öffneten sich weit. »Suizid? Nein! Lisa ist kein Typ, der aufgibt. Und als ich sagte, Olivia habe ihr nahegestanden, meinte ich nahe für eine Patientin.«

»Sie sagten, der Tod habe sie besonders gestresst.«

»Weil Olivia so einsam war, dass Lisa ihr versprochen hat, sich um die Bestattung zu kümmern. Weil sie sich das auch noch aufgebürdet hat. Da können Sie mal sehen, wie sie sich um ihre Patienten sorgt.«

Die letzten Worte sprach Annette Verla mit großem Nachdruck. Sie wirkte verärgert, was Pia nicht überraschte. Ein Suizid oder auch bloß die Frage danach löste bei vielen Angehörigen und Freunden Schuldgefühle aus, dass sie es hätten kommen sehen müssen.

Pia wollte das Thema schon abschließen, doch in dem Moment fiel ihr etwas ein, das Tim Bader-Menzel gesagt hatte. »Wann, sagten Sie, sei diese Olivia gestorben? Am Mittwochnachmittag? Können Sie mir die genaue Uhrzeit sagen?«

Annette Verla überlegte. »Die genaue Uhrzeit müsste ich in der Patientenakte nachsehen. Ist das wichtig? Lisa hat mir gegen halb fünf Bescheid gesagt, dass Olivia gestorben sei, und sie versprach mir, zwei Stunden später noch einmal vorbeizukommen, den Totenschein auszustellen und den Transport in die Pathologie zu veranlassen, weil ich an dem Tag unbedingt pünktlich nach Hause musste.«

»Sie blieb aber nicht den ganzen Abend oder die halbe Nacht hier?«, hakte Pia nach.

»Nein, natürlich nicht. Wieso hätte sie das tun sollen? Warum interessieren Sie sich überhaupt so für das Verhältnis zwischen Lisa und Olivia?«

Doch Pia interessierte sich nicht für das Verhältnis zwischen Lisa Bader und ihrer Patientin, sondern für das zwischen Lisa Bader und ihrem Ehemann. Tim Bader-Menzel hatte erzählt, seine Frau sei in der Vorwoche in der Nacht von Mittwoch auf Donnerstag spät nach Hause kommen, weil sie bei einer sterbenden Patientin gewesen war. Doch auf ihrer eigenen Station hatte es keinen Todesfall gegeben, und Olivia Winter war nachmittags um halb fünf gestorben. Wenn Lisa Bader sich also nicht auch noch um Patienten einer dritten Station gekümmert hatte – was unwahrscheinlich schien –, hatte sie ihren Mann angelogen.

Von der Palliativstation ging Pia erneut zur Station von Dr. Peter Stoika, um zu sehen, ob dieser mittlerweile den Kampf gegen den Tumor gewonnen hatte. Sie hatte Glück. Nicht nur hatte der Chirurg jetzt Zeit, sondern auch den Wunsch, mit ihr zu sprechen.

»Er hat gesagt, ich soll Sie sofort zu ihm schicken. Klopfen Sie da.« Die Schwester, die Pia im Stationszimmer angesprochen hatte, deutete auf eine Tür. »Fest, sonst hört er sie nicht, er schreibt OP-Berichte.«

Pia fragte sich zwar, warum das Schreiben von OP-Berichten auf die Ohren schlagen sollte, doch sie klopfte kräftig und dann noch einmal kräftiger. Als nichts geschah, drückte sie die Klinke nach unten und kam sich im nächsten Moment vor wie eine Kandidatin bei *Geh aufs Ganze* – ihre Mutter hatte die alberne Gameshow in den Neunzigern geguckt –, die die Tür zum Hauptgewinn geöffnet hat.

Der Raum, in dem Pia stand, war ein kleines Büro, ein Schreibtisch, ein Stehpult und ein Holzhocker waren die einzigen Möbelstücke. An dem Stehpult stand ein Mann, der auf einen Laptop einhämmerte, als wollte er die Tasten durchlöchern. Er tippte mit zehn Fingern und konnte offensichtlich blind schreiben, denn er hatte die Augen geschlossen. Er trug einen Kopfhörer, und während er schrieb, nickte er rhythmisch mit dem Kopf. Er bemerkte Pia nicht, daher konnte sie ihn in Ruhe betrachten – was sie mit Genuss tat.

Pia hatte Dr. Peter Stoika bereits auf dem Flyerfoto attraktiv gefunden – die zum Zopf gebundenen rotbraunen Haare, das kantige Kinn –, doch die Wirklichkeit war noch besser. Zum einen hatte Stoika sich mittlerweile einen wilden Vollbart wachsen lassen, zum anderen hatte das Foto nicht gezeigt, wie groß und vor allem breit er war. Mächtige Muskelpakete spannten sich im Schulterbereich unter dem Arztkittel, auch ein Bauch gehörte zur Ausstattung, in Pias Augen durchaus ein Plus. Der Mann war ein Bär. Mit den Haaren und dem Bart erinnerte er Pia an einen Wikinger, der im Begriff war, ein fremdes Land zu erobern. Ihr schoss der Gedanke durch den Kopf, dass sie liebend gern dieses fremde Land wäre.

Pia trat weiter ins Zimmer, und der Wikinger öffnete die Augen. Sie waren blau, eisblau, und sandten erneut schöne Grüße an Pias erogene Zonen. Der Wikinger nahm den Kopfhörer ab, aus dem ein harter Heavy-Metal-Beat dröhnte, dann tippte er auf eine Taste, und die Musik erstarb.

Pia stellte sich vor, was er mit einem Nicken quittierte. »Wollen Sie sich setzen? Wir sind hier aber leider nicht im Ritz.« Er deutete auf den Hocker.

Pia lehnte ab. Sie musste bereits im Stehen zu dem Chirurgen hochblicken.

Vielleicht ahnte der Mann, was in ihrem Kopf vorging, denn er ging zum Schreibtisch und lehnte seinen Hintern dagegen, was ihn ungefähr auf Augenhöhe mit Pia brachte. »Agnes sagte mir, dass Sie über Lisa sprechen möchten, Dr. Bader. Das kann nur bedeuten, dass sie noch nicht wieder zu Hause ist, richtig?«

»Sie wissen, dass Dr. Bader vermisst wird?«

»Tim hat mich heute Morgen angerufen. Gibt es schon einen Hinweis, wo sie sein könnte?« Als Pia verneinte, ballte Peter Stoika die Rechte zur Faust. »Verdammt! Lisa ist absolut zuverlässig. Wenn sie nicht nach Hause gekommen ist, kann das nur bedeuten, dass ihr etwas zugestoßen ist.«

»Kennen Sie Dr. Bader gut?«, fragte Pia.

»Wir sind seit dem Medizinstudium eng befreundet. Ich bin vermutlich der Mensch, der sie neben ihrer Familie am besten kennt.«

»Dann haben Sie sicherlich nichts dagegen, mir einige Fragen zu beantworten.« Pia fischte ein Notizbuch aus ihrer Umhängetasche. »Doch zuvor würde ich gerne Ihre Daten aufnehmen. Vollständiger Name, Adresse und Familienstand.«

Es war üblich, Zeugen nach ihrer Adresse zu befragen, die Frage nach dem Familienstand war es nicht, doch Pia wollte wissen, ob der Wikinger verheiratet war. War er nicht!

»Dann möchte ich mit Ihnen über die Tagung reden. Wenn ich richtig informiert bin, haben Sie sie organisiert, Dr. Bader hat sich dazu angemeldet. War das ungewöhnlich?«

»Sie meinen, weil es um Chirurgie ging?« Dr. Stoika schüttelte den Kopf. »Überhaupt nicht. Ich organisiere alle zwei Jahre eine Tagung, Lisa ist jedes Mal dabei. Sie ist zwar keine Chirurgin, aber die Themen, die wir diskutieren, betreffen unmittelbar ihre Patienten. Außerdem kennt sie einige der Kollegen aus dem Studium und nutzt gern die Gelegenheit, sie wiederzusehen. Deshalb war ich ja so irritiert, als sie nicht auftauchte.«

»Wann ist Ihnen das zuerst aufgefallen?«

»Nach dem Eröffnungsvortrag. Die Tagung begann um elf, ich ließ meinen Begrüßungssermon vom Stapel, dann sprach Professor Mertens aus München. Lisa und ich hatten beide Vorlesungen bei ihm belegt. Mertens schätzt Lisa sehr. Er wollte sie nach seinem Vortrag begrüßen, aber sie war nicht im Raum.«

»Wie konnten Sie da sicher sein?«, fragte Pia nach. »In einem großen Vortragssaal mit zig Konferenzteilnehmern …«

»Ich bin sicher. Der Saal war zwar groß, aber es war nur eine kleine Tagung mit kaum mehr als dreißig Teilnehmern. Außerdem hätte ich erwartet, dass Lisa von sich aus auf Mertens zugeht.«

»Haben Sie etwas unternommen, weil sie nicht da war?«

Stoika verschränkte seine mächtigen Arme vor seiner mächtigen Brust. »Zu dem Zeitpunkt nicht. Ich dachte, es hätte im Krankenhaus oder bei Lisa zu Hause einen Notfall gegeben und dass sie später kommen oder eine Nachricht schicken würde. Irgendwann habe ich dann versucht, sie zu erreichen.« Er schien Pias nächste Frage zu antizipieren. »Das war nach dem gemeinsamen Abendessen, als ich zum ersten Mal eine ruhige Minute hatte. Lisa ging nicht an ihr Handy, deswegen schickte ich ihr eine Nachricht.«

»Waren Sie beunruhigt, als Dr. Bader nicht antwortete?«

Er strich mit einer seiner Pranken über seinen Vollbart und ließ sich zum ersten Mal länger Zeit mit der Antwort. »Im Nachhinein nicht genug. Dabei hätte ich mir gleich denken müssen, dass etwas nicht in Ordnung ist! Aber ich hatte alle Hände voll mit der Tagungsleitung zu tun. Ich dachte erst heute Morgen wieder an Lisa und nahm mir vor, sie auf ihrer Station zu besuchen. Aber bevor ich dazu Zeit fand, rief Tim an und sagte, dass Lisa nicht nach Hause gekommen und heute Morgen nicht auf ihrer Station erschienen sei. Mir erschien das so unglaublich, dass ich selbst hingegangen bin, um es zu überprüfen.« Er sah Pia aus beunruhigten Augen an. »Ich bin sicher, dass Lisa auf dem Weg zum Hotel etwas zugestoßen ist. Allerdings verstehe ich nicht, warum Tim nicht informiert wurde. Hätte sie einen Unfall gehabt … Sie hatte doch bestimmt ihre Handtasche und ihren Personalausweis dabei. Oder man hätte ihn über das Autokennzeichen ausfindig machen können.«

»Dr. Bader ist nichts auf dem Weg zum Hotel zugestoßen, sie ist am Samstagmorgen wohlbehalten dort angekommen und hat eingecheckt.«

Auf dem Wikingergesicht zeichnete sich Verblüffung ab. »Lisa war im Moosbacher Hof? Wieso habe ich sie dann nicht gesehen? Wieso war sie nicht beim Eröffnungsvortrag?«

»Laut Rezeption hat Dr. Bader um neun Uhr siebenundzwanzig eingecheckt. Waren Sie zu dem Zeitpunkt ebenfalls schon im Hotel?«

»Ich bin schon um acht hingefahren, weil ich überprüfen wollte, ob alles für die Konferenz vorbereitet ist, ob die Beamer im Tagungssaal funktionieren und so weiter. Gegen halb elf kam Mertens, und ich habe ihm geholfen, seinen Laptop anzuschließen.«

»Waren Sie zwischen neun und elf auch mal in der Hotellobby oder auf dem Parkplatz?«

Stoika schloss die Augen, während er überlegte. »Auf dem

Parkplatz nicht, ich bin in die Lobby gegangen, um Mertens in Empfang zu nehmen.« Er runzelte die Stirn. »Allerdings verstehe ich den Sinn Ihrer Frage nicht. Wieso ist es relevant, wo ich war? Wenn Sie wissen wollen, ob ich Lisa gesehen habe, dann lautet die Antwort nein, das hätte ich längst gesagt. Und wieso konzentrieren Sie sich auf den Parkplatz und die Lobby?«

»Weil es so aussieht, als habe Dr. Bader nach dem Check-in das Hotel direkt wieder verlassen.«

Während Pia den Zusammenhang erklärte, hörte Dr. Stoika aufmerksam zu. Die Arme immer noch vor der Brust verschränkt, begann er, mit den Fingern der rechten Hand an seinem linken Ohrläppchen zu zupfen, in dem ein goldener Ohrring steckte. Vor Pias geistigem Auge blitzte ein Bild auf, wie diese Finger an einem ihrer Körperteile zupften.

»Das heißt, Sie stützen Ihre Behauptung, dass Lisa auf dem Moosbacher Marktplatz einen Bus genommen hat, auf das Ergebnis des Mantrailings«, sagte Stoika schließlich mit hörbarer Skepsis. »Nicht gerade eine exakte Wissenschaft.«

»Wie die Medizin«, erwiderte Pia. »Aber wenn es Ihnen um evidenzbasierte Daten geht: Dieses spezielle Team hat sich in über dreißig Einsätzen bewährt. Ich persönlich würde der Hundeführerin eher glauben als jeder medizinischen Diagnose, da sie es – im Gegensatz zu den meisten Ärzten, mit denen ich bisher zu tun hatte – zugeben würde, wenn sie Zweifel hätte.«

Als der Chirurg zunächst nicht antwortete, fragte Pia sich, ob sie zu weit gegangen war, doch dann nickte er. »Touché.« Er grinste kurz, bevor er wieder ernst wurde. »Also gut, ich akzeptiere für den Moment, dass Lisa vom Hotel zum Marktplatz gegangen und in einen Bus gestiegen ist. Doch was bedeutet das? Dass sie freiwillig die Tagung schwänzte? Warum hätte sie das tun sollen? Wenn Sie keinen Bock darauf hatte, hätte sie sich einfach abmelden können.«

»Nicht, wenn sie etwas vorhatte, von dem sie nicht wollte, dass ihr Mann es erfährt.«

Stoika runzelte die Stirn. »Sie denken an eine Affäre? Dass Lisa Tim vorgaukelte, sie sei auf der Konferenz, während sie sich in Wirklichkeit mit ihrem Liebhaber vergnügt? Das glaube ich nicht, das hätte sie mir erzählt.«

Nachdem ihre bisherigen Gesprächspartnerinnen die Idee, Lisa Bader könne eine Affäre haben, vehement abgestritten hatten, hatte Pia eine ähnliche Antwort von dem Chirurgen erwartet, und sie benötigte einen Augenblick, sich geistig neu zu sortieren. »Vielleicht hatte Dr. Bader Angst, dass Sie sie an ihren Mann verraten«, schlug sie dann vor.

»Blödsinn, ich würde Lisa nie verpfeifen. Abgesehen davon hätte sie es mir erzählen müssen, damit ich sie decken kann. Was, wenn ich am Wochenende bei Tim angerufen und nach ihr gefragt hätte? Ich habe sogar mit dem Gedanken gespielt, wollte dann aber nicht wie eine hysterische Jungfer klingen.«

»Vielleicht hat Dr. Bader genau damit gerechnet.«

»Warum hätte sie das Risiko eingehen sollen? Und sie hätte es mir ohnehin erzählen müssen, bevor ich Tim das nächste Mal treffe. Wir sind am Samstagabend zum Grillen verabredet.«

Das Argument war nicht ganz von der Hand zu weisen, dachte Pia. Andererseits: Wenn Hormone ins Spiel kamen, schaltete sich der Verstand der meisten Leute aus, wieso sollte das bei Lisa Bader anders sein?

»Gut, ich akzeptiere Ihr Argument«, behauptete sie. »Sie glauben nicht, dass Dr. Bader am Wochenende bei ihrem Liebhaber war, aber Sie glauben, dass sie eine Affäre hat. Wissen Sie, mit wem?«

Der Arzt machte sofort einen Rückzieher. »Ich habe nie behauptet, dass sie einen Liebhaber hat.«

»Aber Sie halten das für möglich.«

»Das habe ich auch nicht gesagt. Und ich glaube es auch nicht. Lisa liebt Tim, und er betet sie sowieso an. Da können Sie jeden fragen.«

Er blickte Pia offen in die Augen. Sie seufzte.

»Dr. Stoika, was würden Sie in folgendem Fall tun? Ein Patient erzählt Ihnen seine Krankengeschichte, doch da passen einige Details nicht zusammen. Sie haken nach, doch der Patient mauert. Was machen Sie dann? Auf Grundlage dessen, was Sie haben, eine Diagnose stellen und dem Patienten möglicherweise schaden? Oder versuchen Sie, sein Schweigen zu brechen?«

Der Arzt verdrehte die Augen. »Letzteres natürlich. Aber in meinem Job geht es um Leben und Tod.«

»In meinem auch.«

Pia konnte sehen, dass die Feststellung Peter Stoika beeindruckte.

»Okay«, sagte er, »ich erzähle Ihnen, was ich weiß, aber ich warne Sie: Wenn Sie Tim auch nur ein Sterbenswort davon verraten, dann sollten Sie nicht in meine Nähe kommen, wenn ich das nächste Mal ein Skalpell in der Hand halte.«

7

Es war im Winter in der Sauna«, erzählte Peter Stoika. »Ich hatte Lisa zu Weihnachten einen Spa Day geschenkt, weil ich fand, dass sie mal eine Pause braucht. Lisa ist viel zu pflichtbewusst. Sie rackert sich seit Jahren ab, Job, Kinder, Haushalt. Was nicht heißen soll, dass Tim sie nicht unterstützt! Er ist der perfekte Ehemann, erledigt im Haus so viel wie Lisa, kümmert sich um die Kids und so weiter, aber die beiden haben einfach zu viele Verpflichtungen. Deshalb brauchten wir auch ewig, um einen Samstag zu finden, an dem Lisa nicht schon ausgebucht war.« Er schwieg einen Moment lang. »Wie dem auch sei, wir waren in der Sauna und unterhielten uns. Ich erzählte von meiner neuesten Eroberung und sagte so etwas wie: ›Das täte dir auch mal gut, Lizzie. Nimm dir einen heißen Lover und hab mal richtig Spaß! Vergiss dein stressiges Leben, die Kids und Missionarsstellung mit Tim, gönn dir ein Abenteuer!‹« Er unterbrach sich und blickte Pia an, unsicher, ob die seine flapsigen Ausdrucksweise auch nicht missverstand. »Das soll nicht heißen, dass ich Tim nicht schätze. Ich mag ihn. Das ist einfach so ein Ding zwischen Lisa und mir: Sie zieht mich mit meinen vielen Affären auf und ich sie mit ihrem spießigen Leben. Deshalb habe ich auch erwartet, dass sie mir entsprechend Paroli bieten würde, doch stattdessen sagte sie: ›Vielleicht sollte ich das mal tun.‹«

Er schwieg. Pia wartete darauf, dass er fortfahren würde, doch schließlich erwiderte sie: »Sie sagte, sie solle das vielleicht mal tun? Das ist alles?«

Der Arzt nickte. »Und wenn Sie Lisa kennen würden, wüssten Sie, dass das für sie ziemlich viel war. Es ist nicht so, dass sie keinen Humor hat, aber es gibt viele Dinge, über die sie generell keine Witze macht, ihre Familie zum Beispiel. Natürlich habe ich sofort nachgefragt, ob alles okay sei zwischen ihr und Tim. Sie behauptete, ja.«

»Haben Sie das geglaubt?«

Er kratzte sich am Hals. »Eigentlich schon. Wie gesagt, Tim betet Lisa an, und sie ist immer reizend zu ihm, man kann sich irgendwie nicht vorstellen, dass es zwischen den beiden länger als für einen Fünf-Minuten-Streit nicht rund läuft. Ich hatte eher das Gefühl, dass Lisa in dem Moment generell genervt war, nicht von Tim, sondern vom Leben. Im Krankenhaus war Grippesaison, wir hatten alle noch mehr Stress als ohnehin, bei Hektors Kita-Eingewöhnung gab es Probleme … Solche Sachen. Lisa gab das dann auch zu und sagte etwas in der Art, dass es der Vor-Vierzig-Blues sei.« Er sah Pia fragend an. »Sie wissen, dass Lisa im Mai vierzig wurde?«

Pia nickte, und er erzählte weiter. »Ich bemühte mich in den nächsten Wochen, sie etwas aufzuheitern, und es klappte auch, nach Ostern wurde ihre Laune deutlich besser. Tja, und an ihrem vierzigsten Geburtstag verblüffte sie uns alle dann damit, dass sie sich die Haare abgeschnitten hatte. Es war eine ziemliche Sensation. Lisa hatte lange Haare, seit sie ein kleines Mädchen war, und jetzt trägt sie einen Pixie und dazu auch mehr Make-up als früher. Verstehen Sie mich nicht falsch, es sieht klasse aus, aber es war ungewohnt.«

»Und Sie glauben, dass die Typänderung etwas mit einem Liebhaber zu tun hat?«

Stoika wackelte mit dem Kopf. »Eigentlich bin nicht ich auf den Gedanken gekommen, sondern Martin. Er meinte sofort, da müsse ein Kerl dahinterstecken, und zog Lisa damit auf – außer Tims Hörweite natürlich. Ich habe sie dann später unter vier Augen noch mal gefragt. Sie stritt es ab, danach haben wir nicht mehr darüber geredet.« Er zuckte seine mächtigen Achseln. »Wozu auch? Wenn Lisa ein bisschen Spaß nebenbei haben will, ist das ihre Sache. Ich fand's lustig, dass sie jetzt damit anfing, wo ich mit dem Gedanken spiele, endlich treu zu werden.«

»Sie haben die große Liebe gefunden?«, fragte Pia möglichst beiläufig.

»So könnte man das wohl nennen, obwohl ich an das Konzept eigentlich nicht glaube.« Er grinste, bevor er wieder ernst wurde. »Aber hören Sie, Sie dürfen Tim nichts davon erzählen. Es würde sein Herz brechen. Und ich bin sicher, es ist nur eine belanglose Affäre – falls Lisa überhaupt eine hat. Wie gesagt, sie hat es bestritten.«

»Und haben Sie irgendeine Idee, wer der Mann sein könnte?«

»Nicht die geringste.«

»Vielleicht ein Kollege?«

»Das bezweifle ich, so was macht im Krankenhaus immer die Runde.«

»Was ist mit diesem Martin?«

»Martin?«, fragte Stoika verblüfft.

»Sie erwähnten vorhin einen gewissen Martin, dem aufgefallen sei, dass Dr. Bader vielleicht eine Affäre habe. Wer ist dieser Mann?«

»Sagte ich das nicht?« Stoika grinste wieder. »Mein Partner. Der Mann, für den ich sesshaft werden will.«

Pia verließ die Station und fuhr nachdenklich mit dem Aufzug in die Tiefgarage. Die meisten ihrer Gedanken kreisten um Lisa Bader, doch einige wenige gönnte sie auch der Enttäuschung über eine verpasste Gelegenheit. Wieso musste ausgerechnet der attraktivste Mann, den sie in diesem Jahr getroffen hatte, schwul sein?

Der Aufzug war voll, Pia teilte ihn mit Ärztinnen und Pflegern, deren Tagschicht zu Ende war, und Besuchern, die ihre Gaben, Geschenke und Genesungswünsche abgeliefert hatten, doch im hinteren Teil der Tiefgarage, in dem sie einen Parkplatz gegenüber einem Lastenaufzug gefunden hatte, war kein Mensch außer ihr. Sie zog ihr Handy hervor und checkte ihre Nachrichten. Oliver hatte eine lange Sprachnachricht hinterlassen. Er hatte die Busfahrerin ausfindig gemacht, die am Samstag um zehn Uhr zwanzig vom Moosbacher Marktplatz nach Neustadt gefahren war, allerdings war ihre Aussage nicht eindeutig, da um diese Zeit viele Moosbacher den Bus nutzten, die zum Shoppen nach Neustadt wollten. Die meisten dieser Passagiere stiegen im hinteren Teil des Busses ein, weil sie ein Handyticket oder eine Dauerkarte besaßen. Die Fahrerin erinnerte sich nur an zwei Passagiere, die bei ihr ein Ticket – beide zum Neustädter Busbahnhof – gelöst hatten: ein älterer Herr und eine zierliche Frau mit Baseballkappe und großer Sonnenbrille. Wegen der Brille und der Kappe konnte die Busfahrerin nicht sagen, ob es sich bei der Frau um Lisa Bader gehandelt hatte. Da es weder im Bus noch am Neustädter Busbahnhof Videoüberwachung gab, hatte Oliver es auch nicht überprüfen können. Lediglich am Neustädter Bahnhof, der dem Busbahnhof gegenüber lag, gab es sechs Kameras, die einen Teil des Vorplatzes, die Unterführung und die Gleise überwachten. Oliver hatte das Bildmaterial in der Zeit nach Ankunft des Busses überprüft, jedoch weder Lisa Bader noch die Frau mit Sonnenbrille und Kappe entdeckt.

Pia öffnete ihren Wagen und setzte sich hinters Steuer, fuhr jedoch nicht los, sondern ließ sich noch einmal durch den Kopf gehen, was sie im Krankenhaus erfahren hatte. Sie war mittlerweile überzeugt, dass Lisa Bader tatsächlich eine Affäre hatte. Dafür sprach die Tatsache, dass ihr bester Freund das glaubte. Die Tatsache, dass sie in der Vorwoche in der Nacht von Mittwoch auf Donnerstag erst in der Frühe nach Hause gekommen war, angeblich wegen eines Todesfalls, der jedoch am Nachmittag schon eingetreten war. Die Tatsache, dass sie nach einer Zeit der Unzufriedenheit im Winter regelrecht aufgeblüht war. Vor allem jedoch die Tatsache, dass sie sich die Haare radikal abgeschnitten hatte. Es gab zwar Frauen, die mit jedem Trend ihr Styling wechselten oder sich spontan entschieden, die Haare zu kürzen oder blau zu färben, doch wenn eine Frau dreißig Jahre lang mehr oder weniger dieselbe Frisur und dieselben langen Haare getragen hatte, dann schnitt sie diese – Pias Ansicht nach – nicht aus einer Laune heraus ab. Wie hatte Coco Chanel es angeblich formuliert? »Eine Frau, die sich die Haare abschneidet, will ihr Leben verändern.« Offenbar hatte auch Lisa Bader den Wunsch nach einer Veränderung gehabt, und solche Wünsche gediehen selten im Vakuum.

Ein Liebhaber war die naheliegende Erklärung, fand Pia, auch auf die Frage, wohin Lisa Bader am Samstag mit dem Bus gefahren war. Doch das erklärte nicht, wo sie jetzt war. Immer noch bei dem Mann? Hatte sie am Sonntagabend beschlossen, einfach nicht nach Hause zu kommen? Ihre Familie, ihren Job, ihr ganzes bisheriges Leben einfach aufzugeben? Diese Antwort erschien Pia schon deutlich weniger naheliegend. Selbst wenn die Oberärztin so verknallt in ihren Neuen war, dass sie sich von ihrem Mann trennen wollte, dann hätte sie das tun können, ohne ihre Kinder und ihren Job zurückzulassen. Oder hatte der Liebhaber das gefordert? Wollte er sich nicht mit den Kindern seines Vorgängers belasten? Und war Lisa Bader ihm derart verfallen, dass sie sich darauf eingelassen hatte? Möglich war es. Jeder Kriminalbeamte wusste, dass es Mütter gab, die ihren Kindern Schlimmeres antaten, als sie zu verlassen. Mütter aus allen Schichten der Gesellschaft. Warum nicht Lisa Bader? Weil sie Ärztin war? Weil alle sie als liebevolle Mutter beschrieben hatten? Doch diese alle hatten auch behauptet, sie würde nie eine Affäre beginnen.

Pia schüttelte den Kopf. Es war müßig, über Lisa Baders Motive zu spekulieren, sie musste sich eine andere Frage stellen: Was sollte sie weiter in dieser Sache unternehmen?

Aber eigentlich war das keine offene Frage mehr. Lisa Bader war wohlbehalten im Hotel angekommen. Sie war danach zum Marktplatz gegangen und hatte ein Fahrzeug, höchstwahrscheinlich den Bus, bestiegen. Nichts wies darauf hin, dass sie das nicht freiwillig getan hatte. Nichts wies darauf hin, dass sie in Gefahr war. Damit war die Sache klar.

Pia wusste, wenn sie Roman anriefe, würde er dasselbe sagen. Er würde sagen, dass sie zu Lisas Familie fahren und diese über ihre Erkenntnisse informieren und dann die Ermittlungen einstellen solle. Doch Pia wollte ihren Chef nicht fragen. Sie war jetzt Kriminaloberkommissarin, sie sollte selbst in der Lage sein, solche Entscheidung zu treffen.

Pia langte nach ihrem Sicherheitsgurt und steckte den Autoschlüssel ins Zündschloss, doch in dem Moment öffneten sich die Türen des Lastenaufzugs gegenüber. Ein Mitarbeiter des Krankenhaustransportdienstes schob ein Bett heraus, in dem ein Patient lag. Er schob das Bett einige Meter an parkenden Autos vorbei auf eine breite Stahltür zu und drückte auf eine Klingel.

Pia runzelte die Stirn. Sie wusste, dass es im Krankenhaus unterirdische Transport- und Versorgungswege gab, durch die auch Patienten befördert wurden, aber ein Zwischenstopp in der Tiefgarage auf dem Weg zum OP, erschien ihr eigenartig. Doch dann bemerkte sie, dass das Gesicht des Patienten mit einem Laken bedeckt war, und sie erinnerte sich, dass die Pathologie des Krankenhauses im Keller lag. Sie war einmal durch einen anderen Eingang hingegangen, um einen alten dementen Mann zu identifizieren, den sie tagelang vergeblich gesucht hatte.

Die Stahltür wurde geöffnet, Bett und Mitarbeiter verschwanden, und Pia schloss kurz die Augen, um das Bild des Toten auch von ihrem geistigen Auge verschwinden zu lassen. Nein, dies war kein Omen. Ihre Entscheidung, die Ermittlungen einzustellen, war kein Fehler. Nichts wies darauf hin, dass Lisa Bader in Gefahr war, und sie würde sie ganz sicher nicht irgendwann in der Pathologie wiederfinden.

Teil

III

Mara

1

Ich sehe dem silbernen BMW hinterher, den Olivers Kollegin vom Parkplatz des Moosbacher Hofs steuert, aber ich folge ihm nicht. Ich kann nicht nach Neustadt zurückfahren und den restlichen Nachmittag mit Tim und meiner Mutter auf Neuigkeiten warten. Ich bin viel zu unruhig, ich würde bekloppt werden. Außerdem kommen mir in dem Moment, in dem Oliver und seine Kollegin weg sind, bereits Zweifel an dem, was sie gesagt haben – beziehungsweise an dem, was dieser Spürhund erschnüffelt hat. Es ergibt einfach keinen Sinn. Wieso hätte Lisa die Rezeptionistin anlügen sollen? Wenn sie gesagt hat, dass sie spazieren gehen will, dann hat sie das getan. Und ich weiß auch, wohin Lisa gegangen ist. Sie liebt die Sternmühlenfilzen, sie hat mich früher manchmal überredet, mit ihr mit dem Rad dorthin zu fahren.

Ich gehe zurück zur Tigerin, schlüpfe in meine Lederjacke und starte den Motor. Wenige Minuten später erreiche ich den Eingang zum Naturschutzgebiet. Ich bin ewig nicht hier gewesen, doch als ich den Übersichtsplan studiere, erinnere ich mich an die Namen. Große Moorrunde, kleine Moorrunde, Moorlehrpfad und die sogenannte Wolkenbeobachtungsstation. Das ist eine Lichtung mit Holzliegen, die an Pfählen aufgehängt sind, so eine Art hölzerne Hängematten. Man kann sich darauflegen, hin und her schaukeln und in den Himmel gucken. Sehr entspannend. Lisa liebt die Dinger, zumindest hat sie das früher getan. Das letzte Mal, als wir zusammen hier waren, haben wir uns eine Liege geteilt, und ich habe ihr erzählt, warum ich mich von Oliver getrennt habe.

Ich beschließe, zur Wolkenbeobachtungsstation zu gehen, und folge dem breiten, gekiesten Hauptpfad. Der Weg ist nicht weit, dennoch begegnen mir unterwegs mehrere Personengruppen, doch erst, als ich mein Ziel erreiche, wird mir klar, was das bedeutet. Auf der Lichtung wimmelt es von Menschen. Alle Holzschaukeln sind besetzt. Von Familien mit Kindern, die darauf picknicken, von Teenagern, die überraschend leise Musik hören, von einem älteren lesbischen Paar, das sich dennoch darüber beschwert. Ich frage mich, woher all die Leute kommen, dann erinnere ich mich, dass in den meisten Bundesländern bereits Sommerferien sind – und dass das am Samstag nicht anders war. Verdammt! Die Idee, dass Lisa hier irgendwo ist, dass sie sich beim Spazierengehen verletzt hat und einsam hier liegt und auf Hilfe wartet, kann ich vergessen.

Dennoch bringe ich es nicht fertig, einfach aufzugeben, also wandere ich zwei Stunden durchs Moor, wobei ich mich an die Nebenwege halte. Doch auch dort sind Leute unterwegs, und mit jedem Nebenweg, den ich erfolglos absuche, wird mir mulmiger zumute. Hier ist Lisa definitiv nicht. Aber wo ist sie dann? Ist sie wirklich zum Marktplatz gegangen und in einen Bus gestiegen? Das ergibt keinen Sinn. Doch was hat sie stattdessen gemacht? Und wieso? Und – die wichtigste Frage – ist ihr etwas zugestoßen? Geht es ihr gut?

Als ich zur Tigerin zurückkehre, ist es schon halb sieben. Ich checke ein letztes Mal meine Nachrichten, bevor ich mich auf den Weg zurück nach Neustadt mache. Doch als ich in Felden an dem Edeka vorbeikomme, in dem Lisa am Samstag ihren Cappuccino gekauft hat, halte ich wieder an. Olivers Kollegin hat gemeint, dass Lisa auf dem Weg zum Hotel jemanden besucht haben könnte. Das hat Lisa zwar nicht, aber sie könnte sich beim Stadtbäcker mit jemandem getroffen haben. Das wäre eine Erklärung für den Zwischenstopp.

Ich habe Glück, die Verkäuferin mit der Dauerwelle ist noch da, und ihr Gedächtnis funktioniert so gut wie am Nachmittag. Zwar muss sie eine Weile überlegen, doch dann ist sie sicher, dass Lisa allein war, als sie am Samstagmorgen den Cappuccino gekauft hat, und dass sie auch allein an einem der Tische gesessen hat, die zum Bäcker gehören.

Bei der Antwort verspüre ich einen Anflug von Befriedigung. Wie ich Olivers Kollegin schon gesagt habe: Lisa hatte kein heimliches Date. Allerdings fällt damit auch die mögliche Erklärung für ihren Zwischenstopp weg.

»Hat meine Schwester sonst vielleicht irgendetwas gesagt?«, frage ich daher. »Abgesehen davon, dass sie den Cappuccino bestellt hat.«

Die Verkäuferin überlegt. »Außer bitte und danke? Nur, dass sie kein Tablett benötigt. Ich hatte ihr eins angeboten, weil sie in der einen Hand schon ihr Handy und eine Packung Zigaretten hielt.«

Ich starre die Verkäuferin an. »Zigaretten?«

Sie nickt.

»Diese Frau?« Ich ziehe mein Handy hervor und zeige der Verkäuferin noch einmal ein Foto von Lisa, ein anderes als vor vier Stunden.

»Das sagte ich doch schon.«

»Aber meine Schwester raucht nicht.«

Die Verkäuferin zuckt mit den Achseln. »Vielleicht wollte sie die Zigaretten jemandem mitbringen?«

Und vielleicht erfindest du auch einfach irgendeinen Scheiß, um dich wichtig zu machen, denke ich. »Welche Farbe hatte die Handyhülle?«, frage ich so barsch, dass die Verkäuferin konsterniert guckt.

»Na, was Sie alles wissen wollen.« Sie schließt kurz die Augen, um zu überlegen, und als sie sie wieder öffnet und »türkis« antwortet, weiß ich, dass sie die Wahrheit sagt. Türkis ist Lisas Lieblingsfarbe.

Während der Rückfahrt nach Neustadt lenke ich mich von meiner wachsenden Sorge um Lisa ab, indem ich über die Packung Zigaretten nachdenke. Stimmt die Vermutung der Verkäuferin? Waren die Zigaretten für jemand anderen? Doch Lisa ist Ärztin. Sie würde andere nicht dabei unterstützen, ihre Gesundheit zu ruinieren. Andererseits: Lisa selbst raucht seit Jahren nicht mehr. Sie hat im Stress vor dem zweiten Staatsexamen damit angefangen, es jedoch aufgegeben, als sie schwanger werden wollte. Es ist das einzige Laster, das sie überhaupt je gehabt hat, und ich kann mir nicht vorstellen, dass sie es wieder aufgenommen hat.

Ich nehme mir vor, Tim danach zu fragen, doch als ich im Drosselweg eintreffe, komme ich nicht dazu. Meine Mutter scheint am Küchenfenster auf meine Ankunft gelauert zu haben, denn bevor ich auch nur einen Finger auf die Klingel legen kann, reißt sie schon die Tür auf.

»Gott sei Dank, dass du da bist. Wir müssen etwas unternehmen.«

Die Begrüßung ist so untypisch für sie, dass ich mich umdrehe, um zu sehen, ob jemand hinter mir steht. Als ich meiner Mutter ins Wohnzimmer folge, wird mir der Grund für ihre Erregung klar. Tim sitzt am Esstisch, er ist so blass, dass ich sofort das Schlimmste befürchte, und mir wird eiskalt.

»Was ist passiert?«

Tim benötigt drei Anläufe, bevor er hervorstößt: »Sie haben die Ermittlungen eingestellt. Sie wollen nicht nach ihr suchen.«

Er ist so durch den Wind, dass meine Mutter mir alles erklären muss. Oliver und seine Kollegin seien noch einmal hier gewesen. Sie hätten gesagt, sie hätten keine Anhaltspunkte gefunden, dass Lisa in Gefahr sei. Sie hätte wohlbehalten das Hotel erreicht, sei dann weggegangen und in einen Bus gestiegen. Sie könnten zwar nicht sagen, wohin sie gefahren sei, doch da sie offenbar aus freien Stücken … Blablabla … Es täte ihnen sehr leid, sie könnten nichts weiter unternehmen … Blablabla …

»Außerdem haben sie angedeutet …« Meine Mutter zieht mich von Tim weg und senkt die Stimme. »Sie haben angedeutet, dass Lisa möglicherweise einen Liebhaber habe.«

»Wie kommen sie dazu?« Zorn flackert in mir hoch wie eine Stichflamme. »Ich habe ihnen gesagt, dass das Mist ist.«

»Angeblich ist Lisa in der letzten Woche in der Nacht von Mittwoch auf Donnerstag erst mitten in der Nacht nach Hause gekommen. Sie hat Tim erzählt, es habe in der Klinik einen Todesfall gegeben, aber diese grotesk bullige Kriminaloberkommissarin behauptet, das wäre gelogen.«

Ich bin fassungslos. »Das ist doch Bullshit. Ich rufe noch einmal bei Oliver an.« Ich zücke mein Handy und will nach draußen gehen, doch durch die Terrassentür sehe ich Alma und Hektor im Garten spielen, also ziehe ich mich in die Küche zurück.

Oliver scheint auf meinen Anruf gewartet zu haben. Nach dem ersten Klingeln ist er schon dran. »Mara, wie geht es dir? Es tut mir leid, dass du vorhin nicht da warst …«

»Spar dir den Mist! Was fällt euch ein, die Suche nach Lisa einfach einzustellen? Seid ihr übergeschnappt?«

Die nächsten Gesprächsminuten sind geradezu ein Musterbeispiel für misslungene Kommunikation. Ich bin so aufgebracht, dass ich Oliver kaum zwei Sätze am Stück sprechen lasse, obwohl ich gleichzeitig verlange, dass er mir Rede und Antwort steht. Es ist Oliver zu verdanken, dass das Gespräch nicht eskaliert. Geduldig wiederholt er, was Gisela mir schon erzählt hat.

»Es tut mir leid, Mara«, sagt er schließlich zum x-ten Mal. »Wir dürfen nur etwas unternehmen, wenn die vermisste Person in Gefahr ist. Dafür gibt es keine Anzeichen. Uns sind die Hände gebunden.«

Die Hände gebunden? Ich kann nicht glauben, dass der Junge, mit dem ich mein Leben bei der Auerbachchallenge riskiert habe, solche Ausdrücke benutzt. »Verdammt, Oliver, kannst du dir mal deine Spießersprache in den Arsch schieben und nachdenken! Natürlich ist Lisa in Gefahr, sonst wäre sie nach Hause gekommen.«

»Das reicht nicht.«

»Was würde denn reichen? Dass jemand gesehen hat, wie sie mit vorgehaltener Waffe gezwungen wurde, in den verdammten Bus zu steigen? Was ist denn überhaupt mit dem Busfahrer? Ihr wolltet den doch befragen. Hat er Lisa gesehen?«

»Möglicherweise. Es ist eine Busfahrerin. Sie sagte, am Samstagmorgen sei eine Frau eingestiegen, mittelgroß, zierlich, mit Baseballkappe und Sonnenbrille.«

»Dann war es nicht Lisa«, sage ich sofort. »Sie trägt nie Baseballkappen, sie hasst die Dinger. Sie findet sie hässlich und unweiblich.«

Oliver schweigt einen Moment. »Stimmt das?«, fragt er dann.

»Sonst hätte ich es nicht gesagt.«

Erneutes Schweigen, dann: »Na ja, du würdest nicht gerade die Wahl zur Miss Wahrheit gewinnen. Wenn ich daran denke, wie kreativ du dich früher immer aus der Patsche gelogen hast, wenn's brenzlig wurde.«

Ich kann nicht glauben, dass Oliver ausgerechnet jetzt mit irgendwelchen alten Geschichten daherkommt. »Spinnst du? Was würdest du sagen, wenn ich dir vorwürfe, Schmiergeld anzunehmen, weil du vor zwölf Jahren deinem Opa seinen Oldtimer aus der Garage geklaut hast? Ich würde wohl kaum in diesem Fall lügen. Es geht um meine Schwester. Und ich sage dir, ich habe sie noch nie mit Baseballkappe gesehen.«

»Das bedeutet trotzdem nicht, dass Lisa nicht die Frau im Bus war. Möglicherweise hat sie eine Kappe aufgesetzt, um nicht erkannt zu werden. Oder sie ist hinten in den Bus eingestiegen, die Fahrerin hat nicht alle Fahrgäste gesehen. Es tut mir wirklich leid, Mara«, wiederholt er dann. »Ich verstehe, dass du dir Sorgen machst. Ehrlich gesagt, ich mache mir auch welche. Die ganze Sache ist mysteriös. Aber wir können nichts tun.«

»Ihr könnt zur Hölle fahren.«

Ich drücke das Gespräch weg. Am liebsten würde ich das Handy in die Ecke werfen, doch das Ding war teuer, also atme ich stattdessen tief durch und nehme mir ein Glas Wasser. Während ich es trinke, fällt mein Blick auf den Kühlschrank. Es ist so ein Heile-Welt-Familien-Kühlschrank, riesengroß, in Feuerwehrautorot, Kunstwerke von Alma und Fotos sind mit bunten Magneten daran befestigt. Mein Blick fällt auf ein Foto, das im letzten Sommer am Ausee aufgenommen wurde. Ein Selfie von Lisa und mir. Lisa schneidet eine Grimasse, weil sie Selfies eitel findet, ich strecke die Zunge raus. Verdammt, Schwesterherz, wo bist du?

Ich versuche immer noch, von der Palme wieder herunterzukommen, auf die mich die Entscheidung der Polizei gejagt hat, als ich durchs Küchenfenster sehe, wie ein zehn Jahre altes rotes VW Golf-Cabriolet vor dem Haus vorfährt, am Steuer Peter Stoika, auf dem Beifahrersitz seine neue Flamme, Martin. Im nächsten Moment bin ich auch schon durch die Haustür und werfe mich in Peters Arme. Das ist genau das, was ich jetzt brauche.

Peter ist nicht nur Lisas bester Freund, sondern auch einer von meinen. Als Lisa ihn das erste Mal mit nach Hause brachte, war ich fünfzehn und verknallte mich sofort in ihn. Erstens war er fünfundzwanzig und sah mit seinen damals noch richtig langen und ziemlich verfilzten Haaren aus wie ein Rockstar. Zweitens war er der einzige Nichtschnösel unter Lisas Medizinkommilitonen. Drittens hatte Lisa mir erzählt, dass er bisexuell sei – was ich irre aufregend fand.

Schließlich löse ich mich von Peter und begrüße Martin, der keine Miene verzieht. Mimik und Gestik sind nicht so sein Ding, wie ich schon bei unserer ersten Begegnung an Lisas vierzigstem Geburtstag feststellen durfte. Ich wundere mich, dass Peter noch mit ihm zusammen ist. Typischerweise sind Peters Liebhaber fröhliche Hedonisten, zehn bis zwanzig Jahre jünger als er, die entweder im Fitnessstudio arbeiten und nebenher für Unterwäsche modeln oder wenigstens so aussehen. Martin dagegen ist wie Peter Anfang vierzig, sieht aus wie ein melancholisches Skelett und nimmt das Leben ernster als der Papst seine Unfehlbarkeit. Er arbeitet in der Softwarebranche.

Ich wende mich wieder an Peter. »Weiß Tim, dass ihr kommt? Er hat gar nichts gesagt.«

»Wir wollen helfen. Gibt es etwas Neues?«

»Nichts Gutes. Die Polizei will die Suche einstellen. Ich erkläre es euch drinnen.«

Doch die Erklärung muss warten, denn als wir ins Wohnzimmer kommen, sind auch Alma und Hektor dort und stürzen sich auf Peter und mich. Die beiden wissen noch nicht, dass ihre Mutter vermisst wird, und um sie nicht zu beunruhigen, spielen wir erst einmal heile Welt. Währenddessen klingelt mehrmals das Telefon. Tim reagiert jedes Mal wie von der Tarantel gestochen, doch es sind nur Freunde, die sich erkundigen, ob es etwas Neues gibt. Einmal klingelt es auch an der Tür, und weil Tim gerade telefoniert, öffne ich. Draußen stehen Lutz Weller aus Nummer vierzehn und Vera Thieme aus Nummer zehn.

Lutz nickt mir ernst zu, Vera umarmt mich, obwohl sie sonst ein ausgesprochen nüchterner Typ ist. Ich kenne sie recht gut, weil sie seit Jahren Lisas Nachbarin und Freundin ist. Ich mag Vera gern, vor allem wegen ihres schwarzen Humors und weil sie auch kein Fan von Konventionen ist.

Die beiden wollen ebenfalls wissen, ob es etwas Neues gibt, doch erst, als es meiner Mutter gelingt, Alma und Hektor nach oben in ihre Betten zu verfrachten, setzen wir uns zu sechst an den Esstisch.

»Also noch mal von vorn«, sagt Peter. »Wieso stellt die Polizei die Ermittlungen ein?«

Er richtet die Frage an Tim, der immer noch völlig neben sich steht. Fahrig streicht er sich über die Haare und sieht schließlich mich an. »Mara, könntest du …?«

Ich fasse zusammen, was ich über die Ermittlungen weiß, nur die Tatsache, dass Lisa in der Nacht von Mittwoch auf Donnerstag nicht zu Hause war und angeblich deswegen gelogen hat, lasse ich weg, weil ich unsicher bin, was ich davon halten soll und ob die Information auch für Lutz' Ohren bestimmt ist. Er war zwar auf Lisas Geburtstagsfeier, aber ich habe keine Ahnung, wie eng die Beziehung zwischen ihm und Tim ist.

Als ich fertig bin, sehe ich in drei entsetzte Gesichter, nur Martin verzieht keine Miene.

»Aber das ist doch grotesk«, braust Peter auf. »Natürlich ist Lisa etwas zugestoßen, sonst wäre sie nach Hause gekommen.«

Die anderen stimmen ein, Empörung wogt um den Tisch wie eine Welle und überdeckt einen Moment lang die Sorgen, die wir uns machen. Die Bestätigung, dass niemand die absurde Theorie der Polizei ernst nimmt, Lisa könne freiwillig verschwunden sein, tut mir gut, auch wenn der Furor nicht produktiv ist. Wir werden Lisa nicht finden, wenn wir hier sitzen und uns aufregen.

Es ist Lutz, der das schließlich ausspricht. »Ich denke, Tim und Mara sind zu Recht empört über die Untätigkeit der Polizei, aber Empörung bringt uns nicht weiter. Wir sollten unsere Energie auf die Suche nach Lisa konzentrieren.«

Die Bemerkung führt zu zustimmendem Gemurmel.

»Aber was können wir tun?«, frage ich. »Wir wissen nicht, an welcher Haltestelle Lisa aus dem Bus gestiegen ist. Wo sollen wir sie suchen?«

»Wir könnten zum Beispiel damit anfangen zu überprüfen, ob die Sache mit dem Bus überhaupt stimmt«, sagt Vera. »Mantrailing ist schließlich keine exakte Wissenschaft, und nur, weil die Hundeführerin einen guten Ruf hat, ist sie nicht unfehlbar.«

Es ist keine Überraschung, dass gerade Vera das sagt. Sie ist Lehrerin für Naturwissenschaften am Neustädter Gymnasium und legt noch mehr Wert auf Genauigkeit als Alma. Lisa nennt sie manchmal scherzhaft Madam Ratio, was als großes Kompliment gemeint ist. Die beiden teilen dieselbe Abneigung gegen Pseudowissenschaften, unseriöse medizinische Heilversprechungen von Homöopathie bis Reiki und alles, was auch nur entfernt nach Esoterik riecht.

»Und wie willst du das tun?«

Vera überlegt. »Wir könnten versuchen, die Fahrgäste ausfindig zu machen, die den Bus am Samstagmorgen genommen haben. Wir könnten Plakate an der Haltestelle aufhängen – und in den Bussen der Linie neun, wenn wir von der Verkehrsgesellschaft die Erlaubnis bekommen.«

»Gute Idee«, meint Peter, »wir sollten auch am Marktplatz und am Hotel Plakate aufhängen und in den Straßen dazwischen. Wenn Lisa wirklich den Bus genommen hat, dann bestimmt nicht mit Vorsatz. Vielleicht ist unterwegs etwas passiert, das jemand beobachtet hat.«

»Wir könnten auch Passanten befragen, ob sie am Samstagmorgen unterwegs waren und Lisa gesehen haben«, schlage ich vor.

»Und du, Peter, könntest alle Tagungsteilnehmer anmailen«, ergänzt Vera. »Vielleicht waren einige von denen wie Lisa schon deutlich vor elf am Hotel und haben sie gesehen oder sogar gesprochen.«

»Gute Idee. Ich weiß von einigen, die schon am Freitagabend angereist sind, weil sie weiter weg wohnen.«

Lutz nickt. »Das sind doch schon ein paar sehr gute Vorschläge. Wir sollten eine Liste erstellen.« Er wirft einen Blick auf Tim, der immer noch abwesend wirkt, und sieht dann zu mir. »Mara, hättest du vielleicht einen Stift und Papier?«

Ich stehe auf und hole das Gewünschte. Als ich wieder an den Tisch komme, ergreift Martin das Wort.

»Ich schlage vor, dass wir uns an anderen erfolgreichen Suchkampagnen orientieren. Es gab in den letzten Jahren einige Fälle, in denen Angehörige die Suche nach einer vermissten Person selbst organisiert haben, weil die Polizei sich nicht bewegt hat.«

Er nennt einige Namen. Ich erinnere mich an einen der Fälle, bei dem der Erfolg darin bestand, dass die vermisste Frau tot aufgefunden wurde. Mich fröstelt es.

»Und wie sind die vorgegangen?«, will Peter wissen.

»Sie haben über die sozialen Netzwerke die Bevölkerung zum Mitsuchen aktiviert. Als Erstes benötigen wir eine Homepage oder eine Facebookseite. Tim, wenn du einen Laptop hast, kann ich das übernehmen.«

www.WirSuchenLisaBader.de

Seit Samstag, dem 22. Juli, wird die 40-jährige Elisabeth (Lisa) Bader vermisst. Lisa ist verheiratet mit Tim und Mutter von Alma (7) und Hektor (2). Sie ist Oberärztin am Klinikum Neustadt. Wir, Angehörige, Kollegen, Freunde, vermissen Lisa sehr, deshalb bitten wir jeden, der dies liest: Hilf uns bei der Suche!

Lisa wurde zuletzt am Samstag, dem 22. Juli, um kurz nach 9:30 Uhr gesehen, als sie das Hotel Moosbacher Hof in Moosbach verließ. Möglicherweise ging sie von dort zu Fuß zum Moosbacher Marktplatz und bestieg einen Bus der Linie NVG 9 nach Neustadt, möglicherweise den Bus um 10:20 Uhr. Dies ist allerdings nicht endgültig bestätigt.

Beschreibung: Lisa ist 1,65 m groß, wiegt 52 kg, hat kurze schwarze Haare und braune Augen. Besonderes Kennzeichen: ein Muttermal über der linken Oberlippe. Am Tag ihres Verschwindens trug Lisa eine weiße Bluse mit Kaffeefleck auf der Brust, eine helle Leinenhose und türkisfarbene Sandalen.

Bitte melde Dich unter der E-Mail-Adresse kontakt@WirSuchenLisaBader.de, wenn Du eine der folgenden Fragen bejahen kannst:

1. Hast Du Lisa nach Samstag, 22. Juli, 9:30 Uhr irgendwo gesehen?
2. Warst Du am Samstagvormittag in der Nähe des Moosbacher Hofes unterwegs und hast irgendetwas Verdächtiges/Ungewöhnliches beobachtet?
3. Warst Du am Samstagvormittag am Moosbacher Marktplatz und hast dort irgendetwas Verdächtiges/Ungewöhnliches beobachtet?
4. Bist Du am Samstagvormittag mit dem 10:20-Uhr-Bus in Richtung Neustadt gefahren? Bitte melde Dich auf jeden Fall, auch wenn Du Lisa NICHT im Bus gesehen hast.

Suchaktionen:

Wir planen mehrere Suchaktionen. Die erste findet am Dienstag, 25. Juli, in Moosbach statt. Treffpunkt ist um 14:00 Uhr auf dem Parkplatz des Hotels Moosbacher Hof. Freiwillige sind herzlich willkommen, uns zu unterstützen.

Was Du sonst noch tun kannst: Wir wollen eine breite Öffentlichkeit für unsere Suche mobilisieren, deshalb:

- Lade den Flyer WirSuchenLisaBader.pdf herunter und verteile ihn.
- Mache Freunde und Bekannte auf unsere Webseite aufmerksam.
- Halte nach Lisa Ausschau, insbesondere wenn Du im Landkreis Neustadt wohnst.
- Du besitzt besondere Expertise und möchtest uns die zur Verfügung stellen? Bitte melde Dich unter kontakt@WirSuchenLisaBader.de.
- Du hast Ideen für die Suche? Bitte schreibe sie in die Kommentarzeilen.

2

Wir sitzen stundenlang zusammen am Esstisch, diskutieren, planen, organisieren. Um Mitternacht brause ich auf der Tigerin zurück nach München, wo ich direkt ins Bett falle. Doch ich kann nicht einschlafen. Ich war den ganzen Tag in Bewegung und habe es so geschafft, der wachsenden Sorge um Lisa davonzulaufen, doch kaum liege ich still da, holt sie mich ein, und mich überfällt die nackte Angst, als ich zum ersten Mal wirklich realisiere, wie ungeheuerlich alles ist, was heute geschehen ist. Meine Schwester, meine wunderbare, kluge, umsichtige, zuverlässige Schwester ist seit zweieinhalb Tagen nicht mehr gesehen worden. Seit zweieinhalb Tagen hatte sie keinen Kontakt mehr zu ihrer Familie, zu ihren Freundinnen und Kolleginnen. Sie ist einfach weg. Und auch wenn diese Oberkommissarin Meyer glaubt, dass Lisa mit einem Liebhaber durchgebrannt ist – ich weiß, dass das nicht stimmt. Lisa würde ihre Familie nie verlassen. Sie würde mich nie verlassen. Ihr muss etwas zugestoßen sein. Doch was? Ein Unfall? Davon hätten wir erfahren. Was dann? Hat jemand sie entführt? Hat jemand ihr etwas angetan?

Ich versuche, den letzten Gedanken zu verdrängen, doch es gelingt mir nicht, also stehe ich schließlich auf, gehe in die Küche und schenke mir ein Glas Rotwein ein. Dabei mache ich absichtlich so viel Lärm, dass Gesche und Frodo aufwachen. Den Rest der Nacht verbringen wir zusammen am Küchentisch und leeren zwei Flaschen Wein, während die beiden sich Happy Ends für mich ausdenken, Geschichten, was Lisa passiert sein könnte, ohne dass ihr etwas Schlimmes zugestoßen ist.

Am nächsten Morgen, nachdem Gesche zu einem Casting und Frodo zu seinem Halbtagsjob in einem Fotofachgeschäft aufgebrochen sind, schreibe ich E-Mails, um meine Termine für die nächsten Tage abzusagen – Nachmittagsschicht in der *Zimtblüte*, Pole-Dance-Kurs am Abend, Frühstück mit einer Freundin –, anschließend packe ich eine Tasche und schwinge mich auf die Tigerin.

Als ich am Moosbacher Hof ankomme, ist es zwanzig vor zwei. Es sind noch zwanzig Minuten bis zum vereinbarten Start unserer Suche, doch zwei Dutzend Leute stehen bereits in der Nähe der Bushaltestelle, aufgeregt summend wie ein Hornissenschwarm. Ich entdecke Tim im Gespräch mit Lutz Weller. Die beiden stehen über Lutz' weißes Cabrio gebeugt, auf dessen Motorhaube eine Landkarte liegt. Als ich sie begrüße, drehen sie sich zu mir um.

»Guten Morgen, Mara.«

Lutz gibt mir die Hand, dann mustere ich Tim. Er hat dunkle Ringe unter den Augen und sieht aus, als habe er ebenfalls nicht geschlafen, doch er wirkt gefasster als am Vorabend.

»Mara, danke, dass du gekommen bist.« Gegen seine sonstige Gewohnheit schließt er mich in die Arme.

»Natürlich.« Ich löse mich von ihm. »Ich habe übrigens ein paar Sachen mitgebracht. Ist es okay, wenn ich nachher mit nach Neustadt komme? Ich würde gerne ein paar Tage bleiben. So lange wie …«, ich zögere, »… wie es nötig ist.«

Bei den letzten Worten zuckt Tim zusammen, dann nickt er, und wir sehen uns unsicher und schweigend an. Uns schwirrt garantiert dieselbe bange Frage durch den Kopf: Wie lange wird es nötig sein? Und was finden wir am Ende?

»Wie gehen wir vor?«, frage ich schließlich, um die beklommene Stimmung aufzubrechen.

»Lutz hat sich eine Vorgehensweise überlegt. Am besten erklärt er es dir selbst.«

Ich wundere mich nicht, dass Tim die Verantwortung an Lutz weiterreicht. Tim ist brillant, ein Sprachgenie, doch er ist nicht gerade das, was man praktisch begabt nennt. Lisa ist die Organisatorin und Krisenmanagerin im Hause Bader.

Lutz Weller ist offensichtlich aus demselben Holz geschnitzt. Von Lisa weiß ich, dass er Anfang sechzig ist und irgendein hohes Tier bei irgendeiner großen Firma war, bevor er sich vor einem Jahr mit goldenem Handschlag in den vorzeitigen Ruhestand verabschiedet hat, um Golf zu spielen. Doch ich hatte schon am Vorabend das Gefühl, dass er mit Golf nicht ausgelastet ist, so, wie er die Organisation der Suche an sich gezogen hat.

Jetzt tippt er auf die Karte. »Ich habe die Umgebung in Suchgebiete eingeteilt. Das erste umfasst den Moosbacher Hof samt unmittelbarer Umgebung. Das zweite sind die Sternmühlenfilzen. Es ist zwar unwahrscheinlich, dass Lisa dort ist, aber sicher ist sicher. Die anderen Gebiete sind in Moosbach. Es sind insgesamt fünfzehn. Das macht nach derzeitigem Stand ein bis zwei Personen pro Gebiet. Tim und ich wollen das Hotel übernehmen.«

»Und was sollen die einzelnen Suchtrupps tun?«

»Als Erstes Plakate aufhängen. Ich habe gestern Nacht noch mit einem Bekannten telefoniert, dessen Sohn eine Druckerei hat. Der hat mir heute Morgen fünfhundert DIN-A4-Kopien von unserem Suchaufruf gemacht, zum Selbstkostenpreis.« Lutz deutet auf einen Pappkarton, der auf dem Beifahrersitz des Cabrios liegt. »Anschließend sollen gezielt Passanten angesprochen werden. Wenn jemand eine relevante Information bekommt, kann er oder sie Martins Handynummer anrufen oder eine WhatsApp schreiben. Peter und Martin konnten sich nicht freinehmen, aber Martin meinte, er könne die Informationen während der Arbeit nebenher sammeln und strukturieren. Ich habe seine Handynummer zusammen mit allen weiteren wichtigen Punkten aufgeschrieben und ebenfalls kopiert, für jedes Suchteam einmal. Außerdem …«

Während der nächsten Minuten höre ich zu, wie Lutz mir detailliert die von ihm geplante Vorgehensweise beschreibt, und dann höre ich den Vortrag ein zweites Mal, als Lutz ihn für die Schar der Helfer wiederholt, deren Zahl in der Zwischenzeit auf über vierzig angewachsen ist.

Ich bin beeindruckt, wie viele Freiwillige gekommen sind, zumal die meisten von Lisas und Tims Bekannten berufstätig sind. Als ich Tim danach frage, erklärt er: »Die meisten kenne ich persönlich. Die älteren sind Nachbarn, bis auf den Mann dort drüben mit dem Schnauzer. Er ist ein ehemaliger Patient von Lisa, der von einem Bekannten erfahren hat, dass sie vermisst wird, und unbedingt helfen will. Die jüngeren sind größtenteils Kollegen von Lisa, die heute Nacht- oder Spätschicht haben. Die Teenager sind die Kinder von Freunden, die selbst arbeiten müssen. Helena und Gabriel kennst du ja.«

Die letzte Bemerkung bezieht sich auf zwei blonde Teenager, die in der Nähe stehen, Vera Thiemes Zwillinge. Die beiden sind siebzehn, und sie verbindet eine innige Abneigung. Lisa nennt Helena immer die Pflichtbewusste und Gabriel den Herzensbrecher. Als hätte Gabriel uns gehört, dreht er sich in dem Moment um und grinst mich mit einem Freche-Jungs-Grinsen an, als wollte er auch mein Herz brechen. Doch da hat er Pech, das ist unkaputtbar.

Ich weiß nicht, welche Funktion Lutz bei seinem alten Arbeitgeber hatte, doch er war bestimmt ein guter Manager. Seine Anweisungen sind klar und präzise, während er uns in Suchteams einteilt, strahlt er eine Autorität aus, die wir fraglos akzeptieren, und er hat sogar daran gedacht, Wasserflaschen für alle Helfer zu organisieren, denn wie in den letzten Tagen sind es über dreißig Grad im Schatten, von dem es unter dem wolkenlosen Himmel allerdings nicht viel gibt.

Mich spannt Lutz mit Helena Thieme zu einem Team zusammen. Ich bin einverstanden, doch auf dem Weg zum Marktplatz, unserem Suchgebiet, fange ich an, die Wahl zu bereuen. Helena ist eins dieser Mädchen, die sich automatisch bei jedem Erwachsenen einschleimen. Unterwegs erzählt sie mir erst, wie toll sie meine Haarfarbe fände, dann beginnt sie, von Lisa zu reden. Wie schrecklich es für mich sein müsse, dass sie vermisst wird, und dass sie natürlich sofort bereit gewesen sei, bei der Suche zu helfen, als ihre Mutter darum bat, während ihr Bruder Gabriel sich erst geweigert habe. Am Marktplatz schlage ich daher vor, dass wir uns aufteilen. Ich übernehme die nördliche Hälfte, Helena bekommt die südliche, dann drücke ich ihr einen Stapel Plakate in die Hand und lege los.

Ich habe die Hälfte des Marktplatzes gewählt, in der die Haltestelle liegt, an der Lisa angeblich in den Bus nach Neustadt gestiegen ist, und das erste Plakat, das ich aufhänge, befestige ich gut sichtbar am Laternenpfahl oberhalb des Busfahrplans. Das zweite klebe ich an die Lehne der Bank, die für wartende Fahrgäste bereitsteht, das dritte an den Mülleimer daneben. Zwar widerstrebt es mir, Lisas Foto auf einen Mülleimer zu kleben, doch ich will keine Möglichkeit auslassen. Anschließend verteile ich Plakate in meinem ganzen Suchbereich. Ich befestige vier an Laternen, drei an den Pfosten von Verkehrsschildern, zwei an weiteren Mülleimern, eins an einem Stromkasten, eins an einem Glaskasten für städtische Aushänge (»Bekleben verboten!«) und ein halbes Dutzend an den Türen zu verschiedenen Geschäften. Bei diesen bitte ich vorher um Erlaubnis, und ich frage die Verkäuferinnen auch, ob sie am Samstagmorgen Lisa gesehen haben. Sie alle verneinen die Frage, ebenso die Frage, ob am Marktplatz irgendetwas Ungewöhnliches vorgefallen sei.

Der letzte Laden, den ich aufsuche, ist die Eisdiele, weil ich ein Plakat auf die frauhohe Kunststoffeistüte auf dem Bürgersteig davor kleben möchte. Der Eisverkäufer, der mich mit einem übertriebenen »Ciao bella!« begrüßt, ist ein runder, fröhlicher Italiener namens Luigi, der nur einen Blick auf Lisas Foto wirft, bevor er den Kopf schüttelt. »Ich habe kein Gedächtnis für Gesichter, und die meisten Leute tragen Riesensonnenbrillen, wenn sie Eis kaufen. Dahinter würde ich meine eigene Frau nicht erkennen.« Er lacht schallend über diesen Sparwitz, dann erteilt er mir die Erlaubnis, das Plakat aufzuhängen.

Ich habe jetzt über zwanzig Plakate angebracht, es ist eine

Dreiviertelstunde vergangen, und bisher ist das Ergebnis meiner Suche gleich null. Ich hoffe, dass ich mit der Befragung von Passanten mehr Glück habe.

Doch das erweist sich als schwieriger als gedacht. Ich habe schon oft Promotionjobs gemacht, bei denen ich kostenlose Getränke oder Flyer verteilt habe, doch ich stelle schnell fest, dass meine heutige Aufgabe anders ist. Wenn man mit Werbegeschenken wedelt, kommen die Leute von selbst auf einen zu, und Flyer lassen die meisten sich auch widerstandslos in die Hand drücken. Dagegen muss ich heute nicht nur die Vorbeigehenden ansprechen, sondern dazu überreden, stehen zu bleiben, sich meine Fragen anzuhören und dann auch noch zu beantworten, und wenig überraschend haben die meisten keine große Lust, sich mit dem Anliegen einer Wildfremden zu befassen. Doch ich finde schnell heraus, dass ich die Hilfsbereitschaft der Leute steigern kann, wenn ich ihnen sofort versichere, dass ich erstens kein Geld, sondern nur wenige Minuten ihrer Zeit erbetteln will und dass es mir zweitens um eine vermisste Ärztin geht, die gegen Krebs kämpft.

Doch auch die größte Hilfsbereitschaft nützt nichts, wenn niemand Lisa gesehen hat. Obwohl von den fünfzig Personen, die ich in eineinhalb Stunden anspreche, neun am Samstagvormittag auf dem Marktplatz unterwegs waren, erkennt nur eine Omi mit rosigen Apfelbäckchen Lisas Gesicht.

»Ärztin, sagen Sie? Ja, ich glaube, ich habe sie mal in Neustadt im Krankenhaus gesehen. Sie hat eine Freundin von mir behandelt. Nein, in Moosbach bin ich ihr nie begegnet, auch nicht am Samstag. Vermisst? Wie schrecklich. Ich werde für sie beten.«

Ich halte das zwar nicht für hilfreich, bedanke mich dennoch und spreche die nächste Passantin an. Nach fünf weiteren Gesprächen überlege ich, eine Pause zu machen. Es ist nach vier Uhr, die Wasserflasche ist längst leer, und ich habe Durst.

Ein braungebrannter Typ mit Glatze und Lippenpiercing geht an mir vorbei, wirft einen Blick auf meine Haare und zeigt mir einen hochgereckten Daumen. Ich nutze die Gelegenheit, ihn ebenfalls nach Lisa zu fragen, doch leider hält er das für eine Anmache. Nachdem er erklärt hat, dass er am Samstag nicht in Moosbach war, und ich das Gespräch beenden will, lädt er mich auf einen Kaffee ein. Ich lehne ab, doch er beharrt, irgendwie in dem Glauben, dass ich ihm etwas schulde, weil er meine Frage beantwortet hat. Typische verquere Idiotenlogik, also verzichte ich auf weitere Höflichkeiten und sage ihm, dass er sich verpissen soll. Das tut er, nicht jedoch ohne mir eine »Schlampe!« an den Kopf zu werfen.

Eine Frau mit krausen Karottenhaaren und einer Tüte von Intersport Moosbach kommentiert das mit: »Männer! Wollen die Welt regieren, dabei haben sie noch nicht mal Kontrolle über ihren kleinen Wurm.«

Die Bemerkung bringt mich zum Lachen, und natürlich frage ich die Frau, ob sie am Samstagvormittag auf dem Marktplatz war.

Sie schiebt sich eine Locke hinters Ohr. »Ja, ich habe Einkäufe erledigt. Worum geht's?«

Ich erkläre es und zeige ihr das Plakat mit Lisas Foto. Die Frau studiert das Bild ausgiebig, länger als alle anderen bisher, und Hoffnung keimt in mir auf.

»Ja, ich glaube, ich habe das Gesicht schon einmal gesehen, und ich glaube, es war hier am Marktplatz. Ich erinnere mich an das Muttermal. Allerdings …«

»Und wann?«, frage ich, während mein Herz schneller klopft. »Am Samstag?«

Sie schüttelt den Kopf. »Es ist schon länger her. Ich glaube, es war im Winter. Allerdings irritiert mich die Frisur. Die Frau, an die ich denke, hatte lange Haare.«

»Bis vor zwei Monaten hatte meine Schwester lange Haare. So sah sie damals aus.« Ich hole mein Handy hervor und scrolle durch Lisas Fotos, bis ich ein passendes gefunden habe.

Die Frau wirft einen Blick darauf. »Ja, bestimmt, das war sie. Sie trug einen dunklen Mantel und einen türkisfarbenen Schal. Wir sind zusammengestoßen, gleich da vorn, vor dem ockergelben Haus. Ich war auf dem Weg zum Yoga. Ich habe in meiner Tasche herumgekramt und nicht aufgepasst und bin in sie hineingelaufen. Ihr ist ihre Handtasche runtergefallen und ihre Zigarette. Sie fiel in den Schnee und war ganz matschig. Ich entschuldigte mich, doch Ihre Schwester meinte, sie müsste sich eigentlich bei mir bedanken. Statt rumzustehen und ihre Lungen zu ruinieren, sollte sie längst zu ihrem Termin gegangen sein. Ich erinnere mich gut daran, weil ich ihre Reaktion so nett fand.«

Ich habe eine seltsame Form von Déjà-vu. »Und Sie sind sicher, es war meine Schwester?« Ich schwenke mein Handy mit Lisas Foto.

Die Kraushaarige nickt. »Aber wie gesagt, am letzten Samstag habe ich sie nicht gesehen. Es tut mir sehr leid.«

Ich bedanke mich mechanisch, während ich nachdenke. Natürlich spricht nichts dagegen, dass Lisa irgendwann im Winter in Moosbach war. Doch mich irritiert die Erwähnung der Zigarette genauso, wie sie mich am Vortag beim Stadtbäcker in Felden irritiert hat. »Hat meine Schwester zufällig erwähnt, was das für ein Termin war, zu dem sie wollte?«

»Er war in dem ockergelben Haus. Sie ging dort rein.«

»Und wann war das?«

»An welchem Tag? Das weiß ich nicht mehr, ich war auf dem Weg zum Yoga, also war es ein Dienstag oder ein Donnerstag, abends gegen kurz vor acht.« Die Frau wirft einen Blick auf die Uhr am Rathaus. »Ich muss dann mal weiter. Ich drücke Ihnen die Daumen für Ihre Suche.«

3

Das ockergelbe Haus steht auf der Ostseite des Marktplatzes. Es hat drei Stockwerke und einen Treppengiebel und sieht aus, als würde es eingequetscht zwischen dem Optiker auf der Linken und der Apotheke auf der Rechten verzweifelt nach Luft ringen. Neben der Tür aus dunklem Holz hängt ein Messingschild: *Zentrum für Familienberatung der Stadt Moosbach.*

Skeptisch lese ich das Schild. Ich kann mir nicht vorstellen, weshalb Lisa eine Familienberatungsstelle aufgesucht haben sollte, schon gar nicht die in Moosbach. Ich weiß zufällig, dass es in Neustadt ebenfalls ein Familienberatungszentrum gibt, weil ich mit neunzehn zur Schwangerschaftskonfliktberatung dort war. Andererseits hat die Kraushaarige Lisa hier reingehen sehen, und wenn Lisa im Winter hier war, dann vielleicht auch am Samstagmorgen.

Also gehe ich die drei Stufen hoch und drücke die schwere Holztür zu einem kühlen Treppenhaus auf, das trotz seiner Enge mehrere Funktionen zu erfüllen hat. An den Wänden stehen Regale mit Fächern für Flyer und Informationsbroschüren, dazwischen hängen Plakate mit Werbung für Vorträge. Links befindet sich ein kleiner Empfangstresen, hinter dem eine Frau mit Dreifachkinn und unendlich gelangweilter Miene so langsam auf einer Computertastatur tippt, als wollte sie durch die schonende Behandlung sicherstellen, dass das Ding möglichst lange hält. Geradeaus wurde ein Wartebereich unter die Eichentreppe in die oberen Stockwerke gequetscht, in dem eine Mutter und ihre Teenagertochter auf billigen Kunststoffstühlen kauern. Der Blick der beiden klebt am Bauch der Tochter, der sich deutlich unter ihrem Minikleid wölbt. Entweder hat das Mädchen keine Schwangerschaftskonfliktberatung wahrgenommen oder sich hinterher anders entschieden als ich.

Ich wende mich an die Frau mit dem Dreifachkinn, die erst einmal in aller Seelenruhe weitertippt, bis sie sich schließlich bequemt, mich zu fragen, ob ich einen Termin habe.

»Nein, eine Frage. Bieten Sie auch samstags Beratungen an?«

Die Frau macht eine wiederum sehr langsame Kopfbewegung in Richtung eines Schilds am anderen Ende des Tresens, auf dem die Öffnungszeiten stehen. Montags bis freitags von neun Uhr bis siebzehn Uhr, samstags von acht bis dreizehn Uhr.

»Und waren Sie am vergangenen Samstag hier?«

Sie bejaht, also sage ich mein Sprüchlein auf, doch als ich ein Plakat über den Tresen schiebe, damit die Frau sich Lisas Foto ansieht, weigert die sich, auch nur einen Blick darauf zu werfen, und sagt zum ersten Mal mehr als einen Satz.

»Ich darf Ihre Frage nicht beantworten. Wir geben aus Datenschutzgründen keine Auskünfte über unsere Klienten.«

Ich runzele die Stirn. »Ich möchte keine Auskunft über einen Ihrer Klienten. Ich möchte nur wissen, ob meine Schwester am Samstag hier war. Wie gesagt, sie wird vermisst. Sie wurde zuletzt hier am Marktplatz gesehen«, – na ja, gerochen –, »daher versuche ich herauszufinden, wohin sie gegangen ist.«

Dreifachkinn nickt. »Das habe ich schon beim ersten Mal verstanden. Aber Auskünfte über unsere Klienten schließen die Frage ein, ob und wann sie hier waren.«

»Aber es steht ja gar nicht fest, dass meine Schwester eine Ihrer Klientinnen ist. Wenn Sie nicht hier war, können Sie mir das doch sagen, oder?«

»Auskünfte darüber, wer Klient ist und wer nicht, sind ebenfalls vertraulich. Es tut mir leid.«

Es klingt nicht so, als meinte sie das Letzte ernst, und langsam werde ich ärgerlich. »Das ist doch Blödsinn. Ich verlange ja nicht, dass Sie Ihre Klientenlisten durchgehen und nach Elisabeth Bader suchen. Ich will nur wissen, ob am Samstag eine Frau hier war, die so aussieht.« Ich tippe auf Lisas Foto. »Die Information, wie die Leute aussehen, die zu Ihnen kommen, ist doch wohl kaum geheim. Jeder, der draußen vor der Tür steht, bekommt es mit. Oder nicht?«

»Doch.«

»Also?«

»Also dürfen Sie gern die Leute vor der Tür befragen. Falls Sie keine weiteren Fragen an mich haben …«

Die Frau wendet sich wieder ihrem Computer zu. Am liebsten würde ich ihr mit ihrer Tastatur eins überziehen, doch ich schlucke meinen Ärger hinunter.

»Doch, ich habe noch eine Frage an Sie, die hoffentlich Ihr Gewissen und die Datenschutzbestimmungen nicht belastet. Auf dem Schild steht, dass Sie bis fünf geöffnet haben. Vergeben Sie auch Beratungstermine für abends?«

»Nein.«

»Auch nicht für Berufstätige?«

»Wir haben samstags geöffnet.«

Damit ist sie endgültig der Meinung, genug Zeit mit mir verbracht zu haben, und tippt weiter. Ich überlege, ob ich verlangen soll, mit ihrer Vorgesetzten zu sprechen, doch was sollte das bringen? Ich bezweifle mittlerweile, dass Lisa überhaupt hier war. Nicht nur am Samstag, sondern auch im Winter. Wenn das Beratungszentrum um fünf Uhr schließt, kann Lisa um acht keinen Termin gehabt haben. Es sei denn …

Ich gehe zur gegenüberliegenden Wand und studiere ein Plakat, das dort hängt. Es wirbt für einen Vortrag zum Thema »Kinder und Grenzen«, Termin: Mittwoch, sechsundzwanzigster Juli, zwanzig Uhr, Ort: FBZ Moosbach, Am Marktplatz 6, Moosbach.

Ich trete wieder an den Tresen. »Finden hier abends regelmäßig Vorträge statt? Haben Sie ein Veranstaltungsprogramm für mich?«

»Flyerregal zwei, Reihe drei, Fach vier.«

Aus dem kühlen Familienberatungszentrum in die Hitze draußen zurückzukommen ist wie ein Sprung vom Kühlschrank in den Backofen, doch ich lasse die lähmende Aura von Dreifachkinn gerne hinter mir. Auf dem Marktplatz ist keine Bank frei, also setze ich mich auf die Stufen des FBZ und studiere den Flyer, den ich aus Regal zwei, Reihe drei, Fach vier gezogen habe. Es ist eher ein dünnes Heft, das das Kursprogramm des gesamten Jahres beinhaltet. Obwohl ich mich bei der Durchsicht auf Kurse konzentriere, die im Winter an einem Dienstag oder Donnerstag um acht Uhr abends begonnen haben, bleiben immer noch zwanzig übrig. Die Vorträge behandeln Themen aus den Bereichen Kindererziehung (»Wenn Kinder lügen«, »Wenn Kinder schlagen«, »Scheidung – wie sagen wir es den Kindern?«), Eheberatung (»Streit ums Geld«, »Seitensprung – und nun?«), Vereinbarkeit von Familie und Beruf (»Work-Life-Balance für Frauen«, »Work-Life-Balance für Männer«) und Gewalterfahrungen (»Gewalt in der Familie«, »Gewalt in Paarbeziehungen«).

Außer den Vorträgen gibt es noch Gesprächskreise und Treffen von Selbsthilfegruppen. Müttergesprächskreis, SHG Trauer und Verlust, SHG Drogen und Alkohol für Angehörige, SHG Gewalt, wobei bei Letzterer offen bleibt, ob sie für Gewalttäter oder Gewaltopfer ist. Doch die Frage ist irrelevant, da Lisa garantiert bei keiner Selbsthilfegruppe war, sondern bei einem der Vorträge, vielleicht bei dem zum Thema Work-Life-Balance. Ich finde es zwar verwunderlich, dass sie dafür extra nach Moosbach gefahren sein soll – eine kurze Googlesuche enthüllt, dass das FBZ Neustadt ein ähnliches Programm anbietet –, aber vielleicht war ihr die Dozentin empfohlen worden. In jedem Fall ist die Spur ins FBZ eine Sackgasse, also werfe ich das Programm in den nächsten Mülleimer.

Und jetzt? Laut Rathausuhr ist es fast fünf, und ich beschließe, noch bis sechs weitere Passanten zu befragen, obwohl meine Motivation ziemlich nachgelassen hat. Doch zuvor brauche ich Abkühlung.

Ich gehe zur Eisdiele hinüber, wo Luigi mich mit einem weiteren »Ciao bella!« begrüßt, und bestelle mein Lieblingseis: Pfefferminz, Erdbeer, Karamell in der Waffe mit Sahne und Schokosauce. Das Eis kostet sechs achtzig, und ich runde auf acht Euro auf – ich hatte selbst genügend Jobs in der Gastrobranche, ich weiß, wie wichtig Trinkgeld ist.

Luigi bedankt sich etwas übertrieben. »Das sind ab sofort meine Lieblingseissorten. Das ist das zweite Mal in einer Woche, dass jemand diese Kombination wollte, und die andere Frau war genauso spendabel wie du.«

Er reicht mir die Waffel und wendet sich an das Pärchen nach mir in der Reihe. Doch ich bleibe wie vom Donner gerührt stehen, und als das Pärchen abgefertigt ist, spreche ich Luigi noch einmal an. »Diese Frau, die dasselbe Eis bestellt hat wie ich – könnte das meine Schwester gewesen sein? Diese Frau?« Ich halte ihm erneut das Plakat vor die Nase.

Dieses Mal studiert Luigi Lisas Foto länger als beim ersten Mal. Dann zuckt er mit den Achseln. »Ich kann mich nicht erinnern. Ich glaube, sie trug eine Sonnenbrille und eine Kappe.«

»Und wann war das?«

Er überlegt. »Letzte Woche. Ende der Woche. Freitag? Samstag?«

»Kann es Samstagvormittag gewesen sein?«

»Schon möglich. Ciao bella, was möchtest du?«

Als ich die Eisdiele verlasse, wird auf dem Marktplatz eine Bank frei, und ich nehme sie schnell in Beschlag. Während ich mein Eis schlecke, denke ich nach. War die Frau, die dieselben Eissorten gekauft hat wie ich, Lisa? Luigi klang, als sei die Kombination selten, und Lisa isst sie so gern wie ich. Hat der Suchhund ihre Spur also doch richtig verfolgt? Und ist Lisa doch in einen Bus gestiegen?

Ich grüble darüber nach, während ich mein Eis esse. In der Nähe steht eine Gruppe von vier Teenagern, ein Mädchen erzählt etwas, zwei kichern wie irre, eins hört mit ernsthafter Miene zu. Die Ernsthafte ist Helena Thieme, sie hat wohl ein paar Freundinnen getroffen. So viel zum Thema Pflichtbewusstsein.

Ich esse mein Eis auf und werfe die Serviette, die ich dazu bekommen habe, in den Mülleimer neben der Bank, doch bevor ich mich wieder ans Passantenanquatschen machen kann, löst Helena Thieme sich aus ihrer Mädchengruppe, kommt herüber und lässt sich auf den freien Platz neben mir fallen.

»Uh, das war megainteressant.«

Ich ziehe spöttisch meine Augenbrauen hoch. »Klatsch und Tratsch mit deinen Freundinnen?«

»Das waren doch nicht meine Freundinnen«, entgegnet Helena entrüstet. »Das waren Zeuginnen. Sie waren am Samstag hier und haben den Zehn-Uhr-Zwanzig-Bus genommen.«

Mein Herzschlag beschleunigt sich. »Haben sie Lisa gesehen?«

»Vielleicht. Sie haben sie auf dem Foto nicht erkannt, aber sie haben eine Frau mit Sonnenbrille und Basecap gesehen, die auf der Bank an der Bushaltestelle saß und ein Eis aß.«

Ich zucke unwillkürlich zusammen. »Ist die Frau in den Bus gestiegen?«

»Darauf haben die Mädchen nicht geachtet, aber warum hätte die Frau sonst dort warten sollen?« Helenas Kulleraugen werden groß vor Aufregung. »Meinst du, es ist eine Spur? Meinst du, es war Lisa?«

Es sieht ganz so aus. Der Mantrailer hat Lisas Spur vom Hotel zur Bushaltestelle verfolgt. Die Spur führt an der Eisdiele vorbei, wo eine Frau mit Sonnenbrille und Kappe Lisas Lieblingseis gekauft hat. Dann hat eine Frau mit Sonnenbrille und Kappe an der Bushaltestelle ein Eis gegessen, und eine Busfahrerin hat um zehn Uhr zwanzig eine Frau mit Sonnenbrille und Kappe von Moosbach nach Neustadt mitgenommen.

»Soll ich diesen Martin anrufen und ihm das erzählen?«, fragt Helena.

Als ich nicke, zückt sie ihr Handy, das in einer kitschigen perlenbestickten Hülle steckt, doch dann hält sie inne. »Da ist noch etwas. Die drei Mädchen haben mir von so einem komischen Typen erzählt, der am Samstag immer mit seinem Cabrio um den

Marktplatz gefahren ist, um Schülerinnen aufzureißen. Er hat an der Bushaltestelle rumgehangen und den Mädchen angeboten, sie nach Neustadt zu fahren.«

»Wie haben die reagiert?«

»Sie haben ihn ausgelacht. Sie kennen ihn schon, es ist ein ehemaliger Schüler vom Gymi hier in Moosbach. Er versucht es bei jeder, aber er kriegt keine ab. Er muss voll eklig sein. Wir haben auch so einen Typen bei uns in der Straße. Widerlich. Der Sohn von Lutz Weller.«

»Lutz hat Kinder? Ich dachte, er lebt allein.«

»Jonas wohnt erst seit ein paar Wochen bei Lutz, vorher bei dessen Ex-Frau.«

Ich muss an den Wichser vom Samstag denken. »Wie alt ist dieser Jonas?«

»Ich glaube, achtzehn. Er hat gerade Abi gemacht. Er ist voll widerlich, kratzt sich immer an … Na ja, du weißt schon wo.« Helena wischt ihre Hand an ihrem Rock ab. »Meinst du, ich soll das auch melden?«

»Dass Lutz' Sohn widerlich ist?«

»Das mit dem Typen im Cabrio.«

»Ich kann mir nicht vorstellen, dass der etwas mit Lisa zu tun hat.«

»Lutz hat gesagt, wir sollen die Leute fragen, ob sie etwas Ungewöhnliches gesehen haben.«

Wenn Helena einen Typen, der versucht, mit einem Cabrio Eindruck bei jungen Frauen zu schinden, für ungewöhnlich hält, muss sie noch viel lernen. Ich stehe auf. »Entscheide selbst. Ich mache weiter.«

4

Ich spreche noch bis sechs Uhr Leute auf dem Marktplatz an, allerdings ohne große Hoffnungen zu hegen, irgendetwas Hilfreiches zu erfahren. Auch wenn ich es ungern zugebe, scheint dieser Spürhund seinen Job korrekt erledigt zu haben. Lisa scheint tatsächlich am Samstag nach dem Einchecken im Moosbacher Hof zum Marktplatz gegangen und in dem Bus nach Neustadt gestiegen zu sein – und zwar geplant. Denn wenn etwas Ungewöhnliches vorgefallen wäre, das sie veranlasste, ihre Tagung sausen zu lassen, hätte sie sich kaum die Zeit genommen, ein Eis zu kaufen. Aber was könnte Lisas Plan gewesen sein? Und wieso hat sie ihn vor Tim und mir verheimlicht? Ich denke während der Fahrt nach Neustadt über die Frage nach, doch die einzige Antwort, die mir einfällt, ist die, die Olivers Kollegin gestern gegeben hat und an die ich nach wie vor nicht glauben kann: dass Lisa eine Affäre hat.

Als ich im Drosselweg ankomme, trage ich erst einmal meine Tasche nach oben und stelle mich unter die Dusche. Einen Nachmittag lang bei dreißig Grad in Lederhose und Motorradstiefeln herumzulaufen, hat wenig von einem Wellnesstrip. Während ich im Gästezimmer in ein Sommerkleid schlüpfe, höre ich von unten Weinen und Brüllen und laufe schnell die Treppe hinunter, doch als ich ins Wohnzimmer gucke, ist Tim schon da. Er kniet auf dem Boden und hat die Arme um Hektor geschlungen, der lautstark plärrt und in Almas Richtung boxt, die außerhalb seiner Reichweite steht, mit unbewegter Miene, die dünnen Kinderarme vor dem Körper verschränkt. Ich ziehe mich leise zurück, ich brauche eine Pause, bevor ich mich ins Familiengewühl stürze.

Auf der Arbeitsplatte in der Küche steht wieder eine Pappplatte mit Butterkuchen, daneben eine Schüssel mit Nudelsalat. Jemand hat das Abendessen vorbereitet, doch ich habe jetzt Hunger, also schneide ich mir ein großes Stück Kuchen ab und esse es direkt aus der Hand, wozu ich einen halben Liter Bioapfelschorle trinke. Im Wohnzimmer beginnt Hektor zu weinen und nach seiner Mami zu verlangen, doch irgendwann beruhigt er sich, und kurz darauf kommt Tim in die Küche. Bei meinem Anblick zuckt er zusammen.

»Mara, ich wusste nicht, dass du schon zurück bist.«

Ich lecke meine klebrigen Zuckerfinger ab. »Gisela hat mich reingelassen. Sie war gerade auf dem Weg zum Supermarkt.«

Tim nickt. »Sie will noch Paprika fürs Abendessen kaufen, den Rest hat sie schon vorbereitet.«

Das wundert mich nicht. Lisa ist die kleine Preußin, meine Mutter die große. Wenn sie zu Besuch ist, findet sie auch in Nichtkrisenzeiten immer etwas zu tun und tut es dann, ohne vorher um Erlaubnis zu bitten, weswegen es zwischen ihr und Lisa manchmal gehörig kracht.

»Und wie geht es den Kindern?«, frage ich.

Tim lehnt sich erschöpft an die Kücheninsel. Er sieht ziemlich fertig aus, seine Augen sind gerötet, auf der Nase hat er einen Sonnenbrand. »Sie haben sich um das blaue Holzauto gestritten. Wir haben extra zwei, doch natürlich wollten beide dasselbe. Hektor ist bei der Rangelei hingefallen und hat behauptet, Alma hätte ihn geschubst. Hat sie bestimmt nicht, aber er ist etwas überdreht.«

»Ich habe gehört, dass er nach seiner Mami gerufen hat. Was hast du zu ihm gesagt?«

»Was soll ich gesagt haben? Dass seine Mutter nicht da ist. Ich habe den beiden erzählt, dass sie zu einem Notfall musste, der ausnahmsweise einige Tage dauern kann.«

»Meinst du nicht, du solltest ihnen sagen, was los ist?«

Tim sieht mich entgeistert an. »Auf keinen Fall, das würde sie viel zu sehr ängstigen.«

»Aber sie bekommen bestimmt auch so mit, dass etwas nicht in Ordnung ist.«

»Nein!«

Es klingt so entschlossen, dass ich nichts erwidere, obwohl ich ein schlechtes Gefühl dabei habe. Doch es ist nicht meine Entscheidung.

Eine Weile stehen wir schweigend beieinander. Tim schluckt mehrmals, einmal muss er Tränen wegblinzeln. Schließlich geht er zur Spüle, lässt Leitungswasser in ein Glas laufen und leert es zur Hälfte.

»Martin hat angerufen und gesagt, dass du am Marktplatz eine Spur von Lisa gefunden hast, dass du glaubst, sie sei am Samstag tatsächlich in den Bus nach Neustadt gestiegen.«

Ich habe Martin noch aus Moosbach eine lange WhatsApp geschickt, jetzt erzähle ich Tim alles noch einmal. »Wir müssen wohl akzeptieren, dass die Frau mit der Sonnenbrille und der Baseballkappe und dem Eis Lisa war.«

Tims Hand krampft sich um sein Glas. »Aber das ergibt doch keinen Sinn. Wieso sollte Lisa in den Bus gestiegen sein? Wieso sollte sie überhaupt vom Hotel weggegangen sein?«

»Habt ihr am Moosbacher Hof noch jemanden gefunden, der sie gesehen hat?«

»Einen der Gärtner. Er hat sie gegen halb zehn oder etwas später an ihrem Auto gesehen. Sie hat gerade mit dem Handy telefoniert, vermutlich mit Gisela. Aber er konnte nicht sagen, wohin sie danach gegangen ist.«

»Und du hast keine Idee, was sie vorgehabt haben könnte? Gar keine?«

»Das hätte ich doch längst gesagt.« Tim dreht sich von mir weg und starrt durchs Fenster.

Ich betrachte seinen Rücken, während ich überlege, ob ich das Thema anschneiden soll, das mir auf der Fahrt von Moosbach hierher durch den Kopf gegeistert ist. Doch ich habe Hemmungen, ihn direkt zu fragen, ob Lisa vielleicht fremdgeht, also entscheide ich mich für den diplomatischen Mittelweg.

»Sag mal, Tim, du und Lisa – war in letzter Zeit alles in Ordnung zwischen euch?«

Tim fährt herum. »Verdammt, Mara, fang du nicht auch noch mit solchen Spekulationen an! Lisa ist etwas zugestoßen. Sie ist nicht freiwillig verschwunden. Sie würde uns nicht im Stich lassen. Sie hat keine Affäre!«

So viel zu meinen diplomatischen Fähigkeiten. »Okay, okay. Es war nur eine Frage.«

»Eine unangemessene Frage.«

»Darf ich dann eine angemessene stellen? Raucht Lisa wieder?«

Ich erwarte halb, dass Tim erneut explodiert, doch er fragt bloß, wie ich darauf komme, also erkläre ich es ihm.

Tim runzelt die Stirn. »Lisa hat auf dem Weg zum Moosbacher Hof einen Zwischenstopp in Felden gemacht? Das hast du noch gar nicht erzählt.«

»Weil noch keine Gelegenheit war. Also: Raucht sie wieder?«

Tim starrt eine Weile auf seine Füße, doch schließlich nickt er. »Sag Gisela nichts davon.«

Die Antwort überrascht mich. »Ich wusste nicht, dass Lisa wieder angefangen hat.«

»Das hat sie nicht. Sie raucht nur, wenn sie sehr gestresst ist, aber nie vor den Kindern.«

»Und wieso hält sie es geheim?«

»Sie hängt es nur nicht an die große Glocke. Du weißt doch, wie sie ist, sie zeigt nicht gerne Schwäche.«

Das stimmt, wobei es mich überrascht, dass Lisa sich diese Schwäche wieder zugelegt hat. Und ich frage mich, was sie am Samstagmorgen so gestresst haben mag, dass sie ihre Fahrt zum Moosbacher Hof für eine Zigarette unterbrochen hat, doch in dem Moment kommt meine Mutter zurück, und ich werde zum Tischdecken abkommandiert.

Beim Abendessen herrscht eine angespannte Stimmung. Gisela und ich versuchen, uns wie immer zu geben, doch natürlich bemerkt zumindest Alma, dass etwas nicht in Ordnung ist. Sie ist noch stiller als sonst, während Hektor wie üblich Unfug mit seinem Essen anstellt, was Tim jedoch ignoriert, da er in Gedanken weit weg ist. Stattdessen ermahnt Gisela ihren Enkel in regelmäßigen Abständen, tut es allerdings in einem ungewohnt sanften Ton, den er fröhlich ignoriert.

Nach dem Essen möchten Alma und Hektor, dass ich mit ihnen im Garten Verstecken spiele, anschließend ist es für die beiden Zeit zum Schlafengehen. Während ich ihnen zum hundertsten Mal aus dem kleinen dicken Traktor vorlese, höre ich die Türglocke, und als ich kurz darauf ins Wohnzimmer hinunterkomme, sitzen dieselben Personen um den Esstisch versammelt wie am Vorabend, plus Gisela.

Peter steht auf und umarmt mich fest, was sich nach diesem Tag unglaublich gut anfühlt. Dann fassen Lutz und Martin den aktuellen Stand unserer Suche zusammen. Wir alle sind uns jetzt einig, dass Lisa die Frau mit der Baseballkappe und der Sonnenbrille war, die am Samstagmorgen den Zehn-Uhr-Zwanzig-Bus von Moosbach nach Neustadt genommen hat, und eine Weile diskutieren wir über mögliche Gründe, allerdings nicht allzu intensiv. Ich habe den Eindruck, dass mehrere an eine Affäre denken, doch niemand will es vor Tim aussprechen. Schließlich einigen wir uns darauf, unsere Suche am nächsten Tag in der Umgebung des Neustädter Busbahnhofs fortzusetzen.

Martin klappt seinen Laptop auf, um die Homepage zu aktualisieren. Lutz telefoniert mit seinem Bekannten, um weitere Plakate zu organisieren. Tim und Vera beugen sich über einen Stadtplan von Neustadt, um die Suchbereiche einzuteilen. Gisela geht in die Küche und holt Getränke und Snacks für alle, ich schnappe mir eine Flasche Rotwein und zwei Gläser, suche Blickkontakt zu Peter und mache eine Kopfbewegung nach draußen.

Auf der Terrasse stehen Lisas bequeme Korbstühle, doch die Dinge, die ich mit Peter besprechen möchte, sind nicht für andere Ohren bestimmt, deshalb steuere ich die rauchblau lackierte Holzbank am unteren Ende des Gartens an. Als ich die Gläser darauf abstelle, höre ich Lachen und drehe mich um. Auf der

Terrasse von Nummer vierzehn, der Wellerschen, unterhält sich Gabriel, Vera Thiemes Herzen brechender Sohn, mit einem Jungen, der reichlich ungeschickt an einem ummauerten Grill hantiert. Der Junge trägt schwarze Jeans und ein schwarzes T-Shirt und scheint schwarzer Stimmung zu sein, wenn seine hängenden Schultern ein Indiz sind. Er stimmt in Gabriels Lachen nicht ein.

Das muss Jonas Weller sein, Lutz' Sohn aka der Wichser. Mir schießt der Gedanke durch den Kopf, über den Gartenzaun zu springen und ihm meine Meinung zu geigen, doch meine Wut von Samstag ist verraucht, und heute Abend ist es mir zu mühsam, sie wieder anzufachen. Außerdem bin ich erleichtert, dass sich der Wichser als Lutz' Sohn herausgestellt hat. Ein Spanner, der auf der Suche nach irgendeiner Gelegenheit durch fremde Gärten schleicht, wäre gruselig, ein Teenager, dessen Hormone angesichts der blanken Brüste der Nachbarin überschießen, ist zwar eklig, aber harmlos.

Ich beobachte Jonas. Helena hat ihn als »voll widerlich« beschrieben, das finde ich nicht, aber ich verstehe, dass er Mädchenherzen nicht gerade höherschlagen lässt. Er ist ziemlich unscheinbar, und dass er sich ständig im Schritt kratzt, macht ihn nicht attraktiver – genauso wenig wie seine fast unterwürfige Haltung, in der er Gabriel zuhört, der ihm jetzt gönnerhaft auf die Schulter schlägt und davongeht. Allerdings nimmt Gabriel nicht den Weg am Haus vorbei zur Straße, sondern stapft quer über den Rasen und hüpft über den Zaun in Lisas Garten. Als er bemerkt, dass ich ihn beobachte, zuckt er ertappt zusammen, schlendert dann jedoch lässig auf mich zu.

»Hi«, sagt er mit breitem Lächeln und noch breiterem Selbstbewusstsein. »Du bist Mara, nicht wahr? Lisas Schwester. Ich habe dich heute Morgen am Moosbacher Hof fast nicht erkannt. Ich bin Gabriel, Veras Sohn.« Er streckt eine Hand aus.

Ich winke mit der Weinflasche ab. »Ich weiß. Wir sind uns schon über den Weg gelaufen. Beim letzten Mal trugst du eine Zahnspange.«

Er lächelt. »Das ist dann aber schon sehr lange her. Seitdem habe ich mich verändert – und du dich auch.« Er mustert ungeniert meine Haare. »Die Frisur steht dir super. Ich steh total auf kurz, aber die Kombi mit dem Blau ist der Hammer.« Er lässt seinen Blick sinken und sieht mir in die Augen. Seine sind grün, meergrün, wirklich hübsch.

»Na, wenn du das meinst, muss es ja stimmen. Bist du über den Zaun gesprungen, um mein Styling zu kommentieren?«

Er lacht. »Nee, ich wollte den Garten als Abkürzung benutzen. Das mache ich manchmal, Lisa hat nichts dagegen.« Sein Blick wird ernst. »Gibt es etwas Neues von ihr?«

Ich schüttele den Kopf.

»Mist! Das tut mir sehr leid. Aber ihr geht's bestimmt gut. Bestimmt ist alles nur ein Missverständnis, und sie taucht bald wieder auf.«

Ich bezweifle das, doch wenn ein Siebzehnjähriger versucht, Trost zu spenden, sollte man nicht allzu pingelig reagieren.

»Danke. Auch dafür, dass du bei der Suche geholfen hast.«

»Jederzeit wieder.«

»Das wäre dann morgen um zwei am Bahnhof.«

Er guckt verdattert, dass er so schnell beim Wort genommen wird. »Klar. Ich werde da sein. Kommst du auch? Wir könnten zusammen ein Suchteam bilden.«

»Schauen wir mal.«

»Dann bis morgen.«

Er lächelt mich noch einmal an, bevor er davonschlendert. Als er über den Zaun zu Nummer zehn hinüberhüpft, kommt Peter über den Rasen und sieht ihm hinterher.

»Tja, Mara, an deinem Geschmack gibt's wirklich nichts auszusetzen. Ich hatte befürchtet, dass du dich zwangsläufig verschlechtern würdest, jetzt, wo ich vom Markt bin, doch der Knabe ist ein echter Leckerbissen. Allerdings vielleicht ein bisschen jung für dich?«

Ich lege meinen Kopf in den Nacken und sehe zu Peter hoch.

»Das sagt der Mann, der in der Regel Kerle datet, die seine Söhne sein könnten.«

»Dann hätte ich aber sehr frühreif sein müssen.«

»Warst du das etwa nicht?«

Peters Mundwinkel zucken. »Erwischt. Also, wer ist der Kleine?«

»Veras Sohn.« Ich schenke Peter ein Glas Wein ein und reiche es ihm. »Ich wusste übrigens gar nicht, dass du vom Markt bist.«

Peter macht es sich auf dem Rasen im Schneidersitz gemütlich. Er ist viel gelenkiger, als man es bei seiner Masse vermuten würde – wie ich nur zu gut weiß. »Seit ich mit Martin zusammen bin.«

»Ja, klar.«

»Ich habe ihn gebeten, mit mir zusammenzuziehen.«

Ich bin baff. Ich hätte eher erwartet, dass der Papst heiratet, als dass Peter ins Lager der Sesshaften desertiert. »Was hat er gesagt?«

»Dass er darüber nachdenkt. Deswegen habe ich übrigens eine Bitte an dich.« Peter löst sein Haargummi und fährt sich mit einer Hand durch seine rotbraune Mähne. »Martin ist zwar wundervoll, aber in manchen Dingen auch ein bisschen eigen. Zum Beispiel ist er strikt homo. Er hat mal schlechte Erfahrungen mit einem Kerl gemacht, der ihn für eine Frau verlassen hat. Danach hat er sich vorgenommen, sich nie wieder mit einem Bisexuellen einzulassen.«

»Aber du bist bi.«

Peter verdreht die Augen. »Danke für den Hinweis, Einstein, das weiß ich. Mein Punkt ist: Martin weiß es nicht. Als er mir von seinen Vorbehalten erzählt hat, war ich schon so in ihn verknallt, dass ich behauptet habe, ich hätte es zwar mal mit einer Frau probiert, aber das sei nichts für mich gewesen und außerdem lange her und … Na ja.« Er guckt wie ein Schaf. »Also, wenn du ihm vielleicht nicht erzählen würdest, dass wir beide seit Jahren Freunde mit gelegentlichen Extras sind und bei meinem letzten Besuch in München das Wochenende durchgevögelt haben …«

Ich benötige erst einmal einen Schluck Wein, um das zu verdauen. »Klar, wenn dir das wichtig ist. Aber bist du sicher, dass du es Martin verschweigen möchtest?«

Peter runzelt die Stirn. »Seit wann bist du so eine Ehrlichkeitsfanatikern?«

»Ich kann mir nur nicht vorstellen, wie du dauerhaft einen Teil von dir verleugnen willst.«

»Das habe ich gar nicht vor. Ich sage es ihm schon – irgendwann.«

»Na dann ...« Ich fülle unsere Weingläser noch einmal, und wir stoßen an.

»Auf Freundschaft ohne Extras«, sagt Peter.

»Cheers. Du wirst mir fehlen.« Es ist mein Ernst. Peter ist ein toller Liebhaber, der Sex mit ihm war nicht nur wunderschön, sondern immer auch ein bisschen wie nach Hause kommen.

Peter stellt sein Glas auf die Wiese. »Worüber wolltest du mit mir reden?«

»Ich wollte dich fragen, ob Lisa eine Affäre hat.«

Während ich auf eine Antwort warte, mustere ich Peter, um zu sehen, ob er mir ausweicht. Peter und ich sind gute Freunde (ob nun mit oder ohne Extras), doch Lisa ist seit über zwanzig Jahren seine beste Freundin. Wenn sie ihm anvertraut hat, dass sie fremdgeht, würde er das unter normalen Umständen nie weitererzählen, auch mir nicht.

Doch Peter zögert nicht. »Ich weiß es nicht, aber ich vermute es.«

»Und warum?«

»Weil es die einzige Erklärung ist, die mir dafür einfällt, dass Lisa die Tagung schwänzen wollte. Außerdem habe ich mich schon länger gefragt, ob sie nicht reif für eine Affäre wäre. Sie hatte im Winter eine Phase, in der sie einfach alles sattzuhaben schien. Seit Corona geht es zwar allen im Krankenhaus so, aber Lisa wirkte zeitweilig so frustriert, dass ich mich schon gefragt habe, ob sie nicht auf einen Burn-out zusteuert. Und dann war es damit fast schlagartig vorbei. Sie blühte wieder auf, war wieder voller Energie.« Er sieht mich fragend an. »Ist dir das nicht aufgefallen?«

Ich will die Frage schon verneinen, als mir einfällt, dass Lisa am Telefon im Winter tatsächlich oft noch gestresster wirkte als ohnehin. Ich war damals länger nicht hier, weil ich wegen des Starts meines OnlyFans-Accounts ausnahmsweise selbst viel um die Ohren hatte. Lisa regte sich mehrmals über andere auf, was eigentlich nicht ihre Art ist, vor allem über die Erzieherinnen in Hektors neuer Kita. Allerdings legte sich das, nachdem Hektor sich dort eingewöhnt hatte. »Und du glaubst, dass Lisas Stimmungsumschwung daher kam, dass sie jemanden kennengelernt hat? Vielleicht lag es einfach daran, dass Hektor sich in der Kita endlich wohlfühlte. Das Thema hat sie ziemlich gestresst.«

Peter schweigt einen Moment lang. »Möglich wäre das«, sagt er schließlich, »allerdings würde das nicht erklären, dass Lisa im Juni eine Abtreibung vornehmen ließ.«

Ich starre Peter an. Ich öffne meinen Mund, klappe ihn dann wieder zu, weil ich nicht weiß, was ich sagen soll.

»Eine Kollegin hat es mir erzählt«, fährt Peter fort. »Ich habe heute im Krankenhaus herumgefragt, ob irgendjemand eine Idee haben könnte, wo Lisa ist, ob sie vielleicht eine Affäre mit einem Kollegen hat – was auch immer. Dabei habe ich auch mit einer Kollegin aus der Orthopädie gesprochen, die Lisa ebenfalls kennt, weil ihre Tochter in dieselbe Kita geht wie Hektor. Katja hat mir erzählt, dass sie Lisa im Juni in der gynäkologischen Ambulanz getroffen hat. Lisa kam aus dem Aufwachraum, in dem sich die Patientinnen von Eingriffen unter Vollnarkose erholen. Sie wirkte ziemlich benommen und erschrak total, als Katja sie ansprach. Die Begegnung war ihr offensichtlich so unangenehm, dass sie quasi sofort das Weite suchte, ohne zu grüßen. Eine Stunde später rief sie Katja an und bat sie, niemandem von der Begegnung zu erzählen. Katja hat sich daran gehalten – bis heute.« Peter macht eine Pause, in der er einige Grashalme herausrupft.

Ich denke über seine Worte nach. »Hat Lisa Katja denn ausdrücklich erzählt, dass sie eine Abtreibung hatte?«

Peter schüttelt den Kopf. »Ausdrücklich nicht, nein, aber warum sonst hätte Lisa die Sache so unangenehm sein sollen? Um einen harmlosen gynäkologischen Eingriff hätte sie kaum ein Geheimnis gemacht. Außerdem hatte Katja den Eindruck, es sei Lisa bei ihrem Anruf hauptsächlich darum gegangen, dass Tim nichts von der Begegnung erfährt. Sie trifft ihn manchmal, wenn er Hektor aus der Kita abholt. Tja, ich denke, wir wissen beide, was das bedeutet.«

Da hat Peter recht. Wenn Lisa wirklich eine Abtreibung hatte, dann hatte sie auch einen Liebhaber, denn Tim hat sich nach Hektors Geburt einer Vasektomie unterzogen, weil er meinte, nach Abschluss der Familienplanung sei es nur fair, wenn er sich um die Verhütung kümmere.

Wir sitzen eine Weile schweigend da. Peter reißt noch einige Grashalme aus, wirft sie hoch, und wir sehen zu, wie sie wieder landen.

»Hast du irgendeine Idee, wer Lisas Liebhaber sein könnte?«, frage ich schließlich.

Peter schüttelt den Kopf. »Keine – dabei habe ich mir darüber heute fast nonstop den Kopf zerbrochen.«

www.WirSuchenLisaBader.de

Update vom 25. Juli:

Wir gehen mittlerweile davon aus, dass Lisa am Samstag, 22. Juli, tatsächlich um 10:20 Uhr in den Bus der Linie NVG 9 nach Neustadt gestiegen ist. Vermutlich hat sie ein Ticket zum Busbahnhof Neustadt gelöst und ist dort um 11:06 Uhr ausgestiegen. Dies ist allerdings noch nicht endgültig bestätigt. Bestätigt ist hingegen, dass Lisa eine Baseballkappe und eine große Sonnenbrille trug.

Bitte melde Dich unter der E-Mail-Adresse kontakt@WirSuchenLisaBader.de, wenn Du eine der folgenden Fragen beantworten kannst:

1. Hast Du Lisa nach Samstag, 22. Juli, 9:30 Uhr, irgendwo gesehen?
2. Bist Du am Samstagvormittag mit dem 10:20-Uhr-Bus in Richtung Neustadt gefahren? Bitte melde Dich auf jeden Fall, auch wenn Du Lisa NICHT im Bus gesehen hast.
3. Falls Du am Samstagvormittag nach 11:00 Uhr in der Nähe des Neustädter Bahnhofs/Busbahnhofs unterwegs warst: Hast Du Lisa gesehen? Ist dir eine kleine zierliche Frau mit Baseballkappe und großer Sonnenbrille aufgefallen? Hast du sonst irgendetwas Verdächtiges/Ungewöhnliches beobachtet?

Neue Suchaktion: Am Mittwoch, 26. Juli, findet eine Suchaktion in der Umgebung des Neustädter Bahnhofs/Busbahnhofs statt. Treffpunkt ist um 14:00 Uhr auf dem Bahnhofsvorplatz. Freiwillige sind herzlich willkommen!!!

Flyer: Es gibt einen neuen Flyer mit den aktualisierten Infos. Du findest ihn hier: WirSuchenLisaBader_1.pdf. Bitte lade ihn herunter und verteile ihn!

Sonstiges: Stand jetzt habt Ihr schon 43 Kommentare hinterlassen. Vielen Dank für die guten Wünsche. Es bedeutet uns viel, dass so viele Menschen Anteil nehmen. Bitte helft uns, falls möglich, bei der Suche!

5

In dieser Nacht finde ich wieder keinen Schlaf, stattdessen wälze ich mich hin und her, denke über mein Gespräch mit Peter nach und lausche, wie Tim ruhelos durchs Haus geistert, bis Alma aus einem Alptraum hochschreckt. Tim beruhigt sie, und schließlich schläft sie wieder ein, doch ich gebe es endgültig auf. Ich gehe in die Küche hinunter, koche Kaffee und verbringe die Stunden bis Sonnenaufgang damit, durch die Nachrichten zu scrollen, die Lisa und ich in diesem Jahr ausgetauscht haben. Ich versuche, irgendeinen Hinweis zu finden – auf einen Liebhaber, auf eine Abtreibung oder sonst etwas, das Lisa zwischen den Zeilen versteckt haben könnte –, doch da ist nichts außer der Bestätigung, dass Lisa Anfang des Jahres bis in den Mai hinein tatsächlich oft ungewöhnlich gereizt wirkte und dass sich das tatsächlich recht plötzlich änderte. Anschließend blättere ich durch die Fotos, die ich von Lisa auf meinem Handy habe, doch ich halte es nicht lange aus. Mit jedem Foto, das ich mir ansehe, wird meine Angst größer. Werde ich jemals wieder mit Lisa zusammen auf einem SUP-Board auf dem Ausee balancieren? Werde ich jemals wieder angeschickert von zu viel Glühwein mit ihr an Weihnachten inmitten von zerrissenem Geschenkpapier auf ihrer Couch sitzen und darüber lästern, dass Gisela Tim schon wieder eine Krawatte geschenkt hat, die er nie tragen wird? Werde ich meine Schwester je wiedersehen?

Das frühe Aufstehen hat auch einen Vorteil. Ich kann Tim helfen, Alma und Hektor für Schule und Kita fertig zu machen, und stehe dennoch um Punkt neun bereit, als meine Mutter in ihrem Corsa vorfährt, um mich abzuholen. Unser erstes Ziel ist die Druckerei, bei der Lutz am Vorabend weitere Plakate bestellt hat, das zweite der Neustädter Bahnhof. Unsere offizielle heutige

Suchaktion beginnt zwar erst um zwei, weil dann mehr Freiwillige Zeit haben, doch wir wollen den Vormittag nicht ungenutzt lassen. Tim hat es abgelehnt, mitzufahren. Er will lieber zu Hause bleiben für den Fall, dass Lisa wiederkommt oder dass das Festnetztelefon klingelt und jemand einen Hinweis gibt. Ich bin mir nicht sicher, ob das wirklich erforderlich ist – wofür gibt es Handys? –, doch ich habe nicht widersprochen. Auch ich hätte ein ungutes Gefühl, wenn das Haus länger leer stünde. Als ließe man ein Fort unbemannt.

Der Neustädter Bahnhof liegt am Rande der Innenstadt, es ist ein typischer Fünf-Gleise-Bahnhof in einer typischen mittelgroßen bayerischen Stadt. Steht man mit dem Rücken davor, liegt zur Linken ein Taxistand, zur Rechten steht ein Parkhaus, schräg links gegenüber ist der Busbahnhof, und geradeaus geht es in die Fußgängerzone. Meine Mutter stellt ihren Corsa im Parkhaus ab, dann teilen wir die Plakate und uns auf. Gisela möchte den Busbahnhof übernehmen, also bleibt mir der eigentliche Bahnhof samt Vorplatz mit einem Zeitschriftenkiosk und einer Filiale des Neustädter Stadtbäckers. Oliver hat zwar erzählt, dass Lisa innerhalb der ersten Viertelstunde nach Ankunft des Busses laut den Aufzeichnungen der Videokameras nicht im Bahnhof war, dennoch möchte ich hier Plakate aufhängen, weil es eine Möglichkeit ist, viele Menschen zu erreichen.

Die nächsten Stunden verbringe ich ähnlich wie die am gestrigen Nachmittag. Lutz, der im gesamten Landkreis ein weit gespanntes Netzwerk von nützlichen Bekannten hat, hat heute Morgen noch die Cousine eines Golfkumpels erreicht, die im Bahnhofsmanagement arbeitet, so dass wir eine semioffizielle Erlaubnis haben, unsere Plakate aufzuhängen, was auf dem Gelände der Deutschen Bahn eigentlich verboten ist. Ich hätte das Verbot zwar in jedem Fall ignoriert, doch so haben wir die Gewissheit, dass die Plakate, die ich auf den drei Bahnsteigen, in der Unterführung und auf dem Vorplatz verteile, nicht gleich wieder entfernt werden.

Nachdem ich dafür gesorgt habe, dass niemand in Neustadt in einen Zug steigen kann, ohne Lisas Konterfei zu begegnen, beginne ich mit der Befragung von Vorbeigehenden und Fahrgästen, was jedoch so erfolglos ist wie am Vortag in Moosbach. Der einzige Unterschied ist, dass ich hier immer wieder auf Leute treffe, die Lisa kennen – einen ehemaligen Patienten, eine ehemalige Schulkameradin, eine Frau, die im selben Pilateskurs war, und die Hebamme, die Alma entbunden hat. Das hat zwar den Vorteil, dass zwei von ihnen sich bereit erklären, sich später dem Suchteam anzuschließen, jedoch den Nachteil, dass diese Gespräche länger dauern, ohne dabei zu neuen Erkenntnissen zu führen.

Um halb eins beschließe ich, eine Pause zu machen. Mir ist heiß, ich habe Durst und brauche etwas Süßes gegen den Frust – und gegen die Angst, die immer wieder in mir aufwallt, je öfter ich höre: »Nein, tut mir leid, ich kann Ihnen nicht helfen.« Ich allein habe seit gestern mit über hundert Leuten gesprochen, mit den anderen Freiwilligen zusammen kommen wir bestimmt auf über tausend. Doch alles, was wir bisher haben, ist die Bestätigung dessen, was die Polizei schon am Montagabend gesagt hat.

Ich blicke zum Busbahnhof hinüber, um Ausschau nach meiner Mutter zu halten, und entdecke sie mühelos. Klein und drall stapft sie mit entschiedenen Schritten von einem wartenden Fahrgast zum anderen. Ein großer, stämmiger Mann will sich ihr entziehen, doch sie baut sich beharrlich vor ihm auf, bis er ihr schließlich zuhört. Als er nickt, zückt sie eins ihrer Plakate, und ich halte unwillkürlich den Atem an. Vielleicht ist der Mann der eine, der etwas gesehen hat. Der uns auf eine neue Spur bringt. Der uns zu einer neuen Erkenntnis verhilft. Der …

Der Mann schüttelt den Kopf und geht weiter.

Verdammt! Ich schließe die Augen und muss für einen Moment die Zähne zusammenbeißen, um nicht loszuheulen. Dabei heule ich nie!

Ich stehe mitten auf dem Bahnhofsvorplatz und schlucke mehrmals mit geschlossenen Augen. Als ich sie wieder öffne, steht meine Mutter vor mir.

»Mara, alles in Ordnung?«

»Alles bestens. Was soll sein?«

Meine Mutter mustert mich mit einem ungewohnten Ausdruck der Besorgnis. »Du wirkst …«, sie zögert, »… verloren.«

»Blödsinn! Mir geht's gut. Hast du etwas herausgefunden?«

»Leider nein. Du?«

Ich schüttele den Kopf, und eine Weile stehen wir schweigend voreinander, während ich spüre, wie Hoffnungslosigkeit zwischen uns aufkeimt.

»Was machst du überhaupt hier?«, frage ich schließlich.

»Ich wollte dir sagen, dass ich zurückfahre. Es ist fast eins, ich muss kochen und auf die Kinder aufpassen, wenn Tim um zwei herfährt.«

»Ich weiß, so war es vereinbart.«

»Dann bis später.« Meine Mutter wendet sich ab, doch nach einigen Schritten dreht sie sich noch einmal um. »Vielleicht möchtest du mitkommen? Vielleicht täte eine Pause dir gut?«

»Ich hole mir etwas vom Stadtbäcker.«

Zehn Minuten später sitze ich auf einer spektakulär unbequemen Metallbank mit Blick auf den Taxistand und mache mich über zwei Stücke Butterkuchen, einen großen Cappuccino und einen halben Liter Apfelschorle her. Während ich esse, klingelt mein Handy. Es ist Oliver, nicht zum ersten Mal seit Montagabend. Gestern Mittag hat er ebenfalls versucht, mich zu erreichen, später hat er mir eine WhatsApp geschickt, wie es mir gehe. Ich habe nicht geantwortet, und ich habe auch jetzt keine Lust, mit ihm zu reden. Ich wüsste nicht, worüber.

Das Koffein und der Zucker im Kuchen holen mich aus meinem Zwischentief. Als ich mich von der Folterbank erhebe – offensichtlich designt, um die Verweildauer von Menschen mit

Schmerzrezeptoren auf dem Bahnhofsvorplatz zu minimieren –, bin ich bereit, weiterzumachen, und halte Ausschau nach Passanten, doch just in dem Augenblick kommen keine vorbei. Stattdessen wandert mein Blick zum Taxistand hinüber, und mir fällt auf, dass dort keins unserer Suchplakate hängt. Der Stand liegt ziemlich genau in der Mitte zwischen dem Bahnhof und dem Busbahnhof. Ich dachte, meine Mutter würde ihn übernehmen, vermutlich dachte sie dasselbe von mir.

Besser spät als nie.

Ich gehe hinüber und hänge ein Plakat an einem Laternenpfosten auf, dann öffne ich die Beifahrertür des ersten Taxis in der Warteschlange. Vielleicht hat Lisa ja am Samstag ein Taxi genommen, und selbst wenn nicht, ist es möglich, dass eine der Fahrerinnen sie gesehen hat. Zumindest sollte die Wahrscheinlichkeit, dass sie am Samstagvormittag hier waren, deutlich höher sein als bei wahllos gewählten Passanten.

Kurz darauf weiß ich, dass Letzteres stimmt. Von den vier Taxlerinnen, die gerade auf Fahrgäste warten, waren drei am Samstag in unregelmäßigen Abständen immer wieder hier. Leider kann sich keine von ihnen an Lisa erinnern. In dem Moment fährt ein fünftes Taxi vor. Ich öffne die Beifahrertür, doch bevor ich mein Anliegen vorbringen kann, schlägt mir eine solch intensive Knoblauchwolke entgegen, dass ich einen Würgereflex unterdrücken muss. Der Fahrer, ein Gnom mit Hawaiihemd und Schirmmütze, nutzt die Gelegenheit, mir mitzuteilen, dass ich das erste Taxi in der Reihe nehmen solle. »Sonst krieg' ich Stress.«

Ich atme möglichst flach. »Ich benötige kein Taxi. Ich bin auf der Suche nach …«

»Das Fundbüro ist im Rathaus.«

»Ich suche meine Schwester. Sie wird seit Samstag vermisst. Sie kam gegen elf am Busbahnhof an. Waren Sie am Samstag im Dienst?«

Der Gnom erzeugt tief im Rachen ein Geräusch, das möglicherweise ein Lachen sein soll, aber wie ein Lungenkarzinom vierten Grades klingt – oder wie eine Knoblauchzehe, die dort feststeckt. »Ob ich im Dienst war? Nee, Schätzchen, ich bin nie im Dienst. Dienst ist was für Sesselfurzer. Ich habe gearbeitet.«

»Auch hier am Bahnhof?«

»Das ist mein Stammplatz.«

»Würden Sie sich das Foto meiner Schwester ansehen?« Ich halte ihm ein Plakat hin.

Während der Gnom Lisas Bild studiert, studiere ich sein Hawaiihemd, das Bierkrüge, Palmen und Sonnenuntergänge zieren.

Schließlich schüttelt er den Kopf, allerdings so zögerlich, dass ich Lisas Beschreibung wiederhole: »Meine Schwester ist ein Meter fünfundsechzig groß und zierlich. Sie trug vermutlich eine helle Hose und eine weiße Bluse, möglicherweise mit einem Kaffeefleck vorne drauf. Außerdem vielleicht eine Baseballkappe und eine Sonnenbrille.«

»Eine Kappe und eine Sonnenbrille? Warte mal …« Der Gnom kratzt sich unter der Schirmmütze. »Ja, ich habe am Samstagvormittag eine Frau mit Baseballkappe und Sonnenbrille gefahren. So ein riesiges Ding, das das halbe Gesicht verbirgt. Die Frau war auch nicht sonderlich groß.« Er wirft noch einen Blick auf das Foto. »Könnte deine Schwester gewesen sein. Könnte allerdings auch jede andere gewesen sein.«

»Wissen Sie noch, wann das genau war und wohin die Frau wollte?«

Er zieht ein zerfleddertes Schreibheft aus dem Fach in der Fahrertür und blättert darin. »Elf Uhr fünfzehn, Bürgermeisterquartier.«

Mein Herz schlägt schneller. Die Zeit passt perfekt. »Können Sie mich da hinfahren?«

6

Die Fahrt dauert eine Viertelstunde, in der ich möglichst flach atme, während der Gnom mir erzählt, dass das Bürgermeisterquartier ein Wohngebiet im Osten Neustadts ist, das vor einigen Jahren an der Stelle einer alten Prothesenfabrik errichtet wurde. Der Name rührt daher, dass die Straßen nach verstorbenen Neustädter Honoratioren, hauptsächlich ehemaligen Bürgermeistern, benannt sind. Ich kann mich nicht erinnern, schon dort gewesen zu sein, doch das ist ein Irrtum, wie ich erkenne, als ich am Ziel vor den weißen, in der Sonne strahlenden Pultdachhäusern stehe, die sich um zwei Grünflächen verteilen. Ich habe hier einmal eine Nacht durchgevögelt. Peter wohnt in einer Penthousewohnung in der Schulrat-Reiter-Straße, mit traumhaftem Blick auf den Wald, der hinter dem Wohngebiet beginnt.

War Lisa also am Samstag bei Peter? Doch Peter war auf der Tagung in Moosbach. Wenn Lisa wirklich die Frau war, die der Gnom hier abgesetzt hat, dann muss sie noch jemanden kennen, der im Bürgermeisterquartier wohnt. Aber vielleicht weiß Peter, wer das sein könnte.

Ich fische mein Handy aus meiner Umhängetasche und habe Glück. Peter hat am Vorabend erzählt, dass er den ganzen Tag operiert und deswegen die Suche nicht unterstützen kann, doch ich erwische ihn in der Mittagspause.

»Ja, Mara? Gibt's was Neues?«, fragt er mit vollem Mund.

»Kannst du in Ruhe reden?«

»Warte kurz.«

Ich höre, wie Peter etwas hinunterschluckt und der Kantinenlärm im Hintergrund leiser wird, dann erzähle ich ihm von der Frau im Taxi. »Hast du irgendeine Idee, was Lisa am Samstag im Bürgermeisterquartier gewollt haben könnte?«

Peter überlegt einen Moment, bevor er verneint. »Soweit ich weiß, wohnt in der Ecke sonst niemand, den sie kennt – zumindest nicht gut. Meine Lieblings-OP-Schwester wohnt mit ihrem Freund auch in der Schulrat-Reiter-Straße. Ich glaube, ich habe sie Lisa mal vorgestellt, aber Lisa würde sie wohl kaum an einem Samstagmorgen besuchen, noch dazu heimlich. Und dann ist da noch eine Gynäkologin, die sich eine Wohnung im Pfarrer-Schmied-Weg gekauft hat, aber noch nicht eingezogen ist.«

»Sonst fällt dir niemand ein?«

»Spontan nicht.« Peter schweigt einen Moment lang. »Ehrlich gesagt bezweifle ich ohnehin, dass Lisa die Frau im Taxi war. Wieso hätte sie ein Taxi nehmen sollen? Es fährt alle zwanzig Minuten ein Bus vom Busbahnhof zum Bürgermeisterquartier. Die Haltestelle ist im Stadtrat-Dr.-Schneider-Weg.«

Das habe ich nicht gewusst. »Keine Ahnung. Vielleicht wusste Lisa nicht, dass es einen Bus zum Bürgermeisterquartier gibt?«

»Sie wusste vermutlich auch nicht, wann und wo die Busse von Moosbach nach Neustadt starten. Sie wird es gegoogelt haben, und genauso gut hätte sie googeln können, wie sie mit dem Bus vom Busbahnhof weiterfährt. Wieso hätte sie das Verkehrsmittel wechseln sollen?«

Ich denke darüber nach. Peter hat recht. »Ich will das dennoch überprüfen. Kannst du mir den Namen der OP-Schwester geben?«

»Sina Weißhaupt, allerdings ist sie jetzt nicht zu Hause, sondern hier, weil sie mir gleich assistiert. Ich frage sie, ob sie Lisa am Samstag gesehen hat. Und jetzt muss ich los, in zehn Minuten muss ich steril sein.«

Peter drückt das Gespräch weg. Ich tue es ihm gleich, während ich überlege, was ich als Nächstes unternehmen soll. Die Antwort liegt auf der Hand. Auch wenn Peter Zweifel hat: Die Frau im Taxi des Gnoms ist die einzige Spur, die ich bisher habe. Wenn ich wissen will, ob Lisa am Samstagmorgen im Bürgermeisterquartier war und wo genau, dann muss ich die einzelnen Wohnungen abklappern. Doch dafür benötige ich Verstärkung, also rufe ich Lutz an.

Eineinhalb Stunden später drohe ich, erneut in ein Motivationsloch zu fallen. Lutz hat vier Freiwillige geschickt, die in einem roten Opel Astra vom Bahnhof hergefahren sind. Wir haben das Bürgermeisterquartier unter uns aufgeteilt, doch obwohl ich die Häuser übernommen habe, die am nächsten an der Stelle sind, an der das Taxi gehalten hat, habe ich bisher keinen weiteren Hinweis darauf gefunden, dass Lisa tatsächlich am Samstag hier war. Zwar haben zwanzig der vierzig Anwohner, bei denen ich geklingelt habe, geöffnet, und ein Dutzend von ihnen war am Samstagvormittag zu Hause, doch keiner von ihnen hat Lisa gesehen. Vermutlich ist das nicht verwunderlich – wenn Lisa vom Taxi direkt zu ihrem Ziel gegangen ist, wäre sie kaum mehr als eine Minute »sichtbar« gewesen –, dennoch bin ich frustriert, als ich von Nummer drei im Dekan-Huber-Weg zur Nummer fünf hinübergehe, deren Haustür gerade von einer Frau in einer eleganten schwarzgoldenen Tunika aufgeschlossen wird, an deren Armen ein halbes Dutzend Papiertüten baumelt. Ich beeile mich, sie einzuholen.

»Hallo, darf ich Sie kurz ansprechen? Mein Name ist Mara Bader, ich bin auf der Suche nach meiner Schwester, Lisa Bader. Sie wird seit Samstag vermisst. Sie ist Ärztin und hat zwei kleine Kinder, und Sie können mir möglicherweise helfen, sie zu finden.«

Die Frau mustert mich. »Das bezweifle ich. Ich kenne keine Lisa Bader.«

»Aber vielleicht haben Sie sie gesehen. Sie ist am Samstagvormittag hergekommen, gegen halb zwölf. Waren Sie zu dem Zeitpunkt auch hier?«

»Ich bin erst um halb vier nach Hause gekommen.«

»Würden Sie sich dennoch ihr Foto ansehen? Für den Fall, dass meine Schwester noch nachmittags in der Gegend war.«

Ich halte der Frau ein Plakat hin. Sie wirft einen zunächst unwilligen Blick darauf, doch dann sagt sie: »Ja, ich kenne sie. Sie ist eine Kundin von mir, auch wenn mit der Name nichts sagt.« Auf meinen fragenden Blick hin ergänzt sie: »Mir gehört *Grün* in der Hauptstraße.«

Das erklärt die Papiertüten an ihren Armen, die alle das *Grün*-Logo tragen. *Grün* ist ein Laden für nachhaltige Mode, bei dem Lisa gern einkauft, während ich mir die Klamotten nur leisten kann, wenn sie in meinem Lieblings-Secondhandladen auftauchen.

»Aber ich habe Ihre Schwester nicht nur in meinem Geschäft gesehen, sondern auch schon einige Male hier«, fährt die Frau fort.

»Einige Male?«

Sie nickt. »Zweimal. Allerdings nicht am Samstag.«

Mein Herz, das bei ihrem Nicken angefangen hat, zu hüpfen wie ein Springpferd, stolpert über einen Steilsprung. »Wann denn dann?«

Frau Grün überlegt. »Das erste Mal liegt schon einige Zeit zurück, das zweite Mal war erst letzte Woche, irgendwann abends, vielleicht am Mittwoch oder Donnerstag? Ja, am Mittwoch. Ich war um halb acht mit einer Freundin zum Walken im Wald verabredet und begegnete Ihrer Schwester dort drüben auf dem Fußweg, der vom öffentlichen Wanderparkplatz hierherführt.«

»Haben Sie mitbekommen, wo meine Schwester hingegangen ist? In welches Haus?«

»Leider nicht. Ich habe ihr nur kurz zugenickt, weil ich es eilig hatte. Allerdings glaube ich nicht, dass Ihre Schwester mich bemerkt hat, sie schien in Gedanken zu sein.«

»Und wo sind Sie ihr beim ersten Mal begegnet?«

»Direkt auf dem Parkplatz. An dem Abend kam ich gerade vom Walken aus dem Wald. Ihre Schwester schien auf jemanden zu warten. Sie ging hin und her und sah immer wieder auf ihr Handy.«

Mein Herz fängt wieder an zu galoppieren. »Wissen Sie zufällig, auf wen sie gewartet hat?«

Die Frau schüttelt den Kopf. »Leider nicht, es war ja nur eine kurze Begegnung. Ihre Schwester fiel mir hauptsächlich auf, weil sie ein Kleid trug, das sie kurz zuvor bei mir gekauft hatte. Berufskrankheit. Ich achte immer zuerst auf das, was Menschen tragen – außer bei Ihnen. An Ihnen sind mir zuerst Ihre Haare aufgefallen. Eine wunderschöne Farbe, aber wenn ich das sagen darf: Sie sollten sie nicht mit Oliv kombinieren. Versuchen Sie es mit Curry.«

Nach dem Gespräch mit Frau Grün klappere ich motiviert die übrigen Häuser auf meiner Liste ab und habe tatsächlich noch ein Erfolgserlebnis. Ein achtzigjähriger Rentner mit noch immer scharfen Augen, der den ganzen Tag rauchend und die Nachbarn beobachtend auf seiner Terrasse in der Schulrat-Reiter-Straße vier verbringt, hat Lisa in den letzten Wochen ebenfalls zweimal gesehen. Er kann zwar nicht mehr sagen, wann genau oder wohin Lisa wollte – »Sie ging vom Parkplatz kommend auf dem Fußweg an meiner Terrasse vorbei.« –, doch als ich schließlich zur Bushaltestelle gehe, die Peter erwähnt hat, um ins Vogelviertel zurückzufahren, bin ich überzeugt, dass Lisa am Samstag das Taxi hierhergenommen hat. Nicht nur, weil sie offenbar häufig hier war, sondern weil sie es am letzten Mittwoch war. Am Mittwoch ist Lisa erst mitten in der Nacht nach Hause gekommen, angeblich wegen eines Todesfalls, der allerdings schon am Nachmittag eintrat. Und wenn sie schon am Mittwochabend heimlich hergekommen ist, warum dann nicht auch am Samstagvormittag? Doch was wollte sie hier? Wer wohnt hier? Ihr Liebhaber? Der Mann, dessen Kind sie abgetrieben hat? Ist er derjenige, auf den sie einmal auf dem Parkplatz gewartet hat? Hat sie extra für ihn ihr neues Kleid angezogen?

Es muss wohl so sein, auch wenn ich immer noch Schwierigkeiten habe, mir Lisa beim Fremdgehen vorzustellen. Aber warum eigentlich? Warum sollte Lisa sich nicht Hals über Kopf in irgendeinen knackigen Kerl verknallt haben? Weil sie zu vernünftig wäre, ihr Leben mit Tim für eine Affäre zu riskieren? Weil es nicht ihre Art ist, ihre eigenen Bedürfnisse über die ihrer Familie zu stellen? Weil sie immer die Vernünftige von uns beiden war, diejenige, die sich nie so heftig verknallt hat, dass sie darüber das Pauken für eine Klausur vergessen oder sonstige hochheilige Pflichten vernachlässigt hätte? Oder hat es gar nichts mit Lisa zu tun, sondern mit mir? Möchte ich es mir einfach nicht vorstellen, weil ich in meinem unsteten Leben die Gewissheit brauche, dass meine Schwester immer mein verlässlicher Anker sein wird?

Ich wälze die Fragen immer noch in meinem Kopf herum, als ich aus dem Bus steige, doch als ich im Drosselweg ankomme, sehe ich jemanden, der mir vielleicht bei der Beantwortung helfen kann. Vera Thieme kommt gerade auf ihrem Rennrad nach Hause.

7

Kann ich dir etwas zu trinken anbieten? Möchtest du auch ein Bier, oder gehörst du zur Nur-Wein-Fraktion? Ich trinke keinen, aber im Keller habe ich bestimmt noch eine Flasche, die ich mal als Gastgeschenk bekommen habe.«

Vera fischt zwei Bierflaschen aus ihrem Kühlschrank und hält sie fragend hoch. Auf meine Frage, ob sie Zeit für ein Vier-Augen-Gespräch habe, hat sie mich in ihre Küche eingeladen, wo wir ungestörter reden können als vor der Haustür.

»Bier ist okay.«

Vera wischt sich eine verschwitzte blonde Strähne aus dem Gesicht. »Gut«, sagt sie inbrünstig. »Ich wäre die Kellertreppe vermutlich hinuntergekommen, aber nicht wieder herauf. Ich schwöre dir, wenn übermorgen der letzte Schultag vorbei ist, dann lege ich mich in meinem Liegestuhl in die Sonne und stehe eine Woche lang nicht auf.« Sie lässt sich auf einen Stuhl fallen, prostet mir zu und leert ihr Bier zur Hälfte. »Ah, das habe ich jetzt gebraucht.«

Ich nippe an meiner Flasche, ausnahmsweise ist mir nicht nach Alkohol. »Anstrengender Tag?«

Vera rollt ihre Augen gen Himmel. »Anstrengendes Leben. Ich frage mich wirklich, warum ich mich damit abmühe, meinen Schülerinnen beizubringen, was ein Logarithmus ist und dass die Gesetze der Physik auch für sie gelten, weswegen sie sie verdammt noch mal ernster nehmen sollten als den neuesten Insta-Filter, wenn es doch in Wirklichkeit nur eine Weisheit gibt, die es sich zu lernen lohnt: Bekommt keine Kinder!«

Ein solcher Ausbruch ist für Vera ungewöhnlich. Wenn man sie nicht gerade auf ihren Ex-Mann anspricht, ist sie in der Regel ausgesprochen entspannt, auch in Erziehungsfragen. Sie ist eine dieser lässigen Mütter, die ihre Kinder machen lassen, ohne ihnen allzu enge Grenzen zu setzen. Sie ist ohnehin ein lässiger Typ, wie die Tatsache beweist, dass sie am späten Nachmittag zur Bierflasche greift statt – wie in der gehobenen Mittelschicht des Vogelviertels üblich – zum Chardonnay-Glas.

»Was haben deine beiden denn angestellt?«

»Nicht beide!« Vera schüttelt den Kopf. »Helena stellt nie etwas an, sie ist zu beschäftigt damit, über Gabriels Schandtaten Buch zu führen – und die genügen mir vollauf. Vorhin hat mich Frau Föhr angesprochen, diese alte Schachtel aus Nummer zwei. Du kennst sie bestimmt, sie hängt den ganzen Tag am Fenster, beobachtet die Nachbarn und stellt jeden zur Rede, der am Abfuhrtag seine Mülltonne nicht korrekt an den Straßenrand stellt. Sie hat mir erzählt, dass Gabriel neulich allein mit meinem Wagen unterwegs war. Dabei ist er erst siebzehn und darf nur begleitet fahren! Wenn der kleine Idiot einen Unfall baut, dann gute Nacht.« Vera angelt nach einem zweiten Stuhl, legt ihre Füße darauf und lehnt sich zurück. »Und das ist nicht das erste Mal, dass er in diesem Monat Mist baut. Vor drei Wochen wurden er und ein Kumpel erwischt, als sie beim Fischwirt über das Geländer der Auerbachbrücke balancieren wollten. Dabei geht es da vier Meter in die Tiefe, und aus dem Fluss ragen jede Menge großer Steine.« Sie schüttelt entnervt den Kopf. »Entweder mein Sohn hält sich für unsterblich, oder er ist übergeschnappt.«

»Vermutlich ein bisschen von beidem.« So war es zumindest bei mir. Die Auberbach-Challenge ist eine beliebte Mutprobe bei Neustädter Jugendlichen, und ich erinnere mich noch gut an meine. Das Rauschen des Baches unter mir, das ich nur hören, nicht sehen kann, weil es da unten zu dunkel ist. Der Lichtfleck der Taschenlampe, der über das Brückengeländer tanzt, weil Olivers Hand so zittert. Mein Herz, das irgendwo in meinem Hals klopft. Das Adrenalin, das durch meinen Körper pumpt. Das unvergleichliche Hoch, als ich auf der anderen Flussseite zurück auf festen Boden springe.

Vera nickt. »Vermutlich hast du recht. Gabriel scheint wirklich zu glauben, nichts und niemand könne ihm etwas anhaben. In dem Punkt ist er wie sein Vater. Ich hoffe nur, er nimmt sich ihn nicht auch in anderer Hinsicht zum Vorbild.«

»Besteht denn die Gefahr?«, frage ich überrascht. »Ich dachte, Gabriel und Helena hätten kaum Kontakt zu Wolf.«

Vera seufzt. »Als die beiden jünger waren, war das auch so, da fand Wolf es zu langweilig, sich mit ihnen abzugeben – oder gar mal ein ganzes Wochenende auf sie aufzupassen, um mich zu entlasten. Aber seit ein, zwei Jahren ist Gabriel oft bei ihm. Offenbar findet er seinen Vater cooler als seine Mutter.«

»Und Helena?«

»Die geht höchstens zu Wolf, wenn er Geburtstag hat. Sie sagt, sie habe keine Lust, sich alle drei Monate an eine andere Frau in seinem Leben zu gewöhnen. In der Hinsicht hat er sich nicht geändert.« Vera schneidet eine Grimasse. »Ehrlich gesagt, bereitet mir genau das Sorgen. Ich will nicht, dass Gabriel Wolfs Frauenbild übernimmt. Laut Helena scheint er es ziemlich wild zu treiben. Ich bekomme das nicht mit, weil Gabriel die Mädchen nie mit nach Hause bringt, aber Helena behauptet, er würde jeden Monat eine andere flachlegen – ihr Ausdruck.« Vera verdreht die Augen, dann stellt sie ihre Bierflasche ab. »Aber du bist nicht hier, um über meinen Nachwuchs-Casanova zu reden. Gibt es etwas Neues über Lisa? Ich war heute Nachmittag am Bahnhof beim Suchteam, Lutz sagte, du hättest vielleicht eine Spur?«

Ich erzähle Vera von der Frau im Taxi. Als ich frage, ob sie jemanden kennt, den Lisa im Bürgermeisterquartier besucht haben könnte, verdreht sie erneut die Augen.

»Wenn man vom Teufel spricht … Wolf wohnt im Bürgermeisterquartier, er hat sich dort nach der Trennung eine Dreizimmerwohnung gekauft. Allerdings wäre er der Letzte, den Lisa freiwillig besuchen würde. Sie hat ihn schon vor der Scheidung nicht sonderlich gemocht, noch weniger danach.«

Das stimmt. Ich erinnere mich, dass Lisa Wolf Thieme oft als Schmarotzer bezeichnet hat. Wolf ist Thrillerautor, seit er in seinen Plots die Logik zugunsten von mehr Brutalität geopfert hat, sogar ein recht erfolgreicher. Früher war das jedoch anders, so dass Vera in der Ehe die Alleinverdienerin war. In Lisas Augen wäre das akzeptabel gewesen, wenn Wolf sich dafür um Haushalt und Kindererziehung gekümmert hätte, doch das blieb an Vera hängen, während Wolf in seinem Arbeitszimmer seiner literarischen Leidenschaft nachging – und nicht nur der, wie Vera herausfand, als sie einmal bei Hitzefrei früher nach Hause kam und Wolf auf seinem Schreibtisch in flagranti mit einer Autorenkollegin antraf.

»Vielleicht hat Lisa ihre Meinung geändert?«, schlage ich vor.

Vera schüttelt den Kopf. »Bestimmt nicht. Und warum sollte sie Wolf besucht haben?«

»Ich frage mich, ob sie eine Affäre hat.«

»Mit Wolf?« Vera prustet los. »Das kannst du vergessen. Lisa ist die intelligenteste Frau, die ich kenne. Sie würde nie auf einen Blender wie ihn hereinfallen.«

»Sie würde ihn nicht als Lebenspartner wählen, aber für eine Affäre? Wolf ist ziemlich attraktiv.«

»Ich habe es nicht vergessen.« Vera zieht ihre Mundwinkel nach unten. Sie denkt einen Moment lang nach, dann schüttelt sie erneut den Kopf. »Aber Lisa kann sich am Samstag nicht mit Wolf verabredet haben, er ist gerade in Italien, wie Gabriel mir erzählt hat.« Sie stellt ihre Füße wieder auf dem Boden, stützt die Ellbogen auf den Tisch und mustert mich. »Denkst du wirklich, dass Lisa eine Affäre hat?«

Ich zucke mit den Achseln. »Ich weiß nicht, was ich denken soll, deswegen wollte ich mit dir reden. Irgendeinen Grund muss es ja für Lisas Heimlichtuerei geben. Ich war im letzten halben Jahr nur einmal hier und habe wenig mitbekommen. War zwischen Tim und Lisa alles in Ordnung? Gab's vielleicht Probleme?«

Ich sehe Vera fragend an, doch die weicht meinem Blick aus, steht auf und füllt sich ein Glas mit Leitungswasser. »Auch eins?« Ich verneine, und Vera setzt sich wieder. »Ich fürchte, ich kann deine Frage nicht beantworten«, sagt sie schließlich. »Ich hatte in den letzten Monaten auch wenig Kontakt zu Lisa.«

Das überrascht mich. »Wie kann das sein? Ihr seid befreundet und wohnt nebeneinander.«

Vera trinkt einen Schluck Wasser. »Und deswegen sehe ich sie regelmäßig, aber ich kann mich ehrlich gesagt nicht mehr daran erinnern, wann wir zuletzt ein Gespräch geführt haben, das über Kommentare zum Wetter hinausging. Und das letzte Mal, dass ich drüben war – abgesehen von den vergangenen Abenden –, war an Lisas Vierzigstem.«

»Was ist denn passiert? Habt ihr euch gestritten?«

Vera schüttelt langsam den Kopf. »Nichts dergleichen. Es war ein schleichender Prozess.« Sie überlegt. »Ich glaube, es fing Anfang des Jahres an. Lisa hatte damals wahnsinnig viel Stress. Im Krankenhaus war mal wieder die Hölle los, Hektors Kitaeingewöhnung klappte nicht, Tim war viel unterwegs, weil er irgendeine schwierige Autorin, die er übersetzt hatte, auf Lesereise begleiten musste. Normalerweise haben Lisa und ich uns alle zwei, drei Wochen abends auf ein Bier bei mir getroffen, um zu quatschen, aber Lisa sagte es ein ums andere Mal ab. Zunächst dachte ich mir nichts dabei, doch irgendwann hatte ich das Gefühl, dass mehr dahintersteckte, also sprach ich sie darauf an. Sie bestritt es und meinte, sie habe nur einfach wahnsinnig viel um die Ohren, sie würde sich melden, sobald es besser würde. Doch das tat sie erst, als sie mich zu ihrem Geburtstag einlud.« Vera reibt mit dem Zeigefinger über einen Nasenflügel. »Auf der Party war sie dann wieder ganz die Alte – abgesehen von den kurzen Haaren – und meinte, wir müssten uns mal wieder richtig aussprechen. Aber als ich sie kurz darauf einlud, hatte sie wieder eine Ausrede. Weitere Nachfragen habe ich mir dann gespart.«

Ich bin perplex. »Hattest du den Eindruck, dass Lisa dich absichtlich gemieden hat?«

»Der Gedanke ist mir gekommen, aber ich kann es dir ehrlich nicht sagen.« Vera lächelt ein wenig verlegen. »Ich habe jemanden kennengelernt. Wir sind noch nicht richtig zusammen, aber wir sind einige Male miteinander ausgegangen, also habe ich mich in letzter Zeit mehr auf ihn konzentriert als auf Lisa.« Sie schiebt ihr Glas weg. »Aber du sagtest eben, dass du im letzten halben Jahr ebenfalls nur einmal hier warst. Ging das auch von Lisa aus?«

»Eigentlich nicht. Ich hatte ausnahmsweise selbst viel zu tun.« Doch als ich jetzt darüber nachdenke, fällt mir ein, dass Lisa mich auch nie gedrängt hat, sie wieder einmal zu besuchen.

Wir schweigen eine Weile, schließlich frage ich: »Hast du irgendeine Idee, warum Lisa sich zurückgezogen hat? Hast du Tim darauf angesprochen?«

»Nein. Ich hatte Angst, Lisa damit zu verärgern. Es gab da einen Vorfall …«

»Ja?«

»Na ja.« Vera zögert, doch dann gibt sie sich einen Ruck. »Eigentlich wollte ich niemandem davon erzählen, aber unter den Umständen … Es war im März, an einem Samstag. Ich wollte endlich die Sichtschutzwand an meiner Terrasse reparieren, aber ich konnte meinen Hammer nicht finden. Ich wusste, dass Lisa und Tim einen im Geräteschuppen haben, also ging ich rüber. Als ich klingelte, öffnete niemand, deshalb bin ich einfach in den Garten, um mir den Hammer zu holen. Ich dachte mir nichts dabei, ich war sicher, die beiden hätten nichts dagegen, Lisa hat mir extra für solche Fälle mal gesagt, wo der Schuppenschlüssel versteckt ist. Aber als ich an der Terrasse vorbeiging, hörte ich durch die offene Tür, dass Tim und Lisa doch zu Hause waren. Sie stritten, heftig, im Wohnzimmer. Lisa war total aufgebracht, sie sagte, irgendetwas sei unverzeihlich gewesen. Tim wollte sie beruhigen, aber er hatte keine Chance.« Vera errötet. »Ich habe nicht absichtlich gelauscht, Mara, und selbstverständlich habe ich mich sofort zurückgezogen. Aber als Lisa später so abweisend wurde, habe ich mich gefragt, ob sie mich vielleicht durchs Fenster gesehen hat und deswegen sauer war.«

»Hast du sie darauf angesprochen?«

»Nein, denn eigentlich war ich sicher, dass sie mich nicht gesehen haben konnte, und in dem Fall wäre es unnötig peinlich gewesen. Und irgendwann war der richtige Zeitpunkt verpasst.«

Als ich Veras Haus verlasse, bin ich so tief in Gedanken versunken, dass ich in einen Jungen in schwarzen Klamotten reinrenne, der den Bürgersteig entlangschlurft. Ich setze zu einer Entschuldigung an, doch dann erkenne ich die hängenden Schultern und die miese Haltung von Jonas Weller, Lutz' Sohn.

»Ah, der Wichser. Auf der Suche nach einer weiteren Nachbarin, die du ausspionieren kannst?«

Der Knabe reißt den gesenkten Kopf hoch und läuft rot an. Aus der Ferne war er nicht attraktiv, aus der Nähe ist er es ebenfalls nicht. Auf seiner blassen Haut sprießen Pickel, von denen er offensichtlich die Finger nicht lassen kann. Er sieht eher aus, als sei er sechzehn, nicht achtzehn.

»Äh? Was?«

»Du weißt, was ich meine. Zu deiner Info: Wenn du das noch mal machst, schneide ich dir dein kleines Schwänzchen ab.«

»Äh? Ich hab' nicht …«

Ich halte ihm zwei Finger vor die Nase, mit denen ich eine Schere imitiere. »Schnipp, schnapp.«

Damit lasse ich ihn stehen. Er schickt mir noch eine klein- und halblaute »Nutte!« hinterher, doch der Wurm ist es nicht wert, dass ich mich dafür noch einmal umdrehe. Ich zücke den Schlüssel, den Tim mir überlassen hat, und sperre Lisas Haustür auf.

Drinnen ist es ungewöhnlich still. Auf mein »Hallo?« bekomme ich keine Antwort. Vermutlich ist Tim noch am Bahnhof und Gisela mit den Kindern unterwegs. Ich lasse meine Umhängetasche auf den Boden fallen und schlüpfe aus den Sandalen. Das Telefon auf der Kommode im Flur blinkt rot, Zeichen für eine Nachricht auf der Mailbox. Mein Herz klopft automatisch schneller, als ich die Nachricht abhöre, doch nicht Lisas Stimme ertönt, sondern die einer Freundin, die sich nach Neuigkeiten erkundigt. Ich lege das Telefon zurück. Und jetzt?

Wie zur Antwort knurrt mein Magen, und ich gehe in die Küche, wo heute jedoch kein Butterkuchen wartet. Während ich am Fenster stehend ein Käsebrot esse, denke ich über das nach, was Vera erzählt hat, dass Lisa sich heftig mit Tim gestritten hat, weil dieser etwas Unverzeihliches getan hat. Etwas Unverzeihliches – das klingt so gar nicht nach Tim.

Tim ist einer dieser Menschen, die man umso mehr schätzt, je länger man sie kennt. Als Lisa ihn mir damals als den Mann vorstellte, den sie zu heiraten gedachte, war ich überrascht, weil ich auf den ersten Blick abgesehen von seiner Größe nichts Faszinierendes an ihm finden konnte. Doch dann wurde mir klar, dass Lisa niemanden suchte, der sie fasziniert, sondern jemanden, den sie ernst nehmen und auf den sie sich verlassen kann. Tim ist so jemand. Er hat viele positive Eigenschaften – er ist klug, zuverlässig, hilfsbereit, geduldig –, vor allem aber hat er kaum negative. Weder sieht er anderen Frauen hinterher, noch erzählt er ständig dieselben alten Geschichten, weder drängelt er beim Autofahren, noch unterbricht er andere. Er hinterlässt nicht einmal Zahnpastaspuren im Waschbecken. Tim ist ein Mann, bei dem Frau in jeder Situation sicher sein kann, dass er angemessen reagiert – zumindest dachte ich das bisher. Was also könnte er Unverzeihliches getan haben? Ging es bei dem Streit um eine Lüge? Einen Vertrauensbruch? Gar einen Seitensprung?

Ich bin so sehr in meine Gedanken vertieft, dass ich gar nicht mitbekomme, dass das Telefon klingelt und die Mailbox sich einschaltet. Erst als ich eine Männerstimme aus dem Flur höre, werde ich aufmerksam.

»Hallo, Tim, Leif hier. Leif Hansen.« Kurze Räusperpause, offenbar hat der Anrufer sich nicht darauf vorbereitet, eine Nachricht zu hinterlassen. »Wir haben lange nicht gesprochen, aber ich habe über zwei Ecken erfahren, dass Lisa vermisst wird. Ich wollte dir sagen, wie leid mir das tut. Wenn ich irgendetwas tun kann … Ich hoffe, alles wird gut. Ruf an, wenn dir danach ist.«

Ein Klicken, der Anrufer hat aufgelegt, und ich nehme meine Überlegungen wieder auf – allerdings nur mit halber Konzentration, weil mir immer noch die Stimme des Anrufers im Kopf herumspukt. Ich habe plötzlich das eigenartige Gefühl, dass diese Nachricht eben wichtig war.

Ich versuche, das Gefühl abzuschütteln, doch es haftet so hartnäckig an mir, dass ich schließlich in den Flur gehe und mir die Nachricht noch einmal anhöre, ohne dass mir allerdings etwas Besonderes auffällt. Die Mitteilung ist genauso banal, wenn auch sicherlich gut und mitfühlend gemeint, wie zig andere, die in den letzten Tagen eingetrudelt sind. Und dennoch lässt mich die eigenartige Ahnung nicht los, dass diese Nachricht anders ist, dass sie von besonderer Bedeutung ist.

Nach einem kurzen Zögern höre ich die Mailbox noch ein weiteres Mal ab, und beim dritten Hören fällt es mir endlich auf: Ich kenne die Stimme des Mannes, ich habe sie schon einmal gehört, und zwar erst vor Kurzem und ebenfalls von dieser Mailbox aufgezeichnet. Leif Hansen ist der Betrunkene, der am Samstagabend – während ich Alma und Hektor gehütet habe – angerufen hat, um mitzuteilen, dass er gerade die Zeit seines Lebens habe.

Erleichtert, das Rätsel gelöst zu haben, lege ich das Telefon weg. Ich habe mich also geirrt. Der Betrunkene am Samstagabend hat sich nicht verwählt, es war ein Freund von Tim, der mit ihm sprechen wollte, während Tim auf dem Junggesellenabschied eines anderen Freundes war. Alles klar – doch warum löst sich dann dieses seltsame Gefühl in meinem Innern nicht in Wohlgefallen auf? Warum wird es stattdessen stärker?

Ich versuche, mir den Anruf von Samstagabend genauer ins Gedächtnis zu rufen, doch hauptsächlich erinnere ich mich an das Lallen, das Brabbeln, das Geschrei und das Gelächter im Hintergrund. Und dann wird es mir klar: Der Anruf von Samstagabend klang exakt so, als sei Leif Hansen in dem Moment ebenfalls auf einem Junggesellenabschied gewesen. Heißt das, es gab am Wochenende in Tims Freundeskreis gleich zwei Junggesellenpartys? Möglich wäre es, allerdings ist Tim Mitte vierzig, so wie die meisten seiner Freunde, die alle seit Jahren verheiratet sind. Wahrscheinlicher ist etwas anderes.

Ich schnappe mir das Telefon und rufe Leif Hansen zurück. Fünf Minuten später habe ich Gewissheit.

8

Gewissheit zu haben ist das eine, etwas auch akzeptieren zu können, etwas anderes. Nach dem Telefonat stehe ich fassungslos im Flur. Leif Hansen ist der Schulfreund, zu dessen Junggesellenabschied Tim am vergangenen Samstag fahren wollte. Die Party fand auch wie geplant in Hamburg statt, allerdings ohne Tim. Er ist nicht erschienen. Er hat uns alle angelogen. Und dafür fällt mir nur eine Erklärung ein, auch wenn ich die nie für möglich gehalten hätte: Tim hat das Wochenende mit einer anderen Frau verbracht. Mein Schwager hat eine Affäre! Er betrügt meine Schwester – und sie hat es gewusst. Ein Seitensprung ist das Unverzeihliche, das Lisa Tim vorgeworfen hat. Und das erklärt auch, warum sie ihrerseits eine Affäre begonnen hat. Es war eine Reaktion auf Tims.

Mir fallen tonnenweise Schuppen von den Augen. So vieles, was ich in den letzten Tagen nicht verstanden habe, ergibt plötzlich einen Sinn. Und mit dem Sinn kommt die Wut. Ich bin bestimmt keine Verfechterin lebenslanger Monogamie, aber dass Tim Lisa das angetan hat, lässt mich fast ausflippen. Dass er leichtfertig alles aufs Spiel gesetzt hat, das Leben, das sie sich gemeinsam aufgebaut haben!

Ich bin so starr vor Wut, dass ich nicht reagiere, als die Haustür geöffnet wird. Erst als ich seine Stimme höre, fahre ich herum.

»Hallo, Mara, schon zurück?« Tim drückt die Haustür hinter sich zu, in jeder Hand hält er eine volle Einkaufstasche, aus einer ragt ein Bündel Bananen. Er sieht müde aus, blass und verletzlich.

Gut so, in diesem Moment will ich meinen Schwager verletzen. Nicht nur, weil er meine Schwester betrogen hat, sondern weil er uns alle belogen hat, weil er uns seit Tagen vorgaukelt, zwischen Lisa und ihm sei alles bestens, weil er dadurch unsere Suche nach ihr behindert.

Ich atme einmal tief durch. Ich hatte keine Zeit, mir zu überlegen, wie ich das Gespräch angehe, doch ich bin viel zu zornig, um es zu verschieben, also sage ich das Erste, das mir in den Sinn kommt, auch wenn das sarkastischer Wirrwarr ist. »Hallo, Tim. Wie nett, dass du uns beehrst. Und du hast sogar eingekauft. Sind die Bananen für die Kinder oder für deine Geliebte?«

Tim mustert mich konsterniert. »Alles in Ordnung?«

Ich lächele zuckersüß. »Ob alles in Ordnung ist? Sag du es mir, Tim, du musst es doch wissen. Du behauptest doch seit Tagen, dass in letzter Zeit sogar alles in allerbester Ordnung gewesen sei zwischen dir und Lisa. Nur, dass das nicht stimmt. Nur, dass du ein beschissenes Arschloch bist, ein Lügner und Betrüger und Fremdgänger.« Ich verschränke die Arme vor der Brust. »Nur mal so aus Interesse: Wann wolltest du uns das eigentlich erzählen? Wie lange wolltest du diese Farce aufrechterhalten, dass du der gramgebeugte Ehemann bist, der sich nicht erklären kann, wo seine Frau hin ist, obwohl er ihr jede Menge Gründe zum Abhauen gegeben hat?«

Eins muss ich Tim lassen, er macht das gut. Sein Blick wirkt völlig perplex, dann schüttelt er mit gespielter Verwirrung den Kopf. »Ich habe keine Ahnung, wovon du redest, Mara. Offenbar gibt es irgendein Missverständnis. Vielleicht lässt du mich erst die Einkäufe wegstellen, bevor wir darüber reden?«

Er macht einen Schritt Richtung Küche, doch meine Wut kann sich nicht gedulden.

»Ich rede davon, dass du ein Lügner bist. Ich rede davon.« Ich strecke meine Hand aus, in der ich immer noch das Telefon halte.

Tim wirft einen Blick darauf. »Das ist ein Telefon.«

»Stimmt! Und weißt du, wen ich damit angerufen habe? Leif Hansen. Ja, genau, Tim, deinen alten Schulfreund Leif. Den Leif, auf dessen Junggesellenabschied du angeblich am letzten Samstag warst. Nur, dass Leif dich seit zwei Jahren nicht gesehen hat, wie er mir gerade versichert hat.«

Endlich zeigt Tim eine Reaktion. Sein blasses Gesicht wird noch blasser. »Oh.« Er sieht mir einen Moment lang in die Augen, dann drückt er die Tür zur Küche auf und geht hinein.

Ich stürme hinterher, doch er ignoriert mich und räumt erst einmal in aller Ruhe die Lebensmittel weg. Nein, nicht in aller Ruhe. Seine Hände zittern, als er Joghurt und Quark in den Kühlschrank stellt und Zucchini ins Gemüsefach legt. Dann schließt er die Kühlschranktür und lehnt sich dagegen. »Es ist nicht so, wie du denkst.«

Dass er mir dieses alte Klischee auftischt, verschlägt mir die Sprache.

»Ich habe keine Affäre. Ich war wirklich in Hamburg, aber nicht auf Leifs Junggesellenabschied. Ich wollte hin, ich hatte es vor, ich hatte es Lisa versprochen, aber …«

»Aber was?«

Tim errötet. »Ich bin eingeschlafen.«

Das ist mit Abstand die dümmste Ausrede, die ich je gehört habe – und mein Freundeskreis hat in dieser Hinsicht einiges zu bieten. »Ernsthaft, Tim? Du willst mir weismachen, dass du den Junggesellenabend verschlafen hast?«

Er schüttelt den Kopf. »Nicht den ganzen. Wir hatten uns für acht Uhr in unserer früheren Stammkneipe verabredet. Ich wollte gegen halb acht losgehen, aber ich hatte noch Zeit und war müde, also habe ich mich aufs Bett gelegt. Nur kurz, ich wollte nicht einschlafen, aber die Woche war ziemlich anstrengend gewesen und … Na ja, als ich aufwachte, war es elf.«

»Und du dachtest, die Party sei schon vorbei und deine Kumpels schon zu Hause in ihren Bettchen?«, frage ich sarkastisch.

»Natürlich nicht. Aber ich war ziemlich sicher, dass sie nicht mehr in der Kneipe waren, sondern schon weitergezogen, vermutlich zur Reeperbahn. Ich wollte sie anrufen und fragen, wo sie genau sind, aber die Vorstellung, allein über die Reeperbahn oder in einen Stripclub zu gehen …« Er fährt sich verlegen mit einer Hand durch die Haare, dann blinzelt er mich an. »Mara, du kennst mich. Ich wollte eigentlich ohnehin nicht zu der Party. Ich bin nur gefahren, weil Lisa meinte, es würde mir guttun, einmal rauszukommen, und weil Leif ein alter Freund ist. Ich dachte, es wäre nett, ihn und andere Bekannte von früher zu treffen. Auf den Teil in der Kneipe habe ich mich sogar gefreut, aber der Teil danach … Davor hat mir so gegraut, dass ich sogar schon im Zug überlegt hatte, mich nach dem Kneipenbesuch wieder zu verabschieden. Also …«

»Also was?«

Tim zuckt mit den Achseln. »Also bin ich einfach im Hotel geblieben. Ich hatte ein Manuskript dabei, das ich im Zug zu redigieren begonnen hatte. Ich habe noch zwei Stunden gearbeitet und dann geschlafen.« Er hält meinem Blick verlegen stand. »Es tut mir leid, dass ich dich angelogen habe, Mara. Das war nicht richtig.«

»Warum hast du nicht einfach die Wahrheit gesagt, als du am Sonntag nach Hause gekommen bist?«

»Es war mir peinlich. Du hattest dein Wochenende schließlich nicht geopfert, damit ich in irgendeinem Hotel mal eine Nacht durchschlafe.«

Ich frage mich, ob ich meinem Schwager glauben soll. So eine Geschichte würde ich keinem meiner Freunde abnehmen, doch zu Tim passt sie einigermaßen. Dann erinnere ich mich an das, was Vera erzählt hat.

»Ich glaube dir aber nicht, dass zwischen Lisa und dir alles in Ordnung war. Was ist mit dem Riesenstreit, den ihr hattet?«

Tim runzelt die Stirn. »Wir hatten keinen Riesenstreit. Wovon redest du?«

»Im März. Ihr habt euch heftig gezofft, und Lisa hat dir vorgeworfen, dass du etwas Unverzeihliches getan hättest. Worum ging's da? Um einen Seitensprung?«

Tim verdreht gereizt die Augen. »Was hast du bloß immer mit

deinen Seitensprüngen? Ich würde Lisa nie betrügen. Und wir hatten weder einen Riesenstreit noch einen heftigen Zoff. Wie kommst du darauf?«

»Jemand hat euch gehört.«

»Wer?«

»Das spielt keine Rolle. Stattdessen …«

Tim fällt mir ins Wort. »Für mich schon«, braust er auf, »weil es eine Lüge ist. Also: Wer erfindet solches Zeug?«

»Vera.«

»Vera?«, wiederholt Tim verblüfft. »Von nebenan? Sie behauptet, Lisa und ich hätten gestritten? In ihrer Gegenwart?«

»Nicht in ihrer Gegenwart, sie hat euch zufällig durch die Terrassentür gehört.« Ich verschränke meine Arme vor der Brust. »Möchtest du behaupten, dass ausgerechnet Vera so etwas erfindet?«

»Nein, aber …« Tim blickt ratlos in die Richtung, in der Veras Haus steht. »Ich schwöre dir, Mara, das ist nicht wahr. Lisa und ich hatten keinen Krach, das war ja gerade das Problem. Lisa wollte nie streiten, sie ist immer ausgewichen. Und sie hat mir bestimmt noch nie vorgeworfen, dass ich etwas Unverzeihliches getan hätte. Ich wüsste wirklich nicht, worauf sich das beziehen soll. Vera muss sich verhört haben.«

»Klar, weil sie ja schon alt und taub ist«, ätze ich. »Wenn Vera sagt, Lisa hätte gesagt, irgendetwas sei unverzeihlich, dann glaube ich ihr.«

»Etwas?« Tim hebt ruckartig den Kopf. »Etwas sei unverzeihlich? Das ist nicht dasselbe.« Er wird blass. »Ach, du meine Güte, natürlich, jetzt weiß ich, worauf sich das bezog. Aber das war kein Streit, das war, weil Lisa …«

»Weil Lisa was?«

Statt einer Antwort starrt Tim eine Weile durchs Küchenfenster, schließlich wendet er sich mir wieder zu und sagt ruhig: »Du bist auf dem Holzweg, Mara. Lisa bezog sich damals auf etwas, das sie getan hatte.«

»Du willst behaupten, Lisa hätte etwas Unverzeihliches getan? Das glaube ich nicht.«

Tim schüttelt ungeduldig den Kopf. »Natürlich hat sie das nicht. Sie hat etwas getan, was sie selbst für unverzeihlich hielt, weil sie viel zu hohe Maßstäbe an sich selbst anlegt. Dabei war es nur ein kleiner Fehler.«

»Und was war das?«

»Das möchte ich nicht sagen. Wenn du mich jetzt entschuldigst …«

Er geht zur Tür, doch ich halte ihn am Arm fest. »Verdammt, Tim, damit lasse ich mich nicht abspeisen. Du kannst nicht einfach behaupten, Lisa habe etwas in ihren Augen Unverzeihliches getan, und dann dichtmachen. Wenn du willst, dass ich dir glaube …«

Tim unterbricht mich mit einem höhnischen Lachen. »Wenn *ich* will, dass *du* mir glaubst? Geht's vielleicht noch eine Stufe selbstgefälliger? Mit Verlaub, liebe Schwägerin: Es ist mir scheißegal, ob du mir glaubst oder nicht. Meine Frau ist verschwunden – das ist das Einzige, das mich im Augenblick interessiert. Allerdings könntest du dich mal daran erinnern, dass du hier unter meinem Dach wohnst. Wenn du also meinst …« Er bricht ab, als sein Blick durchs Küchenfenster nach draußen fällt. »Was ist denn da los?«

Ich folge Tims Blick und sehe meine Mutter aufs Haus zukommen. An einer Hand zieht sie Hektor hinter sich her, der so laut brüllt, dass man es selbst durchs geschlossene Fenster hören kann. Auf dem Arm trägt sie die heulende Alma.

Tim und ich laufen zu Haustür, Tim reißt sie auf, und Alma stürzt sich in seine Arme.

»Papa, Papa, Mama ist tot!«

Die nächsten Minuten sind die grauenvollsten meines Lebens. Mein Herz hört auf zu schlagen, Angst schnürt meine Kehle zu, so, dass ich nicht sprechen kann, und mein Magen verwandelt sich in einen Klumpen aus Eis. Tim ergeht es nicht anders. Er öffnet seinen Mund, bringt jedoch kein Wort heraus, während Alma auf seinem Arm mit ihren kleinen Fäusten auf seine Brust eintrommelt und herzzerreißend schluchzend wiederholt, dass ihre Mama tot sei. Ich bin so gelähmt vor Entsetzen, dass mein Gehirn eine gefühlte Ewigkeit benötigt, mir zu signalisieren, dass auch meine Mutter etwas sagt.

»Das stimmt doch gar nicht, nun beruhige dich, Schätzchen«, wiederholt sie ein ums andere Mal.

Ich fasse sie an der Schulter, um ihr ins Gesicht zu sehen. »Lisa ist nicht tot?«

»Nein, natürlich nicht, Alma glaubt nur …«

Mehr höre ich nicht, denn ich falle ihr um den Hals und breche in Tränen aus.

9

Ich brauche lange, um mich so weit zu erholen, dass ich nicht mehr zittere. Auch die Kinder beruhigen sich irgendwann, so dass Tim mit ihnen nach oben gehen kann. Alma und Hektor wollen in diesem Moment nur ihren Vater um sich haben, deshalb bleiben Gisela und ich unten zurück, und sie erzählt mir, was passiert ist. Sie war mit den Kindern auf dem Spielplatz am Ausee, wo sie eine Schulfreundin von Alma und deren ältere Schwester getroffen haben. Die ältere Schwester hat Alma auf das Verschwinden ihrer Mutter angesprochen und – ob aus kindlicher Naivität oder Grausamkeit heraus – lautstark spekuliert, ob das bedeute, dass sie tot sei.

»Ich habe Alma erklärt, dass das nicht stimmt, aber sie war von dem Gedanken nicht abzubringen. Sie wollte mir nicht glauben, sie schrie immerzu, ich hätte sie angelogen.« Meine Mutter seufzt. »Was stimmt. Ich habe Tim gleich gesagt, wir sollten den Kindern sagen, dass Elisabeth vermisst wird, weil sie es sonst selbst herausfinden, aber er wollte ja nicht auf mich hören.«

An diesem Punkt beißt meine Mutter sich fest wie ein Terrier an einer toten Ratte, während ich mich frage, woher sie die Sicherheit nimmt, dass sie recht hat und dass Lisa wirklich nicht tot ist, doch ich stelle die Frage nicht laut. Ich habe Angst vor der Antwort, dass meine Mutter die Gewissheit nur für die Kinder vortäuscht. Lisa ist jetzt seit viereinhalb Tagen verschwunden. Wenn es ihr gut ginge, wenn ihr nichts zugestoßen wäre, wäre sie jetzt hier.

Schließlich geht meine Mutter nach oben, um Tim zu fragen, ob sie noch irgendwie helfen könne. Die Antwort ist ein barsches Nein, also verabschiedet sie sich, während ich allein auf der Couch im Wohnzimmer zurückbleibe und mich frage, was ich als Nächstes tun soll. Für heute ist kein Treffen des Suchteams geplant. Peter und Lutz haben dringende andere Termine, deswegen haben wir gestern vereinbart, dass Tim und ich das weitere Vorgehen besprechen. Allerdings macht Tim keine Anstalten, herunterzukommen. Ich frage mich, warum nicht. Weil er bei Alma und Hektor bleiben will? Weil er meinen Fragen ausweichen will? Beides?

Und was soll ich von seinen bisherigen Antworten halten? War er wirklich in Hamburg und hat die Junggesellenparty verpasst, weil er eingeschlafen ist? Und war Lisa diejenige, die etwas Unverzeihliches getan hat? Doch was könnte das gewesen sein? Es stimmt zwar, dass Lisa hohe Maßstäbe an ihr eigenes Verhalten anlegt, aber unverzeihlich ist ein starkes Wort. Hätte sie es wirklich für einen kleinen Fehler benutzt?

Ich stehe auf und wandere ziellos im Wohnzimmer umher. Die Tatsache, dass der vor mir liegende Abend nicht verplant ist, macht mich nervös. Es ist das erste Mal seit Lisas Verschwinden, dass ich allein bin und keine konkrete Aufgabe zu erledigen habe, und als hätten sie nur darauf gewartet, stürmen von allen Seiten dunkle Gedanken heran, grausame Phantasien, was Lisa zugestoßen sein könnte.

Wohin auch immer meine Schwester am Samstagmorgen wollte – ich bin überzeugt, dass sie vorhatte, am Sonntagabend zurückzukehren. Dass sie das nicht getan hat, kann nichts Gutes bedeuten. Doch was ist passiert? Hat Lisa wirklich eine Affäre? Hat sie sich mit ihrem Liebhaber gestritten? Ist der Streit eskaliert? Wollte Lisa die Affäre beenden? Hat der Mann das nicht akzeptiert und …?

Ich bremse mich selbst, bevor ich den Gedanken zu Ende denken kann. Am liebsten möchte ich gar nicht mehr denken, deshalb gehe ich in die Küche, wo ich mir ein Glas Rotwein einschenke, das ich direkt hinunterstürze, dann nehme ich Glas und Weinflasche mit auf die Terrasse.

Der Alkohol beruhigt mich etwas, und ich schalte mein Handy ein. Während die Dämmerung über den Rasen herankriecht, versuche ich, mich abzulenken, indem ich meine Nachrichten durchsehe. Es gibt einige aufbauende und mitfühlende von Freunden, die von Frodo und Gesche gehört haben, was passiert ist, und mehrere lange von Frodo, der sich um meinen OnlyFans-Account kümmert und berichtet, dass die Bilder aus dem Automuseum eingeschlagen hätten wie eine Bombe. Meine Fans seien begeistert, es regne Trinkgelder, und ich würde mit Privatnachrichten überschwemmt, die Gesche wie üblich unter meinem Namen beantwortet – gegen eine Extragebühr für die Fans versteht sich. Harv007, der die Challenge im Automuseum vorgeschlagen hat, habe sogar ein dreistelliges Trinkgeld geschickt – was Frodo mit »armer Irrer« kommentiert. Ich stimme zu. Wer ist so blöd, so viel Geld für Dessousfotos von mir auszugeben? Andererseits: Ganz so arm kann der Typ nicht sein, sonst würde er nicht so mit seinem Geld um sich werfen.

Ich schicke Frodo eine kurze Antwort, dann schenke ich mir ein weiteres Glas Rotwein ein. Mittlerweile ist es dunkel, doch es ist noch immer warm – und ich bin immer noch unruhig. Der Schock, wenn auch nur für einige Sekunden, geglaubt zu haben, dass Lisa tot ist, sitzt mir noch in den Knochen. Buchstäblich, es fühlt sich an, als würden sie in meinem Körper zittern und vibrieren.

Ich leere mein Glas und überlege, ob ich eine weitere Flasche Wein öffnen oder lieber zu etwas Härterem greifen soll. Der Gedanke, mich bis Mitternacht so richtig abzuschießen und in einen Zustand des totalen Vergessens zu befördern, ist verlockend. Noch verlockender wäre nur Sex, doch der steht heute nicht auf dem Programm. Zwar könnte ich in irgendeiner Neustädter Kneipe einen Kerl aufreißen, doch ich habe eine eiserne Sicherheitsregel: Ich gehe nie mit fremden Typen in deren Wohnung. Und so weit, dass ich einen One-Night-Stand in Tims und Lisas Haus schleppe, bin ich noch nicht. Also kein Sex. Es sei denn …

Mein Blick fällt auf die Bank am Ende des Gartens, die im Schein der Mondsichel zu erkennen ist. Dort hat Peter mir gestern erzählt, dass er ab sofort monogam leben will. Ich habe es gestern nicht geglaubt, und ich glaube es jetzt nicht. Vielleicht sollte ich mal testen, wie ernst es ihm damit ist, wenn eine gute Freundin in Not ist? Es ist mittlerweile fast zehn, Peters Termin könnte vorbei sein.

Ich wähle Peters Nummer, erwische jedoch nur die Mailbox. Schade! Also doch mit Johannie Walker ins Bett. Oder mit Jack Daniels.

Oder mit Oliver Breckenkamp?

Der letzte Gedanke poppt aus meinem Unterbewusstsein hoch, bevor ich mich dagegen wehren kann, und natürlich jage ich ihn sofort in das dunkle Loch zurück, aus dem er gekrochen ist. Zwar ist meine Wut auf Oliver längst verraucht – ich bin sicher, dass nicht er für die Entscheidung der Polizei verantwortlich ist, die Suche nach Lisa einzustellen –, aber das ist kein Grund, ihn dem Inhalt von Lisas Barschrank vorzuziehen.

Also doch Jonny und Jack. Mein Entschluss steht fest, nur meine Finger scheinen das nicht zu kapieren, denn sie wischen wie von selbst über mein Handy und zu den WhatsApp-Nachrichten, die Oliver mir in den letzten zwei Tagen geschickt hat und die ich ignoriert habe.

Und das werde ich auch weiterhin tun! Ich werde bestimmt keinen Sexnotruf an ihn absetzen. Bestimmt nicht! Andererseits …

Andererseits würde Oliver garantiert mit Begeisterung zu meiner Rettung eilen, und wenn ich daran denke, wie gut der Sex mit ihm früher war …

Ich zögere, meine Daumen schweben über dem Antwortfeld.

Und dann wird mir die Entscheidung abgenommen, als gäbe es doch ein Universum, das unsere Wünsche erhört und unsere Schicksale lenkt. Es poppt eine neue Nachricht von Oliver auf.

»Hi, Mara, bin zu Hause und muss an dich denken. Falls du Lust zu reden hast, melde dich!«

O ja! Streich das »zu reden«, und o ja, ich habe Lust!

Meine Daumen fliegen über die Buchstaben. »In einer Viertelstunde in der Umkleide am Ausee!!!«

10

Das erste Mal tun wir es tatsächlich in der Umkleide, vielleicht um der alten Zeiten willen, oder weil Oliver vor der Umkleide wartet und wir beide zu heiß sind, um erst noch den Ort zu wechseln. Dann treiben wir es aus keinem ersichtlichen Grund in Olivers Wagen – einem BMW Z4 mit Handschaltung in San-Francisco-Rot, den er bestimmt nicht von seinem Kommissarsgehalt bezahlt hat –, dann springen wir nackt im Mondschein in den See. Als wir schließlich die letzten Meter zum Badesteg schwimmen, bin ich so ausgepowert, dass ich kaum die Leiter hochkomme, doch es ist eine gute Erschöpfung. Mein Körper fühlt sich weich und wohl an, meine Knochen haben endlich aufgehört zu vibrieren. In meinem Kopf herrscht eine angenehme Leere, in der die dunklen Gedanken keinen Halt finden.

Ich strecke mich auf den Holzplanken aus und schließe die Augen, Oliver setzt sich neben mich, sein Oberschenkel berührt meine Hüfte. Ich kann spüren, dass er mich ansieht, und nach einer Weile sagt er: »Du bist wunderschön, Mara. Weißt du das eigentlich?«

Es ist eins dieser abgedroschenen und latent frauenfeindlichen – wieso sollte eine Frau den Hinweis eines Mannes benötigen, um sich schön zu finden? – Komplimente, die viele Typen nach dem Sex loslassen, doch ich verzeihe Oliver, da er in seinem Wagen gerade deutlich mehr Phantasie bewiesen hat.

»Vermutlich hörst du das öfter.«

»Im Schnitt siebenundachtzig Komma vier Mal am Tag«, bestätige ich mit geschlossenen Augen, »meistens von Typen, die deutlich cleverer sind als du, es muss also wohl stimmen.«

Ich kann hören, wie Oliver kurz der Atem stockt. Er hat es nie vertragen, wenn ich – wenn auch nur im Scherz – Vergleiche zwischen ihm und anderen Kerlen anstelle, die zu seinen Ungunsten ausgehen. Dann lacht er leise. »Aber vermutlich hätte keiner dieser Einsteins vorhersagen können, dass du in Blau noch schöner bist.«

Schräges Kompliment, ich hoffe, es bezieht sich auf die Haarfarbe.

»Außerdem konnte ich vorhersagen, dass du dich bei mir melden würdest.«

»Ach ja?« Ich öffne die Augen. »Weil du überzeugt bist, dass keine deinem Charme widerstehen kann? Oder hat die Polizei mittlerweile Spitzel in jedem menschlichen Gehirn?«

»Weil du genauso neugierig warst wie ich, wie es nach all der Zeit sein würde.«

»Das heißt, du bist aus reiner Wissbegierde gekommen? Beide Male?«

Oliver grinst. »Klar, du bist Teil einer wissenschaftlichen Forschungsreihe.«

Ich schließe die Augen wieder. »Mh.« Mehr sage ich nicht. Ich stehe nicht so auf diese pseudosmarten Gespräche danach. Außerdem merke ich, wie mein Körper sich noch mehr entspannt, schwerer wird, weicher, wie ich langsam wegdöse, bis Oliver weiterspricht.

»Was war das?«, murmele ich schläfrig.

»Ich habe gefragt, wie ihr mit eurer Suche nach Lisa vorankommt.«

Wrummms! Das Wohlgefühl fällt so schlagartig von mir ab, als wäre ich eine Comicfigur, die in einem Cartoon an die Wand geklatscht wird.

»Ich könnte verstehen«, fährt Oliver fort, »dass du nicht mit mir darüber reden willst. Aber wenn doch … Vielleicht kann ich helfen.«

»Ich dachte, dir seien die Hände gebunden.«

»Nur die offiziellen. Wenn ich privat etwas tun kann …«

»Nee, lass mal. Können wir einfach die Klappe halten?«

Ich drehe meinen Kopf von Oliver weg und schaue über den See, der im Mondlicht still daliegt, während ich versuche, wieder in das wohlige Gefühl einzutauchen, doch es gelingt mir nicht. Verdammt! In Gedanken verfluche ich Oliver, doch dann beschließe ich, sein Angebot anzunehmen. Wenn ich ohnehin an Lisa denken muss, kann ich auch mit ihm über die Ergebnisse unserer Suche reden. Auch in Zivil oder vielmehr nackt ist er schließlich Polizist und hat Erfahrung mit Vermisstenfällen. Vielleicht fällt ihm etwas Hilfreiches ein.

Ich setze mich auf. »Okay, Sherlock, das ist der Stand der Dinge.«

Während der nächsten Minuten schildere ich, was wir bisher herausgefunden haben, angefangen damit, dass Lisa in Moosbach ein Eis gekauft hat, bis dahin, dass sie mit dem Taxi zum Bürgermeisterquartier gefahren ist. Nur die Tatsache, dass Tim wegen des Junggesellenabends nicht die ganze Wahrheit gesagt hat, lasse ich weg. Ich will mir erst selbst darüber klar werden, was das zu bedeuten hat.

»Was hältst du davon?«, frage ich schließlich.

Oliver denkt erst eine Weile nach, bevor er antwortet, doch meine Hoffnung auf einen Geistesblitz erfüllt sich nicht. »Schwierig. Einerseits scheint Lisa ja tatsächlich häufig im Bürgermeisterquartier gewesen zu sein, aber ob sie am Samstag ebenfalls dort hingefahren ist … Es ist seltsam, dass sie vom Bus auf ein Taxi umgestiegen sein soll. Und was hat sie in den neun Minuten zwischen Ankunft des Busses am Busbahnhof und Abfahrt des Taxis gemacht? Der Fußweg hätte sie keine zwei Minuten gekostet.« Oliver schweigt einen Moment. »Habt ihr schon mal überlegt, professionelle Hilfe zu engagieren?«, fragt er dann und ergänzt auf meinen überraschten Blick hin: »Ich meine nicht die Polizei, aber wie wäre es zum Beispiel mit einem Mantrailingteam? Das Team, das Lisas Spur vom Hotel zum Marktplatz verfolgt hat, gehört nicht zur Polizei. Ihr könntet die Hundeführerin privat engagieren, ihre Hündin im Bürgermeisterquartier einzusetzen. Vielleicht habt ihr Glück, und die beiden finden Lisas Spur. Ich kann dir ihre Nummer geben, wenn du möchtest.«

Ich nicke. »Hast du sonst noch Ideen?«

»Ich nehme an, ihr habt schon alle Freunde und Bekannte gefragt, ob die etwas wissen?«

»Wir haben mehrere Rundmails geschrieben, nichts. Niemand weiß, was Lisa vorhatte.«

»Und aus ihrem Handy haben sich auch keine Anhaltspunkte ergeben?«

Ich mustere Oliver im Mondschein überrascht. »Ihr Handy?«

Oliver nickt. »Wir haben es Tim am Montagabend zurückgegeben, zusammen mit dem Zweitschlüssel für den Wagen. Du wusstest das nicht?«

Ich will schon den Kopf schütteln, da fällt mir ein, dass Gisela mir am Montagabend davon erzählt hat. Seitdem hat niemand das Handy erwähnt. »Tim hat nichts gesagt.«

Oliver zuckt mit den Achseln. »Möglicherweise konnte er es nicht auslesen. Ich hatte angenommen, dass er Lisas PIN kennt, aber vielleicht habe ich mich geirrt.«

Das bezweifle ich. Lisas PIN ist ihr Hochzeitsdatum, jeder in der Familie weiß das. Aber wieso hat Tim nichts gesagt? Weil er nichts Wichtiges auf dem Handy gefunden hat? Oder ist das ein weiteres seiner Geheimnisse?

Nachdenklich starre ich über den See. Aus dem Schilf am gegenüberliegenden Ufer steigt ein Silberreiher auf und fliegt lautlos als dunkler Schatten davon. Ein Windhauch streicht über den Steg, ein leichter bloß, dennoch fröstelt es mich.

»Wo sind eigentlich unsere Klamotten?«

»Wer braucht Klamotten?«

Oliver streicht zart über meinen Bauch, doch ich schiebe seine Hand weg.

»Leute, die jetzt nach Hause gehen.« Ich stehe auf.

Nach einem Moment des Zögerns tut Oliver es mir gleich.

»Da wir bei den Umkleiden angefangen haben, sollten unsere Sachen dort sein.«

Ich gehe voraus, Oliver folgt, und schweigend ziehen wir uns an. Ich checke, ob mein Hausschlüssel noch in der Tasche meines Sommerkleides steckt, dann nicke ich Oliver zu.

»Bis dann.«

Ich will zur Straße gehen, doch Oliver fasst meine Hand und hält mich zurück.

»Hey, wieso hast du's auf einmal so eilig?«

»Ich möchte nach Hause.«

»Das habe ich verstanden, aber ich würde dich gerne fahren.«

»Ich gehe lieber zu Fuß, ich will nachdenken.«

Das Mondlicht ist hell genug, dass ich Olivers Gesicht erkennen kann, als ich das sage, und seine Miene ist wirklich sehenswert. Er guckt so ungläubig wie Jesus, hätte Gott ihm nach seinem Tod eröffnet, dass ein Vaterschaftstest ergeben habe, dass er leider doch nur Josefs Sohn sei. Dann prustet Oliver los, und ich muss mitlachen. Dass ich lieber gehe und nachdenke, statt in einem Z4 zu fahren, ist wirklich absurd.

»Okay«, sage ich, »ich fahre mit, wenn du mich ans Steuer lässt.«

»Nur über meine Leiche.«

»Dann bediene ich die Schaltung.« Der Satz ist über meine Lippen, bevor ich nachdenken kann. Das haben wir früher manchmal gemacht – einer fährt, der andere schaltet –, aber ich will nicht, dass Oliver denkt, wir knüpfen an alte Zeiten an.

»Einverstanden.«

Gemeinsam schlendern wir zum Parkplatz, doch als Oliver die Beifahrertür für mich öffnen will, schlüpfe ich schnell an ihm vorbei.

Er seufzt übertrieben. »Du hasst es immer noch.«

»Warum hätte sich daran etwas ändern sollen?«

»Keine Ahnung. Wir werden älter, weiser, blauer.« Er schnipst mit einem Finger gegen meinen Pony.

»Nicht in den entscheidenden Punkten.«

Ich lasse mich auf den Beifahrersitz gleiten, schlüpfe aus meinen Sandalen und lege meine nackten Füße aufs Armaturenbrett, um Oliver zu ärgern. Das erinnert mich an unser Fotoshooting im Automuseum, und mir schießt der Gedanke durch den Kopf, Oliver davon zu erzählen, um noch einmal sein ungläubiges Jesusgesicht zu sehen. Er wäre zwar bestimmt begeistert von Dessousfotos von mir, doch nicht über die Tatsache, dass ich damit einen OnlyFans-Account bestücke. Im Grunde seines Herzens ist er ziemlich konservativ.

Eigentlich witzig, dass Harv007 ausgerechnet einen Mercedes 300 SL Roadster vorgeschlagen hat. Bei dem Namen hätte er irgendein Bondauto nehmen sollen. Aber vielleicht hat der Mercedes für Harv irgendeine besondere Bedeutung, so, wie für mich. Ich zucke mit den Achseln und will den Gedanken abschütteln – das Einzige, das mich an meinen OnlyFans-Fans interessiert, ist ihr Geld –, doch irgendwie verhakt sich der Name in meinem Gehirn, und dann – peng! – komme ich mir wieder vor wie eine Figur aus einem Cartoon, diesmal wie eine, deren Kopf in einer riesigen Glühbirne der Erleuchtung explodiert. Harv – Harvey – Harvey Specter – der supersmarte Anwalt aus *Suits*, dessen Coolness Oliver mit zwanzig unbedingt kopieren wollte – unter anderem, indem er heimlich den Mercedes 300 SL Roadster seines Großvaters fuhr.

Oliver gleitet auf den Fahrersitz. »Und? Willst du wirklich schalten?«

Er grinst mich an, wie ich dank des Mondlichts gut erkennen kann, doch mir ist das Grinsen vergangen.

»Du bist Harv007.«

»Ich versichere dir, ich habe keine Ahnung, wovon du redest. Ich bin ganz bestimmt nicht Harv007, wer immer das ist. Wie kommst du bloß darauf?«

Oliver sieht mich halb belustigt, halb beschwörend an, doch ich glaube ihm kein Wort. Ich bin hin- und hergerissen zwischen

Wut auf ihn und Wut auf mich selbst. Warum zum Teufel habe ich das nicht sofort erkannt? Der Name Harv007. Die Challenge gerade mit diesem Auto. Es war offensichtlich, ich hätte gleich an Oliver denken müssen. Doch das ist natürlich der Knackpunkt: Ich habe seit Jahren nicht an ihn gedacht, wieso hätte ich es im Zusammenhang mit einem OnlyFans-User tun sollen?

Oliver redet weiter. »Wirklich, Mara, ich wusste nicht einmal, dass du einen OnlyFans-Account hast. Woher hätte ich das wissen sollen?«

»Keine Ahnung!«, fauche ich. »Polizisten sind doch angeblich gut im Sachenrausfinden. Vielleicht hast du mir nachspioniert.«

»Warum hätte ich das tun sollen?«

»Vielleicht spionierst du all deinen Ex-Freundinnen nach.«

Oliver schüttelt den Kopf. »Das ist lächerlich, Mara. Ich habe dir nicht nachspioniert, und ich wusste nichts von deinem OnlyFans-Account. Ich wäre nie darauf gekommen, dass du so was machen würdest. Und ehrlich gesagt, finde ich das total daneben. Wie bist überhaupt auf die Idee gekommen? Brauchtest du dringend Geld?«

Es wundert mich nicht, dass Oliver versucht, die Schuldfrage umzukehren und gleichzeitig einen Nebenkriegsschauplatz zu eröffnen. Er war immer gut im Streiten, weil er immer überzeugt war, im Recht zu sein. Doch das kann er heute vergessen. »Weißt du, was ich daneben finde? Sich unter Pseudonym an eine Ex ranzumachen. Was hast du dir davon versprochen? Hat es dir einen Kick gegeben? Sollte es irgendeine perverse Rache sein, weil ich Schluss gemacht habe?«

»Das ist Bullshit. So etwas würde ich nie tun. Und ich finde es ein starkes Stück, dass du mir unterstellst, pervers zu sein, während du dich halbnackt im Internet präsentierst.«

»Und woher willst du wissen, dass ich nicht ganz blank ziehe, wenn du meinen Account gar nicht kennst? Also, sag schon, Oliver, was sollte das? Wieso die Challenge mit dem Roadster? Und was hattest du noch vor? Was wäre die nächste Challenge geworden? Vielleicht …« Ich breche ab, als eine weitere Glühbirne über meinem Kopf explodiert. »TrueBlue.«

Oliver zuckt zusammen. »Wovon zum Teufel redest du jetzt?«

»TrueBlue. Du bist nicht nur Harv007, du bist auch TrueBlue. Du hast tausend Euro dafür bezahlt, dass ich meine Haare blau färbe.«

Oliver lacht laut auf, viel zu laut. »Bist du jetzt völlig übergeschnappt?«

Falls ja, ist es ein Zustand, in dem man die Dinge mit großer Klarheit sieht. »Was sollte sonst dein Spruch vorhin auf dem Steg? Dass die ganzen Einsteins nicht hätten vorhersagen können, wie toll mir blaue Haare stehen würden. Vorhersagen! Wieso vorhersagen, Oliver?«

Zum ersten Mal kommt er ins Stottern. »Ich … Ich weiß nicht, was du meinst.«

»Klar, du Unschuldslamm!« Ich lache höhnisch. »Weißt du was? Spar dir die Erklärung! Ich will gar nicht genau wissen, was in deinem kaputten Hirn abgeht. Mir reicht's.«

Ich will die Beifahrertür öffnen, doch Oliver greift an mir vorbei, um das zu verhindern.

»Mara, jetzt lass uns doch erst mal in Ruhe reden.«

»Wir haben genug geredet.«

»Mara, bitte …«

»Nein! Nimm deinen Arm weg oder …«

Er grinst, als sei das alles nur ein Spiel. »Oder was?«

»Das.«

Mit einem Ruck befreie ich meine rechte Hand, hole aus und verpasse Oliver eine Ohrfeige. Sie fällt nicht so heftig aus wie gewünscht, weil ich im Wagen nicht richtig ausholen kann, doch sie schallt vernehmbar über den Parkplatz. Für einen Sekundenbruchteil verspüre ich Genugtuung, dann verpasst Oliver mir ebenfalls eine, seine linke Hand landet mit einem lauten Klatschen an meiner Wange und drückt meinen Kopf gegen die Kopfstütze.

Der Schlag ist nicht sonderlich heftig, doch die Tatsache, dass er von ihm kommt, raubt mir die Sprache. Ich starre Oliver an, dessen Augen sich vor Entsetzen weiten.

»O mein Gott, Mara, das tut mir so leid. Das wollte ich nicht.«

Ich sage kein Wort.

»Wirklich, du musst mir glauben, das wollte ich nicht. Ich … Bitte entschuldige! Tut es weh?«

Ich antworte nicht.

»Mein Gott, Mara, das war unverzeihlich. Ich weiß gar nicht …«

Ich reagiere nicht.

»Sag doch was. Bist du okay? Tut es weh?«

Er streckt seine Hand aus, um mein Gesicht zu berühren, doch ich schlage sie weg.

»Du perverser Riesenarsch!« Dann springe ich aus dem Wagen und renne den ganzen Weg barfuß nach Hause.

11

Am nächsten Morgen wache ich total gerädert und verkatert auf. Ich konnte ewig nicht einschlafen, bin stattdessen ruhelos im Wohnzimmer auf und ab getigert und habe mich über den Inhalt von Tims und Lisas Barschrank hergemacht. Dabei war es nicht so sehr Olivers Schlag, der mich wachgehalten hat – ich habe schon heftigere Schläge eingesteckt und verteilt –, sondern die Tatsache, dass er hinter Harv007 und TrueBlue und wer weiß wie vielen anderen meiner OnlyFans-User steckt. Die Tatsache, dass er mich seit Wochen oder Monaten beobachtet und – das ist das einzige Wort, das mir dazu einfällt – manipuliert hat.

Gesche, Frodo und ich haben den OnlyFans-Account aus einer Laune und aus Geldmangel heraus gestartet. Es war immer ein Projekt von uns dreien, obwohl ich für die Fotos Gesicht und Körper hingehalten habe. Dennoch ging es bei dem Account nie um mich, stattdessen haben wir eine künstliche Figur erschaffen – die Schlangenfrau –, die zwar aussieht wie ich, aber ansonsten wenig mit mir gemein hat, nicht einmal meine Stimme, denn die Texte schreiben Gesche und Frodo. Ich habe auf dem Account nie etwas Persönlicheres preisgegeben als so viel nackte Haut, wie ich im Bikini an jedem Badesee zeigen würde. Als dann zum ersten Mal ein User namens Marco – angeblich ein älterer Förster, aber vielleicht steckte da auch schon Oliver dahinter? – Geld dafür bot, das Setting für das nächste Fotoprojekt auswählen zu dürfen – was ganz Harmloses, Dessousfotos im Wald –, haben wir den Vorschlag begeistert aufgegriffen und die Idee der Challenges war geboren. Mehr Spaß für alle und mehr Geld für Gesche, Frodo und mich. Da ich in jedem Fall ausgewählt habe, welche Herausforderung ich annehme – die meisten nicht –, war ich immer davon überzeugt, sie freiwillig und selbstbestimmt zu machen.

Jetzt bin ich mir da nicht mehr so sicher. Ja, ich hatte Spaß daran, mir die Haare blau zu färben und mich im Museum auf einem Oldtimer zu räkeln, aber ich hätte es niemals für Oliver getan. Hätte ich gewusst, dass er dahintersteckt …

Der Gedanke, dass Oliver in der letzten Zeit mein Leben mitbestimmt hat, dass ein Teil des Geldes, das Gesche, Frodo und ich fröhlich verfeiert haben – und das ich in die Tigerin gesteckt habe! –, von ihm stammt, ist mir so widerwärtig, dass ich eine ganze Menge Alkohol benötige, um ihn zu betäuben. Erst, als es schon hell wird, habe ich ihn so weit gedämpft, dass ich endlich wegnicke.

Als sich der Alkoholnebel langsam lichtet, dröhnt mein Schädel so sehr, dass ich ihn kaum bewegen kann, und mein Mund ist so trocken, als hätte ich mit einem Socken darin gepennt. Ich schlurfe ins Bad, halte erst meinen Mund, dann meinen Kopf unter kaltes Wasser, bis ich so wach bin, dass ich mir zutraue, unfallfrei in die Küche und zur Kaffeemaschine zu kommen.

Als ich die Treppe hinuntergehe, ist es still im Haus, vom üblichen Lärm, der entsteht, wenn zwei kleine Kinder sich für Schule beziehungsweise Kita fertig machen sollen, ist nichts zu hören. Als ich in der Küche einen Blick auf die Herduhr werfe, wird mir der Grund klar: fast zehn, ich habe verschlafen. Andererseits: Da Tim und ich gestern keine Pläne für heute geschmiedet haben, kann ich bis jetzt nicht viel verpasst haben.

Ich nehme eine große Tasse aus dem Schrank, stelle sie unter den schicken Bader-Menzelschen Kaffeevollautomaten und mache mir als Erstes einen doppelten Espresso, in den ich so viel kalte Milch kippe, dass er Trinktemperatur erreicht, und stürze ihn dann in einem Zug hinunter. Anschließend lasse ich die Maschine einen Milchkaffee zubereiten, schnappe mir eine Banane und gehe ins Wohnzimmer hinüber.

Hier treffe ich auf menschliches Leben, Tim und Lutz sitzen über einen Laptop gebeugt am Esstisch.

Als ich eintrete, blicken sie auf, jedoch nur, bis sie bemerken, dass ich außer einem Slip und einem knappen Top nichts trage, dann senken sie die Blicke wieder, wenn auch vermutlich aus verschiedenen Gründen. Ich kenne Tim lange genug, um zu wissen, dass er eher prüde ist, außerdem sehr konservativ in der Frage, was schicklich ist und was nicht. Zu viel nackte Haut in fremden Häusern ist es nicht. Bei Lutz ist es, glaube ich, eher so eine altmodische Gentleman-Attitüde, die möchte, dass ich mich nicht verlegen fühle.

»Guten Morgen, Mara«, murmelt er.

Tim nickt bloß.

»Morgen.« Ich lasse mich auf einen der Stühle fallen. »Was Neues?«

Jetzt, da der Tisch einen Großteil meiner Blöße bedeckt, sehen beide wieder auf.

»Nicht viel.« Tim klingt so kaputt, wie ich mich fühle. »Ich habe gestern Abend mit Martin telefoniert, er hat die Homepage aktualisiert. Lutz hat ein Interview mit einer Bekannten arrangiert, die für den Neustädter Boten schreibt, und wir haben gerade einen neuen Flyer entworfen auf deine Entdeckung hin, dass Lisa am Samstag vielleicht im Bürgermeisterquartier war. Vielleicht siehst du ihn einmal durch?«

Tim schiebt mir den Laptop rüber, und ich lese, was die beiden geschrieben haben. Der Flyer richtet sich an alle Bewohner des Bürgermeisterquartiers mit der Bitte, sich zu melden, wenn sie entweder am letzten Samstag oder aber auch zu einem anderen Zeitpunkt Lisa im Bürgermeisterquartier oder in dessen Nähe gesehen haben.

»Wir lassen sowohl Plakate als auch Flyer drucken«, fährt Tim fort. »Die Plakate sollen im Bürgermeisterquartier aufgehängt, die Flyer in jeden Briefkasten geworfen werden. Lutz hat es schon bei der Druckerei in Auftrag gegeben. Sie sagten, die Sachen müssten gegen ein Uhr fertig sein. Ich hatte gehofft, du könntest sie abholen und verteilen?«

Ich nicke. »Was ist mit den Kindern? Wer passt nach Schule und Kita auf die auf?«

»Gisela. Sie hat einen Zahnarzttermin, aber sie sollte es schaffen, die beiden abzuholen. Sie hat vorgeschlagen, mit ihnen in den Zoo zu gehen, um sie etwas abzulenken.«

Erst in diesem Moment fällt mir siedendheiß ein, was ich zwischenzeitlich total vergessen hatte: Alma und Hektor wissen mittlerweile, dass ihre Mutter vermisst wird. Scham kriecht in mir hoch, ein Gefühl, das mich selten heimsucht. Ich habe die ganze Nacht mit Oliver gehadert, statt nur einen Gedanken an meine Nichte und meinen Neffen zu verschwinden.

»Was hat es mit dem Interview auf sich?«

Tim zieht den Laptop wieder zu sich heran. »Wie gesagt, Lutz hat es arrangiert. Seine Bekannte ist bereit, einen großen Artikel über unsere Suche nach Lisa im Neustädter Boten zu bringen. Wir hoffen, dass wir dadurch noch mehr Leute mobilisieren, nach ihr Ausschau zu halten. Je größer unsere Reichweite, desto größer unsere Chancen …« Er bricht ab, schluckt, blinzelt.

Lutz übernimmt. »Meine Bekannte hat versprochen, den Artikel richtig groß aufzuziehen. Tim wird nicht nur ein Interview geben, wir fahren auch zum Moosbacher Hof und machen Fotos. Falls sie noch ein paar O-Töne benötigt, wärst du bereit, ebenfalls mit ihr zu sprechen? Vielleicht ein kurzes Telefonat?«

»Klar, wenn es hilft.«

Kurz darauf brechen Tim und Lutz auf. Ich gehe nach oben und stelle mich so lange unter die Dusche, bis ich die letzten Nachwirkungen des Alkohols abgespült habe. Während ich mich abtrockne, höre ich mein Handy klingeln, und als ich ins Gästezimmer zurückkomme, sind zwei Nachrichten eingetroffen, eine von Oliver, die ich ungelesen lösche, eine von Frodo. Ich habe ihm noch in der Nacht geschrieben, dass er bitte Harv007 und TrueBlue für meinen OnlyFans-Account sperren möge. Frodo hat das getan, will aber wissen, wozu, und erinnert mich daran, dass die beiden unsere besten Kunden seien. Ich tippe eine kurze Antwort – »Weil das zweimal derselbe Riesenarsch ist.« –, dann werfe ich das Handy aufs Bett.

Und jetzt? Flyer und Plakate liegen erst in zweieinhalb Stunden in der Druckerei bereit, doch ich will die Zeit bis dahin nutzen. Aber wie?

Auf der Suche nach Inspiration sehe ich mich im Gästezimmer um, doch wenig überraschend liefern weder das Bett noch die Kommode noch der Spiegel mit Pseudobarockrahmen dafür einen brauchbaren Hinweis. Neben dem Spiegel hängt ein Kalender mit klugen Sprüchen, doch auch das Zitat des Tages – »Wenn Du eine weise Antwort verlangst, musst Du vernünftig fragen«, angeblich von Goethe –, hilft mir nicht. Ich finde die Fragen, die ich in den letzten Tagen gestellt habe, durchaus vernünftig, es hapert nur an den Antworten, zum Beispiel von Tim. Hat er tatsächlich den Junggesellenabschied verschlafen oder sich am Wochenende mit einer anderen Frau getroffen? Hat Lisa wirklich etwas Unverzeihliches getan, und wenn ja, was?

Im Geiste verfluche ich das Interview, das Tim die Gelegenheit gibt, meinen Fragen weiterhin auszuweichen. Andererseits: Welchen Zweck hätte es, ihm Fragen zu stellen? Er würde vermutlich ohnehin nur wieder behaupten, zwischen Lisa und ihm sei alles bestens gewesen, und seit meinem Anruf bei Leif Hansen weiß ich, dass er überzeugend lügen kann. Nein, ich brauche keine weiteren Antworten von Tim, ich brauche eine Möglichkeit, diese Antworten zu überprüfen.

Und dann wird mir klar, dass ich diese Möglichkeit in genau diesem Moment habe und dass das Timing des Interviews vielleicht doch nicht so schlecht ist. Tim ist nicht da. Außer mir ist niemand im Haus. Ich kann mich in aller Ruhe umsehen. Überall. In Tims geheiligtem Arbeitszimmer ebenso wie in seinem und Lisas Schlafzimmer. Vielleicht finde ich dort etwas, das mir weiterhilft. Einen Hinweis, wo Lisa sein könnte, oder zumindest einen Hinweis darauf, wie es zuletzt um ihre Ehe bestellt war.

Oder Lisas Handy. Tim hat zwar behauptet, darauf nichts Hilfreiches gefunden zu haben, aber kann das stimmen? Wenn Lisa wirklich einen Liebhaber hat, dann muss auf dem Handy irgendein Hinweis auf ihn sein, eine WhatsApp, ein Foto oder wenigstens Kontaktdaten.

Ich habe den Gedanken kaum zu Ende gedacht, da bin ich auch schon auf dem Weg nach oben ins Dachgeschoss.

Das Dachgeschoss in Lisas und Tims Haus ist vollständig ausgebaut, dort liegen ihr Schlafzimmer, ihr Bad und Tims Arbeitszimmer. Ich drücke als Erstes die Klinke der Schlafzimmertür hinunter, doch auf der Schwelle verlässt mich das Momentum, das mich die Treppe hochgetragen hat, denn in dem Moment durchzuckt mich eine Erinnerung. Ich war schon einmal hier oben, ich stand mit Lisa genau hier auf dem Treppenabsatz. Es war eine Stunde vor Beginn ihrer Einweihungsparty. Ich war früher gekommen, um bei den Vorbereitungen zu helfen. Lisa hatte mir das gesamte Haus gezeigt, und nachdem wir das Schlafzimmer verlassen hatten, schloss sie es ab und reichte mir den Schlüssel mit den Worten: »Ich hasse es, wenn Leute meinen, sie dürfen ihre Nase überall reinstecken, nur weil es eine Einweihungsparty ist. Steckst du ihn für mich ein?«

Lisa trug an dem Abend ein Etuikleid ohne Taschen, während ich eine Jeans anhatte, doch das war nicht der Grund dafür, dass sie mir den Schlüssel gab. Es war ein Zeichen ihrer Wertschätzung und ihres Vertrauens.

Als ich jetzt meine Hand auf die Klinke der Schlafzimmertür lege, frage ich mich, ob ich im Begriff bin, dieses Vertrauen zu verraten, doch dann drücke ich die Klinke mit einem geflüsterten »Sorry, Schwesterherz« hinunter.

Das Schlafzimmer sieht noch genauso aus wie vor sieben Jahren, als Lisa und Tim mit der drei Monate alten Alma in den Drosselweg zogen. Es ist mega stilvoll, aber schlicht in Weiß- und Cremetönen eingerichtet und so akkurat aufgeräumt, als wäre es direkt aus einem Möbelgeschäft hergebeamt worden. Lisa hat mal gesagt, sie brauche einen Raum im Haus, der nicht aussieht, als sei gerade ein Kinderfaschingsumzug hindurchgetobt

Ich schließe die Tür hinter mir und überlege, wo ich beginnen soll. Ich bin hochgekommen, um nach Hinweisen zu suchen, wie es um Tims und Lisas Ehe bestellt ist, doch jetzt frage ich mich, worin diese eigentlich bestehen sollen. Die beiden werden kaum Liebesbriefe von anderen in ihren Nachttischen aufbewahren oder Zettel mit Telefonnummern in den Taschen ihrer Kleidungsstücke – das war höchstens in der Vor-Handy-Ära üblich. Dennoch fange ich schließlich bei den Nachttischen an.

Es dauerte nicht lange, sie zu durchsuchen, da die Nachttische jeweils nur drei Schubladen haben. In der ersten Schublade von Tims finde ich eine Packung Taschentücher und einen Blister mit Antihistaminika – Tim hat Heuschnupfen und alle möglichen Tierhaar-Allergien, weswegen Alma zu ihrem Unglück kein Kätzchen bekommt. In der zweiten Schublade liegen ein Handyladegerät und eine Lesebrille, in der dritten zwei Taschenbücher, ein Sachbuch über den Klimawandel und ein französischer Roman einer Intellektuellen, deren Namen ich aus den Kulturnachrichten kenne, die Gesche beim Putzen hört. Gründlich blättere ich beide Bücher durch, ob Tim vielleicht einen Zettel mit der Telefonnummer seiner Geliebten als Lesezeichen verwendet, doch wenig überraschend tut er das nicht, und ich gehe zu Lisas Nachttisch hinüber. In Lisas Nachttisch liegen keine Bücher, dafür ein Kopfhörer, weil sie zum Einschlafen manchmal Audiobooks hört, typischerweise irgendwelche im Feuilleton hochgejubelten Romane, die sie so öde findet, dass sie sofort wegnickt. Neben dem Kopfhörer liegen eine Packung Taschentücher, Herpessalbe und ein Fläschchen Pfefferminzöl gegen Kopfschmerzen. In der zweiten Schublade ist Lisas Schmuck, die dritte ist leer.

Ich schließe die Schublade wieder und nehme mir als Nächstes die Kommode vor, die neben dem Bett steht, dann den Schrank und eine weitere Kommode. Auch das dauert nicht lange. Die

Ordnung im Schlafzimmer ist nicht nur oberflächlich, sondern reicht bis in die letzten Winkel. Lisas und Tims Klamotten sind so akkurat gestapelt, dass es mir keine Mühe macht, sie aus dem Schrank zu nehmen und dahinterzugucken, doch auch in der zweiten Reihe finde ich nur Kleidung, Bettwäsche und Handtücher. Das einzige Interessante sind mehrere Stapel mit Postkarten in einer der Kommodenschubladen, die teilweise an Lisa adressiert sind, teilweise an sie und Tim. Offenbar haben die beiden alle Karten gesammelt, die sie je erhalten haben. Ich blättere sie flüchtig durch. Die Karten sind von verschiedenen Personen – von guten Freundinnen ebenso wie von entfernten Verwandten –, zahlreiche sind von meiner Mutter, doch die meisten sind von Peter, der es liebt, alberne Sprüche zu verschicken. »Sei du selbst! Es sei denn, du kannst Batman sein, dann sei Batman!« Doch keine ist jünger als drei Jahre. Auch die Postkartenzeiten sind vorbei.

Als Letztes sehe ich mir schließlich den Sekretär aus Nussbaumholz an, den Lisa als Schminktisch nutzt. Er ist das einzige nicht-weiße Möbelstück im Raum. Mein Vater hat ihn von einem Großonkel geerbt, und Lisa hat ihn nach seinem Tod bekommen. Lisa liebt den Sekretär, vor allem das Geheimfach, das mein Vater uns gezeigt hat, doch weder darin noch in einem der anderen Schubfächer entdecke ich ein Geheimnis. Die oberen Fächer enthalten nichts als Make-up und weiteren Schmuck. Erst als ich die unterste Schublade aufziehe, stoße ich auf einen Schatz – wenn auch leider nicht auf einen, der reich an Informationen und Hinweisen ist, wo Lisa sein könnte. Diese Schublade ist für Lisa offenbar das, was Almas Holzkiste unter dem Bett für sie ist. Hier bewahrt Lisa in einem untypischen Durcheinander all die Dinge auf, die weder wertvoll noch nützlich sind, ihr jedoch besonders am Herzen liegen. Ich knie mich hin, hole einen Gegenstand nach dem anderen aus der Schublade und lege ihn auf den cremefarbenen Teppich. Dabei kommen mir mehrmals die Tränen, denn einige der Gegenstände habe ich Lisa geschenkt. Ein Bild einer gelb-schwarzen Blume umgeben von dickbauchigen, unsymmetrischen Herzen mit krakeliger Kinderschrift: »Für die beste Schwester der Welt.« Eine türkisfarbene Buddhafigur, die ich vor zwölf Jahren auf einem Flohmarkt entdeckt und Lisa zum zweiten Staatsexamen geschenkt habe, nachdem der Standinhaber mir erzählt hatte, die Figur sei die des sogenannten Medizin-Buddhas. Eine Porzellantasse mit einem Sprung und der Aufschrift »Lieblingsmensch«. Auch einige der anderen Gegenstände kenne ich, Geschenke von Gisela oder Tim oder Peter, andere habe ich noch nie gesehen, vermute jedoch, dass es zu jedem eine Geschichte gibt – zu dem gelben Quietscheentchen mit Zylinderhut, zu dem grasgrünen Schnürsenkel und zu der Eintrittskarte ins Neustädter Theater zu einer Aufführung von *Drei kleine Mäuse* in Englisch.

Und noch etwas finde ich in der Schublade: Liebesbriefe. Einen ganzen Packen, feinsäuberlich und megaaltmodisch mit einem weißen Bändchen zusammengehalten. Zumindest vermute ich, dass es Liebesbriefe sind, denn sie sind – wie an der eckigen Handschrift unschwer zu erkennen – von Tim. Für einen kurzen Moment ringe ich mit mir, doch dann öffne ich den jüngsten, der aus dem März stammt und einen Kieler Poststempel trägt.

Mein Engel,
Du sagtest zwar, ich müsse mich nicht jeden Tag melden, aber glaube mir: Dir zu schreiben ist das Zweitschönste, was ich tun kann, wenn ich nicht bei Dir bin. Nur ein Telefonat wäre schöner, doch es ist nach Mitternacht, und ich möchte Dich nicht wecken, falls Du schon schläfst. Die Lesung heute Abend war ein großer Erfolg. Die Stimmung war gut, fast euphorisch. Marie spricht sehr gut Deutsch, und sie ist eine witzige, vor Charme sprühende Entertainerin. Leider jedoch nur vor zahlendem Publikum! Nach der Lesung sind wir in das Restaurant gegangen, von dem ich Dir erzählt habe und in dem der Verlag extra einen Tisch reserviert hat. Es gilt als eines der besten Restaurants im Norden, aber Marie war einfach nicht zufriedenzustellen. Erst passte der Tisch nicht, dann die Dekoration, dann die Vorspeise … Sie hat

sich sogar über die Frisur der Bedienung beschwert. Ich musste die arme Frau durch ein extra großes Trinkgeld besänftigen. Ich hoffe, der Verlag erkennt die Spesenrechnung an.
Doch all das sind Kleinigkeiten. Vor allem hoffe ich eins: dass es Dir gut geht und dass Du Dir keine Vorwürfe mehr machst. Denn Du verdienst sie nicht! Es war nur ein Fehler, der jedem und jeder hätte passieren können und der nichts daran ändert, dass Du die wunderbarste Ehefrau und Mutter der Welt bist.
Ich liebe Dich.

Dein Tim

Ich lasse den Brief sinken und spüre zum zweiten Mal an diesem Morgen Scham. Ich habe Tim nicht geglaubt, als er sagte, der Streit, den Vera belauscht hat, habe sich um etwas gedreht, das Lisa getan hat und selbst für unverzeihlich hielt. Nun scheint es, als habe er die Wahrheit gesagt. Doch was kann das Unverzeihliche gewesen sein?

Ich ziehe einen weiteren Brief aus seinem Umschlag, um die Antwort darin zu suchen, werde jedoch ebenso wenig fündig wie in den übrigen Briefen – insgesamt vierundzwanzig aus dreizehn Jahren –, die ich ebenfalls überfliege. Dafür entdecke ich darin etwas anderes wieder, das ich in den letzten Tagen aus den Augen verloren hatte: Tims tiefe Liebe zu Lisa. Sie spricht aus jeder Zeile.

Während ich die Briefe in den Sekretär zurückräume, frage ich mich, ob ich das für eine hilfreiche Information halten soll oder nicht. Wenn Tims Liebe zu Lisa so stark ist wie früher, dann glaube ich nicht, dass er eine Affäre hat. Doch was hat er dann am letzten Wochenende gemacht? Und was hat Lisa gemacht? Was wollte sie im Bürgermeisterquartier? Hat sie einen Liebhaber dort? War das Unverzeihliche, das sie getan hat, ein Seitensprung? Aber hätte Tim den als kleinen Fehler abgetan?

Das Gedankenkarussell in meinem Kopf springt wieder an, und ich stehe auf, um das Schlafzimmer zu verlassen. Auf dem

Treppenabsatz überlege ich kurz, ob ich im Lichte meiner neuen Erkenntnisse überhaupt noch Tims Arbeitszimmer durchsuchen soll, doch da ist immer noch Lisas Handy, also öffne ich die Tür. Zumindest versuche ich das, doch der Raum ist abgeschlossen. Ich drücke die Klinke mehrmals hintereinander, die Tür bewegt sich nicht.

Mein Misstrauen gegenüber Tim, eingelullt durch die Liebesbriefe, flackert wieder auf. Warum schließt er im eigenen Haus sein Arbeitszimmer ab? Damit seine Kinder nicht hineingehen? Meinetwegen? Weil er darin irgendetwas verbirgt?

Nun, wenn Tim es getan hat, um mich davon abzuhalten, sein Arbeitszimmer zu durchsuchen, dann hat er Pech gehabt. Denn jetzt will ich erst recht hinein, und ich wette, das schaffe ich auch. In unserer WG haben wir irgendwann festgestellt, dass es zu jeder Zimmertür mindestens eine weitere gibt, deren Schlüssel ebenfalls passt, warum sollte das in diesem Haus anders sein?

Als Erstes probiere ich den Schlafzimmerschlüssel und den des Elternbads, dann laufe ich die Treppe hinunter in den ersten Stock und hole die Schlüssel zu den Kinderzimmern, zum Gästezimmer und zum Kinderbad. Leider passen die ebenfalls nicht, also bringe ich sie zurück, um ins Erdgeschoss zu gehen. Doch als ich den Schlüssel von Almas Zimmer ins Türschloss stecke, höre ich eine laute Mädchenstimme von draußen, die empört kreischt: »Du warst nicht am Chiemsee, du hast sie angelogen.«

Das Kreischen kommt durch Almas halb geöffnetes Fenster, das nach hinten, zum Garten, hinausgeht. Automatisch gehe ich hin und werfe einen Blick nach draußen. Gabriel und Helena Thieme stehen auf der Terrasse ihres Hauses und fetzen sich.

Ich habe weder Bock auf ein Teeniedrama noch auf einen Geschwisterkampf und schon gar nicht auf eine Kombination von beidem, also schließe ich das Fenster. Doch als ich auf dem Weg zurück zur Tür an dem Puzzle vorbeinavigiere, das Alma seit einiger Zeit mit grenzenloser Akribie auf dem Fußboden ihres Zimmers bearbeitet, stoße ich mit einem nackten Zeh gegen ihre hölzerne Schatzkiste, die unter dem Bett hervorlugt. Es tut nicht sonderlich weh, also versuche ich, die Kiste mit einem weiteren Kick unter das Bett zu schieben, treffe dabei allerdings nur den Deckel, der zur Seite rutscht. Gereizt gehe ich in die Hocke, um die Kiste ordentlich zu verstauen, doch als ich sie verschließen will, fällt mir ein handgeschriebener Zettel auf, der ganz oben darin liegt, handgeschrieben in Lisas Schrift.

Mein Herz klopft schneller, und aufgeregt hole ich den Zettel hervor, nur um ihn im nächsten Moment zurückzulegen. Es ist bloß ein Einkaufszettel, der mit Äpfeln und Butter beginnt und mit Zahnpasta endet. Enttäuscht schließe ich die Holzkiste, doch dann halte ich inne.

Ja, es ist nur ein Einkaufszettel, doch die Kiste ist randvoll mit Papieren, die Alma gesammelt hat, und wer sagt denn, dass die anderen ebenso nutzlos sind wie die Auflistung von Äpfeln bis Zahnpasta? Vielleicht sind weitere Notizen von Lisa dabei. Und vielleicht enthält irgendeine Notiz irgendeinen Hinweis. Vielleicht hat Lisa doch einmal eine Telefonnummer aufgeschrieben oder eine verräterische Visitenkarte bekommen – ich denke an die, die Oliver am Samstag in den Hausflur geworfen hat und die Alma für ihre Sammlung wollte – oder Lisa hat sich Notizen gemacht, als sie ihren Plan für dieses Wochenende geschmiedet hat, und Alma hat sie in die Finger bekommen. Okay, wahrscheinlich ist Letzteres nicht, aber dennoch: Ich habe schon Lisas Schätze durchwühlt, dann kann ich mir auch noch Almas vornehmen.

Ich setze mich auf den Boden und gehe die Papiere durch. Es dauert nicht lange. Es sind zwar etliche, doch den meisten ist auf den ersten Blick anzusehen, dass nicht einmal Miss Marple einen Hinweis darin erkennen könnte: zwei Tankquittungen aus dem Winter, vier Pizzaflyer, eine Seite, die aus einem lustigen Taschenbuch gerissen wurde, Notizen, die Tim sich beim Lektorieren eines Manuskripts gemacht hat (»Unglaubwürdig: Kein Bayer über fünfzig heißt Kevin.«), drei weitere Einkaufszettel, eine Kinokarte zu einem Disneyfilm, ein Werbeflyer für einen

Friseursalon, drei Eintrittskarten zu einem Vergnügungspark vom letzten Sommer – Peter und ich waren mit Alma dort –, eine Quittung von einem Restaurantbesuch, bei dem offensichtlich Alma, der Orangensaftjunkie, dabei war. Erst, als ich mich dem Boden der Kiste nähere, entdecke ich etwas Interessantes, drei Visitenkarten. Die erste stammt von Harald List, Heizungs- und Sanitärinstallateur, mit einer Adresse im Gewerbepark. Die zweite von Dr. Barbara Zimmermann, Zahnärztin am Neustädter Bahnhof. Die dritte ist von Jutta Krenz, psychologische Psychotherapeutin, mit einer Praxis in Moosbach.

Ich betrachte die letzte Karte genauer. Sie ist in warmen Orange- und Brauntönen gehalten, die vermutlich eine aufmunternde oder beruhigende Wirkung haben sollen, und ich frage mich, woher Alma sie haben könnte. Über die anderen Visitenkarten wundere ich mich nicht. Tim hat vor Kurzem über einen leckenden Wasserhahn geklagt, Lisa hat im Frühling erwähnt, dass sie den Zahnarzt wechseln wolle, weil sie den Eindruck habe, ihr bisheriger sei nicht mehr auf der Höhe der Zeit. Aber wie kommt Alma an die Visitenkarte einer Psychotherapeutin? Hat sie sie von Lisa oder Tim? Heißt das, einer der beiden ist in Therapie? Erwähnt haben sie es nie, und mein erster Gedanke ist, dass ich mir das nicht vorstellen kann, doch in den letzten Tagen habe ich einiges erfahren, das ich vorher ausgeschlossen hätte.

Ich nehme mir vor, Tim nach Jutta Krenz zu fragen, auch nach den anderen beiden, und stecke die drei Karten in die aufgesetzte Tasche meines Kleides. Dann nehme ich mir die restlichen Papiere in der Schatzkiste vor. Es sind nicht mehr viele. Ich fische zwei weitere Einkaufszettel heraus, eine Quittung über den Kauf von eingelegten Oliven und Peperoni bei Feinkost Lucke und eine Postkarte, auf der eine Ballerina um die eigene Achse wirbelt, dann komme ich zum letzten Stück Papier, einem DIN-A4-Blatt, das jemand in zwei Hälften gerissen, dann jedoch wieder sorgfältig mit Tesafilm zusammengeklebt hat. Das Blatt liegt mit der leeren Rückseite nach oben in der Kiste, im Gegensatz zu einigen anderen Zetteln sieht es noch recht neu aus, als sei es nicht schon hundertmal von Almas kleinen Fingern berührt worden. Ohne große Neugier drehe ich es um – und mir wird schlecht, als ich sehe, was ich in der Hand halte.

12

Mein Herz klopft viel zu schnell, und der Schweiß bricht mir aus allen Poren, während ich auf das Blatt Papier starre, das in meiner Hand zittert. Ich muss mehrmals tief ein- und wieder ausatmen, damit mein Puls sich verlangsamt und mein Magen sich beruhigt. Dann klingelt es an der Haustür, und der harmlose Ton lässt mich erneut zusammenfahren. Instinktiv knülle ich das Papier zusammen, während mein Blick zum Disneywecker mit der Eisprinzessin huscht, der auf Almas Nachttisch steht. Halb eins, zu früh für Gisela und die Kinder.

Es klingelt noch einmal. Ich drücke mich vom Boden hoch, schleiche mich ins Gästezimmer hinüber und spähe durchs Fenster hinaus auf die Straße, kann jedoch nicht erkennen, wer unter dem Vordach steht, und in der Einfahrt parkt kein Wagen. Mein Instinkt rät mir, nicht an die Tür zu gehen, doch dann reiße ich mich zusammen. Das ist Blödsinn. Der Besucher hat wohl kaum etwas mit dem zu tun, was ich gerade in Almas Schatzkiste gefunden habe. Es könnte wichtig sein, es könnte Lisa sein!

Als es ein drittes Mal klingelt, bin ich auf dem Weg nach unten und reiße die Haustür auf – und will sie sofort wieder schließen, doch Oliver hat schon seinen Fuß dazwischengeschoben, drückt die Tür auf und schlüpft hindurch.

»Hallo, Mara, endlich, ich …« Er bricht mitten im Satz ab und mustert mich. »Meine Güte, alles okay? Du bist ja total blass.«

Mein Gehirn ist noch immer mit dem Inhalt von Almas Schatzkiste beschäftigt, deshalb dauert es einen Moment, bis es mit der einzigen angemessenen Reaktion aufwartet, doch dann schießt Wut in mir hoch. »Verdammt, Oliver, was soll das?«

»Ich muss mit dir reden, und du ignorierst meine Nachrichten. Außerdem dachte ich, du vermisst vielleicht die hier.«

Er hält das Paar Sandalen hoch, das ich heute Nacht in seinem Wagen zurückgelassen habe. Ich reiße es ihm aus der Hand.

»Verschwinde!«

»Erst, wenn wir geredet haben.« Er macht einen Schritt auf mich zu. »Bitte, Mara, du musst mir zuhören. Das mit gestern Abend tut mir wahnsinnig leid …«

»Ich muss gar nichts, Oliver. Verpiss dich!«

»Bitte hör mir zu. Ich kann dir alles erklären, ich …«

Oliver streckt eine Hand aus. Keine Ahnung, ob er mich berühren will oder nicht, doch ich schlage sie sofort weg.

»Wenn du mich noch einmal anfasst, rufe ich die Polizei.«

Oliver grinst schwach. »Ich bin die Polizei, schon vergessen?«

Am liebsten würde ich ihm sein Grinsen aus dem Gesicht schlagen, doch ich erinnere mich rechtzeitig an das zusammengeknüllte Papier in meiner Hand. Ich schiebe es in meine Kleidertasche zu den Visitenkarten. »Du findest das witzig? Ich bin gespannt, ob deine Kollegen das auch so sehen.« Ich greife zum Telefon auf der Flurkommode.

Endlich wird Olivers Miene ernst. »Du hast recht«, sagt er zerknirscht. »Entschuldige! Aber gib mir bitte die Chance, alles zu erklären.«

»Es gibt nichts zu erklären, Oliver. Du hast mich geschlagen und im Internet gestalkt, und wie auch immer du dich rausreden willst – es interessiert mich nicht. Entweder du bist einfach ein Riesenarsch, der einen Kick dadurch bekommt, Ex-Freundinnen zu manipulieren, oder du bist immer noch das verwöhnte Muttersöhnchen von früher, das nicht weiß, wohin mit seinem Geld, und glaubt, sich damit Bedeutung erkaufen zu können, oder du bist schlicht und einfach ein Psychopath, aber es ist mir scheißegal.«

Oliver wird blass und macht einen Schritt zurück, bis er an die Haustür stößt. »Das kannst du nicht ernsthaft glauben, nichts davon ist wahr.«

»Vermutlich ist alles drei wahr.«

»Nein, Mara, lass es mich bitte erklären. Es ist ganz anders, völlig harmlos. Ich …«

»Es interessiert mich nicht.«

»… bin immer noch in dich verliebt.«

»Was war das gerade?«

Oliver wird knallrot und öffnet seinen Mund, produziert allerdings statt Worte nur Luftblasen. Wie ein Fisch. Schließlich schafft er es, etwas hervorzustoßen. »Entschuldige bitte, das sollte nicht so herauskommen. Das war nicht der passende Moment, ich hatte mir das anders gedacht. Und eigentlich weiß ich auch nicht genau, was ich empfinde, ich weiß nur, dass ich dich wahnsinnig gern habe. Immer noch. Ich glaube, ich habe nie aufgehört …« Er macht einen Schritt auf mich zu, stoppt jedoch ab, als ich mit dem Telefon wedele.

»Du bist ja noch durchgeknallter, als ich dachte.«

Oliver kratzt sich verlegen im Nacken. »Ja, okay, das klingt jetzt vielleicht so, aber lass es mich bitte erklären. Fünf Minuten. Vielleicht können wir …« Er macht eine Kopfbewegung Richtung Wohnzimmertür.

Nur über meine Leiche. Doch gleichzeitig bin ich neugierig. »Drei Minuten. Hier.«

»Klar, wie du willst.«

Oliver setzt sich auf eine Treppenstufe, was mir nicht passt, doch ich sage nichts. Dann lockert er seinen Krawattenknoten und blickt mich von unten herauf an.

»Das Wichtigste, das du mir glauben musst, Mara, ist, dass ich dich nicht gestalkt habe. Das würde ich nie tun. Ich habe nur zufällig von deinem OnlyFans-Account erfahren. Freddy hat mir davon erzählt, Freddy Daxner. Ich habe ihn auf der Hochzeit von Amelie und Lasse getroffen. Du erinnerst dich bestimmt an die beiden …« Er bricht ab, als ich einen Blick auf eine imaginäre Armbanduhr werfe, und hebt entschuldigend die Hände. »Okay, okay, versteh schon. Also, wie gesagt, Freddy hat mir von deinem Account erzählt. Und natürlich war ich neugierig. Ich meine, komm schon, Mara, das kannst du mir nicht verübeln. Dir wäre es umgekehrt genauso ergangen. Also habe ich ein Abo gebucht und …«

»Unter welchem Namen?«, unterbreche ich.

Oliver zögert. »O1991.«

Ein weiteres Benutzerkonto. »Wie viele Usernamen hast du noch?«

»Das ist doch jetzt egal …«

»Wie viele?«

»Nur die drei.« Bevor ich nachfragen kann, spricht Oliver hastig weiter. »Also, ich habe mich angemeldet und mir deine Fotos angeguckt, und sie haben mich umgehauen. Total überwältigt. Ich hatte lange Zeit nicht an dich gedacht. Nachdem du Schluss gemacht hattest, hatte ich dich ziemlich rigoros aus meinem Gedächtnis getilgt. Wenn ich an dich dachte, dann mit Wut, weil …« Er sieht zu mir hoch. »Na ja, weil das ganz schön hart war. Ich meine, an einem Tag läuft alles super, ich frage dich, ob wir uns zusammen eine Wohnung suchen, und am nächsten Tag ist es aus und vorbei, und du rennst davon, weil dir angeblich alles zu schnell geht. Ich sehe ja ein, dass es vielleicht zu früh war, aber das war doch kein Grund, alles hinzuschmeißen.«

Er sieht mich tatsächlich vorwurfsvoll an, doch wenn er glaubt, mir nach zwölf Jahren Schuldgefühle einreden zu können, hat er sich geschnitten.

»Die Zeit läuft.«

Oliver verdreht die Augen. »Wie gesagt, ich hatte, wenn überhaupt, mit Wut an dich gedacht, aber als ich die Fotos sah, kamen plötzlich jede Menge positive Erinnerungen hoch. Wie viel Spaß wir immer hatten, wie aufregend es mit dir war, wie scharf der Sex war. Da waren plötzlich jede Menge positiver Gefühle, und ich wollte dich unbedingt wiedersehen.«

»Ach, und du dachtest, der beste Weg, das zu bewerkstelligen, wäre, dass ich meine Haare blau färbe, damit du mich in der nächsten Menschenmenge besser erkennst?« Ich könnte mir den Sarkasmus nicht einmal verkneifen, wenn ich Oliver glauben würde – was ich nicht tue.

Oliver reibt sich den Nacken. »Nein, natürlich nicht. Das war blöd, das sehe ich jetzt ein. Ich fand es witzig. Und ich dachte, du seist vielleicht froh über das Geld.«

»Das heißt, du wolltest mich kaufen.«

»Nein! Mensch, Mara, versteh doch: Ich hatte Schiss, wie du reagieren würdest. Ich dachte, wenn ich dir maile, ob wir uns mal treffen, verpasst du mir eine Abfuhr. Also habe ich dir anonym geschrieben. Ich wollte sehen, wie du reagierst. Ich dachte, dass du vielleicht sogar merkst, wer ich bin. Ich habe ein oder zwei Andeutungen gemacht, aber die waren wohl zu subtil.«

Er sieht mich fragend an, doch ich erzähle ihm bestimmt nicht, dass ich seine Nachrichten weder gelesen noch beantwortet habe, weil das Gesches Part ist. »Das erklärt ein Nutzerkonto, wie wurden daraus drei?«

Oliver starrt einen Moment lang auf die Flurfliesen. »Es fing mit den Challenges an. Ich dachte, ich sollte nicht zu viel unter einem Namen vorschlagen, also habe ich andere erfunden. Außerdem hatte ich mittlerweile ziemlich viele Nachrichten geschrieben und wollte nicht negativ auffallen. Also …«

»Also dachtest du dir zwei weitere Namen aus, damit ich nicht merke, dass du mich stalkst?«

Er sieht wütend zu mir hoch. »Verdammt, Mara, ich habe dich nicht gestalkt! Ich war einfach nur fasziniert, okay? Von deinen Fotos, davon, wieder Kontakt zu dir zu haben. Ich war regelrecht süchtig danach. Und dann die Challenges – der Gedanke, dass du etwas für mich tust … Du warst in der Hinsicht früher mehr als zurückhaltend. Du hast nie etwas für andere getan, nie auf andere gehört, nicht einmal auf deine Schwester. Und als du für mich die Haare färbtest … Ich fand es scharf, okay? Und ich verstehe nicht, was dich daran so stört. Immerhin hast du doch deswegen den Account gegründet. Damit Männer scharf werden und dir Geld zahlen.«

Ja, Männer, die ich nicht kenne. Männer, mit denen ich nichts zu tun habe. Doch in dem Augenblick wird mir klar, wie naiv der Gedanke war.

»Was war mit deinem angeblichen Plan, mich im echten Leben wiederzutreffen? Hast du den aufgegeben?«

Er schüttelt den Kopf. »Ich habe überlegt, wie ich es bewerkstelligen soll. Ich wartete noch auf eine gute Idee, da traf ich dich am Ausee.«

»Und ich soll glauben, dass das Zufall war?«

Er zuckt mit den Achseln. »Ich war mit einigen Kumpels dort. Woher hätte ich wissen sollen, dass du auch kommst?«

Ich tendiere dazu, Oliver in diesem Punkt zu glauben, weil Alma, Hektor und ich spontan zum See gegangen sind. »Aber als du abends bei mir aufgetaucht bist, warst du nicht zufällig in der Nähe.«

»Nee, ich wollte dich sehen.« Er seufzt. »Mara, es tut mir leid. Im Nachhinein ist mir klar, dass mein Verhalten falsch war, aber kannst du nicht darüber hinwegsehen? Du hast es doch selbst gespürt. Am Samstag. Gestern Abend. Da ist noch was zwischen uns. Jede Menge. Vermutlich war es nie weg. Ich möchte das nicht wegwerfen.«

»Und was soll das bedeuten?«

Oliver drückt sich von der Treppenstufe hoch und stellt sich vor mich, zu dicht für meinen Geschmack. Ich weiche dennoch nicht zurück, sondern behaupte meinen Platz, aber als Oliver versucht, meine Hand zu fassen, verschränke ich die Arme vor der Brust.

Oliver räuspert sich. »Ich möchte, dass wir es noch einmal miteinander versuchen.« Er deutet meinen entsetzten Gesichtsausdruck falsch. »Ich weiß, jetzt ist nicht der richtige Zeitpunkt. Solange deine Schwester verschwunden ist … Aber vielleicht ist das ein guter Ansatzpunkt. Lass mich in den nächsten Tagen für dich da sein, Mara, lass mich dich bei der Suche unterstützen. Und wenn die Sache mit Lisa geklärt ist, starten wir beide einen zweiten Versuch. Es wird natürlich ein bisschen kompliziert, weil du jetzt in München wohnst, aber andere Paare kriegen das auch hin. Wozu gibt es Wochenenden und Urlaube? Und eigentlich hast du in München doch gar keinen festen Job. Und wenn wir wieder zusammen sind, müsstest du natürlich ohnehin keine Fotos mehr für OnlyFans machen und ...«

Oliver redet so lange und so eifrig auf mich ein wie ein Missionar auf Seelenfang, und ich habe ein Déjà-vu. So hat er früher immer mit mir geredet, wenn er mich zu irgendetwas überreden wollte, auf das ich partout keine Lust hatte – zum Beispiel beim Besuch seines Opas ein längeres Kleid anzuziehen oder mit seiner Familie in den Urlaub zu fahren, damit die mich besser kennenlernen kann.

Schließlich hält er inne, etwas atemlos und mit erwartungsvollem Blick in seinen Dackelaugen. »Also, was sagst du dazu?«

Ich sage erst einmal gar nichts, weil ich völlig perplex bin. Mir ist nach einer ganz anderen Reaktion. Ich versuche zwar, sie zu unterdrücken, doch dann bricht es aus mir heraus, und ich lache lauthals los. Ich kann mich auch nicht bremsen, als Olivers erwartungsvolle Miene erstarrt.

»Verrätst du mir, was daran so witzig ist?«

»Ehrlich gesagt: alles. Hast du dir in den letzten fünf Minuten zugehört? Du kannst nicht wirklich glauben, es wäre eine gute Idee, wenn wir wieder zusammenkämen.«

»Warum nicht? Ich sehe ja ein, dass es kompliziert wird, weil du in München lebst ...«

Ich schneide ihm das Wort ab. »Vergiss München, Oliver, es geht nicht um München. Ich habe nicht das geringste Interesse an einer festen Beziehung. Schon gar nicht mit dir.«

Der Nachsatz rutscht mir heraus, und als ich Olivers verstörten Gesichtsausdruck sehe, tut er mir fast leid. Doch warum eigentlich? Warum soll ich auf Olivers Gefühle Rücksicht nehmen, während er sich offensichtlich in den letzten Wochen und Monaten in etwas hineingesteigert hat, ohne auch nur einen einzigen

Gedanken an meine Gefühle oder eher Nichtgefühle zu verschwenden? Die Situation ist absurd.

Unglücklicherweise sieht Oliver das anders. »Ich glaube dir nicht. Wenn du mich nicht willst, warum sollte ich dann gestern Abend zum Ausee kommen?«

»Da ging es nur um Sex.«

»Wenn es dir nur um Sex gegangen wäre, hättest du irgendeinen Typen vögeln können.«

Oliver sieht mich herausfordernd an, doch ich habe keine Lust, ihn über meine logistischen Schwierigkeiten aufzuklären, in Neustadt einen Sexpartner zu finden. Ich habe überhaupt keine Lust mehr auf dieses Gespräch. »Dann glaub es nicht, aber für mich ist diese Unterhaltung beendet. Deine drei Minuten sind um.«

Ich mache eine Kopfbewegung Richtung Haustür, doch Oliver bleibt, wo er ist, und in meinem Hinterkopf beginnt, ein Warnton zu summen.

»Ich möchte, dass du gehst«, wiederhole ich scharf.

Oliver verschränkt die Arme vor der Brust. »Erst, wenn wir das geklärt haben. Glaubst du ernsthaft, du kannst mich zum Vögeln zum Ausee bestellen wie irgendeinen Callboy und mich dann fallen lassen?«

»Du hättest nicht kommen brauchen.«

»Ich bin gekommen, weil du mir etwas bedeutest und weil ich glaube, dass ich dir etwas bedeute.«

»Da irrst du dich. Und jetzt …«

Ich gehe zur Haustür und öffne sie, doch Oliver bewegt sich nicht vom Fleck. »Das glaube ich nicht. Wenn das jetzt irgendein Spiel sein soll …«

Auch das noch! »Es ist kein Spiel, Oliver, ich möchte keine Beziehung mit dir.«

Ich betone jedes einzelne Wort, und langsam scheint es zu Oliver durchzudringen. Er blinzelt. »Du willst mich wirklich nicht?« Er klingt so perplex, als hätte ich gerade einen Millionen-Lottogewinn abgelehnt. »Du willst mich wirklich nicht«, wiederholt er dann leise, wie zu sich selbst, doch dieses Mal ist es keine Frage.

»Ich will dich wirklich nicht. Und jetzt …« Ich öffne die Haustür noch weiter, doch Oliver bleibt, wo er ist. »Ich denke, du solltest jetzt gehen.« Ich wedele mit der Haustür, doch Oliver bewegt sich nicht. Der Warnton in meinem Hinterkopf wird lauter.

»Oliver?«

Wieder keine Reaktion. Ich beginne, mir Gedanken zu machen, wie ich die Situation auflösen soll. Oliver steht einfach mit verschränkten Armen da und mustert mich. Ich habe keine Ahnung, was in seinem Kopf vorgeht, doch ich spüre, dass es nichts Friedliches ist. Dann nickt er. Erst langsam, dann kräftiger, als hätte er einen Entschluss gefasst. Er blickt mich an, jedoch nicht mehr bittend, sondern abschätzig.

»Du hast recht, Mara«, sagt er und wiederholt es gleich noch einmal. »Du hast recht. Ich habe mich geirrt. Gründlich, wie es scheint. Aber in einem anderen Punkt.«

Er macht eine Kunstpause, doch wenn er glaubt, ich frage nach, hat er sich geschnitten. Wenn er noch etwas loswerden will, meinetwegen, aber schnell.

»Ich habe mich geirrt, als ich dachte, du wärst eine Frau, die meine Liebe verdient hätte. Ich war zwar entsetzt, als Freddy mir erzählte, dass du dich für Geld und billige Fotos ausziehst, aber ich habe dich dafür nicht verurteilt. Ich habe mir eingeredet, dass ich ja nicht wissen könne, warum du es tust. Vielleicht hattest du wegen Corona deinen Job verloren und brauchtest das Geld dringend.« Er mustert mich verächtlich. »Aber das war nicht der einzige Grund, nicht wahr? Du machst es nicht nur für das Geld, sondern weil es dir Spaß macht. Weil du's geil findest, mit deinem Körper Männer heiß zu machen und dann abzuservieren. Nur eines verstehe ich nicht: Warum nennst du deinen Account Schlangenfrau? Schlampenfrau wäre doch viel passender.«

Er macht erneut eine Pause, offenbar in Erwartung einer Reaktion, doch ich bin entschlossen, mich nicht provozieren zu lassen.

»Denn das ist genau das, was du bist«, fährt er fort. »Eine Schlampe, die alles für ein bisschen Aufmerksamkeit tut. Die für jeden die Beine breitmacht und sich nicht festlegen will. Die nichts anderes zu bieten hat als ihren Körper. Du bist nicht mehr als eine beschissene Nutte.«

Wieder macht Oliver eine Pause, und dieses Mal reagiere ich, denn seine Provokation wirkt. Ich lächle ihn zuckersüß an, damit er nicht merkt, wie sehr mich jedes Wort getroffen hat. »Tja, dann kannst du ja froh sein, dass du dich nicht länger mit mir abgeben musst.« Ich wedele mit der offenen Tür.

»Oh, das bin ich. Und ich werde gehen – keine Sorge. Doch zuvor muss ich noch etwas Geschäftliches erledigen. Denn einer beschissene Nutte will ich nichts schuldig sein.« Oliver zieht sein Portemonnaie hervor. »Also, wie viel schulde ich dir für gestern Abend? Was kostet ein Fick mit der Schlangenfrau? Fünfzig? Hundert? Und gibt's für zwei Mengenrabatt?«

Er fischt zwei Fünfziger aus dem Portemonnaie und wedelt damit vor meinem Gesicht herum. Am liebsten würde ich ihm die Scheine in den dreckigen Mund stopfen, doch ich zwinge mich, stattdessen tief durchzuatmen. Die Sirene in meinem Hinterkopf schrillt mittlerweile ununterbrochen. Dies ist nicht der Moment, die Situation eskalieren zu lassen.

»Geh!«, zische ich daher bloß. »Sofort!«

Oliver stellt sich vor mich und grinst verächtlich. »Klar. Aber Fickschulden sind Ehrenschulden, also …«

Er streckt die Hand aus. Ich kapiere zunächst nicht, was er vorhat, dann wird mir klar, dass er die zwei Fünfziger in meinen Ausschnitt stecken will, und ich schlage die Hand weg. Doch Oliver hat damit gerechnet. Mit der Linken fängt er meine Rechte ab. Und dann geht alles ganz schnell. Ich weiß nicht, wie mir geschieht, da presst Oliver mich schon an die Flurwand. Seine linke Hand hält meine rechte umklammert, mein linker Arm liegt verdreht hinter meinem Rücken, während Oliver mir das Geld in den BH schiebt.

»Los«, keucht er, »sei eine brave beschissene Nutte und nimm dein Trinkgeld.«

Ich lasse mein Knie hochschnellen und stoße es Oliver mit aller Gewalt in den Schritt. Er jault auf, sein Griff lockert sich, und ich reiße mich los. Ein schneller Blick zur Haustür, doch Oliver versperrt den Weg, also entscheide ich, ins Wohnzimmer zu laufen und über die Terrasse zu entkommen.

Es ist eine schlechte Entscheidung.

Ich komme nur zwei Schritte weit, da packt Oliver mich von hinten. Ich versuche erneut, mich loszureißen, es gelingt, doch ich verliere das Gleichgewicht, und das Letzte, das ich spüre, ist ein brennender Schmerz, als mein Kopf gegen die Kante der Flurkommode schlägt.

Teil

IV

1

Pia Meyer hatte aus drei Gründen gute Laune. Der erste: Sie war im Rausch danach. Sie hatte sich am Vorabend spontan mit einem Typen getroffen, dessen Foto morgens auf Tinder hochgepoppt war und mit dem sie im Laufe des Tages wild hin und her getextet hatte, und der Abend war ein voller Erfolg gewesen: vom ersten Anblick – in Wirklichkeit war der Typ noch kerniger als auf seinem Profilbild –, über den ersten Small Talk – gemeinsame Vorliebe für Actionfilme, gemeinsame Abneigung gegen grünes Essen –, über den Austausch intimerer Informationen – Trainingspläne im Fitnessstudio – bis hin zum Finale, das in Pias Bett stattgefunden hatte. Pia war von der Nacht so geflasht gewesen, dass sie bereits einem weiteren Date zugestimmt hatte.

Der zweite Grund für Pias gute Laune lag darin, dass ein Wunder geschehen war und jemand – ob nun der Hausmeister, der Zufall oder das Spaghettimonster – die Klimaanlage im Polizeipräsidium repariert hatte. So konnte sie heute bei angenehmen zweiundzwanzig Grad ihre Berichte tippen. Diese Berichte waren ihr dritter Gute-Laune-Grund. Normalerweise rangierte Verwaltungskram auf Pias Interessenskala auf einer Stufe zwischen Schuheputzen und Müllrausbringen, doch heute war ihr die öde Tätigkeit willkommen, da sie die Gelegenheit bot, in Erinnerungen an die Nacht zu schwelgen. Es war lange her, dass ein Typ sie so angefixt hatte. Vielleicht ergab sich daraus mehr?

Während Pia einen weiteren Absatz tippte, seufzte sie wohlig, was sie getrost tun konnte, da sie allein im Büro war. Oliver war zur Mittagspause mit den Worten »Muss was erledigen, bin in einer Stunde zurück« verschwunden. Mittlerweile waren drei Stunden vergangen, doch Pia machte sich keine Gedanken. Ihr Job waren vermisste Zivilisten, nicht vermisste Kollegen.

Pia speicherte den Bericht ab und öffnete ein neues Dokument, als ihr Handy summte, das neben ihrer Tastatur lag. Während sie eine Überschrift tippte, schielte sie aufs Display, um ihm dann ihre volle Aufmerksamkeit zu schenken, als sie sah, von wem die Nachricht war.

»Denke ständig an letzte Nacht. War mega. Scharf auf die Fortsetzung.«

Pia spürte, wie sich ein idiotisches Grinsen auf ihrem Gesicht ausbreitete. Sie griff zum Handy, um eine Antwort zu tippen, doch in dem Moment klingelte es, und Olivers Name leuchtete im Display auf. Spielverderber!

»Hi, Oliver, falls du dich selbst als vermisst melden möchtest, tu das doch bitte offiziell über die Zentrale, ich bin beschäftigt.«

»Mara Bader liegt mit einer Kopfverletzung im Krankenhaus, sie ist bewusstlos. Könntest du kommen?«

Pia fand Oliver im Besucherbereich vor der Intensivstation, wo er zusammen mit Tim Bader-Menzel und Gisela Bader auf Neuigkeiten wartete. Ihre drei Gesichter waren vor Sorge verkniffen, ebenso das eines Mädchens von sechs oder sieben Jahren mit verheulten Augen, das sich auf Bader-Menzels Schoß in seine Arme kuschelte. Nur ein kleiner blonder Junge schien von der Anspannung unberührt. Er lag auf dem Boden und ließ mit großer Begeisterung einen Spielzeugbagger wieder und wieder gegen die Wand krachen.

Bei Pias Anblick stand Oliver auf. Pia nickte den Baders zu, dann zog sie den Kollegen durch eine Glastür, die auf einen Raucherbalkon für Patienten führte. Obwohl der Balkon im Schatten lag, war es dort heiß, doch wenigstens waren sie ungestört.

»Gibt es schon etwas Neues über Maras Zustand?«, fragte Pia, während sie kritisch die Metallstühle beäugte, die um kleine runde Metalltische standen. In der Hoffnung, dass er ihrem Gewicht gewachsen wäre, nahm sie auf einem Platz.

Oliver ließ sich auf einen zweiten Stuhl fallen. Pia fiel auf, dass ihr Kollege nicht annähernd so geschniegelt aussah wie sonst. Sein Haar war verstrubbelt, sein weißes Hemd zerknittert. Als er mit dem Ärmel Schweiß von seiner Stirn wischte, bemerkte Pia einen verschmierten rotbraunen Fleck an der Manschette.

»Die CT-Bilder sind aus der Radiologie gekommen. Es ist weniger schlimm als befürchtet. Maras Kopfverletzungen sind rein äußerlich. Platzwunde, Bluterguss, aber der Schädelknochen ist intakt. Mara ist immer noch nicht wieder bei Bewusstsein, doch der Arzt vermutet, dass sie heute noch aufwachen wird, auch wenn er sich nicht auf ein Zeitfenster festlegen wollte.« Oliver wischte sich mit einer zitternden Hand über sein blasses Gesicht.

Pia musterte ihn. »Du siehst ziemlich fertig aus.«

»Mir geht's gut.«

»Sicher?«

»Ja.« Er schob seine Hände in die Hosentasche seiner hellgrauen Anzughose.

»Okay, dann erzähl mir ausführlich, was passiert ist. Am Telefon sagtest du, dass du Mara besuchen wolltest und sie bewusstlos aufgefunden hast?«

»Das stimmt. Ich wollte in der Mittagspause bei ihr vorbeischauen. Als ich im Drosselweg ankam – so gegen zehn vor eins –, fiel mir sofort auf, dass die Haustür einen Spaltbreit offen stand. Natürlich wollte ich nicht einfach reingehen, also habe ich geklingelt. Zweimal, doch niemand hat aufgemacht, obwohl die Klingel funktionierte, also habe ich die Haustür ein Stück weit aufgedrückt und einige Male ›Hallo!‹ gerufen. Immer noch keine Antwort. Ich fand das seltsam, also rief ich, dass ich jetzt reinkommen würde und dann …«, Oliver schluckte, »… dann habe ich Mara gesehen. Sie lag auf dem Boden.«

»Kannst du das möglichst genau beschreiben?«

»Ich versuch's.« Oliver räusperte sich. »Mara lag vor der Treppe, halb auf der rechten Seite, Gesicht zur Treppe, Rücken zur Kommode, die gegenübersteht, Kopf Richtung Wohnzimmertür. Sie trug ein Sommerkleid und war barfuß.« Er schluckte erneut. »Ich bin sofort zu ihr hingelaufen. Ich habe sie angesprochen, doch sie reagierte nicht, deshalb habe ich sie vorsichtig untersucht. Als ich sah, dass sie am Kopf blutete, habe ich den Notruf gewählt. Sie waren fix da, keine zehn Minuten.«

»Hatte Mara nur die eine Wunde?«, fragte Pia.

»Soweit ich das sehen konnte, ja, und der Arzt hat es bestätigt. Ansonsten schien sie stabil, sie atmete selbstständig, war aber, wie gesagt, bewusstlos.«

»Das heißt, du hast nicht mit ihr geredet?«

Oliver nahm eine Hand aus der Tasche und kratzte sich im Nacken. »Doch«, sagte er schließlich, »aber sie hat nicht reagiert. Ich habe ihre Hand gehalten und ihr gesagt, dass ich da bin.«

»Und Mara war allein im Haus? Hast du das überprüft?«

Oliver blickte Pia überrascht an. »Nein, ehrlich gesagt, habe ich gar nicht daran gedacht, weil ich mir solche Sorgen um sie gemacht habe. Ich bin bei ihr geblieben, bis der Rettungswagen eintraf. Während die Sanitäter Mara untersuchten, kam ihre Mutter mit den Kindern nach Hause. Gisela ist im Rettungswagen mit ins Krankenhaus gefahren, ich bin mit den Kindern hinterher. Seitdem haben wir hier auf Neuigkeiten gewartet. Gisela hat noch Tim informiert. Der hatte sich heute mit einer Journalistin getroffen, er kam vor einer Stunde.«

Oliver lehnte sich auf seinem Stuhl zurück, streckte seine Beine aus und atmete langsam aus. Er wirkte weit mehr mitgenommen, als Pia es bei einem Kollegen erwartet hätte, der eine bloße Bekannte bewusstlos auffand.

»Wieso bist du eigentlich zu Mara gefahren? Wart ihr verabredet?«

»Ich wollte wissen, wie sie mit der Suche nach Lisa vorankommen. Sie suchen privat nach ihr.«

Pia nickte. Sie hatte am Bahnhof die Flyer bemerkt und sich daraufhin die Homepage angesehen, die die Baders ins Netz gestellt hatten. »Und das war alles?«, hakte sie nach. »Warum hast du Mara nicht einfach angerufen?«

»Kein besonderer Grund.«

Pia musterte ihren Kollegen, was sie ungestört tun konnte, da er ihrem Blick auswich. »Und hat es auch keinen besonderen Grund, dass du so wirkst, als wärst du gerade Witwer geworden?« Als er nichts erwiderte, seufzte sie. »Komm schon, Oliver, erzähl mir keinen Scheiß! Ich habe am Montag nicht geglaubt, dass Mara eine bloße Bekannte ist, jetzt glaube ich es noch weniger. Was läuft zwischen euch? Schlaft ihr miteinander?«

Oliver zögerte, bevor er es zugab. »Am Montag lief noch nichts, aber gestern haben wir uns getroffen und … Na ja … Deshalb wollte ich Mara heute besuchen.«

Für einen Quickie in der Mittagspause, vermutete Pia, doch Olivers Sexleben interessierte sie weniger als etwas anderes. »Okay, ich denke, ich habe die Fakten jetzt zusammen. Du wolltest Mara besuchen, hast sie bewusstlos und mit Kopfwunde aufgefunden, hast den Krankenwagen gerufen. Was ich nicht verstehe: Wieso hast du mich angerufen? Du hast Mara am Fuß der Treppe gefunden. Soweit ich das sehe, ist die naheliegende Erklärung dafür ein Sturz von eben dieser Treppe. Oder glaubst du, es steckt etwas anderes dahinter? Ein Angriff?«

»Nein, natürlich nicht.« Oliver sah sie entsetzt an.

»Wieso sollte ich dann herkommen?«

»Weil …« Einen Augenblick lang wirkte Oliver verwirrt, doch dann holte er etwas aus der Hosentasche, das er sorgfältig in mehrere graue Papierhandtücher gewickelt hatte, wie es sie in öffentlichen Waschräumen gab. Er klappte sie auseinander und zeigte Pia ein zweimal gefaltetes Blatt Papier, auf dem ein weiterer verschmierter Blutfleck prangte. »Das steckte in einer Tasche von Maras Kleid. Es ist herausgefallen, als die Sanitäter sie auf die Trage hoben.«

Pia betrachtete das Papier. »Was ist das?«

»Du solltest es dir selbst ansehen – mit Handschuhen.«

»Ich soll mir Handschuhe anziehen für etwas, dass du mit bloßen Fingern berührst und in der Hosentasche herumträgst?«

»Das war keine Absicht. Als das Papier aus Maras Tasche fiel, habe ich es instinktiv aufgehoben und eingesteckt. Daher der Blutfleck. Meine Finger waren blutig, weil ich Maras Wunde abgetastet hatte. Ich habe das Papier dann vergessen, es fiel mir erst wieder ein, als Gisela vorhin danach fragte. Sie war dabei, als ich es eingesteckt habe. Ich ging dann in den Waschraum, um erst einmal die Hände zu waschen. Nachdem ich es mir angesehen hatte, habe ich dich angerufen.«

Pia holte ein Paar Einmalhandschuhe aus ihrer Umhängetasche, fasste das Papier vorsichtig an den Rändern und faltete es auseinander. Dann sog sie hörbar die Luft ein, als sie die düstere Schwarz-Weiß-Zeichnung sah, auf der ein Mann eine Frau vergewaltigte, genauer gesagt, die Kopie einer solchen Zeichnung.

In ihrem Job wurde Pia oft mit Gewalt und ihren Folgen konfrontiert und war dadurch zu einem gewissen Grade abgehärtet, dennoch würde Gewalt, insbesondere sexuelle Gewalt, sie nie kaltlassen, auch dann nicht, wenn sie »nur« auf einer Zeichnung stattfand. Sie atmete einmal tief durch, dann betrachtete sie das Bild genauer.

Vom Stil her erinnerte die Bleistiftzeichnung sie an einen Horrorcomic, nicht nur wegen des Inhalts wirkte es ausgesprochen düster. Der Rand war dunkel schraffiert, überall schienen Schatten zu lauern. Nur ein ovaler Fleck in der Mitte war heller, als würde er von einer Lampe erleuchtet. In diesem Lichtfleck stand eine zierliche Frau etwas vorgebeugt, auf einen Tisch oder etwas Ähnliches abgestützt, während ein Mann von hinten in sie eindrang. Dass es eine Vergewaltigung war, kein einvernehmliches Liebesspiel, kam im Blick der Frau zum Ausdruck. Ihre Augen waren weit aufgerissen und gefüllt mit Tränen. Die Nase war nur als kurzer Strich angedeutet, der Mund dagegen übertrieben groß gezeichnet, ebenfalls weit aufgerissen vor Angst oder Schmerzen. Das Gesicht des Mannes war nicht zu erkennen, weil es ebenso wie ein großer Teil seines Oberkörpers in den Schatten am Bildrand verschwand. Lediglich seine nackten, behaarten

Beine und der halbe Schaft seines abnorm groß dargestellten Penis waren zu erkennen. Der Fokus der Darstellung lag auf der Erniedrigung der Frau. Und es war nicht irgendeine Frau. Obwohl ihr Gesicht nur grob skizziert war, ahnte Pia, wen es darstellen sollte, und die letzten Zweifel wurden durch ihre Kleidung beseitigt. Die Frau trug nichts als einen engen Arztkittel, der bis über ihren Po hochgeschoben war und vorne auseinanderklaffte, so, dass ihre Brüste dem Betrachter entgegensprangen. An dem Kittel steckte ein Namensschild mit der Aufschrift: Dr. E. Bader.

Pia blickte zu Oliver auf. »Ich nehme an, Riss und Tesafilm sind nicht von dir?« Die Frage bezog sich auf einen Riss, der das Papier in zwei Hälften teilte. Jemand hatte es sorgfältig mit Tesafilm wieder zusammengeklebt.

»Die Knitterfalten ebenfalls nicht. Das Papier steckte zusammengeknüllt in Maras Tasche. Als ich sah, was es darstellte, habe ich es gefaltet, zwischen die Papierhandtücher gelegt und wieder in meine Hosentasche gesteckt. Suboptimal, ich weiß, aber ich wollte zurück zur Familie, und ich wollte verhindern, dass die Kinder die Zeichnung zu Gesicht bekommen. Ich habe sie auch Tim und Gisela noch nicht gezeigt.« Oliver warf Pia einen beunruhigten Blick zu. »Glaubst du, das ist eine Drohung?«

Statt einer Antwort deckte Pia den Metalltisch sorgfältig mit den Papierhandtüchern ab, legte die Zeichnung darauf, holte ihr Handy hervor und schoss einige Fotos. Dann steckte sie die Zeichnung in einen Beweismittelbeutel und verstaute diesen in ihrer Tasche.

»Ich hoffe es«, sagte sie schließlich. »Ich hoffe, das ist nur eine Drohung. Ich hoffe, es ist nur etwas, dass irgendein krankes Gehirn sich für irgendeinen Zeitpunkt in der Zukunft ausgedacht hat. Ich hoffe, es ist nichts, das schon geschehen ist.«

Pia wollte getrennt mit Mara Baders Mutter und Schwager sprechen und bat zuerst Tim Bader-Menzel auf den Balkon. Der

Mann war offensichtlich erschöpft. Zwar war er sorgfältig rasiert, und sein helles Hemd zeigte keine erkennbaren Knitterfalten, doch er sah blass und müde aus und fuhr sich immer wieder fahrig durchs Gesicht. Er schien in seiner Einstellung zu Pia hin- und hergerissen. Einerseits verärgert, weil sie Lisa und ihre Familie – wie er es formulierte – durch die Einstellung der Ermittlungen im Stich gelassen hatte, andererseits voller Hoffnung, ihre Anwesenheit bedeute, dass sie gewillt wäre, die Ermittlungen wieder aufzunehmen.

»Allerdings verstehe ich nicht, was sich Ihrer Ansicht nach durch Maras Sturz geändert hat. Glauben Sie, dass es kein Unfall war, dass meine Schwägerin angegriffen wurde?«

»Ich möchte darüber nicht spekulieren, sondern warten, bis Mara uns selbst schildern kann, was geschehen ist. Denn so, wie ich das verstanden habe, war sie allein zu Hause?«

Bader-Menzel nickte. »Ich habe mich mit einem Nachbarn, der uns bei der Suche nach meiner Frau unterstützt, und einer Journalistin vom Neustädter Boten getroffen. Sie schreibt einen Artikel über unsere Suche. Wir sind um halb elf Uhr aufgebrochen, Mara war danach allein im Haus, weil die Kinder in Kita und Schule waren.«

»Wissen Sie zufällig, was sie getan hat? Oder was für Pläne sie hatte?«

»Sie wollte gegen eins zur Druckerei Brunnthaler, um Plakate und Flyer abzuholen, mehr weiß ich nicht.« Bader-Menzel rieb über sein Kinn. »Aber wieso interessieren Sie sich dafür, was Mara gemacht hat, bevor was auch immer passierte?«

»Weil sie etwas bei sich trug, als Kommissar Breckenkamp sie fand. Eine Zeichnung. Ich würde gerne wissen, woher sie die hatte.«

»Eine Zeichnung?«

Pia griff zu ihrer Umhängetasche. »Ich werde sie Ihnen zeigen, allerdings möchte ich Sie zuvor warnen. Es ist ein sehr verstörendes Bild. Es zeigt, wie Ihre Frau vergewaltigt wird.«

Für einige Augenblicke war Bader-Menzels Miene bar jeden Ausdrucks, dann weiteten sich seine Augen im Schock. »Bitte?«

Pia zog die Klarsichthülle mit der Zeichnung hervor und hielt sie Bader-Menzel hin. Der Mann zuckte zurück, doch dann nahm er seine Brille ab und studierte das Bild. Nach einer Weile begann sein Kinn zu zittern, er schluckte mehrmals. Als er schließlich aufsah, war sein Blick verstört, die Haut um seinen Mund schimmerte grünlich.

»Ich glaube, mir wird schlecht.«

Pia zog schnell ihre Hand zurück. »Wenn Sie einen Waschraum aufsuchen möchten …«

Der Mann nickte, blieb jedoch, wo er war. Eine Weile saß er völlig regungslos. »Und das hatte Mara bei sich?«, fragte er schließlich mit belegter Stimme.

»In der Tasche ihres Kleides.«

»Aber woher …?«

»Das möchte ich Sie gerne fragen. Haben Sie irgendeine Idee, wo Ihre Schwägerin die Zeichnung gefunden oder wer sie ihr gegeben haben könnte?«

Bader-Menzel schüttelte den Kopf.

»Haben Sie die Zeichnung oder eine ähnliche früher schon einmal gesehen?«

Er schüttelte erneut den Kopf.

»Haben Sie irgendeine Idee, wer die Zeichnung angefertigt haben könnte?«

Ein drittes Kopfschütteln. »Aber was bedeutet das?«, fragte er dann. »Heißt das, wer auch immer das gezeichnet hat, hat Lisa etwas angetan? Heißt das, sie wurde …?«

Er brachte es nicht fertig, den Satz zu beenden. Aus weit aufgerissenen Augen starrte er Pia an, dann schlug er eine Hand vor den Mund, stieß sich vom Tisch ab und erbrach sich in eine Ecke des Balkons.

Pia befragte Gisela Bader mit demselben Ergebnis. Die Mutter von Lisa und Mara reagierte schockiert auf die Zeichnung, vermochte jedoch nichts über ihre mögliche Herkunft sagen. Dafür gab sie in anderer Sache einiges von sich: Sie machte Pia wegen der Einstellung der Ermittlungen solche heftigen Vorwürfe, dass sie in Pias Kopf lange nachhallten, und als sie ihrem Chef am frühen Abend Bericht erstattete, fragte sie ungewohnt selbstkritisch: »Hat Frau Bader recht? Hätte ich die Ermittlungen nicht einstellen dürfen?«

Roman Söring widersprach. »Hinterher ist man immer schlauer. Am Montag gab es keine Hinweise, dass Lisa Bader Gefahr droht, und es deutet immer noch alles darauf hin, dass sie ihre Familie absichtlich über ihre Wochenendpläne getäuscht und am Moosbacher Marktplatz freiwillig den Bus genommen hat. Wenn stimmt, was ihre Schwester Oliver erzählt hat, dann war sie sogar so entspannt, dass sie sich noch ein Eis gegönnt hat.« Roman warf einen Blick auf die Zeichnung, die vor ihm auf dem Schreibtisch lag. Es war eine weitere Kopie, die Originalkopie hatte Pia zur Kriminaltechnik gebracht, wo sie auf Fingerabdruck- und DNA-Spuren untersucht wurde. »Andererseits können wir das definitiv nicht ignorieren. Ich habe das Ding jetzt seit zehn Minuten vor mir, du kennst es seit zwei Stunden. Irgendwelche schlauen Ideen, die sich dir dazu aufgedrängt haben?«

Pia fand, dass sie sich auf dem Weg vom Klinikum zum Präsidium einige kluge Gedanken gemacht hatte. »Ein paar, aber ich möchte nicht spekulieren, ehe ich nicht mit Mara Bader gesprochen habe. In einem Punkt bin ich allerdings sicher: Mara war noch nicht lange im Besitz der Zeichnung, sonst hätte sie uns informiert. Ich vermute, dass sie sie im Haus gefunden hat.«

Roman runzelte die Stirn. »Sagtest du nicht vorhin, du seist überzeugt, der Ehemann und die Mutter hätten die Zeichnung noch nie gesehen?«

»Das stimmt. Daher frage ich mich, ob nicht Lisa Bader selbst sie bekommen hat. Vor ihrem Verschwinden. Aber sie nahm sie nicht ernst, sondern zerriss sie. Allerdings verstehe ich nicht, wieso sie sie wieder zusammengeklebt hat.«

Roman wiegte seinen Kopf hin und her. »Hätte sie das wirklich getan? Angenommen, du bekämst so einen Dreck geschickt – würdest du ihn wirklich ignorieren? Hätte Lisa Bader nicht Anzeige erstattet? Oder wenigstens mit ihrem Mann darüber gesprochen?«

»Nicht, wenn sie ahnte, von wem die Zeichnung stammt. Vielleicht war es jemand, von dem ihr Mann nichts wissen sollte.«

»Du denkst an einen Liebhaber? Das würde bedeuten, dass die Affäre ziemlich ungut geendet ist, wenn er ihr so etwas schickt.« Roman tippte nachdenklich mit einem Kugelschreiber auf die Akte, die auf dem Schreibtisch vor ihm lag. »Und es würde bedeuten, dass Lisa Bader doch in Gefahr ist. Möglicherweise in erheblicher Gefahr.« Er legte den Stift weg und sah Pia an. »Was hast du als Nächstes geplant?«

»Ich möchte so bald wie möglich mit Mara Bader sprechen. Ich habe im Klinikum gebeten, dass man mir Bescheid gibt, sobald sie wach ist.«

»Gut. Halt mich auf dem Laufenden. Ich werde in der Zwischenzeit Wilfried schonend darauf vorbereiten, dass wir in dieser Sache Verstärkung benötigen.« Wilfried Zöllner war Vizepräsident der Polizeidirektion. »Die Zeichnung ändert alles.«

2

Mara Bader erlangte noch am Donnerstagabend ihr Bewusstsein wieder, allerdings gestattete der behandelnde Arzt nur ihrer Mutter einen kurzen Besuch, während Pia auf den nächsten Morgen vertröstet wurde. Am Freitag fuhr sie bereits um halb neun ins Neustädter Klinikum in der Hoffnung, mit Mara Bader sprechen zu können, bevor deren Familie oder Freunde zum Besuch antraten. Diese Rechnung ging allerdings nicht auf. Als Pia vor dem Zimmer mit der Nummer zweihundertvier stand, hörte sie ein helles Frauenlachen und eine tiefe Männerstimme von drinnen, und als sie die Tür nach kurzem Anklopfen öffnete, stellte sie fest, dass das Lachen von Mara Bader selbst stammte. Die Frau saß in einem Krankenhausbett, in ihrem Rücken mehrere Kissen. Sie wirkte schmal und zerbrechlich in ihrem OP-Hemd, ihr Gesicht nackt und ungeschützt ohne Schminke und blass unter den leuchtend blauen Haaren, zwischen denen ein weißes Pflaster klebte, doch ansonsten schien es ihr gut zu gehen. Zumindest war sie wieder bei Kräften, wie sie just in dem Moment unter Beweis stellte, indem sie ihre Hand zur Faust ballte und gegen die breite Brust von Dr. Peter Stoika boxte, der in einem weißen Arztkittel auf dem Rand ihres Bettes saß.

»Verdammt, Peter, bring mich nicht zum Lachen. Das ist höllisch für meinen Kopf.«

»Für deinen Kopf? Für meine Ohren! Habe ich dir nie gesagt, dass dein Lachen klingt, als würde eine Hyäne, die sich auf ein Leihmuttergesuch beworben hat, einen Wurf Nashörner zur Welt bringen?«

»Das sagt der Mann, dessen Stimme allein für den halben Oropaxverbrauch im Krankenhaus sorgt. Also …« In dem Moment bemerkte Mara die Besucherin und verstummte.

Peter Stoika folgte ihrem Blick, und sein Gesicht verfinsterte sich.

Pia erwiderte den finsteren Blick mit einem freundlichen Lächeln. »Guten Morgen, Dr. Stoika, Guten Morgen, Frau Bader, ich hoffe, ich störe nicht. Möglicherweise hat Ihr Arzt meinen Besuch angekündigt? Ich würde Ihnen gerne einige Fragen stellen.«

Mara Bader schob misstrauisch ihre dunklen Augenbrauen zusammen, doch dann erwiderte sie: »Ja, natürlich. Peter, sagtest du nicht, du müsstest zur Visite?«

»Das ist dann wohl mein Stichwort.« Der Chirurg beugte sich vor, nahm Maras schmales Gesicht zwischen seine Pranken und gab ihr einen Schmatzer auf die Lippen, den Pia auch gern bekommen hätte – bis sie sich an ihr geplantes Date erinnerte. »Okay, Süße, bleib brav und tu, was der Arzt sagt. Wenn er meint, dass du heute im Bett bleiben sollst, dann wage es nicht, auch nur einen Zeh über die Bettkante zu schieben.«

»Ay, ay, Sir.« Mara führte ihre rechte Hand in einem spielerischen Gruß an die Schläfe.

Stoika salutierte zurück, dann wandte er sich an Pia. »Überanstrengen Sie sie nicht.«

Pia wartete, bis der Chirurg das Zimmer verlassen hatte, bevor sie sich einen Besucherstuhl heranzog. Sie hatte Glück. Zwar lag Mara Bader in einem Dreibettzimmer, doch ein Bett fehlte – vermutlich wurde damit gerade eine Patientin zur Radiologie oder wohin auch immer geschoben –, das andere war frisch desinfiziert und wartete unter einer Plastikhülle auf die nächste Belegung.

Pia wandte sich an Mara. »Sie sehen gut aus, wenn ich das sagen darf, und Sie klingen auch, als würde es Ihnen gut gehen?«

Mara betastete das Pflaster an ihrer Schläfe. »Das tut es, obwohl die Ärzte der Meinung sind, das sollte es nicht, weil ich anscheinend mächtig einen auf die Birne bekommen habe. Aber wenn die wollen, dass ihre Patientinnen leiden, sollten sie sie nicht mit Medis vollstopfen. Als ich heute aufwachte, fühlte mein Kopf sich an, als hätte Timo Boll damit Tischtennis gespielt, doch dann gab mir die Schwester eine Tablette, die groß genug für eine Elefantenkuh gewesen wäre. Die Wirkung ist phänomenal.«

»Das heißt, Sie fühlen sich fit genug, Fragen zu beantworten?«

Mara musterte Pia einen Moment lang schweigend. »Fit genug schon, allerdings ist mir nicht ganz klar, worüber Sie mit mir reden wollen.«

»Hat Ihre Mutter es Ihnen nicht gesagt?«

»Meine Mutter? Mit der habe ich heute noch nicht gesprochen. Ich glaube, sie war gestern Abend kurz hier, allerdings war ich da noch so verwirrt, dass ich nicht beschwören könnte, was sie gesagt hat oder nicht.« Sie strich über das Pflaster an ihrem Kopf. »Sind Sie etwa deswegen hier? Um mich zu meinem Unfall zu befragen? Seit wann interessiert sich die Kriminalpolizei für Treppenstürze?«

»Wir interessieren uns für alles Mögliche. Erzählen Sie mir, wie es dazu kam?«

Mara zuckte mit den Achseln. »Viel gibt es da nicht zu erzählen, weil ich mich an den Sturz selbst nicht erinnern kann. Ich kann mich an gar nichts zwischen gestern Mittag und irgendwann abends erinnern. Die Ärztin, die heute Morgen zur Visite kam, sagte, so eine kurzzeitige Amnesie sei nicht ungewöhnlich. Das Letzte, das ich noch weiß, ist, dass ich in Almas Zimmer war. Als Nächstes bin ich dann hier aufgewacht mit einer Beule am Kopf, die mich für jede Freakshow qualifiziert, und eine Schwester sagte mir, man hätte mich bewusstlos im Hausflur am Fuße der Treppe gefunden.« Sie schnitt eine Grimasse. »Ehrlich gesagt, komme ich mir ziemlich blöd vor. Wie doof muss man sein, eine Treppe hinunterzufallen? Und es war mitten am Tag, ich habe also noch nicht mal die Entschuldigung, dass ich betrunken war.«

Pia beugte sich auf ihrem Stuhl vor. »Das heißt, genau genommen wissen Sie nicht, dass Sie sich Ihre Kopfverletzung bei einem Treppensturz zugezogen haben«, stellte sie fest.

»Genau genommen nicht, aber wie soll es sonst passiert sein?« Mara runzelte die Stirn. »Glauben Sie etwa, dass ich niedergeschlagen wurde oder so? Sind Sie deswegen hier? Und woher wissen Sie überhaupt, dass ich im Krankenhaus liege?«

»Von Kommissar Breckenkamp.«

»Was hat Oliver damit zu tun?«

»Er hat sie gefunden, hat Ihnen das niemand gesagt?«

Mara schüttelte den Kopf und zuckte prompt zusammen. »Autsch, falsche Bewegung. Nein, ich dachte, es sei Tim oder meine Mutter gewesen. Gut möglich, dass meine Mutter mir gestern Abend gesagt hat, dass es Oliver war, aber da mein Kopf sich da noch anfühlte, als sei mein Gehirn ausgelaufen … Was hat Oliver denn erzählt?«

Während Pia es wiederholte, hörte Mara aufmerksam zu. »Die Haustür stand offen?«, fragte sie schließlich. »Wie seltsam. Ich bin sicher, Tim hat sie hinter sich zugezogen, als er mit Lutz zu seinem Interview aufbrach.«

»Haben Sie das gesehen?«

»Nein, aber Tim ist in solchen Dingen penibel.«

»Haben Sie selbst später noch einmal die Haustür geöffnet?«

Mara setzt zu einem weiteren Kopfschütteln an, beherrschte sich jedoch rechtzeitig. »Nein, soweit ich mich erinnern kann, war ich gar nicht unten. Als Tim und Lutz weg waren, bin ich hochgegangen, um zu duschen.« Sie dachte nach. »Aber warum sollte mich jemand niederschlagen? Glauben Sie, es hat etwas mit Lisas Verschwinden zu tun?«

»Derzeit möchte ich nichts ausschließen. Darf ich fragen, was Sie nach dem Duschen gemacht haben?«

»Nichts Besonderes vermutlich.« Mara überlegte. »Ich habe meine Nachrichten gecheckt und über Lisa nachgedacht. Und dann …« Sie brach ab und ihre braunen Augen weiteten sich. »Ach du heilige Scheiße, wo ist mein Kleid?«

»Was meinen Sie?«

»Das Kleid, das ich gestern trug.« Ihre Stimme klang aufgeregt. »Es muss hier irgendwo sein, vermutlich haben die Schwestern es in den Schrank gehängt.« Sie wollte sich aus dem Bett schwingen, sank jedoch mit einem Stöhnen zurück. »Verdammt! Hören Sie, würden Sie bitte die Schränke nach meinem Kleid durchsuchen? In der Tasche steckt etwas, das ich Ihnen zeigen muss. Ich habe es gestern gefunden.«

»Meinen Sie diese Zeichnung?« Pia holte ihr Handy hervor und tippte eins der Fotos an, die sie auf dem Klinikbalkon aufgenommen hatte.

Mara griff nach dem Handy. »Woher haben Sie das?«

»Die Zeichnung ist aus der Tasche Ihres Kleides gefallen, als die Sanitäter Sie versorgten. Kommissar Breckenkamp hat sie aufgehoben.«

»Oliver?« Mara wirkte irritiert. Sie schwieg eine lange Zeit, bevor sie schließlich sagte: »Deshalb sind Sie hier, oder? Nicht wegen meines Sturzes.«

»Ich bin wegen beidem hier«, erwiderte Pia. »Also, Sie sagten, Sie hätten die Zeichnung gefunden. Erzählen Sie mir, wo und wie es dazu kam?«

Mara Bader schien immer noch etwas irritiert. Sie zog ihre Bettdecke etwas höher, als sei ihr kalt. »Ich habe geschnüffelt.« Das Eingeständnis schien ihr nicht peinlich zu sein. »Ich dachte, ich könnte vielleicht einen Hinweis finden, mit wem Lisa sich am Wochenende verabredet haben könnte, deshalb habe ich ihre Sachen durchsucht. Ich habe in ihrem Schlafzimmer angefangen und bin dann durch die anderen Räume. Als ich in Almas Zimmer war, fiel mir ihre Schatzkiste auf. Alma hat einen Spleen, seit sie lesen kann, sammelt sie Buchstaben, am liebsten handgeschriebene. Kein Papierfetzen ist vor ihr sicher, egal ob es Notizen sind, die Tim sich zu einem Buch gemacht hat, oder eine Tankquittung. Wenn Alma einen Einkaufszettel findet, den jemand weggeworfen hat, ist sie im siebten Himmel.«

»Und Sie dachten, unter Almas Schätzen könnte ein Hinweis auf den Verbleib Ihrer Schwester sein?«, fragte Pia skeptisch.

»Ich weiß, es klingt seltsam, aber ich konnte es zumindest nicht ausschließen. Ich hätte nie gedacht, dass ich so etwas finden würde.« Sie machte eine Handbewegung Richtung Handy. »Und die Vorstellung, dass Alma es ebenfalls gesehen hat …« Sie zog ihre Decke noch höher.

Auch Pia fröstelte es bei der Vorstellung, dass Lisa Baders kleine Tochter die Vergewaltigungsszene gesehen hatte. Wobei sie keine Ahnung hatte, wie eine Siebenjährige auf ein solches Bild reagieren mochte. Hatte das Mädchen überhaupt verstanden, worum es ging?

»Haben Sie irgendeine Idee, woher Ihre Nichte die Zeichnung haben könnte?«

Mara Bader gab ihr das Handy zurück. »Nein. Wie gesagt, sie ist scharf auf alles Geschriebene oder Gezeichnete. Wenn ich raten müsste, dann würde ich vermuten, dass sie sie aus dem Papiermüll gefischt hat. Das würde erklären, wieso die Zeichnung zerrissen und mit Tesafilm zusammengeklebt war.«

»Würde Alma so etwas tun?«

»Es wäre typisch für sie.«

Pia ließ sich das durch den Kopf gehen. »Noch eine Frage. Als das Papier aus der Tasche Ihres Kleides fiel, war es zusammengeknüllt. Haben Sie das getan, oder haben Sie es so in der Schatzkiste gefunden?«

»Das war ich. Als ich die Zeichnung fand, lag sie glatt am Boden der Schatzkiste.«

»Und wieso haben Sie sie zerknüllt?«

»Weil …« Mara überlegte. Ihre Augen weiteten sich für einen kurzen Moment, doch dann sagte sie: »Nein, ich hatte kurz das Gefühl, mich an etwas zu erinnern, doch es ist wieder weg.«

Pia fuhr vom Neustädter Klinikum direkt zum Drosselweg. Ihre Ankunft dort hatte etwas von einem Déjà-vu. Wie vier Tage zuvor öffnete Tim Bader-Menzel die Haustür, ehe sie klingeln konnte. Er hatte sie durchs Fenster gesehen, und Pia fragte sich, wie viel Zeit der Mann dort verbrachte, um nach seiner Frau Ausschau zu halten. Ebenso wie vier Tage zuvor führte Tim Bader-Menzel Pia ins Wohnzimmer und setzte sich ihr gegenüber, sprang jedoch wieder auf, als Pia ihm erzählte, wo seine Schwägerin die Zeichnung, auf der seine Frau vergewaltigt wurde, entdeckt hatte.

»Alma hat das gesehen? Großer Gott!«

Er presste eine Hand auf seinen Mund und schluckte krampfhaft. Pia fürchtete, er würde sich erneut übergeben müssen, und wartete schweigend ab, um ihm die Möglichkeit zu geben, sich zu sammeln.

»Großer Gott«, wiederholte er schließlich die Worte undeutlich durch die Hand. »Kein Wunder, dass Alma seit Tagen Alpträume hat. Ich dachte, es sei wegen Lisa, dabei hat sie erst am Mittwoch davon erfahren. Aber wenn sie das gesehen hat …« Er ließ die Hand sinken und krallte sie in die Lehne seines Sessels.

»Seit wann hat Ihre Tochter diese Träume?«

»Seit Dienstag. Sie ist seitdem jede Nacht mindestens einmal aufgewacht.« Bader-Menzel sah auf Pia hinunter. »Heißt das, sie hat die Zeichnung am Dienstag gefunden?«

»Wir werden sie danach fragen müssen. Ich nehme an, sie ist in der Schule?«

Bader-Menzel schüttelte den Kopf. »Sie ist oben. Gisela liest ihr etwas vor. Alma hatte heute Morgen Magenschmerzen und weigerte sich, aufzustehen. Kein Wunder, ihre Mutter ist verschwunden, dann der Schock mit ihrer Tante … Ich habe sie von der Schule abgemeldet, es ist ja ohnehin der letzte Tag vor den Ferien.«

Die letzten Worte sagte er in entschuldigendem Ton, als wollte er etwaiger Kritik vorbeugen, dabei passte es Pia gut ins Konzept, dass Alma zu Hause war.

»Meinen Sie, es ist möglich, dass Ihre Tochter zu einem kurzen Gespräch herunterkommt? Oder dass wir zusammen zu ihr hinaufgehen?«

»Wir?« Bader-Menzel blinzelte hinter seinen Brillengläsern. »Sie wollen mit ihr reden? Nein!«

»Ich verstehe, dass Sie Bedenken haben, aber wir müssen dringend wissen, woher Ihre Tochter die Zeichnung hat. Wenn Ihre Frau bedroht wurde …« Weiter kam Pia nicht.

»Ach ja?«, brauste Bader-Menzel auf. »Jetzt glauben Sie also auch, dass Lisa bedroht wurde? Bisher haben Sie das doch bestritten.«

Aus guten Gründen, dachte Pia, doch sie erwiderte nichts.

Auch Tim Bader-Menzel schwieg, während er nervös im Wohnzimmer auf und ab ging. Schließlich blieb er am Fenster stehen. »Ich werde mit Alma sprechen. Allein.«

Sein Ton war so endgültig, dass Pia nicht widersprach, zumal sie im Stillen nicht unglücklich über diese Entscheidung war. Auch wenn sie selbst keinen Nachwuchs plante, hatte sie bei Befragungen von Kindern im Allgemeinen ein gutes Händchen. Doch mit einer Siebenjährigen über eine Vergewaltigungsszene zu sprechen hätte möglicherweise mehr Feinfühligkeit erfordert, als sie aufzubringen vermochte.

»Einverstanden. Aber bitte teilen Sie mir unmittelbar anschließend mit, was Ihre Tochter gesagt hat.«

Er nickte. »Sie können hier warten. Und jetzt muss ich mich auf das Gespräch vorbereiten.«

3

Tim Bader-Menzel stand einige Minuten still am Fenster und sah in den sonnigen Garten hinaus, dann straffte er seine Schultern und verließ das Wohnzimmer. Doch Pia blieb nicht lange allein, wenig später gesellte Gisela Bader sich zu ihr. Pia sah der Frau an, dass ihr Schwiegersohn ihr die Neuigkeiten mitgeteilt hatte, und sie erwartete halb, dass Gisela Bader ihr erneut Vorwürfe machen würde, weil das ihre Art zu sein schien, negativen Gefühlen ein Ventil zu geben. Doch außer einer knappen Begrüßung sagte Gisela Bader nichts. Sie setzte sich in den Sessel, den ihr Schwiegersohn verlassen hatte, die Füße geschlossen. Sie trug eine graue Hose und ein graues Twinset und saß da wie ein kleiner kompakter Felsbrocken. Erst als ihr Schwiegersohn zurückkam, blickte sie auf.

»Was hat Alma gesagt?«

Tim Bader-Menzel antwortete nicht sofort, sondern ging mit langsamen Schritten zum Sofa, ließ sich darauf sinken und schloss die Augen. Er wirkte so erschöpft, dass Pia fürchtete, er würde einschlafen, doch schließlich öffnete er die Augen wieder.

»Alma hat die Zeichnung am Dienstag im Papiermüll entdeckt. Sie sagt, du«, er sah seine Schwiegermutter an, »hättest sie rausgeschickt, damit sie eine leere Brottüte wegwirft, bevor die Abfuhr kommt. Als Alma die Papiertonne öffnete, lag ganz oben irgendein Kassenbon. Natürlich musste Alma ihn erst lesen, und dann hat sie in den anderen Papieren gestochert und die Zeichnung gefunden. Sie war zerrissen, aber sie hat sie zusammengeklebt.«

»Warum hat sie das getan?«, wollte Gisela Bader wissen.

Ihr Schwiegersohn zuckte mit den Achseln. »Du weißt doch, wie akkurat sie ist und wie sie es liebt, wenn alles seine Ordnung hat. Und ihr Papierfimmel ist mittlerweile so schlimm, dass ich mein Arbeitszimmer abschließe.«

Gisela Bader schüttelte den Kopf. »Das meinte ich nicht. Wieso hat sie die Zeichnung überhaupt genommen, anstatt sie einem von uns zu zeigen?«

Tim Bader-Menzel atmete seufzend aus und setzte sich etwas aufrechter hin. »Weil sie gar nicht verstanden hat, was das Bild genau darstellt. Ich glaube, es hat ihr Angst gemacht, sie aber gleichzeitig fasziniert. Sie wollte wissen, was ihre Mutter da macht, aber sie hat sich nicht getraut zu fragen, weil ihr instinktiv klar war, dass sie das Bild gar nicht hätte sehen sollen.« Er schluckte. »Außerdem dachte sie, dass ich der Mann sein könnte, weil er so groß ist. Ich habe ihr gesagt, das Bild sei nur ein schlechter Scherz von jemandem, mit dem Lisa Streit hatte, aber ob sie mir geglaubt hat …« Er fuhr sich mit einer zittrigen Hand über Wangen und Kinn, bevor er sich an Pia wandte. »Ich verstehe das alles nicht. Dass Alma die Zeichnung in unserer Papiertonne gefunden hat, kann nur bedeuten, dass Lisa sie hineingeworfen hat. Aber wieso hat sie mir nicht erzählt, dass sie bedroht wurde? Wieso hat sie mir die Zeichnung nicht gezeigt?«

»Hätten Sie das denn erwartet?«

»Selbstverständlich.«

»Nun«, sagte Pia bedächtig, »mir fallen dazu zwei mögliche Erklärungen ein. Die erste ist, dass Ihre Frau die Zeichnung gar nicht ernst nahm. Allerdings …«

Bader-Menzel unterbrach sie. »Das glaube ich nicht. Die Zeichnung zeigt ihre Vergewaltigung, Herrgott! Lisa hätte das niemals als einen Witz abgetan.«

Auch Gisela Bader verwarf die Alternative kopfschüttelnd.

»Die zweite Erklärung wäre, dass Ihre Frau genau wusste, wer die Zeichnung geschickt hat, und nicht wollte, dass Sie von dieser Person erfahren – zum Beispiel, weil sie eine Affäre mit ihr hat.«

Pia blickte von Tim Bader-Menzel zu seiner Schwiegermutter und zurück, um zu sehen, wie diese ihre Worte aufnahmen. Vier

Tage zuvor hatten beide die Idee, Lisa Bader könne fremdgehen, vehement abgelehnt, doch heute reagierten sie kaum. Gisela Bader biss lediglich ihre Zähne noch fester zusammen, während Tim Bader-Menzel auf das Hochzeitsfoto starrte, das auf dem Couchtisch vor ihm stand.

»Sie sind noch immer davon überzeugt?«, fragte er schließlich.

Pia nickte. »Mir ist bewusst, dass das schmerzhaft für Sie ist. Doch wenn Sie mir keine andere plausible Erklärung nennen können, warum Ihre Frau ihre Pläne für das vergangene Wochenende geheim gehalten und Ihnen die Zeichnung nicht gezeigt hat …«

Pia ließ den Satz in der Luft hängen. Sie hatte den Eindruck, dass Bader-Menzel widersprechen wollte. Er ballte seine Hände zu Fäusten, doch dann entspannte er sie wieder, und seine Schultern sanken hinab.

»Ich habe keine andere Erklärung. Aber ich verstehe es nicht. Selbst wenn Lisa eine Affäre hat – sie würde sich doch nie mit einem Mann abgeben, der eine solche Zeichnung von ihr anfertigt.«

»Es sei denn, er hat die Zeichnung gemacht, nachdem sie sich von ihm getrennt hat.«

Bader-Menzel hob ruckartig den Kopf. »Sie denken, es war aus? Aber wieso hätte sie sich dann am Wochenende mit ihm treffen sollen?«

Es war eine berechtigte Frage. Die wahrscheinliche Antwort lautete, dass Lisa Bader sich mit ihrem Liebhaber zu einer letzten Aussprache getroffen hatte – und dass diese tödlich geendet hatte. Es war ein Szenario, das jedem Kriminalbeamten nur allzu vertraut war.

»Ich denke, wir sollten uns in dieser Situation darauf konzentrieren, den Liebhaber zu identifizieren. Dazu benötige ich Ihre Hilfe. Haben Sie irgendeine Idee, wer der Mann sein könnte? Oder Sie?«

Pia sah von Tim Bader-Menzel zu seiner Schwiegermutter und wieder zurück, beide verneinten.

»Dann frage ich anders: Haben Sie mitbekommen, dass Lisa in den letzten Monaten jemanden kennengelernt hat? Hat sie vielleicht einen neuen Kollegen erwähnt? Hat sich ihr Freundes- oder Bekanntenkreis erweitert? Hat sie irgendeinen Kurs gemacht, bei dem sie jemanden getroffen haben kann? War sie allein auf einer Party? Gab es Veränderungen in der Nachbarschaft? Ja?«

Tim Bader-Menzel hatte bei der letzten Frage gestutzt. »Wir haben seit einem halben Jahr einen neuen Nachbarn, Lutz Weller. Allerdings ist er schon über sechzig.«

»Wie ist Ihr Verhältnis zu ihm?«

Bader-Menzel zuckte mit den Achseln. »Gut, nachbarschaftlich. Eigentlich oberflächlich, allerdings hat Lutz uns in den letzten Tagen sehr bei der Suche nach Lisa unterstützt. Er war Manager bei Pappe & Co, dem Verpackungshersteller. Er ist der geborene Organisator.«

Pia machte sich eine Notiz. »Fällt Ihnen sonst jemand ein?«

Bader-Menzel schüttelte hilflos den Kopf.

»Wie ist es mit alten Freunden oder Bekannten? Hat sich das Verhältnis Ihrer Frau zu irgendjemandem, den sie schon länger kennt, in letzter Zeit verändert? Ist es enger geworden? Gab es einen Streit? Hat Ihre Frau häufiger als sonst den Namen einer bestimmten Person erwähnt? Oder seltener? Ist Ihnen sonst etwas aufgefallen?«

Während der nächsten halben Stunde stellte Pia den Baders weitere Fragen und erkundigte sich auch nach den Ergebnissen der privaten Recherche. Schließlich steckte sie ihr Notizbuch ein. »Dann habe ich noch einige wenige Punkte: Wir hatten Ihnen das Handy Ihrer Frau zurückgeben. Haben Sie darin irgendetwas gefunden, das hilfreich sein könnte? Nein? Würden Sie es mir aushändigen?«

Tim Bader-Menzel runzelte die Stirn. »Muss das sein?«

»Ich fürchte ja. Ich würde auch gern Ihr Haus durchsuchen lassen, wenn Sie einverstanden sind.« Pia sah weiteren Protest voraus, deswegen fuhr sie schnell fort. »Ich weiß, das ist eine Zumutung, aber nur so können wir sicherstellen, nichts zu übersehen. Und für den Fall, dass es hier noch weitere Zeichnungen gibt, wäre es Ihnen vermutlich lieber, ein Kollege würde sie entdecken statt Ihrer Tochter.«

Wie erwartet stimmte Tim Bader-Menzel zu. »Sonst noch etwas?«

»Zwei Dinge: Sie sagten, Sie seien am vergangenen Wochenende in Hamburg gewesen. Haben Sie irgendeinen Beleg für mich, der das bestätigt? Oder den Namen von jemandem, den Sie in Hamburg getroffen haben?«

»Natürlich, wenn Sie kurz warten, hole ich das Gewünschte.«

»Außerdem werden wir eine Liste benötigen mit den Namen aller Personen, mit denen Ihre Frau regelmäßig Kontakt hatte.«

4

Das Team des KK zwölf begann am Samstag, mit allen verfügbaren Kräften nach Lisa Bader zu suchen. Den Freitagnachmittag verbrachte Pia damit, Roman bei der Vorbereitung zu unterstützen. Nachdem die Zeichnung mit der Vergewaltigung aufgetaucht war und nachdem im Neustädter Boten ein Artikel erschienen war mit der Überschrift »Krebsärztin vermisst – Polizei tut nichts«, hatte Polizeivizepräsident Wilfried Zöllner, der schlechte Presse noch mehr verabscheute als Vergewaltigungsdrohungen, so viele Einsatzkräfte bereitgestellt, dass Roman eine Ermittlungsgruppe ins Leben rufen konnte.

Pia bekam den Auftrag, die Befragung von Lisa Baders Bekannten zu koordinieren. Roman Sörings Stellvertreterin, Verena Korhammer, sollte Lisa Baders Handy- und Bankdaten auswerten. Ein Team von Kriminaltechnikern wurde ins Haus der Baders geschickt. Kräfte der Bereitschaftspolizei wurden zu einer Haus-zu-Haus-Befragung im Bürgermeisterquartier abkommandiert für den Fall, dass Lisa Bader tatsächlich die Frau gewesen war, die am Samstag, dem zweiundzwanzigsten, das Taxi dorthin genommen hatte. Für den gegenteiligen Fall wurden die Aufzeichnungen aller Videokameras in Busbahnhofsnähe – soweit noch vorhanden – ausgewertet. Zwar hatte Oliver die Aufzeichnungen aus dem Bahnhof zwischen elf Uhr sechs und elf Uhr zwanzig bereits überprüft, doch jetzt wurde das Zeitintervall ausgedehnt für den Fall, dass Lisa Bader später am Tag am Bahnhof gewesen war. Eine weitere Haus-zu-Haus-Befragung wurde für den Drosselweg geplant für den Fall, dass Mara Baders Treppensturz kein Treppensturz gewesen war, sondern etwas anderes. Der Vorschlag dazu stammte von Pia, die sich fragte, wieso eine junge gesunde Frau wie Mara Bader eine Treppe hinuntergefallen sein sollte und wieso die Haustür der Baders bei Olivers Eintreffen offen gestanden hatte. Deswegen sollten die Nachbarn befragt werden, ob in der Zeit kurz vorher ein anderer Besucher zum Haus gekommen war.

Doch obwohl Pia und ihre Kollegen das Wochenende durcharbeiteten, fanden sie keine neue Spur, keinen Anhaltspunkt, der Licht in das Dunkel um Lisa Baders Verschwinden brachte. Es gab lediglich Hinweise, die die bereits gesammelten Fakten unterstützten. Die Haus-zu-Haus-Befragung im Bürgermeisterquartier führte zu einer weiteren Zeugin, die Lisa Bader in den letzten Wochen dort gesehen hatte, allerdings war nach wie vor unklar, wen die Ärztin dort aufgesucht hatte. Peter Stoika wurde noch einmal befragt, doch der Chirurg sagte aus, dass Lisa Bader ihn nicht regelmäßig zu Hause besucht habe. Das letzte Mal sei sie an seinem Geburtstag im Februar dort gewesen. Die Auswertung der Videokameras am Neustädter Bahnhof ergab, dass Lisa am zweiundzwanzigsten Juli definitiv nicht auf dem Vorplatz, in der Unterführung oder auf einem der Gleise gewesen war. Auch andere Kameras in der Umgebung hatten sie nicht erfasst. Im Bürgermeisterquartier gab es keine Kameras, da es ein reines Wohngebiet war.

Erst am Dienstag kam durch drei Hinweise Bewegung in die Ermittlungen. Der erste ergab sich aus der Überprüfung von Lisa Baders Handyverkehrsdaten. Demnach hatte die Ärztin am vierzehnten Juni um achtzehn Uhr elf eine Handynummer gewählt und ein vier Minuten und siebenunddreißig Sekunden langes Gespräch geführt. Die Handynummer war unter dem Namen Jörg Breitner registriert, der Kriminalpolizei besser als Rotlicht-Jörg bekannt. Jörg Breitner gehörte das größte offizielle Bordell von Neustadt. Es war ein legales Geschäft – was man nicht über alle von Breitners Unternehmungen sagen konnte. Die Polizei verdächtigte den Mann seit Jahren, in alle möglichen kriminellen Aktivitäten verwickelt zu sein, auch wenn es ihr nie gelungen war, ihm seit einer Verurteilung zu einer Bewährungsstrafe wegen

Umsatzsteuerbetrug in den Nullerjahren etwas nachzuweisen. Als Roman Söring von dem Telefonat hörte, bat er die Kollegen von der Sitte, dem Anruf auf den Grund zu gehen.

Der zweite interessante Hinweis kam von Wolfgang Thieme. Pia selbst hatte den Ex-Mann von Lisa Baders Nachbarin Vera Thieme aufgesucht, da dieser außer Peter Stoika der einzige männliche Bewohner des Bürgermeisterquartiers war, den Lisa Bader kannte, was ihn in Pias Augen für die Liste potenzieller Liebhaber der Ärztin qualifizierte. Auch nach dem ersten Blick auf ihn – Wolfgang Thieme wirkte zwar etwas verlebt, war jedoch ausgesprochen attraktiv –, sah sie keinen Grund, ihn von dieser Liste zu streichen. Das tat sie erst, als Wolfgang Thieme beweisen konnte, dass er während des Wochenendes, an dem Lisa Bader verschwunden war, in Florenz gewesen war, um dort die italienische Ausgabe seines neuen Thrillers zu bewerben. Dennoch war das Gespräch mit ihm nicht vergebens, denn der Mann bestätigte noch einmal, dass Lisa Bader am Mittwochabend vor ihrem Verschwinden im Bürgermeisterquartier gewesen war. Thieme hatte sie auf dem Fußweg getroffen, der an seinem Wohnhaus im Dekan-Huber-Weg vorbeiführte. Lisa Bader schien die Begegnung unangenehm gewesen zu sein, sie behauptete, eine Patientin besucht zu haben, obwohl sie – wie eine Überprüfung im Krankenhaus ergab – keine Hausbesuche machte.

Der dritte Hinweis kam von einer Mitarbeiterin des Krankenhauses, einer Pflegerin auf der Palliativstation, die zufällig ein Gespräch belauscht hatte. Da sie unsicher über dessen Bedeutung war, hatte sie sich an Dr. Annette Verla gewandt, die wiederum Pia informiert hatte.

Pia fuhr am Mittwochmorgen in die Klinik, um sich die Geschichte aus erster Hand berichten zu lassen. Chiara Manduca hatte erst kurz zuvor ihre Ausbildung zur Pflegerin abgeschlossen. Sie war ausgesprochen schüchtern und schien sich im Mittelpunkt des Interesses – ob nun der Polizei oder anderweitig – unwohl zu fühlen, doch sie erzählte ihre Geschichte klar genug.

Sie hatte am Montag der Vorvorwoche, fünf Tage vor Lisa Baders Verschwinden, von Dr. Annette Verla den Auftrag erhalten, nach einer Patientin zu sehen. Als sie das Zimmer betrat, erkannte Chiara, dass Dr. Bader am Bett der Patientin saß und sich mit dieser unterhielt. Chiara war unsicher, ob sie das Gespräch unterbrechen sollte oder nicht. Es schien um die nahe Zukunft zu gehen. Dr. Bader sagte etwas in der Art, dass es ja nun nur noch wenige Tage seien, daher nahm Chiara zunächst an, dass die beiden über die Patientin sprächen, die im Sterben lag. Doch dann fragte die Patientin die Ärztin, ob sie aufgeregt sei. Diese antwortete: »Ja, sehr. Ich bin bald bei einer Packung Zigaretten am Tag.«

Daraufhin sagte die Patientin etwas, das Chiara nicht verstand, nur der letzte Satz war wieder deutlich. »Natürlich ist es falsch, doch alles andere wäre es auch.«

An dieser Stelle ihrer Erzählung angekommen schwieg Chiara.

Pia, die der Pflegerin im Stationsstützpunkt gegenübersaß, wiederholte nachdenklich den letzten Satz. »›Natürlich ist es falsch, doch alles andere wäre es auch.‹ Sind Sie sicher, dass das der genaue Wortlaut war?«

Chiara nickte.

»Und was hat Dr. Bader darauf geantwortet?«

»Das weiß ich leider nicht«, erwiderte die junge Pflegerin entschuldigend. »Ich dachte mir in dem Moment, dass ich nicht stören sollte, und bin leise wieder hinausgegangen.«

»Hat Dr. Bader Sie bemerkt?«

»Ich glaube nicht. Sie hat mich nicht darauf angesprochen, wenn Sie das meinen.«

»Und haben Sie irgendeine Idee, worum es in dem Gespräch gegangen sein könnte?«

»Nein.« Chiara sah auf ihre Hände, die sie im Schoß gefaltet hatte.

Pia stellte noch einige Fragen, dann bedankte sie sich. Nachdem Chiara Manduca zur Tür hinausgeschlüpft war, wandte Pia sich an deren Chefin, die neben ihr saß.

»Meinen Sie, ich könnte mit der Patientin sprechen?«

Annette Verla schüttelte den Kopf. »Es war die Patientin, um die Lisa sich besonders gekümmert hat und die kurz darauf verstorben ist, wie ich Ihnen bereits erzählt habe, Olivia Winter.« Sie dachte einen Augenblick nach. »Aber ich verstehe das nicht. In meinen Ohren klingt das, als sei es in dem Gespräch möglicherweise um Lisas Wochenendpläne gegangen. Aber selbst wenn es stimmt, dass sie einen Liebhaber hatte: Natürlich wäre es falsch gewesen, sich mit ihm zu treffen. Aber was soll der Satz bedeuten, dass alles andere auch falsch wäre?«

Eine gute Frage, dachte Pia, als sie die Palliativstation verließ. Worauf bezog sich »alles andere«? Hatte Lisa Bader tatsächlich geplant, mit ihrem Liebhaber durchzubrennen, und wäre es in ihren Augen falsch gewesen, bei ihrer Familie zu bleiben? Doch was hätte daran falsch sein sollen? Dass sie ihre Liebe zu ihrem neuen Mann nicht hätte ausleben können?

Pias Überlegungen wurden durch das Klingeln ihres Handys unterbrochen. Das Display zeigte eine unbekannte Nummer, und Pia erkannte auch die Frauenstimme nicht sofort. Erst als diese sich als Renata Guski vorstellte, sprang in ihrem Gedächtnis die richtige Schublade auf. Renata Guski war die Leiterin der Rezeption im Moosbacher Hof. Pia hatte ihr wie jedem Zeugen ihre Visitenkarte gegeben.

»Ja, Frau Guski, was kann ich für Sie tun?«

»Ich wollte fragen, ob Sie noch immer nach Dr. Bader suchen.«

»Das tun wir. Ist Ihnen noch etwas eingefallen?«

Renata Guski zögerte. »In gewisser Weise ja«, sagte sie dann, »allerdings möchte ich Ihnen nicht unnötig Zeit stehlen. Ich habe am Wochenende im Neustädter Boten einen langen Zeitungsartikel über die Suche nach Dr. Bader gelesen. Darin stand, Sie hätten die Ermittlungen eingestellt. Aber wenn das nicht der Fall ist, stimmt ja vielleicht auch der Rest des Artikels nicht. Man weiß ja heutzutage nie, was die Zeitungen so schreiben.« Sie machte eine missbilligende Pause. »Nun, wie auch immer: In dem Artikel stand, dass Dr. Baders Familie nach ihr suche und zu diesem Zweck eine Homepage freigeschaltet habe. Ich habe mir die Seite gestern angeschaut. Ich muss gestehen, ich war neugierig. Da Dr. Bader Gast im Moosbacher Hof war, wollte ich natürlich wissen, ob wir auf dieser Homepage erwähnt werden und in welcher Form.«

Sie machte eine weitere Pause, die Pia nutzte, um zu murmeln, dass das verständlich sei. Sie fragte sich, worauf die Rezeptionschefin hinauswollte.

»Auf der Internetseite waren einige Fotos der Familie Bader«, fuhr Renata Guski fort, »unter anderem ein Foto von Dr. Bader und ihrem Ehemann. Als ich das Bild sah, wusste ich gleich, dass ich Herrn Bader-Menzel schon einmal gesehen hatte, und heute Morgen ist mir eingefallen, dass er am Samstag vor einer Woche bei uns im Hotel war. Am selben Tag, an dem seine Frau bei uns eingecheckt hat. Ich dachte, ich sollte Ihnen das mitteilen, denn in dem Zeitungsartikel stand, dass Herr Bader-Menzel an dem Wochenende in Hamburg war. Aber vielleicht wissen Sie ja schon, dass das nicht stimmt. Dass das eine weitere Ente des Neustädter Boten ist, so wie die, dass Sie Ihre Ermittlungen eingestellt hätten.«

Aus dem letzten Satz klang deutliche Geringschätzung, doch Pia nahm sich nicht die Zeit, die Ehre des Neustädter Boten zu verteidigen. »Sie haben den Ehemann von Dr. Bader am Tag ihres Verschwindens im Moosbacher Hof gesehen?«, fragte sie wie elektrisiert. »Sind Sie sicher?«

»Selbstverständlich.« Renata Guski klang pikiert. »Mein Gesichtergedächtnis ist ausgezeichnet, und ich trainiere es täglich in meinem Beruf. Zudem hat ein Kollege von mir Herrn Bader-Menzel ebenfalls gesehen. Herr Kevin Weidenfeller. Er hatte an dem besagten Samstag gemeinsam mit mir Dienst. Herr Bader-Menzel trat an unseren Rezeptionstresen, und da ich im Gespräch mit einem anderen Gast war, kümmerte Herr Weidenfeller sich um ihn.«

»Wissen Sie, was Herr Bader-Menzel wollte?«

»Ich habe Herrn Weidenfeller gefragt. Herr Bader-Menzel hat sich nach seiner Frau erkundigt. Herr Weidenfeller teilte ihm mit, dass Dr. Bader kurz zuvor eingecheckt habe, und gab ihm die Zimmernummer.«

»Wissen Sie, wann genau das war?«

»Wir haben versucht, es zu rekonstruieren. Vermutlich gegen zehn Uhr.«

5

Wie konnte es passieren, dass uns das so lange entgangen ist?«, fragte Roman Söring eine Stunde später.

Sie waren im Beobachtungsraum des Präsidiums. Nebenan, in Vernehmungsraum eins, wartete Tim Bader-Menzel, wie Pia über die Videokamera sehen konnte. Der Mann saß nicht, sondern hatte seine schlaksige Gestalt an die Wand gelehnt, die Hände in den Taschen seiner Chinos vergraben. Er wirkte zutiefst erschöpft und nervös, schien zwischen Hoffnung und Sorge zu schwanken. Pia hatte ihn telefonisch hergebeten mit der Begründung, es gebe Neuigkeiten, und er war in Rekordzeit gekommen.

Auf Romans Frage hin sah Pia schuldbewusst auf. »Es war mein Fehler. Ich habe Bader-Menzel zunächst geglaubt und ihn erst am Freitag um einen Beweis dafür gebeten, dass er in Hamburg war. Er gab mir die Rechnung für den Hotelaufenthalt.«

»Und du bist nicht auf den Gedanken gekommen, diese zu überprüfen?«, fragte Roman.

»Ich habe einen Plausibilitätscheck gemacht und sie mit der Internetseite des Hotels abgeglichen. Der Briefkopf stimmte, und ansonsten sah die Rechnung für mich echt aus. Es war ein Original mit der Unterschrift eines Hotelmitarbeiters, keine Kopie. Es war sogar eine handschriftliche Abrechnung über die Snacks, die Bader-Menzel angeblich aus der Minibar genommen hat, daran getackert, ebenso der Zahlungsbeleg per EC-Karte. Wenn er das wirklich gefälscht hat, dann hat er sich sehr viel Mühe gegeben.« Pia sah, wie Roman die Stirn runzelte, und fügte schnell hinzu: »Ich hätte es dennoch überprüfen müssen.«

»Hast du das mittlerweile nachgeholt?«

»Ich habe im Hotel angerufen. Der Mitarbeiter an der Rezeption war nicht bereit, mir am Telefon Auskunft zu geben, deswegen habe ich die Kollegen in Hamburg gebeten, das zu übernehmen. Allerdings kann das dauern. Sollen wir so lange warten?«

Roman warf einen Blick auf die Uhr der Videokamera, die halb zwölf anzeigte. »Wir gehen rein.«

Tim Bader-Menzel hob ruckartig den Kopf, als Pia und Roman den Vernehmungsraum betraten. Er wartete, bis Pia ihren Chef vorgestellt hatte, dann wandte er sich an diesen.

»Ich bin Ihnen sehr dankbar, dass Sie die Ermittlungsleitung übernommen haben. Was gibt es denn Neues? Haben Sie endlich eine Spur meiner Frau gefunden?«

»Dazu kommen wir gleich. Zunächst möchte ich Ihnen einige Fragen stellen. Vielleicht setzen wir uns?«

Roman zog einen Stuhl heran, Bader-Menzel tat es ihm nur zögernd gleich.

»Mir wäre es lieber, Sie sagen mir direkt, was los ist. Haben Sie Lisa gefunden? Geht es ihr gut? Oder …« Mit einem Zittern in der Stimme brach Bader-Menzel ab.

»Wir haben möglicherweise eine Spur. Aber zunächst möchte ich mir einen Überblick verschaffen. Beginnen wir damit, dass Sie mir schildern, was Sie am Wochenende des zweiundzwanzigsten und dreiundzwanzigsten Juli getan haben. Angefangen damit, dass Ihre Frau Sie am Samstagmorgen zum Bahnhof gefahren hat.«

Bader-Menzel blinzelte irritiert. »Ich habe das bereits Ihrer Kollegin erzählt.«

»Ich würde es gerne einmal mit Ihnen durchgehen«, entgegnete Roman. »Je eher wir das erledigt haben, desto eher können wir uns auf die Neuigkeiten konzentrieren.«

Der Hinweis wirkte. Tim Bader-Menzel fasste noch einmal seine Sicht auf das Wochenende zusammen, an dem seine Frau verschwunden war. Roman hörte in einer Haltung zu, die ein Kollege einmal seinen Therapeutenhabitus genannt hatte. Ellbogen auf den Tisch gestützt, Kinn auf die gefalteten Hände gelegt, Augen halb geschlossen.

»Vielen Dank«, sagte er schließlich. »Der Grund für Ihre Fahrt nach Hamburg war also Ihr Wunsch, am Junggesellenabschied eines Freundes teilzunehmen. Und der Name dieses Freundes?«

Bisher hatte Bader-Menzel flüssig erzählt, jetzt zögerte er. »Wozu benötigen Sie den Namen? Wollen Sie meine Aussage überprüfen? Ich habe Frau Meyer bereits die Hotelrechnung gegeben.«

»Wir sind gerne gründlich. Name und Anschrift?«

Roman sah Bader-Menzel auffordernd an, doch der wich dem Blick aus und starrte in eine Ecke des Raumes, in der es außer Staub allerdings nichts gab. »Sie haben mit Mara gesprochen, nicht wahr?«, stieß er schließlich hervor. Bei den Worten sah er Pia an, die die Behauptung überraschte. Doch sie verzog keine Miene, und schließlich nickte Bader-Menzel. »Ja, das hätte ich mir gleich denken können. Also gut, wie Sie ja offensichtlich bereits wissen, war ich nicht auf dem Junggesellenabend. Ich hatte es vor, habe jedoch verschlafen.«

»Würden Sie das genau schildern?«

»Warum? Hat Mara es Ihnen nicht erzählt?«

»Ich würde es gerne von Ihnen hören.«

Bader-Menzel schüttelte resigniert den Kopf. »Da gibt es nicht viel zu erzählen. Bevor ich zum Junggesellenabschied aufbrach, legte ich mich aufs Bett, um mich auszuruhen. Ich schlief ein. Als ich aufwachte, erschien es mir zu spät für die Party, also blieb ich einfach im Hotel. Sagen Sie mir jetzt endlich, welche neue Spur Sie haben?«

»Noch eine letzte Frage: Hatten Sie irgendwann an dem Wochenende Kontakt zu Ihrer Frau? Zum Beispiel telefonisch oder per WhatsApp?«

»Nein, das sagte ich schon.«

»Auch nicht persönlich im Moosbacher Hof?«

Bader-Menzel runzelte die Stirn. »Ich verstehe nicht.«

»Dabei erscheint mir die Frage durchaus simpel«, entgegnete Roman. »Haben Sie Ihre Frau persönlich getroffen, als Sie am Samstagvormittag im Moosbacher Hof waren und an der Rezeption nach ihr fragten? Mehrere Zeugen haben Sie dort gesehen.«

In ihrer alles andere als glücklichen Jugend war Pia nicht nur süchtig nach Chips und Schokolade gewesen, sondern auch nach Krimiserien, und in jeder Folge hatte sie dem Augenblick entgegengefiebert, in dem der Bösewicht überführt wurde. In dem er in einem Vernehmungsraum zunächst in Sicherheit gewiegt und dann mit unwiderlegbaren Beweisen für seine Schuld konfrontiert wurde. In Pias Augen war das ein kathartischer Moment, in dem zur Abwechslung die Gerechtigkeit einen Sieg errang und das Ungleichgewicht zwischen Gut und Böse zumindest etwas angeglichen wurde. Als Kriminalbeamtin liebte sie ebenfalls solche Momente, erlebte sie jedoch ausgesprochen selten. Und noch nie hatte sie einen erlebt, in dem der überführte Zeuge so reagierte wie Tim Bader-Menzel. Der Mann begann zu weinen.

Tränen traten in seine Augen, die ersten wischte er weg, doch es liefen neue nach, dann lehnte er sich auf seinem Stuhl zurück und weinte still, eine Hand vor den Augen, während seine Schultern leise bebten. Einige Minuten vergingen, bis er schließlich die Hand vom Gesicht nahm, in seiner Hosentasche suchte und dann aufsah.

»Hätten Sie wohl ein Taschentuch für mich?«, bat er leise.

Roman sah Pia fragend an, die den Kopf schüttelte, woraufhin er in Richtung Tür nickte. Innerlich fluchend über diesen schlecht getimten Cliffhanger sprang Pia auf und verließ den Raum. Sie lief zur nächsten Damentoilette, riss einige Papierhandtücher aus dem Spender und eilte zurück zum Vernehmungsraum, um nur ja nichts zu verpassen.

»Danke.« Tim Bader-Menzel schnäuzte sich und steckte das benutzte Papiertuch in seine Hosentasche. »Entschuldigen Sie bitte diesen Ausbruch. Es ist bloß die Erleichterung. Es war dumm von mir, Sie anzulügen. Falscher Stolz. Ich bin erleichtert, dass es vorbei ist.«

»Sie geben also zu, dass Sie am Samstag, dem zweiundzwanzigsten Juli, vormittags im Moosbacher Hof in Moosbach waren?«, fragte Roman.

»Ja.«

»Sind Sie mit Ihrer Frau dorthin gefahren?«

»Mit dem Bus. Ich bin meiner Frau gefolgt.«

»Warum?«

»Weil ich wissen wollte, ob sie wirklich zu der Tagung fuhr oder zu ihrem Liebhaber.«

»Wie lange hatten Sie schon den Verdacht, dass Ihre Frau Sie betrügt?«

Obwohl Romans Frage naheliegend war, zuckte Tim Bader-Menzel zurück. »Es war nie wirklich ein Verdacht«, behauptete er dann. »Mehr eine Befürchtung. Ich war hin- und hergerissen. Ich wollte es nicht glauben, andererseits …« Er ließ den Satz in der Luft hängen.

»Und was führte zu der Befürchtung?«

Bader-Menzel wischte mit dem Mittelfinger eine Träne aus dem Augenwinkel, dann gab er sich einen Ruck. »Es fing mit einer Bemerkung an, die ich zufällig aufschnappte. Aber eigentlich wusste ich schon vorher, dass etwas nicht in Ordnung war. Ich hatte schon seit Längerem das Gefühl, dass Lisa mir langsam entglitt, dass wir dabei waren, uns auseinanderzuleben. Allerdings fand ich immer wieder andere Erklärungsmöglichkeiten, die ich bevorzugte, weil ich nicht wahrhaben wollte, dass …«, er schluckte, »… dass meine Frau vielleicht nicht mehr glücklich mit mir war. Denn …«, er räusperte sich, »… denn meine Frau ist mein Leben. Ich liebe sie über alles. Ohne sie …« Er brach ab und presste die Lippen zusammen.

Roman wartete einen Augenblick ab. »Und seit wann hatten Sie dieses Gefühl?«

Bader-Menzel überlegte. »Es fing irgendwann nach Hektors Geburt an.« Er nahm seine Brille ab und legte sie auf den Tisch. »In dem Punkt bin ich mir sicher, denn vorher ging es Lisa gut, überraschend gut sogar. Sie hatte während der Schwangerschaft mit Alma einige gesundheitliche Probleme gehabt, und ich hatte befürchtet, das würde sich wiederholen, doch die Schwangerschaft mit Hektor verlief komplikationslos. Lisa war voller Vorfreude. Sie war regelrecht aufgeregt, obwohl es ja schon das zweite Kind war.« Bei der Erinnerung huschte ein Lächeln über sein Gesicht, das jedoch schnell wieder verschwand. »Doch nach Hektors Geburt wurde alles anders. Lisas Schwangerschaft war zwar relativ einfach gewesen, aber die Geburt war es nicht. Es gab Komplikationen, und es dauerte lange, bis Lisa sich erholte. Sie war auch noch nicht fit, als sie nach drei Monaten vorzeitig die Elternzeit beendete und ins Krankenhaus zurückkehrte.«

»Wieso vorzeitig?«, warf Pia ein.

Bader-Menzel seufzte. »Weil im Krankenhaus damals wegen Corona die Hölle los war. Lisa arbeitete zwar nicht auf einer Covid-Station, doch die Pandemie war in allen Abteilungen zu spüren. Lisa fühlte sich verpflichtet, ihre Kollegen zu unterstützen. Ich war dagegen. Ich fand, sie hätte eine längere Auszeit verdient, und fürchtete, die Belastung könnte für Lisa und auch für unsere Familie zu hoch werden. Meine Frau bestand aber darauf, also zog ich meine geplante Elternzeit vor.«

Er zuckte mit den Achseln, als wollte er fragen, was er sonst hätte tun sollen, und Pia dachte an das, was Annette Verla erzählt hatte: dass Lisa Bader im Hause Bader die Marschrichtung vorgegeben hatte.

»Und trafen Ihre Befürchtungen ein?«, fragte sie.

Bader-Menzel nickte langsam. »Allerdings dauerte es eine Weile, bis ich es realisierte. Am Anfang lief alles recht gut, zumindest dachte ich das. Meine Frau schien ihrer Arbeit im Krankenhaus durchaus wieder gewachsen zu sein. Ich nahm, wie gesagt, Elternzeit, und wir spielten uns schnell ein. Wir waren immer ein gutes Team gewesen, jeder mit Verständnis für die Belange des anderen. Allerdings war unser Leben deutlich stressiger als zuvor. Zum einen hatten wir jetzt zwei Kinder, zum anderen war Hektor, nun ja, nicht gerade sehr ›pflegeleicht‹.« Er malte Gänsefüßchen in die Luft, bevor er hastig hinzufügte: »Was natürlich nicht seine Schuld ist. Manche Kinder sind einfach fordernder als andere.« Er schwieg. »Wie gesagt, eine Zeit lang dachte ich, wir hätten alles gut im Griff, von außen betrachtet hat es sicherlich so gewirkt, aber irgendwann wurde mir klar, dass vielleicht oberflächlich betrachtet alles gut lief, dass es Lisa allerdings dabei nicht gut ging. Sie war ständig gereizt, schlief schlecht, hatte Kopfschmerzen, nahm einige Pfunde ab, obwohl sie ohnehin schon sehr schlank war … Schließlich wurde mir klar, dass sie völlig überarbeitet und erschöpft war. Ich hatte sogar den Eindruck, dass sie auf einen Burn-out zusteuerte.«

»Haben Sie mit Ihrer Frau darüber gesprochen?«, fragte Roman.

»Ich habe es versucht, aber Lisa bestritt es und reagierte ärgerlich, weil sie es nicht mag, wenn Laien mit medizinischen Diagnosen um sich werfen – womit sie ja durchaus recht hat. Sie sagte, es sei nur der Stress, und hatte jedes Mal eine andere Ausrede. Sobald die neue Mitarbeiterin im Krankenhaus anfange oder sobald Hektor in der Kita sei oder sobald dies oder sobald das, würde alles besser.«

»Aber das wurde es nicht?«

»Es wurde schlimmer. Bis …« Bader-Menzel zögerte, dann gab er sich einen Ruck. »Eines Tages kam ich nach Hause. Es war ein Samstag im März, ich hatte Alma zu einer Freundin gebracht. Als ich zurückkam, spielte Hektor quietschfidel in seinem Zimmer, während Lisa weinend im Wohnzimmer auf der Couch saß. Sie war völlig aufgelöst und erzählte mir …«

»Ja?«, hakte Roman nach, als Bader-Menzel nicht weitersprach.

Der Mann reagierte nicht sofort. Er presste die Lippen zusammen und zerrte mit den Fingern der rechten Hand an denen der linken. Schließlich legte er die Hände auf den Tisch und beugte sich vor. »Hören Sie, was ich Ihnen jetzt sage, dürfen Sie auf keinen Fall überbewerten«, sagte er. »Lisa liebt Hektor, sie ist eine tolle Mutter. Das müssen Sie mir glauben.« Er sah die Kriminalbeamten beschwörend an.

»Was ist denn passiert?«, fragte Roman.

Bader-Menzel griff nach seiner Brille, als suchte er Halt. »Meine Frau hat unseren Sohn geschlagen. Nicht ins Gesicht – auf den Po. Hektor war an dem Morgen besonders anstrengend gewesen. Er wollte, dass Lisa mit ihm spielt, doch sie hatte keine Zeit, also begann er, zu quengeln, und schließlich bekam er einen Tobsuchtsanfall. Das ist leider nicht ungewöhnlich, und normalerweise kann Lisa damit umgehen, doch an dem Morgen verlor sie für einen Augenblick die Nerven. Danach hat sie sich wahnsinnig geschämt. Sie war der Meinung, einen unverzeihlichen Fehler begangen zu haben, und bezweifelte sogar ihre Eignung als Mutter! Sie bezeichnete sich als Versagerin und war todunglücklich. Ich konnte sie nicht beruhigen – dabei ging es Hektor gut.« Er schwieg einen Moment lang. »Aber die Sache hatte auch etwas Gutes. Lisa sah ein, dass sie etwas ändern musste. Sie meldete sich eine Woche lang krank, kurz danach hatte sie ohnehin einige Tage frei, weil ich auf eine Lesereise fuhr, die ich nicht absagen konnte. Als ich wiederkam, schien es Lisa besser zu gehen. Zumindest wirkte sie gelassener. Sie sagte, sie habe einen Vortrag im Familienberatungszentrum in Moosbach gehört, da sei ihr klar geworden, dass sie lernen müsse, besser auf sich zu achten. Außerdem habe sie eine Gruppe Frauen gefunden, mit der sie sich austauschen könne. Mich hat das sehr überrascht. Lisa war nie der Typ für Frauengruppen oder Gesprächskreise.«

»Können Sie uns Näheres über die Gruppe sagen?«, hakte Roman ein. »Kennen Sie andere Mitglieder?«

Bader-Menzel schüttelte den Kopf. »Lisa wollte nicht darüber reden, deswegen habe ich nicht nachgebohrt. Ich war erleichtert, weil die Treffen ihr gut zu tun schienen. Es dauerte eine

Weile, aber dann blühte Lisa regelrecht auf, tat wieder Dinge, die sie früher gern getan hatte, ging in die Sauna und gönnte sich sogar einen Wellnesstag beim Friseur und kam mit kurzen Haaren nach Hause. Ich war völlig verblüfft, aber sie meinte, sie habe ein paar alte Zöpfe abschneiden wollen.«

»Und Sie haben Ihrer Frau geglaubt?«, fragte Pia skeptisch. Es erschien ihr einigermaßen naiv.

»Das habe ich. Ich war so erleichtert, dass es ihr wieder besser ging, dass ich die Gründe gar nicht hinterfragt habe. Das tat ich erst, als ich eine Bemerkung aufschnappte.« Ein gequälter Ausdruck legte sich auf Bader-Menzels Gesicht. »Es war an Lisas vierzigstem Geburtstag. Wir feierten im Garten, und ich bekam zufällig mit, wie zwei Nachbarinnen tuschelten. Sie sprachen über Lisas neue Frisur, die eine war überzeugt, dass ›ein Kerl dahintersteckt‹, wie sie sich ausdrückte. Ich ärgerte mich zwar darüber, dachte mir jedoch nichts dabei, weil die Frau die größte Klatschbase in der Straße ist. Doch die andere stimmte zu. Ja, sie habe sich auch schon gefragt, ob Lisa eine Affäre habe, sie sei in letzter Zeit so verändert, et cetera PP. Ich war wie vor den Kopf geschlagen.«

»Und diese Bemerkung hat Ihr Misstrauen geweckt?«, fragte Roman.

Bader-Menzel nickte. »Vermutlich halten Sie mich für naiv, aber bis dahin war mir tatsächlich nie der Gedanke gekommen, dass Lisa fremdgehen könnte. Doch nach der Geburtstagsfeier ging mir die Idee nicht mehr aus dem Kopf. Ich erinnerte mich wieder an all die Dinge, die ich in den Monaten zuvor verdrängt oder auf Lisas Überlastung geschoben hatte: dass Lisa und ich kaum noch Zeit füreinander fanden und dass sie darauf auch keinen Wert zu legen schien. Dass sie mir nicht mehr wie früher ihre Gedanken anvertraute. Dass wir«, er errötete, »schon eine sehr lange Zeit nicht mehr miteinander intim gewesen waren. Und mir fielen andere Dinge ein, die mir in den Wochen zuvor aufgefallen waren, denen ich jedoch keine große Beachtung geschenkt hatte: dass Lisa auffallend oft Überstunden im Krankenhaus machen musste, dass die Notfälle dort sich häuften, dass sie zu dieser Frauengruppe ging, ohne sagen zu wollen, wo sie sich eigentlich trafen. Und schließlich sprach ich Lisa darauf an.«

»Wie reagierte Ihre Frau?

»Sie war verärgert und versicherte mir, dass sie nicht fremdgehe.«

»Und glaubten Sie ihr?«

Bader-Menzel schwieg eine lange Zeit. »Ich wollte ihr glauben, aber ich kenne meine Frau sehr gut. Ich war sicher, dass sie etwas verheimlichte. Und als sie dann unbedingt wollte, dass ich zu Leifs Junggesellenparty nach Hamburg fahre …«

»Das war die Idee Ihrer Frau?«, unterbrach Pia.

Bader-Menzel nickte. »Leif – Leif Hansen, ein alter Schulfreund – hatte mich schon Wochen zuvor eingeladen, doch ich hatte abgesagt, weil ich Junggesellenpartys nicht mag. Aber Lisa meinte plötzlich, dass es mir guttun würde, sie drängte mich regelrecht, hinzufahren, also sagte ich zu. Ich redete mir ein, sie habe vielleicht recht, vielleicht würde ich durch den Ausflug von meinen Grübeleien abgelenkt und aus der Entfernung erkennen, dass der Verdacht, dass sie mich betrügt, nur ein Hirngespinst ist. Das hoffte ich zumindest.«

»Und wann änderten Sie Ihre Meinung?«

»Erst auf dem Bahnsteig.« Bader-Menzel setzte seine Brille wieder auf und blinzelte durch die Gläser. »In den Tagen vor dem Wochenende war ich ständig hin- und hergerissen zwischen dem Wunsch, Lisa zu vertrauen, und der Überzeugung, dass sie mich nach Hamburg schickte, damit sie sich am Wochenende mit einem anderen Mann treffen konnte. Als ich auf dem Bahnsteig stand und der Zug einfuhr, wusste ich plötzlich, dass ich so nicht weitermachen konnte. Ich brauchte Gewissheit, ob Lisa wirklich zur Konferenz fuhr oder nicht. Also beschloss ich, ihr zum Moosbacher Hof zu folgen und ging zum Busbahnhof hinüber.«

»Warum nahmen Sie kein Taxi?«

»Weil ich in dem Moment gar nicht auf den Gedanken kam. Ich wusste, dass Busse nach Moosbach fuhren, also ging ich zur Haltestelle. Ich musste warten, der nächste fuhr erst um neun.«

»Und wann kamen Sie in Moosbach an?«, fragte Roman, während Pia schon ihr Handy zückte, um Abfahrts- und Ankunftszeiten zu googeln.

»Gegen zehn vor zehn. Ich stieg am Moosbacher Hof aus und ging direkt zur Rezeption, um nach Lisa zu fragen. Ich war mittlerweile so überzeugt davon, dass sie nicht dort sein würde, dass ich völlig perplex war, als der Mitarbeiter sagte, sie habe an diesem Morgen eingecheckt. Ich musste mich erst einmal in der Hotellobby setzen, um das in meinen Kopf zu bekommen. Während ich dort saß, wurde mir klar, dass ich mich komplett zum Idioten gemacht hatte. Ich konnte überhaupt nicht mehr verstehen, wie ich Lisa so hatte misstrauen können. Ich war so unglaublich erleichtert, gleichzeitig schämte ich mich und fragte mich, wie ich Lisa das alles erklären sollte. Und irgendwann kam mir der Gedanke, dass ich das gar nicht müsste, dass ich einfach nach Neustadt zurückfahren und den nächsten Zug nach Hamburg nehmen könnte. Und das tat ich dann. Ich verließ das Hotel und ging zur Bushaltestelle. Doch in dem Moment fuhr ein Taxi vor, das einen Hotelgast absetzte, also nahm ich das.«

»Sie möchten uns erzählen, dass Sie doch noch nach Hamburg gefahren sind?«

Pia hörte in Romans Stimme die Skepsis, die sie selbst verspürte.

»Natürlich. Ich habe Ihnen doch die Hotelrechnung gegeben.«

»Und wann waren Sie dort?«

Bader-Menzel überlegte. »Es war schon nach sechs. Das Taxi brachte mich gegen kurz vor elf zum Bahnhof in Neustadt. Ich musste wieder warten, der Zug ging um elf Uhr einunddreißig. Er fuhr pünktlich los, fuhr aber unterwegs fast eine Stunde Verspätung ein, weil irgendwo Personen im Gleis waren.«

»Haben Sie das Ticket noch?«

»Ich habe es weggeworfen. Ich hatte es am Automaten bar bezahlt, weil ich Lisa nicht erklären wollte, weshalb ich ein zweites Ticket hatte kaufen müssen. Aber Sie können im Hotel nachfragen, dort weiß man bestimmt, wann ich eingecheckt habe.«

»Und Sie blieben die ganze Nacht im Hotel?«

Er nickte.

»Weil sie den Junggesellenabschied verschlafen haben?«

Er schüttelte den Kopf. »Ich konnte mich nicht überwinden, hinzugehen. Ich war immer noch durcheinander und wollte allein sein. Ich habe dann am nächsten Morgen gegen halb elf Uhr ausgecheckt und bin nach Neustadt zurückgefahren. Fragen Sie meine Schwägerin, sie wird Ihnen bestätigen, dass ich gegen fünf nach Hause kam.«

»Und wieso haben Sie uns das alles nicht viel eher erzählt? Wieso haben Sie Oberkommissarin Mayer angelogen? Ist Ihnen klar, dass Sie unsere Ermittlungen massiv behindert haben?«

Bader-Menzel schwieg eine Zeit lang, schließlich sagte er: »Sie haben recht, und es tut mir leid. Ich … ich konnte einfach keinen klaren Gedanken fassen. Als ich am Samstag erfuhr, dass Lisa in den Moosbacher Hof eingecheckt hatte, war ich mir zu hundert Prozent sicher, dass sie mich nicht betrügt, aber als sie am Sonntagabend nicht nach Hause zurückkehrte, kamen mir wieder Zweifel. Ich lag die ganze Nacht wach, überzeugt, dass sie bei einem anderen war und dass sie mich für diesen anderen verlassen würde. Doch als sie auch Montagfrüh nicht kam und nicht zum Dienst erschien, wusste ich, dass ihr etwas zugestoßen sein musste. Ich war so weit, zu glauben, dass sie vielleicht mich verlassen hätte, aber niemals die Kinder. Sie ist eine gute Mutter. Sie hätte die beiden nie im Stich gelassen.«

6

Er sagt die Wahrheit«, erklärte Pia fünf Stunden später, als sie in Roman Sörings Büro zu einer Besprechung zusammenkamen. Nach der Vernehmung hatte Roman Pia beauftragt, Tim Bader-Menzels Angaben zu überprüfen, und sie hatte das getan. Gründlich dieses Mal. »Ich habe den Taxifahrer ausfindig gemacht, der Bader-Menzel vom Moosbacher Hof zum Neustädter Bahnhof gefahren hat. Laut einer App, die er für die Abrechnungen benutzt, stieg Bader-Menzel um zehn Uhr neunzehn zu und wurde um zehn Uhr einundfünfzig abgesetzt. Ich habe dem Taxler mehrere Fotos gezeigt, er hat Bader-Menzel identifiziert. Außerdem ist Bader-Menzel auf den Videoaufzeichnungen aus dem Bahnhof zu erkennen. Er taucht um zehn Uhr dreiundfünfzig auf dem Vorplatz auf, eine Minute später in der Unterführung und noch eine halbe Minute später auf Gleis drei. Auch die Geschichte mit dem Zug stimmt. Der Elfeinunddreißiger war in Neustadt pünktlich, kam jedoch in Hamburg achtundfünfzig Minuten verspätet an. Und schließlich war Bader-Menzel im Holiday Inn. Er hat am Samstag um achtzehn Uhr ein- und am Sonntag um zehn Uhr vierzig ausgecheckt. Um einundzwanzig Uhr dreißig hat er sich vom Zimmerservice ein Glas Grauburgunder bringen lassen, außerdem hat er ein Twix und ein Balisto aus der Minibar gesnackt. Das Hotel hat das gegenüber den Hamburger Kollegen bestätigt, die Mitarbeiterin an der Rezeption hat Bader-Menzel ebenfalls identifiziert. Seine Rechnung ist also doch korrekt.« Pia konnte sich den Zusatz nicht verkneifen. Sie sah von Roman Söring zu dessen Stellvertreterin, Verena Korhammer. »Tim Bader-Menzel hat die Wahrheit gesagt«, wiederholte sie.

»Zumindest in einigen Punkten«, erwiderte Roman. »Aber das bedeutet nicht, dass der Rest seiner Geschichte stimmt. Es ist schon ein erstaunlicher Zufall, dass er an dem Vormittag zweimal am selben Ort war wie seine Frau, ohne sie zu treffen. Am Moosbacher Hof und am Bahnhof.«

»Aber die Zeiten sprechen für ihn«, warf Verena ein. »Lisa Bader hat auf dem Parkplatz des Moosbacher Hofs gegen halb zehn mit ihrer Mutter telefoniert, muss jedoch kurz darauf zum Marktplatz gegangen sein, sonst hätte sie keine Zeit gehabt, ein Eis zu kaufen und zu essen und dann den Bus um zwanzig nach zehn zu nehmen. Ihr Mann kam erst um zehn vor zehn am Hotel an, er kann sie also leicht verpasst haben. Und am Neustädter Bahnhof war es umgekehrt. Bader-Menzel kam um neun Minuten vor elf am Taxistand an, seine Frau fünfzehn Minuten später am Busbahnhof. Bader-Menzel ging dann sofort zum Bahnsteig, wo er blieb, während seine Frau den Videoaufzeichnungen zufolge nie im Bahnhof war.«

Roman machte eine wiegende Kopfbewegung. »Der Mann hat uns bereits so viele Lügen aufgetischt, ich schließe nicht aus, dass er weitere in petto hat. Aber nehmen wir mal an, dass er nichts mit dem Verschwinden seiner Frau zu tun hat. Wo stehen wir dann? Etwas Neues aus dem Bürgermeisterquartier?«

Verena blätterte in einem Stapel Notizen, der vor ihr auf dem Tisch lag. »Nein. Wir haben mittlerweile fünfundneunzig Prozent der Bewohner befragt und fünf Zeugen gefunden, die Lisa Bader an mindestens drei verschiedenen Tagen in den letzten Wochen dort gesehen haben, aber wir wissen immer noch nicht, wen sie besucht hat. Niemand hat sie in ein bestimmtes Haus gehen oder aus einem bestimmten Haus kommen sehen. Auch das Mantrailingteam hatte keinen Erfolg. Valerie Niemann hat ihre Hündin dort an mehreren Stellen angesetzt, ohne konkretes Ergebnis, Lisa Baders Spur scheint mittlerweile zu alt zu sein.«

»Was ist mit den Bewohnern, die noch nicht angetroffen wurden? Irgendwelche Anzeichen dafür, dass jemand versucht, sich der Befragung zu entziehen?«

»Keine. Eine Wohnung steht leer, weil die Mieterin kürzlich

verstorben ist, eine steht leer, weil die Besitzerin eine dreimonatige Wohnmobiltour durch die USA macht, ein Mieter liegt seit zwei Monaten im Krankenhaus, die anderen Wohnungen werden von Leuten bewohnt, die viel unterwegs sind. Allerdings bezweifle ich, dass wir unter diesen Lisa Baders Liebhaber finden. Es ist nur ein alleinstehender Mann darunter, Yoga- und Reiki-Lehrer, Mitte dreißig, laut Nachbarn stockschwul.«

»Und was ist mit der Handyauswertung?«

Verena zog ein weiteres Blatt aus ihren Unterlagen. »Leider wenig hilfreich. Lisa Bader gehört definitiv nicht zu den Frauen, die ihrem Handy ihr Innerstes anvertrauen. Sie hat zwar haufenweise Kontakte und ist auch Mitglied in einigen WhatsApp-Gruppen, aber sie selbst textet wenig, und wenn, dann sind es ausgesprochen nüchterne Beiträge, sachlich, zielorientiert. Das gilt auch für die Nachrichten an ihren Mann. Allerdings kann ich nicht beurteilen, ob das an mangelnder Zuneigung liegt oder daran, dass Lisa Bader schlicht keine Zeit für Nettigkeiten hat. Ihre Nachrichten an ihre Schwester und ihre Mutter sind in ähnlichem Stil gehalten.«

»Irgendwelche Hinweise auf ihren Liebhaber?«

Verena schüttelte den Kopf. »Nicht der kleinste – und auch keiner auf irgendwelche Pläne am Wochenende ihres Verschwindens. Ich habe mich schon gefragt, ob Lisa Bader noch ein zweites Handy hat. Es gibt übrigens auch keinen Hinweis auf irgendeine Frauengruppe. Ich bin die Aufzeichnungen nach Bader-Menzels Aussage noch einmal durchgegangen. Das Einzige, das ich gefunden habe, ist ein Kalendereintrag vom neunundzwanzigsten März, zwanzig Uhr. Ein Vortrag im Familienberatungszentrum Moosbach mit dem Titel: ›Hilfe, ich drehe durch – wenn Mütter nicht mehr weiter wissen.‹ Das könnte der Vortrag sein, den ihr Mann erwähnte. Es könnte hilfreich sein, mit der Dozentin zu sprechen. Sie ist psychologische Psychotherapeutin mit Praxis in Moosbach. Jutta Krenz. Vielleicht weiß sie etwas über diese Frauengruppe.«

»Falls es die überhaupt gibt«, warf Pia ein. »Vielleicht hat Lisa Bader die auch nur erfunden, um ihrem Mann ihre häufigen Abwesenheiten zu erklären. Sonst hätte sie ihm sagen können, wo die Treffen stattfinden.«

Roman machte sich eine Notiz. »Sonst noch etwas?«

Verena schüttelte den Kopf und schob ihre Notizen zusammen. »Wie sieht's denn bei dir aus? Hast du etwas von der Sitte gehört? Hat mittlerweile jemand den Rotlicht-Jörg befragt?«

Roman nickte. »Ja – und leider eine weitere Niete gezogen. Lisa Bader war Jörg Breitners Ärztin. Er sagt, sie habe ihn angerufen, um sich nach seinem Befinden zu erkundigen. Bei Breitner wurde im letzten Jahr Lungenkrebs in fortgeschrittenem Stadium diagnostiziert. Der Krebs galt als nicht behandelbar, doch Breitner bekam von einem Bekannten den Tipp, sich an Dr. Bader zu wenden. Die machte eine Spezialistin für irgendeine neue Immuntherapie ausfindig. Breitner wurde damit behandelt und ist zwar nicht geheilt, hat aber den Krebs im Griff. Offenbar hat Dr. Baders Tipp ihm das Leben gerettet – worüber der Kollege von der Sitte gar nicht glücklich war.« Roman grinste.

»Und die Geschichte ist wahr?«, fragte Verena argwöhnisch.

Roman zuckte mit den Achseln. »Die Kollegen haben das überprüft, Breitner hat die betroffenen Ärzte von der Schweigepflicht entbunden. Das ist zwar kein Beweis dafür, dass es bei dem Telefonat tatsächlich um Breitners Befinden ging, allerdings passt es zur Länge des Gesprächs und zur Tatsache, dass die beiden danach nie wieder telefoniert haben. Und ich traue Jörg Breitner zwar vieles zu, allerdings bezweifle ich, dass er seiner Lebensretterin etwas antun würde.«

»Aber vielleicht würde er ihr helfen unterzutauchen?«, meinte Verena nachdenklich.

Roman blickte seine Stellvertreterin überrascht an. »Wie meinst du das?«

Verena lehnte sich auf ihrem Stuhl zurück »Nun ja, wir suchen jetzt schon lange nach Lisa Bader, ohne bisher die kleinste Spur von ihr gefunden zu haben. Vielleicht liegt das daran, dass sie nicht gefunden werden will?«

»Warum hätte sie untertauchen sollen?«, warf Pia ein.

Verena zuckte mit den Achseln. »Vielleicht weil sie alles satthatte.« Sie blickte von Roman zu Pia und zurück. »Der Gedanke kam mir vorhin, als Bader-Menzel die Probleme mit seinem Sohn schilderte. Wir wissen ja schon eine geraume Zeit, dass das Bild, das er uns am Anfang präsentiert hat – von der glücklichen Ehefrau und Mutter –, nicht stimmt. Lisa Bader war keine glückliche Ehefrau, sonst hätte sie keine Affäre angefangen. Aber ich frage mich mittlerweile, ob sie vielleicht auch keine glückliche Mutter war. Bader-Menzel hat zwar behauptet, dass seine Frau ihren Sohn nur einmal geschlagen, ansonsten aber ein gutes Verhältnis zu ihm hat, aber das muss ja nicht stimmen. Und wenn das der Fall ist, frage ich mich langsam, was Lisa Bader noch hier gehalten hat.«

»Zum Beispiel ihr Job«, warf Pia ein. »Freunde, ihre Mutter und ihre Schwester.«

Verena wackelte mit dem Kopf. »Aber hing sie an denen wirklich so sehr? Die Schwester hat sie nur alle paar Monate gesehen, und das Verhältnis zu ihrer Mutter scheint auch nicht konfliktfrei gewesen zu sein. Und die Umstände weisen darauf hin, dass Lisa Bader freiwillig verschwunden ist. Zumindest die ersten Schritte hat sie freiwillig unternommen – deswegen hattest du ja die Ermittlungen zwischenzeitlich eingestellt.«

»Und sie wieder aufgenommen, als die Vergewaltigungsskizze auftauchte«, entgegnete Pia. »Für mich ist das ein klarer Hinweis, dass Lisa Bader bedroht wurde.«

»Aber wir haben keinen Hinweis, dass die Drohung in die Tat umgesetzt wurde. Vielleicht war die Drohung auch der Anlass für Lisa Bader zu verschwinden. Wenn sie ihr Leben ohnehin satthatte und sich durch ihren Liebhaber bedroht fühlte, war das vielleicht der berühmte Tropfen zu viel. Ich sage nicht, dass es so war, aber wir sollten die Möglichkeit untersuchen. Was meinst du?«

Verena sah Roman an, doch in dem Augenblick klingelte dessen Telefon. Er griff zum Hörer.

»Ja?« Er lauschte eine Zeit lang mit ernster Miene, dann hielt er die Hand über die Sprechmuschel und sah Pia an. »Kennen wir den Namen von Lisa Baders Zahnarzt?«

Erstaunt schüttelte Pia den Kopf.

Roman nahm die Hand wieder von der Sprechmuschel. »Nein.« Dann lauschte er erneut, legte schließlich auf und wandte sich an Verena. »Um auf deine Frage zurückzukommen: Ich denke, wir können die Möglichkeit ignorieren, dass Lisa Bader untergetaucht ist. Das war ein Mitarbeiter von Kriminalhauptkommissarin Wenk vom KK eins. In Kaspars Wald, der an das Bürgermeisterquartier angrenzt, wurde heute Nachmittag eine Leiche gefunden. Vermutlich weiblich, zwischen ein Meter sechzig und ein Meter siebzig groß, kurze schwarze Haare, Liegezeit etwa ein bis drei Wochen. Die Tote war unbekleidet, doch in der Nähe lag eine Handtasche. Darin ein Portemonnaie mit dem Ausweis von Lisa Bader.« Er sah Pia an. »Frau Wenk hat die Mitarbeiterin angefordert, die am meisten über diesen Fall weiß. Sie erwartet dich am Fundort.«

7

Das Waldgebiet, das an das Bürgermeisterquartier angrenzte, hieß offiziell Forstrevier Neustadt Ost, doch im Neustädter Volksmund wurde es Kaspars Wald genannt, weil die Prothesenfabrik, an deren Stelle das Bürgermeisterquartier hochgezogen worden waren, einst von einem Mann namens Herfried Kaspar gegründet worden war, dem ein Teil des Waldes gehört hatte. Der Wald war wie der Ausee auf der anderen Seite der Stadt ein beliebtes Ausflugs- und Naherholungsgebiet, nicht nur für die Bewohner des Bürgermeisterquartiers, sondern für viele Neustädter. An schönen Sommerwochenenden waren die Wanderparkplätze oft schon mittags überfüllt, die Autos spien Gruppen von Nordic Walkern aus, die schwatzend die markierten Runden drehten, Pärchen, die einen Spaziergang machen wollten, oder junge Eltern, die ihren Nachwuchs über den Trimm-dich-Pfad scheuchten, um ihn so auszupowern, dass er abends Ruhe gab. Doch man musste nicht weit in den Wald hinein gehen, um diesem Trubel zu entkommen. Sobald man die markierten Wege verließ und den schmaler werdenden Trampelpfaden folgte, desto ruhiger wurde es, und wenn man auch diese Pfade verließ und sich quer durchs Unterholz schlug, erreichte man Gebiete, in die sich unter normalen Umständen oft wochenlang kein Mensch verirrte.

Doch an diesem frühen Mittwochabend herrschten keine normalen Umstände, und als Pia den Dienstwagen, den sie sich aus dem Präsidiumsfuhrpark besorgt hatte, auf dem breiten Wirtschaftsweg anhielt, der das Waldgebiet durchschnitt, parkten dort bereits mehr Fahrzeuge, als sonst in einem Monat hier entlangfuhren, unter anderem ein Leichenwagen und zwei Busse der Kriminaltechnik. Von den Fahrern all der Autos war allerdings nur einer zu sehen, ein uniformierter Beamter, der an einem

Streifenwagen lehnte. Als Pia ausstieg, trat er misstrauisch auf sie zu, doch nachdem sie sich ausgewiesen hatte, wies er ihr den Weg zu einem Trampelpfad, mit dem Hinweis, dass an dessen Ende weitere Instruktionen auf sie warteten.

So war es auch. Pia folgte dem Pfad einige Minuten lang in den Wald hinein, bis sie auf einen zweiten Schutzpolizisten traf, der damit beschäftigt war, ein Absperrband quer über den Pfad zu ziehen und um den nächsten Baum zu schlingen. Hinter dem Band entdeckte Pia weitere Polizisten, teils in Zivil, teils in Uniform, etliche in den weißen Papieranzügen der Kriminaltechnik. Erstere standen in kleinen Grüppchen beieinander, Letztere durchstreiften das Gebiet wie Waldgeister.

Der zweite Uniformierte kontrollierte ebenfalls Pias Ausweis und reichte ihr einen Papieranzug. Während Pia hineinschlüpfte, deutete der Beamte auf einige orangefarbene Verkehrsleitkegel, die in regelmäßigen Abständen auf dem Waldboden standen wie die Requisiten einer Trimm-dich-Übung. »Folgen Sie dem markierten Weg. Hauptkommissarin Wenk erwartet Sie.«

Pia tat wie ihr geheißen und stapfte durch den hier lichten Wald über Wurzeln und das Laub der Vorjahre. Der Boden war leicht abschüssig, sie lief in eine Senke hinein, an deren Grund ein Tümpel im letzten Abendlicht schimmerte. Am Rande des Gewässers stand eine Gruppe von vier Personen in Papierschutzanzügen.

Die erste Person, ein großer Mann mit Schmerbauch und Schnauzer, hatte Pia einmal in der Pathologie des Neustädter Klinikums getroffen. Dr. Ludwig Liebig war einer der für das Präsidium zuständigen Rechtsmediziner. In seinem weißen Papieranzug wirkte er so graziös wie ein Schneemann. Die Frau, die sich mit ihm unterhielt, kannte Pia ebenfalls. Roman hatte sie ihr einmal im Präsidium vorgestellt. Die unterkühlte Art der Frau war Pia nicht sonderlich sympathisch gewesen, dennoch hatte sie sie sogleich zu einem ihrer Vorbilder erkoren. Denn obwohl Hauptkommissarin Astrid Wenk in der Polizeihierarchie mit denselben Nachteilen gestartet war wie Pia – sie stammte aus kleinen Verhältnissen, und ihr fehlte ein Y-Chromosom –, hatte sie sich die Position der Leiterin des KK eins, zuständig für Todesermittlungen, erarbeitet. Und das mit Anfang vierzig.

Die anderen beiden Personen kannte Pia nicht, vermutlich waren es Mitarbeiter von Wenk oder Liebig, darauf ließ die unterwürfige Art schließen, in der sie den Worten ihrer Chefs lauschten, als würden sie später darüber abgefragt. Pia selbst war noch nicht in Hörweite, doch bevor sie sie erreichte, erregte etwas anderes ihre Aufmerksamkeit. Etwa zehn Meter von Liebig und Wenk und ihren Gefolgsleuten entfernt waren zwei Kriminaltechnikerinnen in gebückter Haltung damit beschäftigt, am Rande des Tümpels Spuren zu sichern. Das hatte Pia zumindest vermutet, genau hatte sie es wegen einiger Büsche nicht erkennen können. Doch als sie jetzt um das Strauchwerk herumging, erkannte sie, dass die beiden Frauen nicht irgendwelche Spuren sicherten, sondern etwas ganz anderes: einen Leichnam.

Auf der Fahrt hierher hatte Pia sich Gedanken darüber gemacht, was sie im Wald vorfinden würde. Sie hatte schon einige Tote gesehen, Opfer von Verkehrsunfällen, einen Studenten, der sich erhängt hatte, einen alten Mann, der im Winter nur mit Pantoffeln an den Füßen aus dem Seniorenheim ausgebüxt und eine Böschung hinunter in einen Graben gestürzt war, wo er innerhalb von vierundzwanzig Stunden an Unterkühlung verstorben war. Doch all diese Leichen hatten etwas gemeinsam gehabt: Sie waren nicht mehr als zwei Tage tot gewesen. Lisa Bader – wenn es sich denn um ihren Leichnam handelte – hingegen war möglicherweise bereits seit elf Tagen tot und hatte möglicherweise seit elf Tagen im Freien gelegen. Und zwar nicht bei minus fünf Grad wie der Mann im Graben, sondern bei konstant über zwanzig, tagsüber über dreißig. Pia wusste, dass unter idealen Bedingungen – Hitze und Feuchtigkeit – Leichen innerhalb weniger Tage vollständig skelettieren konnten, und da Roman erzählt hatte, dass die Identifizierung nicht gesichert sei, hatte sie damit gerechnet, dass die Leiche teilweise verwest sein würde. Doch sie hatte nicht damit gerechnet, dass so wenig von ihr übrig sein könnte.

Der Leichnam lag auf dem Rücken – falls es den noch gab, denn auf den ersten Blick konnte Pia das nicht erkennen. Die Vorderseite gab es nicht mehr, sie war größtenteils skelettiert. Von den Knochen hingen Haut- und Gewebereste, grünlich bis schwärzlich verfärbt. Wo einmal Organe gewesen waren, war nur noch eine dunkle breiige, von Fliegenmaden überzogene Masse. Vermutlich von dieser Masse ging ein Gestank aus, der Pia selbst hinter ihrer Papiermaske den Atem nahm. Sie schluckte mehrmals, dann konzentrierte sie sich wieder auf die Tote – falls es eine weibliche Person gewesen war. Denn nichts an der Leiche ließ eindeutige Rückschlüsse auf das Geschlecht zu, von den Genitalien war nichts mehr übrig. Allenfalls die Größe ließ auf eine Frau schließen. Auf eine verheiratete Frau, dachte Pia, als ihr Blick auf die skelettierte rechte Hand fiel. An den Knochen des Ringfingers, zwischen grünlichen Hautresten, steckte ein schmaler goldener Ring, vermutlich ein Ehering.

»KOK Meyer?«

Beim Klang der kühlen Stimme drehte Pia sich um. Astrid Wenk stand hinter ihr. Bei ihrem Anblick musste Pia blinzeln, weil der Kontrast zu der unappetitlichen Masse hinter ihr so groß war. Die Hauptkommissarin trug ihren Papieranzug mit derselben Eleganz, mit der sie wohl in einem Diorkleid über einen roten Teppich stolziert wäre. Als sie die Papierkapuze vom Kopf zog, saß jedes Haar an ihrem blonden Pagenkopf perfekt, ebenso ihr Make-up. Sofort fühlte Pia sich noch schmuddeliger und verschwitzter als ohnehin schon.

»Sie kommen später als erwartet«, fuhr Astrid Wenk fort. »Holen wir die verlorene Zeit rein, indem Sie mir möglichst schnell erzählen, was es zum Fall Bader zu berichten gibt.«

Teil

V

1

Mara

Als Tim nach Hause kommt, sitzen Gisela und ich im Wohnzimmer und streiten. Ich wurde am Montag aus dem Krankenhaus entlassen. Übers Wochenende hatten die Ärzte mich zur Beobachtung dort behalten – was auch immer das heißen soll, denn weitere Untersuchungen wurden nicht durchgeführt –, und am Montagmorgen haben sie mir eine Packung Schmerztabletten in die Hand gedrückt und gesagt, ich solle mich weiterhin schonen. Es ist diese Packung, die für Streit zwischen meiner Mutter und mir sorgt. Beziehungsweise die Tatsache, dass ich eine der Tabletten nehmen will. Beziehungsweise die Tatsache, dass ich sie mit Wein nehmen will, was meine Mutter für eine gefährliche Kombination hält.

»Du solltest doch wohl in der Lage sein, einen einzigen Tag lang auf Alkohol zu verzichten«, verkündet sie in einem Tonfall, als hätte sie eine renitente Sechsjährige vor sich.

»Ich habe seit sechs Tagen keinen Alkohol getrunken«, erwidere ich im Tonfall einer renitenten Sechsjährigen.

»Dann hältst du es wohl noch einen Tag länger aus.«

»Warum sollte ich?«

»Wenn man keine Woche ohne Alkohol schafft, ist das ein Hinweis auf ein Suchtproblem.«

»Wenn man keine Woche ohne Meckern schafft, ist das ein Hinweis auf ein Suchtproblem.«

»Meckern schadet der Leber nicht.«

»Meiner schon.«

»Dann gib mir keinen Anlass zu meckern.«

Ein sinnloser Satz folgt auf den nächsten. Wir streiten uns mit der Routine eines alten Ehepaares, bei dem jede Hoffnung auf Verständigung von vornherein vergebens ist. Allerdings sind wir nicht auf der Suche nach Verständigung, sondern nach Ablenkung. Lisa ist seit elf Tagen verschwunden, Tim seit mittlerweile neun Stunden. Seit er heute Mittag ins Präsidium bestellt wurde, weil es Neuigkeiten über Lisa gebe, haben wir nichts von ihm gehört. Die Ungewissheit wird mit jeder Stunde unerträglicher, und Streiten ist das Einzige, das meine Mutter und mich davon abhält, vollkommen durchzudrehen.

Als wir schließlich hören, wie sich der Schlüssel in der Haustür dreht, beenden wir unsere Auseinandersetzung sofort und laufen in den Flur.

Tim sieht furchtbar aus. Er schließt die Haustür und lässt sich dagegen sinken, als könnte er sich ohne Unterstützung nicht auf den Füßen halten. Mein Herz macht einen erschreckten Satz.

»Jetzt sag schon! Was ist passiert?«

Tims Stimme ist fast unhörbar. »Sie haben eine Leiche gefunden, im Wald hinterm Bürgermeisterquartier. Sie glauben, dass es Lisa ist. Sie haben mich für die Identifizierung nach ihrem Zahnarzt gefragt.«

2

Die Praxis von Dr. Barbara Zimmermann lag in der Nähe des Neustädter Bahnhofs. Sie war ein Jahr zuvor eröffnet worden und roch noch immer nach Farbe und Holzöl. Als Pia am Donnerstagmorgen um acht Uhr dort ankam, wartete bereits eine Schlange von Patienten, doch mithilfe ihres Dienstausweises drängelte sie sich vor.

Sie hatte Glück. Dr. Zimmermann hatte zwar ein schlechtes Gedächtnis für Namen und Gesichter, wie sie zugab, als Pia nach Lisa Bader fragte, jedoch ein hervorragendes für Zähne und Gebisse. Außerdem gehörte sie zu jenen Zahnärzten, die von jedem neuen Patienten und jeder neuen Patientin erst einmal ein Röntgenbild des gesamten Kiefers anfertigten – zum Wohle des Patienten, wie sie erklärte, zum Wohle des eigenen Geldbeutels, wie Pia vermutete, schließlich mussten sich all die teuren neuen Geräte in der Praxis ja amortisieren. Doch was auch immer der wahre Grund war: An diesem Morgen erwies sich Dr. Zimmermanns Gründlichkeit als Glücksfall. Da Lisa Bader zwei Monate zuvor zum ersten Mal in der Praxis gewesen war, besaß Dr. Zimmermann einen Satz aktueller Röntgenbilder ihres Gebisses, und ein Vergleich mit jenen, die Dr. Liebig noch in der Nacht vom Gebiss der Toten aus dem Wald angefertigt hatte, bewies zweifelsfrei, dass beide identisch waren.

Eine Stunde später saß Pia mit Astrid Wenk im Wohnzimmer der Baders. Die Hauptkommissarin hatte Pia mitgenommen, da diese die Familie kannte, hatte jedoch selbst die endgültige Todesnachricht überbracht, wofür Pia dankbar war. Obwohl ihr Verstand ihr sagte, dass sie Lisa Bader nicht hätte retten können, hatte sie das Gefühl, deren Familie im Stich gelassen zu haben.

Im Wohnzimmer herrschte beklommenes Schweigen, das nur von gelegentlichem Kinderlärm aus dem ersten Stock unterbrochen wurde. Bei Pias und Wenks Ankunft war außer den Baders die Nachbarin, Vera Thieme, anwesend gewesen, die die Kinder nach einem Blick in die Mienen der Polizistinnen mit nach oben genommen hatte. Ihr Vater würde ihnen später sagen müssen, dass ihre Mutter tot war.

Pia fragte sich, woher Tim Bader-Menzel die Kraft für diese monströse Aufgabe nehmen sollte. Lisa Baders Witwer saß zusammengesunken in seinem Sessel. Er wirkte nicht wie ein Mittvierziger, sondern wie ein Greis, geschlagen wie ein Boxer, der nach dem Knock-out nicht nur weiß, dass er nicht wieder aufstehen kann, sondern es auch nicht will. Er schien nicht einmal mehr die Kraft zum Weinen zu haben, obwohl seine Augen rot und geschwollen waren. Vermutlich hatte er seine Tränen in der vergangenen Nacht aufgebraucht.

Dafür weinte Mara Bader umso mehr, leise und erstickt in ein Kissen. Sie hatte sich in einer Ecke des Sofas unter einer Decke zusammengerollt, nur ihr blauer Haarschopf und ihre bebenden Schultern waren zu sehen. Ihre Mutter saß neben ihr, ohne sie jedoch zu berühren. Sie war bei Wenks Worten erstarrt, mit zusammengepresstem Kiefer sah sie blicklos ins Leere. Dicke Tränen quollen aus ihren Augen und rannen ungehindert über ihre Hamsterbacken, doch sie gab keinen Laut von sich.

Die Luft im Wohnzimmer war stickig und heiß. Pia hätte liebend gern die Terrassentür aufgerissen, möglicherweise würden Vogelgezwitscher oder auch der Lärm eines Rasenmähers die Grabesstille ein wenig mildern.

Tim Bader-Menzel war es schließlich, der das Schweigen brach. Irgendwann rappelte er sich auf, griff zu dem Hochzeitsfoto auf dem Couchtisch und klammerte sich daran. »Ich will wissen, wie meine Frau starb.« Seine Stimme klang rau. Er stellte das Hochzeitsbild auf den Tisch zurück und wandte sich an Astrid Wenk. »Sagen Sie mir genau, was passiert ist.«

Die Hauptkommissarin hatte während der letzten halben Stunde aufrecht auf der Sofakante gesessen und diskret aus dem Fenster geblickt, doch Pia ahnte, dass sie nur darauf gewartet hatte, das Gespräch fortsetzen zu können. Es war bekannt, dass die Leiterin der Mordkommission nach dem Motto »Zeit ist Geld« durch ihren Alltag hechelte.

»Das werde ich, sobald die Ergebnisse der Obduktion vorliegen.«

»Das genügt mir nicht«, widersprach Bader-Menzel barsch. »Ich möchte alles wissen, was Sie wissen. Es war doch bestimmt ein Rechtsmediziner vor Ort, der eine erste Einschätzung abgegeben hat.«

»Nicht zur Todesursache, das war aufgrund des Zustands des Leichnams leider nicht möglich. Allerdings gehen wir vorläufig davon aus, dass Ihre Frau bereits am Wochenende ihres Verschwindens gestorben ist.«

»Gestorben?« Bader-Menzel ballte die Hände zu Fäusten. »Meine Frau ist nicht einfach gestorben. Jemand hat ihr das angetan, jemand ist dafür verantwortlich.«

»Das ist eine Möglichkeit, ja.«

»Eine Möglichkeit? Glauben Sie etwa, dass meine Frau im Wald spazieren gegangen ist und einen Herzinfarkt hatte? Sie war kerngesund.« Bader-Menzel sah Wenk herausfordernd in die Augen.

Die Hauptkommissarin erwiderte den Blick ruhig. »Wir können derzeit nichts ausschließen. Sobald wir die Obduktionsergebnisse haben, wissen wir mehr. Allerdings würde ich gern sofort mit meinen Ermittlungen beginnen. Ich könnte verstehen, wenn sie lieber allein sein und trauern möchten, aber darf ich Ihnen einige Fragen stellen?«

Wenk sah von Tim Bader-Menzel, der kaum merklich nickte, zu seiner Schwiegermutter, die nicht reagierte, zu seiner Schwägerin. Mara Bader hatte bei den Worten ihres Schwagers den Kopf gehoben. Jetzt rappelte sie sich hoch, schob die Decke von sich und wischte sich mit dem Handrücken die Tränen aus dem Gesicht.

»Fragen Sie! Und wenn Sie herausgefunden haben, wer es war, bringe ich das Arschloch um.«

Ein Talent, das Astrid Wenk im Polizeipräsidium neben ihrer Schnelligkeit selbst von Kollegen bescheinigt wurde, die sie aufgrund ihres raschen Aufstiegs argwöhnisch beäugten – hatte sie nicht doch nur im rechten Moment für einen höheren Dienstgrad die schlanken Beine breitgemacht? –, war ihr gutes Gedächtnis. Während Pia zuhörte, wie die Hauptkommissarin die Baders befragte, konnte sie diese Fähigkeit live bewundern. Astrid Wenk ging die Ereignisse der letzten Tage akribisch durch, ohne auch nur einen einzigen Blick in ihre Notizen zu werfen. Sie hatte nicht nur sämtliche Fakten im Kopf, die Pia am Vorabend berichtet hatte, sondern offenbar noch in der Nacht die Akten studiert.

Doch so gründlich Wenk auch war, die Wiederholung erbrachte keine neuen Erkenntnisse. Falls sie gehofft hatte, Lisa Baders Tod würde ihre Familie dazu bewegen, der Polizei bisher zurückgehaltene Fakten mitzuteilen, hatte sie sich geirrt.

»Dann möchte ich noch einmal auf Ihre gestrige Aussage zu sprechen kommen«, sagte sie schließlich zu Tim Bader-Menzel. »Sie haben gesagt, dass Ihre Frau sich im Frühling dieses Jahres überarbeitet und durch die Doppelbelastung als Oberärztin und Mutter überfordert gefühlt und daraufhin beschlossen habe, mehr auf ihr persönliches Wohlergehen zu achten. Anlass sei der Besuch eines Vortrages gewesen. Wir haben bei der Auswertung ihres Handys einen Eintrag für den neunundzwanzigsten März entdeckt, der sich auf einen Vortrag im Familienberatungszentrum Moosbach mit dem Titel ›Hilfe, ich drehe durch – wenn Mütter nicht mehr weiter wissen‹ bezieht. Könnte dies der Vortrag sein, den Ihre Frau Ihnen gegenüber erwähnte?«

Bader-Menzel nickte erschöpft. »Der Zeitpunkt kommt hin.«

»Und im Anschluss an diesen Vortrag hat Ihre Frau sich einer

Gruppe anderer Frauen angeschlossen, mit denen sie sich über ihre Situation austauschte. Sie haben gestern erklärt, kein Mitglied dieser Gruppe zu kennen, aber vielleicht ist Ihnen in der Zwischenzeit etwas eingefallen, das uns helfen könnte, diese Gruppe ausfindig zu machen?«

Als Bader-Menzel den Kopf schüttelte, sah die Hauptkommissarin Gisela und Mara Bader an. Die beiden Frauen wirkten überrascht.

»Ich wusste nicht, dass Lisa sich überfordert fühlte«, erklärte Gisela Bader. »Sie hat nie etwas gesagt. Und du auch nicht«, fügte sie mit leiser Anklage in Richtung ihres Schwiegersohns hinzu.

Wenk wandte sich an Mara Bader. »Hat Ihre Schwester mit Ihnen darüber gesprochen?«

Mara zupfte an dem Sofakissen, das in ihrem Schoß lag. »Nein, allerdings wusste ich, dass sie in Moosbach einen Vortrag besucht hat. Als ich auf dem Marktplatz nach Lisa gefragt habe, hat eine Passantin mir erzählt, sie habe Lisa an einem Winterabend ins FBZ gehen sehen. Aber von der Frauengruppe weiß ich nichts, und ich kann mir ehrlich gesagt nur schwer vorstellen, dass Lisa sich einer angeschlossen haben soll. Meine Schwester ist …«, sie schluckte, »… war kein Fan von Gesprächskreisen oder gar Gruppentherapie. Im Gegenteil: Sie hat mal gesagt, sie würde lieber nackt auf dem Marktplatz tanzen, als öffentlich über ihre Gefühle zu reden, und dass die Leute lieber die Arschbacken zusammenkneifen sollten, als sich in ihren Problemen zu suhlen.« Bei der Erinnerung huschte ein Lächeln über ihr Gesicht, während sich gleichzeitig ihre Augen mit Tränen füllten. Sie sah fragend zu ihrem Schwager hinüber, der jedoch nicht reagierte.

Dafür reagierte ihre Mutter. »Was spielt das denn überhaupt für eine Rolle?«, fragte sie barsch. »Meine Tochter ist tot, und Sie reden über irgendwelche Überforderungsgefühle, die sie angeblich hatte, was ich ohnehin bezweifle. Dabei hat mein Schwiegersohn recht: Jemand hat Elisabeth getötet. Den sollten Sie suchen, nicht irgendwelche Frauen aus irgendeiner Gruppe.«

Sie funkelte Astrid Wenk an, die gelassen reagierte.

»Das tun wir, deswegen frage ich nach diesen Frauen. Möglicherweise hat Ihre Tochter einer von ihnen ihre Pläne für das Wochenende anvertraut. Wenn wir herausfinden, was Ihre Tochter plante, kann uns das helfen, ihren Tod aufzuklären.«

Gisela Bader schüttelte gereizt den Kopf. »Elisabeth hat niemandem erzählt, was sie vorhat, wir haben bereits alle ihre Freunde danach gefragt.«

»Das ist nicht ganz richtig«, widersprach Wenk. »Elisabeth hat mit einer Patientin der Palliativstation über ihre Wochenendpläne gesprochen.« Sie nickte Pia auffordernd zu.

Pia war froh, aus der Rolle der passiven Zuhörerin herauszukommen. Sie fasste zusammen, was Chiara Manduca erzählt hatte. Nachdem sie Olivia Winters letzte Worte an Lisa Bader wiederholt hatte – »Natürlich ist es falsch, aber alles andere wäre es auch.« –, blickte sie die Familie fragend an. »Sagt Ihnen das irgendetwas?«

Die Baders sahen einander ratlos an.

»Das ergibt doch keinen Sinn«, bemerkte Mara schließlich. »Selbst wenn Lisa dieser Patientin von dem geplanten Treffen mit ihrem Liebhaber erzählt hat und wenn diese das für falsch hielt – wieso sollte alles andere dann auch falsch sein?« Sie schob misstrauisch ihre dunklen Augenbrauen zusammen. »Sind Sie sicher, dass das überhaupt stimmt? Ich kann mir nicht vorstellen, dass Lisa ausgerechnet einer Patientin ihre Geheimnisse anvertraut haben soll. Dafür war sie zu professionell.«

Pia zuckte mit den Achseln. »So, wie die Leiterin der Palliativstation das geschildert hat, hat Ihre Schwester sehr viel für diese Olivia Winter getan, das über die reguläre medizinische Behandlung hinausging. Ja? Sie kennen die Frau?«

Tim Bader-Menzel hatte bei der Erwähnung des Namens die Stirn gerunzelt. »Lisa hat einmal erwähnt, dass sie eine Olivia auf der Palliativstation besucht habe.«

»Was hat Ihre Frau über sie erzählt?«

»Nur, dass sie diese Patientin besuche, weil sie ihr leid täte, weil sonst niemand käme. Allerdings finde ich es ebenfalls erstaunlich, dass Lisa dieser Frau von ihren Plänen erzählt haben soll. Kann es nicht sein, dass es bei dem Gespräch um etwas anderes ging? Ich kann mir nicht vorstellen, dass Lisa sich ausgerechnet einer Sterbenden anvertraut haben soll.«

»Vielleicht hat sie es gerade deswegen getan«, warf Astrid Wenk ein. »Manchmal ist es leichter, sich Fremden gegenüber zu öffnen – oder zumindest Außenstehenden. Und Olivia Winter war Ihrer Frau zu Dank verpflichtet. Sie wäre eine unkritische Zuhörerin gewesen, bei der nicht zu erwarten stand, dass sie Geheimnisse weitergeben würde.« Die Hauptkommissarin dachte nach. »Ich frage mich, ob sich Ihre Frau vielleicht noch anderen Patienten anvertraut hat. Hat sie weitere erwähnt?«

Bader-Menzel überlegte. »Gelegentlich. Allerdings hat sie immer nur Vornamen genannt und keine Details erwähnt, um die ärztliche Schweigepflicht nicht zu verletzen.«

3

Als sie das Haus der Baders verließen, entdeckte Pia am Himmel etwas, das sie lange nicht gesehen hatte: Wolken. Nachdem ganz Deutschland fast drei Wochen unter einem stabilen Hoch geschwitzt hatte, hatten die Nachrichten einen Wetterumschwung angekündigt. Noch waren es nur vereinzelte Wolken, doch in den nächsten Tagen sollte es zu schweren Gewittern kommen. Es wurde bereits vor Starkregen gewarnt.

Während Pia den Dienstwagen zurück zum Präsidium lenkte, warf sie immer wieder unauffällige Blicke zu Astrid Wenk, die sich auf dem Beifahrersitz Notizen machte. Pia wollte der Hauptkommissarin eine bestimmte Frage stellen, wartete jedoch, bis sie den Präsidiumsparkplatz erreichten und Astrid Wenk ihr Tablet zuklappte.

»Ich würde Sie gern bei den weiteren Ermittlungen unterstützen«, sagte sie dann.

Wenk steckte ihr Tablet in ihre Aktenmappe, bevor sie ihren Kopf Pia zudrehte. »Warum?«

Pia hatte die Frage erwartet und sich in der Nacht Gedanken darüber gemacht, was sie antworten sollte. Mit dem Auffinden der Leiche war die Verantwortung für den Fall Lisa Bader vom KK zwölf zum KK eins, zuständig für Todesermittlungen, gewechselt. Unter normalen Umständen wären Pia und ihre Kollegen damit raus aus dem Fall.

»Ich bin neugierig. Ich möchte wissen, was passiert ist, und ich glaube, dass ich nützlich sein kann, weil ich den Fall besser kenne als jeder Kollege.«

Wenks Mundwinkel zuckten. »Roman hat schon erwähnt, dass Sie Selbstvertrauen besitzen. Und der zweite Grund?«

»Genügt einer nicht?«

»Er würde genügen, wenn ich nicht den Eindruck hätte, dass Sie noch mehr in petto haben. Sie fühlen sich der Familie verpflichtet, nicht wahr?«

»Ein wenig«, gab Pia zu, »weil ich die Ermittlungen zwischenzeitlich eingestellt habe.«

»Was die richtige Entscheidung war.« Wenk dachte nach. »Sie haben schon mit Roman gesprochen?«

»Er ist einverstanden.«

»Gut, Sie sind dabei. Aber merken Sie sich eins: Ab sofort fühlen Sie sich nur mir und Ihrem Job verpflichtet. Verstanden?«

»Verstanden.«

Pia machte Anstalten, aus dem Wagen zu steigen, doch die Hauptkommissarin hielt sie zurück.

»Bleiben Sie! Ich werde jetzt mein Team über den Fall informieren, kein Grund, dass Sie dabei sitzen und Däumchen drehen. Ich möchte, dass Sie ins Klinikum fahren und noch einmal mit den Mitarbeitern der Palliativstation sprechen für den Fall, dass noch jemand ein privates Gespräch zwischen Lisa Bader und Olivia Winter oder zwischen Lisa Bader und einem anderen Patienten belauscht hat. Aus demselben Grund sprechen Sie bitte auch mit den Mitarbeitern von Lisa Baders eigener Station. Sollten Sie Hinweise auf einen Patienten oder eine Patientin erhalten, zu dem oder der Lisa Bader ein besonders enges Verhältnis pflegte, versuchen Sie, mit diesem oder dieser ebenfalls zu reden – falls das möglich ist. Falls nicht, machen Sie es möglich.«

Der Auftrag überraschte Pia. »Halten Sie es wirklich für wahrscheinlich, dass Lisa Bader sich noch weiteren Patienten anvertraut hat?«

Astrid Wenk zuckte mit den Achseln. »Ich will die Möglichkeit nicht übersehen. Außerdem …« Sie brach ab und musterte Pia. »Ich war gestern Abend von Ihrem Bericht enttäuscht«, sagte sie unerwartet. »Möchten Sie wissen, wieso?«

Pia nickte perplex. Sie hatte sich bisher einiges auf ihre Fähigkeit, klare Berichte zu verfassen, eingebildet.

Astrid Wenk schien zu ahnen, was in Pias Kopf vorging, denn sie sagte: »Oh, Ihr Bericht hatte durchaus seine Vorzüge: klar, strukturiert, ausführlich, aber nicht zu detailverliebt. Und dennoch wusste ich danach so gut wie nichts über Lisa Baders Charakter. Alles, was Sie über die Frau gesagt haben, hätte mir ein oberflächlicher Bekannter erzählen können. Dass sie eine tolle Ärztin und Ehefrau und Mutter war, eine Powerfrau, die Karriere und Privatleben bewunderungswürdig unter einen Hut brachte, bis sie von einem Burn-out ausgebremst wurde. Dass sie intelligent, gut organisiert und ehrgeizig war – und noch einige Adjektive, die man jeder erfolgreichen Frau anhängen könnte. Aber Sie haben keinen Hinweis darauf geliefert, wie die Frau tickt, keinen Einblick in ihr Seelenleben. Sie haben nur an der Oberfläche gekratzt.«

Pia musste den Impuls unterdrücken, sich zu verteidigen. Sie konnte schließlich nur wiedergeben, was Zeugen zuvor erzählt hatten.

»Ich dachte, es läge an Ihnen«, fuhr Wenk fort. »Doch nachdem ich heute Nacht die Akten gelesen und mit der Familie gesprochen habe, habe ich den Eindruck gewonnen, dass es wohl an Lisa Bader selbst liegt. Dass das Bild der pflichtbewussten Powerfrau genau die Facette ihrer Persönlichkeit ist, die sie der Welt gezeigt hat – und zwar der ganzen Welt, inklusive ihrer eigenen Familie. Dass sie es beharrlich vermieden hat, selbst ihren engsten Freunden und Angehörigen gegenüber ihr Innerstes preiszugeben oder gar Schwäche zu zeigen.«

Pia runzelte die Stirn. »So absolut würde ich das nicht sagen. Ihrem Mann gegenüber hat sie durchaus zugegeben, dass sie sich überfordert fühlte und sich sogar für eine schlechte Mutter hielt.«

»Nur in einer Ausnahmesituation, nachdem sie ihren Sohn geschlagen hatte. Vorher hat sie darauf beharrt, dass alles in Ordnung sei, und genauso hat sie bei Freunden reagiert, die sie auf ihre Stresssymptome angesprochen haben. Oder nehmen Sie ihre Wochenendpläne. Wieso hat Lisa Bader niemandem, dem sie nahesteht, davon erzählt?«

»Weil sie Angst hatte, dass ihr Mann davon erfährt.«

»Oder weil sie Angst hatte, dass irgendjemand davon erfährt. Dass das Bild der treu sorgenden Ehefrau und liebenden Mutter, dass sie von sich verbreitet hat, Kratzer bekommen könnte.«

Pia dachte darüber nach. »Aber wenn das stimmt: Wieso hat sie dann dieser Olivia von ihren Plänen erzählt?«

»Weil Reden ein menschliches Grundbedürfnis ist, das selbst Superfrauen verspüren. Und bei Olivia Winter konnte Lisa Bader sicher sein, dass die ihr Geheimnis mit ins Grab nehmen würde. Entweder das, oder Olivia Winter spielte in Lisa Baders Leben eine größere Rolle, als wir bisher wissen. Deshalb lautet Ihr zweiter Auftrag, mehr über die Frau herauszufinden.«

Pia fuhr mit gemischten Gefühlen ins Neustädter Klinikum. Sie war froh, weiter am Fall Lisa Bader arbeiten zu dürfen, allerdings nicht über die konkrete Aufgabe, die Astrid Wenk ihr zugeteilt hatte und die sie für Zeitverschwendung hielt. Sämtliche Krankenhausmitarbeiter waren bereits mindestens einmal befragt worden, das Verschwinden von Lisa Bader war im Klinikum seit über einer Woche Gesprächsthema Nummer eins. Pia bezweifelte, dass irgendein Pfleger, Arzt oder Verwaltungsmitarbeiter etwas wusste, das er bisher zurückgehalten hatte, jetzt jedoch preisgeben würde. Aber sie bezweifelte nicht, dass Astrid Wenk sie hochkantig aus ihrem Team werfen würde, falls sie an ihrem Auftrag Kritik übte, also tat sie wie geheißen und suchte als Erstes die Palliativstation auf.

Dort war vieles so, wie bei ihrem ersten Besuch zehn Tage zuvor – die klösterlich anmutende Ruhe und sogar der Geruch nach Gewürztee –, doch eine Sache war anders. Dieses Mal waren die schlechten Nachrichten Pia vorausgeeilt. Sie fand Dr. Annette Verla und ihre Mitarbeiterinnen im Stationsstützpunkt versammelt. Die Stationsleiterin hatte von Lisa Baders Tod erfahren und die Mitarbeiterinnen informiert. Als Pia dazukam, blickte sie in betroffene Gesichter, eine der Frauen hatte Tränen in den Augen.

Pia kam die Zusammenkunft gelegen, da sie ihr die Möglichkeit bot, allen anwesenden Pflegerinnen gleichzeitig ihre Fragen zu stellen, doch wie erwartet erfuhr sie nichts Neues. Außer Chiara Manduca hatte keine der Frauen je ein Gespräch zwischen Lisa Bader und Olivia Winter mitgehört, in dem es um anderes als um die Befindlichkeiten der Sterbenden gegangen war. Gespräche mit anderen Patienten hatte es im letzten Dreivierteljahr überhaupt nicht gegeben, da in dieser Zeit keine weiteren Patienten von Lisa Bader auf der Palliativstation gelegen hatten.

Auch im zweiten Punkt blieben Pias Nachforschungen ohne konkrete Ergebnisse. Keine der Mitarbeiterinnen konnte erklären, warum Lisa Bader sich ausgerechnet Olivia Winter anvertraut hatte. Das Wenige, was sie über die Patientin sagen konnten, erklärte diesen Punkt nicht. Olivia Winter war nur wenige Jahre älter gewesen als Lisa Bader, doch darüber hinaus hatten die beiden Frauen nichts gemeinsam gehabt. Olivia Winter hatte ein einsames Leben geführt. Als Jugendliche hatte sie ein ungewolltes Kind bekommen und zur Adoption freigegeben. Später hatte sie geheiratet, sich jedoch bald scheiden lassen und war dann als Naturfotografin um die Welt gereist. Warum es sie zum Sterben zurück nach Neustadt verschlagen hatte, vermochten die Pflegerinnen nicht zu sagen. Familienangehörige hatte sie weder hier noch anderswo gehabt. Zwischen den Zeilen hörte Pia heraus, dass Olivia Winter ein schwieriger Mensch gewesen war. Voller Dankbarkeit gegenüber Dr. Bader, doch anderen gegenüber brüsk und von gelegentlich verletzender Direktheit.

Den restlichen Nachmittag verbrachte Pia damit, die Ärzte und Pfleger auf der onkologischen Station zu befragen, doch auch diese Gespräche erbrachten keine neuen Erkenntnisse. Als Pia schließlich die Krankenhaus-Cafeteria aufsuchte, um ihre vom vielen Fragen ausgetrocknete Kehle mit etwas Cola zu befeuchten und ihr Mittagessen nachzuholen, war es bereits kurz vor fünf. Während Pia eine Leberkässemmel aß, überlegte sie, was sie als Nächstes tun sollte. Sie hatte die Aufgabe erledigt, die Astrid Wenk ihr zugeteilt hatte. Zeit, ins Präsidium zurückzukehren und Bericht zu erstatten. Allerdings würde der Bericht äußerst karg ausfallen, und das passte Pia gar nicht. Es nagte an ihr, dass die Hauptkommissarin ihr – wenn auch nur vorübergehend – eine oberflächliche Vorgehensweise unterstellt hatte. Sie wollte sie liebend gern eines Besseren belehren und fragte sich, ob es nicht eine Möglichkeit gab, die Bilanz ihres heutigen Einsatzes in den eineinhalb Stunden bis zum Beginn der Abendbesprechung etwas aufzupolieren. Doch wie?

Pia sah sich auf der Suche nach Inspiration in der kahlen Cafeteria um, doch ihr fiel nichts ein, außer noch einmal Dr. Peter Stoika aufzusuchen. Der Mann war zwar ebenfalls schon mehrfach befragt worden, aber vielleicht hatte er bisher irgendetwas zurückgehalten, eine Information über seine beste Freundin, die er jetzt nach ihrem Tod weiterzugeben bereit war? Möglich war es immerhin, wenn auch nicht wahrscheinlich, doch da Pia ohnehin schon im Klinikum war und in Ermangelung einer anderen Idee …

In dem Moment klickte etwas in Pias Gehirn, und ihr kam tatsächlich eine andere Idee. Eine bessere. Sie hatte mit Dr. Stoika zu tun, allerdings nur indirekt. Als Pia nach dem Auftauchen der Vergewaltigungsskizze den Chirurgen erneut befragt hatte, hatte dieser erzählt, dass Lisa Bader Anfang Juni möglicherweise eine Abtreibung gehabt hatte. Zumindest war sie von einer Kollegin in der gynäkologischen Ambulanz gesehen worden, wo sie sich offenbar einem medizinischen Eingriff unterzogen hatte. Pia hatte daraufhin die Kollegin befragt, die Stoikas Bericht nichts hinzufügen konnte, und auch die gynäkologische Ambulanz aufgesucht, wo ihre Nachfrage jedoch wenig überraschend mit dem Hinweis auf die ärztliche Schweigepflicht abgeschmettert worden war. Allerdings hatte sich die Situation mit dem Fund von Lisa Baders Leiche verändert. Zwar galt die ärztliche Schweigepflicht auch nach dem Tod einer Patientin, doch mit abgeschwächten Regeln. Nach dem Tod einer Patientin konnte ein

Arzt sich entscheiden, seine Schweigepflicht zu brechen, wenn er einen hinreichenden Rechtfertigungsgrund sah oder davon ausgehen konnte, dass die Patientin ihn von der Schweigepflicht entbunden hätte. Beides war bei Verbrechensopfern in der Regel gegeben, wenn der Bruch der Schweigepflicht helfen konnte, den Täter dingfest zu machen.

Pia spülte den letzten Bissen Leberkäse mit dem letzten Schluck Cola hinunter. Dann stand sie auf und machte sich auf den Weg zur Gynäkologie.

4

Mara

Als es am Sonntagmorgen an der Haustür klingelt, passe ich im Wohnzimmer auf Hektor auf. Gisela hat mir die Aufgabe übertragen, und es ist leichter, ihren Anweisungen nachzukommen, als selbst zu entscheiden, was ich tun möchte. Denn dazu müsste ich nachdenken, und das will ich nicht, denn Denken bedeutet, sich mit der Realität auseinanderzusetzen, und das ertrage ich nicht. Die neue Realität ist, dass meine Schwester tot ist, dass der einzige Mensch nicht mehr da ist, den ich liebe.

In den ersten Tagen, an denen wir mit der Gewissheit weiterleben mussten, dass Lisa tot ist, habe ich mich gefühlt, als würde mein Herz von irgendeiner Säure zersetzt. Der Schmerz war unbeschreiblich, ich konnte nicht essen, nicht trinken, nicht schlafen. Jeder Atemzug fühlte sich an, als würde ich Gift trinken. Irgendwann hat mein Herz aufgehört, so weh zu tun, und das ist noch schlimmer, denn seitdem fühlt es sich an, als sei es nicht mehr da. Wo es sein sollte, wo Lisa sein sollte, ist ein großes Loch, von dem eine Kälte ausgeht, die meine Gefühle und Sinne einfriert und dämpft. Ich tappe durch einen dichten Nebel, in dem ich zwar mitbekomme, was um mich herum geschieht, doch es berührt mich nicht.

Mir ist alles egal – welcher Tag es ist, wie spät es ist, ob ich etwas esse oder was, ob ich schlafe, ob es regnet oder ob die Sonne scheint. Nicht einmal, wie es den anderen geht, berührt mich. Tim, der haltlos wirkt wie ein Blatt, das der Sturm hinaus ins Weltall getrieben hat. Der entweder in seinem Sessel sitzt wie eine leere Hülle, ein Mensch ohne Seele, oder ziellos umherirrt wie eine Kompassnadel, die ihren Nordpol verloren hat. Der von einem Raum in den nächsten wandert, unfähig, sich auf irgendetwas zu konzentrieren oder Verantwortung zu übernehmen. Der es auch nicht schafft, sich um Alma und Hektor zu kümmern. Alma, die fast ununterbrochen weint. Hektor, der abwechselnd Wutausbrüche hat und Anfälle von Lethargie, die noch erschreckender sind. Gisela ist diejenige, die sich um die Kinder kümmert, die sich um alles kümmert, auch um Tim und mich. Sie kauft ein und kocht und putzt und wäscht. Sie beaufsichtigt Alma und Hektor, liest ihnen vor, achtet darauf, dass die beiden sich die Zähne putzen, und bringt sie ins Bett. Sie stellt Mahlzeiten vor uns auf den Tisch, die wir jedoch kaum anrühren.

Gisela ist auch diejenige, die an die Tür geht, wenn es klingelt – und es klingelt oft. Peter kommt jeden Tag vorbei, ebenso Vera und Lutz. Freunde und Kollegen von Lisa klingeln oder rufen an, um uns ihr Beileid auszusprechen und ihre Fassungslosigkeit auszudrücken. Gisela öffnet auch, wenn wieder einmal Hauptkommissarin Wenk mit uns sprechen will, die uns Fragen stellt, die wir nicht beantworten können. Nur selten hat sie Informationen für uns, die mich jedoch auch nicht berühren, weil sie nichts daran ändern, dass Lisa tot ist. Tim hat geahnt, dass Lisa fremdgeht, und ihr hinterherspioniert? Ich bringe nicht die nötige Energie auf, wütend auf ihn zu sein. Lisa hatte keine Abtreibung, sondern hat sich sterilisieren lassen? Ein weiterer Beweis, dass sie fremdgegangen ist. Na und? Die Ergebnisse der Obduktion sind da? Vielleicht würde ich mich dafür interessieren, doch was Hauptkommissarin Wenk Ergebnisse nennt, ist nichts als eine lange Auflistung von Wahrscheinlichkeiten gepaart mit Ahnungslosigkeit. Der Rechtsmediziner kann nicht sagen, woran Lisa starb. Da ihr Skelett vollständig intakt ist, kann er lediglich einige Todesursachen wie stumpfe Gewalt ausschließen. Der Rechtsmediziner kann auch nicht sagen, wann genau Lisa starb – wahrscheinlich bereits am Wochenende ihres Verschwindens – oder wo. Starb sie im Wald, oder wurde ihre Leiche dorthin gebracht? Und vor allem kann uns niemand sagen, wer Lisas Liebhaber war, wer ihr gedroht hat, wer sie getötet hat. Hauptkommissarin Wenk versichert uns zwar, dass die Polizei alles in ihrer Macht Stehende tue, Blablabla, aber ich habe nicht den Eindruck, dass sie Fortschritte macht.

So verbringe ich meine Zeit im Nebel, erst am Sonntag lichten sich die Schwaden, die meine Sinne umhüllen, und das verdanke ich ausgerechnet Oliver. Er kommt morgens vor allen anderen Besuchern. Tim ist irgendwo oben, vermutlich hat er sich wieder in sein Arbeitszimmer verkrochen, um allein zu sein. Gisela bringt Alma zu einer Schulfreundin, wo sie auf andere Gedanken kommen soll. Ich spiele mit Hektor im Wohnzimmer. Das heißt, ich sitze daneben, während Hektor wieder und wieder mit viel Karacho einen Duplo-Bagger und einen Duplo-Laster ineinander krachen lässt. Als es klingelt, registriere ich das zwar, bleibe jedoch in trübe Gedanken versunken sitzen. Ich schrecke erst hoch, als Hektor energisch meine Aufmerksamkeit verlangt.

»Kaputt.«

»Sehr schön«, sage ich mechanisch zu ihm. »Du machst das ganz toll. Spiel weiter.«

»Kaputt!« Hektor wird lauter und hält mir in der einen Hand den Plastikbagger, in der anderen dessen Schaufelarm hin. »Tami heil machen.«

Ich reiße mich aus meinen Gedanken los, nehme die Spielzeugteile und untersuche, ob ich den Schaufelarm wieder an den Bagger stecken kann, doch er ist abgebrochen. »Es tut mir leid, das kann ich nicht reparieren.«

»Heil machen!«, verlangt Hektor noch lauter.

»Nein, mein Schatz, das ist abgebrochen, das heißt, ich kann es nicht wieder zusammenstecken. Du musst so weiterspielen.«

Ich will ihm den Bagger zurückgeben, doch Hektor schlägt meine Hand weg und läuft puterrot an, ein untrügliches Zeichen, dass wieder ein Wutanfall bevorsteht.

Ich versuche, mich zu wappnen. Selbst in gedämpftem Zustand

kann ich Hektors Ausbrüche kaum noch ertragen. Als es zum dritten Mal klingelt, nutze ich die Gelegenheit zur Flucht. »Ich gehe zur Tür, okay? Bleib schön hier.«

Ich stehe auf und verlasse das Wohnzimmer. Im Flur schießt mir der Gedanke durch den Kopf, mich einfach nach oben ins Gästezimmer zu verdrücken und Hektor und den Besuch sich selbst zu überlassen, doch ein Rest von Verantwortungsgefühl hält mich davon ab. Außerdem hoffe ich, dass vielleicht Peter oder Vera draußen steht und mir meinen Neffen abnimmt.

Draußen steht weder Peter noch Vera, sondern Oliver. Er ist gerade im Begriff, einen Blumenstrauß, an dem eine Karte baumelt, auf der Treppe abzulegen. Als ich die Tür öffne, sieht er aus seiner gebückten Haltung zu mir hoch.

»Oh, hallo, Mara, du bist doch da. Ich wollte …« Er bricht ab und streckt mir die Blumen hin.

Ich bin so perplex, dass ich sie nehme. Ich habe nicht damit gerechnet, Oliver zu sehen. Ich habe seit Tagen nicht an ihn gedacht und kann seinen Besuch in diesem Moment nicht einordnen. »Was soll das? Wofür sind die? Für Lisas Beerdigung gibt es noch nicht einmal einen Termin.«

»Die sind nicht für Lisa, sondern für dich. Ich möchte dir sagen, wie wahnsinnig leid es mir tut, dass sie tot ist. Außerdem wollte ich mich bei dir entschuldigen.«

»Wofür?« Ich frage das tatsächlich, mein Kopf ist seit Tagen wie leergefegt von allem, was nicht Lisa betrifft.

»Für mein Verhalten. Es war falsch, es tut mir leid.«

Der Nebel ist so dicht, dass es einen Augenblick dauert, doch dann lichten sich die Schwaden, und es ist alles wieder präsent, was zwischen Oliver und mir vorgefallen ist. Heiße Wut überkommt mich.

»Du glaubst, dass es mit einer Entschuldigung und einem Blumenstrauß getan ist?«, fauche ich.

Oliver errötet. »Es soll ein Anfang sein. Bitte verzeih mir, ich habe einen Fehler gemacht.«

»Einen Fehler?« Will er mich verarschen? »Du kannst froh sein, dass ich dich nicht angezeigt habe.«

Oliver erschrickt, beschwörend hebt er die Hände. »Das kannst du nicht machen, Mara. Ich meine, klar, ich hätte dir sagen sollen, dass ich von deinem OnlyFans-Account weiß statt mich anonym als Nutzer anzumelden, aber das ist nicht strafbar.«

Ich lache höhnisch auf. »Seit wann ist Körperverletzung nicht mehr strafbar? Du hast mich angegriffen. Deinetwegen bin ich mit dem Kopf gegen die Kommode geknallt. Ich musste im Krankenhaus genäht werden.«

Oliver wird so schnell blass, als hätte jemand ihm einen Eimer Mehl über den Kopf gekippt. »Aber du hast Pia erzählt, dass du dich nicht erinnern könntest.«

Wieder reagiert mein Gehirn träge, denn da sind immer noch letzte Nebelfetzen, die mich daran hindern, scharf zu sehen. Doch dann wird mir endlich klar, was hier gerade abgeht. Oliver ist nicht gekommen, um sich für seinen Angriff auf mich zu entschuldigen, sondern für das Onlinestalking. Er hat den Quatsch mit der Amnesie geglaubt, den ich seiner Kollegin aufgetischt habe, und dachte, er könne das, was hier im Hausflur passiert ist, einfach aus den Büchern streichen und einen Schritt in der Geschichte zurück machen.

Meine Wut explodiert förmlich und lässt die letzten Nebelfetzen verglühen. Ich schmeiße Oliver den Blumenstrauß vor die Füße. »Ich habe die Amnesie geheuchelt und dich bisher nicht angezeigt, weil ich wollte, dass deine Kollegin sich auf die Suche nach Lisa konzentriert statt darauf, was für ein brutales Arschloch du bist. Aber wenn du noch einmal in meine Nähe kommst – und sei es auch nur durch Zufall –, dann gehe ich stracks zu ihr und erzähle ihr, dass meine Erinnerung zurück ist. Dann zeige ich dich wegen Körperverletzung an, und du kannst deine Karriere vergessen. Und jetzt verpiss dich!«

Ich knalle die Tür zu und lasse mich innen daran hinabsinken. Ich zittere, doch nicht nur vor Wut. Nachdem der Nebel sich verzogen hat, fühle ich mich schutzlos der Realität ausgeliefert. Mein Blick fällt auf eines von Lisas türkis gemusterten Halstüchern, das an der Garderobe hängt, und ich breche in Tränen aus.

Ich kann nicht aufhören zu weinen, auch nicht, als sich eine verschwitzte kleine Hand auf meinen Arm legt und Hektor auf meinen Schoß krabbelt und seine Ärmchen um mich schlingt. Wir klammern uns aneinander fest, bis meine Mutter nach Hause kommt.

Natürlich merkt Gisela mir an, dass etwas vorgefallen ist, doch sie fragt nicht nach, und dafür bin ich ihr dankbar. Mit meinem wiedergewonnenen Blick auf die Realität bin ich ihr auch dafür dankbar, dass sie in den letzten Tagen den Haushalt und unser ganzes Leben gemanagt hat. Ich überlege kurz, das auszusprechen, bringe es jedoch nicht fertig. Stattdessen bemühe ich mich den restlichen Tag lang, meine Mutter zu unterstützen. Ich gehe mit Hektor in den Garten und spiele zum ersten Mal seit Tagen richtig mit ihm. Ich hole Alma von ihrer Freundin ab und setze mich lange mit ihr auf die Couch, halte sie fest und versuche, ihr Trost zu spenden. Abends bringe ich die Kinder ins Bett.

Als sie schließlich schlafen, gehe ich in mein Zimmer, erschrecke jedoch angesichts des Chaos, das mich erwartet. Ich bin ohnehin nicht sonderlich ordentlich, doch in den letzten Tagen habe ich hier gehaust wie ein verwöhnter Student im Hotel Mama. Die Luft ist zum Schneiden stickig, überall liegen Klamotten und leere Flaschen herum, die den Alkohol enthalten haben, der mir bei der Flucht aus der Realität geholfen hat. Ich öffne das Fenster weit, bringe Gläser und Flaschen in die Küche, dann räume ich die Kleider auf. Bevor ich sie in die Wäschetonne im Bad werfe, sehe ich in allen Taschen nach. Als ich zu dem Kleid greife, das ich am Tag von Olivers Angriff getragen habe, entdecke ich in den Taschen die drei Visitenkarten aus Almas Schatzkiste, die ich eingesteckt habe, bevor ich die Zeichnung fand. Harald List, Heizungs- und Sanitärinstallateur, Dr. Barbara Zimmermann, Zahnärztin, und Jutta Krenz, psychologische Psychotherapeutin. Ich hatte Tim danach fragen wollen, es jedoch bei allem, was passiert ist, vergessen.

Nun, das kann ich jetzt nachholen. Ich steige die Treppe hinauf und klopfe an die Arbeitszimmertür. Als auch beim zweiten Mal keine Antwort kommt, drücke ich die Klinke.

Die Tür ist nicht abgeschlossen. Tim steht am Fenster und starrt in die Dämmerung hinaus, die den Garten in Schatten hüllt. Ohne sich umzudrehen, sagt er: »Nicht schon wieder, Gisela. Ich kann einfach nicht.«

»Was kannst du nicht?« Ich stelle mich neben Tim.

Er dreht den Kopf zu mir, bevor er wieder durch die Scheibe blickt. Schließlich seufzt er. »Gisela möchte, dass ich mich mehr um die Kinder kümmere. Sie meint, die beiden brauchen mich.«

»Sie hat recht.«

Tim schnaubt. »Denkst du, das weiß ich nicht? Aber ich schaffe es einfach nicht. Die beiden brauchen jetzt jemanden, der Stärke zeigt, aber ich … Wenn Hektor einen seiner Wutausbrüche bekommt, dann möchte ich zurückbrüllen, und wenn Alma weint, dann möchte ich mitweinen. Außerdem …«

»Außerdem?«

Tim umklammert die Fensterbank so fest, dass seine Fingerknöchel weiß hervortreten. »Außerdem ertrage ich Almas Anblick nicht. Sie sieht Lisa so ähnlich, und sie ist ihr so ähnlich! Wenn ich sie ansehe, dann glaube ich manchmal, Lisa zu sehen. Das tut so unglaublich weh, und dann werde ich so wahnsinnig wütend.«

»Auf Alma?«

»Auf Lisa. Weil sie gegangen ist.«

»Das war wohl kaum ihre Schuld«, sage ich so scharf, dass Tim zusammenzuckt.

»Natürlich nicht. Und ich weiß, dass meine Reaktion irrational ist, aber ich bin dennoch wütend auf sie, weil sie nicht alles dafür getan hat, damit sie nicht gehen muss. Weil sie mir nicht vertraut hat.« Tim stößt sich von der Fensterbank ab und sieht mich mit glitzernden Augen an. »Verdammt, Mara, sie hatte nicht nur eine Affäre! Der Typ, der sie getötet hat, hat sie bedroht. Mit Vergewaltigung, mit was weiß ich! Warum hat sie mir nichts davon erzählt? Warum hat sie sich trotzdem mit ihm getroffen?«

Die letzte Frage kreist auch in meinem Kopf. »Ich weiß nicht, warum sie sich trotzdem mit ihm getroffen hat, aber warum sie dir nichts erzählt hat? Sie wird Angst vor den Konsequenzen gehabt haben. Dass du gehst. Dass es die Familie zerreißt.«

Tim schüttelt den Kopf. »Ich wäre nie gegangen, und Lisa hat das gewusst. Ich hätte sie nie verlassen können. Ich kann mir ein Leben ohne sie nicht vorstellen. Sie war mein Licht. Jetzt ist alles dunkel.« Er lehnt seinen Kopf gegen die Scheibe, Tränen tropfen auf die Fensterbank. Schließlich flüstert er: »Ich wäre lieber allein.«

»Erst muss ich dich noch etwas fragen.«

Ich lege die drei Visitenkarten auf die Fensterbank und erkläre, wo ich sie gefunden habe. »Die Karte der Zahnärztin kann ich mir erklären, und der Installateur ist vermutlich der, der den Wasserhahn repariert hat. Aber was ist mit Jutta Krenz? Woher hat Alma ihre Karte?«

»Von mir nicht. Hast du Alma danach gefragt?«

»Noch nicht. Aber wenn sie die Karte nicht von dir hat, dann vielleicht von Lisa. Hat sie je eine Psychotherapeutin aufgesucht?«

Tim starrt lange in den fast dunklen Garten hinaus. »Meines Wissens nicht«, sagt er schließlich. »Aber was weiß ich schon von meiner eigenen Frau?«

In dieser Nacht schlafe ich besser als in den Nächten zuvor, vielleicht, weil ich keinen Alkohol getrunken habe. Am nächsten Morgen bringe ich Hektor zu Vera hinüber, dann fahre ich mit meiner Mutter, Tim und Alma zum städtischen Friedhof, um eine Grabstelle für Lisa auszusuchen. Gisela hat das arrangiert. Ich habe mich vor diesem Termin gefürchtet, doch es wird weniger schlimm als erwartet. Im Gegenteil: Es tut uns allen gut, etwas zu tun zu haben, mit den Vorbereitungen für die Bestattung zu beginnen, obwohl Lisas Leichnam noch nicht freigegeben ist. Es lenkt uns ab und unseren Schmerz in produktive Bahnen.

Wir bleiben über eine Stunde auf dem Friedhof und diskutieren, welche Stelle Lisa gefallen würde. Schließlich einigen wir uns auf Almas Vorschlag hin auf einen sonnigen Platz im hinteren Bereich, über den im Moment unserer Anwesenheit ein Tagpfauenauge hinwegflattert.

Als wir wieder zu Hause sind, holt Gisela Hektor ab, und ich lotse Alma in den Garten, um sie nach den Visitenkarten zu fragen. Auch dieses Gespräch ist weniger schlimm als befürchtet, denn Alma bringt die Frage nicht mit ihrer Mutter in Verbindung und reagiert gefasst. Sie erinnert sich exakt daran, wo sie jedes Stück Papier ihrer Sammlung aufgelesen hat. Die Visitenkarte des Installateurs hat sie aus dem Papierkorb in Tims Arbeitszimmer gefischt, die von Dr. Barbara Zimmermann und Jutta Krenz in der Mittelkonsole des Familienwagens entdeckt. Wann das war, weiß sie nicht mehr, doch mir genügt die Auskunft als Beweis, dass Lisa die Karten dort hingelegt hat. Aber woher hatte sie sie? War sie bei dieser Therapeutin? Hat sie sich ihr anvertraut? Hat sie ihr vielleicht sogar den Namen ihres Liebhabers genannt? Ist dies endlich die Spur, nach der wir so lange gesucht haben?

Mein erster Impuls ist es, die Polizei anzurufen, und ich wähle die Nummer auf der Visitenkarte, die Hauptkommissarin Wenk nach ihrem ersten Besuch hiergelassen hat. Ich lande in einem Sekretariat, werde jedoch sofort verbunden.

»Frau Bader? Was kann ich für Sie tun?« Hauptkommissarin Wenk klingt hoffnungsvoll.

Ich erzähle ihr von der Visitenkarte, doch als ich den Namen Jutta Krenz erwähne, fällt die Hauptkommissarin mir ins Wort.

»Wir haben bereits mit Frau Krenz gesprochen. Sie hat den Vortrag im Familienberatungszentrum Moosbach gehalten, den Ihre Schwester am neunundzwanzigsten März vermutlich besucht hat. Leider kann Frau Krenz sich nicht an Ihre Schwester erinnern. Weder von dem besagten Vortrag noch von einem anderen Termin. Ihre Schwester war auch keine Patientin bei ihr.«

Die Worte sind wie ein Schlag in den Magen, die Enttäuschung über einen weiteren Fehlschlag tut mir körperlich weh. »Aber Lisa hatte Jutta Krenz' Visitenkarte«, beharre ich. »Wieso sollte sie die mitgenommen haben, wenn sie nur einen Vortrag bei der Frau gehört und dann keinen Kontakt mehr zu ihr gehabt hat?«

Ich meine förmlich zu hören, wie Hauptkommissarin Wenk mit den Achseln zuckt. »Viele Menschen stecken Visitenkarten ein, ohne sich etwas dabei zu denken. Vielleicht plante Ihre Schwester, sich bei Gelegenheit an Frau Krenz zu wenden, und hat es dann doch nicht getan.«

»Kann es vielleicht sein, dass Lisa eine Patientin von ihr war, was Frau Krenz wegen der beruflichen Schweigepflicht nicht verraten möchte?«

»Danach hat mein Mitarbeiter gefragt, Frau Krenz hat ausgesagt, dass das nicht der Fall sei. Es tut mir leid, Frau Bader. Ich versichere Ihnen, dass wir dieser Spur gründlich nachgegangen sind.«

Das kann ich nur hoffen. Ich beende das Gespräch und kehre in den Garten zurück. Alma liegt bäuchlings im Gras, die Nase in einem Buch. Ich lasse mich in einen Liegestuhl fallen und scrolle durch meine WhatsApp-Nachrichten, doch meine Gedanken kehren immer wieder zu Jutta Krenz zurück. Schließlich öffne ich einen Browser und googele ihre Webseite. Laut ihrer Vita ist die Psychologin Anfang fünfzig, auf einem Foto guckt sie ziemlich angestrengt durch eine starke Nickelbrille. Sie bietet Verhaltenstherapie für Erwachsene, Paar- und Sexualberatung an. Schwerpunkte sind unter anderem Depression, Burn-out, Angsterkrankungen, psychosomatische Erkrankungen. Unter dem Button Vorträge sind nicht nur künftige aufgelistet, sondern auch bereits gehaltene, auch der, den Lisa in ihrem Handy markiert hatte. Ich klicke den Link zur Vortragsankündigung beim FBZ an, der immer noch aktiv ist, doch auch dort entdecke ich nichts, das mir weiterhilft. Der Vortrag richtet sich an Mütter, die sich in irgendeiner Weise überfordert, überlastet, überbeansprucht oder sonst etwas mit »über« fühlen. Erst als ich zu Jutta Krenz' Homepage zurückkehren will, fällt es mir auf. Bei der Vortragsankündigung im FBZ steht nicht nur das Datum, sondern auch der Wochentag dabei. Der Vortrag war an einem Mittwoch.

An einem Mittwoch! Dabei hat die Zeugin mit den Kraushaaren, mit der ich auf dem Moosbacher Marktplatz gesprochen habe, Lisa im Winter an einem Dienstag oder Donnerstag ins FBZ gehen sehen – und die Frau wird wohl wissen, an welchen Tagen ihre Yogastunden sind. Heißt das, Lisa war bei einem weiteren Vortrag? Oder ist sie vielleicht tatsächlich zu irgendeiner Gesprächsrunde gegangen, um sich mit anderen Frauen auszutauschen? Das würde auch erklären, warum sie so nervös war, dass sie vorher eine Zigarette rauchen musste. Wieso hätte sie das vor einem Vortragsbesuch tun sollen?

Je länger ich darüber nachdenke, desto wahrscheinlicher erscheint es mir, und ich googele erneut das Veranstaltungsprogramm des Moosbacher FBZ. Dieses Mal gehe ich es gründlicher durch, schließe zwar wieder viele Veranstaltungen aus – SHG Trauer und Verlust, SHG Drogen und Alkohol für Angehörige –, doch dann finde ich eine Veranstaltung namens »Müttergesprächskreis«, die an jedem ersten Donnerstag im Monat, abends um zwanzig Uhr stattfindet. Was sich dahinter verbirgt, ist nicht näher erläutert, doch der Name der Leiterin ist angegeben, es ist Jutta Krenz.

5

Mara

Drei Stunden später parke ich den Corsa meiner Mutter in der Neustädter Straße in Moosbach, in der die Praxis von Jutta Krenz liegt. Ich habe mir den Wagen geliehen, weil ich nicht in einer Motorradkombi in der Praxis auftauchen möchte. Ich bin überzeugt, dass die Psychotherapeutin Lisa kennt. Ich bin überzeugt, dass Lisa nicht nur bei ihrem Vortrag war, sondern auch bei diesem Müttergesprächskreis. Ich habe keine Ahnung, warum Jutta Krenz das gegenüber der Polizei abgestritten hat – möglicherweise wegen des Berufsgeheimnisses, weil Lisa doch ihre Patientin war –, aber ich bin wild entschlossen, sie zu überreden, mir die Wahrheit zu sagen. Dazu sollte ich jedoch einen vertrauenerweckenden Eindruck machen, und vermutlich gelingt mir das im Sommerkleid eher als in schwarzem Leder.

Als ich vor der Tür des Mietshauses ankomme und die Klingelschilder studiere, ist es fünf vor sechs. Laut Homepage enden Frau Krenz' Sprechzeiten um sechs. Ich habe mir vorgenommen, die letzte Patientin abzupassen und dann die Festung zu stürmen.

Ich muss nicht lange warten. Um genau drei Minuten nach sechs wird die Haustür von einer jungen Frau geöffnet, die nur Augen für ihr Handydisplay hat und fast in mich hineinrennt. Ich schlängele mich an ihr vorbei und schlüpfe durch die sich schließende Tür. Im Treppenhaus ist es kühl. Es gibt einen Aufzug, doch ich gehe lieber zu Fuß in den ersten Stock. Als ich meinen Finger auf die Klingel neben dem Schild mit der schlichten Aufschrift »Krenz« drücke, klopft mein Herz schneller, dann wird die Tür geöffnet.

»Ja?«

In der Realität sieht Frau Krenz älter aus als auf ihrem Homepage-Foto. Ihre Haare sind eher grau als braun, und sie hat deutlich mehr Falten als ihre photogeshoppte Version. Doch die starke Brille ist dieselbe, ebenso der angestrengte Blick, mit dem sie mich mustert. Als ich mich für die Störung entschuldige und erkläre, dass ich dringend ihre Hilfe benötige, wird ihr Blick noch glasiger.

»Es tut mir leid, aber ich biete keine Akutsprechstunden an. Sie können gern telefonisch einen Termin vereinbaren, oder ich gebe Ihnen die Nummer der Notfallseelsorge.«

»Ich benötige keine Therapie. Es geht um meine Schwester, Dr. Elisabeth Bader.«

Frau Krenz überlegt einen Augenblick lang, dann nickt sie. »O ja, die Kriminalpolizei hat mich in der Angelegenheit bereits aufgesucht.« Sie legt ihren Kopf schief. »Der Verlust tut mir sehr leid für Sie, nur kann ich Ihnen leider nicht helfen. Ich habe Ihre Schwester nicht gekannt. Das habe ich auch dem Kriminalbeamten erklärt.«

»Ich weiß. Dennoch bin ich sicher, dass Sie mir helfen können. Es ist eine neue Information aufgetaucht. Bitte, kann ich es kurz erklären? Es dauert nur fünf Minuten.«

Jutta Krenz zögert, bevor sie einen kleinen Seufzer ausstößt. »Aber wirklich nur fünf Minuten.«

Sie öffnet die Tür weit, und ich folge ihr durch einen schmalen Flur in einen hell und freundlich eingerichteten Raum, in dem sich zwei meerblau gepolsterte Sessel schräg gegenüberstehen. Ich bekomme den neben dem Tischchen mit der Kleenexbox. Auf dem Tischchen neben dem anderen Sessel steht ein Wecker mit übergroßen digitalen Ziffern, der vermutlich anzeigt, wann eine Therapiestunde sich dem Ende nähert.

»Also?« Frau Krenz wirft einen Blick auf die Uhr und schlägt ein Bein über das andere.

Ich habe mir auf dem Weg hierher überlegt, was ich sagen soll, doch obwohl mir haufenweise plausible Lügen eingefallen sind, habe ich mich entschlossen, es mit der Wahrheit zu probieren.

Und da Frau Krenz den Eindruck macht, als nehme sie das gesetzte Zeitlimit ernst, falle ich mit der Tür ins Haus.

»Ich weiß, dass Sie der Kripo nicht die Wahrheit gesagt haben. Ich weiß, dass Sie meine Schwester kannten.« Frau Krenz runzelt die Stirn, und ich rede schnell weiter. »Und obwohl Sie bestimmt einen guten Grund haben, das abzustreiten, möchte ich Sie bitten, es sich noch einmal zu überlegen. Meine Schwester ist tot, ihr kann es nicht mehr schaden, wenn Sie mir erzählen, warum sie zu Ihnen gekommen ist. Aber ihrem Mann, ihren Kindern, meiner Mutter und mir schadet es, wenn Sie schweigen. Wir wissen ohnehin kaum, wie wir ohne Lisa weiterleben sollen. Ihr Tod ist für uns grauenvoll, aber fast genauso schlimm ist es, nicht zu wissen, was passiert ist. Wenn Sie also irgendetwas wissen – bitte sagen Sie es mir.«

Ich sehe sie flehentlich an und strecke sogar eine Hand aus, wie ich es einmal bei Gesche gesehen habe, als die für ein Vorsprechen geprobt hat, doch Frau Krenz schüttelt ungerührt den Kopf.

»Ich kann nur wiederholen: Ich kann Ihnen nicht helfen. Und ich muss gestehen, ich bin auch nicht geneigt, es zu tun, wenn Sie mich als Lügnerin bezeichnen. Es ist die schlichte Wahrheit, dass ich Ihre Schwester nicht kannte. Ich habe ihren Namen zum ersten Mal gehört oder vielmehr gesehen, als ich im Neustädter Boten einen Artikel über die Suche nach ihr las.«

»Vielleicht kannten Sie ihren Namen nicht, aber Sie kannten meine Schwester. Sie war in Ihrem Müttergesprächskreis im Familienberatungszentrum Moosbach, jeden ersten Donnerstag im Monat.«

Frau Krenz war bereits im Begriff aufzustehen, doch jetzt hält sie verblüfft inne. »Ihre Schwester war im Müttergesprächskreis? Das ist ausgeschlossen. Ich kenne jede der Frauen dort.«

»Dann kennen Sie auch meine Schwester. Eine Bekannte hat sie an einem Donnerstagabend im April ins FBZ gehen sehen, als dort kein anderer Kurs stattfand.«

»Im April?« Frau Krenz streicht nachdenklich über ihre Wollhose, die bei dem Wetter viel zu warm sein muss. Schließlich sagt sie: »Ich erinnere mich an eine Frau, die nur einmal kam und die Sitzung vorzeitig verließ. Diese Frau hatte kurz zuvor einen meiner Vorträge gehört. Sie sprach mich danach an, und ich gab ihr Informationen zum Müttergesprächskreis. Allerdings sah diese Frau ganz anders aus als die Frau auf den Zeitungs- und Polizeifotos. Meine Sehkraft ist zwar mittlerweile schon sehr eingeschränkt, aber ich erinnere mich, dass sie lange Haare hatte und nicht oder kaum geschminkt war. Ja?«

Ich habe schon mein Handy in der Hand und scrolle durch die Fotos von Lisa, bis ich eines aus dem Winter finde. »Sah sie so aus?«

Frau Krenz nimmt mein Handy und starrt darauf. Sie blinzelt, hält das Handy weiter weg und holt es wieder näher heran. »Es ist möglich. Es ist schon eine Weile her.« Sie gibt mir das Handy zurück. »Es tut mir leid, wenn ich mich geirrt habe. Auf dem Foto, das die Polizei mir zeigte, sah Ihre Schwester sehr verändert aus.«

Ich wische die Entschuldigung beiseite. »Was hat sie gesagt? Wieso war meine Schwester im Gesprächskreis? Hat sie von einem Liebhaber gesprochen? Hat sie einen Namen erwähnt? Bitte, Sie müssen sich erinnern.«

Die Psychologin runzelt die Stirn. »Sie wissen gar nicht, worum es im Müttergesprächskreis geht, oder?« Sie beantwortet die Frage selbst. »Nein, woher auch. Wir bemühen uns um ein gewisses Maß an Anonymität. Die Mütter, die kommen, benötigen einen Raum, in dem sie geschützt reden können. Keine würde je öffentlich darüber sprechen, geschweige denn mit ihrer Familie.« Sie wirft einen Blick auf ihren Wecker. »Ich fürchte, das wird länger als fünf Minuten dauern. Kennen Sie den Begriff Regretting Motherhood?«

6

Der Begriff Regretting Motherhood – Bereuen der Mutterschaft – wurde 2015 von einer israelischen Soziologin geprägt, die eine Studie zu dem Phänomen vorlegte. In der Studie geht es um Frauen aus allen Schichten der Gesellschaft, die es bereuen, Mutter geworden zu sein, und die Rolle als durchgehend negativ oder gar als Gefängnis erleben. Dabei ist das Wörtchen ›durchgehend‹ von Bedeutung. Bei Regretting Motherhood geht es nicht um Mütter, die in einer Stresssituation ihr Kind für einen Augenblick ablehnen, sondern um solche, die sich – wenn sie die Zeit zurückdrehen könnten – gegen Kinder entscheiden würden. Wahrscheinlich war Lisa Bader eine dieser Frauen.« Astrid Wenk sah in die Runde ihrer Mitarbeiter.

Es war Dienstagmorgen. Wenk hatte ihr Team zusammengetrommelt, um zu berichten, was sie von Jutta Krenz erfahren hatte. Mittlerweile kannte Pia die Mitglieder des Teams recht gut. Es war ein bunt gemischter Haufen. Die jüngste Kollegin war noch jünger als Pia, eine forsche Kommissarin mit kurz geschorenen Haaren, die den Namen ihrer Lebensgefährtin auf den Unterarm tätowiert trug. Der älteste Kollege stand kurz vor der Pensionierung und hatte sich auch nach über vierzig Dienstjahren ein Maß an Gutmütigkeit bewahrt, das Pia verblüffte.

»Wahrscheinlich?«, wiederholte er.

Wenk nickte. »Frau Krenz ist sich bei der Identifizierung nicht hundertprozentig sicher, da das Ganze nun schon einige Monate zurückliegt. Außerdem leidet sie an einer Erbkrankheit, die nach und nach zu Erblindung führt, weswegen ihre Sehkraft stark eingeschränkt ist. Jutta Krenz erzählt Folgendes: Sie hat am neunundzwanzigsten März im FBZ Moosbach den Vortrag ›Hilfe, ich drehe durch – wenn Mütter nicht mehr weiter wissen.‹ gehalten.

In dem Vortrag ging es um verschiedene Konfliktarten, die Mütter mit ihren Kindern austragen, und um die Gefühle, die Mütter währenddessen erleben. In dem Vortrag sprach Jutta Krenz auch das Thema Regretting Motherhood an, um kurzfristige negative Gefühle, die in Konflikten aufwallen, von langfristigen abzugrenzen. Nach dem Vortrag kam eine Frau – zierlich, eher unterdurchschnittlich groß, lange schwarze Haare – auf Jutta Krenz zu. Die Frau stellte einige Fragen und streifte dabei immer wieder das Thema Regretting Motherhood. Jutta Krenz hatte den Eindruck, dass die Frau sich sehr dafür interessierte, es jedoch nicht zugeben wollte – schon gar nicht, dass sie selbst betroffen sein könnte. Dennoch gab Jutta Krenz der Frau neben anderen Informationen den Hinweis, dass in der folgenden Woche ein Treffen der Selbsthilfegruppe bereuender Mütter stattfinden würde, die zum Schutz der Betroffenen im Programm des FBZ als Müttergesprächskreis bezeichnet wird. Die Frau erklärte zwar, das sei nichts für sie, doch Jutta Krenz glaubte ihr nicht und behielt recht. Die Frau nahm tatsächlich am nächsten Treffen teil – soweit man von einer Teilnahme sprechen kann, da sie nichts gesagt hat außer ihren Vornamen. Sie nannte sich Mara.« Wenk schwieg einen Moment lang, um die Information einsinken zu lassen. Dann fuhr sie fort.

»Jutta Krenz sagt, es sei üblich, dass sich am Anfang eines Treffens jede Teilnehmerin mit Vornamen vorstellt und dann die Gelegenheit erhält, einige Worte zu ihrem aktuellen Befinden oder ihrer persönlichen Situation zu sagen. Die Frau, die sich Mara nannte, wollte nichts erzählen, was wohl typisch für neue Teilnehmerinnen ist. Die meisten tauen erst im Laufe des Abends oder mehrerer Abende auf. Nicht die angebliche Mara. Sie ging nach etwa einer halben Stunde ziemlich abrupt und kam nie wieder.«

»Hat sie einen Grund genannt?«, fragte Pia.

»Dass ihr nicht gut sei, was Jutta Krenz für eine Schutzbehauptung hielt. Sie hatte den Eindruck, dass der Frau die Gesprächssituation äußerst unangenehm gewesen sei – was zu dem passen würde, was Mara Bader erzählt hat. Dass ihre Schwester von öffentlichen Gefühlsbekundungen nichts hielt und ohnehin der Meinung war, bei Problemen solle man lieber die Arschbacken zusammenkneifen.«

»Warum ist sie dann überhaupt hingegangen?«, fragte ein junger Kommissar, der Pia gegenübersaß.

»Möglicherweise weil sie mit Arschbacken zusammenkneifen nicht weiterkam.«

»Wenn es überhaupt Lisa Bader war.« Der älteste Kollege schnaufte. »Nach allem, was wir gehört haben, war sie eine gute Mutter, der nur einmal die Hand ausgerutscht ist. Ansonsten hat sie sich stets vorbildlich verhalten, das haben alle in ihrem Umfeld bestätigt. Hätte sie ihre Kinder regelmäßig misshandelt, wäre es irgendwem aufgefallen.«

»Ich denke, das eine schließt das andere nicht aus«, entgegnete Astrid Wenk. »Dass eine Frau ihre Mutterrolle ablehnt, bedeutet nicht, dass sie ihre Kinder ablehnt oder gar schlecht behandelt. Jutta Krenz hat mir erklärt, dass Mütter ihre Kinder lieben und dennoch bereuen können, sie geboren zu haben, weil sie die Mutterrolle hassen, das Gefühl des Fremdbestimmtseins. Sie meint, dass perfekte Mütter möglicherweise sogar besonders anfällig seien, mit der Mutterrolle zu hadern, da der Wunsch, sie besonders gut auszufüllen, besonders hohen Druck erzeuge.«

»Aber kann es wirklich sein, dass sie ihre Mutterrolle hasste, ohne dass jemand in ihrem Umfeld es bemerkte?«

Wenk nickte. »Ich denke schon. Wir wissen bereits, dass Lisa Bader es möglichst vermied, Schwäche zu zeigen. Und die eigene Mutterschaft zu bereuen ist ein Tabu, über das kaum eine der Betroffenen spricht.« Wenk schwieg einen Moment lang. »Ich bin überzeugt, dass Lisa Bader die Frau war, die Jutta Krenz beschrieben hat. Alle Indizien sprechen dafür – und bei genauer Betrachtung passt es auch ins Bild. Lisa Bader ging im Winter durch eine Krise. Bisher dachten wir, die Gründe seien Überforderung und Erschöpfung gewesen, aber es ist genauso gut möglich, dass ihr

Leiden am Muttersein den Ausschlag gab – oder eine Kombination der verschiedenen Gründe. Allerdings wissen wir auch, dass Lisa Bader diese Krise überwand, dass es ihr spätestens ab Mai wieder so gut ging, dass sie regelrecht aufblühte. Es stellt sich daher die Frage, welche Konsequenzen das Thema für unsere Ermittlungen hat.«

Wenk blickte nacheinander ihre Mitarbeiter an, doch zunächst antwortete niemand, was ungewöhnlich war. Pia hatte bereits festgestellt, dass es im Team zwar eine klare Hierarchie gab, sich bei Besprechungen jedoch jeder jederzeit zu Wort melden konnte, der der Meinung war, etwas zu sagen zu haben – und davon waren die meisten Teammitglieder regelmäßig überzeugt. Doch die Tatsache, dass Lisa Bader die Entscheidung für ihre Kinder bereut hatte, hatte sie überrascht. Dennoch wagte Pia sich schließlich als Erste aus der Deckung.

»Ich glaube nicht, dass es einen Unterschied macht«, sagte sie. »Ich glaube, dass es unsere bisherige Theorie stärkt. Wir gehen davon aus, dass Lisa Bader sich am Wochenende ihres Todes mit ihrem Liebhaber treffen wollte. Bisher haben wir angenommen, dass sie danach wieder nach Hause zurückkehren wollte, doch möglicherweise trifft das nicht zu. Wenn sie ihre Mutterrolle tatsächlich ablehnte, hatte sie vielleicht vor, ihre Familie zu verlassen. Aber so oder so: Sie hat das Wochenende nicht überlebt. Und die Erkenntnis, dass sie ihre Mutterschaft bereute, bringt uns ihrem Mörder nicht näher.«

Allgemeines Nicken war die Reaktion, nur eine Mitarbeiterin widersprach, Caren Benko, eine gemütliche Oberkommissarin in den Vierzigern, die wegen einer längeren Auszeit zur Kindererziehung ihre Karriere verpasst hatte.

»Wir sollten das Thema Regretting Motherhood nicht ignorieren. Ich denke, es könnte sogar eine große Rolle für unsere Ermittlungen spielen. Es könnte ein Motiv für einen Suizid sein.«

Caren schaute in die Runde. Skeptische Blicke begegneten ihr.

»Du glaubst wirklich, die Tatsache, dass Lisa Bader ihren Entschluss, Kinder zu kriegen, bereute, wäre ein hinreichendes Motiv?«, fragte Astrid Wenk.

Caren nickte. »Auf jeden Fall. Die meisten von euch sind kinderlos, daher könnt ihr das nicht verstehen, aber ich kann mir wenig Schlimmeres vorstellen, als die Existenz meiner Kinder zu bereuen. Als meine Älteste in Hektors Alter war, war sie ebenfalls ein schwieriges Kind – und das ist noch nett formuliert. Beim kleinsten Nichtanlass ist sie in die Luft gegangen. Ich hatte Momente, da hätte ich sie liebend gerne an der nächsten Autobahnraststätte ausgesetzt.« Caren sah in die schockierten Mienen ihrer Kolleginnen und hob abwehrend die Hände. »Hey, das ist kein Geständnis. Jamila lebt immer noch zu Hause – und an dreiundzwanzigeinhalb Stunden am Tag liebe ich sie abgöttisch. Aber natürlich gab es Momente, in denen ich bereut habe, für sie die Pille abgesetzt zu haben. Bei mir waren diese Momente immer nur drei Minuten lang, doch wenn ich mir vorstelle, dass es ein Dauerzustand ist, läuft es mir eiskalt den Rücken hinunter. Es muss schrecklich sein, sich so zu fühlen. Man sitzt in der Falle, besonders als Frau. Wenn ein Mann keinen Bock auf seinen Nachwuchs hat, kann er Frau und Kinder verlassen, auch heute noch, ohne dass ihn das gesellschaftlich ruiniert. Solange er regelmäßig Unterhalt zahlt, kann er immer noch als prima Kerl gelten. Aber eine Frau? Noch dazu eine erfolgreiche, geachtete wie Dr. Bader? Hätte sie ihre Familie verlassen, hätte sie sich auch gleich Ungeheuer auf die Stirn tätowieren lassen können. Ich kann mir gut vorstellen, dass sie die Situation als ausweglos empfunden hat.«

»Aber wieso hätte sie sich ausgerechnet jetzt suizidieren sollen?«, fragte Pia. »Es ging ihr im Winter schlecht, dann hat sie ihre Krise überwunden.«

Caren zuckte mit den Achseln. »Vielleicht nur zeitweilig. Wir wissen, dass Lisa Bader im Mai und Juni aufblühte, vermutlich wegen eines Liebhabers. Aber wir vermuten auch, dass die Affäre vorbei war und ungut endete. Darauf deutet zumindest die

Vergewaltigungszeichnung hin – wenn sie denn von Lisa Baders Liebhaber stammt, was wir streng genommen nicht wissen. Doch ein katastrophales Beziehungsende kann nicht nur ein Indiz für Mord oder Totschlag sein, sondern auch für einen Suizid.« Caren lehnte sich auf ihrem Stuhl zurück. »Wenn Lisa Baders Liebhaber der Grund war, dass es ihr zeitweilig besser ging, dann wäre sie nach dem Beziehungsende an einem noch tieferen Punkt gewesen als vorher. Denn nicht nur war sie immer noch in ihrer Mutterrolle gefangen, sie hätte auch noch eine gescheiterte Affäre hinter sich. Und immerhin schließen die Obduktionsergebnisse Suizid nicht aus. Lisa Bader könnte sich zwar nicht erstochen oder erschossen haben, weil wir sonst eine Waffe hätten finden müssen, aber sie könnte ein Medikament genommen haben, das in den Geweberesten nicht mehr nachweisbar ist. Als Ärztin hätte sie es leicht besorgen können.« Caren sah in die Runde.

Pia dachte über das nach, was die Kollegin gesagt hatte. Sie hatte die Möglichkeit eines Suizids bei ihren bisherigen Ermittlungen nicht ernsthaft in Betracht gezogen und musste zugeben, dass Carens Theorie aus psychologischer Sicht gar nicht so absurd klang, wie sie zunächst angenommen hatte. Allerdings stellten sich dann sofort einige Fragen: Wieso hätte Lisa Bader es so kompliziert machen sollen? Wieso hätte sie erst zum Moosbacher Hof fahren, dann einen Bus und ein Taxi zum Bürgermeisterquartier nehmen sollen? Wieso hätte sie sich an einer einsamen unzugänglichen Stelle in Kaspars Wald töten sollen? Wo war ihre Kleidung? Wieso hatte sie keinen Abschiedsbrief hinterlassen?

Doch bevor Pia ihre Fragen aussprechen konnte, wurde die Tür zum Besprechungsraum geöffnet, und ein junger Kommissar kam herein.

Astrid Wenk hob eine Augenbraue. »Wie schön, dass Sie uns auch noch beehren, Schreiber.«

Der Kommissar blinzelte verlegen. »Entschuldigen Sie bitte die Verspätung, Chefin, ich wurde aufgehalten. Ein Bekannter hat mich mit seiner Tochter aufgesucht.«

»Und warum hat er das nicht in Ihrer Freizeit getan?«

»Es hat mit unserem Fall zu tun. Erinnern Sie sich, dass in den Informationen, die die Familie Bader bei ihrer Suche zusammengetragen hat, ein Hinweis auf einen Vorfall auf dem Moosbacher Marktplatz war? Helena Thieme, die Tochter von Lisa Baders Nachbarin, hat mit einigen Schülerinnen gesprochen, die am zweiundzwanzigsten Juli auf denselben Bus warteten wie Lisa Bader. Während sie an der Bushaltestelle standen, ist ein junger Mann in einem Cabrio mehrmals um den Marktplatz gefahren. Er wollte einige Schülerinnen überreden, statt mit dem Bus mit ihm nach Neustadt zu fahren. Die Mädchen lehnten ab. Sie kannten den jungen Mann schon von der Schule. Sie bezeichneten ihn als Loser, der versuche, mit einem Cabrio Eindruck zu schinden.«

Astrid Wenk nickte ungeduldig. »Und?«

»Das Mädchen, das mich mit seinem Vater aufgesucht hat, Andrea Schmied, ist eine dieser Schülerinnen. Sie hat sich gemeldet, weil sie in einem Zeitungsartikel gelesen hat, dass Lisa Bader im Vogelviertel wohnte. Da ist ihr eingefallen, dass der junge Mann aus dem Cabrio mittlerweile ebenfalls dort lebt. Er zog nach dem Abitur von seiner Mutter in Moosbach zu seinem Vater. Der Junge heißt Jonas Weller. Andrea wusste nicht, wie der Vater heißt, doch es kann sich nur um Lutz Weller handeln. Ich habe es überprüft, auf Jonas Weller ist kein Fahrzeug zugelassen, auf Lutz Weller jedoch ein weißes Mercedes-E-Klasse-Cabriolet.«

7

Mara

In der Nacht auf Dienstag schlafe ich fast gar nicht, sondern wälze mich in meinem Gästebett hin und her und denke über das nach, was Jutta Krenz mir erzählt hat. Ich finde es ungeheuerlich, und ich bin mir nicht sicher, ob ich es wirklich glauben kann. War Lisa wirklich unglücklich in ihrer Mutterrolle? Hat sie wirklich die Entscheidung für Alma und Hektor zutiefst bereut? Wäre es ihr wirklich lieber gewesen, sie hätte die beiden nicht geboren?

Mir erscheint das unglaublich und völlig unvereinbar mit dem, was ich über meine Schwester weiß. Schließlich wollte sie Kinder haben. Alma und Hektor waren geplant, keine Unfälle wie ich. Und Lisa war eine gute Mutter. Liebevoll, geduldig, aufmerksam. Selbst wenn sie gestresst war, hat sie es nie an den beiden ausgelassen – wie so viele andere Mütter es tun. Lisa hat auch nicht sonderlich viel mit Alma und Hektor geschimpft oder sich in ihrer Abwesenheit über sie beschwert. Sie hat nie unglücklich in ihrer Mutterrolle gewirkt.

Doch das ist natürlich der springende Punkt. Wenn ich in den letzten zwei Wochen etwas über meine Schwester gelernt habe, dann dies: Wie Lisa nach außen wirkte und wie es in ihrem Inneren aussah, war nicht dasselbe. Vielleicht war es das nie, und ich habe es nur nie bemerkt, oder es ist erst später auseinandergetrieben, und ich habe den Zeitpunkt verpasst.

Ist es also wahr? Fühlte Lisa sich in ihrer Mutterrolle und damit in ihrem Leben gefangen? Wollte sie deshalb ausbrechen? Hat sie sich deshalb einen Liebhaber zugelegt? Es muss wohl so sein, warum sonst hätte sie diesen Müttergesprächskreis aufsuchen sollen?

Das ist der Gedanke, mit dem ich schließlich einschlafe, doch als ich aufwache, kommen mir erneut Zweifel. Ich würde gern mit jemandem darüber sprechen, doch ich zögere, es Tim oder meiner Mutter zu erzählen. Das Wissen würde in Zukunft wie eine dunkle Wolke über ihnen hängen. Denn eins ist klar: Wenn Lisa die Geburt von Alma und Hektor wirklich bereut hat, dann dürfen die beiden es nie erfahren. Doch jedes Mal, wenn Tim in Zukunft mit Alma und Hektor über Lisa spricht, wird er lügen müssen, wenn er ihnen erzählt, dass ihre Mutter sie über alles geliebt habe. Und Gisela wird es genauso ergehen.

Andererseits habe ich das Bedürfnis, mit jemandem zu reden. Meine Wahl fällt schließlich auf Vera, weil sie Lisa gut kannte und ebenfalls Mutter ist. Doch als ich am Dienstagmittag bei ihr klingele, öffnet niemand. Erst auf dem Rückweg sehe ich, wie Vera aus Lutz' Haus kommt. Sie scheint gut gelaunt zu sein, regelrecht beschwingt, erst als sie mich sieht, macht sie ein betroffenes Gesicht.

»Hallo, Mara. Wie geht es dir? Und den anderen? Wie läuft es bei euch?«

Ich beantworte alle drei Fragen mit: »So lala.« Dann mustere ich Vera. »Aber du siehst aus, als hättest du den Jackpot geknackt.«

Das ist nicht übertrieben. Vera hat zwar eine mitfühlende Miene aufgesetzt, doch sie wirkt, als würde sie lieber Freudensprünge machen. Und dann platzt es aus ihr heraus.

»So fühle ich mich auch. Es ist endlich passiert.« Sie strahlt ein Tausend-Watt-Lächeln.

»Es?«

»Es.« Vera blickt bedeutungsvoll von mir zu Lutz' Haus und wieder zu mir, und endlich klimpert der Groschen.

»Du und Lutz? Ich wusste nicht, dass sich da etwas anbahnt.«

»Wir haben es nicht an die große Glocke gehängt. Wir gehen schon länger miteinander aus, aber da wir beide keine Küken mehr sind, haben wir uns Zeit gelassen. Doch gestern Abend hat er für mich gekocht und danach …« Für einen Moment wird ihr

Lächeln noch strahlender, dann fügt sie ernst hinzu: »Dabei weiß ich, dass ich nicht gerade jetzt auf Wolke sieben schweben sollte. Bei allem, was ihr gerade durchmacht …«

Ich nehme sie in die Arme. »Lisa würde sich für dich freuen.«

»Ja, das glaube ich auch.« Veras Stimme ist belegt, und sie wischt sich eine Träne aus dem Augenwinkel. »Gibt es denn etwas Neues?«

»Ich würde dir gerne etwas erzählen.«

»Und? Was denkst du?«, frage ich, nachdem ich Vera meinen Besuch bei Jutta Krenz geschildert habe.

Wir sitzen auf Veras Terrasse, und ich greife zu dem kalten Mineralwasser, das Vera mir hingestellt hat. Es ist heiß und schwül. Nach den Gewittern Ende letzter Woche ist die Wetterlage immer noch instabil. Auch sonst scheint eine gewisse Unruhe in der Luft zu liegen. Der Lärm von Rasenmähern ertönt aus zwei Richtungen, auf der Straße scheinen heute mehr Autos zu fahren als sonst, in Lutz' Garten unterhält Gabriel sich wild gestikulierend mit Jonas.

Vera streicht sich eine verschwitzte blondgraue Haarsträhne hinters Ohr und zuckt mit den Achseln. »Tja, ich fürchte, es gibt wohl keinen Zweifel, dass Lisa ihre Mutterschaft bereut hat. Du kennst sie so gut wie ich. Sie hasste Gesprächskreise, Gruppentherapie und jede Form von öffentlicher Zurschaustellung von Gefühlen. Wenn sie so weit war, dass sie eine Selbsthilfegruppe aufsuchte, dann muss sie wirklich sehr unglücklich gewesen sein.«

»Aber sie hat nie so gewirkt, wenn Sie mit Alma und Hektor zusammen war«, widerspreche ich, obwohl ich das Argument selbst schon als nicht überzeugend abgelehnt habe.

Vera mustert mich. »Findest du?«

»Natürlich. Du nicht?«

Vera schweigt einen Moment lang. »Eigentlich nicht, nein.« Auf meine fragenden Blick hin fährt sie fort: »Nicht, dass ich geahnt hätte, dass Lisa die Entscheidung für Alma und Hektor bereut hat, aber ich wusste, dass sie sich im Umgang mit den beiden oft anstrengen musste und dass sie eigentlich keinen Spaß daran hatte, mit ihnen zu spielen. Nicht so, wie du zum Beispiel.«

Das überrascht mich. »Hat Lisa das erzählt?«

»Ich habe es beobachtet. Ich fand es ziemlich offensichtlich, aber vielleicht liegt das an meinem Pädagoginnenblick. Allerdings war mir nicht klar, dass Lisa die Mutterrolle komplett ablehnt. Ich dachte, dass sie einfach in Sachen Kindererziehung nicht so ein Naturtalent war wie in vielen anderen Dingen, dass sie deshalb so viele Ratgeber las und sich bemühen musste, alles richtig zu machen. Und dass sie keine Lust auf Kinderspiele hatte, weil ihr die schlicht zu doof waren.« Vera lächelt. »Für einen IQ über hundertdreißig ist es vermutlich nicht sonderlich aufregend, ein Polizeiauto durch die Gegend fahren zu lassen und dabei ›Tatütata‹ zu rufen.«

»Hast du Lisa je darauf angesprochen?«

Vera schüttelt den Kopf. »Ich hätte es getan, wenn ich gedacht hätte, dass sie Hilfe benötigt, aber das war ja nicht der Fall. Auch wenn es ihr vielleicht keinen Spaß machte, war Lisa eine gute Mutter. Abgesehen davon war sie immer miserabel darin, Hilfe anzunehmen. Sie wollte lieber diejenige sein, die welche anbot.« Sie blinzelt in die Sonne. »Jetzt wünschte ich, ich hätte es getan. Vielleicht hätte Lisa sich mir dann anvertraut. Die Erkenntnis, dass sie die Mutterrolle tatsächlich hasst, muss niederschmetternd gewesen sein. Ich meine, die meisten Entscheidungen im Leben lassen sich rückgängig machen, wenn auch zu einem hohen Preis. Wenn man den falschen Beruf ergriffen hat, kann man ihn wechseln, hat man den falschen Mann geheiratet, kann man sich scheiden lassen. Aber frau kann nicht ihre Kinder zurückgeben. Das erklärt vermutlich auch, warum Lisa eine Affäre angefangen hat. Ehrlich gesagt, habe ich das bis jetzt nicht geglaubt. Aber wenn sie erkannt hat, dass sie im falschen Leben feststeckt, hat sie vielleicht verzweifelt nach einem Mittel gesucht, daraus auszubrechen.« Sie sieht mich an. »Hat die Polizei mittlerweile irgendeinen Hinweis auf diesen Liebhaber?«

Ich schüttele den Kopf. »Sie haben keinen Hinweis auf gar nichts.«

»Aber sie sind nach wie vor überzeugt, dass Lisa von ihrem Liebhaber getötet wurde?«

»Immerhin hat er die Vergewaltigungszeichnung geschickt.«

Vera blinzelt irritiert. »Er hat ihre Vergewaltigung gezeichnet?«

»Ja, ich habe dir davon erzählt, Alma hat sie gefunden.«

»Du sagtest, es sei ein Drohbrief gewesen.«

Zu spät fällt mir ein, dass die Polizei uns gebeten hat, niemandem von der genauen Art der Drohung zu erzählen, weil das Täterwissen sei. »Es war eine Zeichnung.«

»Das wusste ich nicht.« Vera starrt nachdenklich an mir vorbei in den Garten. »Kannst du die Zeichnung näher beschreiben?«

Ich habe in den letzten Tagen versucht, die Erinnerung an die Zeichnung aus meinem Gedächtnis zu tilgen, doch leider hat sie sich regelrecht hineingebrannt. »Es war eine Bleistiftzeichnung mit vielen dunklen Schraffuren, dunklen Schatten. Alles extrem übertrieben, eher wie in einem Horrorcomic als in einer naturgetreuen Skizze. Alles klar?«

Vera hat spontan eine Hand auf ihr Herz gelegt, als hätte sie einen Infarkt. »Ich glaube, ich weiß, wer das gezeichnet hat.«

8

Pia durfte Astrid Wenk in den Drosselweg begleiten. Als sie bei Nummer vierzehn klingelte, wurde die Tür von Lutz Weller geöffnet, den sie bereits kannte. Sie hatte ihn aufgesucht, als sie Tim Bader-Menzels Liste mit den Bekannten seiner Frau durchgegangen war. Lutz Weller hatte dabei aus mehreren Gründen Pias besonderes Interesse geweckt. Er war im letzten halben Jahr neu in Lisa Baders Leben getreten, er war alleinstehend, attraktiv und hatte sich mit verdächtig großem Eifer der Suche nach ihr verschrieben, obwohl er zuvor kein enger Freund der Baders gewesen war. All das hatte ihn als geeigneten Kandidaten für die Rolle von Lisa Baders Liebhaber erscheinen lassen, doch die Überprüfung des Mannes hatte den Verdacht nicht bestärkt. Zum einen hatte Weller keine Verbindung zum Bürgermeisterquartier, zum anderen besaß er für einen großen Teil des Tages, an dem Lisa Bader verschwunden war, ein Alibi.

Lutz Weller hatte offenkundig gute Laune, die ihm auch nicht verging, als er seine Besucherinnen erkannte. »Frau Meyer, was kann ich für Sie tun? Kommen Sie durch.« Er winkte die Kriminalbeamtinnen in sein Wohnzimmer und bat sie, Platz zu nehmen. »Kann ich Ihnen bei der Schwüle etwas zu trinken anbieten?«

»Nein, danke.« Astrid Wenk setzte sich auf eins der zwei Ledersofas, die einen Großteil der minimalistischen Einrichtung bildeten, und sah durch die offene Terrassentür hinaus in den Garten. »Ist einer der beiden Ihr Sohn?«

Auch Pia hatte die Teenager bemerkt, die sich auf dem Rasen unterhielten. Der eine war ein ausgesprochen hübscher Blondschopf mit einer Figur, an der er garantiert im Fitnessstudio eitel arbeitete. Er lehnte lässig an der Ummauerung des Grills. Was er an Selbstbewusstsein zu viel ausstrahlte, fehlte dem anderen Teenager. Dieser trug schwarze Klamotten, und seine Haltung ähnelte der einer Lakritzstange, die zu lange in der Sonne gelegen hatte. Pia hatte keine Schwierigkeiten, Jonas Weller zu identifizieren. Bevor sie in den Drosselweg gefahren waren, hatten sie mit Andrea Schmied gesprochen. Das Mädchen hatte Jonas Weller als Loser beschrieben, der es bei jeder versuchte, aber keine abbekam.

Bei der Erwähnung seines Sohnes verdüsterte sich Wellers Miene. »Ja, mit Gabriel, Vera Thiemes Sohn. Ich wünschte, Jonas würde sich von Gabriel eine Scheibe abschneiden.«

»In welcher Hinsicht?«

»Zum Beispiel in Sachen Sport und Körperpflege. Jonas scheint zu denken, dass es ein Kapitalverbrechen ist, seine Schultern zurückzunehmen und regelmäßig zum Friseur zu gehen.« Weller schüttelte den Kopf. »Ich frage mich manchmal, was ich mit dem Jungen machen soll. Als er vor zwei Monaten zu mir zog, hoffte ich, wir könnten uns wieder annähern, vielleicht einige Dinge zusammen unternehmen, aber er verkriecht sich fast den ganzen Tag hinter seinem Computer. Er kommt nur zum Essen herunter – oder um zu jammern, dass er keine Freundin hat. Aber wie sollen die Mädchen ihn finden, wenn er nur in seinem Zimmer hockt?« Er setzte sich den Kriminalbeamtinnen gegenüber. »Aber Sie sind wohl kaum gekommen, um über meinen Sohn zu sprechen. Worum geht's?«

»Wir haben eine Nachfrage zu Ihrer letzten Aussage«, entgegnete Pia. Astrid Wenk hatte sie auf der Herfahrt aufgefordert, die Befragung zu übernehmen. Pia wusste nicht, ob es ein Test oder ein Zeichen der Wertschätzung war, aber sie war entschlossen, die Leiterin der Mordkommission zu beeindrucken. »Sie haben mir erzählt, dass Sie am Tag, an dem Lisa Bader verschwand, Golf gespielt haben. Sie hatten für elf Uhr dreißig eine Startzeit gebucht und blieben dann bis circa sechzehn Uhr dreißig auf dem Gelände des Golfplatzes.«

Weller nickte. »Das ist richtig. Wenn Sie mir nicht glauben, können Sie gerne meinen Golfpartner fragen.«

»Das habe ich getan. Er hat Ihre Aussage bestätigt – genau wie das Personal des Golfclubs. Heute möchte ich wissen, wie Sie zum Golfplatz gekommen sind.«

»Na, wie schon? Mit meinem Wagen.«

»Das wäre dann ein Mercedes-E-Klasse-Cabriolet, Kennzeichen LW 216?«

Weller lehnte sich zurück und streckte einen Arm auf der Rückenlehne des Sofas aus. »Ganz richtig.«

»Und haben Sie diesen Wagen an dem Tag bereits zuvor schon einmal benutzt?«

»Bevor ich zum Golfplatz gefahren bin?« Weller schüttelte den Kopf. »Und wenn ich es gewollt hätte, dann wäre er nicht da gewesen, weil mein Sohn ihn genommen hatte. Heimlich. Wir hatten einen Riesenkrach deswegen, als er nach Hause kam.« Er runzelte die Stirn. »Aber wieso interessieren Sie sich dafür?«

»Können Sie genau sagen, wann Ihr Sohn mit Ihrem Wagen nach Hause gekommen ist?«

Weller überlegte. »Um zehn nach elf. Ich hatte eigentlich um elf losfahren wollen, als ich entdeckte, dass der Wagen nicht da war. Ich war stinksauer – zumal es nicht das erste Mal war.«

»Wissen Sie, was Ihr Sohn gemacht hat, als er wieder zu Hause war?«

»Nein, ich war schließlich auf dem Golfplatz. Verraten Sie mir endlich, warum Sie das wissen wollen?«

Jetzt ging Pia auf die Frage ein. »Gerne, allerdings betrifft die Angelegenheit auch Jonas. Vielleicht könnten Sie ihn hereinholen?«

In Pias Augen hatte Lutz Weller bisher sehr gelassen auf die Fragen nach seinem Sohn reagiert, doch jetzt meldeten sich seine Vaterinstinkte.

»Warum wollen Sie mit Jonas sprechen?«, fragte er misstrauisch.

»Um einen gewissen Sachverhalt aufzuklären.«

»Jonas weiß nichts über Lisas Tod.«

»Wir müssen dennoch mit ihm sprechen. Wenn Sie ihn allerdings nicht hereinbitten wollen, können wir ihn auch mit ins Präsidium nehmen. Er ist volljährig, nicht wahr?«

Der Hinweis wirkte. Nach einem kurzen Zögern erhob sich Lutz Weller und ging hinaus. Durch die offene Terrassentür sah Pia, wie er mit seinem Sohn sprach, der unwirsch reagierte. Erst als sein Freund über den Rasen davonging, folgte Jonas seinem Vater schlurfend ins Haus.

Während Lutz Weller die Kriminalbeamtinnen vorstellte, ließ Jonas sich auf die Couch fallen und rutschte sofort so weit hinunter, dass sein Kopf die Rückenlehne nicht mehr überragte. Pia war nicht sicher, ob das eine schlechte Angewohnheit war oder ob Jonas damit Geringschätzung für die Polizistinnen zum Ausdruck bringen wollte, was ihm nicht gelang. Der junge Mann, der jünger als achtzehn wirkte, fühlte sich ganz offensichtlich nicht wohl in seiner Haut. Sein Blick huschte unstet an seinem zu langen Pony vorbei von einer Ecke des Raumes in die andere, und während Pia ihn schweigend musterte, wurde er immer nervöser.

»Was'n so wichtig?«, nuschelte er schließlich.

Jetzt reagierte Pia. Sie bedankte sich höflich für Jonas' Kommen und siezte ihn, was ihn sichtlich irritierte. Als sie Lisa Bader erwähnte, wehrte Jonas sofort ab.

»Ich weiß nichts über sie, ich kannte sie gar nicht«, behauptete er.

»Nicht einmal vom Sehen?«

Jonas zögerte, als wittere er hinter der Frage eine Falle. »Doch, natürlich habe ich sie mal auf der Straße oder so getroffen, aber mehr nicht. Ich habe nie mehr zu ihr gesagt als Hallo oder so.«

»Und wann und wo haben Sie sie zuletzt gesehen?«

Wieder zögerte Jonas. »Keine Ahnung. Irgendwann im Garten wahrscheinlich.« Er machte eine ruckartige Kopfbewegung, um seinen Pony aus seinem Gesicht zu schleudern. »Was soll der

Scheiß eigentlich? Die Frau geht mich nichts an, ich habe keine Ahnung, was mit ihr passiert ist.«

»Sind Sie da sicher? Immerhin sind Sie einer der Letzten, der sie lebend gesehen hat.«

»Hä?«

»Am Samstagmorgen, als Frau Bader verschwand, auf dem Moosbacher Marktplatz.«

Bei Pias Worten drehte Lutz Weller ruckartig den Kopf in Richtung seines Sohnes, doch der blinzelte bloß hinter dem Vorhang aus Haaren. »Das stimmt nicht. Ich habe sie nicht gesehen – und ich war an dem Tag überhaupt nicht in Moosbach«, schob er hinterher.

»O doch, das waren Sie. Mehrere Schülerinnen des Moosbacher Gymnasiums haben Sie gesehen. Sie sind mit dem Cabrio Ihres Vaters um den Marktplatz gefahren und haben versucht, Mädchen aufzureißen, indem Sie ihnen anboten, sie mit dem Wagen nach Neustadt zu bringen. Allerdings wollte keine mitfahren.«

Pia musterte Jonas, dessen pickliges Gesicht tiefrot anlief. Er griff sich in den Schritt und fing an, sich zu kratzen. »Das geht Sie nichts an«, zischte er schließlich. »Außerdem ist das ein freies Land, da darf ich rumfahren, wo ich will.«

»Nur, solange Sie dabei niemanden belästigen«, entgegnete Pia. »Allerdings interessieren mich Ihre Aufreißversuche weniger als die Frage, warum Sie nicht die Wahrheit gesagt haben. Warum haben Sie uns und Ihrem Vater, der die Suche nach Frau Bader unterstützt hat, verschwiegen, dass sie dort war?«

»Aber das habe ich nicht.« Jonas' Stimme wurde schrill, sein Adamsapfel bewegte sich heftig. »Ich habe sie nicht gesehen.«

»Sie saß nur wenige Meter von Ihnen entfernt auf einer Bank an der Bushaltestelle.«

Jonas' Adamsapfel hüpfte auf und ab. »Aber ich habe sie nicht gesehen, echt nicht. Ich meine, ich war wegen der Mädchen da. Ich wusste, dass sie samstags immer mit dem Bus zum Shoppen fahren. Ich dachte, mit dem Cabrio hätte ich bessere Chancen, aber keine wollte … Nie will eine …«

Das Letzte kreischte er regelrecht, dann sackte er noch weiter in sich zusammen. Ein Häufchen Elend, das Pia fast leidtat – zumal sie den Eindruck hatte, dass Jonas aufrichtig war. Sie hielt es für möglich und plausibel, dass er bei seiner Fixierung auf die Schülerinnen Lisa Bader – eine aus seiner Sicht ältere Frau, die sich noch dazu mit Kappe und Sonnenbrille getarnt hatte – nicht bemerkt hatte. Dennoch war Pia überzeugt, dass der Junge etwas verheimlichte. Woher sonst die Nervosität?

Die Antwort erhielt sie überraschenderweise in Gestalt von Mara Bader, die in diesem Moment in der offenen Terrassentür erschien. Sie wirkte erhitzt und erregt. Sie ignorierte die Kriminalbeamtinnen und wandte sich direkt an Lutz Weller.

»Wo ist Jonas?«, fragte sie barsch.

Der Hausherr blickte auf. »Hallo, Mara. Du willst zu Jonas? Ich fürchte, jetzt ist gerade kein guter Moment. Vielleicht …«

Mara Bader unterbrach ihn. »Wo ist der kleine Perverse?« Dann trat sie in den Raum, bemerkte den Gesuchten, der auf dem Sofa noch tiefer gerutscht war, – und dann ging alles sehr schnell.

Ohne ein Wort der Vorwarnung stürzte Mara Bader sich auf Jonas und prügelte auf ihn ein. Pia sprang sofort auf, doch als sie versuchte, Mara Bader von ihrem Opfer wegzuziehen, drehte die sich um und fauchte: »Das perverse kleine Arschloch hat Lisa die Vergewaltigungszeichnung geschickt.«

Sie riss sich los, um wieder auf ihr Opfer einzudreschen, und für einige Augenblicke ließ Pia – perplex ob des Gehörten – sie gewähren. Dann packte sie wieder zu, Astrid Wenk kam ihr zu Hilfe, und zu zweit schafften sie es schließlich, Mara Bader vom Sofa wegzuziehen und ihr, da sie nicht bereit war, sich zu beruhigen, Handschellen anzulegen.

Während Pia auf die gefesselte Frau aufpasste, beugte Astrid Wenk sich über Jonas, der auf dem Rücken auf der Couch lag wie ein hilfloser Käfer. Er hatte gar nicht versucht, sich gegen

Mara Bader zu wehren, und jetzt starrte er mit vor Panik weit aufgerissenen Augen zu Astrid Wenk hoch.

»Ist das wahr?«, fragte die Hauptkommissarin. »Haben Sie eine Zeichnung angefertigt, auf der Dr. Elisabeth Bader vergewaltigt wird?«

Jonas' Augen wurden noch größer, sein Blick huschte nervös hin und her. Er öffnete den Mund, brachte jedoch nichts heraus.

»Fragen Sie Lutz!«, verlangte Mara Bader. Sie zerrte noch immer an ihren Handschellen. »Er macht sich Sorgen, weil Jonas nur Sex im Kopf hat und ständig Vergewaltigungsszenen zeichnet. Er hat eine davon Vera gezeigt und sie um Rat gebeten.«

Wenk drehte sich zu Lutz Weller um. Der ehemalige Manager sagte kein Wort, doch sein entsetzter Blick sprach Bände.

Wenk beugte sich wieder über Jonas. »Sie haben zwei Möglichkeiten: Entweder, Sie beantworten hier und jetzt meine Fragen, oder wir nehmen Sie mit ins Präsidium …«

Weiter kam sie nicht, denn Jonas begann zu kreischen. »Ich war das nicht. Ich wollte das gar nicht. Ich habe es für Gabriel gezeichnet. Er hat Dr. Bader gefickt.«

9

»Meine Schwester hat mit Gabriel geschlafen?« Mara Bader hatte aufgehört, an den Handschellen zu zerren. Starr vor Verblüffung stand sie neben Pia.

Jonas Weller warf ihr aus seiner liegenden Haltung einen nervösen Blick zu, als fürchtete er, sie könne jederzeit wieder auf ihn einschlagen. Dann rappelte er sich hoch und nickte.

»Wer ist Gabriel?«, fragte Astrid Wenk. »Der Junge, mit dem Sie vorhin im Garten waren? Wie alt ist er?«

»Siebzehn.« Die Antwort kam von Lutz Weller, der ebenfalls wie vom Donner gerührt schien. Er musterte seinen Sohn. »Ist das wahr?«

Jonas nickte erneut.

Wenk überlegte einen Augenblick. »Okay, Jonas, Sie werden mir jetzt alles haarklein erzählen. Die anderen halten die Klappe. Meyer, nehmen Sie Frau Bader die Handschellen ab. Frau Bader, ein Mucks, und Sie fliegen raus.«

Wenk setzte sich, und alle anderen taten es ihr gleich. Es war eine ungewöhnliche Vernehmungssituation, doch Pia ahnte, warum die Hauptkommissarin sich dafür entschieden hatte. Mara Bader hätte sich vermutlich geweigert, zu gehen, ebenso Lutz Weller, dem sie zudem den Zugang zum eigenen Wohnzimmer nicht verwehren konnten. Hätte Astrid Wenk Jonas allein vernehmen wollen, hätte sie ihn mit ins Präsidium nehmen müssen, und so das Momentum zerstört.

»Okay, Jonas«, begann die Hauptkommissarin, »als Erstes will ich hören, woher Sie wissen, dass Frau Bader mit Gabriel geschlafen hat. Und eine kleine Warnung vorab: Sollten Sie mich anlügen, dann werde ich den Problemen, die Sie ohnehin schon haben, noch einige hinzufügen.«

Die Drohung wirkte. Jonas rutschte nervös auf der Couch hin und her. »Es ist nicht gelogen, Gabriel hat es mir selbst erzählt.«

»Wann?«

Jonas überlegte, wobei er an seinen Pickeln herumfummelte. »Im Juni.«

»Was hat er genau gesagt?«

»Dass er es geschafft hat, dass es megaeasy war. Klar, für ihn ist es das. Die Chicks werden schon feucht, wenn sie Gabriel nur sehen.«

Bei den letzten Worten erfüllte bitterer Neid Jonas' Stimme, doch Astrid Wenk ging darauf nicht ein.

»Was bedeutet, dass er es geschafft hat? Hatte Gabriel vorher angekündigt, er würde es bei Frau Bader versuchen?«

»Es war so 'ne Art Wette.«

»Wie kam es dazu?«

Astrid Wenk benötigte eine Viertelstunde, um die Geschichte zusammenzusetzen, weil sie Jonas die Fakten zu der Affäre zwischen Lisa Bader und Gabriel Thieme einzeln aus der Nase ziehen musste. Demnach war Jonas Anfang Mai für ein Wochenende bei seinem Vater zu Besuch gewesen, der ihm sein Cabrio geliehen hatte. Während Jonas noch überlegte, wohin er fahren sollte – es war Samstagabend, doch er hatte keine Freunde in Neustadt –, traf er Gabriel, den er bis dahin nur vom Sehen kannte, aber heiß beneidete, weil Gabriel cool und offenbar »ein Alpha Male« war, dem die Mädchen in Scharen nachrannten. Gabriel wollte sich mit einigen Kumpels zum Feiern an der Auerbachbrücke treffen, doch sein Fahrrad hatte einen Platten, deshalb bat er Jonas, ihn hinzubringen. Zur Belohnung durfte Jonas auf der Party bleiben, wo Gabriel mit seinen Eroberungen prahlte. Die meisten Jungs – allen voran Jonas – hingen an seinen Lippen, doch einer – der in Jonas' Worten »einfach nur neidisch« war – machte eine abfällige Bemerkung, dass Gabriel sich extra immer nur Jüngere suche, weil er wüsste, dass er nie bei einer richtigen Klassefrau landen könnte. Es kam zu einem Wortgefecht, und schließlich nahm Gabriel die

Herausforderung an und fragte, wen er flachlegen solle. Nach einigem Hin und Her schlug der andere »die scharfe Nachbarin« vor, die er einmal gesehen hatte, als er bei Gabriel zu Besuch war.

Nach der Party fuhr Jonas Gabriel nach Hause. Anschließend trafen sie einander nicht wieder, bis Jonas im Juni zu seinem Vater zog. Ab dem Zeitpunkt klingelte Gabriel gelegentlich bei Jonas, wenn er jemanden brauchte, der ihn chauffierte. Einige Wochen nach der Feier an der Auerbachbrücke trafen sich die Jugendlichen dort wieder. Als einer der anderen Jungs fragte, ob Gabriel mit Lisa Bader geschlafen habe, grinste der vielsagend und antwortete: »Ein Gentleman genießt und schweigt.«

Nach der Art und Weise zu urteilen, in der Jonas Weller davon erzählte, fand er die Plattitüde offenbar unglaublich stilvoll, doch Astrid Wenk sah das anders.

»Das ist alles?«, fragte sie skeptisch. »Woher wollen Sie wissen, dass es stimmt? Hat Gabriel irgendwelche Details erzählt?«

Jonas lief knallrot an. »Äh … Nur, dass … Na ja … Äh … Dass sie geil war, weil sie so viel Erfahrung hatte«, nuschelte er schließlich.

»Ich meinte keine Details zum Geschlechtsakt, sondern zum Drumherum. In welcher Situation ist es Gabriel gelungen, Frau Bader herumzukriegen? Wo hat er mit ihr geschlafen? Nur einmal oder öfter?«

»Ach so.« Jonas schien gleichzeitig enttäuscht und erleichtert, dass sich das Gespräch von den sexuellen Details wegbewegte. »Wie er sie rumgekriegt hat, hat er nicht gesagt, und auch nicht, wo, aber bestimmt in der Wohnung von seinem Vater. Dort macht Gabriel es immer, wenn sein Alter nicht da ist. Und es war bestimmt öfter. Frau Bader war so scharf auf Gabriel, dass sie sich sogar für ihn die Haare abgeschnitten hat, weil er auf kurz steht.« Seine Schultern sackten herab. »Für mich würde nie eine das tun.«

Wieder quoll Neid aus seiner Stimme, doch weder Wenk noch Pia schenkten dem Beachtung. Pia hatte der Erzählung bisher in skeptischem Schweigen zugehört, doch jetzt beugte sie sich vor.

»Meinen Sie die Wohnung von Wolfgang Thieme im Dekan-Huber-Weg acht im Bürgermeisterquartier?«

Jonas schielte zu ihr hinüber. »Keine Ahnung, ich weiß nicht, wo sie ist. Gabriel nimmt nur Mädchen mit hin.«

Er zerquetschte einen Pickel an seinem Kinn, während Pia und Wenk einen Blick tauschten. Pia war sicher, dass sie beide dasselbe dachten. Alles, was Jonas bis zu diesem Punkt über die angebliche Affäre zwischen Gabriel Thieme und Lisa Bader erzählt hatte, konnte man als Prahlerei eines Siebzehnjährigen abtun, der sich eine Affäre mit einer älteren Frau ausgedacht hatte, um bei seinen Freunden aufzutrumpfen. Doch der Hinweis auf die Wohnung von Gabriels Vater war von anderem Kaliber. War das des Rätsels Lösung? War Lisa Bader regelmäßig im Bürgermeisterquartier gewesen, um sich mit Gabriel in der Wohnung von dessen Vater zu treffen? Und war Lisa Bader auch am Tag ihres Verschwindens dort gewesen? Immerhin war Wolfgang Thieme an dem Wochenende in Florenz gewesen.

Astrid Wenk wandte sich wieder an Jonas. »Hat Gabriel Ihnen sonst noch irgendetwas über Frau Bader erzählt?«

Jonas ließ von seinem Pickel ab. »Nichts.«

»Dann reden wir über die Zeichnung. Sie haben bereits zugegeben, eine Zeichnung angefertigt zu haben, auf der Frau Bader vergewaltigt wird. War es diese?«

Wenk holte ihr Tablet aus ihrer Aktentasche und zeigte Jonas ein Foto. Der Junge warf nur einen kurzen Blick darauf, dann wandte er den Kopf ab und nickte. »Aber es war Gabriels Idee. Er wollte das.«

»Und wie kam es dazu?«

Jonas' Blick flackerte nervös, und er griff sich erneut in den Schritt. »Er hat einfach gefragt.«

»Ach ja?«, fragte Wenk scharf. »Passiert das öfters, dass andre Jungs Sie bitten, Vergewaltigungen zu zeichnen? Und nehmen Sie gefälligst Ihre Hand aus Ihrem Schoß!«

Jonas wurde knallrot und zog seine Hand zurück. »Gabriel

wusste, dass ich zeichnen kann«, stieß er hervor. »Ich hatte ihm mal ein Bild gezeigt.«

»Was für ein Bild?«

»Ich weiß nicht mehr.« Bei der Antwort rutschte Jonas heftig hin und her. Wenk wartete einfach ab, und schließlich gab er es zu. »Es war eine Zeichnung von so einer Schlampe beim REWE. Sie hat mich abblitzen lassen, also habe ich mir vorgestellt, wie ein anderer … Aber das ist ja wohl nicht verboten. Ich kann zeichnen, was ich will.«

»Hat Gabriel eine Begründung gegeben, warum er eine solche Zeichnung wollte?«

»Nein.«

»Vielleicht weil Frau Bader die Affäre beendet hatte?«

Jonas lachte höhnisch. »Bestimmt nicht. Die Chicks beenden das mit Gabriel nie.«

Er behielt diesen naiven Standpunkt auch bei, als Astrid Wenk weitere Fragen stellte. Schließlich sagte sie: »Kommen wir noch einmal auf die Zeichnung zurück. Haben Sie Gabriel das Original gegeben oder eine Kopie?«

»Das Original, aber …«

»Aber was?«

»Ich habe eine Kopie gemacht.«

»Zeigen Sie sie mir!«

Jonas schüttelte den Kopf. »Ich habe sie weggeworfen, als mein Vater mir erzählt hat, dass Frau Bader vermisst wird und dass ihr Mann die Polizei gerufen hat.«

»Wohin haben Sie sie getan?«

Jonas zögerte, doch dann gab er es zu. »In die Papiertonne der Baders. Ich hatte Angst, wenn mein Vater etwas wegwirft, könnte er die Zeichnung finden. Ich habe auch bei den Baders noch anderes Papier daraufgelegt.«

10

»Also, Gabriel, wie du weißt, haben wir einige Fragen an dich, zu Dr. Elisabeth Bader. Doch zunächst einmal möchte ich dir danken, dass du zugestimmt hast, mit uns zu sprechen und das Gespräch auf Video aufzeichnen zu lassen. Ich möchte noch einmal betonen, dass du das Recht hast, jederzeit diese Befragung zu beenden oder auch einen Anwalt hinzuzuziehen.«

Sie saßen zu viert im Vernehmungsraum eins des Präsidiums, Pia, Astrid Wenk, Gabriel Thieme und dessen Mutter. Seit der Vernehmung von Jonas Weller waren zwei Stunden vergangen, die die Hauptkommissarin genutzt hatte, um zwei Dinge zu tun. Als Erstes hatte sie eine Durchsuchung des Hauses im Drosselweg vierzehn veranlasst, insbesondere eine genaue Überprüfung von Jonas Wellers Zimmer. Nachdem der junge Mann zugegeben hatte, die Zeichnung von Lisa Baders Vergewaltigung angefertigt zu haben, hatte der Staatsanwalt nicht gezögert, einen Durchsuchungsbeschluss zu beantragen, und die zuständige Richterin hatte ihn prompt genehmigt.

Danach hatten Wenk und Pia Gabriel Thieme ins Präsidium geschafft. Sie hatten den Siebzehnjährigen in seinem Elternhaus angetroffen. Wenk hatte ihm und seiner Mutter erklärt, dass sie ihn gerne zu Lisa Bader befragen würde, ohne jedoch Details zu nennen. Wenig überraschend hatte Vera Thieme darauf bestanden, an der Vernehmung teilzunehmen – was ihr gutes Recht war, da ihr Sohn noch nicht volljährig war. Allerdings schien die Befragung sie nicht sonderlich zu beunruhigen.

»Das hatten wir doch schon«, bemerkte sie nach Wenks Einleitung. »Vielleicht stellen Sie einfach Ihre Fragen?«

Gabriel wirkte ebenfalls nicht im Geringsten eingeschüchtert. Er saß lässig auf seinem Stuhl zurückgelehnt, der rechte Fuß wippte auf dem linken Knie. »Das mit der Kamera finde ich super. Vielleicht können Sie das Video online stellen, mal sehen, wie viele Likes ich bekomme.«

Er lächelte Wenk an. Es war ein freches und – wie selbst Pia zugeben musste – charmantes Lächeln. Aus der Nähe war Gabriel noch hübscher als aus der Ferne. Er hatte meergrüne Augen, die in der Überzeugung blitzten, dass die ganze Welt ihn liebte. Dazu ein ebenmäßiges, pickelfreies Gesicht, strahlend weiße Zähne und eine Figur, die er garantiert gern am Ausee in Badehose präsentierte. Pia glaubte sofort, dass Jonas Weller in einem Punkt recht hatte: Die Mädchen rannten Gabriel bestimmt in Scharen nach. Die Frage war: Taten es auch erwachsene Frauen? Hatte Lisa Bader es getan?

Astrid Wenk ging auf Gabriels leichten Tonfall ein. »Gegen ein paar Likes hätte ich nichts, aber vielleicht warten wir ab, wie sich unser Gespräch entwickelt. Meine erste Frage lautet: Wie gut kanntest du Frau Bader?«

Gabriel war wesentlich eloquenter als Jonas. Er überlegte nur kurz, bevor er antwortete. »Ziemlich gut vermutlich«, erklärte er offen. »Zumindest besser als die meisten anderen Nachbarinnen in unserer Straße, weil sie direkt neben uns wohnte. Ich habe sie oft getroffen. Manchmal im Garten, manchmal auch bei uns zu Hause. Sie war eine gute Freundin meiner Mutter.«

»Mochtest du sie?«

»Klar, Lisa war in Ordnung. Ein bisschen streng. Als ich vierzehn war, hat sie mich mal in der Stadt beim Schwänzen erwischt und sofort verpfiffen.« Er grinste seine Mutter an, die neben ihm die Stirn runzelte. »Aber ich habe es ihr nicht nachgetragen«, fügte er großzügig hinzu. »Außerdem hat Lisa mir mal den Arsch«, er warf einen schnellen Blick in die Runde und korrigierte sich, »den Hintern gerettet. Sie hat mit mir Chemie gepaukt, als ich auf 'nem Fünfer stand. Meine Mutter hatte sie darum gebeten, weil bei uns die Fetzen fliegen, wenn sie mir selbst was erklärt.«

»Wann war das?«

»Vor einem Jahr, um Ostern rum.«

»Und hast du seitdem noch andere Dinge mit Frau Bader unternommen?«

Gabriel kräuselte seine hübsche Stirn. »Was meinen Sie? Wanderungen mit der Familie oder so? Das haben wir früher gemacht, als wir noch klein waren, aber schon ewig nicht mehr.«

»Ich meinte, ob du allein mit Frau Bader Dinge unternommen hast«, erklärte Wenk. »Nur zu zweit.«

»Nee, natürlich nicht.« Gabriel schnitt eine Grimasse, als fände er die Frage absurd.

Auch seine Mutter schien die Frage eigenartig zu finden. »Worauf wollen Sie hinaus? Ich dachte, es ginge um Lisas Liebhaber. Ich dachte, Sie würden von Gabriel wissen wollen, ob er Lisa jemals mit einem anderen Mann als Tim zusammen gesehen hat oder etwas in der Art.«

»Es geht in der Tat um Frau Baders Liebhaber. Uns liegt eine Aussage vor, nach der Gabriel dieser Liebhaber war.«

»Bitte?«

Wenk wiederholte ihren letzten Satz.

Vera Thieme lachte auf. »Das ist absurd.« Sie sah amüsiert von Wenk zu Pia und zurück, doch als die Kriminalbeamtinnen keine Miene verzogen, runzelte sie die Stirn. »Wer behauptet das?«

»Jonas Weller«, antworte Wenk. »Er hat uns erzählt, dass Gabriel sich ihm anvertraut habe, dass er eine Liebesbeziehung oder zumindest eine Beziehung sexueller Natur zu Frau Bader unterhielt.«

»Das ist doch Schwachsinn. Spinnt Jonas jetzt völlig?« Vera Thieme wandte sich an ihren Sohn. »Gabriel, würdest du bitte Frau Wenk erklären, dass das Unsinn ist?«

Gabriel war knallrot geworden. Er öffnete den Mund, benötigte allerdings zwei Anläufe, um etwas hervorzustoßen. »Das ist nicht wahr.«

»Was ist nicht wahr?«, fragte Astrid Wenk.

»Was Jonas behauptet. Ich hatte nichts mit Lisa.«

»Heißt das, du hast nicht mit ihr geschlafen?«

Gabriels Fuß rutschte von seinem Knie. »Natürlich nicht.«

»Kein einziges Mal?«

»Nein!«

»Wieso hast du es dann Jonas erzählt?«

»Das habe ich nicht.« Gabriel beugte sich eifrig vor. »Jonas spinnt, er redet ständig nur über Sex, er glaubt, dass alle es ständig tun. Er ist voll der Wichser.« Er stützte seine Ellbogen auf den Tisch und sah die Polizistinnen beschwörend an.

Wenk erwiderte den Blick mit unbewegter Miene. »Jonas hat ausgesagt, dass du mit einem anderen Jungen eine Wette abgeschlossen hast, dass du jede Frau flachlegen könntest, auch Dr. Bader.«

»Das ist gelogen, das habe ich nie gesagt.«

»Auch nicht auf einer Party an der Auerbachbrücke im Mai? Jonas hat dich dorthin gefahren, weil du einen Platten an deinem Fahrrad hattest.«

»Nein!«

»Das heißt, wenn wir den anderen Jungen befragen, wird er sagen, dass es die Wette nicht gab?«

Wenk musterte Gabriel, der dem Blick auswich. Er biss sich auf die Lippe.

»Okay, okay«, gab er schließlich zu, »ich habe so was in der Art gesagt, aber das war nicht ernst gemeint.« Er drehte sich zu seiner Mutter um. »Lasse hatte mich wieder mal total genervt, da habe ich etwas übertrieben.«

Vera Thieme musterte ihren Sohn einen Moment lang, bevor sie sich an die Hauptkommissarin wandte. »Sind wir ernsthaft deswegen hier? Weil Gabriel irgendwann eine typische saublöde Teenagerbemerkung gemacht hat?«

»Nicht nur. Jonas Weller hat ebenfalls ausgesagt, dass bei einer späteren Party an der Auerbachbrücke das Thema erneut zur Sprache gekommen sei. Ein Junge habe gefragt, ob Gabriel mit Dr. Bader geschlafen habe, woraufhin Gabriel das bestätigt habe.

Wir haben den Jungen noch nicht gefragt, aber …« Wenk brach ab, als Gabriel ihr ins Wort fiel.

»Okay, okay«, sagte er, »es stimmt, ich habe das behauptet. Aber das war nur ein Spaß. Keiner von den Jungs hat das geglaubt.«

»Jonas schon.«

Gabriel zuckte mit den Achseln. »Weil er ein Weirdo ist. Er wichst sich den ganzen Tag einen runter, weil keine ihn ranlässt.« Seine Stimme war voller Verachtung.

»Er hat erzählt, du hättest die Affäre später unter vier Augen noch mehrmals bestätigt und behauptet, Dr. Bader hätte sich auf deinen Wunsch hin einen Kurzhaarschnitt zugelegt.«

»Wie gesagt, Jonas spinnt.« Gabriel lehnte sich auf seinem Stuhl zurück. Er wirkte wieder entspannter, schenkte Wenk sogar ein verschwörerisches Lächeln.

Die Hauptkommissarin schlug die Pappmappe auf, die sie mit in den Vernehmungsraum genommen hatte, entnahm ihr eine Kopie der Vergewaltigungsskizze und schob sie über den Tisch in Gabriels Richtung. »Hast du das schon einmal gesehen?«

Gabriel warf nur einen Blick auf die Zeichnung und sah erschreckt wieder weg. »Nein. Nie.«

»Was ist das?« Seine Mutter zog das DIN-A4-Blatt zu sich heran, ließ es jedoch angewidert wieder los. »O mein Gott, ist das die Zeichnung, die Lisa geschickt wurde?«

»Es ist die Zeichnung, die Alma in der Papiertonne fand«, berichtigte Wenk.

Vera Thieme schluckte. »Aber das hat mit Gabriel nichts zu tun. Ich bin sicher, Jonas hat das gemalt. Sein Vater sagt, er zeichne ständig solche Sachen.«

Wenk nickte. »Jonas hat bereits zugegeben, die Zeichnung angefertigt zu haben – auf Gabriels Wunsch hin.«

»Bitte?«

Vera Thiemes Augen weiteten sich vor Entsetzen, doch bevor sie etwas hinzufügen konnte, sagte ihr Sohn schnell: »Das ist gelogen. Ich habe Jonas nie gesagt, dass er so was zeichnen soll.«

»Hast du ihn je gebeten, etwas anderes zu zeichnen?«, fragte Wenk.

»Nein!«

»Hast du dir je eine Zeichnung von ihm schenken lassen?«

»Nein!«

»Das heißt, wenn wir im Anschluss an dieses Gespräch bei dir zu Hause dein Zimmer durchsuchen, dann werden wir dort nicht das Original dieser Zeichnung finden?« Astrid Wenk tippte auf die Kopie.

Mit einem scharfen Schrappen schob Gabriel seinen Stuhl vom Tisch weg. »Aber das dürfen Sie nicht.« Kreidebleich wandte er sich an seine Mutter. »Das dürfen die nicht, oder?«

Wenk ließ Vera Thieme nicht antworten. »Das dürfen wir sehr wohl. Wir benötigen dazu nur einen Durchsuchungsbeschluss, den uns aufgrund der Faktenlage jeder Richter nur zu gerne ausstellen wird. Also, Gabriel, wie wäre es, wenn du aufhörst, uns Lügen aufzutischen und stattdessen die Wahrheit über deine Beziehung zu Frau Bader sagst?«

Wenk sah Gabriel an, doch die Antwort kam von dessen Mutter. »Gabriel wird kein weiteres Wort sagen. Wir machen von unserem Recht Gebrauch, einen Anwalt hinzuzuziehen.«

Vera Thieme kannte keinen Strafverteidiger, da sie – wie sie aufgebracht erklärte – noch nie entsprechende Beratung nötig gehabt hätte. Der einzige Anwalt, mit dem sie je zu tun gehabt hatte, war ihr Scheidungsanwalt, daher rief sie diesen an, um sich von ihm eine Empfehlung geben zu lassen. Die Empfehlung war die Kanzlei Gerst und Gerst, und es dauerte nicht lange, bis Robert Gerst junior im Präsidium erschien. Während er sich bei ausgeschalteter Kamera im Vernehmungsraum mit seinem neuen Mandanten und dessen Mutter besprach, gingen Pia und Astrid Wenk auf Vorschlag der Hauptkommissarin in die Polizeikantine, um sich für die zweite Vernehmungsrunde zu stärken.

»Dann schießen Sie mal los«, sagte Astrid Wenk, kaum dass sie sich in einer ruhigen Ecke einen Tisch gesucht hatten. »Was glauben Sie? Ist Gabriel derjenige, den wir suchen?«

Sie stach mit ihrer Kuchengabel in ein Stück Käsetorte. Sie hatte sich zu ihrem Milchkaffee gleich zwei Stücke davon geben lassen – sehr zu Pias Überraschung, die die Leiterin der Mordkommission eher der Quinoariegel-plus-Kräutertee-Fraktion zugeordnet hätte.

»Was meinen Sie?«, fragte sie vorsichtig. Es war das erste Mal, dass ihre Chefin sie zu gemeinsamen Spekulationen einlud, und sie wollte sich nicht blamieren. »Ob Gabriel Lisa Baders Liebhaber war oder ihr Mörder?«

»Das eine oder das andere oder beides.«

»Sollten wir nicht abwarten, was Gabriel aussagt?«

Wenk zuckte ungeduldig mit den Achseln. »Falls er etwas sagt. Robert Gerst ist nicht bekannt dafür, dass er seine Mandanten zum Reden ermuntert, nicht einmal die Unschuldigen, und das ist Gabriel definitiv nicht. Er wollte, dass Jonas Weller Lisa Baders Vergewaltigung zeichnet. Unschuldige Jungs tun so etwas nicht.«

»Sie scheinen keinen Zweifel daran zu haben, dass es sich so abgespielt hat.«

»Habe ich nicht. Jonas Weller ist ein kleiner Scheißer, aber er hatte zu viel Angst, mich anzulügen. Die Frage ist also: Warum wollte Gabriel die Zeichnung haben? Die naheliegende Antwort: aus Rache. Er hatte eine Affäre mit Lisa Bader, und sie machte Schluss.« Wenk trank einen Schluck Milchkaffee. »Aber Sie glauben das nicht?«

»Es fällt mir schwer, mir Lisa Bader zusammen mit Gabriel vorzustellen«, gab Pia zu.

»Weil er erst siebzehn ist?«

»Weil er erst unreife siebzehn ist.« Pia überlegte einen Moment, um ihre Gedanken zu sortieren. »Ich würde nicht ausschließen, dass Lisa Bader sich für einen deutlich jüngeren Mann interessiert haben könnte«, sagte sie dann, »aber nur, wenn der sich halbwegs wie ein Erwachsener benommen hätte. Gabriel wirkt auf mich wie ein typischer Teenager, der sich nur für Partys und Trinkspiele und die nächste Gelegenheit, einen wegzustecken, interessiert. Der sich mächtig was auf seine sexuelle Erfahrung einbildet, obwohl sein Horizont vermutlich nach drei Stellungen endet. Nach allem, was wir über Lisa Bader gehört haben, hätte sie das nicht einmal attraktiv gefunden, als sie selbst siebzehn war – geschweige denn mit vierzig.«

»Oder sie fand genau das anziehend.« Wenk schwieg nachdenklich, während sie ihr zweites Stück Käsetorte in Angriff nahm. »Wissen Sie, was mir durch den Kopf ging, als ich Gabriel vorhin im Wellerschen Garten zum ersten Mal sah? Dass ich ihn gerne vernaschen würde.«

Pia wusste nicht, was sie auf dieses erotische Geständnis erwidern sollte.

»Und es war nicht das erste Mal, dass ich diesen Impuls bei einem hübschen Teenager hatte. Natürlich haben Sie recht, dass diese Jungs sich nur dafür interessieren, schnell einen wegzustecken, aber genau deswegen fände ich es spannend. Ich stelle es mir wahnsinnig befriedigend vor, diesen kleinen Angebern zu zeigen, was richtiger Sex bedeutet, dass Rein-Raus nicht alles ist.«

Wenk machte eine Pause, in der Pia sich betreten umsah, ob auch niemand zuhörte. Sie hatte selbst eine blühende erotische Phantasie und besprach deren Früchte gerne mit ihren Sexualpartnern, jedoch nicht mit einer ranghöheren Kollegin, die sich allein dadurch, dass sie diese Dinge aussprach, der Gefahr aussetzte, sich eine Abmahnung wegen sexueller Belästigung einzuhandeln.

»Allerdings würde ich diesem Bedürfnis nie nachgeben«, fuhr Wenk fort. »Ich hätte zu viel Angst, mich angreifbar zu machen, dass es rauskommen und meinem Ruf und meiner Karriere schaden würde. Ich bin zu sehr Kopfmensch, um das zu riskieren.«

»Aber war Lisa Bader das nicht auch?«

»Das ist die Frage.« Wenk schob ihren leeren Teller von sich. »Und bis gestern hätte ich die Frage bejaht, aber nach meinem

Gespräch mit Jutta Krenz und nach dem, was Caren heute Morgen sagte …« Wenk lehnte sich auf ihrem Stuhl zurück und sah Pia nachdenklich an. »Stellen Sie sich mal vor, wie das für Lisa Bader gewesen sein muss, wenn sie wirklich ihre Mutterschaft bereute. Sie hat zwei Kinder, die von ihr abhängig sind. Sie hasst die Aufgabe, sich um sie zu kümmern. Und dann blickt sie in die Zukunft und weiß, dass sie – so sehr sie es auch hasst – es dennoch weitere sechzehn Jahre durchziehen muss, mindestens. Sie hat keine Chance, daran etwas zu ändern. Sie kann die Kinder weder im Tierheim abgeben noch an Amazon zurückschicken. Ich kann mir gut vorstellen, dass sie in dieser Situation etwas Verrücktes getan hat.«

»Aber so verrückt?«, fragte Pia skeptisch. »Es ist eine Sache, eine Affäre zu haben, eine andere, den siebzehnjährigen Sohn der Nachbarin zu vögeln. Es wäre ein Tabubruch gewesen.«

Wenk zuckte mit den Achseln. »Vielleicht ging es ihr gerade darum. Oder vielleicht wollte sie erwischt werden. Es hätte zwar zu schweren Verwerfungen in ihrem Leben geführt, aber damit auch zu Veränderungen. Einen Augenblick.« Wenks Handy hatte geklingelt. Sie nahm das Gespräch an, lauschte und steckte das Handy wieder weg. »Das war Kretschmer von der Kriminaltechnik. Das Zimmer von Jonas Weller ist sauber. Kein Hinweis, dass der Junge etwas mit Lisa Baders Tod zu tun haben könnte, nur jede Menge weiterer Zeichnungen.«

»Lassen Sie mich raten – weitere Vergewaltigungen?«

»Nur wenige. Die meisten Zeichnungen sind ganz anderer Natur, sie zeigen einen jungen Mann – wohl Jonas selbst – als Objekt zärtlicher Aufmerksamkeit. Er wird von jungen Frauen und Mädchen angehimmelt, geküsst oder in den Arm genommen. Kretschmer meint, die Zeichnungen seien in ihrer Zartheit teilweise richtig gut. Eine Zeichnung allerdings war zerrissen, das Mädchen, das dort abgebildet war, wird auf einer anderen Zeichnung vergewaltigt.« Wenk leerte ihren Milchkaffee. »Ich denke, wir brauchen keinen Psychologen, um das zu deuten. Wir werden Jonas noch einmal befragen, aber ich gehe jede Wette ein, dass er in das Mädchen verknallt war. Dann hat er sie angemacht, sie hat ihn zurückgewiesen, und er hat die zärtliche Zeichnung durch eine andere ersetzt.«

Pia nickte. »Gibt es auch Zeichnungen von Jonas und Lisa Bader?«

»Nein, allerdings könnte er sie weggeworfen haben. Wir werden es auf jeden Fall überprüfen. Außerdem müssen wir herausfinden, wer das Mädchen auf der zerrissenen Zeichnung ist. Ob sie wohlauf ist oder ob Jonas ihr mehr angetan hat, als sie mit infantilen Anmachsprüchen zu belästigen.«

Astrid Wenk griff zu ihrem Handy, doch bevor sie eine Nummer wählen konnte, klingelte es erneut. Sie nahm das Gespräch an, lauschte und nickte, bevor sie sich an Pia wandte.

»Herr Gerst und sein Mandant wären dann bereit für Runde zwei.«

Entgegen Astrid Wenks Prophezeiung ließ Robert Gerst seinen Mandanten tatsächlich aussagen, und den Grund dafür nahm er gleich vorneweg: Gabriel Thieme besaß für das Wochenende, an dem Lisa Bader gestorben war, ein Alibi. Er war mit einigen älteren Freunden, die im Mai Abitur gemacht hatten – Jonas Weller war nicht darunter –, nach Frankfurt gefahren. Der Bruder eines Freundes besaß dort eine Studentenbude, in der die jungen Männer tagsüber gepennt hatten, während sie nachts durchs Frankfurter Rotlichtviertel gezogen waren. Dieses Eingeständnis brachte Gabriel zwar Ärger mit seiner Mutter ein, der er erzählt hatte, er fahre mit einigen gleichaltrigen Freunden zum Zelten an den Chiemsee, dafür jedoch aus der Schusslinie der Ermittlungen, wie Robert Gerst mit einem zufriedenen Lächeln betonte.

Pia konnte Astrid Wenk ansehen, dass dieser nach der kleinen Bombe nicht nach einem erwidernden Lächeln war. »Wir werden das überprüfen«, bemerkte sie knapp.

»Selbstverständlich. Mein Mandant hat bereits eine Liste seiner

Freunde erstellt.« Robert Gerst schob ein Blatt Papier mit vier Namen und Handynummern über den Tisch.

Wenk zog es zu sich heran. »Wir müssen dennoch mit Gabriel über seine Beziehung zu Dr. Bader sprechen.«

»Was das betrifft: Mein Mandant möchte dazu gern eine Einlassung machen.«

Gerst drückte Gabriel aufmunternd die Schulter. Der Teenager biss sich auf die Unterlippe. Das Selbstbewusstsein, das er mit in den Vernehmungsraum gebracht hatte, hatte deutlich gelitten. Er wich den Blicken der Kriminalbeamtinnen aus und starrte auf die Tischplatte.

»Ja, äh, ich möchte etwas sagen«, begann er stockend. »Ich möchte mich entschuldigen, dass ich vorhin nicht die ganze Wahrheit gesagt habe.« Er schluckte. »Es stimmt, was Jonas Weller gesagt hat, dass ich behauptet habe, ich hätte mit Lisa, äh, Dr. Bader geschlafen. Ich habe das erzählt, um anzugeben, weil ich mich von einem Mitschüler provoziert gefühlt habe. Aber es war nur eine dumme Lüge. Ich habe nie mit Lisa geschlafen. Ich habe sie auch nie geküsst oder so. Ich weiß, dass es falsch war, das zu behaupten, es tut mir leid.«

Gabriel brach ab und schielte zu seinem Anwalt hin, wie ein Schüler, der Bestätigung will, dass er das Gelernte fehlerfrei aufsagt. Und so war es ja auch, dachte Pia, Robert Gerst hatte Gabriels Aussage gründlich vorbereitet, so viel war klar. Unklar war, ob und inwieweit die Aussage den Tatsachen entsprach.

»Ich möchte auch noch etwas zu der Zeichnung sagen.« Die Kopie der Vergewaltigungsszene lag noch immer auf dem Tisch, doch Gabriel vermied es peinlichst, zu ihr hinzusehen. »Es stimmt, dass Jonas mir vor einiger Zeit eine Zeichnung gezeigt hat, von einer Frau, die, äh, Sex mit einem anonymisierten Mann hat. Ich habe ihn gebeten, eine solche Zeichnung von Lisa zu machen. Der Grund war, dass sie … Dass ich …« Er brach ab und setzte erneut an. »Also, der Grund war, dass Lisa mich hatte abblitzen lassen. Ich hatte es bei ihr versucht, nicht nur wegen der Wette, sondern weil ich sie scharf, äh, attraktiv fand und dachte, dass sie mich auch gut findet. Denn ich hatte ihr erzählt, dass ich kurze Haare toll finde, und in der folgenden Woche hatte sie ihre abschneiden lassen, also dachte ich … Na ja, kurz danach habe ich Lisa zufällig getroffen, und weil ich dachte, dass sie auf mich steht, habe ich ihr gesagt, dass ich sie auch gut finde und so. Aber sie hat mich nicht ernst genommen. Ich habe das natürlich akzeptiert, war aber dennoch enttäuscht, deswegen habe ich Jonas gebeten, das Bild zu zeichnen. Ich weiß, das hätte ich nicht tun sollen, und es tut mir leid, aber ich möchte dazu sagen, dass ich in der Zeichnung keine Vergewaltigung erkannt habe. Ich dachte, der Sex sei einvernehmlich.«

Wieder machte Gabriel eine Pause, die Pia gerne genutzt hätte, um ihm ihn den Hintern zu treten. Auch wenn sie nicht genau einschätzen konnte, welche Teile von Gabriels Aussage korrekt waren – die Mär vom Glauben an einvernehmlichen Sex war es definitiv nicht. Allerdings wunderte sie sich, dass Gabriel zugab, Lisa Bader attraktiv gefunden und ihr das gesagt zu haben. Bisher hatte er nur zugegeben, was sie ohnehin schon beweisen konnten. Wieso erwähnte er also diese Begegnung? Gab es auch dafür Zeugen?

Die Antwort kam im nächsten Moment von Gabriel selbst. »Ich möchte noch etwas zu dieser Begegnung sagen. Ich hatte sie bisher vergessen oder verdrängt, weil es mir ein bisschen peinlich war. Außerdem wusste ich nicht, dass Lisa oft im Bürgermeisterquartier war und dass Sie«, er sah kurz zu Astrid Wenk hoch, senkte den Blick jedoch sofort wieder, »versuchen herauszufinden, wo genau. Meine Mutter hat es mir vorhin erzählt, deswegen möchte ich Ihnen sagen, dass ich Lisa Bader im Bürgermeisterquartier getroffen habe. Ich habe versucht, mich zu erinnern, wann das war. Es war an einem Mittwochabend, nachdem ich meinen Vater besucht hatte, entweder in der zweiten oder dritten Juniwoche. Ich wollte gerade mit dem Fahrrad nach Hause fahren, als ich Lisa sah. Sie kam aus dem Haus gegenüber, Nummer neun im Dekan-Huber-Weg.«

11

Das ergibt einfach keinen Sinn«, stöhnte Oberkommissarin Caren Benko einige Stunden später. »Wieso hätte Lisa Bader eine dieser sieben Parteien aufsuchen sollen?«

Sie saßen im Konferenzraum zur Abendbesprechung zusammen. Nach Gabriels Aussage, dass er Lisa Bader aus dem Dekan-Huber-Weg neun habe kommen sehen, hatte Astrid Wenk sofort einige Mitglieder ihres Teams losgeschickt, die Bewohner des Hauses zu überprüfen, während sie andere beauftragt hatte, Gabriels Alibi zu verifizieren. Anschließend hatte sie zusammen mit Pia die Vernehmung fortgesetzt. Sie hatte Gabriel seine Aussage mehrfach wiederholen lassen und ihm zahlreiche Fragen gestellt, die er nach Absprache mit seinem Anwalt beantwortet hatte, doch es war ihr nicht gelungen, den Teenager in Widersprüche zu verwickeln. Als schließlich Gabriels Freunde den Ausflug nach Frankfurt bestätigten, hatte Astrid Wenk die Vernehmung beendet und ihre Hoffnung stattdessen auf die Befragungen im Dekan-Huber-Weg neun gerichtet. Doch bisher hatten diese ebenfalls keine greifbaren Ergebnisse geliefert. Alle sieben Parteien, die in dem Haus wohnten – eine Wohnung stand leer, weil die Bewohnerin verstorben war –, bestritten, Lisa Bader gekannt oder je Besuch von ihr bekommen zu haben. Und alle Aussagen schienen glaubwürdig.

Da waren zunächst die zwei jungen Familien mit je zwei Kindern, die am Samstag, den zweiundzwanzigsten Juli, morgens um acht Uhr gemeinsam zu einer Wanderung aufgebrochen und erst spätabends zurückgekehrt waren. Dann das lesbische Paar, das just an dem Tag das erste Kind bekommen hatte. Dann eine junge Apothekenhelferin, die von neun bis vierzehn Uhr in der Apotheke am Neustädter Markt gearbeitet hatte. Dann ein fünfzigjähriger katholischer Religionslehrer, der an dem Wochenende, an dem Lisa Bader gestorben war, eine Pfadfinderfreizeit im bayerischen Wald betreut hatte, und schließlich die zwei Ehepaare in den Siebzigern und Achtzigern, die zwar zu Hause gewesen waren, Lisa Bader jedoch nicht gesehen hatten.

»Der Einzige, der überhaupt als Liebhaber infrage kommt, ist der Religionslehrer«, fuhr Caren fort, »denn selbst wenn Lisa Bader eine Affäre mit einem der jungen Familienväter gehabt hätte, hätte der wohl kaum riskiert, sie in seine Wohnung einzuladen. Aber ich habe mit dem Lehrer gesprochen, und glaubt mir: Da käme Homer Simpson noch eher als feuriger Lover infrage. Zwei Zentner Wabbelspeck, eine Haut wie Schimmelkäse und der Esprit einer Dosenartischocke – abgesehen davon, dass er an dem Wochenende nicht da war. Lisa Bader muss zu einer der Parteien gegangen sein, die am zweiundzwanzigsten Juli um Viertel nach elf zu Hause waren, aber das sind nur die beiden alten Ehepaare, und wieso hätte sie die regelmäßig heimlich besuchen sollen? Abgesehen davon, dass die vier kaum etwas mit ihrem Tod zu tun haben können. Sie sind alle nicht mehr rüstig, der eine sitzt im Rollstuhl, zwei haben Gehhilfen, und die vierte könnte man umhusten.«

Caren sah frustriert in die Runde. Pia konnte den Frust nachvollziehen. Auch sie hatte gehofft, endlich das Rätsel zu lösen, wohin Lisa Bader regelmäßig im Bürgermeisterquartier gegangen war, doch es sah so aus, als hätten sie erneut eine Niete gezogen.

»Vielleicht war Lisa Bader in einer der anderen Wohnungen«, meinte die tätowierte jüngste Kollegin, die Pia gegenübersaß. »Sie könnte einen Schlüssel gehabt haben, zum Beispiel für die Wohnung der Apothekenhelferin, wie heißt sie noch gleich? Valentina Sipos. Wir sind bisher davon ausgegangen, dass Lisa Bader eine Affäre mit einem Mann hatte, aber sie wäre nicht die Erste, die erst spät merkt, dass sie auch aufs eigene Geschlecht steht. Und wenn die Sipos ihr einen Schlüssel gegeben hat, hätte sie morgens in deren Wohnung fahren können, und sobald die Sipos nach Hause kam, hätten sie sich zu zweit ein schönes Wochenende machen können.« Sie sah Caren an. »Habt ihr die Frau gefragt, was sie nach der Arbeit gemacht hat?«

Caren wischte über ihr Tablet. »Sie kam am Samstag gegen halb drei nach Hause. Gegen drei kam ihr Freund, und sie haben dann das Wochenende zusammen verbracht. Der Freund saß daneben, als ich Valentina Sipos befragt habe, er hat die Angaben bestätigt. Allerdings habe ich sie noch nicht unabhängig überprüft. Soll ich das morgen machen?« Caren warf einen fragenden Blick zu Astrid Wenk.

Die Hauptkommissarin nickte langsam. »Ich möchte, dass morgen die Aussagen von allen sieben Parteien bis ins kleinste Detail verifiziert werden. Allerdings bin ich noch nicht restlos überzeugt, dass Lisa Bader wirklich im Dekan-Huber-Weg neun war. Wir haben dafür nur Gabriel Thiemes Wort, das einen feuchten Dreck wert ist. Möglicherweise hat er sich das ausgedacht, um davon abzulenken, dass er doch eine Affäre mit Lisa Bader hatte. Er hat zugegeben, dass er die Wohnung seines Vaters für seine Sexabenteuer benutzt. Dass Lisa Bader sich am Wochenende ihres Todes dort nicht mit ihm getroffen hat, heißt nicht, dass sie es nie getan hat.«

»Aber wer hat sie dann getötet?«, fragte Pia. »Gabriel kann es nicht gewesen sein, er war mehrere hundert Kilometer entfernt.«

»Vielleicht war es der Wichser aus dem Nachbarhaus«, schlug ein Oberkommissar vor. »Jonas Weller war immerhin zur selben Zeit am Moosbacher Marktplatz wie Lisa Bader. Er könnte ihr gefolgt sein, sie vergewaltigt und getötet haben.«

Pia widersprach. »Das kann nicht sein. Wir wissen, dass Lisa Bader am Moosbacher Marktplatz in den Bus gestiegen ist, und um elf Uhr fünfzehn, als der Taxifahrer sie im Bürgermeisterquartier absetzte, gab Jonas gerade seinem Vater dessen Cabrio zurück. Er hätte sich zwar aufs Fahrrad schwingen können, um auf die andere Seite der Stadt zu radeln, aber woher hätte er wissen sollen, dass Lisa Bader dort war? Er ist doch der Letzte, mit dem eine Frau sich freiwillig verabreden würde.«

»Ich finde, wir sollten den Typen nicht vorzeitig ausschließen«, beharrte der Kollege, »so gestört wie der ist. Und er hat kein Alibi, angeblich war er den ganzen Nachmittag allein zu Hause.«

Astrid Wenk klappte ihren Laptop zu. »Ich denke, wir schließen vorläufig niemanden aus. Wir haben heute eine Menge neuer Informationen erhalten, die wir erst einmal sacken lassen sollten. Morgen früh entscheide ich, wie wir weiter vorgehen. Bis dahin haben wir uns wohl alle einen freien Abend verdient.«

Sie steckte ihren Laptop in eine Tasche und erhob sich. Ihre Mitarbeiter taten es ihr mit einer Geschwindigkeit gleich, die Pia nicht überraschte. Astrid Wenk war eine gnadenlose Chefin. Lisa Baders Leiche war sechs Tage zuvor gefunden worden, seitdem waren sie an keinem Abend vor zehn Uhr aus dem Präsidium gekommen. Heute war es erst halb acht, die Kollegen wollten die geschenkte Zeit nutzen. Auch Pia hatte eine ziemlich genaue Vorstellung davon, wie sie den Abend verbringen und sich von den Ermittlungen ablenken wollte. Auf dem Weg zu ihrem Wagen zog sie ihr Handy hervor und begann zu tippen. »Bin schon frei. Und du?«

Sechs Stunden später schloss Pia die Tür zu ihrer Dachgeschosswohnung in Neustadt Mitte auf. Es war schon weit nach Mitternacht. Sie war hundemüde und fühlte sich gleichzeitig großartig. Sie hatte sich erneut mit ihrer Tinder-Eroberung getroffen. Es war ihr viertes Date gewesen und noch vielversprechender als erwartet. Nicht nur waren der Sex und die Gespräche zwischendurch so intensiv gewesen wie bei den Malen zuvor – als Pia schließlich aus dem Bett gestiegen war, um zu duschen und ihre Sachen zusammenzusuchen, hatte Markus gefragt, ob sie nicht bei ihm übernachten wolle. Er hatte den Vorschlag vorsichtshalber in einen Witz verpackt, doch es war sein Ernst gewesen, und Pia hatte ernsthaft überlegt anzunehmen. Nur der Gedanke, dass sie am Morgen um sieben Uhr im Präsidium erscheinen musste und das nicht in den verschwitzten Klamotten des Vortages tun wollte, hatte sie veranlasst, nach Hause zu fahren.

Jetzt warf Pia diese verschwitzten Klamotten in die Wäschetonne, riss die Fenster ihrer im Sommer stets zu warmen Dachgeschosswohnung auf und schlüpfte ins Bett in der Erwartung, sich innerhalb von Minuten im Reich der Träume wiederzufinden. Das tat sie auch, allerdings träumte sie sehr unruhig, wachte noch vor Sonnenaufgang auf und schaffte es nicht, wieder einzuschlafen. Nachdem sie sich eine Weile ruhelos hin- und hergewälzt hatte, setzte sie sich in ihrem Bett auf, um zu überlegen, was sie vom Schlafen abhielt. Es war nicht schwer zu erraten. Nachdem Markus nicht mehr da war, um sie abzulenken, drängten sich Pia Gedanken an Lisa Bader auf, und die Gedanken wurden von einem Gefühl begleitet, das sie selten in ihrem Job verspürte: Frust. Sie arbeitete nun bereits seit über zwei Wochen an diesem Fall, inklusive zweier Wochenenden, und es war nicht zu leugnen, dass die Ermittlungen feststeckten.

Dabei war Pia nach Gabriel Thiemes Aussage überzeugt gewesen, dass ein Durchbruch bevorstand, dass eine Überprüfung der Bewohner des Dekan-Huber-Wegs nun endlich enthüllen würde, was Lisa Bader regelmäßig im Bürgermeisterquartier getrieben hatte. Doch nach dem, was die Kollegen herausgefunden hatten, schien auch diese Spur in einer Sackgasse zu enden. Die einzigen Hausbewohner, die für den Samstag kein Alibi hatten, waren die beiden älteren Ehepaare, doch warum um alles in der Welt hätte Lisa Bader diese immer wieder heimlich besuchen sollen? Und wieso hätte ein Besuch bei ihnen dazu führen sollen, dass sie tot im Wald lag?

Pia fiel kein plausibles Szenario ein. Aber in welche der sieben Wohnungen war Lisa Bader sonst gegangen? Oder hatte Gabriel Thieme gelogen? Hatte er eine Affäre mit Lisa Bader gehabt und den Verdacht auf die Bewohner des Dekan-Huber-Wegs neun gerichtet, um von sich abzulenken? Doch wozu hätte er das tun sollen? Er besaß ein Alibi, er konnte Lisa Bader nicht getötet haben.

Nein, Pia war sicher, dass Gabriel in dem Punkt die Wahrheit gesagt hatte. Lisa Bader war an einem Tag in der ersten Junihälfte aus dem Dekan-Huber-Weg neun gekommen, und das bedeutete, dass einer der Hausbewohner log. Mindestens eine Person der sieben Parteien hatte nicht die Wahrheit gesagt. Mindestens eine Person der sieben Parteien hatte Lisa Bader gekannt. Eine andere Möglichkeit gab es nicht, denn in dem Haus gab es nur acht Wohnungen, und die Bewohnerin der achten Wohnung war tot. Sie war gestorben, bevor Lisa Bader verschwunden war, also konnte Lisa Bader sie am zweiundzwanzigsten Juli nicht besucht haben, und das bedeutete …

Nichts, wie Pia schlagartig klar wurde. Das bedeutete rein gar nichts. Ja, Lisa Bader konnte die Bewohnerin der achten Wohnung am Tag ihres Verschwindens nicht besucht haben, doch das bedeutete nicht, dass sie es nie getan hatte. Sie konnte sie am neunzehnten Juni besucht haben und an jedem der anderen Daten, an denen sie im Bürgermeisterquartier gesehen worden war. Und es war auch möglich, dass Lisa Bader am Samstag ihres Verschwindens in der Wohnung gewesen war, falls sie einen Schlüssel dazu hatte.

Pia fand es plötzlich stickig im Zimmer. Sie schlug die Decke zur Seite und sprang aus dem Bett, trat ans Gaubenfenster und starrte über die schlafende Stadt hinweg nach Osten in Richtung des Bürgermeisterquartiers. War das des Rätsels Lösung? War Lisa Bader regelmäßig in diese achte Wohnung gefahren und hatte deren Bewohnerin besucht? Aber warum hätte sie am Tag ihres Verschwindens statt zu ihrer Konferenz heimlich in die Wohnung einer Toten fahren sollen? Und warum hätte ihr Besuch dort zu ihrem eigenen Tod führen sollen? Pia schüttelte den Kopf. Das waren Fragen, über die sie später nachdenken konnte. Wichtig war jetzt die Erkenntnis, dass sie auch diese Wohnung und deren

Bewohnerin überprüfen mussten. Eine Erkenntnis, mit der Pia zweifellos bei Hauptkommissarin Wenk würde punkten können.

Hochmotiviert griff Pia zu ihrem Handy, das auf dem Boden neben ihrem Bett lag, doch nach einem Blick auf das Display legte sie es wieder weg. Fünf Uhr morgens war kaum die geeignete Zeit, um die Chefin darauf hinzuweisen, dass sie etwas übersehen hatte. Außerdem hatte sie eine bessere Idee. Zwar konnte sie bei Wenk mit dem Hinweis punkten, dass sie auch die verstorbene Bewohnerin des Dekan-Huber-Weg neun überprüfen sollten, aber noch mehr Punkte würde sie einheimsen, wenn sie bereits mit der Überprüfung begonnen hatte. Zumindest konnte sie den Namen der Frau herausfinden und durch den Computer jagen.

Eine Stunde später stellte Pia ihren Wagen auf dem Parkplatz neben dem Bürgermeisterquartier ab und nahm einen der Fußwege quer durch die Wohnanlage, doch im Dekan-Huber-Weg neun erlebte sie eine Enttäuschung. Zwar war mittlerweile die Sonne aufgegangen und es war hell genug, dass sie die Namen der Bewohner auf den Schildern lesen konnte, doch der Name der verstorbenen Bewohnerin fehlte. Nur in sieben Klingelschildern steckten schmale Plastikstreifen mit den Namen, die Pia bereits kannte, das achte Schild, das zu einer der beiden Erdgeschosswohnungen gehörte, war leer. Offenbar hatte der Hausmeister oder ein Nachlassverwalter oder wer auch immer den Namen bereits entfernt.

Pia fluchte. Und jetzt? Es war sechs Uhr. Sollte sie irgendwo klingeln, in der Hoffnung, dass einer der Bewohner schon wach war? Sie sah an der Fassade des Hauses hoch. Es lag dunkel da, doch vielleicht brannte auf der Rückseite irgendwo Licht? Pia beschloss, einmal ums Haus herum zu gehen, da ging die Treppenhausbeleuchtung an, und kurz darauf sah Pia durch die Glasscheibe der Haustür, wie ein Mann in Shorts, Funktionsshirt und Turnschuhen dynamisch die Treppen herunterhüpfte. Er riss die Haustür auf, bremste bei Pias Anblick jedoch ab.

»Kann ich Ihnen helfen?«

»Kripo Neustadt.« Pia zückte ihren Ausweis. »Wenn Sie hier wohnen, würde ich Ihnen gerne einige Fragen stellen.«

Auf der hohen Stirn des Mannes – er war nicht viel älter als Pia, doch sein fliehender Haaransatz schien das nicht zu wissen – erschienen Runzeln. »Eigentlich wollte ich joggen. Dauert es lange?«

»Es geht um Ihre Nachbarin, die vor Kurzem verstorben ist, Erdgeschoss rechts. Kannten Sie sie?«

»Kaum. Nur vom Sehen. Sie war ziemlich ungesellig, nicht gerade der Typ für Small Talk.«

»Wissen Sie, wie sie hieß?«

»Natürlich. Winter.«

Pia raste so schnell zum Klinikum Neustadt, dass sie sich als Streifenhörnchen selbst einen fetten Strafbefehl ausgestellt und mit Freuden zum Idiotentest geschickt hätte. Sie versuchte zwar, sich zu bremsen, schaffte es jedoch nicht, denn sie wurde von einer Welle der Euphorie getrieben.

Sie hatte nur eine Minute gebraucht, um den Namen Winter einzuordnen. Winter wie Olivia Winter. Wie die Patientin auf der Palliativstation, um die Lisa Bader sich so intensiv gekümmert hatte. Die Patientin, der sie als einziger Person weit und breit von ihren Wochenendplänen erzählt hatte. Die Patientin, die wenige Tage vor Lisa Baders Verschwinden gestorben war – genau wie Frau Winter aus dem Dekan-Huber-Weg neun. Pia war zu neunundneunzig Prozent überzeugt, dass beide Frauen identisch waren, und sie war unterwegs, um das letzte Prozent an Zweifel auszuräumen.

Der Haupteingang des Klinikums war noch verschlossen, also ging Pia zur Notaufnahme und von dort über Umwege zur Palliativstation. Hier war es noch still, anscheinend wurden die Sterbenden nicht mit den anderswo üblichen, völlig verfrühten Krankenhausfrühstückszeiten gequält. Pia warf einen Blick in den Stationsstützpunkt, dort war niemand, also ging sie weiter in die Kaffeeküche, wo sie Chiara Manduca fand, die Pflegerin, die das Gespräch zwischen Lisa Bader und Olivia Winter belauscht hatte. Chiara war überrascht, Pia so früh zu sehen, und noch überraschter, als diese ihre Bitte vortrug.

»Sie möchten die Adresse von Olivia Winter? Die steht in ihrer Patientenakte, allerdings bin ich nicht sicher, ob ich sie Ihnen geben darf.«

»Es ist ausgesprochen dringend. Die Information könnte helfen, den Tod von Dr. Bader aufzuklären. Ich bin überzeugt, Dr. Verla würde zustimmen. Ich hätte sie angerufen, aber ich wollte sie nicht ohne Not aus dem Bett klingeln.«

Das schien auch Chiara nicht zu wollen. »Ich gebe Ihnen die Adresse.«

Sie ging voraus zum Stationsstützpunkt, wo sie sich in einen Computer einloggte. Es dauerte, bis sie sich zur richtigen Patientenakte durchgeklickt hatte. Pia merkte, wie sie vor Nervosität den Atem anhielt, bis Chiara schließlich sagte: »Hier ist sie. Dekan-Huber-Weg neun in Neustadt. Benötigen Sie die Telefonnummer ebenfalls?«

»Ja, bitte«, sagte Pia, obwohl sie bezweifelte, Verwendung dafür zu haben. Doch in dem Augenblick fiel es ihr schwer, sich auf etwas anderes zu konzentrieren als auf das Triumphgefühl, das sie durchströmte. Sie zog ihr Notizbuch hervor und notierte die Ziffernfolge. Dann bedankte sie sich bei Chiara.

Die Pflegerin reagierte nicht, sondern starrte auf ihren Bildschirm. »Das ist ja eigenartig«, murmelte sie.

»Was denn?«

Chiara scrollte mit der Maus durch die Patientenakte. »Ach, nichts weiter. Bestimmt ist nur einer Kollegin ein Fehler unterlaufen. Hier steht, dass Olivia Winter nicht tot ist, sondern nach Hause entlassen wurde.«

»Darf ich einmal sehen?«

Chiara deutete auf eine Stelle am Ende der Akte. Dort war die Box »entlassen« angehakt. Im Feld daneben stand das Datum, neunzehnter Juli, und die Bemerkung »auf eigenen Wunsch«. Die Box »verstorben« war nicht angehakt.

»Sie glauben, dass einer Kollegin ein Fehler unterlaufen ist?«, fragte Pia skeptisch.

Chiara nickte verlegen. »Es kommt schon mal vor, dass jemand versehentlich eine falsche Box anhakt – auch wenn das natürlich nicht passieren sollte.«

»Aber der Jemand hätte doch wohl kaum versehentlich ›auf eigenen Wunsch‹ daneben geschrieben.« Pia überlegte. »Könnte es sein, dass zwei Patientinnen verwechselt wurden? Wurde am Tag, als Olivia Winter verstarb, vielleicht eine andere Patientin nach Hause entlassen?«

Chiara schüttelte den Kopf. »Wir entlassen nur sehr selten Patienten. Sie kommen ja nicht hierher, um wieder gesund zu werden.«

»Und es ist sicher, dass Olivia Winter verstorben ist?«

»Selbstverständlich. Es muss ein Versehen gewesen sein.«

Chiara wollte die Akte schließen, doch Pia sagte: »Können Sie nachvollziehen, wer den falschen Eintrag gemacht hat?«

Chiara zögerte. »Ich kann nachsehen, wer die Akte zuletzt bearbeitet hat.« Sie scrollte erneut. »Oh, es war Dr. Bader. Wie seltsam.«

»Was ist daran seltsam?«

»Nun ja, Dr. Bader arbeitete nicht hier. Sie kam lediglich vorbei, um Frau Winter zu besuchen, sie war nicht ihre Ärztin, deshalb …« Chiara brach ab, als ein Summer ertönte. »Entschuldigen Sie bitte, ich muss mich um einen Patienten kümmern. Würden Sie bitte draußen warten.« Sie schloss die Patientenakte und schaltete den Monitor aus.

Pia erhob sich und verließ den Stationsstützpunkt, nicht jedoch die Palliativstation. Während die Pflegerin in einem Patientenzimmer verschwand, über dessen Tür ein rotes Lämpchen leuchtete, lehnte Pia sich an die Wand und fragte sich, was ihre jüngste Entdeckung bedeuten mochte.

Sie war überzeugt, dass Lisa Bader die Patientenakte von Olivia Winter absichtlich gefälscht hatte. Die Oberärztin hätte vielleicht versehentlich einen Haken an die falsche Stelle gesetzt, aber sicherlich nicht versehentlich eine ganze Bemerkung in die Akte geschrieben. Doch wozu hatte sie das getan? Welchen Zweck hatte sie verfolgt? Welche Rolle hatte Olivia Winter in ihrem Leben gespielt? Wieso hatte sie sie immer wieder heimlich in ihrem Zuhause besucht? Was verband die beiden Frauen? War es Zufall, dass Lisa Bader kurz nach Olivia Winter verstorben war?

Bestimmt nicht. Pia war sicher, dass die beiden Todesfälle zusammenhingen. Und dann kam ihr eine Idee. Vage zunächst, sehr vage, doch je länger sie darüber nachdachte …

Die Doppeltür zur Station wurde geöffnet, ein Krankenhausmitarbeiter in einem hellblauen Kittel schob einen Wagen mit Tabletts herein. Im selben Augenblick kam Chiara Manduca aus dem Patientenzimmer. Bevor sie zu dem Neuankömmling hinübergehen konnte, hielt Pia sie auf.

»Eine Frage noch, Frau Manduca. Was bedeutet es, wenn in einer Patientenakte angehakt wird, dass der Patient verstorben ist? Hat das irgendwelche Konsequenzen?« Als die Pflegerin ein pikiertes Gesicht machte, fügte sie schnell hinzu: »Natürlich ist mir klar, dass ein Tod Konsequenzen für den Patienten und dessen Angehörige hat, aber mir geht es um formale Konsequenzen dieses speziellen Häkchens. Ist es nur für die Patientenakte relevant, oder ergeben sich daraus irgendwelche Folgerungen für die Krankenhausabläufe? Ist die Patientenakte zum Beispiel mit anderen Informationssystemen elektronisch verknüpft?«

Chiara nickte. »Jetzt verstehe ich, was Sie meinen. Unsere Patientenakten sind tatsächlich mit dem elektronischen Krankenhausinformationssystem verknüpft. Wird in einer Patientenakte ›verstorben‹ angehakt, wird die Information automatisch an verschiedene Stellen übermittelt. Die Verwaltung, die Abrechnungsstelle, der krankenhausinterne Transport, der die Leiche in die Pathologie bringt, die Pathologie selbst.«

»Wird auch das Standesamt über den Todesfall informiert?«

»Das übernimmt die Verwaltung.«

»Und wenn die Box ›entlassen‹ angehakt wird? Was passiert dann?«

»Nun, dann wird ebenfalls die Abrechnungsstelle informiert, außerdem die Bettenaufbereitung, wo die Betten desinfiziert werden. Aber jetzt muss ich mich um das Frühstück kümmern.«

Chiara wandte sich ab, doch Pia legte ihr eine Hand auf den Arm.

»Eine allerletzte Frage: Können Sie Olivia Winter beschreiben? Größe, Haar- und Augenfarbe?«

Chiara überlegte. »Nicht sehr groß, etwa so wie ich. Kurze schwarze Haare und braune Augen.«

Bingo!, dachte Pia.

Teil

VI

1

Lisa

Es ist früher Nachmittag, ich sitze auf der überdachten Terrasse des *Ariadne Beach* auf Zakynthos und genieße den betörenden Duft der Bougainvilleen, die in Terracottakübeln neben der niedrigen Steinbrüstung wachsen. Nur eine Handvoll Gäste verteilt sich an den kleinen quadratischen Tischen. Es ist Hochsommer, das Leben der meisten Urlauber spielt sich am Strand ab. Ich sitze hier oben, weil ich die Atmosphäre so wundervoll entspannend finde. Die Kitharaklänge, die leise aus dem Lautsprecher tropfen, das gelegentliche Zischen der Kaffeemaschine, das Surren des Ventilators unter der Decke. Ich verstehe, warum Olivia von diesem Ort geschwärmt hat.

»Another mocha, Mrs Winter?«

»Yes, please.«

Ich lächle der Hotelbesitzerin zu, die wie an den meisten Tagen die Gäste persönlich bedient. Sie nimmt meine leere Tasse mit zur Bar.

Ich mag die Frau und ihre altmodische Höflichkeit. Ich mag ihre Art, jeden Gast mit seinem Namen anzusprechen. Sie hat mich in den letzten drei Wochen bestimmt schon fünfzig Mal »Mrs Winter« genannt. Die ersten Male musste ich mich erst vergewissern, dass sie wirklich mich meinte, mittlerweile klingt die Anrede vertraut.

Ein weiterer Hotelgast kommt durch die Tür zur Bar und schaut sich auf der Terrasse um. Ich kenne ihn bereits, er ist stets auf der Suche nach Zuhörern. Doch ich habe das Zuhören satt, also verrücke ich meinen Korbstuhl so, dass ich seinem Blick ausweichen und aufs Meer hinausschauen kann. Die Aussicht ist traumhaft. Die Hotelterrasse liegt oberhalb des Strandes, so, dass ich die anderen Urlauber nicht sehen muss. Vor mir erstreckt sich unendliches, glitzerndes Blau, so schön, dass ich einen Kloß im Hals spüre. Aber vielleicht finde ich die Aussicht auch nur deswegen so schön, weil ich es endlich kann: unbeschwert in die Ferne sehen. Auf das, was kommen mag. In die Zukunft sehen, ohne dass sich mir der Magen umdreht, bei dem, was mich erwartet. Denn ich bin endlich frei. Dank Olivia bin ich aus dem Gefängnis entkommen, an dem ich jahrelang so zielstrebig gebaut habe – nur dass ich dachte, es sei ein Palast.

Ich frage mich noch immer, wie mir das passieren konnte, wie ich mich so irren konnte. Es ist mir peinlich. Ich war stets so stolz auf meine Klugheit, an der ich nie gezweifelt habe, schließlich wurde mir mein hoher IQ schon in der dritten Klasse bescheinigt. Nur, dass ein hoher IQ einem nicht hilft, Fragen zu beantworten, die man sich gar nicht stellt. Ich habe mich nie gefragt, ob ich wirklich Kinder bekommen möchte oder ob ich fähig sein würde, sie zu lieben. Für mich gehörten Kinder zu einem erfüllten, erfolgreichen Leben dazu. Für mich war klar, dass ich Kinder und Karriere haben würde, ich war überzeugt, dass ich darin brillieren würde, beides unter einen Hut zu bekommen. Darin lag meiner Ansicht nach die Herausforderung – nicht darin, meine eigenen Kinder zu ertragen.

Vom Strand herauf dringt entferntes Gebrüll, ein Mädchen kreischt, ein Junge weint, doch ich bleibe entspannt sitzen. Dieser Lärm hat nichts mit mir zu tun. Ich muss nicht aktiv werden. Nie wieder! Ich muss weder einen Streit schlichten noch Tränen trocknen noch einen Wutausbruch über mich ergehen lassen. Der Gedanke erfüllt mich mit tiefer Dankbarkeit, dass ich es bis hierher geschafft habe, Dankbarkeit für Olivia und ihren wahnwitzigen Plan.

Dabei war ich fest überzeugt, dass dieser Plan nicht funktionieren würde. Natürlich nicht! Und natürlich habe ich Olivia für verrückt erklärt, als sie ihn zum ersten Mal vorschlug. Man kann nicht einfach seine Familie verlassen, aus seinem Leben abhauen und woanders neu anfangen, ohne dass es jemand bemerkt. Man kann nicht einfach den eigenen Tod vortäuschen. Man kann nicht einfach eine Leiche stehlen und als die eigene ausgeben und erwarten, dass von der Polizei über den Rechtsmediziner bis hin zur eigenen Familie alle auf diese Täuschung hereinfallen. Man kann sich nicht neu erfinden – egal, wie sehr man sich danach sehnt.

»Ich denke schon, dass man es schaffen könnte«, sagt Olivia.

Wir sitzen in ihrer minimalistisch eingerichteten Wohnung im Bürgermeisterquartier. Es ist Ende April. Vier Wochen zuvor bin ich zum ersten Mal hier gewesen, an dem Abend, an dem ich aus dem Müttergesprächskreis geflohen bin. An dem Abend, als mir endgültig klar wurde, was ich mir jahrelang nicht hatte eingestehen wollen: dass ich in meinem Leben komplett gescheitert bin. Ich war so verstört, ich wusste, ich muss mich endlich jemandem anvertrauen, daher fuhr ich ins Bürgermeisterquartier, um Peter aufzusuchen. Doch er war nicht zu Hause, stattdessen traf ich zufällig Olivia, eine ehemalige Patientin, deren Leben ich ein Jahr zuvor für immer verändert hatte. Ich hätte nie gedacht, dass diese Begegnung mit ihr umgekehrt mein Leben für immer verändern würde.

»Zumindest glaube ich, dass jemand mit Ihrem Intellekt und Ihren Ressourcen es schaffen könnte«, fährt Olivia fort. »Es bedarf selbstverständlich sorgfältiger Planung, doch ich glaube, es könnte funktionieren. Sie könnten noch einmal neu anfangen.«

»Sie sind verrückt.« Ich ziehe meine Füße auf die Couch hoch und lehne mich in die Kissen zurück.

Olivia zuckt mit den Achseln, eine winzige Bewegung nur. Es ist einer dieser Tage, an denen alles sie anstrengt. »Ich spreche lediglich aus, was Sie denken.«

»Ich habe so etwas noch nie gedacht.«

»Ach nein? Sagten Sie nicht letzte Woche erst, dass es Ihr größter Wunsch sei, alles hinzuschmeißen und woanders ohne Verpflichtungen ein neues Leben zu beginnen? Sie würden es nur deswegen nicht tun, weil Sie Ihre Kinder nicht dem Trauma aussetzen wollen, von ihrer Mutter verlassen zu werden. Nun, ich habe darüber nachgedacht, und ich denke, ich habe die Lösung für Ihr Problem. Sie täuschen Ihren Tod vor.«

»Alles klar, ich setze es gleich für morgen auf meine To-do-Liste. Vielleicht kann ich es zwischen der Morgenvisite und der Abteilungsleiterbesprechung einschieben.«

»Ich meine es ernst.«

»Was sonst?«

»Ich meine es wirklich ernst.«

Ich lache auf, doch Olivia verzieht keine Miene.

»Sie sind verrückt.«

»Das ist möglich, aber da ich in einigen Wochen sterben werde, spielt das keine Rolle mehr. Eine erhebliche Rolle hingegen könnte die Tatsache spielen, dass wir ungefähr im selben Alter sind und zufällig von ähnlicher Größe, Statur und Haarfarbe.«

»Was hat das damit zu tun?«

»Ist das für jemanden mit Ihrem IQ nicht offensichtlich? Wenn Sie Ihren Tod vortäuschen möchten, benötigen Sie eine Leiche. Ich biete Ihnen meine Leiche an.«

»Bitte?« Ich bin zu perplex, um meinen Mund wieder zu schließen.

Olivia mustert mich. »Wissen Sie, Elisabeth, so mit halboffenem Mund machen Sie nicht den klügsten Eindruck. Sind Sie sicher, dass Sie damals beim Hochbegabtentest nicht verwechselt wurden? Also, noch einmal langsam zum Mitschreiben: Sie können nach meinem Tod über meine Leiche verfügen. Über meine Leiche und mein Leben. Wie Sie ja besser als jeder andere wissen, werde ich in einigen Wochen sterben. Dann müssen Sie nichts weiter tun, als meinen Leichnam zu stehlen. Dann ziehen Sie ihm Ihre Kleidung an, hängen ihm Ihre Handtasche mit Ihrem Personalausweis um und legen ihn irgendwo ab, wo er erst gefunden wird, wenn er so weit verwest ist, dass man mich nicht mehr identifizieren kann. Dann schnappen Sie sich meinen Pass und machen sich unter meinem Namen ein schönes Leben, irgendwo, wo niemand Sie kennt und wo Sie sein können, was Sie sein möchten, und nicht mehr sein müssen, was Sie so sehr hassen. Also, was sagen Sie?«

»Sie sind verrückt.«

»Sie klingen wie ein Papagei.«

»Das ist doch ein Scherz.«

»Nur, wenn Sie es als solchen auffassen wollen.«

»Es würde niemals funktionieren.«

Olivia neigt ihren Kopf ein wenig zur Seite. »Es wäre schwierig, aber wie gesagt, für jemanden mit Ihrer Intelligenz … Sie bilden sich doch so viel darauf ein. Nein, widersprechen Sie nicht, es ist so, auch wenn Sie immer bescheiden tun. Jetzt haben Sie die Gelegenheit, es zu beweisen. Ich wette, Sie würden es schaffen – wenn Sie es wirklich wollen. Denn das ist der springende Punkt. Wollen Sie es wirklich? Ist es die Wahrheit, wenn Sie sagen, dass Sie alles dafür geben würden, woanders ein neues unabhängiges Leben anfangen zu können? Ist es die Wahrheit, wenn Sie sagen, dass Sie ihr Leben so sehr hassen, dass Sie am liebsten eine Bombe darauf werfen würden? Ist es die Wahrheit, dass Sie befürchten, beim nächsten Wutausbruch Ihres Sohnes erneut zuzuschlagen? Ist es die Wahrheit, dass Sie davon träumen, dass eine zutiefst kinderliebe, doch leider unfruchtbare Frau Ihre Tochter und Ihren Sohn aus Ihrem Garten entführt, um sie woanders als ihre Kinder großzuziehen?«

Olivia sieht mich mit ihrem intensiven Fotografinnenblick an, mit dem sie bis in die Seele der Dinge vordringen kann. Ich glaube, es ist dieser Blick zusammen mit der Tatsache, dass sie gerne ausspricht, was sie sieht, der Olivia so unbeliebt macht. Auch ich muss mich in diesem Moment zusammenreißen, sie für diesen Blick nicht zu verabscheuen – und mich nicht dafür, dass ich ihr von dieser Phantasie erzählt habe, die mich mittlerweile täglich heimsucht. Natürlich müsste es eine wahrhaft liebe Frau sein, die Alma und Hektor eine wirklich gute Mutter wäre. Ich bin schließlich kein Monster. Die beiden verdienen eine Mutter, die sie liebt, eine Mutter, wie ich sie nicht sein kann.

»Sie sind verrückt.«

Wie immer nach meinen Besuchen bei Olivia fahre ich entspannt nach Hause. Olivias Wohnung ist der einzige Ort, an dem ich wirklich ich selbst sein kann, und Olivia der einzige Mensch, vor dem ich meine wahren Gedanken aussprechen kann. Würde ich an die Vorsehung glauben, würde ich ihr jeden Tag auf Knien danken, dass sie uns zusammengeführt hat. Ohne die wöchentlichen Gespräche mit Olivia wäre ich längst durchgedreht. Dabei war es Zufall, dass ich ihr an jenem ersten Abend mein Herz ausgeschüttet habe. Sie war da, sie war bereit, zuzuhören, wäre sie es nicht gewesen, hätte ich mich vermutlich einer Parkbank anvertraut.

Doch wie immer hält die Entspannung nicht lange an. Als ich am nächsten Abend aus der Klinik nach Hause komme, bin ich so erledigt, dass ich nichts lieber täte, als mich nach einer heißen Dusche mit einem Glas Wein vor dem Fernseher zusammenzurollen, doch Alma wartet bereits auf mich. Mit enttäuschter Miene, denn ich hatte ihr versprochen, früh heimzukommen, um ihr bei ihrem Feenkostüm für die Schulaufführung zu helfen. Ich habe das total vergessen, wie so vieles in den letzten Monaten. Gab es wirklich mal eine Zeit, in der Peter mich Dr. Kalender nannte, weil ich alle Termine in einem Umkreis von zehn Kilometern im Kopf hatte?

Ich entschuldige mich, verzichte auf die Dusche, allerdings nicht auf den Wein und setze mich mit Alma an den Esstisch, wo wir bis elf Uhr Perlen, Pailletten und Glitzersteine auf das Feenkostüm kleben. Wir benötigen fast drei Stunden für eine Tätigkeit, die ich allein in einer halben erledigen würde, doch Alma überlegt bei jedem Stückchen Strass minutenlang, wohin es soll und ob sie nicht doch lieber eine andere Farbe nehmen möchte. Ihr begeistertes Hin-und-her-Schwanken zwischen den verschiedenen Möglichkeiten macht mich wahnsinnig, und ich muss meine Zähne zusammenbeißen, damit ich nicht Glitter und Glitzer mit einer Armbewegung vom Tisch fege. Während mein Kiefer verkrampft, versuche ich, an etwas Schönes zu denken, doch da ist nichts, bis meine suchenden Gedanken in einem abgelegenen Winkel meines Gehirns Olivias verrückte Idee aufstöbern, die in diesem Augenblick zwar immer noch verrückt, aber auch verlockend klingt.

Noch verlockender klingt die Idee am nächsten Morgen, als Hektor einen Trotzanfall bekommt, weil er wie üblich auf dem Laufrad seinen Fahrradhelm tragen soll. Sie klingt umso lieblicher, je öfter Hektor mir »Nein!« ins Ohr brüllt, während ich versuche, den Riemen unter seinem kleinen Kinn zu schließen.

In den nächsten Tagen muss ich immer wieder an die Idee denken, wie ein Gespenst spukt sie durch mein Gehirn. Dabei meldet sich das Gespenst nicht nur zur Geisterstunde, sondern auch, als Alma und Hektor sich kreischend streiten, wer den Knopf an der Fußgängerampel drücken darf. Als Alma herzzerreißend schluchzt, weil Hektor in eins ihrer Puzzleteile gebissen hat. Als Hektor tobt wie bekloppt und mich in den Bauch boxt, weil der Kirschjoghurt »zu rot« ist. Ich fange sogar an, dem Gespenst im Krankenhaus zu begegnen, wenn ich wieder einmal versuche, Arbeit für zwanzig auf den Schultern von zehn Personen zu verteilen, wenn mir ein verängstigter Patient mit seinen vielen Fragen Energie abzapft, die längst aufgebraucht ist, oder wenn ich unsere Famulantin trösten muss, die mir nach einem Monat Dienst erklärt, dass sie sich das alles ganz anders vorgestellt habe.

Doch am aufdringlichsten ist das Gespenst am Wochenende, als wir einen Familienausflug in die Sternmühlenfilzen machen. Es ist ein perfekter Tag, Alma und Hektor strahlen mit der Sonne um die Wette. Tim ebenso – und ich ebenso, weil ich weiß, dass es von mir erwartet wird. Weil ich weiß, dass ich beim Anblick meines wunderbaren Ehemannes und meiner wundervollen Kinder und meines von echten Sorgen freien Lebens tausend Gründe habe zu strahlen. Doch innerlich will ich heulen und schreien und um mich schlagen vor Wut, weil ich nicht in der Lage bin, es so zu empfinden. Weil ich nicht in der Lage bin, dieses Leben zu genießen. Weil ich nicht in der Lage bin, das zu fühlen, was mir versprochen wurde und was alle anderen Frauen in meiner Situation zu fühlen scheinen: Mutterglück. Weil ich mir wünsche, ich wäre tot.

Als ich Olivia das nächste Mal besuche, geht es ihr überraschend gut, und ich kann sie überreden, einige Schritte spazieren zu gehen.

»Ich habe recherchiert«, sagt sie, als wir uns auf eine Bank in Kaspars Wald setzen und ich mir eine dringend benötigte Zigarette anzünde. »Der Identitätstausch ist leichter als gedacht, weil ich noch einen alten Personalausweis besitze, ohne Fingerabdrücke und biometrisches Bild. Vater Staat hat also keine entsprechenden Daten von mir gespeichert. Sie müssen daher nichts weiter tun, als meinen alten Pass und Reisepass als verloren zu melden. Dann lassen Sie ein biometrisches Foto von sich machen, gehen damit zum Einwohnermeldeamt und beantragen einen neuen Personalausweis auf meinen Namen. Um sich auszuweisen, benötigen Sie nur meine Geburtsurkunde. Ich habe sie schon bereitgelegt, sie liegt auf meinem Esstisch. Nach meinem Tod müssen Sie dann nur vergessen, mein Ableben den Behörden zu melden, und schon können Sie eine wunderbare Existenz als Olivia Barbara Winter führen.«

Ich nehme einen tiefen Zug von meiner Zigarette. »Wovon zum Teufel reden Sie?«

»Das wissen Sie genau, Elisabeth, hören Sie auf, die Naive zu spielen, dafür haben Sie kein Talent.«

»Und Sie wissen genau, dass Sie – mit Verlaub – Blödsinn reden. Ich werde ganz bestimmt nicht meinen Tod vortäuschen und Ihre Identität annehmen. Die Idee ist verrückt. Außerdem werde ich meine Familie nicht im Stich lassen, meine Kinder brauchen mich.«

Olivia durchbohrt mich mit ihrem Fotografinnenblick. »Wenn Sie bleiben, lassen Sie sich im Stich.«

»Ich habe Alma und Hektor geboren, es ist meine Aufgabe, mich um sie zu kümmern.«

»Sie haben einen wunderbaren Vater. Viele Kinder wachsen nur bei einem Elternteil auf, ohne dass es ihnen schadet.«

»Es würde ihnen schaden, zu wissen, dass ihre Mutter gegangen ist, weil sie lieber ohne sie leben möchte. Meine Schwester wurde von unserer Mutter nie geliebt, sie hat das bis heute nicht überwunden.«

Olivia schüttelt ungeduldig den Kopf. »Das ist doch gerade der springende Punkt. Wenn Sie meinen Vorschlag annehmen, werden Ihre Kinder nie erfahren, dass Sie aus freien Stücken gegangen sind. Sie werden Sie für tot halten. Sie werden Sie eine Zeit lang vermissen, dann werden sie über Ihren Tod hinwegkommen. Sie haben ihren Vater, ihre Tante, ihre Großmutter. Sie werden umgeben sein von Menschen, die sie wirklich lieben und nicht nur als Bürde betrachten. Also?«

Olivia sieht mich fragend an. Sie scheint es wirklich ernst zu meinen.

Ich zögere. »Sie sind verrückt.«

»Um Himmels willen, Elisabeth, Sie sehen furchtbar aus. Sie wissen schon, dass ich von uns beiden die Todgeweihte bin, nicht Sie? Was ist denn geschehen?«

Ich stehe vor Olivias Wohnungstür, zwei Tage nach meinem letzten Besuch, es ist halb zehn Uhr abends, ich habe mich nicht angekündigt.

»Es ist wieder passiert.«

Olivia macht ein betroffenes Gesicht. »Möchten Sie hereinkommen und erzählen, wie es dazu kam?«

Ich lasse mich auf die Couch in Olivias kleinem Wohnzimmer fallen. Sie geht in die Küche und holt mir ein Glas Wasser. Wein wäre mir lieber, doch Olivia hat keinen Alkohol im Haus, und ich trinke ohnehin zu viel in letzter Zeit.

Also nehme ich einen Schluck Wasser und erzähle.

»Es ist passiert, als ich Hektor gebadet habe. Das ist bei ihm immer heikel, weil er eine Marotte hat, dass alle Badzutaten in der richtigen Reihenfolge in die Wanne gegeben werden müssen. Ich habe extra darauf geachtet, es richtig zu machen, obwohl mich sein Spleen wahnsinnig macht. Es lief auch alles gut, bis ich Hektors Haare waschen wollte. Er verlangte, ich solle dafür Zahnpasta nehmen. Natürlich habe ich ihm erklärt, dass Zahnpasta für diesen Zweck ungeeignet sei, aber er bestand darauf, und als ich dennoch zum Shampoo griff, bekam er einen Wutanfall. Er begann, wie ein Irrer zu brüllen. Ich versuchte, ruhig zu bleiben, ich habe es wirklich versucht, doch Hektor wurde immer lauter, also brüllte ich irgendwann zurück. Daraufhin wurde er noch lauter, und dann, plötzlich … Ich kann mich nicht einmal mehr daran erinnern, wie es geschah. Plötzlich flog meine Hand auf ihn zu und traf ihn an der Wange.« Ich weiche Olivias Blick aus, selbst sie kann ich in diesem Moment nicht ansehen.

Olivia schweigt eine lange Zeit. »Wie hat Hektor reagiert?«, fragt sie schließlich.

»Er wirkte völlig verdutzt, dann begann er zu weinen. Und ich … Ich wusste, ich hätte ihn trösten müssen, ihn in den Arm nehmen, mich entschuldigen, aber ich konnte nicht. Stattdessen …«

»Ja?«

»Stattdessen habe ich mich gefragt, ob genug Wasser in der Wanne sei, dass ein zweijähriger Junge darin ertrinken könnte«, flüstere ich.

»Sie brauchen professionelle Hilfe.«

Ich schüttele den Kopf.

»Es ist mein Ernst, Elisabeth. Ich mache mir Sorgen um Sie und Ihre Kinder. Sie müssen mit jemandem reden, bevor die Situation weiter eskaliert.«

»Ich rede mit Ihnen. Jede Woche.«

»Ich fühle mich geschmeichelt – aber auch überfordert. Sie benötigen professionelle Hilfe. Wie wäre es mit der Therapeutin, die den Müttergesprächskreis leitet? Wie hieß sie noch gleich?«

Jutta Krenz, doch ich verrate Olivia den Namen nicht, ich habe Angst, sie könnte hinter meinem Rücken dort anrufen. Seit wann neige ich zu Paranoia? »Sie könnte auch nichts für mich tun. Sie würde mir kaum meine Kinder abnehmen.«

»Sie könnte Ihnen raten, wie sie mit der Situation besser umgehen können. Oder Sie gehen noch einmal zum Müttergesprächskreis.« Olivia hebt die Hand, als ich zu Protest ansetze. »Ich weiß, Sie hassen jede Form von Gruppentherapie, doch Sie benötigen Unterstützung. Und es kann hilfreich sein, sich mit anderen Betroffenen auszutauschen.«

»Sagt die Frau, die sich selbst beharrlich weigert, zu einer Selbsthilfegruppe zu gehen.«

Ich versuche ein verschwörerisches Lächeln, sozusagen von einer Beratungsresistenten zur anderen, doch Olivia schüttelt den Kopf.

»Weil mir nicht mehr zu helfen ist, Elisabeth. Ich werde sterben, nichts wird daran etwas ändern.«

»Ich beneide Sie darum.« Im nächsten Moment schlage ich mir eine Hand vor den Mund. »Das hätte ich nicht sagen dürfen. Entschuldigen Sie bitte, ich …«

Olivia unterbricht mich. »Schon gut.«

»Nein! Das war unentschuldbar.«

Olivia nickt langsam. »Zumindest war es das Unsensibelste, was Sie je zu mir gesagt haben – obwohl Sie nicht unsensibel sind. Sie waren es zumindest früher nicht. Verstehen Sie nicht, was das bedeutet, Elisabeth? Sie verändern sich – und nicht zum Guten. Ihre Lebensumstände haben bereits Ihren Lebensmut, Ihre

Liebe zu Ihrem Mann und Ihre Fähigkeit, Glück zu empfinden, aufgefressen, jetzt beginnen sie, Ihre Persönlichkeit zu zerstören. Wollen Sie das wirklich zulassen? Sie schaden nicht nur sich selbst, Sie schaden auch Ihrer Familie, vor allem Ihren Kindern. Sie benötigen Hilfe.«

Ich sehe an Olivia vorbei. Ich weiß, dass sie recht hat. Doch ich weiß auch, dass ich nicht noch einmal zum Müttergesprächskreis gehen und mich auch nicht einer Therapeutin anvertrauen kann. Denn es gibt etwas, das ich noch nicht einmal Olivia erzählt habe, weil es unaussprechlich ist. Bei dem Müttergesprächskreis hat jede Frau – jede einzelne – gesagt, dass sie ihre Kinder liebe. Dass sie zwar die Mutterrolle hasse, dass sie sich – hätte sie die Wahl – nicht noch einmal für Kinder entscheiden würde, dass sie ihre Kinder aber dennoch liebe. Ich tue das nicht. Ich liebe Alma und Hektor nicht. Obwohl ich es versucht habe. Mit jeder Faser meines Körpers habe ich versucht, einen Tropfen Liebe, eine Winzigkeit nur, für sie aus meinem Herz herauszupressen. Doch es ist mir nicht gelungen. Ich war selbst unter den Müttern des Müttergesprächskreises ein besonderes Monster.

Ich blicke Olivia an. »Darf ich Sie etwas fragen? Diese verrückte Idee, von der Sie so gerne reden – meinen Sie die ernst? Ich meine: wirklich ernst? Ist es nicht nur eine Gedankenspielerei? Glauben Sie wirklich, es könnte funktionieren? Dass ich fortgehe und Ihre Identität annehme?«

Olivia nickt.

»Und Sie würden mir helfen?«

Sie nickt erneut.

»Warum?«

Olivia zuckt mit den Achseln. »Warum nicht? Ich mag Sie – und Sie benötigen meine Hilfe.«

Ich schüttele den Kopf. »Das ist keine Antwort. Ich mag viele Menschen, doch deshalb würde ich ihnen nicht meine Identität schenken – obwohl ich im Gegensatz zu Ihnen als hilfsbereit bekannt bin. Und es kann nicht sein, dass Sie mit einer letzten guten

Tat Fleißpunkte fürs Jüngste Gericht sammeln wollen, weil Sie daran nicht glauben. Wieso also?«

Ich beuge mich vor, um zu demonstrieren, dass ich eine Antwort möchte und ein Ausweichen nicht akzeptieren werde. Olivia ist gut im Ausweichen. Seit ich ihr zum ersten Mal mein Herz ausgeschüttet habe, weil ich an dem Abend sonst an meinen Ängsten und Gedanken erstickt wäre, war ich jede Woche mindestens einmal hier. Wir haben seitdem viele Gespräche geführt, die sich fast ausschließlich um mich gedreht haben. Hauptsächlich, weil ich – nachdem ich mich endlich dazu überwunden hatte – das Bedürfnis hatte, von mir zu reden, doch auch, weil Olivia denselben Wunsch offenbar nicht verspürte.

Auch jetzt ist ihr die Frage unangenehm. Sie weicht meinem Blick aus und presst ihre Lippen zusammen. Doch schließlich sagt sie: »Sie haben recht. Ich war nie sonderlich hilfsbereit. Ich war auch nie sonderlich höflich oder empathisch. Das war auch nie ein Problem. Ich war immer eine Einzelgängerin, ich kam sehr gut allein zurecht, ich wollte es nicht anders. Das änderte sich auch nicht, als Sie mir sagten, dass ich sterben werde. Ich dachte, ich habe allein gelebt, dann kann ich auch allein sterben. Ich dachte, es wäre dasselbe in Grün. Doch das ist es nicht.« Sie streicht mit einer Hand über die andere. »Ich habe keine Angst vor dem Tod, doch ich stelle es mir schrecklich vor, allein zu sterben. Deshalb möchte ich Sie bitten, dabei zu sein. Werden Sie mich begleiten?«

»Das tue ich auch, wenn Sie mir nicht Ihre Identität schenken.«

Olivia lächelt flüchtig. »Ich weiß, aber ich möchte es dennoch tun. Es ist mir ein Bedürfnis, obwohl ich nicht sagen kann, warum ich es verspüre. Vielleicht möchte ich einfach vor meinem Tod noch erfahren, wie es ist, etwas Gutes zu tun.«

Sie blinzelt und sieht schnell weg. Ich habe Olivia noch nie eine Träne vergießen sehen, nicht einmal, als ich ihr ihr Todesurteil überbrachte.

»Glauben Sie denn, es ist etwas Gutes?«, frage ich leise.

»Das glaube ich. Denn Sie sind ein guter Mensch, Elisabeth, auch wenn Sie sich für ein Monster halten. Sie haben eine zweite Chance verdient. Und ich glaube nicht, dass Sie die als Dr. Elisabeth Bader bekommen werden.«

Ich weiß nicht, was ich erwidern soll, ich habe einen Kloß im Hals, also strecke ich meine Hand aus und ergreife Olivias. So sitzen wir da, bis Olivia ihre Hand zurückzieht.

»Doch eine Frage muss ich Ihnen noch stellen, Elisabeth, um sicher zu sein, dass es wirklich etwas Gutes ist. Wollen Sie es wirklich? Wollen Sie Ihre Kinder und Ihren Mann nie wiedersehen? Niemals? Nicht für einen Tag, nicht für eine Stunde, nicht für eine Minute? Sie nie wieder in den Arm nehmen, ihren Duft einatmen, mit ihren Lippen durch ihre Haare fahren? Können Sie das ertragen? Ist es das, was Sie wollen? Was Sie wirklich wollen?«

Es ist, als reiße die dunkle Wolkendecke, unter der ich schon so lange lebe, auf. Ein Sonnenstrahl bricht hindurch, sein Licht fällt auf mich, berührt etwas tief in meinem Inneren.

»Ja.«

2

Lisa

Eine frische Brise weht vom Meer her, wie oft am späten Nachmittag. Die Hotelbesitzerin fragt, ob ich noch einen Mokka möchte. Ich habe genug Koffein intus, also bestelle ich einen Cocktail. Nicht, weil mir nach Alkohol ist, sondern weil ich es kann. Weil ich hier sitzen und mich sinnlos betrinken kann, wenn ich das möchte. Weil nichts und niemand auf mich wartet. Kein Kind, kein Patient, keine Verpflichtung.

Der Ginger Sunrise kommt ohne Schirmchen, dafür mit Orangenscheibe und Cocktailkirsche und leuchtet mir tatsächlich entgegen wie ein Sonnenaufgang. Ich habe einmal eine Studie gelesen, dass depressive Menschen Farben schlechter wahrnehmen und vermehrt Grautöne sehen, nicht nur im übertragenen Sinne, sondern faktisch, weil ihre Netzhautzellen schwächer auf Kontraste reagieren. Auch ich habe die Welt in den letzten Jahren durch einen Grauschleier betrachtet. Jetzt knallen mir Rot und Blau, Gelb und Grün entgegen, als wäre mein Leben in einen Regenbogen gehüllt. Ich bereue nicht, was ich getan habe – obwohl es egoistisch und rücksichtslos war. Ich habe die Menschen, die mich lieben und brauchen, im Stich gelassen und ihnen großes Leid zugefügt. Doch wäre ich geblieben, hätte ich mir selbst Schlimmeres angetan.

Dabei wusste ich bis zur letzten Minute nicht, ob ich es wirklich durchziehen würde. Ich fing an, mich mit Olivias verrückter Idee zu beschäftigen, weil ich etwas brauchte, woran ich mich festhalten konnte. Irgendetwas, das mir Hoffnung gab, zumindest die Illusion von Hoffnung. Am Anfang war das Ganze nur eine Spielerei, eine intellektuelle Herausforderung, die darin bestand, einen Plan für das erfolgreiche Vortäuschen eines Todes zu entwerfen. Ich bastelte an diesem Plan wie ein Schriftsteller an seinem Plot, als ginge es dabei um die Flucht einer fiktiven Figur. Ich entwickelte Ideen, verwarf sie, dachte mir Szenarien aus, doch zunächst nicht mit dem Hintergedanken, dass ich sie wirklich in die Tat umsetzen würde. Der verfestigte sich erst im Laufe der Zeit, als ich erkannte, dass es tatsächlich möglich sein würde – und wie glücklich mich diese Erkenntnis machte. Ich benötigte nur ein wenig Hilfe – und ich kannte jemanden, der mir diese Hilfe ohne Skrupel geben würde, ein Mann, der mir sein Leben verdankte, ein Leben, das sich ohnehin größtenteils auf der falschen Seite des Gesetzes abspielte.

Mit Jörg Breitners Hilfe war es zum Beispiel erstaunlich einfach, Olivias Leiche zu stehlen. Ich hätte gedacht, dass allein die überbordende Krankenhausbürokratie das effektiv verhindern würde, doch das Gegenteil war der Fall. Peter hat einmal gesagt, in einem deutschen Krankenhaus dürfe man keinen Furz lassen, ohne einen Bericht darüber auszufüllen, und das ist nur wenig übertrieben. Doch die Bürokratie hat einen Vorteil: Was einmal schriftlich fixiert ist, wird dadurch zur unumstößlichen Wahrheit. Niemand interessiert sich für das, was wirklich passiert ist, sondern nur für das, was in irgendeinem offiziellen Dokument geschrieben steht.

Nachdem Olivia gestorben war, musste ich nur wenige Dinge tun: Als Erstes informierte ich Annette über Olivias Tod und bot ihr an, mich um alle Formalitäten zu kümmern, vom Ausstellen des Totenscheins über die Vervollständigung der Patientenakte bis zur Organisation des Transportes von Olivias Leichnam in die Pathologie. Natürlich nahm Annette an. Ich weiß nicht genau, ob es Faulheit oder Unfähigkeit ist oder eine Mischung aus beidem, aber Annette würde die Hilfe einer debilen Dreijährigen annehmen, wenn sie sich dadurch vor ihrer Arbeit drücken kann. Als Nächstes passte ich einen Augenblick ab, in dem der Stationsstützpunkt unbesetzt war und rief vom Stationstelefon aus

Jörg Breitner an. Anschließend brachte ich Olivias Patientenakte auf den neuesten Stand, indem ich darin notierte, dass die Patientin auf eigenen Wunsch entlassen worden sei. Mit dieser winzigen Maßnahme sorgte ich dafür, dass niemand außerhalb der Palliativstation je von Olivias Tod erfahren würde.

Dann blieb mir nichts anderes zu tun, als zu warten, bis es im Krankenhaus und vor allem in der Tiefgarage ruhiger zuging. Ich ging zu meiner Station, kam jedoch um sieben Uhr zurück. Ich hatte dem Pflegeteam bereits mitgeteilt, dass ich Olivia versprochen hätte, ihre sterbliche Hülle persönlich in die Pathologie zu bringen statt sie dem Transportdienst zu übergeben. Also schob ich das Bett mit Olivias Leichnam in den Lastenaufzug und fuhr hinunter in den Teil der Tiefgarage, in dem nie etwas los ist und wo Jörg Breitner bereits mit seinem Sohn auf mich wartete. Wir hatten alles Wichtige bei einem Treffen einige Wochen zuvor besprochen, daher dauerte die Übergabe nicht einmal eine Minute. Dann lag Olivia in Laken gehüllt im Kofferraum eines Volvos, zusammen mit einem Duplikat meiner Handtasche und meinem Portemonnaie samt Ausweispapieren. Während die Breitners davonfuhren, brachte ich Olivias Bett zur Desinfektion in die Bettenaufbereitung.

Das Ganze war erschreckend einfach, und ebenso einfach war es, dafür zu sorgen, dass Olivias Leiche als meine identifiziert würde. Zunächst ließ ich mir das Haar so kurz wie Olivias schneiden, dann erzählte ich aller Welt, dass ich den Zahnarzt wechseln würde, weil ich mit meinem alten unzufrieden sei. Anschließend ging Olivia unter meinem Namen als Privatpatientin zu Dr. Barbara Zimmermann – von der bekannt ist, dass sie neue Patienten grundsätzlich erst einmal zum Röntgen schickt. Und schon war Olivias Gebiss mit meinem Namen verknüpft.

Das Schwierigste an den Vorbereitungen war etwas anderes. Tim fiel auf, dass ich mich veränderte – natürlich, er ist ein aufmerksamer Mann –, und irgendwann setzte sich in ihm der Verdacht fest, dass ich fremdgehe. Ich weiß bis heute nicht, wie er darauf kam – die Idee ist absurd –, aber er begann, Rechenschaft von mir zu verlangen. Wo ich gewesen sei, mit wem ich zusammen gewesen sei und so weiter. Weil er anfing, nachzufragen, musste ich anfangen, zu lügen, was ich – im Gegensatz zu Mara – nie sonderlich gut konnte. Obwohl – das stimmt so nicht. Ich fand es zwar schwer, mir Ausreden für Tim auszudenken, aber ich war immer gut darin gewesen, ihm vorzuspielen, dass alles zwischen uns wunderbar und unser kleines Familienidyll perfekt ist. Kein Wunder, schließlich wollte ich genauso daran glauben wie er.

Doch ich möchte nicht an Tim denken. Er ist ein wunderbarer Mann, er hat nicht verdient, was ich ihm angetan habe. Es ist nicht seine Schuld, dass meine Liebe zu ihm die Dunkelheit der letzten zweieinhalb Jahre nicht überlebt hat. So wenig, wie es Almas und Hektors Schuld ist, dass ich sie nicht lieben konnte. Es ist allein meine Schuld, und deshalb ist es besser für sie alle, dass ich tot bin. Dass ich in einer einsamen Senke in Kaspars Wald verwese. Zumindest hoffe ich, dass »meine« Leiche noch nicht entdeckt wurde. Je länger sie im Wald liegt, desto besser. Denn erst, wenn sie vollständig skelettiert ist, kann ich sicher sein, dass die Rechtsmediziner nichts mehr finden, das darauf hindeutet, dass die Tote keine vierzig Jahre alte, kerngesunde Frau war, sondern eine Siebenundvierzigjährige, die an Eierstockkrebs gestorben ist.

Mein Cocktail ist leer, und ich bestelle einen weiteren, weil ich die Farben so schön finde. Ich habe keine Ahnung, wie spät es ist. Ich trage hier keine Uhr. Ich weiß noch nicht, was ich mit dem Rest meines Lebens anfangen werde, doch eines weiß ich genau: Ich will keinen Beruf mehr ausüben, bei dem jede Minute des Tages durchgeplant ist wie bei einem Roboter. Vermutlich bedeutet das, dass ich der Medizin Lebewohl sagen muss, obwohl Jörg Breitner mir versichert hat, er kenne einen Fälscher, der Olivia Winter in jeder Hinsicht erstklassige Zeugnisse ausstellen könnte. Doch dann müsste ich mich weiter um Patienten kümmern, und die einzige Person, um die ich mich zur Zeit kümmern möchte, bin ich.

Ich frage mich, ob ich auch das falsch eingeschätzt habe. Ich dachte immer, ich liebe meinen Beruf, doch zuletzt habe ich ihn gehasst. Habe ich wirklich einmal geglaubt, meine Bestimmung liege darin, mich für andere aufzuopfern? Oder habe ich nur das Prestige gesehen, das mit dem Arztberuf einhergeht? Habe ich mich nur für das Medizinstudium entschieden, weil ich es konnte? Weil mir als Einsnullerabiturientin dieser Weg offenstand? Eigentlich kann ich mich gar nicht erinnern, dass ich viel darüber nachgedacht habe. Ich habe ohnehin nie viel darüber nachgedacht, was ich will. Ich war zu sehr damit beschäftigt, den Erwartungen anderer zu entsprechen.

Zeit, das zu ändern.

Der Gedanke macht mir Angst. Ich bin aus meinem alten Leben ausgebrochen, weil ich es nicht mehr ertragen konnte. Jetzt muss ich mir eins aufbauen, das ich ertragen kann, und ich habe keine Ahnung, wie das geht. Doch ich werde es schaffen!

Ich hebe mein Cocktailglas und proste mir selbst zu, und der kurze Anflug von Zweifeln verfliegt. Der Cocktail leuchtet ebenso farbenfroh wie der erste, ich sauge rot und orange regelrecht auf. Ich würde am liebsten alle Farben um mich herum aufsaugen, bis ich sie ausstrahle wie die Frau, die in diesem Moment durch die Tür zur Bar kommt. Sie ist die reinste Farbexplosion, smaragdgrüne Haare, ein zitronengelbes Kleid, dazu himbeerfarbene Sandalen. Der Auftritt der Frau ist so leuchtend, dass ich mich frage, ob es nur an meinen kürzlich erfrischten Netzhautzellen liegt, dass ich es so empfinde. Die Frau trägt eine große Sonnenbrille. Sie schaut sich auf der Terrasse um, blickt in meine Richtung, zögert. Dann kommt sie auf mich zu, zögert erneut, geht weiter.

Und dann lässt die Leuchtkraft ihrer Farben plötzlich nach, es ist, als würde sich ein grauer Schleier vor meine Augen senken.

Die Frau kommt näher.

Ich blinzele, um wieder klar sehen zu können, doch der Grauschleier bleibt.

Die Frau kommt noch näher.

Ich blinzele erneut, doch es hilft nicht. Mit jedem Schritt, den die Frau macht, scheinen ihre Farben zu verblassen.

Dann steht sie vor mir und nimmt ihre Sonnenbrille ab. »Hallo, Lisa«, sagt meine Schwester. »Oder soll ich dich Olivia nennen?«

3

Mara

Ich weiß nicht, was ich in diesem Augenblick stärker empfinde, grenzenlose Wut oder grenzenlose Erleichterung. Ich weiß nicht, was ich lieber tun möchte: auf meine Schwester einprügeln, sie an den Haaren ziehen, schreien und brüllen wie Hektor bei einem Tobsuchtsanfall oder ihr um den Hals fallen.

Auch Lisa scheint nicht zu wissen, wie sie reagieren soll. Ich starre auf sie hinunter, sie starrt zu mir hoch, und so starren wir uns an. In Lisas Blick liegt etwas, das ich noch nie in ihrem Blick gesehen habe. Oder liegt das daran, dass ich sie mit neuen Augen sehe? Oder liegt es an der ungewohnten Haarfarbe, wegen der ich sie fast nicht erkannt hätte? An der kräftigen Sonnenbräune? Daran, dass sie zum ersten Mal seit Jahren tatsächlich erholt aussieht?

Es ist Lisa, die schließlich das Schweigen bricht. »Deine Haare sind jetzt also grün.«

»Blau war ein Fehlgriff.«

»Dafür bin ich jetzt blond.«

»Das sehe ich. Es steht dir nicht.«

Lisa zuckt mit den Achseln. »Man muss Opfer bringen, wenn man nicht erkannt werden möchte.«

Also doch. In dem Moment gewinnt meine Wut die Oberhand. Ich habe bis jetzt gehofft, dass das Ganze nicht wahr ist, dass hier irgendein groteskes Missverständnis vorliegt. Dass meine Schwester – meine von mir, ihrem Mann, ihren Kindern und meiner Mutter geliebte Schwester – nicht freiwillig untergetaucht ist. Dass sie nicht freiwillig beschlossen hat, für immer zu gehen und nichts zurückzulassen als eine falsche Leiche und das Rätsel um ihren Tod.

Dass das Rätsel doch noch gelöst wurde, verdanken wir Oberkommissarin Meyer. Die Frau ist ein Genie. Sie hat quasi im Alleingang herausgefunden, warum Lisa immer wieder ins Bürgermeisterquartier gefahren ist. Dass sie dort ihre ehemalige Patientin Olivia Winter besucht hat. Dass sie Olivia Winter beim Sterben begleitet und nach deren Tod deren Patientenakte gefälscht hat. Oberkommissarin Meyer ist der Gedanke gekommen, dass Lisa die Leiche gestohlen und als ihre ausgegeben haben könnte. Sie hat veranlasst, dass Almas DNA mit der der Toten aus dem Wald abgeglichen wurde. Sie hat uns das Ergebnis persönlich mitgeteilt und sich dann auf die Suche nach »Olivia Winter« gemacht. Sie hat herausgefunden, dass »Olivia Winter« am Montag nach Lisas Verschwinden von München nach Zakynthos geflogen ist. Nur, in welchem Hotel »Olivia Winter« abgestiegen ist, konnte sie nicht herausfinden. Deshalb habe ich den nächsten Flieger genommen. Ich bin jetzt seit zwei Tagen auf der Insel, habe Hotels abgeklappert und nach »Olivia Winter« gefragt. Das *Ariadne Beach* war Nummer sechsundsechzig auf meiner Liste. Als die Frau an der Rezeption bestätigte, dass Frau Winter hier Gast sei, bekam ich für einen Moment vor Aufregung keine Luft. Jetzt verschlägt mir die Wut den Atem.

Doch ich zügele sie. Bevor ich Feuer speie, brauche ich Antworten. Ich ziehe einen Korbsessel vom Tisch zurück und setze mich. Eine Bedienung kommt und fragt auf Englisch, was ich möchte. Ich bestelle denselben Cocktail wie Lisa, ich hoffe, es ist viel Alkohol darin. Lisa bestellt sich auch noch einen.

»Wie hast du mich gefunden?«, will sie schließlich wissen, als wir wieder allein sind, doch das kann sie vergessen.

»Ich bin nicht hier, um Antworten zu geben«, sage ich scharf, »sondern um welche zu bekommen. Ich möchte wissen, was passiert ist. Ich möchte wissen, wie du uns das antun konntest.«

Lisa mustert mich einen Augenblick lang schweigend, dann zuckt sie mit den Achseln. »Ich denke, das Meiste weißt du schon. Sonst hättest du mich nicht gefunden.«

Ich schüttele den Kopf. »Ich kenne einige Fakten, ja, aber die erklären nichts. Ich weiß, dass du schon lange unglücklich gewesen sein musst, aber ich weiß nicht, warum du dich weder Tim noch Peter noch mir anvertraut hast. Ich weiß, dass du mit deiner Mutterrolle gehadert hast, doch ich weiß nicht, wieso du glaubst, das gebe dir das Recht, deine Kinder im Stich zu lassen. Ich weiß, dass du mit einer ehemaligen Patientin einen Plan geschmiedet hast, dass du ihre Leiche in Kaspars Wald deponiert und alles getan hast, um vorzutäuschen, dass es deine ist. Ich weiß, dass du dann Olivia Winters Identität angenommen hast und hierhergeflogen bist. All das weiß ich, aber ich habe keine Ahnung, warum du es getan hast. Wie du uns das antun konntest. Wie du alle Menschen im Stich lassen konntest, die dich lieben und brauchen. Hast du auch nur annähernd eine Ahnung, was wir durchgemacht haben?«

»Ich glaube, ich kann es mir vorstellen.«

Ich lache unwillkürlich auf, mein Lachen ist voller Hohn. »Wenn du das ernsthaft glaubst, täuschst du dich. Wir haben gelitten! Als ich hörte, dass du tot bist, hätte ich mir am liebsten das Herz rausgeschnitten, weil es so wehtat. Tim und Gisela erging es ebenso. Und erst die Kinder! Sie waren völlig verstört und sind es immer noch. Alma weint ständig, sie isst fast nichts. Du hast sie krank gemacht!«

»Das tut mir sehr leid.«

Die Reaktion ist so unzulänglich, dass ich mich bremsen muss, um nicht mit der Faust auf den Tisch zu schlagen. »Das ist alles, was dir dazu einfällt?«

Lisa setzt zu einer Erwiderung an, doch in dem Augenblick kommen unsere Cocktails. Die Bedienung scheint die Anspannung zu spüren. Ich habe den Eindruck, dass sie sich absichtlich Zeit lässt, die Servietten zurechtzuzupfen und die Gläser exakt in der Mitte darauf zu platzieren, um uns Gelegenheit zum Runterkühlen zu geben. Da kann sie lange warten.

»Also?«, frage ich barsch, kaum dass die Frau weg ist.

Lisa lehnt sich in ihrem Korbsessel zurück und nippt an ihrem Cocktail. »Ich kann nichts anderes dazu sagen, Mara. Mir war klar, dass meine Handlungen Konsequenzen für euch alle haben würden. Hätte ich es verhindern können, hätte ich es getan. Aber ich musste gehen. Es war die beste Lösung. Sonst wäre alles noch schlimmer geworden.«

»Noch schlimmer? Soll das ein Witz sein?«

»Ich hätte wirklich sterben können.« Lisa sieht mich über ihren Cocktail hinweg an. »Ich wollte es. Es erschien mir die einzige Möglichkeit, meiner Situation zu entkommen – bis Olivia mir einen anderen Weg aufzeigte.«

»Du wolltest dich umbringen? Das glaube ich nicht. Das würdest du nie tun. So bist du nicht.«

»Und du weißt, wie ich bin?«

Es ist eine berechtigte Frage, die mich allerdings noch wütender macht. »Nein, das weiß ich verdammt noch mal nicht! Ich dachte mal, ich wüsste es. Also verrate es mir, Lisa! Wer bist du? Wie bist du? Was an deiner Situation war so schlimm, dass du sterben wolltest? Ich kapiere es nämlich nicht. Und weißt du, warum nicht? Weil du nie etwas gesagt hast! Weil du mir und uns allen immer vorgespielt hast, dass dein Leben perfekt ist! Weil du uns alle angelogen hast!«

Ich bin während des Sprechens immer lauter geworden, den letzten Satz brülle ich fast, so dass die Gäste von den anderen Tischen zu uns herübersehen. Mir egal.

Lisa seufzt. »Ich habe es nicht nur euch vorgespielt, Mara, sondern mir selbst. Ich wollte selbst glauben, dass mein Leben perfekt ist. Ich wollte nicht wahrhaben, dass ich auf ganzer Linie gescheitert bin. Ich habe es mir viel zu spät eingestanden. Dabei hätte ich es viel früher merken müssen.«

»Was?«, frage ich ungeduldig.

Lisa starrt eine Minute lang schweigend in ihren Cocktail, doch dann sieht sie mir fest in die Augen. »Dass ich Alma und Hektor nicht lieben kann. Dass ich sie nie geliebt habe und nie lieben werde. Dass ich die beiden als Bürde empfinde und es hasse, mich um sie zu kümmern.«

Ich war einmal in einen Autounfall verwickelt, bei dem der Airbag auslöste. Er explodierte mir mit der Wucht einer Bombe ins Gesicht, und genauso fühle ich mich jetzt. Obwohl ich etwas in der Art vermutet habe – wie sonst hätte Lisa ihre Familie einfach verlassen können? –, tut es unglaublich weh, zu hören, wie sie es tatsächlich ausspricht.

Als Teenager habe ich meiner Mutter oft vorgeworfen, dass sie meine Schwester mehr lieben würde als mich. Doch ich habe ihr nie vorgeworfen, dass sie mich gar nicht liebt. Ich habe es nicht einmal gedacht. Ich war immer überzeugt, dass irgendwo in ihrem Herzen ein winziger Platz für mich reserviert ist – auch wenn sie ihn mir nur widerwillig eingeräumt hat. Denn das tun Mütter. Sie lieben ihre Kinder. Dazu sind sie genetisch programmiert. Nur Horrormütter tun das nicht. Solche, die irgendwann in den Schlagzeilen auftauchen, weil sie ihre Kinder misshandelt oder zu Tode gequält haben.

»Aber du warst immer eine gute Mutter«, sage ich schließlich, weil mir keine andere Erwiderung einfällt.

Lisa schüttelt traurig den Kopf. »Nur am Anfang und nur, weil ich mich darum bemüht habe, weil ich mich wie eine Wahnsinnige angestrengt habe. Aber irgendwann hatte ich keine Kraft mehr.« Sie macht eine kurze Pause. »Ich habe Hektor geschlagen«, fügt sie dann leise hinzu.

Auch das zu hören tut weh, obwohl Tim mir von dem Vorfall erzählt hat. »Aber das war nur einmal. Du kannst doch nicht wegen eines Fehlers …«

Lisa fällt mir ins Wort. »Es war nicht nur einmal, es war …«, sie zögert, »öfter. Zu oft. Und jedes Mal habe ich mir geschworen, dass es nie wieder vorkommen würde, dass es kein nächstes Mal geben würde, dass ich bei Hektors nächstem Trotzanfall gelassener, ruhiger, souveräner bleiben würde. Doch es gab ein nächstes Mal. Es gab immer ein nächstes Mal.«

Das hätte ich nie für möglich gehalten, und ich frage mich, ob Lisa mich anlügt. »Das ist dennoch keine Rechtfertigung dafür, einfach abzuhauen. Wenn es wirklich wahr ist, wäre es deine Pflicht gewesen, dir Hilfe zu suchen. Zumindest hättest du dich Tim anvertrauen müssen.«

Lisa nickt. »Ich weiß – und ich habe es versucht. Ich habe Tim erzählt, dass ich Hektor geschlagen habe. Ich habe ihm auch erzählt, dass ich als Mutter nichts tauge. Aber Tim wollte es nicht wahrhaben. Er war überzeugt, es läge nur am Stress, daran, dass ich überarbeitet war. Er wollte, dass ich beruflich kürzer trete – aber dann hätte ich ja noch mehr Zeit mit Alma und Hektor verbringen müssen.«

Sie lacht auf, es klingt nicht sehr fröhlich, doch ich bemitleide sie sicherlich nicht!

»Dann hättest du nach einer anderen Lösung suchen müssen.«

Lisa mustert mich gereizt. »Glaubst du, das habe ich nicht? Ich habe darüber nachgedacht, ein Au-Pair zu engagieren, das sich um Alma und Hektor kümmert. Ich habe sogar darüber nachgedacht auszuziehen, die Scheidung einzureichen und Tim das alleinige Sorgerecht zu lassen. Doch auch in dem Fall wäre ich Almas und Hektors Mutter geblieben – es sei denn, ich hätte ihnen gesagt, dass ich sie nicht mehr sehen will. Das konnte ich ihnen nicht antun. Es wäre brutal gewesen.«

»Nicht brutaler als ihnen vorzutäuschen, dass du tot bist.«

Lisa sieht mich erstaunt an. »Ich denke doch. Es ist leichter, mit dem Wissen zu leben, dass die eigene Mutter tot ist, als mit dem Wissen, dass sie einen nicht gewollt hat. Du hast immer darunter gelitten, dass …«

Sie bricht ab und presst die Lippen zusammen, doch ich kann mir denken, was sie sagen will, und es macht mich wütend.

»Vergleiche nicht deine Situation mit Gisela und mir! Gisela hat mich nicht so angebetet wie dich, aber sie hätte mich niemals im Stich gelassen. Du hast Alma und Hektor gewollt, du hast sie in die Welt gesetzt. Es war deine Pflicht, dich um sie zu kümmern, aber du bist einfach abgehauen.«

Lisa schüttelt langsam den Kopf. »Ja, ich habe sie verlassen, aber ich habe es mir nicht einfach gemacht. Hätte ich das getan, hätte ich zu Tim gesagt, dass es mir reicht und wäre gegangen. Oder ich wäre ohne ein Wort abgehauen. Stattdessen habe ich versucht, eine Lösung zu finden, mit der alle weiterleben können. Glaubst du wirklich, es war einfach, meinen Tod vorzutäuschen?«

Ich lache höhnisch auf. »Willst du jetzt etwa behaupten, du hättest es für uns getan? Dir ging es doch bloß darum, dass wir die Suche nach dir einstellen.«

»Ich wollte, dass ihr einen Abschluss habt. Besonders die Kinder.«

»Ach – und wie sollte der aussehen? Wolltest du, dass Alma und Hektor ganz ohne Eltern aufwachsen, weil du dich hier in der Sonne aalst, während Tim im Gefängnis immer bleicher wird? Jetzt guck nicht so verdutzt, als hättest du noch nie den Tatort gesehen. Die Polizei glaubte, du seist ermordet worden, und hat Tim verdächtigt. Was dachtest du denn, was passieren würde? Dass dein Tod als Joggingunfall zu den Akten gelegt wird?«

Lisa runzelt perplex die Stirn. »Natürlich nicht. Aber Tim hat ein Alibi. Ich habe ihn extra überredet, nach Hamburg zu fahren und zu der Junggesellenparty zu gehen, und extra dafür gesorgt, dass ich noch gesehen werde, wenn er längst im Zug sitzt. Ich wollte, dass man denkt, ich sei bei einem Spaziergang in der Umgebung des Moosbacher Hofs verschwunden. Weil der Check-in erst um vierzehn Uhr beginnt, habe ich sogar Kaffee auf meine Bluse gekleckert, um einen Grund zu haben, mein Zimmer früher zu beziehen.« Sie beugt sich vor. »Hat man wirklich Tim verdächtigt? Aber er konnte doch bestimmt beweisen, dass er auf dem Weg nach Hamburg war, als ich verschwand.«

Ich schüttele den Kopf. »Tim hat nicht den Zug um acht Uhr einunddreißig genommen, er ist dir zum Moosbacher Hof gefolgt, weil er wissen wollte, ob du wirklich zur Tagung oder zu deinem Liebhaber fährst. Tja, beide Annahmen waren dann wohl falsch.«

Ich sehe zu, wie Lisa unter ihrer frisch erworbenen Sonnenbräune blass wird. Sie schluckt. »Das tut mir leid.« Sie lehnt sich in ihrem Korbstuhl zurück und greift zu ihrem Glas, trinkt jedoch nicht, sondern schwenkt sacht die Eiswürfel hin und her. Zum ersten Mal wirkt sie betroffen.

Vielleicht ist das der Grund dafür, dass meine Wut etwas in den Hintergrund tritt und stattdessen meine Neugier erwacht. »Hast du wirklich extra dafür gesorgt, dass Tim ein Alibi bekommt?«

»Natürlich.«

»Und du hast extra deine Bluse bekleckert? Wie bist du darauf gekommen?«

Lisa stellt ihr Glas ab. »Mir ist nichts Besseres eingefallen. Ich wollte im Hotel einchecken, damit es eine Art offiziellen Beweis gibt, dass ich wohlbehalten dort angekommen bin. Ich dachte, wenn ich einfach nur so morgens um halb zehn um ein Zimmer bitte, würden sie mich auf später vertrösten und den Vorfall direkt vergessen.«

»Tja, es hat funktioniert, man hat sich an dich erinnert. Und wir haben uns gefragt, warum du in Felden beim Edeka für einen Kaffee gehalten hast.«

»Woher weißt du, dass ich den Kaffee dort gekauft habe?«, fragt Lisa überrascht.

Ich zucke mit den Achseln. »Weil ich dich gesucht habe.«

Lisa denkt einen Augenblick darüber nach. »Und verrätst du mir, wie du mich gefunden hast?«

»Warum? Damit du deine nächste Flucht besser organisieren kannst? Verrate du mir lieber, was du getan hast, nachdem du die Rezeption verlassen hast. Ich weiß, dass du dein Handy unter deinem Auto ›verloren‹ hast, dass du dann zum Marktplatz gegangen und mit Bus und Taxi nach Neustadt ins Bürgermeisterquartier gefahren bist, aber warum hast du es so kompliziert gemacht? Warum hast du nicht den Bus am Hotel genommen? Und warum bist du am Neustädter Bahnhof in ein Taxi gewechselt?«

Lisa seufzt. »Weil ich in der Masse untertauchen wollte. Ich wusste, dass samstags am Moosbacher Marktplatz viel los ist, während am Hotel fast nie jemand einsteigt. Und in Neustadt wollte ich eigentlich mit dem Bus weiterfahren, aber an der Haltestelle wartete schon eine ehemalige Patientin von mir. Ich hatte Angst, sie würde mich erkennen.«

»Und warum bist du überhaupt ins Bürgermeisterquartier gefahren? Ich weiß, dass Olivia Winter dort gewohnt hat, aber die war ja nun schon tot.«

»Ich habe ihr Auto geholt und all die Sachen, die ich in den Wochen zuvor vorbereitet hatte. Unter anderem diese hier.«

Lisa greift sich in die Haare und zupft sich mit einem Ruck die blonde Perücke vom Kopf. Ich erschrecke unwillkürlich, als ihre schwarzen Haare zum Vorschein kommen. Abgesehen von ihrer Sonnenbräune sieht Lisa jetzt wieder so aus wie früher, umso schwerer erträglich ist es, dass sie nicht mehr wie früher ist. Die Frau, die mir gegenübersitzt und Handlungen rechtfertigt, die nicht zu rechtfertigen sind, ist nicht meine Schwester.

»Warum hast du eigentlich deine Haare abschneiden lassen? Weil Olivia ebenfalls kurze hatte?«

»Ich wollte nicht, dass Zweifel daran aufkommen, dass Olivias Leiche meine ist.«

»Das heißt, du hattest schon an deinem Geburtstag den Plan wegzugehen?«

Lisa wiegt ihren Kopf. »Ich hatte begonnen, darüber nachzudenken. Ich war mir bis zuletzt nicht sicher, ob ich es durchziehen würde. Ich wusste nicht, ob ich den Mut finden würde.«

»Tja, das hast du wohl«, entgegne ich. Es ist sarkastisch gemeint, klingt jedoch selbst in meinen Ohren traurig.

Auch Lisa scheint das zu hören. Sie schiebt ihre Hand über

den Tisch, doch als ich meine zurückziehe, tut sie dasselbe. Eine Weile sitzen wir schweigend da, bis Lisa sagt: »Es tut mir wirklich leid, Mara, dass ich euch allen wehgetan habe. Dass ich dir wehgetan habe. Ich wünschte, du würdest mir glauben, dass ich keine Wahl hatte.«

»Man hat immer eine Wahl. Du hättest die Wahl gehabt, dich jemandem anzuvertrauen. Peter, Gisela, mir. Wir hätten alles getan, dir zu helfen.«

Lisa schüttelt den Kopf. »Ihr hättet mir nicht helfen können. Ich habe eine falsche Entscheidung getroffen, als ich Mutter wurde. Ihr hättet diesen Fehler nicht korrigieren können. Ihr hättet mir höchstens helfen können, mit diesem Fehler weiterzuleben. Doch das wollte ich nicht mehr. Abgesehen davon ...« Sie bricht ab.

»Was?«

»Abgesehen davon, wärst du die Letzte gewesen, der ich mich anvertraut hätte. Möchtest du wissen, wieso?«

Ich nicke mit einem dicken Kloß im Hals.

»Weil du meine kleine Schwester bist und immer zu mir aufgeblickt hast. Ich war diejenige von uns beiden, die sich kümmert. Die ihr Leben im Griff hat. Die erfolgreich ist und die Dinge erreicht, die sie sich vorgenommen hat. Ich habe dich immer geliebt, aber ich habe auch immer ein wenig«, sie zögert, »auf dich hinabgeblickt. Nur, um dann irgendwann festzustellen, dass du es richtig gemacht hast. Dass ich dich um deine Freiheit beneide. Darum, dass du nicht ständig einen Berg von Pflichten bearbeiten musst, der nie kleiner wird. Dass du nicht permanent funktionieren musst, weil das Wohl anderer von dir abhängt. Dass dein Alltag nicht nur aus Geben, Geben, Geben besteht.«

Mir hat in meinem ganzen Leben noch nie jemand gesagt, dass er mich um etwas beneidet. Schon gar nicht hätte ich erwartet, dass meine Schwester es je sagen würde, und langsam beginne ich zu begreifen, wie sie sich in den letzten Monaten und Jahren gefühlt haben muss. Gefangen in einem Leben, das ihr keinen Freiraum zum Atmen lässt. Andererseits: Ist das nicht genau das, was

Mutterschaft ausmacht? Zumindest ist es das, was mich immer vom Mutterwerden abgehalten hat. Das und die Tatsache, dass ich nie den Wunsch hatte, ein Kind zu bekommen.

»Aber Mutterschaft bedeutet, dass man einen Teil seiner Freiheit aufgibt. Das musst du doch vorher gewusst haben.«

»Aber ich wusste nicht, wie es sich anfühlen würde. Ich dachte, ich würde Mutterglück und Mutterliebe empfinden. Als Kompensation gewissermaßen.«

»Und das hast du nicht? Nie? Auch nicht bei Alma? Wieso hast du dann noch ein zweites Kind bekommen?«

Lisa wischt sich eine Träne aus dem Augenwinkel. »Weil ich Alma die Schuld gegeben habe. Ich dachte, es läge an ihr.«

»Was wirst du jetzt tun?«, fragt Lisa.

Es ist mittlerweile nach zehn, doch es ist immer noch warm. Die Sonne ist längst untergegangen, die Terrasse wird von kleinen Lampions beleuchtet. Es ist ruhig geworden, wenig ist zu hören außer dem Rauschen des Meeres und der nervigen griechischen Musik aus dem Lautsprecher. Die anderen Gäste haben sich auf ihre Zimmer oder in die Bars verzogen.

Lisa und ich haben uns lange unterhalten und noch länger geschwiegen. Lisa hat mir alle Details ihrer Flucht erzählt, alles, was ich wissen wollte. Jetzt habe ich keine Fragen mehr, allerdings habe ich in diesem Augenblick auch nicht das Gefühl, Antworten zu haben. Ich bin hierhergekommen, um Lisa zur Rede zu stellen, um eine Rechtfertigung zu verlangen, die es eigentlich nicht geben kann, und um meiner Wut freien Lauf zu lassen. Doch in diesem Augenblick spüre ich keine Wut, sondern nur Traurigkeit und eine tiefe Ratlosigkeit.

»Die Frage ist wohl eher, was du tun wirst.«

Lisa zuckt mit den Achseln. »Das ist leicht zu beantworten. Ich werde diesen Cocktail austrinken, dann werde ich auf mein Zimmer gehen und ein paar Kekse futtern, weil ich deinetwegen das Abendessen verpasst habe. Anschließend werde ich einen Strandspaziergang machen, schlafen und den morgigen Tag genauso verbringen wie den heutigen.«

Ich schüttele den Kopf. »Das kannst du vergessen. Du wirst morgen mit mir zurück nach Deutschland fliegen.«

»Das werde ich nicht.«

»Ich werde nicht allein fliegen.«

»Wie schön, dann bleibst du hier. Vielleicht kannst du mir ein paar Tipps geben, wie man seine Freiheit richtig nutzt.«

Lisa lächelt mich an, doch ich lächle nicht zurück. Was glaubt sie, was das hier ist? Ein Spiel?

»Es ist mein Ernst, Lisa. Es ist vorbei. Deine Flucht ist vorbei. Wir haben deinen Plan durchschaut, wir haben dich gefunden.«

Lisa nickt. »Das ist richtig. Aber das bedeutet nicht, dass ich zurückkomme. Ich werde meine Freiheit nicht wieder aufgeben, Mara.«

»Du hast keine Wahl. Du kannst nicht als Olivia Winter weiterleben. Die Polizei weiß, dass sie tot ist und dass du eine Betrügerin und Urkundenfälscherin bist und wer weiß, was sonst noch. Sie sucht nach dir.«

»Dann werde ich mich der Polizei stellen – aber nicht Tim und den Kindern. Dieser Teil meines Lebens ist abgeschlossen.«

Lisa sagt das so ruhig, dass es mich fröstelt.

»Das kann nicht dein Ernst sein.«

»Es ist mein voller Ernst, Mara.« Lisa beugt sich vor und sieht mich eindringlich an. »Wenn ich nicht als Olivia Winter weiterleben kann, werde ich es als Elisabeth Bader tun, aber nicht als Lisa Bader, Ehefrau von Tim Bader-Menzel und Mutter von Alma und Hektor Bader. Ich werde die Scheidung einreichen, Tim unser gemeinsames Vermögen überlassen und auf das Sorgerecht für Alma und Hektor verzichten.«

Ich schüttele den Kopf. »Wenn du glaubst, dass ich Tim das ausrichte, dann hast du dich geschnitten. Das kannst du schön selbst tun.«

»Das werde ich. Ich werde ihn anrufen.«

»Ach – und was ist mit Alma und Hektor? Willst du den beiden auch am Telefon erzählen, dass du nicht nach Hause kommst?«

Lisa senkt den Blick. »Das wird Tim tun.«

»Und was soll er ihnen sagen? Dass sie ihrer Mutter so scheißegal sind, dass sie lieber ihr ganzes Leben wegwirft, als mit ihnen zusammen zu sein?«

Ich meine das sarkastisch, doch Lisa nimmt die Frage ernst. »Wenn er das für das Beste hält.«

Ich lache höhnisch auf. »Das wird er ganz bestimmt nicht. Er wird wollen, dass du zurückkommst.«

»Nicht nach dem, was ich ihm angetan habe.«

»Er wird wollen, dass du für Alma und Hektor zurückkommst.«

»Nicht, wenn er das Beste für die beiden will.« Lisa sieht mich ernst und traurig an. »Ich würde nur zurückkommen, um wieder zu gehen, das würde Tim Alma und Hektor nie antun. Denn er wird immer das Beste für sie wollen. Er ist ein guter Vater. Er liebt seine Kinder. Ich habe ihn immer um diese Fähigkeit beneidet.«

4

Mara

Sehr geehrte Fluggäste, wir beginnen nun mit dem Landeanflug auf den Franz-Josef-Strauß-Flughafen in München. Bitte klappen Sie Ihre Tische hoch und bringen Sie Ihre Sitze in eine aufrechte Position. Bitte verstauen Sie Ihr Gepäck und schnallen Sie sich an.«

Die Stimme der Stewardess reißt mich aus meinen trüben Grübeleien. Ich klappe mein Tischchen hoch und schiebe meinen Trolley unter den Sitz neben mir. Ich kann das tun, denn er ist frei. Lisa ist nicht bei mir. Ich habe noch zwei Tage auf Zakynthos drangehängt, in denen ich versucht habe, sie zu überreden, mit mir nach Hause zu fliegen, dann habe ich aufgegeben. Nicht nur, weil ich es ohnehin nicht geschafft hätte, sondern weil ich mir nicht mehr sicher bin, dass es wirklich das Beste wäre.

Als ich nach Zakynthos flog, hatte ich natürlich vor, mit Lisa zurückzukehren, schon aus dem egoistischen Grund, dass ich meine Schwester wiederhaben wollte, aber vor allem, weil ich Alma und Hektor ihre Mutter wiedergeben wollte. Ihre Mutter, die sie liebt und umsorgt und ihnen die Kindheit bietet, die sie verdienen. Doch diese Mutter existiert nicht mehr, sie hat nie existiert. Lisa hat diese Mutter gespielt, solange sie konnte, doch sie kann nicht mehr.

Aber selbst wenn sie es könnte – wäre es richtig, sie zu zwingen, es weiterhin zu tun? Wäre es richtig, Alma und Hektor sozusagen von einer Schauspielerin betreuen zu lassen, die ihnen Liebe und Zuneigung vorgaukelt, während sie diese Aufgabe zutiefst hasst? Wäre es richtig, eine Schauspielerin zu engagieren, die Almas abendlichen Erzählungen vom Tag lauscht, obwohl sie

sie unendlich anöden, und die Alma nach einem Streit mit der besten Freundin tröstend in den Arm nimmt, obwohl sie den Anlass lächerlich findet? Wäre es richtig, eine Schauspielerin zu beschäftigen, die mit Hektor durch den Garten tobt, obwohl sie das für unter ihrer Würde erachtet, und die ihm über seine Wutausbrüche hinweghilft, obwohl sie nicht erkennen kann, was für ein großartiger kleiner Kerl in dem Schreihals steckt?

Ich glaube nicht. Doch was ist dann richtig? Alma und Hektor die Wahrheit zu sagen, dass sie zwar die wunderbarsten Kinder der Welt sind, ihre Mutter aber dank eines grausamen Programmierfehlers das leider anders sieht? Das kann noch weniger richtig sein. Natürlich würden die beiden das nicht verstehen. Natürlich würden sie sich selbst die Schuld geben, dass ihre Mutter fortgegangen ist. Sie würden mit dem Bewusstsein aufwachsen, nicht gut genug zu sein.

Doch was können wir ihnen sonst sagen? Dass ihre Mutter sie zwar liebt, aber krank ist und deswegen in Zukunft nicht mit ihnen zusammenleben kann? Dass sie deswegen in einem anderen Teil der Welt leben muss, in dem es weder Internet noch Telefon noch einen Postdienst gibt und in dem man sie nicht besuchen kann? Doch selbst wenn die beiden das eine Zeit lang glauben würden – was ich in Almas Fall bezweifle –, wie sollte die Lüge auf Dauer funktionieren? Spätestens in einigen Jahren würden die beiden die Wahrheit erfahren, und dann käme zu dem Trauma, dass ihre Mutter sie verlassen hat, noch das Trauma hinzu, von ihrem Vater und ihrem ganzen Umfeld angelogen worden zu sein. Abgesehen davon wäre es grausam, Alma und Hektor Hoffnung zu machen. Natürlich würden sie darauf hoffen, dass ihre Mutter wieder gesund wird, dass sie eines Tages zu ihnen zurückkehrt. Das Einzige, das diese Hoffnung zerstören könnte, wäre die Nachricht von ihrem Tod.

Doch wir können den beiden nicht ein zweites Mal sagen, dass ihre Mutter gestorben ist. Sie würden es nicht glauben und wenn doch, würde es ihnen ein zweites Mal das Herz brechen – bis die

Lüge erneut aufflöge. Denn natürlich würde sie keinen Bestand haben.

Und deshalb geht es nicht. Ich weiß, dass es nicht geht. Und dennoch kommt mir der ungebetene Gedanke, dass es eine elegante Lösung wäre. Wenn Lisa tot wäre, würden Alma und Hektor um sie trauern, doch sie kämen darüber hinweg. Und vielleicht würde sie das auf lange Sicht wirklich weniger traumatisieren als das Wissen, dass ihre Mutter sie nicht lieben konnte. Vielleicht hatte Lisa in dem Punkt doch recht. Vielleicht hat sie sich doch auch etwas Gutes dabei gedacht, als sie sich zu ihrem Wahnsinnsplan entschloss.

Doch nein, das hat sie nicht. Nein, nein, nein! Lisas Plan war falsch, alles an diesem Plan war falsch. Falsch! Oder?

Eine halbe Stunde später zerre ich meinen Trolley hinter mir her an den Gepäckbändern vorbei Richtung Ausgang. Ich bin froh, wieder auf dem Boden zu sein, doch meine Probleme sind mit mir gelandet. Ich weiß immer noch nicht, wie es weitergehen soll. Natürlich nicht. Doch ich bin entschlossen, heute nicht mehr darüber nachzudenken. Morgen fahre ich nach Neustadt, erzähle Tim und Gisela alles haarklein, und wir werden gemeinsam versuchen, eine Lösung zu finden. Und wir werden es schaffen. Irgendwie. Irgendwie werden wir eine Lösung für das unlösbare Problem finden. Irgendwie werden wir eine Möglichkeit finden, Alma und Hektor unbeschadet durch diese Krise zu bringen. Und wenn ich mir die genialste Lüge aller Zeiten dafür ausdenken muss. Wir müssen einfach!

Doch heute möchte ich nicht mehr darüber nachdenken. Heute Abend nehme ich mir sorgenfrei. Es ist Samstag, es ist noch früh genug, um mit Gesche und Frodo loszuziehen. Ein paar Drinks, noch mehr Runden auf der Tanzfläche, und dann schleppe ich jemanden ab.

Der Gedanke lässt mich den Trolley schneller ziehen. Ich passiere die Sperre und halte nach den Hinweisschildern zur S-Bahn Ausschau, doch stattdessen erblicke ich …

»Peter!«

Ich lasse meinen Trolley stehen und sprinte los. Peter fängt mich auf, wirbelt mich einmal um sich herum und drückt mich dabei so fest, dass ich nach Luft japse, doch es tut so gut wie lange nichts. Dann setzt er mich ab, und ich blicke zu ihm hoch.

»Was zum Teufel machst du hier?«

»Ich hole dich ab. Wozu sonst hast du mir geschrieben, wann du zurückkommst?«

»Aber ich habe doch nicht erwartet, dass du extra von Neustadt herfährst, um mich in Empfang zu nehmen.«

Peter grinst auf mich herunter. »So, wie du mich gerade angesprungen hast, scheinst du es aber gebraucht zu haben. Ist das übrigens dein ganzes Gepäck? Tja, kann keiner sagen, du gehörst zu diesen Luxusweibern, die einen Schrankkoffer für ein Wochenende im FKK-Club packen.«

»Vermutlich, weil ich nicht auf einer Luxusreise war«, entgegne ich und kann nicht verhindern, dass man mir meine Traurigkeit anhört.

Peter mustert mich. »Ich dachte, wir fahren erst mal zu dir, bevor du mir alles erzählst, aber wir können auch hier bei schlechter Luft und überteuerten Drinks reden, wenn dir das lieber ist.«

Ich schüttele den Kopf. »Ehrlich gesagt, möchte ich heute Abend gar nicht mehr reden. Ich möchte mich ablenken.«

»Mit etwas Bestimmtem?«

»Ich dachte an das Übliche. Cocktails, Tanzen, Sex.« Ich schiebe einen Finger zwischen zwei von Peters Hemdknöpfen und lasse ihn über seinen nackten Bauch gleiten. Dann blicke ich mit meinem verführerischsten Blick zu ihm hoch. »Sag mal, meinst du, du könntest heute eine Ausnahme von der Monogamie machen?«

Peter schüttelt den Kopf. »Tut mir leid, keine Ausnahme.«

Mist! Ich ziehe meine Hand zurück, doch Peter greift danach. »Ausnahmen sind nicht mehr nötig, Martin hat Schluss gemacht.«

Damit habe ich nicht gerechnet. »Das tut mir leid. Für dich«, füge ich hinzu, denn für mich in diesem Moment gar nicht. »Was ist passiert?«

»Ich war zu ehrlich.« Peter schneidet eine Grimasse. »Nach dem, was wir alles über Lisa erfahren haben, dachte ich, dass es besser gewesen wäre, wenn sie früher ehrlicher gewesen wäre, und ich habe beschlossen, es selbst mit der Wahrheit zu versuchen. Ich habe Martin gesagt, dass ich bi bin. Er war not amused. Tja, wie sagt meine neue beste Freundin mit Extras immer so gern? Die Wahrheit ist überbewertet.«

»Ganz meine Meinung.«